创 业 史

柳青

中国青年出版社

—— 版权声明 ——

《创业史》为中国青年出版社独家授权图书。翻印本版图书或以编、选、绘及丛书等各种形式出版涉及《创业史》的题材和内容，一律为侵权盗版行为，我们将依法追究其法律责任。

盗版举报电话：010-57350586

图书在版编目（CIP）数据

创业史 / 柳青著 . - 1 版 . . - 北京：中国青年出版社 , 2009（2024.3 重印）
ISBN 978-7-5006-8023-9

Ⅰ. 创 ... Ⅱ. 柳 ... Ⅲ. 长篇小说－中国－当代 Ⅳ. I247. 5

中国版本图书馆 CIP 数据核字（2008）第 192452 号

本版责编：叶施水
封面制作：许　欣

出版发行：中国青年出版社
社　　址：北京市东城区东四十二条 21 号
网　　址：www.cyp.com.cn
电子邮箱：jdzz@cypg.cn
编辑中心：010-57350406
营销中心：010-57350370
经　　销：新华书店
印　　刷：山东新华印务有限公司
规　　格：850mm×1168mm　1/32
印　　张：23.75
插　　页：2
字　　数：600 千字
累计版次：第一部　1960 年 5 月北京第 1 版　2002 年 4 月北京第 2 版
　　　　　第二部　1977 年 9 月北京第 1 版　2009 年 1 月北京第 2 版
累计印数：第一部　3754500 册　　第二部　3179000 册

一二两部合集
版　　次：2009 年 1 月北京第 1 版
印　　次：2024 年 3 月山东第 32 次印刷
印　　数：2895001 — 2995000 册
定　　价：36.00 元

如有印装质量问题，请凭购书发票与质检部联系调换
联系电话：010-57350337

社会主义这样一个新事物，它的出生，是要经过同旧事物的严重斗争才能实现的。社会上一部分人，在一个时期内，是那样顽固地要走他们的老路。在另一个时期内，这些同样的人又可以改变态度表示赞成新事物。……

—— 毛泽东

创业难……

　　　　　　—— 乡谚

家业使弟兄们分裂，劳动把一村人团结起来。

　　　　　　—— 中国农村格言

目录

001 / 题叙

第一部

023 / 上卷

233 / 下卷

第二部

445 / 上卷

587 / 下卷

题 叙

一九二九年，就是陕西饥饿史上有名的民国十八年。阴历十月间，下了第一场雪。这时，从渭北高原漫下来拖儿带女的饥民，已经充满了下堡村的街道。村里的庙宇、祠堂、碾房、磨棚，全被那些操着外乡口音的逃难者，不分男女塞满了。雪后的几天，下堡村的人，每天早晨都带着镢头和铁锹，去掩埋夜间倒毙在路上的无名尸首。

庄稼人啊！在那个年头遇到灾荒，就如同百草遇到黑霜一样，哪里有一点抵抗的能力呢？

这下堡村倒好！在渭河以南，是沿着秦岭山脚几百里产稻区的一个村庄。面对着黑压压的终南山，下堡村坐落在黄土高原的崖底下。大约八百户人家的草棚和瓦房，节节排排地摆在四季绿水的汤河北岸上。住在那些草棚和瓦房里的庄稼人，从北原上的旱地里，也没捞到什么收获。不过，他们夏天在汤河南岸的稻地里，收割过青稞；秋天，他们又从汤河上上下下的许多独木桥上，一担一担挑过来沉甸甸的稻捆子。人们说：就是这点收成，吸引来无数的受难者。

每天从早到晚，衣衫褴褛的饥民们，冻得缩着肩膀，守候在庄稼院的街门口。他们不知在什么地方路旁折下来树枝，夹在胳膊底下，防着恶狗。他们诉述着大体上类似的不幸，哀告救命。有的说着说着，大滴大滴的热泪，就从那枯黄的瘦脸上滚下来了，询问：有愿意收养小孩的人吗？这情景，看了令人心酸。多少人，一见他们就躲开走了。听了那些话，庄稼人难受地回到家里，怎么能吃得下去饭呢？

但是前佃户、汤河南岸稻地里的梁三，为人特别心硬。他见天从早到晚，手里捏着只有一巴掌长、买不起嘴子的烟锅，在饥民里找人似的满村奔跑。这梁三，四十岁上下，高大汉子，穿着多年没拆洗过的棉袄，袖口上，吊着破布条和烂棉花絮子。他头上包的一块头巾，那个肮脏，也像从煤灰里拣出来的。外表虽然这样，人们从他走步的带劲和行动的敏捷上，一眼就可看出：那强壮的体魄里，蕴藏着充沛的精力。下堡村的人对梁三在饥民群里钻来钻去，越来越发生了怀疑。

几天以后，人们终于看出梁三活动的规律了：他总是紧追着饥民里头带小孩的或不带小孩的中年妇女跑。有人推测：熬光棍熬急了的梁三，恐怕要做出缺德的事情吧？但是，梁三不管旁人怎样看，他只管他一本正经地听着逃荒女人们在庄稼院门口诉述不幸，并且在脑子里思量着那些话，独自点着头，显得异常认真、严肃。

有一天，梁三从汤河南岸过来时，竟变成了另一个人：剃了头，刮了有胡楂的脸；在他的头上，他哥梁大借给他走亲戚时戴的瓜皮帽，代替了烂脏头巾。他的旧棉袄也似乎补缀过了。啊！原来梁三竟在人不知鬼不觉中重新成家了——看吧！他喜得闭不上嘴，伸开两只又长又壮的胳膊，轻轻地抱起一个穿着亡父丢下的破棉袄、站在雪地上的四岁男孩。一个浑身上下满是补丁和烂棉絮的中年寡妇，竟跟他到汤河南岸的草棚屋里过日子去了。

梁三的草棚屋，坐落在下堡村对岸靠河沿那几家草棚户的东头。稻地里没有村庄，这边三家那边五家，住着一些在邻近各村丧失尽生存条件以后搬来租种稻地的人。也有一些幸运儿，后来发达起来，创立起家业，盖起了庄稼院。整个稻地——从汤河出终南山到它和北原那边的潏河合流处，这约莫三十里长、二三里宽的沿河地带——统统被人叫做"蛤蟆滩"，因为暖季的夜间，稻地里蛤蟆的叫声，震天价响，响声达到平原上十几里远的地方。梁三小时候,他爷从西梁村用担笼把他挑到这个蛤蟆世界来。他爹是下堡村地主杨大财东的最讲"信用"的佃户,一个和现在的梁三一样有力气的庄稼汉。老汉居然在他们落脚的草棚屋旁边,盖起了三间正房,给梁三娶过了媳妇。老汉使尽了最后的一点点力气以后,抱着儿子梁三可以创立家业的希望,心满意足地辞别了人间。但是梁三的命运不济,接连着死了两回牛,后来连媳妇也死于产后风。他不仅再租不到地了,就连他爹和他千辛万苦盖起的那三间房,也拆得卖了木料和砖瓦了,自己仍然独独地住在他爷留下的草棚屋里。这时,在那三间房的地基上,拆房的第二年出生的榆树,长得比那残缺的土围墙还高了,已经有梁三的大拇指头那么粗了。

　　自从死了前妻,草棚院变得多么荒凉啊!多么冷落啊!那个向西的稻草棚屋,好像一个东歪西倒的老人,蹲在那里。土围墙有的地方在秋天的霪雨中垮了,光棍主人没心思去修补它;反正院里既没有猪羊,又没有鸡鸭,哪怕山狼和黄鼠狼子夜里来访问呢?!院里茂草一直长到和窗台一般高低,梁三也懒得铲锄它,锄它做什么呢?除了他自己,谁又进他的街门呢?好!现在,梁三领了个女人回来了,他的草棚院就有了生气。几家姓任的邻居,男人们早帮他铲净院里的枯草,女人们也帮他打扫了那低矮而狭窄的草棚屋。大伙笑说:嘿嘿!从今往后,梁三的案板上和小柜上,再也不会总是盖着一层灰尘了。

　　四十岁的梁三竟像小孩一样,掩饰不住内心的兴奋。他热情地给外乡女人找出一些前妻遗留下的旧衣服,要她换上。他还要她马上给可怜的孤儿,改修一条棉裤呢!看娃那麻秆儿一样瘦的光腿,在那件不合身的破棉袄下边,冷得颤抖呀!梁三甚至当着邻居男女们的面,对外乡女人夸起海口来了:说他是有力气的人,他将要尽他的力气跑终南山扛椽、背板、担炭、砍柴;说他将要重新买牛、租地、立庄稼;说他将要把孤儿当做自己的亲生儿子一模一样抚养

003

成人，创立家业哩……

"我不会撒谎！宝娃他妈，你信我的话吧？"

"我，信……"外乡女人用眼睛打量了一眼新夫强壮的体魄和热忱的面孔，在生人面前不好意思地低下了头。大约是由于饥饿和痛苦的摧残吧，那忧郁的、蜡黄的瘦长脸上，暂时还不能反映出快活来。

"唔，"梁三略微有点失望，说，"你，日久见人心……"

梁三捉摸女人这时的心情是复杂的，不好和她多说什么。他转向宝娃表示他对新人的热情。这孩子乍到这陌生的草棚屋里，一直拘束地端端正正坐在炕边，怯生生地望望这边，又望望那边，一时还弄不清楚这是怎么一回事哩，眼睛竭力躲开站在脚地来看喜事的小孩们。

"宝娃，"梁三热心地走到炕边说，"等你妈给你改好裤子，你就能出去和他们一块耍，噢！"他指着脚地站着的小孩们。

"我不去。"宝娃低下头，看着自己的手指，低低说。

"为啥？这稻地水渠里有白鹤、青鹳、鹭鸶和黄鸭，还有雁哩。你们渭北老家那里有吗？"梁三笑嘻嘻地说着，竭力把这个地方说得好些，使母子俩把心安下来。

"我不去。"宝娃固执地说，"我害怕。……"

"怕啥？水鸟不伤人的，傻瓜！"

"我怕狗……"

"啊啊，"梁三忍不住笑了，"衣裳新了，狗还咬你吗？"

梁三的一个树根一般粗糙的大巴掌，亲昵地抚摸着宝娃细长的脖子上的小脑袋。他亲爹似的喜欢宝娃。这娃子因面黄肌瘦，眉毛显得更黑，眼睛显得更大，那双眼里闪烁着儿童机灵的光芒。俗话说："三岁就可以看出成年是啥样！"梁三挺满意他。

在最初的几天，总有男人们和女人们，跑到梁三的草棚屋来看望。他哥——卖豆腐的梁大、邻居老任家的人们,是不要说的了,就是上河沿的老孙家、老郭家、皂龙渠老冯家、老李家,最后连官渠岸南边旱地边沿那些自耕户和半佃户,也来看过了。这个进去,那个出来,末了都聚集在街门外边的土场上说笑。男人们带着抑制不住的兴趣,要和梁三开几句玩笑。这当然显得很不尊重,但是梁三新刮过的脸上,仍然露出一种自负的笑容,那神气等于明明白白向庄稼人宣布:

"唔,当成我梁三这一辈子就算完了吗?我还要创家立业哩!"

几天以后,无论在下堡村还是在蛤蟆滩,人们白天再也见不着梁三了。而在蛤蟆滩随便哪个草棚院外边向太阳的墙脚下,在下堡村的大十字、郭家河、王家桥头几处人稠的街口上,庄稼人们津津有味地谈论着梁三的外乡女人。

"啊,是个好屋里家哩!"有人赞赏地说,"手快嘴慢,听口气是个有主心骨的。娘家爹妈都是这回灾荒里饿翻的,哥嫂子都各顾逃生了。婆家这头,男人一死,贴近的人再没了,自己带着娃子,从渭北爬蜒到这南山根儿来。不容易哩!"

"大约是和梁三有夫妻的缘分,老天爷才把她赶到这汤河边来的。光这一个小娃吗?"

"说是还有一个闺女来,路上又饿又冻,得了病,摆了。"

"呀呀!可怜的人呀!心疼死了!有多大年纪呢?"

"嘴说三十二,看起来四十开外。……"

"瞎拍嘴!瘦得皮包骨头,又在逃难的路上,风吹日晒,从相貌能多看十岁!等吃起来精神再看吧!"

"听说穿着梁三的宽大裤子,是吗?"

"可不是呢!裤子宽大是宽大,倒也罢了。光是烂棉袄换不过,实在叫人看了难为情。要不着梁三紧着往终南山里头钻呢!那母子俩,不是画片上的人哪!不能贴在墙上呀!他们要吃要穿呀……"

全村都卷入了关于稻地里梁三"拾"婆娘的争论。一部分人认为：曾经被命运打倒了的梁三，总算站起来了。他也许会创立起家业来，那孩子过些年就成他的帮手了；要是外乡女人在他的草棚屋里生养下一个两个，那光景就更有了奔头。但是另一派人却不相信世上会有那么便宜的事。哼！不花一个小钱就把婆娘领到屋里去了。他们拿自己的脑袋打赌：说在换过年头的时候，不定那女人的娘家弟兄来寻她，不定她前夫的门中人来寻宝娃，也不定女人不遂心的时候，闹着要回渭北老家去……总之，梁三的草棚屋断然不会平静的。

"咱们等着瞧吧！"这是两派人共同的话。

见天挑着豆腐担子，满下堡村转来转去的豆腐客梁大，很关心人们对他兄弟的这样看法。他的大耳轮逮住了这类言论的每一句话。一天深夜，梁三从终南山里担木炭回来了。他进山担木炭和进城卖木炭，都是鸡叫起身，深夜才回来。梁大鬼鬼祟祟站在街门外，把兄弟从草棚屋叫了出来，弟兄俩在黑暗中朝稻地中间绣着枯草根的小路上走去了……

第二天，梁三就没进城卖木炭去。他一早上了汤河上游离下堡村五里的黄堡镇。庄稼人吃早饭的时候，有人见梁三提了一筐子豆芽、白菜和粉条，另一只手提了约莫一斤的一瓶酒，回到家里。整个上午，梁三在下堡村街道上跑来跑去。你这一刻见他在大十字，过一刻，他那高大敏捷的身躯，就像能飞一样，从王家桥的街口闪过去了。他的样子十分繁忙，十分紧张，又十分神秘。有人叫住他，想问问他和外乡女人过得怎样。他一边走，一边掉头匆忙地说：

"我忙着哩，改天……嘻嘻……"

天黑定了。汤河丸石和沙子混合着的河滩上，挺神秘地出现了一粒豆大的灯火光。五个男人、一个女人和一个小孩，冷得簌簌发抖，在那里聚齐了。

梁三树根一般粗糙的大手，小心翼翼地捧着早晨从镇上买来的一尺红标布。他感激地说：

"众位乡党，为俺们的事，受冷受冻……"

"甭说了，甭说了。俺们冷一刻有啥呢？"

"但愿你两口，白头到老，俺乡党们也顺心……"

"就是这话。对！说得对！"

"天星全了，快动手吧！"

于是，下堡村那位整个冬天忙于给人们写卖地契约的穷学究，戴起他的老花眼镜了。他俯身在一块磨盘大的石头上[①]，把那块红标布铺展开来了。梁三在一旁恭恭敬敬地端着灯笼，其余的男人蹲在周围。大伙眼盯着毛笔尖在红标布上移动。

把毛笔插进了铜笔帽里，戴眼镜的穷学究严肃地用双手捧起写满了字的红标布，从头至尾，一句一顿地念了起来：

> 立婚书人王氏，原籍富平南刘村人氏。皆因本夫夭亡，兼遭灾荒，母子流落在外，无人抚养，兹值饥寒交迫，性命难保之际，情愿改嫁于恩人梁永清名下为妻，自嫁本身，与他人无干。本人日后亦永无反悔。随带男孩乳名宝娃，为逃活命，长大成人后，随继父姓。空口无凭，立婚书为证。

当念毕"空口无凭，立婚书为证"的时候，人们的眼光，不约而同地都集中到宝娃他妈沉思细听的瘦长脸上了。

"行吧？"代笔人问。

"行。"王氏用外乡口音低低答应。

[①] 按照迷信的说法，写过寡妇改嫁契约的地方，连草也不再长，所以在河滩。

两只瘦骨嶙峋的长手,亲昵地抚摸着站在她身前寸步不离娘的宝娃的头,王氏妇人的眼光,带着善良、贤惠和坚定的神情,落在梁三刮过不久的有了皱痕的脸上。

"我说,宝娃他叔!这是饿死人的年头嘛,你何必这么破费呢?只要你日后待我娃好,有这婚书,没这婚书,都一样嘛。千苦万苦,只为我娃……长大……成人……"

她哽咽了,说不成声了。她用干瘪的手扯住袖口揩眼泪了。所有的人都凄然低下了头,不忍心看她悲惨的样子。

一股男性的豪壮气概,这时从梁三心中涌了上来。在这两个寡母幼子面前,他突然觉得自己是世界上一个强有力的人物。

"咱娃!"梁三斩钉截铁地大声改正,"往后再甭'你娃''我娃'的了!他要叫我爹,不能叫我叔!就是这话!……"

在说合人、婚证人和代笔人,一一在红标布上自己的名字底下画了十字以后,人们到梁三的草棚院里,吃了豆腐客梁大忙了一整天准备下的一顿素饭,说了许多吉利话,散了……

……一九三〇年春天,撒布在汤河沿岸产稻区的饥民,好像季候鸟一样,在几天里都走了。人们注视着稻地里梁三的女人,看她是不是经常向北原那边的远处遥望。女人们带着针线活,到梁三的草棚屋去,用话语试探她,看她是不是怀念着渭北的老家。

不!这女人的一双小脚无事不出街门。她整天在屋里给跑山的男人收拾破鞋、烂袜子和毛裹脚带。梁三的光景是艰难的,连脚地和街门外从前种地时做场面现在种菜的地皮算在一块,统共一亩二分。他全指望苦力过日子。春天,城里不烧木炭火盆了。到深山里运木料的路还没有消冻以前,梁三只好在山边上割茅柴,到城里或黄堡镇上去卖。常常要等梁三带回来粮食,女人才能做饭;但是她不嫌他穷,她喜欢他心眼好,怜爱孩子,并且倔强得脖子铁硬,不肯在艰难中服软。这对后婚的夫妻既不吵嘴,也不憋气。他们操劳着，忍耐着，把希望寄托在将来。邻居老任家有人曾经在晚饭后，溜到那草棚屋的土墙外边，从那小小的挡着枯树枝的后窗口偷听过：除了梁三疲劳的叹息，就是两口子谈论为了他们的老年和为了宝娃，说什么他们也得创立家业……

十年过去了。

拆掉三间房的地上长起来的那棵榆树，现在已经有碗口粗了。它的枝叶已经同梁三他爷和他爹在土围墙外面栽起来的那些榆树和椿树的枝叶，在几丈高处连接起来了。它们像所有庄稼院周围的庭树一样，早已开始给院子很大的荫凉；但人事的发展，却远远地落在大自然后头——院里依然空荡荡的，在街门里的东首一角，灰溜溜地蹲着那个破草棚屋。

家业没创起来！

五十多岁的梁三老汉累弯了腰，颈项后面肩背上，被压起拳头大一块死肉疙瘩。他得了冬天和春天很厉害的咳嗽气喘病，再也没有力气进那终南山了。终南山养活了他几十年。别了！心爱的终南山啊！

宝娃长成十三岁的人了。红脸、浓眉、大眼睛、身派不低，一眼看上去，就知道能出息一个结实的庄稼汉。接受了继父和他妈给他的足够教导以后，十三岁的少年人，有信心地投入了生活，开始给下堡村吕二财东家，熬半拉子长工。

那年正月十二上工。正月十五黄昏，宝娃从财东家回到稻地里的草棚屋过灯节。娃一句话没说，趴在小炕沿上，抱住小脑袋呜呜直哭。

妈，已经四十几岁，温良贤惠地走到跟前，搬搬儿子的肩膀：

"宝娃，你怎哩？"

"呜呜呜……"宝娃只哭不回答。

"好娃哩，甭哭。"妈摸摸他包头巾的小脑袋，"你给妈说，你是不情愿熬长工吗？要是不情愿，叫你爹退工去，等你大上二年再……"

"呜呜呜……"宝娃边哭边摇头。

"那么是怎哩？东家对你不好吗？"

宝娃哭得更厉害了，一声比一声更凄惨。

"好娃哩！你甭尽哭嘛！到底是怎回事，你给妈说！"

宝娃站直起来，拧过身，满脸眼泪和鼻涕，断断续续开始说：

"我……蹲在……房檐底下……吃饭，呜呜呜……"

"说，说下去，甭哭哩！"

"财东娃……从地下……抓起……一把脏土，呜呜呜……"

"抓起一把脏土怎哩？"

"撒在……我……碗里头，呜呜呜……"

"为啥哩？你惹他来吗？"

"我……没……财东娃……欺负人……人哩！"

一直关切地站在旁边的梁三老汉，脸色气得铁青，现在接上嘴，愤怒地问：

"那么，那碗饭怎弄来？"

"财东叫……倒在……猪槽……槽哩……"

"财东没管教娃吗？"

"光……说了……两句，呜呜呜……"

于是原来十分愤怒的老两口，气平了下来。老两口商量：既然饭倒给猪吃了，财东又说了自家的娃几句，也就拉倒算啦。给人家干活，端着人家的碗，只要能过去就过去了。

"娃呀！"妈抚摸着宝娃的头，教育刚入世的少年说，"你不懂事哎！咱穷人家，低人一等着哩。要得不受人家气，就得创家立业，自家喂牛，种自家地……"

"着!"梁三老汉在旁边肯定说,"就是这话!先喂牛,种财东家的地,后……就是你妈的那话。明白了吗?"

就这样,可怜的宝娃上了庄稼人生活哲学的第一课。到十八岁的时候,他已经对庄稼活路样样精通了。在下堡村,他的工资达到成年人的最高数目。他暗自把长工头当做老师傅,向他学会了所有的农活,包括最讲技术的撒种……

光阴似箭!到了给吕二财东干活的第三年夏天了。一天晚上,晚饭以后,夜色苍茫中,宝娃竟用腰带牵了一头小黄牛犊,过了汤河,回到草棚院里来了。

"这是怎回事?"罗锅腰的梁三老汉迎上去,预感不祥地问。

"吕老二的大黄牛死哩。"宝娃满意地笑着,把小牛犊拴在那棵碗口粗的榆树上,又说,"这牛犊太小,他家怕没奶吃饿死哩……"

"给了咱了?"脸上已经有了皱痕的妈,高兴地问。

"给了咱了?你也不思量思量!吕老二的东西嘛,就是一根折针吧,还有白给人的吗?人家叫他吕二细鬼哩。"

继父和妈都惊呆了。他们同声问:

"那么是怎么回事呢?"

"我掏五块硬洋买的。他在咱工钱里扣。"

"啊呀呀呀!我的傻娃呀!你就给咱往下办这号事啦?"梁三老汉经受不起这个打击,脸也变灰白了,弯弓似的脊背靠着土墙蹲下去,已经有了几根白头发的脑袋,也耷拉下去了。

宝娃妈见老汉那样子,难受得简直要哭起来。

"你呀!"她痛心地训斥儿子,"你也不小了,做事怎这么没底儿哩?你不思量,人家吕老二还怕饿死,到咱家里就不怕饿死了吗?再说,你一定要买,也该回来和你爹商酌商酌嘛。你心胆太大了!呸!该死的吕二细鬼,你欺骗俺娃年轻!"

011

梁三老汉重新站了起来,向前跑了两步,向儿子伸出两手,以按捺不住的激动,计算着五块银洋的价值:买成玉米能吃多少日子,买成布能做多少衣裳,买成柴能烧多少个月……而现在,他指着在生疏地方惊慌不安的小牛犊,焦急万状地说:

"咱要这个软囊囊的东西,做啥哩嘛?"他抖擞着两只瘦长的手。可怜的穷老汉简直活不下去了。

宝娃妈坐在拆过三间房但是依然保留着丸石的台阶上,哭起来了。她拿起衣襟揩着眼泪,想到家境的穷困,想到自己带来的儿子惹继父难受,想到儿子刚出世面就不稳当,她忍不住为自己的不幸的命运落泪……

但是,宝娃不慌。他甚至很自信,嘲笑地看着娘老子庸人自扰的样子。梁三老汉冲到榆树跟前解牛犊,要去找吕老二悔退。宝娃挡住他。充满自信心的小伙子,这才把自己和继父不同的算账方法,告诉了老汉。

"爹!你那是个没出息的过法,"小伙子口气很大地笑着,一只手握住缰绳疙瘩不让老汉解,"照你的样子,今辈子也创不起业来。熬长工的人嘛,要攒多少年,才有买一条大牛的钱呢?这牛犊几块钱,叫俺妈用稀米汤喂上。大了点,你就从渠岸上割草喂它。几年以后,咱就有大牛了。"

几句话说得老汉松了手。小家伙原来是打着种庄稼的主意啊!

"活得了吗?"老汉惶恐地问。

"死了拉倒。这才几个钱。你年轻时,不是说大牛也死过两条吗?"

老汉低了头,羞愧难当地走开了。他一时窘得不知道到哪里去,做什么。他心里惭愧自己光是体力强壮,一辈子牲口一般掂重东西,心眼却远不如这个刚出世面的小伙子灵巧哩。

宝娃妈见老伴不再抱怨了,揩了眼泪,换了笑脸……

又过了三年。雄心勃勃的宝娃果然做好了种庄稼的一切准备——陆陆续续从下堡村破产的农户手里，拾便宜置买下几样必要的农具。小伙子又在土围墙里老草棚屋对面，搭起两间稻草棚棚。里间盘了炕，他自己睡，外间盘了槽，拴着那头已经长大、引起许多人羡慕和嫉妒的大黄牛。梁三老汉喜欢不尽。宝娃妈到蛤蟆滩的第五个年头生了一个闺女，这时已十多岁。老汉实践诺言，把小闺女定亲出去，拿她的财礼给宝娃买下个童养媳妇——一个穷佃户的十一岁闺女。从那时起，宝娃就随继父姓，按豆腐客梁大的两个儿子是"生"字辈，起了官名叫梁生宝。他成了大人了……

梁生宝创家立业的锐气比他继父大百倍！他头一年就租下吕老二的十八亩稻地，并且每亩又借下二斗大米来买肥料——油渣或者皮渣。小伙子和老汉破命干了一年。在最紧忙的夏天，生宝从地里回来，要蹲在铺着被儿的炕上吃饭，要不然吃饭中间一瞌睡，碗就掉在地上打碎了。梁三老汉从稻地里泥脚泥手爬出来，躺在渠岸的青草上，没力气回家，生宝回到家里叫他妈提饭去给老汉吃。可怜的梁三老汉啊，他担心有人夜里扒开水口，偷放走他稻地里的水，通夜就在渠岸的青草上睡觉哩。无情的蚊子把老汉的脸、胳膊和腿都叮肿了。但是老汉经常是一声不吭地干活，有时候脸上还露出幸福的快乐的笑容，在人们中间以自己重新变成一个庄稼人为无上光荣。为了少拉些账债，这家人狠住心一年没吃盐、没点灯……秋天，在拆掉三间房的地方，在榆树东边靠老草棚屋的一角，稻草垛堆得比草棚屋还高；但是可惜得很，他们从黄堡镇买了席片，却没有扎装稻谷的席囤子。交过地租，还过肥料欠债（一斗大米还一斗四升），剩下的被下堡村大庙里头的保公所打发保丁来装走了。生宝他妈趴在街门外土场上的碌碡上，放声大哭。生宝的妹子和童养媳妇见她哭，也跟着大声号叫，好像送葬一样，送走了剩余的稻谷。生宝拧着浓黑眉，噘着嘴，多少日子一句话也没有。任谁也问不响他一句。他变成哑巴了。

梁三老汉弯着腰，跟在生宝屁股后头喃喃着。

"宝娃，甭难受哩！头一年，这是头一年，咱家没底底。忍耐些吧，种几年庄稼以后就好了。"

"种几年？这么多人，吃啥哩嘛？"生宝凶极了。

"吃啥哩？俗话说得好：借得吃，打得还，跟上碌碡吃几天。要不，怎么办呢？该比熬长工强吧？多得些柴禾。"

好吧！有什么办法呢？总比睡在财东马房里强！生宝渐渐松开了浓眉，重新干起活来。

又过了两年，梁生宝被拉了壮丁。梁三老汉坚定地卖了大黄牛，赎他回来。为了避免再一次被拉走，打发生宝钻了终南山。十八亩稻地退还了吕老二，改租给旁人了。这是命运的安排，梁三老汉既不气愤，也不怎么伤心，好像境况的这一发展是必然的一般，平静而且心服。看破红尘的老汉，要求全家人都不必难受。他认为和命运对抗是徒然的。

再也听不见牛叫的草棚院里，老汉、老婆、闺女和童养媳妇，靠着梁生宝不定期地从终南山里捎回来的钱，过着饥寒光景。老两口头上都增添了些白头发，他们显得更加和善、更加亲密了。他们没有什么指望，也没有什么争执，好像土拨鼠一样静悄悄地活着。生宝他妈领着闺女和童养媳妇两个十三四岁的女孩儿，春天在稻地南边的旱地里去挖野菜，夏天到北原上拣麦穗，秋天在庄稼路上扫落下的稻谷，冬天在复种了青稞的稻地里拾稻茬。人们赞美这对老夫妻，灾难把他们撮合起来，灾难使他们更和美。梁三老汉忌了旱烟，拄了棍，咳嗽着，哼哼唧唧，喉咙里呼噜噜地响着永远咳不完的痰，喘息着。生宝他妈给老汉轻轻地捶着鼓起来的干瘦脊背。她常常用她那当年曾经漂亮的而现在满被密密的皱纹包围起来的眼睛，忧愁地盯着老伴，问：

"生宝他爹,你觉着怎么样呢?"

"我,死不下的。我,哼哼,吭!吭吭!"一阵难以遏止的咳嗽……

他们再也不提创家立业的事了。

二十年过去了。

一九四九年的夏天,汤河上出现了一九二六年军阀刘镇华围西安以来最大的兵荒马乱。下堡村的人,纷纷收拾北原崖上的暗窑。蛤蟆滩的人,家家户户在院里外人不容易察觉的地方挖地洞。让小伙子和年轻妇女在里头躲藏起来吧!不得了,风声险恶极了。说渭河以北溃退下来的国民党军,见东西就拿,见小伙子就拉,见年轻女人就要糟蹋。阿弥陀佛!他们的末日终于到了!在北原那边,沿陇海铁路和县城的方向,大炮响了几天了。有一天夜间,下堡村、黄堡镇和蛤蟆滩,所有的狗直叫了一夜。梁三和他老婆把闺女和童养媳妇藏起来,老两口蜷曲在草棚屋里,通夜也没合过眼皮。他们听见汤河北岸的马路上,人声、牲口声和车辆声不断,却不敢出街门外去看一看。第二天早晨,汤河两岸死一般地沉寂,没有一个人影。到吃早饭的时候,有人来敲街门,吓得全家人哆嗦,出去到院里一听,原来是梁生宝不知从什么地方跑回家来了。他眉飞眼笑,高兴地跳着,大声喊道:

"解放啦——"

"啥?"

"世事成咱们的啦——"

"啊?"

梁三老汉迷迷瞪瞪,无论如何不能理解生宝的话。后来,他看见生宝在蛤蟆滩和下堡村满世间跑来跑去,大喊大叫,说一些在他看来是过分大胆的话,他心下很是不安。过了些日子,有一天,生宝从下堡村过汤河来回家吃饭的时候,竟然背一杆亮堂堂的长枪——不是人们在终南山里打野猪、狗熊和豹子的土枪,而是从前拉生宝壮丁的那些人背的那种快枪。梁三老汉看见这东西,心突突地直跳,不让生宝拿进草棚屋里去。

"你背它做啥?"

"我是民兵队长!"生宝宣布,给老两口解释了一阵组织民兵的必要性,同时用权威人士的口气,告诉他们将要发生一连串重大的变化,一直到把下堡村杨大剥皮和吕二细鬼的土地分掉……

"呵!共产党这么厉害?还敢惹他两个……"

果然,第二年冬天,给梁三老汉分下十来亩稻地。老汉如同在梦里一般,晃晃悠悠多少日子。他的老脑筋怎么也转不过这个弯儿来。他曾经日谋夜算过:种租地,破命劳动,半饱地节省,几分几分的置地,渐渐地、渐渐地创立起自己的家业来。但是,他没有办到;生宝比他精明些,也没有办到。而现在,人们只要告诉他一声,十来亩稻地就姓梁了。

在土地改革的那年冬里,梁三老汉在他的草棚院里再也蹲不住了。他每天东跑西颠,用手掌帮助耳轮,这里听听,那里听听。他拄着棍子,在到处插了写着字的木橛子的稻地里,这里看看,那里看看。他那灰暗而皱褶的脸皮上,总是一种不稳定的表情:时而惊喜,时而怀疑。老婆嫌他冒着冬天的冷风在外头乱跑,晚上尽咳嗽一夜;但她稍不留意,草棚院就找不见老汉的影子了。她跑出街门,朝四外瞭望,果然,那罗锅腰的高大身躯,孤零零地站在空旷的稻地中间。

老婆追到他跟前,拉他回家。

"不!"他坚决地说,挣扎脱袖肘,"我在屋里蹲不住嘛。"

"你站在这里做啥呢?"

"我,看一看……"他的一只长胳膊朝周围的稻地一晃,神神气气。

"这里有啥看头呢?都分给大伙了。"

"分给大伙了,我看一看嘛……"

"你这是怎哩?身上哪里不舒帖吗?"

"身上不怎。"

"那么是为啥?看你这些日子呆得很……"

"没啥。"

"没啥你也甭乱跑了。"

生宝他妈死赖也把老汉拉不回草棚屋去。常常天黑严了,老汉还在分给他的地边上蹲着,好像害怕地里的土块被人偷走似的。

过了些日子,老汉从外头回到草棚屋,感慨地叹息着,才对老婆说了真心实话。

"生宝他妈,我心里麻乱得慌。"

"为啥?这不好过日子了吗?"

"我老是觉着不是真的,好像在梦里头哩。我跑出去一看,那些木橛还在稻地里插着哩。"

生宝他妈忍不住笑。

"你真老傻了!这些东西,"她指着从下堡村分回来的蓝瓷瓮、独铧犁和小木柜,说,"这些东西不是在这里吗?你甭下炕,仰头就能看见,何用你拄上棍东跑西颠呢?"

"能看见。是能看见。可是地,我怕地,地当紧哪!"

有一天,生宝回家吃毕饭,忙着要过汤河,到下堡村大庙的乡政府去开会。老汉却叫住他。

"宝娃,我问你一句话,你说那十来亩稻地……"

"说啥快说!"生宝一只脚在门里头,另一只脚已经跷在门外,"我忙着呢。"

"我是说,那十来亩稻地,一粒租子都不用拿吗?"

"给谁拿呢?地主的契约都架起火烧了!"

"乡政府也不问咱要吗?"

"你老糊涂了!要告诉你多少遍才信呢?"

"那么,照你说,那些地就完完全全成咱的了吗?"

"嗯啊……"

"你甭走,生宝,你甭走,说清楚。"老汉追出门,拉住已经走到街门口的生宝,"有啥凭据吗?俗话说得好,'地没契甭种'……"

"你急啥?过年就要发土地证。"

"明白啦!宝娃,好哇!干哪!"老汉隔着街门,朝着在草路上向汤河边走去的生宝,大声吼叫着。

仿佛有一种莫名其妙的精力,注入了梁三老汉早已干瘪了的身体。他竟竭力地把弯了多年的腰杆,挺直起来了。到了春天,好像气喘咳嗽的病也见轻了些。他丢了棍子,满草棚院忙乱着。他从黄堡镇上买了人们从终南山里割的灌木条子,自己编了一个长系子的笼子。见天清早,天不亮他就出去,在从城里到黄堡的公路上拾粪。他脑子里转动着下堡村那些富裕庄稼院给他的自足的印象。

有一天,梁三老汉在睡梦中忽然间恍恍惚惚觉得:他似乎不住在草棚院里,而住在瓦房院里了。过了一刻,他的这种模糊的感觉,才更加明确起来:不是别的地方,就是他早年拆掉的那三间房,现在重新盖起来了。那一东一西的稻草棚棚,现在也换成瓦顶的东西厢房了。啊啊!这是一座三合院嘛!

噢噢!梁三老汉现在是一个三合头瓦房院的长者了。穿着很厚实的棉衣裳,腰里结着很粗壮的蓝布腰带。暖和倒暖和,行动起来却有些笨手笨脚,怪不灵便的。但是有什么办法呢?儿子和媳妇给自己做下了嘛!为了不辜负他们的一片孝心,只好穿得像一个客人一样,在院子里走出来走进去。

"你们有孝心,我有疼心!"梁三老汉忠厚地想着,更带劲地干着庄稼院永远干不完的杂活。

后院里是猪、鸡和鸭的世界。前院,马和牛吃草的声音很响。管理着所有的家畜和家禽,对梁三老汉来说,活儿已经不轻了。但他不把这当做劳动,而把这当做享受,越干越舒服。猪、鸡、鸭、马、牛,加上孩子们的吵闹声,这是庄稼院最令人陶醉的音乐。梁三老汉熟悉这音乐,迷恋这音乐。

但是当他醒来的时候,他依然睡在破草棚屋的炕上……

"生宝他妈,"在闺女和童养媳都不在场的时候,他笑眯眯地附耳告诉老婆,"我给你说句话,你可别给外人狂言乱语啊!"

"啥话?看你偷声细气的样子!"

"我说,拿咱宝娃种吕老二那十八亩稻地的那股劲头,你看吧,有咱老两口的好日子过呀!光咱两口子说话,你信不信?"

生宝妈亲热地笑着,望望老汉,用她有皱痕的脸上幸福的表情,回答了他。

"告诉你吧!用不了多少年,我年轻时拆了的那三间房就新盖起了。稍有办法,就不盖草房了。要盖瓦房!咱老两口住不到新瓦房里去,我就是死下也闭不上眼睛。"老汉非常动感情地说,在胡子丛丛的嘴唇上,使着很大的劲儿。

"也甭说得那么硬,做着看吧!"老婆笑说。

"不!办得到的,必定!咱宝娃必定办到……"

……但是,又过了一年,梁三老汉失望地得出了新的结论:生宝创立家业的劲头,没有他忙着办工作的劲头大。发了土地证,庄稼人都埋头生产,分地户都专住心发家的时候,有些村干部退了坡;而生宝特别,他比初解放的时候更积极,只要一听说乡政府叫他,撂下手里正干的活儿,就跑过汤河去了。

梁三老汉独独地站在那里,奇怪起来:为什么那样机灵的小伙子,会迷失了庄稼人过光景的正路?小伙子红腾腾的脸盘,那浓眉大眼，那下嘴唇略微肥厚一点显着很忠厚的模样，和从前是一模一样的，只是他的心变了。种租地立庄稼时的那个心，好像被什么人挖去了，给他换上一个热衷于工作的心。他的行动渐渐地惹梁三老汉生气。有时候，梁三老汉也疑心：大约是对那又瘦又小、多病的童养媳妇不满意吧？老汉在生宝晚上出去的时候，偷偷地远远地跟在后边，注意他是不是往名声不好的女人翠娥草棚屋钻。不是的，小伙子直端向开会的地方走去了。坏了！梁三老汉没防备儿子这几年在外头接受了另外的教导，他已经对发家淡漠了，而对公家的号召着了迷。

当听说生宝入了党的时候，老汉受了最大的震动，在炕上躺了三天。

"哎，宝娃，咱入它那个做啥？咱种庄稼的人，入它那个做啥嘛！咱又不谋着吃官饭，拿开会当营生哩？有空儿把自家的牲口饲弄肥壮，把农具拾掇齐备，才是正事啊。赶紧退党去吧，傻瓜！"

他得到的回答，却是满脸从心里往外乐的笑容。

"你那是个没出息的过法！"小伙子用十几年前买吕老二的牛犊时同样的话回答他，口气比那时更大、更傲。

"不是亲骨肉，就是这！"老汉难受地使劲咽了口唾沫水。

后来，那个可怜的童养媳妇终于死了。一大串一大串的眼泪从梁三老汉灰暗而皱褶的老脸上滚了下来，用树根般粗糙的手揩也揩不及。这不是童养媳妇，这是他的闺女。在梁生宝钻终南山的那几年，在严寒的冬天，在汤河边上的烂浆稻地结冰的那些日子里，梁三老汉和老婆、闺女、童养媳妇，四个人盖一块破被儿。是他衰老的身上的体温，暖和着那个孱弱的小女孩的。她不把他当阿公，而当做亲爹。一块石头在怀里揣三年还热哩！在死者入殓的时候，老汉趴在炕边号啕大哭，哭得连旁人都伤了心，背过脸用指头抹眼泪；心肠铁硬的生宝，只是怜悯地看看死者，悲怆地叹口气。他和她没有多深的关系，他们在一块的时间很少。他觉得，和那个可怜人在一块胡来，简直是犯罪。

埋葬了媳妇以后，梁三老汉掏出心来劝过生宝一回。

"宝娃，爹对不住你。爹没能耐，过不好光景，没给你占下好媳妇。这陈旧话休提了，你赶紧瞅你的对象结亲吧。你这时活到人面前了，有人跟你啦。结亲吧，结亲吧，结了亲，好好过咱的光景吧……"

但是，他这一番热切的话，好像给汤河滩的石头说了一样。一九五三年的春天，梁生宝的劲头比从前更大，把自己完全沉湎在互助组的事务里去了，做出一些在旁人看来是荒唐的、可笑的、几乎是傻瓜做的事情。生宝他妈有时也疑惑儿子是不是有些冒失，但她却不和老汉一同阻止儿子，有时甚至护着儿子。老汉看见她那早已灰暗了而现在重新容光焕发起来的脸上，带着喜欢生宝的笑容，心里就憋了气。起名叫梁秀兰的闺女，已经十九岁了，在下堡小学念四年级，也站在她哥的一边说话，这更伤了老汉的心。

于是梁三老汉草棚院里的矛盾和统一，与下堡乡第五村(蛤蟆滩)的矛盾和统一，在社会主义革命的头几年里纠缠在一起，就构成了这部"生活故事"的内容……

021

第一部

上　卷

第一章

　　早春的清晨，汤河上的庄稼人还没睡醒以前，因为终南山里普遍开始解冻，可以听见汤河涨水的呜呜声。在河的两岸，在下堡村、黄堡镇和北原边上的马家堡、葛家堡，在苍苍茫茫的稻地野滩的草棚院里，雄鸡的啼声互相呼应着。在大平原的道路上听起来，河水声和鸡啼声是那么幽雅，更加渲染出这黎明前的宁静。

　　空气是这样的清香，使人胸脯里感到分外凉爽、舒畅。

　　繁星一批接着一批，从浮着云片的蓝天上消失了，独独留下农历正月底残余的下弦月。在太阳从黄堡镇那边的东原上升起来以前，东方首先发出了鱼肚白。接着，霞光辉映着朵朵的云片，辉映着终南山还没消雪的奇形怪状的巅峰。现在，已经可以看清楚在刚锄过草的麦苗上，在稻地里复种的青稞绿叶上，在河边、路旁和渠岸刚刚发着嫩芽尖的春草上，露珠摇摇欲坠地闪着光了。

　　梁三老汉是下堡乡少数几个享受这晨光的老人之一。他在天亮以前，沿着从黄堡通县城的公路，拾来满满一筐子牲口粪。他回来把粪倒在街门外土场里的粪堆上，女儿秀兰才离开暖和的被窝，胳膊上挂着书兜，一边走着，一边整理着头发夹子，从街门里出来，走过土场，向汤河边去了。老婆也是刚起来，在残缺的柴堆跟前扯柴，准备做早饭。

　　梁三老汉提着空粪筐走进小院，用鄙弃的眼光，盯了梁生宝独自住的那个草棚屋一眼。他迟疑了一刻，考虑他是不是把这位"大人物"叫醒来；但是在生宝的草棚屋背后那个解放后新搭的稻草棚棚里，独眼的老白马大约听见老主人的走步声了吧，咴咴地叫着，那么亲切。老汉终于忍住一肚子气，把粪筐气狠狠地丢在草棚屋檐底下的门台上,向马棚走去了。

过了一刻,老汉手里换了长木柄笊篱,重新出现在街门外的土场上。他开始摊着互助组锄草时拣回来的稻根。这是他套起独眼老白马,拽着碌碡碾净土的,再晒两天就晒干了。晒干了好烧啊!

"睡着吧,梁老爷!睡到做好早饭,你起来吃吧!"老汉在心里恨着生宝,"黑夜尽开会,清早不起来,你算啥庄稼人嘛?"

生宝黑夜什么时候从外头回来,他不知道;老汉为了给独眼白马添夜草方便,独自睡在马棚的一角砌起的小炕上。他脑里思量:"我让你小子睡在干净的草棚屋里,你小子还不给我过日子?常就这个样子,看我常给你小子当马夫不?"

"梁三叔,秀兰上学走了没?"

老汉抬起头,是官渠岸徐寡妇的三姑娘改霞。啊呀!收拾得那么干净,又想着和什么人勾搭呢?老汉心里这样想。

"走了。"他低下头才说,继续摊着稻根,表示不愿意睬她。

徐改霞轻盈的脚步,沙沙地从土场西边的草路向汤河走去了。

老汉重新抬起头来,厌恶地眯缝着老眼,盯盯那提着书兜、吊着两条长辫的背影。然后,他在花白胡子中间咕噜说:

"你甭拉扯俺秀兰!俺秀兰不学你的样儿!你二十一岁还不出嫁,迟早要做下没脸事!"

这徐改霞,她爹活着的时候,把她定亲给山根底下的周村。解放那年,人家要娶亲,她推说不够年龄,不嫁。等到年龄够了,她又拿包办婚姻作理由不去,一直抗到二十一岁。不久以前,政府贯彻婚姻法的声浪中,终于解除了婚约。在梁三老汉看来,只有坏了心术的人,才能做出这等没良心的事来。他担心改霞会把他的女儿秀兰也引到邪路上去。秀兰的未婚女婿在解放那年参了军,眼下在朝鲜,想着早结婚,办得到吗?

老婆从白杨树林子中间的泉里汲了一瓦罐水,顺墙根走过来了。正好!

"我说,你……"老汉开了口,望着终南山下散布着大小村庄的平原,努力抑制着怒火。

老婆见老汉两道眉拧成一颗疙瘩,惊讶地放下水罐站住了。

"啥事?又把你恨成那样子……"

"我说,你!"老汉提高了声音,已经开始凶狠起来了,"我说,宝娃你管不下,秀兰你也管不下?"

"秀兰又怎了?"

"我并不是和你拍闲啦啦哩!老实话!秀兰可是我的骨血哇!是我把她定亲给杨家的。眼时我还活着哩!不许她给我老脸上抹黑!"

"摸不着你的意思……"

"告诉秀兰!少跟徐家那三姑娘扯拉!"

"噢啊!"老婆这才明白地笑了。事情并不像老汉脸上所表现出来的那么严重。她那两个外眼角的扇形皱纹收缩起来,贤惠地笑了,"退婚不是啥病症,能传给咱秀兰吗?"

"你甭嘴强!怕传得比病症还快!"

"秀兰变了卦,你问我!"

"到问你的时光,迟了!"

"那么怎办呢?她和人家上一个学堂……"

"干脆!秀兰甭上学啦!"

"你说得可好!杨明山在朝鲜立了功,当了炮长。正月间,大伙敲锣打鼓上他家贺喜,你听说来没?往后朝鲜战事完了,人家从前线回来,嫌咱闺女没文化,这就给你的老脸搽上粉啦?是不是?"

老汉有胡子的嘴唇颤动着,很想说什么话,但肚里没有一个词句了。他干咳嗽了一声,重新伸出笊篱摊稻根了。在老婆进了街门以后,他停住了手,呆望着被旭日染红了的终南山雪峰,后悔自己不该拿这事起头,他应该直截了当提出生宝清早睡下不起的事来。他抱怨自己面太软,总不愿和生宝直接冲突,其实,就算他在党,他还能把老人怎样?

梁三老汉摊完了稻根的时候,早晨鲜丽的日头,已经照到汤河上来了。汤河北岸和东岸,从下堡村和黄堡镇的房舍里,到处升起了做早饭的炊烟,汇集成一条庞大的怪物,齐着北原和东原的崖沿蠕动着。从下堡村里传来了人声、叫卖豆腐和豆芽的声音。黄堡镇到县城里的马路上,来往的胶轮车、自行车和步行的人,已经多起来了。这已经不是早晨,而是大白天了。

老汉走进小院,把笊笓斜立在草棚屋檐下。他朝着生宝住的草棚屋,做出准备大闹特闹的样子站定了:

"日头照到你屁股上了!还不起来吗?梁伟人!"

屋里没一点动静。

"预备往天黑睡吗?"他提高了嗓音。

"你那是吆呼谁呢?"老婆在旧棚屋烧着锅问。

"咱的伟人嘛!谁能睡到这时不起呢?"

老婆手里拿着拨火棍,走到门口,忍不住笑。

"你掀开门看看,宝娃还在屋里不?"

老汉掀开门一看,果然,炕上只剩了一个枕头,连被子也带起走了。

"到哪里去了?"老汉转过身来气呼呼地问,"县里开罢会还没一月,又到哪里去了?"

"你不知道吗?"老婆笑着说,"区委上王书记在咱家住了那么些日子,帮助互助组订生产计划。你没听说今年要换另一号稻种吗?他到郭县买那号稻种去了……"

"啥时候走的?"老汉从他紧咬的牙缝里问,气歪了脸。

"你拾粪不在的时光。"

"为啥不和我说?"

"他说他和你说了……"

"说了!说了!说了我不叫他去嘛!你为啥叫他走了哩?啊?你母子两个串通了灭我老汉啦?我是你们的什么人哇?是你们雇的伙计吗?你娘母子安的啥心眼哇?……"

老汉大嚷大叫,从小院冲出土场,又从土场冲进小院,掼得街门板呱嗒呱嗒直响。他不能控制自己了,已经是一种半癫狂的状态了。生宝不在家,正好他大闹一场。再没有这样好的机会了!

"不行!"他甚至在街门外的土场上暴跳起来,"只要我梁三还有一口气活着,不能由你们折腾啊!老实话!"他又跳了一跳。

老婆衣襟上沾着柴枝,手里拿着拨火棍,慌了。她看出老汉这些日子总是噘着个嘴不高兴,但是她还没想到:老汉会为这事爆发得这样厉害。老汉一口一声"你们",这是把她和儿子一样看哩。但她还是努力忍耐着,试图使老汉平静下来。

"你甭这么闹哄吧!他爹!"她尽量温和地说,"我常给生宝说哩,叫他甭惹你生气。他说,他就是把嘴说破,你的老脑筋还是扭不过弯儿来嘛。他说,只要他做出来了,你看见事实了,那你就信服他了。我个屋里家,能懂得多少呢?你这个闹法,不怕人家笑吗?"

"做出来了?白费劲!"老汉向着汤河北岸的下堡村,大声吼叫着,好像他是对那里的八百多户人说话一样,"谁见过汤河上割毕稻子种麦来?听说过吗?……"

老汉看也不看老婆,把后脑壳给她。但老婆仍然解劝:

"就是没见过嘛!可是王书记看咱宝娃为人民服务热心,叫他领带的互助组试办哩。他是个党员,怎能不遵?"

"他为人民服务!谁为我服务?啊?"老汉冲到老婆面前来了,嘴角里淌出白泡沫,瞪着眼睛,咬牙切齿地质问。"四岁上,雪地里,光着屁股,我把他抱到屋里。你记得不?你娘母子的良心叫狗吃哩?啊?我累死累活,我把他抚养大,为了啥?啊?"老汉冤得快哭起来了。

好像一个什么尖锐的东西,猛一下刺穿了生宝妈的心窝。她瞪着眼睛惊呆了。随后,她哇一声哭了。她丢开吵闹的老汉,冲进街门,趴到草棚屋的炕沿上,呜咽啜泣去了。老汉第一次在不和的时候,拿二十几年前的伤心事刺她,她怎么也忍不住汹涌的眼泪啊!

梁三老汉在街门外面,破棉袄擦着泥巴墙蹲下来了。现在,他不再吵闹了。但他还在生气,扭着脖子,歪着戴破毡帽的头。

邻居们被他的吼叫声召集起来了。任老四和他的婆娘,死去的任老三的寡妇和儿子欢喜,还有早先瞎了眼的王老二的老婆,儿子拴拴和媳妇素芳……纷纷丢帽落鞋地向梁三老汉的草棚院里奔来劝架。早已创起家业的梁大老汉,已经有十来年不卖豆腐了;当两个儿媳妇向这草棚院跑的半路上,头发和胡子斑白了的秃顶老汉,叫住了她们。

"你们跑去做啥?"土改中被划为富裕中农的梁大老汉挺神气地说,"那草棚院往后吵嘴干仗的日子多哩!你们见天往那里跑呀?你三叔是把白铁刀,样子凶,其实一碰就卷刃了。他要是真残刻,管不下个生宝?!甭去哩!回来!"

姓任的几家女人们跑进草棚屋安慰生宝他妈去了。男人们在街门外面围住梁三老汉劝解。

"咳!你们这是为啥嘛?"也是跑终南山压弯了水蛇腰的任老四,大舌头嘴里溅着唾沫星子说,"三哥!老都老了,干起仗来了?咳!咳……"

"三叔,"十七岁的欢喜在梁三老汉面前蹲下来,把心掏出来安慰,"三叔,你甭生那大的气嘛!"

"咳!老都老了,为啥……"四十几岁的任老四弯着水蛇腰,异常地焦急。他肚里一片好心肠在翻滚，就是嘴不会说话。

梁三老汉蹲在地上，挠勾着脖子，气愤地往土地上唾着白泡沫，一声不吭。他对这些人也反感。他们都是梁生宝互助组的基本人。他们土改后光景依然困难，仗着互助组扶帮着做庄稼哩。他早就明白：他的儿子生宝，现在是为他们的光景奔忙哩……

在春季漫长的白天，蛤蟆滩除了这里或那里有些挖荸荠的和掏野菜的，地里没人。雁群已经嗷嗷告别了汤河，飞过陕北的土山上空，到内蒙古去了。长腿长嘴的白鹤、青鹳和鹭鸶，由于汤河水混，都钻到稻地的水渠里和烂浆稻地里，埋头捉小鱼和虫子吃去了。

日头用温暖的光芒，照拂着稻地里复种的一片翠绿的青稞。在官渠岸南首，桃园里，赤条条的桃树枝，由于含苞待放的蓓蕾而变了色——由浅而深。人们为了护墓压在坟堆上的迎春花，现在已经开得一片黄灿灿了。

春天呀，春天！你给植物界和动物界都带来了繁荣、希望和快乐。你给咱梁三老汉带来了什么呢？

他现在独自一个人，枕着自己的胳膊，躺在官渠岸南边大平原的麦地里，不知道应该怎么办。他没有吃早饭，肚里也不饿。他一口又一口咽着自己的唾沫水，润湿着干枯的喉咙。

他躺在松软的黄土和柔嫩的麦苗上，手里不停地把土块捏面。他仰望着无边蓝天上，几朵白云由东向西浮行。一只老鹰在他躺的地方上空盘旋，越旋越低。开头，老汉并不知觉，后来老鹰增加成四只、五只，他才发觉它们把他当做可以充饥的东西了。

"龟子孙们！我还没死哩！"他坐起来，愤怒地骂道。

老鹰们弄清楚他是个活人，飞到别处觅食去了。

梁三老汉是无目的地跑出来，躺在田地里的。他想到什么地方去，和什么人在一块蹲一蹲，把窝在心坎的郁闷倒一倒，然后再回家去。但他这样躺了好久，还想不出他该到哪里去找谁，才不至于惹人笑。家丑不可外扬呀！

他本来没准备提二十几年前的伤心事。那些关于老婆和生宝进他门的伤感情的话，是他由于愤怒失去了理智的一刹那，冲口说出来的。刺痛了老婆的心，他才悟到不该提那层事；揭别人的疮痂，不管关系怎么深，都是不好的。但他和老婆闹仗，他并不后悔。这是他蓄谋好久的，一直在瞅着一个适当的时机爆发。他想：他一闹，让生宝的亲娘扯他的腿，比他和养子直接冲突要好些。但是他的一句过火的话，惹得老婆哭哭啼啼，他恨自己的愚鲁，没有自制力。

一阵噼噼啪啪的鞭炮声，在官渠岸的小巷里爆发了，惊动了梁三老汉。

"噢噢，架梁啦！"老汉在麦地里坐起来，用手齐眉搭起棚瞭望着，情不自禁地开口说，"架梁啦！架梁啦！蛤蟆滩又一座新瓦房……"

他想："我也到那里去看看……"

稻地的南边有一条主渠，所有下堡村对岸的稻地用水，都从这条渠里来，所以叫做官渠。官渠南岸是旱地，地势比稻地高，有四五十户人家沿渠岸形成一条小街，人们按地势叫做官渠岸。解放后，人民政府把散布在稻地里的从各村移来的四十来家佃户和贫农，同这官渠岸划成一个行政村，属下堡乡所管，列为第五村。

盖房的是富裕中农郭世富，是梁三老汉顶羡慕的人。那弟兄三人当年跟老郭从下堡村西边的郭家河，移住到这蛤蟆滩来，在财东家的地上打起四堵土墙，搭成个能蔽风雨的稻草庵子，就住下来了。现在人家是二十几口人的大家庭，几十亩稻地的庄稼主，在三合头瓦房院前面盖楼房了。前楼后厅，东西厢房，在汤河上的庄稼院来说，四合头已经足了。梁三老汉几十年来只梦想能恢复起他爹盖的那三间房，也办不到呀！

啊呀！多少人在这里帮忙！多少人在这里看热闹！新刨过的白晃晃的木料支起的房架子上，帮助架梁的人，一个两个地正在从梯子上下地，木匠们还在新架的梁上用斧头这里捣捣、那里捣捣，把接缝的地方弄得更合窍些。中梁上挂着太极图，东西梁上挂满了郭世富的亲戚们送来的红绸子。中梁两边的梁柱上，贴着红腾腾的对联，写道："上梁恰逢紫微星，立柱正值黄道日"，横楣是："太公在此"。这太极图、红绸子和红对联，贴挂在新木料房架上，是多么惹眼，多么堂皇啊！戴着毡帽的中年人和老年人的脑袋，戴着黑制帽和包头巾的年轻人的脑袋，还有留发髻的、剪短发的和梳两条辫的女人们的脑袋，一大片统统地仰天看着这楼房的房架。梁三老汉把自己穿旧棉衣的身体，无声无息地插进他们里头，没有引起任何人的注意，连他左右的人也没扭头看看新来了什么人。他在大伙中间，仰起戴破毡帽的头看着。

现在，木匠们把斧头或推刨插进腰带里，也从梯子上下地了。郭世富、世运和世华弟兄三人，分头邀请匠工们、送礼的亲戚们和帮忙的邻居们，到后院里入席；从那里发出来煮的和炒的猪肉的香味，强烈的、醉人的烧酒气味。人群中发生了紊乱。大部分看景的人走开了，有一部分人被事主家拉住了，不让走。许多人推说要等第二轮坐席，让匠工和亲戚先坐，因为他们有的要做活，有的要回家。

那是富农姚士杰，生得宽肩阔背，四十多岁的人像三十多岁一般坚实，穿着干净的黑市布棉衣，傲然地挺着胸脯站在那里。他的一双狡猾的眼睛，总是嘲笑地瞟着看景的人。他那神气好像说："你们眼馋吗？看看算啰！甭看共产党叫你们翻身呢，你们盖得起房吗？"梁三老汉从姚士杰的脸上看得出：富农是这个意思。准是这个意思！一点不错！他知道姚士杰这人，不管面上装得多老实、多和善,心里总是恶狠的。姚士杰他爹活着的时候,就是这样的。人不离种子!

啊!那是郭振山!多大汉子高耸在人群中间,就像仙鹤站在小水鸟中间一样,洪亮的嗓音在和聚在他周围的人谈论着什么。他是村里的代表主任、四九年的老共产党员,在村里享有最高的威望。梁三老汉知道:郭振山和姚士杰是这村里的一对厉害公鸡,经常在一块斗的。解放前,郭振山斗不过姚士杰;解放后,姚士杰可斗不过郭振山了。在土改的当儿,富农有一阵子很服了软。但过后嘴虽不硬了,心里还是硬的。现在,这两个仇人一同在郭世富家做客了,而且都等着第二轮坐席。真是要强的人!

"你在你的党好哩!"梁三老汉在心里恭敬地对郭振山说,"你把俺生宝拉进党里头做啥嘛?俺生宝不是那种和人争气的人。你把他拉进去,叫我老汉怎弄哩?你弟兄三个,外头有人干事,屋里有人种地,你们积极得起啊!"但是老汉光在心里这样想,嘴里却不敢这样说。他在地多的人和能干的人面前,有一种难以克制的自卑感。

噢噢,郭二老汉也在这里!老天爷,他这么大年纪也从上河沿跑来看架梁!你看他头发胡子雪白,扶着棍站在那里。做了一辈子重活的人啊!腰像断了脊骨一样,深深地弯下去了。在稻地里的住户里头,梁三老汉最心服、最敬仰这老汉——当年从郭家河领着儿子庆喜来到这蛤蟆滩落脚,只带着一些木把被手磨细了的小农具:锄、镢头和铁锨……现在和儿子庆喜终于创立了家业,变成一大家子人了。郭庆喜贪活不知疲劳,外号叫"铁人";又是个孝子,记住自己五岁离娘的苦处,见天给老爹爹保证二两烧酒,报答当年抚养的恩情。梁三老汉看见这个心好命也好的老人,想起养子生宝对自己的不孝敬来,冤得简直要落下泪来了。他凑到郭二老汉跟前去,这正是听他倾吐郁闷的适当的人。他老人家不会把别人的家务

033

纠纷当趣话闲摆弄的。

没有受到邀请吃席的闲人们,由郭世富盖的这楼房,议论起村中的住宅情况:人们住在土墙稻草棚里,春天害怕大风揭去棚顶的稻草,秋天又担心霪雨泡倒土墙。不知到什么年代,家家都能盖起瓦房就好了。但是怎么能打郭世富那么多稻谷呢嘛?根本不会有这样的事啊!要是家家都能像郭世富那样,套起胶轮车拉着稻谷到黄堡镇去粜,那就好了。谁有那么多地哪?要是每一株稻禾长得和柿树一样高大,收获时"稻树"底下铺上席,用长竹竿打,多好呢?笑话!梦想!简直是胡拉乱扯!说得太不着边际了!稻子怎么能长成树呢?

"哈哈哈……"十几个长胡子和不长胡子的嘴巴,大张着朝蓝天笑。

笑毕,有人发现梁三老汉和郭二老汉站在一块,互相问候着牙齿脱落的情况。有一个喜欢开玩笑的小伙子名叫孙志明,突然大声呼呼乱杂杂地站在街上的人安静下来,然后他像这个闲人会议的主持人一样,严肃地宣布:

"咱们大伙都甭乱嚷嚷哩。只有人家这老汉,"孙志明很不恭敬地用指头指着梁三老汉,"恐怕很快就要盖楼房啦!"

"哈哈哈……"人们又笑起来了。

一个恶作剧的中年人,丝毫没有一点敬老的自觉,竟然一声不响地走去,伸手一把抓住梁三老汉头上戴的旧毡帽。

"甭乱!甭乱!"梁三老汉双手按住帽子,央求着。

"不!放手!让大伙看看,你的脑袋到底比俺们平常人大多少。据说贵人头大,可是从来也没仔细看过……"

直至羞愧得梁三老汉红了脸,宣称要是再不放手就要破口,加上郭二老汉的劝教,那只无情地抓着毡帽的手才松开了。人们用各种眼光——有的同情、有的好笑、有的漠然——望着梁三老汉卑微地把自己的毡帽戴正。人们这样不尊重他，他也不怎么生气，因为他认为：只有像他哥梁大、郭二老汉他们一样创起业来，才能被人尊重。

郭二老汉垂着白胡子，气愤地斥责年轻人们：

"你们为啥欺负善老汉？"

"你还不知道吗？"孙志明、外号水嘴的那个小伙子，拍拍郭二老汉的肩头，说，"这几天，全村都在说梁生宝互助组的稀罕事哩。"

"啥梁生宝互助组？他们和老任家那几户，不是梁生禄是组长吗？"

"看！看！还是你在鼓里头蒙着哩嘛！"孙水嘴有声有色，滔滔不绝地说，"早撤换啦！头年子秋里，梁生禄还到城里开了一回丰产评比会，得回来一张奖状。梁大老汉说：'噢，给我看一看。'老汉接到手里，一眼没看，几把扯得粉碎，把梁生禄狠狠地训了一顿。从那以后，梁生禄就退后了。今年正月半头，就是梁生宝到城里参加的互助组长代表会……"

"噢噢！"郭二老汉不等孙水嘴说毕，对梁三老汉说，"我不晓得这过场……"

"头年子也是生禄应名，俺宝娃跑腿哎！"梁三老汉很难过地更正孙水嘴的叙述。

郭二老汉眨着白眉毛下边有皱纹的眼皮，盯着梁三老汉憋气的样子，安慰说：

"当组长就当组长嘛，俺庆喜不也当个互助组长吗？"

"看！看！你不出屋，简直是另一个世上的人啦！"孙水嘴忍不住大笑，"郭庆喜互助组哪里和梁生宝互助组比哇？人家这时是全区的重点哩。梁生宝在城里开会时，应了窦堡区大王村县重点的挑战，回来就扩大了皂龙渠的冯有万、冯有义和从下堡村大十字搬过来的郭锁儿。三老汉!你们这阵统共是几户?"

"八……户……"

"你看!旁人三户五户的临时组能比吗?王大脑袋亲自帮助他们订生产计划……"

"哪个王大脑袋?"

"咱黄堡区的区委书记嘛!哪个脑袋有他大?……"

"啊呀!孙委员,"旁边有人讨厌地打断他,"叫你水嘴,可真没叫错呀!说开就不由你自己了!你见了王书记低头弯腰,像孙子一样,背后就叫人家王大脑袋哩!"

人们叫郭振山郭主任是尊敬,叫孙志明孙委员是嘲笑。

但是这个下堡乡五村的民政委员①显然不愿把话岔开。他只不好意思地笑了笑,脸也不红地继续说:

"郭二爷,人家订的生产计划,说出来能把你老汉吓死!"

"怎计划着哩?"

"每亩稻子均拉六百斤,一亩试办田要打一千斤。"

"拿人民斗说。"

"每亩二石四,试办田四石!"

"呀呀!我的天!时兴人真个胆子大!"郭二老汉转眼看看,梁三老汉气得鼓鼓,脸色苍白了,快要倒下去的样子。

"这还不算哪!"水嘴进一步说,"今年秋里割了稻子不种青稞,嫌那是粗粮……"

"种啥?"

"种麦!"

"哎咦!……地力和人力一样嘛,能背得起吗?"

"你愁啥?"孙水嘴说毕了故事,小鼻子小眼睛嘲笑地对着梁

---

① 当时基层政权组织,每个乡有五种委员会,即:民政、财粮、生产、文教和武装。各委员会在每个行政村都有一个委员。

三老汉,"你愁啥?一亩地顶几亩地打粮食哩,你不盖瓦房,谁倒盖瓦房?"

梁三老汉狠狠地白了孙水嘴一眼,把后脑袋朝向他,心里咒骂道:"你是个龟子孙!你拿人家的难受开心!你这辈子寻不下对象!你老死熬你的光棍去吧!……"

人们重新纷纷议论起来了。有人说,梁生宝人年轻,做事没底底。另外的人说,县里夸奖他几句,他就脚跟离地了。也有人估计,他做不到的话,很可能犯法,因为据区委书记在村里讲话,"计划就是法律"……几乎一致的看法是:要是代表主任郭振山出头领导那样一个互助组,也许还有点门路;梁生宝不自量,等碰破了脑袋以后,他才知道铁是铁,石头是石头……

梁三老汉把全部注意力集中在耳朵上,逮住人们所说的每一句话。听了这些话,老汉多么寒心啊……

他的目光久久地停留在头发、胡子和眉毛都雪白了的郭二老汉的红光脸上。他奇怪:这个老人说话又慢,声音又低,他用一种什么方法教导儿子安分守己过光景的呢?他多么想参考参考旁人的训子方法。

"走!郭二叔!"梁三老汉亲切地要求,"到你屋里蹲一阵去。咱谈叙谈叙,好不好?"

"好嘛!你是个勤快人,平素请也请不到……"

第二章

"秀兰。"

"唔。"

"我,我,我问你个话。……"

"啥话?改霞,看你难开口成那样!"

徐改霞闺女情态的脸上,是人们想起了有趣事情的那种笑容。她一对大眼睛盯住梁秀兰,却不开口。

两个女学生是从下堡小学放了晚学回家的。现在她们肩膀擦肩膀,经过汤河边的草滩小径,向河上的独木桥走着。初春雨后的傍晚——白雪皑皑的秦岭奇峰,绿汪汪的关中平原,汤河平静的绿水和天边映红的晚照——这乡村里色彩斑斓的大自然美,更衬托出两个农家闺女的青春美。

"啥话?改霞,你快说嘛!看你的眼睛同锥子一样,还能钻到人心里去吗?"秀兰见她只笑不开口,觉得话里一定有蹊跷。

改霞终于笑问:"我问你:见天前响,下了第三堂课,你到哪里去了?"

"我在教室里呀!"

"你在哪个教室里?"

"在俺四年级教室呀!"

"去吧!去吧!你魂灵也不在那里!你瞒得了我吗?秀兰!见天黄堡镇的乡邮过去的时候,你从学校的后门溜出去,到大十字做啥去了?"

"你尽瞎编!"秀兰嘴软地否认,开始有点脸红。

"瞎编?我注意你很有些日子哩!今儿可叫我捉住了。我悄悄跟在你后头,亲眼盯着你进了邮政代办所。你是不是等杨明山的信等急了?坦白!"

秀兰的紫棠色脸一直红到脖颈里。她是一个忠厚朴实的闺女,额颅像她妈,颧骨、嘴唇和鼻梁,都像梁三老汉。

"娃家!甭太急哩!"改霞继续取笑她,"你的信写去才个把月,人家在外国的战场上,回信没那么快!你想念他想念得急吗?告诉姐,怎么个滋味儿?……"

秀兰被撩逗得再也忍不住了。她转身，伸手就抓改霞。改霞早有戒备，跑开了。秀兰红着脸，牙咬住下嘴唇，带着被怒容掩盖不住的幸福笑容，猛追改霞。于是，提着书兜的两个女学生在河边草滩上跑起圈子来了。改霞笑得跑不动了，只好蹲下来。立刻，她觉得两条辫根子被小伙子一般有力的手扭住了。

"老实点不？嗯？"秀兰审问她的"俘虏"。

"老实……"改霞还是笑得说不成话。

"往后还敢瞎说不？嗯？"

"不敢……哩。"

直至改霞发誓绝不把秀兰这秘密泄露给旁人(如果泄露了，她是小狗)，秀兰这才松了手。两个姑娘重新回到河边的草滩小径上。

改霞从心眼里偷偷羡慕秀兰：爱人是朝鲜前线立了战功的英雄，自己在家里安心得意学文化。有这样的爱人，大概走路时脚步也有劲，坐在教室里也舒坦，吃饭也香，做梦也甜吧？有这样的爱人，等他十年八年再结婚，有什么关系呢？改霞恨死了村内一些庸俗的人，竟说她和周村家解除婚约是嫌女婿不漂亮。社会上总有那么一部分人，拿自己的低级趣味，忖度旁人崇高的心情。她懒得去听。她想：既然新社会给了她挑选对象的自由，总要找一个思想前进的、生活有意义的青年，她才情愿把自己的命运和他的命运扭在一起。为了慎重，虽然女性的美妙年龄已经在抗婚中过去了几岁，改霞也绝不匆忙。

但秀兰的幸福对她很有影响。最近，她内心中萦绕着一种对男性的欲念。这并非生理上的原因，而是成天和秀兰在一起，觉得自己精神很空虚。她绝不是渴望着结婚！如果是那样没意思的女人，她不会抗婚三年，终于达到解除婚约的目的。她是觉得她那么需要和秀兰一样，想念着一个男人，而又被一个男人所想念——这个男人给她光荣的感觉,是她心上的温暖和甜蜜!

连改霞自己也觉得出来:从解除婚约以后,她变了很多。从前,她在小伙子们中间跑跑跳跳,说说笑笑,毫不拘束,毫不戒备;现在,有了重新挑选对象的权利,她拘束起来了,戒备起来了,总在避免被人误解。她感觉村里的学校里有许多人,也用和从前不同的眼光看她了。这是不可避免的。她站在三年级学生娃们排头,好像老师领着一班学生。她和一、二年级的女老师同岁,怎能不引人注意?秀兰不同:人家是志愿军的未婚妻,现在被人们羡慕,将来跟一个光荣归国的英雄共同生活。改霞念着小学三年级,却不知道自己将走一条什么样的生活道路。这心思给这个二十一岁的女青年团员增添了精神负担。但尽管人们注视她,她有烦恼,她却从来不对任何人诉述。她对秀兰也不说。她那白嫩的脸上尽量表现得坦然、沉静,就像她心里什么心事也没得。……

过了汤河的独木桥,改霞问秀兰:

"你爸和你妈,和好了吧?"

"还不多说话哩。要和从前一样,还要过些日子哩。"

"你爸还是倔倔的吗?"改霞又关心地问。

"和气多了。"秀兰说,有所感觉地看看改霞的表情,故意把她爸说得挺好,"俺爸真有意思,那天和郭庆喜他爸说了半天话,大概是庆喜他爸劝了一顿吧,俺爸回来就给俺妈赔不是,说:'算哩!甭难受哩!是我的不对!往后咱啥啥也不管哩!给咱吃上穿上就对哩!'说毕,就到马房里做啥去了。俺哥说得对,甭看俺爸脾气挺倔,心可好。嘴里不停地咄呐,手里可不停地干活……"

停了停,改霞又进一步问:

"你哥也真是……村里有人讥笑,屋里有人闹仗,他满不在乎吗?难道他对那生产计划真有把握吗?他心里没一点含糊吗?"

秀兰笑了。现在,她似乎揣摩到改霞的心情了。

"你也真是!"她笑着说,"心里含糊,跑起来还能有劲吗?俺哥说,县上的互助组长代表会毕了,杨书记把他单独叫去谈了一回话。他说,有党领导,他慌啥?你不晓得俺哥认定了一条路,八根绳也拽不转吗?"秀兰尽量地夸生宝,她知道她哥和改霞过去相好。

她这几句话深深地打进了改霞的心窝。改霞怎么不晓得呢?她晓得生宝在土地改革运动中,总是不显示自己地踏踏实实做着对大伙有益的事情;但是,他有气魄担当起这样惊人的事业,变成全下堡乡谈论的中心,她没料到。"有党领导,我慌啥?"改霞知道这是生宝说话的口头禅。……

到了梁家草棚院的街门口,秀兰邀请同学进院去串门儿。

"不啦。天不早了。"改霞满怀心思地说。

"耍一阵阵,天就黑了吗?"

"我……回呀。"改霞嘴里这么说,脚下却不走。她眼望着新雪白晃晃的终南山,心想着梁三老汉不喜欢她的模样。老汉用那么鄙弃的眼光看她,和她说话的声调那么冰冷。她进去,要是碰见老汉,该是多么没趣。但她的两只大眼睛扑闪扑闪,穿过敞开的街门,瞭着生宝独住的那个草棚屋。她多么想趁生宝不在的机会,领略领略她曾经那么爱慕的人屋里的气氛。

"秀兰!你等一等!"是音量很重的声音在吼叫。

两个女伴回头看时,代表主任郭振山肩上扛着一根丈二长、老碗粗的木料,从汤河岸上向她们走来了。她们等着他到了跟前。这个高大、粗壮的村干部把木料的一头着地,立了起来,用一只手扶着,站住休息。满腮胡楂的长形脸,对着两个女青年团员亲切地笑着。他并不怎么喘气,休息显然是为了说什么话。

"郭主任捎木料去来?"改霞尊敬地打招呼。

"不哎!我在乡政府开会来。路遇郭家河一个人,到黄堡卖木料去呀，一问，价钱合理，我把它撂下哩。"郭振山满意地解释着，大眼珠子令人敬畏地盯住秀兰，问，"你哥到郭县去，还没回来？"

"嗯。还没哩。"

"乡上又布置下来活跃借贷①任务，叫帮助困难户度春荒哩。今黑夜，咱五村的代表到我屋里商量呀。你哥不在，你叫生禄来一下吧！反正，你们下河沿这一选区，也只有他家能有些余粮。"

"对啦，"秀兰同意，"我这就告诉他去。"

"叫他一定来啊！"

"嗯啊。"秀兰向同学点头告别就走了。

"改霞，"代表主任这才转身亲切地笑说，"你不是回家吗？把这几张统计表帮我拿上，甭揉哩。"

"对，"改霞欣然接住纸卷，很小心地放进书兜，书兜里还有语文、算术和帮她妈纳的一只鞋底子。

在顺着小渠往南去的草路上，郭振山轻快地捎着沉重的木料，一边走着，一边出气毫不困难地说笑着。

"改霞！听说你不安心上学哩？"

"没有呀！"改霞惊奇地否认，"你听谁说的？"

"你妈说的。"郭振山心直口快地说，笑着；显然因为捎木料的限制，才不能掉头观察改霞的表情。

改霞的嫩脸皮刷地通红，热辣辣地发起烧来。"你老糊涂了！"她在心里怨她妈，"你朝人家叨咕啥？"但是她又仔细一想，不必怨妈。对代表主任，她没有必要隐瞒自己的心情。

"是这样，"提着书兜走在郭振山背后，改霞不好意思地解释，"我心里慌。自己年龄大了，念下去又上不成中学，不如趁早

---

① 活跃借贷：土地改革以后在农村实行的一种互济方式，发动有余粮的农户低利借给困难户粮食，防止高利贷剥削。每年春借秋还。

参加农业，搞互助合作……"

"不对!"代表主任的大脑袋戴着瓜皮帽，在木料前头，毫不客气地打断她，"不对!改霞!要不是解放，你想上学，办得到吗?旧社会，咱稻地野滩的泥腿户，娃子也上不起学，甭说闺女吧!这如今托共产党毛主席的福哩。只要学校里还容让年龄大的学生上，你就安安宁宁上你的!文化是好东西，多往肚里装些，坏不了肚子。笑哩?实话!书念多了，脑筋聪明，笔下能写嘛。做啥，有文化比没文化强。改霞!你明白这个意思吧?……"

改霞在后头尊敬地看看郭振山穿旧棉袄捆木料的庄稼人背影。这个很会说话的强有力的农民共产党员，在下堡乡五村，是改霞最崇拜的人物，他最会解人心上的疙瘩。蛤蟆滩流行一种私下的议论，认为论办事的能力，郭振山不在他乡支书卢明昌之下；振山光是户大口多，贪家事，才没脱离生产。改霞在心里同意这种看法。妈告诉过她：郭主任年轻时，地不够种，担着瓦盆串乡村卖。他把担子放在某一个村当中一吆呼，召集起许多妇女。他会把那些仅仅来看看他的货色而根本不想用粮食换瓦盆的妇女，说得高高兴兴改变了主意，并且暂时认为：只有在那一天用粮食换瓦盆最聪明，最合算。郭振山就是这样善于运用语言的魔力!

改霞自己也借助过代表主任的说服力。当五〇年秀兰开始上小学的时候，改霞要上，妈不让；当时是农会主席的郭振山说服了这位守旧老人。在和周家解除婚约这件事上，她和妈顶牛顶了三年，最后，还是代表主任打破了她妈的旧道德观念。改霞崇拜郭振山，还因为这个精明的庄稼人对她是兄长般动机纯洁地关怀。他把一个无依无靠的寡妇的女儿，引导到下堡乡五村的政治舞台上来，使她这个农村闺女，尝到了她所没有梦想过的社会斗争的生活滋味。现在她是下堡小学的团支部委员。她觉得解放后，天也比解放前蓝，日头也比解放前红，大地也比解放前清亮。她内心投向社会事业的欲望越来越强烈，总觉得她要有所作为，才不枉解放，才不枉党的教育、培养……

郭振山在稻地中间通向官渠岸的铁轮大车路上，毫不吃力地把木料从左肩膀换到右肩膀上去。他继续教育改霞：

"你暂时稳稳上你的学。你千万甭胡打算。这如今学本领又不是给自个人学哩。咱国家用人才哩。今年是咱国家大建设的头一年，到处盖工厂，开矿山，修铁路哩。这就和咱庄稼人盖房一样嘛，才破了土哩。工程越来越用人手，改霞！往后，上面一帮又一帮朝乡村要人呀。我听说很多的军事人才都转到工业方面去了。地方干部也是要了又要，永要不够。你明白这个意思哩吧？……"

改霞在后头走着，手里拿着装语文、算术和鞋底的书兜，另一只手里拿着代表主任的统计表格，非常严肃地听着。她明白了：代表主任又在给她指引一个生活的新天地！

二十一岁的闺女心中不由得一动，但随即想起了生宝。她想和生宝在一起搞互助合作……

"好郭主任哩！我在咱稻地里跑跑能行，出外怕……"

"咦啊！你把自己看成一寸高的人哩！"郭振山不摸她脑里想啥，只管进行教育，"瞧不起自己，是旧社会女人的习气嘛。改霞！你要明白：是共产党员、是青年团员，不管男女，到全国哪个地场，人家都喜愿要啊！为啥哩？"他把声音放低了，"和咱乡下一样嘛，党团员是骨头，群众是肉。你还不明白这个意思吗？……"

改霞从心底感激郭振山，他总是鼓励她不要小视自己。

"难道组织上叫你出外，你不去吗？"郭振山更明确地问，"头年，陕棉一厂要女工，咱下堡乡分得两个任务，说能去团员，最好！那时光，我就举荐你来。卢支书说：你还没解除婚约哩，走了影响不好，怕周村家说咱组织上破坏人家的婚姻。今年再有工厂要人，你还有啥牵挂哩？人家到朝鲜都抢得去，叫你参加国家建设，你不情愿去吗?那么，咱国家要这些党团员做啥?"

改霞不觉心里一沉：这倒是个原则问题。一个生活上新的岔道口，不知不觉伸到她脚尖前头来了。她得赶紧决定——是很快和生宝好呢?还是到西安进工厂呢?……

"今春又有工厂要人吗?"她试探地问，心里开始有点着急。

郭振山说："听说西安城东灞桥镇啥地方新修起一座纱厂，比国棉一、二厂两个合起来还大。工人要上万哩!"

改霞心里更急："有公示吗?……"

"眼时还没来文，可有风声了。你思量嘛：既然工厂盖起了，用人不得远去。保险!又是要没结过婚的，里头又要有一部分团员。保险着哩!改霞，你听我的话，没错!你妈一辈子没生养小子。把你叫成改改，也没改出个小子。我看你就当小子!顶天立地，出外头闯世界去!只要你情愿，你妈那方面，有我哩!"

改霞没做声。好处是代表主任掮着木料，看不到她的表情：她白嫩的脸庞在晚霞的辉映下阴暗了。唉唉!郭主任这回可没解开她心上的疙瘩，倒给她心里搁上了一块沉重的东西。

在一霎时，改霞还不能完全把心平定下来，好像每一个人猛然发现处在生活的重大变动以前，不能把心平定下来一样。她的心情是很复杂的。她并不是对住工厂完全没兴趣。她觉得这是很值得认真考虑的前途。甚至于，这对她个人来说，也许是更有意义、更理想、更有出息的前途;对党和国家来说，是义不容辞的。

改霞心里很难受。她的心，在刚才碰见代表主任以前，一直是倾向生宝的。纯洁的爱情和热烈的事业心，本来是互相不矛盾的。她憧憬着同生宝在一个和谐的家庭，共同创造蛤蟆滩的新生活。她并不把念了小学三年级当做挑选对象时考虑的新因素。这一点，她不赞成郭主任。她当初上学的动机，就是为了出嫁到周村不做普通的农家妇女，继续参加周村的各项社会活动，如果终于解除不了婚约的话。她完全没想到：生活向她面前突然间伸过来另一条路，而这条路更加符合她的事业心，却同她的感情尖锐地矛盾。

生活呀！生活呀！你为什么总是给人出难题呢？……

改霞已经思量好：等生宝买稻种回来，她就要和他打破两年来双方有意疏远的不自然的关系了。她要和他开始光明正大谈亲事了；现在，她要不要重新慎重地考虑一下呢？

在来到离官渠岸二百来步远的路上，改霞为了不使代表主任发觉，故意沉默了很一阵，才假装很轻松愉快地探问：

"郭主任，村里好些人讥笑梁生宝互助组的计划，你看，他们能做到不……"

改霞心中很关切地用大眼睛盯住前头走着的郭振山，等待着回答。郭振山停住了，又把木料的一头着地，立了起来，用手扶住了。他张大他的满腮胡楂的嘴巴，大声向东吼叫：

"志明！志明！……"

"哎——"孙水嘴在稻地中间的草棚屋旁边给猪喂晚食，答应了。

"你过来。这里有两张统计表，你拿回去。你两三天里头填好了，送到乡政府去……"

"噢啊！"

改霞看见孙水嘴放下木勺子，从田间小路上跑过来了。

当二十四岁的、还没找下对象的民政委员多情地盯住改霞，把统计表从改霞手里接走以后，代表主任重新掮起木料了。他强劲地走着，却不回答改霞的问题。

改霞重新小心翼翼地笑着试探：

"郭主任，你看，生宝他们的生产计划能做到吗？村里好些人讥笑哩！……"

"弄好哩，能解救贫雇农的一些困难。"

"王书记上回在村里不是说社会主义萌芽哩?"

郭振山显然不情愿谈论这方面的话,他威严地咳嗽了一声,说:

"要不是解放,要是在旧社会,你这阵出嫁到周村,就四年了吧?管你称心不称心,抱上娃以后,你怨命运去吧!解放前,你一个大字不识,你不乖乖转你的锅台、井台、碾台、磨台,你想怎样?这时好!这时解放得好!只要人脑筋灵醒,有文化,有能耐,不分男高女低。你思量思量去吧!"郭振山尽量鼓励改霞更高地估计自己和解放的意义。

"好,我思量思量……"改霞在分路的时候说,闺女家纯良的心,开始倾向于听代表主任的指点。

她听出来了:代表主任是委婉地表示不赞成她和生宝好的意思。她甚至于怀疑:是不是她妈要代表主任和她说这些话呢?唉唉!她怎么办呢?她像一个小孩子信任大人一样,信任代表主任啊!人家走过的桥比她走过的路还长啊!在她还是一个穿开裆裤的毛丫头的时候,人家就是稻地里出名的人了。在土地改革的期间,郭振山被人叫做"轰炸机",他在斗争地主的群众大会上出现,大喝一声,吓得地主浑身发抖,尿到裤子里头。改霞从心里敬佩他,他在改霞心目中的威信,是不可动摇的。而且,人家说得对嘛——她不仅明白"解放"的意义,她像感觉冷热一样感觉到"解放"对她的影响。听起来,代表主任关心她,鼓励她进步,没有一点自私的动机,完全是出于对国家建设的热心支援。她怎么能不考虑他的话呢?她甚至于觉得,违背了代表主任的意思,就是违背了党的意思,就是忘恩负义!

唉唉!原来代表主任也不重视生宝的互助组。看样子,他不承认互助组是社会主义萌芽。听口气,他只承认"能解决贫雇农的一些困难"。二十一岁的农村女团员,自恨只有一股投向社会事业的热情,却没有判断这个问题的水平。梁生宝对呢,还是郭振山对呢?开头,改霞以为代表主任对生宝互助组冷淡,是因为生宝没和他商量就把大事揽回村了。他们不融洽,经过解释,会消除的。现在,她恍然明白了:代表主任对互助合作的看法根本不同。也许郭振山是对的!你看,"社会主义"这个名词,庄稼人嘴里说起来,还很别扭、很生涩,好多人只会说"社会",不会说"社会主义"。这大概就是生宝的努力被人讥笑的原因吧?

"生宝呀!"改霞走在官渠岸小巷里的时候想,"你为啥不和郭主任商量商量,在县里放大炮呢?你真冒失,没郭主任的帮助,你怕不成功吧?"

她的心情,随着暮色阴暗,更加阴暗下来。她开始担心她喜爱的人不光彩地失败。她为生宝难过。村内和党内这样强有力的人物,不给他撑腰、鼓劲,他要巩固他们的互助组、完成增产计划,该是多么吃力呀!她还不能马上决定,她是不是通过秀兰,把这个情况告诉生宝呢?要生宝趁早慎重考虑,把口气放软一点,免得日后难堪呢?

不能!不能!绝对不能!代表主任今天和她说的话,当面只有路旁的嫩草、渠里的流水和稻地里复种的青稞,它们不会说话。她警告自己:

"你不管走哪条路,绝不能把郭主任的话露了风,挑起村里两个党员不团结……"

在土地改革的运动中,改霞曾经不断地这样思量过:"要是我有生宝这样一个女婿,那我可有福啦!"这话她嘴里说不出,可是她用她那富于表情的眉眼,扰乱过生宝的心思。现在,她有可能立刻决定嫁给他的时候,生活却发生了这样大的变化。她不得不重新考虑。她看出来的:生宝最近一见她就脸红,是对她怀着念头哩。年轻有为的小伙子呀!你对互助合作那么大的胆量和气魄,你对这样事这么无能?如果你胆大一点,泼辣一点,两个人的关系,说不定你去郭县以前已经确定下来了。要是那样,改霞又怎么能陷入这个刚才开了头的矛盾中呢?……

第三章

过年时供祖先的桌上,摆着一盏石油灯壶。冒着一炷黑烟的灯火,把微弱的光线,投射到坐在板凳上的和蹲在脚地的庄稼人脸上。

郭振山站在桌旁,背靠着白泥墙讲话。泥墙上,两面缎子锦旗发光:一面是一九五○年夏争红旗竞赛,本村是全黄堡区第一;另一面是为了一九五一年抗美援朝爱国运动,本村搞得最热烈。这两面奖旗是郭振山领导下的下堡乡五村的荣耀。任何人走进这草棚屋,他都要增加几分对郭振山的敬意,心里暗暗对自己说:"噢!这是个先进人物哩!"

代表主任正讲得起劲。论起一个农民,郭振山的记忆力是惊人的。他完全用自己的脑子,把支书卢明昌和乡长樊富泰两人所讲的话一脑子装回来,糅合起来,说明着发动活跃借贷的意义。他用自己的语言,从贫雇农虽然分了田地,但生产的底子很差,说到要是村干部不组织余粮户给他们借贷,他们势必要受各村余粮户的剥削。他还说:眼时互助合作还没大发展哩,政府要是放任不管,贫雇农又没站稳脚跟,那就会重新欠债,卖掉分来的土地……你看他讲得多明确。

"这就是咱们村干部的重要性儿!"他最后强调指出,不恰当地使用脱离生产干部们的术语,"各代表们!先把自个选区的困难户和余粮户的底摸一摸,咱们就开大会发动呀。干部们有余粮的,应当踊跃地起带头。咱村的各项工作向来不落后，这回甭叫人家北岸子的人，笑咱们松了劲！"

"振山，你少说几句不行吗？"已经脱了衣裳睡在被窝里的他妈，在黑暗的东屋警告。

"石油是掏钱买的，不是从汤河里舀来的！早知道他说上没完，我非叫他到学校里开会去不结。那里点官油，他爱说，说上一夜！"老婆婆又在里屋和儿媳妇叨咕着。

郭振山气得脸黑红了。他妈给他丢了脸！你看，来开会的人似乎在笑而又不好意思笑。

老婆婆在东屋再没做声。她要是再做声，有地位的儿子就要和她冲突。

"众位有啥意见？……"郭振山换了笑容问。他开始用手揉着一个木盒子里的生烟叶子，往烟锅里塞着。他用权威人士的眼珠子盯着在场的人。

一片沉默。可以听见老二郭振海在西厢屋里呼噜呼噜的鼾声，和东厢屋牛嚼着切碎的玉米秆的声音。夜，深沉而寂静，土围墙和街门外面，从稻地里的哪个草棚屋，传来了拉胡琴的悦耳的声音。

这里没有人说话。一选区的代表郭世富低着戴毡帽的脑袋蹲在脚地，用烟锅在脚地画着什么。二选区的代表、困难户高增福，穿着开花破棉袄，抱着睡了觉的四岁娃子坐在板凳上，用不满意的眼光瞟着郭世富在脚地画着。三选区的代表郭庆喜，又是个余粮户，坐在板凳上，包头巾的脑袋仰脸靠住白泥墙，两眼闭得严严实实。这个外号"铁人"的家伙，大概干了一天重活，快要把他累死了吧！四选区的代表梁生宝不在，指定的代理人梁生禄不来，十七岁的少年欢喜来了。他来代替生宝的耳朵，听代表主任说些什么，等生宝回来告诉他，声明不发表意见。

郭振山吸着旱烟，鼻孔和口里三股冒烟，既严肃而又不使人难堪地说：

"哎！庆喜！你到这里睡觉来哩？还是开会来哩？"

"我没睡觉！"铁人一听，警觉地一伸腰在板凳上坐正，拘束地笑说，"嘻，你的话，我全听下哩。"

"听下了，你有啥意见吗？"

铁人尴尬地笑笑，然后用下巴指指依旧蹲在脚地用烟锅画着的郭世富，又笑笑，意思是叫郭世富先说。看来，郭世富既不是看见，也不是听见，大约是靠第六感觉，知道有人指点他。他机警地抬起头来，脸上表现出富户传统的优越感，非常轻蔑地瞅瞅铁人。

"你说你的！你长着嘴嘛！你和我伙一个嘴吗？"

善良的铁人羞怯地笑笑，眨巴眨巴眼睛，红了脸。

"那么你先说你的吧！"郭振山顺水推船说。和往年一样，代表主任对这个大庄稼院的家长拿出粮食来帮助困难户，抱着很大希望。

但是郭世富脸色板平，拿板弄势地说：

"旁人先说，我这里还有个事要思量思量……"

"你在脚地画啥？"郭振山有兴趣地问，嘴里噙着烟锅，手里端起石油灯壶，到跟前蹲下去一看，脚地画了许多横横直直的线条。他看了一阵，看不明白，"大叔，你这是画啥？你给咱讲解讲解……"

"嘿嘿，也没啥喀。"郭世富轻淡地笑笑，郑重其事地认真说，"就是我新盖的楼房底下的马房嘛。马房和草房开一个门，那牲口槽，就得南北盘，牲口头朝东，尻子朝西。马房和草房开两个门，那牲口槽，就得东西盘，牲口头朝北，尻子朝南。两种盘法各有长短喀。开一个门，牲口圈里头宽敞，省一道门的木料，可牲口出进不方便，空气也差池。开两个门，空气倒是畅，出进也方便，可添草麻烦了……因此上，我一时还捉不定主意。就是这！"郭世富用烟锅指着脚地的两种图样。

郭振山听着听着，一股怒火从胸口冒上来了，鬓角的青筋哏哏地跳着。他想："我在那里讲话，你在这里思谋着你修建的事儿。你还有脸给我细讲解！"

郭振山高大粗壮的身子蹲着，牙咬得嘣嘣响，气得站不起来，石油灯壶在他一只大手里颤抖着。他忍了再忍，为了不妨碍活跃借贷的大事，没有发作，只冰冷地说：

"马房和草房的事，你回去再合计去！先说咱的公事！"

郭世富站了起来。他把提着烟锅的手和另一只手，傲然地背到背后去。他向前走了两步，挺着胸脯，好像故意让大家拿他的整洁的黑市布棉袄和高增福的开花棉袄比较一下似的。

"众位！"他开口说，为了庆祝上梁之喜，嘴唇的胡髭新近剪得很整齐，"唔！大伙拿眼睛能看见，我今年盖了三间楼房。往年我有余粮，大伙说给穷乡党借几石就借几石。今年，实在说哩，我自家也把两条腿伸进一条裤脚里去了。……"

他的话引起高增福和欢喜不相信的冷笑。铁人不知是讨好郭世富呢，还是和郭世富的利害一致呢？慨叹说：

"是啊，盖那楼房，砖瓦、木料、工钱和吃的，要一河滩粮食哩！"

郭振山瞪大了眼珠子，盯了铁人一眼。高增福抱着娃转过身说：

"庆喜！你甭把世富当成你了！砖瓦和木料是前两年预备下的！今年只掏工钱和吃的。你思量嘛！世富是那号没计划的人吗？能把两条腿伸进一条裤脚里去吗？笑话！"

"嘿嘿，我不清楚。你增福这么说，或许还有些余……"铁人看见郭世富很不高兴地盯他，又把"粮"字从舌尖咽了回去。

高增福和欢喜都笑庆喜。他想随风倒，附和任何人；他总处在左右为难的地位。

"世富叔!"代表主任很厉害地,但带着勉强的笑容,问,"难道你这回连三石两石也不给咱村的困难户周济了吗?"

"不行啦!一斗也不行啦!俺屋里二十多口子端碗哩。我的小子还在县中上学哩。"

"'天下农民一家人'的口号用不着啦?"

"咳!看你!我这阵单慌俺屋里的人,吃不到夏忙哩!"

"那么把你也算在困难户里头吧!"代表主任改变成讽刺的口气,声调也变得更重了。他眼珠子咄咄逼人地盯住郭世富,企图逼使他屈服。

但是,郭世富有皱纹的脸挺得板平,既不露一丝笑容,又不显慌。可以看出:他在努力给人一种严肃、坚定的印象,表示他的话已经说尽了,再没有什么商量的余地了。

郭振山满腮胡楂的脸,渐渐地沉了下来。这位本家叔叔意外的强硬,使在场的每个人都盯着他,好像说:"看你代表主任有办法吗?"郭振山知道:要是郭世富连一点粮食也不借出来,那么郭庆喜、梁生禄和其他普通中农,就更没指望了。自然,在乡政府的干部会上,各村的代表主任都喊叫今年的活跃借贷难办;但总不能不给几家最困难的翻身户筹借点吧?何况五村在下堡乡总是先进的行政村呢!

"世富叔!"郭振山口气里开始带点警告的意味了,"你先甭把话说绝好不好?你盖房是实!可像你这样的大庄稼院,多少不往出借点粮食,是说不过去的。你考虑考虑!中贫农的团结性儿要紧啊!"

郭世富用拿烟锅的手揭起毡帽,另一只手舒服地搔着五十多岁的夹杂着白头发的光脑袋。大伙望着他,看他会说什么话;但是他把毡帽重新戴上,又擤着鼻涕。也许他擤毕鼻涕,会考虑好说什么话吧?但是他又把烟锅插在烟布袋里,慢条斯理地装起烟来考虑着什么,然后从怀里掏出火柴吸烟了……这样,这个拿板弄势的富裕中农直至散会,好歹没吭声。

散会以后,大伙在黑糊糊的院子里走着。郭世富非常和气、非常亲热地说:

"欢喜!欢娃子!你四爹前年吃了我七斗'活跃借贷',秋后还了二斗;去年吃了五斗,一颗也没还。统共欠我一石。"

"你……啥意思?"欢喜瞪大了稚气的眼睛。

"唉!好娃子哩!我盖房盖下困难哩!"郭世富非常沉重的样子诉苦。

"噢噢!"欢喜恍然明白了,大声地说,"人家发动'活跃借贷',你讨陈账?你不晓得俺四爹土改以前没一犁沟地吗!这两年有了地,少这没那,总是缓不过气嘛。你困难,你盖楼房!俺四爹不困难,成天捎着镢头和铁锨,出去卖日工!他是有粮食不还你吗?"

"咦?看这娃!你凶啥?我是地主吗?你管训我啦?"

"你要在春荒时节讨陈账,你比地主还要可恶喀!"欢喜出得口。

"主任,你听!"郭世富转身痛苦地朝着郭振山,带着不平的口吻说,"这是你主任经手借去的粮食啊。说了当年春上吃了秋后还。没还也罢哩。没粮食有话也好。问一声,连一句顺气的话也没。你说这中贫农的团结性儿怎着?"

说毕,难受得哼唧着,摇着头出了街门走了。

"没粮!官司打到北京城,也没粮!放开你的马跑!"欢喜使着年轻娃的性子,在街门外的土场上朝郭世富的背影,大声吼叫。这个下堡小学的毕业生才不在乎你富裕中农不富裕中农哩!

好像照脑袋被抡了一棍,郭振山有一霎时麻木了。他很想说几句挺厉害的但又合乎政策的话:首先批评郭世富施放烟幕、消极抵抗政府的号召,然后批评欢喜态度不好。但他脑子里没有现成的词句,不,简直可以说:他缺乏机智。他变成一个又憨又大的粗鲁庄稼人,猛不防蛤蟆滩有势力的人物袭击他。一霎时内,他还找不到他变得这样无用的原因。

大伙不欢而散以后,身躯魁梧的庄稼人孤零零地站在自家街门外的土场上。繁星在高空透过还没有发芽的枯树枝,好像也在嘲笑他:"你的威信哪里去了?"是的,郭振山怨恨自己没想到郭世富会变得这样嚣张。他沉默了很一阵,然后咬住牙说:"好!把你郭世富没办法的话,我郭振山还当啥共产党员?咱们走着瞧吧!"

"郭主任!"一个人低低的声音把他从愤恨中唤醒过来。原来高增福还没走哩,抱着娃站在他身后哩。

高增福抱着依然睡觉的男娃子,胳膊上吊着烂棉袄的破布条和棉花絮子,显得沮丧极了。

"你快回家去,把才才放到炕上睡去吧!"

"我等着单另和你说几句话哩。"

"啥话呢?"

"姚士杰往黄堡镇他丈人爸家搬粮食哩。"

"搬去做啥?"

"做啥?富农还有好心眼吗?嘴说他丈人爸借哩,实际在镇上放高利贷哩!"高增福把声音压得更低些说,"唉!郭主任,我听说,郭世富也假上寨村他姐家的名,放高利贷哩!这回活跃借贷,唉!郭主任,难搞啊……"

习惯于蛤蟆滩的每一个庄稼人话都听的郭振山,彻夜睡不着觉。

过去的事情一幕一幕在郭振山脑子里重演起来了。

郭世富弟兄三人,穿着高增福现在穿的那种开花烂棉袄,从郭家河搬到蛤蟆滩来了。他们租不到足够的稻地，只好像任老四现在一样，给人家卖日工。郭世富破命地干活，连剃头的工夫也没。毛茸茸的长头发里夹杂着柴枝，两手虎口裂缝里渗出鲜血来。女人们在冬天穿着单裤。孩子们不穿裤子，冻得小腿杆像红萝卜一样。

有一年冬天，突然发生了意外的事情——北原上马家堡的地主，把渠岸边挨着水口的连片四十八亩稻地，一张契约卖给了家住在县城里的国民党骑兵第二师师长韩占奎。土匪出身的军阀家庭对于经营田产既是外行，又没兴趣，不乐意和许多佃户来往。韩公馆派人到下堡村寻找一个可以独家承租的务实佃户，郭世富弟兄三人被选中了。于是乎，不几年，郭世富就买下马，拴起车，成了大庄稼院了。他们街门外土场上的柴垛像山一般高。这情景，在郭振山记忆里，如同昨天的事情一样。

那些年头，郭世富经常把自己装扮得衣冠楚楚，挑着用洁白毛巾覆盖着的一对大竹篮子，到县城里的韩公馆去敬"财神"。满年四季，不管忙闲，桃上来送桃，柿子上来送柿子。春天的鸭蛋，夏天的瓜果，秋天的莲菜，冬天的荸荠，是必不可少的"贡品"。郭世富每次从城里回来，总是荣幸地夸耀他在韩公馆受到的接待。韩老太太怎样让背盒子炮的勤务兵把他叫到上房去的，怎样问讯田地的情形……他一直说到穷佃户们心里暗恨他，嘲笑地问："那么，你没给你那韩老太太趴下磕个头吗？"

但是，不管人们羡慕也罢，嫉妒也罢，暗恨也罢，郭世富却由租种这四十八亩稻地，创立了自己的家业。每年冬天都有愁眉苦脸的破产庄稼人把卖地的契约，递到郭世富的有着一层硬皮的手里。终于，他自己的地渐渐多了，不得不把韩家的地转租给旁人。好多佃户巴结他。他选中了几家，其中有现在的代表主任。郭振山那时租不到足够的地种，兼着挑担儿卖瓦盆的营生。

"这些稻地的租子怎么算呢？"新佃户们问。

"我给东家多少，你们也给多少喀！"郭世富畅快地回答。

"你给东家多少呢?"

"我……咳!渠岸地嘛，有规例哩。"

"是四斗吗?"

"嗯啊……"郭世富嘴里答应，假装找什么东西，转过脸去。

几个新佃户互相看看，心下怀疑，嘴上却说不出。郭振山的大眼珠子盯住郭世富不自然的脸色，冲口问：

"大叔，你租这稻地，起初不是三斗来吗?啥时加的租?"

郭世富的脸刷地红了。他撒谎被当面揭穿，一时拐不过弯儿，竟用暴躁来笨拙地掩饰他的窘迫。

"你种就种，不种就甭种!最你的话难说!……"他用长者的身份教训晚辈。

"大叔!"郭振山为了少拿租子，顾不得情面，说，"咱们都是在郭家河穷得立不住脚，搬到蛤蟆滩来的哎。你家搬过来的那阵是啥样?叫花子刚刚有吃的了，就苛待要饭的啦?"

几句话说得郭世富满脸通红，惭愧地低下了戴毡帽的头。过了一阵，郭世富重抬起头来，红着脸说：

"这事，实在叫我作难。你们知道：我每年要给东家送多少礼啊!这阵，地大伙种了，东家还只和我一个人说哩。少给人家送些礼吧，怕人家说咱忘恩负义；朝大伙凑吧，怎么凑法呢?我思来想去：朝你们多要点租子算了。这……这话……说起来，实在歪口地说不出来。"

"该着，该着!"好几个新佃户面软，不好意思再争了。

"不对!"郭振山却面硬地说，"你们不思量吗?俺大叔给东家送礼，能用几石大米吗?给咱们每亩加上一斗租子，好几石大米哩呀!"

他向郭世富不客气地说：

057

"大叔！这样办吧：你啥时送礼，给我言传，我朝大伙凑！"

从那时起，郭世富记恨郭振山了，离远看见他，就绕道走了。不得已见了面，皮笑肉不笑，说话慢吞吞，爱说不说。但郭振山在稻地里却一下子有了威望，穷佃户们把他当被剥削者的领袖敬佩了。

解放后，郭振山当了村农会主席。郭世富对他的态度又变了。好殷勤啊！离多远看见，就满脸堆起笑纹来，笑得眼睛眯成一条线，谄媚地打着招呼：

"振山，嘻，你吃啦？"

土地改革的风浪，涌到动荡不安的下堡村来了。郭振山在稻地中间的路上走过去，踩得土地都在颤抖。他是蛤蟆滩第一个要紧人。他的热烈的言词和大胆的行动，反映着穷佃户们的渴望土地和生产条件的意志。由于缺乏睡眠，他大眼珠经常罩着血丝网。有两个月，他没有看见郭世富，只听人说：老汉肚里得了病块，吃不进去饭，人瘦得只剩了一把干骨头，不得长久了。一个挺爱劳动的人，不知不觉要死了——郭振山觉得怪可惜。

有一天，下着雪的夜里，郭振山从下堡村乡政府散了会回家。他上了炕，正脱衣裳，听见外面有人敲街门：吧吧吧……

"谁呀？"

"我啊！"孙水嘴的声音。

郭振山出去开了街门。不是孙水嘴！一个瘦长个子的黑影子，深深地弯下腰去，拱进了街门。孙水嘴用两只手在胳膊上提着他，以防他趴到地上。

"志明，这是谁呢？"

"我……"郭世富罪犯一般怯弱地答声。

"这是怎回事呢？"郭振山莫名其妙地问。

三个人走进中间屋里——就是今晚布置活跃借贷的屋里——郭

世富脸孔三分像人，七分像鬼，眼珠子从两个深坑里朝外探望，如同刚从棺材里爬出来的一样，把郭振山吓了一跳。

"叔叔给老侄回话来了……"郭世富低着戴毡帽的头请罪。

郭振山不明白。

"叔叔的性命在老侄手里。你老侄叫活，我就能活……"

"啥事情呢?志明。"郭振山问孙水嘴。

水嘴咳嗽了一声，清了清喉咙，打开了话匣子。

"他是害怕斗争哩。冒两个月了，他白日吃不下饭，黑夜睡不着觉。黑间外头有点动静，他就叫家里人出去看看，是不是民兵监视他家。白日有人到他院里去串一下，他就当成是找他上斗争大会哩，吓得他出一身冷汗。今黑间，他到俺屋里，央我领他来见你……"

"咳咳!"郭振山觉得好笑，"你是怕我公报私仇?"

郭世富不吭声，连头也不抬。

"你放心好哩!"郭振山权威地宣布，"你的成份，工作组研究过了：富裕中农!你从前巴结地主，知过必改，往后诚心诚意跟上贫雇农走。"

郭世富抬起头来，俩眼珠子从深坑里射出惊喜的光芒。魂灵回到他枯瘦的躯体上来了。

"亲不亲，一家人嘛。"郭振山情不自禁，要教育本家叔叔几句，"那时候，你心底里恨我，碰见了躲我，连话也不想和我说。你哪里知道，要不是你这个不成器的侄儿阻挡你，你这时就是转租剥削的二地主嘛!"

郭世富把头埋得更低了。他唉了一声，做出恨自己的神气。

……

第二天，郭振山从外边回家，他妈说：

"振山，你世富叔给咱送来一封点心，一斤酒，一包挂面。

酒在柜子里放着，你喝去；点心和挂面，我叫振海今日送给你姐夫了。他病沉重，不爱吃饭。"

"咳！妈呀！"郭振山大眼珠子像要蹦出来了，"咱不能接人家的礼嘛！要原物给人家退回去呀！已经送走了吗？"

"送走了！"

"你真眼小！叫人家说我包庇他的成份来！"

"我哪知道？"老婆婆拿为娘身份强硬地反驳，"我当成人家巴结你，送来不接，还伤人家的脸哩。再说，世富家又爱送礼。从前给县里韩公馆送，这阵又给咱送。我哪知道包皮哩包馅哩？要退，你另买一封点心退去！"

"罢罢罢！"郭振山心里想，"接哩就接哩！我没包庇他的成份，旁人爱说说去。再说，郭世富那号势利眼，我把礼退回去，他保险还是慌！"

郭振山舍不得喝那一斤酒。下一个黄堡镇集日，他叫老二振海拿到集上卖了，给牛买成缰绳和套环。

郭世富的身子渐渐地伸直起来了。到分配土地的阶段，他已经胜任用斧头往冻结的稻地里打木橛子的工作了。他对帮助贫雇农的这项任务，非常的卖力。他掂起斧头，咬住下嘴唇，使劲地捣着木橛子。每碰见什么人，他嘴里就像念经一样说：

"天下农民一家人……"

当看见农会主席郭振山走来的时候，他更显得积极；好像要不是有他郭世富，什么事都会弄坏了似的。梁生宝、高增福和改霞，都讨厌郭世富这种不正常的表现；但郭振山觉得没什么，人家这总算进步了。

土地改革后，郭振山倡议在官渠岸修一所普小，让稻地的贫雇农子弟在文化上翻身！在一次村民大会上，他用威严的大眼珠盯住富农姚士杰，建议他捐出他渠岸上的四棵大白杨树做檩子和梁，表示他对贫雇农文化翻身的拥护，而贫雇农自己只出得起工。全体蛤蟆滩的男女，都钦佩郭振山雄图大计，都盯着姚士杰作难的脸。姚士杰迟疑了一刻，然后抬起头，敌意地翻了郭振山一眼，使劲儿咽了口唾沫水，答应了。紧接着，滑头的郭世富在人群中站了起来。他自报他捐两棵白杨树，表示"中、贫农的团结性儿"，博得了好一阵雷动的掌声。在普选中，经过郭振山的提名，郭世富被举为官渠岸东头的乡人民代表了。一九五一年春天，他给村里的困难户借出了六石粮食；一九五二年春天，他又借出了五石粮食。他使得郭振山在下堡村乡政府开会的时候，脸上非常的光彩。大十字、王家桥、郭家河、葛家堡、马家堡的代表主任，都奇怪蛤蟆滩的代表主任，似乎有一种语言的魔力来推动行政工作吧？……

"好！郭世富！"现在，郭振山睡在炕上恨他的本家叔父，"好！郭世富！这阵土地证到你手里了！政府宣布土改时期结束了！你那套虚情假意就用不着了！你眼里就没我郭振山了！你解放前的真面目又露出来了！好！把你郭世富没办法治，我郭振山就不当共产党员哩！咱走着瞧！"

郭振山在被窝里用脑筋想着：在土改的风浪过去以后，用一种什么办法治服这个经营大片田地的老狐狸精呢？老家伙竟仗着他的一份子大家业和一大帮男女劳动人，向蛤蟆滩党的领导和政府的号召挑战哩！但是，郭振山想来想去，没有想出什么好像一个物体一样，拿起来可以投出去的办法。他开始感觉得，离开了惊心动魄的社会革命运动，他个人并不是那么强大！过去推动蛤蟆滩工作的主要力量，也不是他个人在蛤蟆滩的威望，而是党的政策的无比伟大的力量。他在蛤蟆滩威望的提高，只不过是他按党的政策办事的结果。想到这一点，强壮的庄稼人浑身往外冒汗：整党中，同志们对他的批评，重新涌上心头来了。这是多么令人烦恼的记忆啊！

061

第四章

任老四穿好破棉袄,结好腰里的稻草绳腰带,掮起镢头和铁锹了。他大舌头嘴里溅着唾沫星子,对婆娘说:

"叫桂花给我送饭来!我在郭家河西头打土坯哩。"

"我看叫桂花也跟你去吧。她就十五了,能帮你供土哩。"

"谁给我们送饭呢?"任老四对婆娘的这个提议感到了兴趣。

"我嘛,"婆娘严肃地说,"你看啥?我脚小,兴许走得慢点,可准把饭给你送到地场就对哩。"

"我是说,你送饭,咱娃们谁看呢?"

"叫欢喜他妈看一下,不行吗?"

任老四看看仍然睡在一条破被儿里头的一串娃们,好像还没羽毛的小燕子一样露出一排小脑袋。他用他那指头弯曲了的粗糙的手,亲热地摸摸其中最大的一个男娃的小脑袋。他最亲这个,因为这是最先接替他的劳动重负的一个。这时候,小黄牛犊在脚地的后头,啃槽帮子。黑夜没草喂,仗着桂花白日看着它在渠道边啃野草哩。没人看着可不行!它会不取得任何人的同意,就溜进人家稻地里去,大咬大嚼其青稞苗,惹起青稞主人的娃们不堪入耳的咒骂。小黄牛犊毫不在乎,任老四脸上热辣辣的。

"不行。桂花要放牛犊!"他断然地说,坚决跷出门限走了。

这个近五十岁的人,弯着水蛇腰。他掮的镢头和铁锹,也是很滑稽的。方形的铁锹,底边变成了圆形,磨掉了三分之一;镢头几乎磨掉了将近一半,剩下来的像个老女人的小脚。镢头和铁锹的木柄,也被他的手磨得凹凸不平了。人们经常拿这家具取笑他,可是他还是带着它们出去给人家做零活。这有什么好笑的?他置不起新的。土改仅仅使他一家人不再四季挨饿,并不能使他富裕起来。要是生活的负担让他稍能喘过气,他很想给自己搭个牛棚棚。他才不愿意一家大小和小黄牛犊挤在一个草棚屋哩!半夜三更哞哞叫着要吃草,叉开两条后腿刷刷地撒着尿。(没有脸的小家伙呀!)任老四的草棚屋东墙上边垮开一个窟窿,他塞上去一捆玉米秆子填起来,在修补房屋的季节,他却给旁人打坯,挣几个钱买粮吃。为什么呢?娃们一饿,哇哇地愣哭,他心里怪不是滋味啊!

他在街门外土场上,贪馋地吸着早春清晨的新鲜空气。他大声地咳嗽着,吐着痰,把肺里的污浊气清除干净。他理直气壮地吸空气,因为眼时空气还没被什么私人所占有,不需要掏钱买,他怕什么?

侄子欢喜已经从河那岸北原崖根挑了第一担干土回来了,正要去挑第二担。勤快的小学毕业生没事的时候,他就储存忙天用的垫牛圈土。

"四爹,你做啥去?"欢喜问。

"到郭家河去。"任老四说,"揽下人家一千土坯。"

"说了多少钱?"

"这!"任老四高兴地伸出一只手,叉开五个指头,摇了两摇,嘴里溅着唾沫星子,满意地说,"能量几斗玉米。欢娃!你也该出去打听点活干啦。这春荒时节,甭蹲在屋里等人请。甭放不下学生架子!瞅空子干几天吧,给家里跑闹点口粮要紧。生宝买稻种回来,山路硬了,咱互助组进山呀嘛。"

任老四说着,脚步带劲地从土场北边几棵桃树中间的斜径上走过去。欢喜挑着空担笼,跟在后头过河,很满意他四爹高涨的情绪,决定不把昨黑夜郭世富说的话告诉他。

"欢娃,"任老四却一边走一边问,"你昨黑间听他们说,今年活跃借贷还搞成搞不成?"

"甭提哩!"

"怎?"

"没指望!"

"我眼不瞎也算见这一卦哩!我从根就没指望今年再借。"任老四爽朗地笑着,很满意自己观察事物的眼力。他高兴地说,"咱再不靠他大户的周借粮哩!从今向后,咱靠咱互助组过!"

欢喜,到底人年轻,肚里装不住还没凉下去的热话。一种对郭世富的愤恨和他对他四爹的骨肉之情,好像神使鬼遣似的,使他不由自主地把头一黑夜郭世富讨陈账的话,告诉了他四爹。

老四听着听着,紧张起来了。他猛地折转身站住,嘴里溅着唾沫星子,愤怒地问:"他还放些啥臭屁来?"

"走!打你的土坯去。是狼是虎,他奔你身来再说。"欢喜立刻后悔不该告诉他了。

任老四起身时鼓足的那股子劲头,一下子撒了气。一双灰灰的眼珠子,失神地望着终南山披雪的山峰。可怜啊!庄稼人欠了人家的账债,睡觉也睡不踏实啊!

过了一刻,任老四忽然用坚定的脚步朝回走了。

"你这是做啥?"欢喜拦住他,"揽下人家的土坯,也不打去了吗?"

"自己吃不到嘴里的话,我打土坯做鸟!见他妈的鬼,我寻他郭世富去!"

"你寻郭世富做啥?隔着代表主任的手,他不能直接朝你要!"

"我去叫郭世富,干脆拿刀把我杀了算哩!"

"看!你又是这!我猜想:他也不是真朝你要粮。他是拿这话堵干部的嘴哩。你再不指望低利吃大户的借粮,就对了。"

但是,任老四气得扭歪了嘴,瘦长脸铁青。

"你这该相信王书记的话了吧?"欢喜借这件事,更进一步地宣传他四爹说,"你这该坚定走互助合作的路啦吧?咱穷庄稼人除过组织到一块互助生产,永世也不会真正翻身。"

春雨以后，太阳一晒，空气里散发着一种令人胸闷的气味。好像地球内部烧着火似的，平原上冒着热气。你抓起一把关中平原的黑胶土，黏糕一样，一捏一个很结实的窝窝头。温暖的初春的阳光啊！你从碧蓝的天空，无私地照着所有上身脱光的庄稼人打土坯。

郭振山街门外的土场上，一条大黄牛懒洋洋地站在拴它的木桩跟前。它有时向左边，有时向右边，弯曲着它的脖子，伸出长舌头，舐着身上闪着金光的茸毛。大群温柔的杂色母鸡，跟着一只傲慢的公鸡，在土场上一个很大的柴垛根底，认真地刨着，寻找着被遗漏的颗粒。这俨然已经接近大庄稼院门前的气象了。

郭振山和他兄弟郭振海，在土场南边的空地上打土坯。彪壮的郭振海脱成了赤臂膀，只穿着一件汗背心，在紧张地打土坯，他哥供模子。兄弟俩准备拆墙换炕，弄秧子粪哩。

孙水嘴蹲在场边的一个碌碡跟前，埋头在一张纸上写着什么。

"对哩！"水嘴停住廉价的水笔说，"一、二、三、四选区的互助组都登上了。"

"劳力和半劳力分别着哩吧？"代表主任用铁锹往土坯模子里填着土问。

"分别着哩。"

"马、牛和驴呢？"

"也分别着哩。看你！我还能回回弄错吗？"

郭振山事务式地交代："二选区中农多，只高增福一个互助组，四户贫农。先前，王书记在村里的时光，增福说他想拉扯一两户中农入组哩，不晓得弄成事了没。志明，你跑几步腿，问问他，再登上。"

"对！"水嘴畅快地答应。

手里拿着一张纸，晃晃荡荡走过土场，孙委员快乐地唱着秦腔："老了老了实老了，十八年老了王宝钏……"

突然间，在西边草棚院土围墙拐角的地方，他停住嘴，慌忙结着他对襟棉袄的领扣，又赶紧把黑制帽在脑袋上转了转戴正。

改霞吃过了饭上学去，提着书兜走过来了。

"改霞，"孙水嘴满脸堆起笑容，骚情地问，"吃过饭哩？"

"嗯啊……"

"哎，真的。你看一看这张表这么登记对吗？"水嘴站在当路，两只手把纸捧到改霞白嫩的脸跟前，眼睛贪馋地盯着改霞漂亮的眼睛。

改霞勉强地笑笑，说："你常登记，还会错吗？"说着侧转身子躲开水嘴，匆匆走掉了。

孙水嘴朝她背影说："改霞，你不晓得。有一回，我把贫农的贫字，写成贪污的贪字了。乡文书把我好剋了一顿，说我故意糟蹋贫农。咱实地没那个心。……"

"嗬，好大辫子！"他放低了声音赞美改霞。

"她听郭主任的话，"水嘴一边往南走，一边高兴地思量，"只要郭主任帮我说话，她就能有八成可能性儿！……"

他喜得眯起眼来，又掉头看了看改霞走远了的背影，心里甜滋滋地向高增福的草棚屋走去了。

高增福倒霉透了。终南山里汤河峪的那条沟深，但走完了四十里龙窝洞，也就到了尽头了。高增福的倒霉劲儿，看来没个尽头。六岁时候，他爹给地主铡草，切掉了四个指头，丧失了生产的技能，尽靠讨饭把福娃子拉扯大。福娃子会在渠岸上割草，就给人家干活，长工生活一直熬到土地改革。一九五〇年冬天，长工高二分到六亩稻地。一九五一年春天，人民政府发给他耕畜贷款，他买了头小牛，开始了创立家业的奋斗。谁料想刚刚一年，女人因为难产猛地一死，又把他掼倒了。三年期限的耕畜贷款还分文未还，贫农高增福已经把耕牛卖掉，埋葬了女人。他只好和另外三户贫农伙使一头牛，一户一条牛腿地对付着种地。他带着女人丢下的四岁娃子才才，过着一半男人一半女人的生活。现在，他正当着女人，在富农邻居姚士杰的碾子上轧玉米糁糁哩。

"才才，你爸在家吗?"情绪正高涨的水嘴，叱咤风云地问。

才才在草棚屋门前耍，说："不在。"

"上哪里去了?"

"在那里。"才娃指指四合头砖瓦院外头的碾房。

高增福在姚士杰街门外的碾房里听见，穿着袖子上吊棉絮的开花破棉袄，手里拿着扫碾盘的笤帚，沉默地走出碾房来。

痛苦和忧愁，是这三十几岁的人瘦削的脸上固定的表情。高增福是沉默寡言的。无论你什么时候看见他，他总像刚刚独自一个人哭过的样子；其实他即使在埋葬女人的时候，也没掉过一颗眼泪珠。他的出身已经给他精神上注入了一种特别的素质，使他能够用咬牙的沉默，抵抗命运给他的一切打击。他既不诉苦，也不埋怨，拿起农具是男人，拿起灶具是女人。作为乡人民代表，他还得经常在黑夜抱着才才，参加村内各种会议。有时要过汤河到下堡村乡政府去开会，他也把才才背在背上。

"志明，你寻我做啥?"高增福回到他草棚屋前面的土场上，静静地问，鼻尖上沾着玉米粉。

孙委员转过身来，神气活像区上甚至县上派下来的干部，手里拿着一张纸，扬起脑袋看着姚士杰四合院的砖瓦院墙，鼻孔里发出轻蔑的响声，用权威的喉音说：

"哼!嗯?你和富农的关系又好哩?"

"谁?"

"这官渠岸只姚士杰有碾子吗?"

"你，啥意思?"

067

"啥意思!人家会说:乡人民代表又和富农拉扯开哩!怪不得一般农民见土改的一股风刮过去了,又和富农拉上关系哩!"

"放屁!——"高增福嘲弄地笑骂说,"孙委员!少在我跟前装相!有事你快说,没事我忙!"

"你互助组添了几户?"

"一户也没!"

"为啥?不说你要吸收两户中农吗?"

"人家不来!"

"那么,还是四个劳力,一个畜力?"

"嗯!"

孙水嘴走后,高增福在碾房里一边推碾子,一边无限感慨地思量:

"郭主任专心发家啰,对工作,心淡啰。我这互助组畜力困难,想吸收两户中农,投他的大面子给人家说说,他嘴里空答应,到底还是没说。他把从乡上应回来的啥工作,都推给孙水嘴办,他和振海闷头干活!水嘴积极,不是为人民,保险又谋着啥好事哩。你看他在黄堡兴盛德字号当过伙计的那身街溜子气吧!唉,谁能给郭主任提醒提醒就好哩。可惜!可惜!郭主任是有能耐的好庄稼人啊!……"

高增福轧完玉米糁糁,走进富农砖墁地四合院去还笤帚。

"放在那里!"姚士杰毡帽下边的胖脸阴沉着,厌恶地说。

高增福把笤帚放在楼下的窗台上。趁这个工夫,他从没有糊纸的窗格子中间,瞅见前楼下边砖脚地上,立着几条装满粮食的口袋。他达到了他从这院借笤帚的目的了。

"唉!又装起几口袋……"当他走出街门洞的时候,心中灰暗地想着。这件事在他肚里结起一颗很难受的疙瘩——富农把粮食往外村转移,假亲戚的名,剥削穷庄稼人;本村的困难户又转弯抹角，投面子向外村掏大利借粮哩。

整整一天，高增福哪里也不去。他蹲在他草棚屋前面的土场上编稻草帘子，一边机警地留意着他的富农邻居的动静。既不是责任感，也不是好奇心，而是一种强烈的阶级感情，使他对富农的粮食活动从心底里关切。对于高增福，一切穷庄稼人受剥削和他自己受剥削是一样的心疼。他对他的邻居的仇视是刻骨的，不可调和的。在他看来，富农剥削人这一点和地主是一样可恶。土改的那二年，姚士杰每年春天拿出十石粮食交给村干部周借给困难户；现在颁发了土地证，富农的狰狞面目，又露了本相。高增福一定要看看姚士杰的这几口袋粮食，又往什么地方运。

但是直至日头落在西边邻县的秦岭山丛，春寒从终南山降临到平原上的村庄里来，高增福的手冷得不能再在露天地里编稻草帘子了，他也没发现邻居有什么动静。

夜里，二更天，从黄堡东原上升起的月亮，照到高增福草棚屋的窗纸上了。父亲搂着的儿子，在炕上睡着了。父亲眼皮也涩涩的，迷迷糊糊，也快要睡着了。好像所有心中搁事的人一样，他睡不踏实的。听得邻居的街门扇一响，他的头脑立刻清醒起来，眼皮立刻灵活了。

高增福急忙穿好衣裳，出来看时，一个人赶着一头牲口，牵着一头牲口的黑影子，已经过了有几棵柏树的姚家坟园南边了。

"哼！这小子，做贼心虚！"他心里想，急忙把才娃在里头睡着的草棚屋的板门关住，向住在皂龙渠那边的民兵队长冯有万家里奔去了。他惹得全官渠岸的狗都咬起来了。犬吠声一直把他送到下河沿冯有万的草棚屋窗前。

"万！万！"他趴在民兵队长外窗台向屋里喊叫，呼哧呼哧喘气。

"啊？"冯有万在里头答应。

"快!"

"啥事?"

"快起!"

过了一刻儿,穿上衣裳,掂着步枪的冯有万冲出板门了。他目光炯炯地探照着月光中的高增福。这小伙子真强悍,显出战斗的紧张,用手结着尚未结好的棉袄纽扣。

高增福把一只手搭在冯有万胳膊上,低低地告他,发现了什么鬼鬼祟祟的情况。

"咱村的困难户等着活跃借贷哩,他小子连夜往外村转粮!"

"我把他堵回来!问他狗日的转出去做啥!"

冯有万说着就跑,两只脚不着地似的飞快。从黑糊糊的青稞苗中间月光照白的小径上,他向高增福指给的方向飞跑去了。

高增福自己朝郭振山的草棚院走去,脚跟很有劲。

"终究还是把你捉住了!"增福满意地想,在脑子里对姚士杰说,"你总是见不得人!要是你敢光明正大放高利贷,为啥要黑天半夜偷偷摸摸弄事哩?"

高增福想:报告给代表主任,够他姚士杰受!郭振山会胸脯一挺,眼一瞪,轰炸机投弹一般吼叫一声,姚士杰就同老鼠见猫一般,缩做一团了。高增福看见这个情景,心里多么畅快啊!全村人都敬佩郭振山,不是他高增福一个人!解放前,姚士杰在蛤蟆滩为王的年头,郭振山也不怕他。人们把姚士杰使用的那条渠叫做霸王渠。无论什么时候,只要姓姚的稻地要水,他就理直气壮把穷佃户正灌的水口堵了,也没人敢吭气。那年夏天,高大的郭振山和强壮的姚士杰,在渠岸草地上扭打起来了。郭振山扭着姚士杰的领口,姚士杰抓着郭振山的布衫,两个人过了汤河,进了下堡村大庙里头当时的国民党乡公所说理。郭振山的这份大胆,把他变成穷佃户们崇拜的英雄,因为他满足了他们藏在内心不敢表达的愿望。现在,高增福相信：代表主任绝不会容忍富农破坏活跃借贷的工作！

带着坚定的信心，高增福带劲地叩响代表主任的街门。郭振山在里头深处应了声。过了一刻儿，听见门板响，主任掩着衣襟出来了。高大的身体带着火炕上被窝里的热气，他上身微微弯着，听着这位热心为大伙奔跑的人民代表的紧急报告。郭振山对姚士杰的仇恨和他对活跃借贷工作的担心，使他对富农的行为冒火了。郭振山多毛的大鼻孔里冒出的热气，直喷到高增福脸上来了。高增福想：这一状告准了！

"叫我回去结上腰带，咱走！"

郭振山回屋里去结腰带了。高增福在外头等着，高兴地想着冯有万那两条飞毛腿，说不定这时已经追上了姚士杰。

但郭振山从深院里出来，软了："啊呀！增福，我刚才一思量，不对哇！"

高增福疑惑起来了。

"怎么？不可以把他挡回来吗？咱政府出了活跃借贷的指示，他把粮食转出去放高利贷哩！追回来，咱理问他！"

"他在哪里放高利贷？给谁放？放了多少？利息多高？你都调查清楚哩吧？"

"这，这，还没调查……"

"不对！增福！姚士杰自己绝不认账！"

"他不认账！咱问他：不是放高利贷，为啥黑天半夜偷偷摸摸……"

"他说：他不是偷旁人的粮食。他说：他自家的粮食，他愿意白日运哩，还是黑夜运哩，旁人管不着。增福，咱政府宣布了土改结束，解除了对地主和富农的财产的冻结了。姚士杰是条恶狗，不好惹。咱没条款挡人家的粮食呀。"熟悉规章制度的郭振山，很理智地说服高增福。

071

高增福肚里没有词句了。因一时的冲动，做下这冒失的事情。他心里开始有点不安。他没想到土改时期已经结束了，而这是很重要的一点。

停了停，他寻思到了一条：

"那么，活跃借贷的指示，不是咱中央人民政府出的吗？"

"嘿嘿！"郭振山非常亲切地说，"增福！那是指示，不是法令嘛！咱不能强迫人家嘛。"郭振山忽然感慨地说，"兄弟！我也愿意老像土改时一样好办事，可那好年头过去啰。"

说着，郭振山又一片好心地劝说高增福："人们都该打自个人过光景的主意了。兄弟！共产党对穷庄稼人好是好，不能年年土改嘛！要从发展生产上，解决老根子的问题嘛！"

代表主任说出了这句话，高增福从心里往外凉，直至浑身冰凉。

"我高增福倒凭什么发展生产呢？你郭振山能发展生产了！"高增福在心里不满地想，开始对他曾经那么敬佩的人，有了反感。

"那么有万挡住姚士杰，该怎说呢？"他打个寒噤问，显得颓唐极了。

"这有啥？"郭振山气魄很大地笑说，"你去告诉有万，放那个小子走就是哩。咱不找他的麻烦，他还找咱的碴儿吗？好冷！你快去吧。你把才才放到哪里了呢？你太积极了！"

高增福在回转的路上，心是凉的，腿是软的，脑袋是木的。他感觉到郭振山对他的关心和表扬，是空洞洞的，没有价值的。他感觉到自己前途茫茫，往后的光景难混了。他承认不该挡富农的粮食，郭振山比他更懂得政策。但是郭振山的言词，他说话的神气和他的笑，却表现出他现在已经变富了，不再能体会困难户的心情了。他再不能像解放初期，特别是土改初期发动贫雇农的时候那样，对穷苦人说些热烈的同情话了。这个在村里威望极高的共产党员的变化,给可怜的高增福精神上增添了负担。他担心:像目前的境况,他很难保住他分到的六亩稻地。说什么呢?缺口粮,上稻地的肥料还不知在什么地方。耕畜贷款还在黄堡镇人民银行营业所的账上写着哩,以后的贷款还轮到他吗?他想着:要是他家住在下河沿,入了梁生宝的互助组,他也许不会有这一层忧愁。但他住得离下河沿二里远。

噫!前面迎面大踏步走来一个人,那是谁呢?

"有万!"高增福试着吼叫。

"增福!你这人!"是冯有万,声音在静夜的平原上清晰地说,"你这人!人家朝黄堡走哩,你叫我朝南追。"

"呵呀呀!姚士杰鬼这大?朝南走了一截,绕开官渠岸,又朝东拐,迷惑人哩!还是上他丈人爸家哩!"高增福心里惊讶地想,嘴里说,"没追上算哩!"

冯有万,黑制帽掀在后脑上,宽阔的前额上汗水在月光下闪亮,背着步枪站在高增福面前,奇怪地问:

"你怎不高兴?"

"没啥。"高增福很庆幸没追上姚士杰,警戒自己不要对这个直性子民兵队长流露一句对代表主任不满的话,含含糊糊地说,"咱们回去吧。以后……以后再……"

在苍苍茫茫的夜色中,高增福独自在黑糊糊的麦地里灰色的小径上回家。他想到自己心上的人,长眠在丈二深的土地里,又想到好像一块什么东西似的,被丢在草棚屋炕上的可怜才才。他想到两户中农不愿入他的互助组的冷情,想到半月以后没有粮食吃的苦境。他鼻根一酸,眼珠被眼泪罩了起来。但是他咬住嘴唇,没有让眼泪掉下来。他眨了几下眼皮,泪水经鼻泪管到鼻腔、到咽喉,然后带着一股咸盐味,从食道流进装着几碗稀玉米糊糊的肚囊里去了。

"哭做啥!"他责备自己软弱,"骨头挺硬!到哪里说哪里的话!你不是从旧社会也熬出来了吗?即便郭振山靠不上了,共产党不是只他一个人,怕啥!"

第五章

　　春雨刷刷地下着。透过外面淌着雨水的玻璃车窗,看见秦岭西部太白山的远峰、松坡,渭河上游的平原、竹林、乡村和市镇,百里烟波,都笼罩在白茫茫的春雨中。
　　当潼关到宝鸡的列车进站的时候,暮色正向郭县车站和车站旁边同铁路垂直相对的小街合拢来。在两分钟里头,列车把一些下车的旅客,倒在被雨淋着的小站上,就只管自己顶着雨毫不迟疑地向西冲去了。
　　这时间,车站小街两边的店铺,已经点起了灯火,挂在门口的马灯照到泥泞的土街上来了。土街两头,就像在房脊后边似的,渭河春汛的鸣哨声,在人们不知不觉中,增高起来了。听着像是涨水,其实是夜静了。在春汛期间,郭县北关渭河的渡口,暂时取消了每天晚班火车到站后的最后一次摆渡,这次车下来的旅客,不得不在车站旅馆宿夜。现在全部旅客,听了招徕客人的旅馆伙计介绍了这个情况,都陆陆续续进了这个旅馆或那个旅馆了。小街上,霎时间,空寂无人。只有他——一个年轻庄稼人,头上顶着一条麻袋,背上披着一条麻袋,一只胳膊抱着用麻袋包着的被窝卷儿,黑幢幢地站在街边靠墙搭的一个破席棚底下。
　　你为什么不进旅馆去呢?难道所有的旅馆都客满了吗?
　　不!从渭河下游坐了几百里火车,来到这里买稻种的梁生宝,现在碰到一个小小的难题。蛤蟆滩的小伙子问过几家旅馆,住一宿都要几角钱——有的要五角,有的要四角,睡大炕也要两角。他舍不得花这两角钱!他从汤河上的家乡起身的时候,根本没预备住客店的钱。他想:走到哪里黑了,随便什么地方不能滚一夜呢?没想到天时地势,就把他搁在这个车站上了。他站在破席棚底下,并不十分着急地思量着:

"把它的!这到哪里过一夜呢?……"

他那苗壮的身体,站在这异乡的陌生车站小街上,他的心这时却回到渭河下游终南山下的稻地里去了。钱对于那里的贫雇农,该是多么困难啊!庄稼人们恨不得把一分钱,掰成两半使唤。他起身时收集稻种钱,可不容易来着!有些外互助组的庄稼人,一再表示,要劳驾他捎买些稻种,临了却没弄到钱。本互助组有两户,是他组长垫着。要是他不垫,嘿,就根本没可能全组实现换稻种的计划。

"生禄!"他在心里恨梁大老汉的儿子梁生禄说,"我这回算把你看透了。整党学习以前,我对互助合作的意义不明了,以为你地多、牲口强,叫你把组长当上,我从旁帮助。真是笑话!靠你那种自发思想,怎能把贫雇农领到社会主义的路上哩嘛?我朝你借三块钱,你都不肯。你交够你用的稻种钱,连多一角也不给!我知道你管钱,你推到老人身上!好!看我离了你,把互助组的稻种买回来不?"

现在离家几百里的生宝,心里明白:他带来了多少钱,要买多少稻种,还要运费和他自己来回的车票。他怎能贪图睡得舒服,多花一角钱呢?从前,汤河上的庄稼人不知道这郭县地面有一种急稻子,秋天割倒稻子来得及种麦,夏天割倒麦能赶上泡地插秧;只要有肥料,一年可以稻麦两熟。他互助组已经决定:今年秋后不种青稞!那算什么粮食?富农姚士杰、富裕中农郭世富、郭庆喜、梁生禄和中农冯有义他们,只拿青稞喂牲口;一般中农,除非不得已,夹带着吃几顿青稞;只有可怜的贫雇农种得稻子,吃不上大米,把青稞和小米、玉米一样当主粮,往肚里塞哩。生宝对这点,心里总不平服。

"生宝!"任老四曾经弯着水蛇腰,嘴里溅着唾沫星子,感激地对他说,"宝娃子!你这回领着大伙试办成功了,可就把俺一亩地变成二亩啰!说句心里话,我和你四婶念你一辈子好!怎说呢?娃们有馍吃了嘛!青稞,娃们吃了肚里难受,愣闹哄哩。……"

"就说稻地麦一亩只收二百斤吧!全黄堡区五千亩稻地,要增产一百万斤小麦哩!生宝同志!……"这是区委王书记用铅笔敲着桌子说的话。这位区委书记敲着桌子,是吸引人们注意他的话,他的眼睛却深情地盯住生宝。生宝明白:那是希望和信赖的眼光……

"不!我哪怕就在房檐底下蹲一夜哩,也要节省下这两角钱!"生宝站在席棚底下对自己说,嗅惯了汤河上亲切的烧稻草根的炊烟,很不习惯这车站小街上呛人的煤气味。

做出这个决定,生宝心里一高兴,连煤气味也就不是那么使他发呕了。度过了讨饭的童年生活,在财东马房里睡觉的少年,青年时代又在秦岭荒山里混日子,他不知道世界上有什么可以叫做"困难"!他觉得:照党的指示给群众办事,"受苦"就是享乐。只有那些时刻盼望领赏的人,才念念不忘自己为群众吃过苦。而当他想起上火车的时候,看见有人在票房的脚地睡觉的印象,他更高兴了——他这一夜要享福了,不需要在房檐底下蹲了。嘻嘻……

他头上顶着一条麻袋,背上披着一条麻袋,抱着被窝卷儿,高兴得满脸笑容,走进一家小饭铺里。他要了五分钱的一碗汤面,喝了两碗面汤,吃了他妈给他烙的馍。他打着饱嗝,取开棉袄口袋上的锁针用嘴唇夹住,掏出一个红布小包来。他在饭桌上很仔细地打开红布小包,又打开他妹子秀兰写过大字的一层纸,才取出那些七凑八凑起来的,用指头捅鸡屁股、锥鞋底子挣来的人民币来,拣出最破的一张五分票,付了汤面钱。这五分票再装下去,就要烂在他手里了。……

尽管饭铺的堂倌和管账先生一直嘲笑地盯他,他毫不局促地用不花钱的面汤,把风干的馍送进肚里去了。他更不因为人家笑他庄稼人带钱的方式,显得匆忙。相反,他在脑子里时刻警惕自己:出了门要拿稳,甭慌,免得差错和丢失东西。办不好事情,会失党的威信哩。

梁生宝是个朴实庄稼人。即使在担任民兵队长的那二年里头,他也不是那号伸胳膊踢腿、锋芒毕露、咄咄逼人的角色。在一九五二年,中共全党进行社会主义思想教育的整党运动中,他被接收入党的。雄心勃勃地肩负起改造世界的重任以后,这个朴实庄稼人变得更兢兢业业了,举动言谈,看上去比他虚岁二十七的年龄更老成持重。和他同一批入党的下堡村有个党员,举行过入党仪式从会议室出来,群众就觉得他派头大了。梁生宝相反,他因为考虑到不是个人而是党在群众里头的影响,有时候倒不免过分谨慎。……

踏着土街上的泥泞,生宝从饭铺跑到车站票房了。一九五三年间,渭河平原的陇海沿线,小站还没电灯哩。夜间,火车一过,车站和旁的地方一样,陷落在黑暗中去了。没有火车的时候,这公共场所反而是个寂寞僻陋的去处。生宝划着一根洋火,观察了票房的全部情况。他划第二根洋火,选定他睡觉的地方。划了第三根洋火,他才把麻袋在砖墁脚地上铺开来了。

他头枕着过行李的磅秤底盘,和衣睡下了,底盘上衬着麻袋和他的包头巾。他掏出他那杆一巴掌长的旱烟锅,点着一锅旱烟,睡下香喷喷地吸着,独自一个人笑眯眯地说:

"这好地场嘛!又雅静,又宽敞……"

他想:在这里美美睡上一夜,明日一早过渭河,到太白山下的产稻区买稻种呀!

但是,也许是过分的兴奋,也许是异乡的情调,这个远离家乡的庄稼人,睡不着觉。

票房的玻璃门窗外头,是风声,是雨声,是渭河的流水声。

不管他在火车上也好,下了火车也好,不管他离开家乡多远,下堡村对岸稻地里那几户人家,在精神上离他总是最近的。他想到他妈,这时准定挂着他在这风雨之夜,住在什么地方。他想到继父,不知道老汉因他这回出门生气没有。他想到妹子秀兰,准定又在进行宣传,要老人相信他走对了路。他想到他互助组的基本群众——有万、欢喜、任老四……当他想到改霞的时候,他的思想就固执地停留在这个正在考虑嫁给谁的大闺女身上了:改霞离他这样近,他在这砖脚地上闭起眼睛,就像她在身边一样。她朝着他笑,深情的眼睛扑闪扑闪瞟他,扰乱他的心思……

在土改那年,他俩在一块接触得多。他和她一同到县城参加过一回青年积极分子代表会议。他俩也经常同其他村干部和积极分子一块过汤河,到下堡村乡政府开会。改霞总显得喜欢接近生宝。开会的时候,她使人感觉到她故意挨近他坐;走在路上,她也总在他旁边走着。有一天黑夜,从乡政府散了会回家,汤河涨水拆了板桥,人们不得不脱脚蹚水过河。水嘴孙志明去搀改霞,她婉言拒绝了,却把一只柔软的闺女家的手,塞到生宝被农具磨硬的手掌里。渐渐地,人们开始用一种特别的眼光看他俩,背后有了细声细气的议论。那时间,改霞和周村家还没解除婚约,他的痨病童养媳还活着哩。在下堡乡党支书卢明昌隐隐约约暗示过生宝一回以后,生宝就以一种生硬的方式,避免和改霞接近了。现在,已经二十一岁的改霞,终于解除婚约了,他可怜的童养媳也死去了。他是不是可以和她……不!不!那么简单?也许人家上了二年学,眼高了,看不上他这个泥腿庄稼人了哩!……

他想：用什么办法试探一下她的心底才好呢？给他妹子秀兰说，又说不出口。"把它的！这不是托人办的事情嘛！"

他还没想出试探改霞的办法，就呼呼地睡着了。

……

早晨天一亮，一个包头巾、挟行李的野小伙子，出现在渭河上游的黄土高岸上了。他一只胳膊抱着被窝卷儿，另一只手在嘴上做个喇叭筒，向南岸呐喊着水手开船。他一直呐喊到住在南岸稻草棚棚里的水手应了声，才在渭河岸上溜达着，看陌生的异乡景致，等开船……

春雨在夜间什么时候停了，梁生宝不知道；但当下，天还阴着，浓厚的乌云还在八百里秦川上空翻腾哩。可能还有雨哩。昨天在火车上看见的太白山，现在躲在云彩里头去了。根据汤河上的经验，只有看见南山的时候，天才有放晴的可能——这里也是这样吧？

生宝注意到一个非常有趣的事情：渭河上游的河床很狭窄，竟比平原低几十丈；而下游的河床，只比平原低几尺，很宽，两岸有沙滩，河水年年任性地改道。这是什么道理呢？啊啊！原来上游地势高，水急，所以河床淘得深；下游地势平，水缓，所以淤起来很宽的沙滩。

"高。是高。这里地势是高。"他自言自语说，"同是阴历二月中间天气，我觉着这里比汤河上冷。"站在这里时间长了，他感觉出这个差别来了。

噢噢！对着哩！怪不道这里有急稻子。这里准定是春季暖得迟，秋季冷得早，所以稻子的生长期短。

生宝觉得：把许多事情联系起来思量，很有意思。他有这个爱好。

咦咦！这里的土色怎么和汤河上的土色不同哩？汤河上的土色

发黑,是黑胶土,这里好像土色浅啊!他弯腰抓起一把被雨水湿透了的黄土,使劲一捏,又一放。果然!没汤河上的土性黏。他丢掉土,在麻袋上擦着泥手,心里想:

"啊呀!这里适宜的稻种,到汤河上爱长不爱长哩?种庄稼,土性有很大的关系;这倒是个事哩!跑这远的,弄回去的稻种使不成,可就糟哩。"

这样一想,倒添了心思。他急于过渭河到太白山下的产稻区看看稻种,问清楚这种稻种的特性。

直至平原上的村庄处处冒出浓白柴烟的时候,生宝才同后来的几个行人,一船过了渭河。

他在郭县东关一家茶铺吃了早饭——喝了一分钱的开水,吃了随身带来的馍。

当他吃毕早饭的时候,春雨又下起来了,淅淅沥沥地……

梁生宝从茶铺出来,仰头东看西看,雨并不甚大。他决定赤脚。他把他妹子秀兰用白羊毛给他织的袜子和他妈给他做的布鞋,包在麻袋里头。然后,他把棉裤的裤腿卷了起来,白布里子卷到膝盖底下。他又往头上顶着一条麻袋,背上披着一条麻袋,抱着用麻袋裹着的行李卷儿,向白茫茫的太白山下出发了。

"嘿!小伙子真争!啥事这么急?"他听见茶铺的人在背后说他。

一霎时以后,生宝走出郭县东关,就毫不畏难地投身在春雨茫茫的大平原上了。广阔无边的平原上,只有这一个黑点在道路上挪动。

生宝刚走开,觉得赤脚冰冷;但走一截以后,他的脚就习惯了雨里带雪的寒冷了。

梁生宝!你急什么?难道不可以等雨停了再走吗?春雨能下好久呢?你嫌车站、城镇住旅馆花钱,可以在路边的什么村里随便哪个庄稼院避一避雨嘛！何必故意逞能呢？

不！梁生宝不是那号逞能的愣小伙子。他知道他妈给他带的馍有限，要是延误了时光，吃不回家怎办？而且，他一发现渭河上游和下游土性有差别，他就恨不得一步跷到目的地，弄清此地稻种的特性，他才安心。要是他还没从下堡村起身，他可以因故再迟十天半月来；既然他走在路上了，他就连一刻也闲待不住。他就是这样性子的人。

他在春雨中踩着泥路走着。在他的脑子里，稻种代替了改霞，好像他昨晚在车站票房里根本没做桃色的遐想。

春雨的旷野里，天气是凉的，但生宝心中是热的。

他心中燃烧着熊熊的热火——不是恋爱的热火，而是理想的热火。年轻的庄稼人啊，一旦燃起了这种内心的热火，他们就成为不顾一切的入迷人物。除了他们的理想，他们觉得人类其他的生活简直没有趣味。为了理想，他们忘记吃饭，没有瞌睡，对女性的温存淡漠，失掉吃苦的感觉，和娘老子闹翻，甚至生命本身，也不是那么值得吝惜的了。

二十几年以前，当生宝是一个六七岁娃子的时候，陕北的年轻庄稼人，就是这样开始组织赤色游击小组的。这是陕北人、县委杨副书记说的。那年头，在陕北和在全中国一样，国民党军队、国民党政府、豪绅和地主的统治，简直是铁桶江山。但是，年轻庄稼人组织起来的游击小组，在党领导下，开始了推翻这个统治的尝试。杨副书记在正月里举行的互助组长代表会上作报告的时候说：一九三三年，陕北的老年庄稼人还说游击小组是胡闹哩，白送命哩；到一九三五年，游击小组变成了游击支队，建立起了赤色政权，压住山头同国民党军队挺硬打，当初说胡闹的老年人，也卷入这个斗争了。经过了多少次失败和胜利，多少换上军衣的年轻庄稼人的鲜血，洒在北方的黄土山头上，终于在梁生宝虚岁二十三的那年，全中国解放了，可怜的"地下农民"梁生宝站出来了！

　　生宝现在就是拿这个精神，在小农经济自发势力的汪洋大海中，开始搞互助组哩。杨副书记说得对：靠枪炮的革命已经成功了，靠优越性，靠多打粮食的革命才开头哩。生宝已经下定决心学习前代共产党人的榜样，把他的一切热情、聪明、精力和时间，都投入党所号召的这个事业。他觉得只有这样做，才活得带劲儿，才活得有味儿！

　　正月里，全省著名的劳模、窦堡区大王村互助组长王宗济从扩音器里发出的声音，永远在梁生宝记忆里震荡着。

　　"我们大王村，五〇年光我这个互助组认真互助，其余都是应名哩。过了两年，受了我这个组的带动，全村整顿起十四个互助组，都认真了。今年正月，我们两个组联起一个农业生产合作社……"

　　梁生宝当时是三千个听众里头的一个。他坐在三千个党的和非党的庄稼人里头，心在他穿棉袄的胸脯里头蛮动弹。他对自己说：

　　"王宗济是共产党员，咱这阵也是共产党员了。王宗济能办成的事，咱办不成吗？他是漉河川的稻地村，咱是汤河川的稻地村。百姓从前是一样的可怜，只要有人出头，大伙就能跟上来！"

　　但他又想："啊呀！咱比王宗济年轻呀！人家四十多岁，咱二十多岁，村内威信不够，怎办？要是郭振山领头干，咱跟上做帮手，还许差不多哩。可惜！可惜！振山，你为啥对这事不热心嘛？……"

　　"咳！这有啥怕头？"生宝最后鄙视自己这种没出息的自卑心理，想道，"王宗济自己也说：是靠乡支部和区委的领导。有党领导，咱怕啥？"

　　于是，在王宗济发表毕挑战的演讲以后，穿黑棉袄、包头巾的小伙子，在人群中站了起来，举起一只胳膊，大声向主席台喊：

　　"黄堡区下堡乡第五村梁生宝，要求讲话！"

当他在主席台上表示毕决心下来的时候，区委书记就在通道上欣喜地等着他，握住他的手，攀住他的肩膀，亲热地说："开毕会就到蛤蟆滩帮助你整顿互助组，订生产计划。"从那时候，生宝的心里就烘烘地热了起来。

他现在跑到几百里外，在渭河上游冒雨走路的劲头，就是同那天上台讲话的劲头相联系的。

在雨里带雪的春寒中，他走得满身汗。因为道路泥滑，他得全身使劲，保持平衡，才不至于跌跤。

直至晌午时光，他走了三十里泥路。他来到鸭鸿河上的一个稻地村庄里。他的麻袋已经拧过三回水，棉衣却没湿，只是潮潮。他心里畅快得很哪！这个身强力壮的小伙子！

第六章

当徐改霞端坐在下堡小学三年级教室里听老师讲课的时候，有这个老婆或那个老汉，到官渠岸她家——有一棵柿树的草棚院，去串门儿。

人们带着非常关切的神情，向改霞她妈打探解除婚约以后的改霞，对找新的对象持什么态度。

有几个富裕、和睦的家庭里的诚实、聪明的小伙子，被提出来供这个汤河上有名的"俊女子"考虑。汤河上游东原上的上堡村，有个成份是小土地出租者的小学教员；汤河下游北原上章村，有个富农的独苗苗儿子；北原那边潞河川的范村，又有个成份是小土地出租者的乡文书；黄堡镇上一个布匹商有个在县城上中学的儿子；还有本村郭世富上县中的儿子永茂……看中她的，都是有些文化的青年。

永茂是本村人，不必细说了。所有其他托人提亲的小伙子，也都见过改霞的。介绍人都说：只要改霞答应他们的"提亲"，她提出的一切可能满足的合理要求，都好商量！

改霞啊！改霞啊！她也许是汤河上顶俊的女子，也许并不是哩！要不是她参加社会活动，要不是她到县城去当过青年代表，要不是她在黄堡镇一九五一年"五一"节的万人大会上讲过话，那么，一个在草棚屋里长大的乡村闺女，再漂亮也不可能有这样大的名气和吸引力呀。

改霞她妈鼻梁上架着用棉线联结白铜腿子的老光眼镜，给闺女做着鞋，听着每个介绍人的谈叙，都这样想着。她没敢给任何人任何有希望的回答，以免把自己陷入一种尴尬的处境；因为女儿的事，现在娘做不了主了。不过，这么多大户人家看上这个可怜寡妇的女儿，倒给了老婆婆心情上很大的满足。她心中长久积压着对不起周村家的感觉，逐渐消失了。

她把提亲的情况，告诉她的斜对过邻居、她女儿事实上的生活顾问——代表主任。

郭振山连连地摇手，张大满腮胡楂的嘴巴大笑。

"使不得！使不得！提的这些对象，连一个也使不得！净是些富农、小土地出租、奸商和富裕中农嘛……净是些落后脑袋瓜子嘛！女婿都有文化，都不在家里喀，哪个女团员肯嫁给那号人家？整天侍候公婆，黑间管得连会也不让开去。你思量思量，改霞是那号傻瓜不是？出了笼的鸟，自己又进笼吗？嘿嘿嘿……"

郭振山笑毕，又很诚恳地劝导：

"你一个也甭给改霞说！全装到你肚里算哩！你甭搅扰她上学！念书和种地不同，心杂了念不进去！"

"对！对！"老婆婆同意。笑了笑，她又说，"可是……"

"可是啥哩？"

"可是永茂是个好……"

"噢!你看上这门亲哩?"郭振山吃惊地问。

老婆婆蛮有兴趣地笑笑,感慨地说:

"好人家嘛!郭世富是好人家嘛!地有地,人有人;马有马,车有车。家里满院灯亮,出门骡马铃响。又在一条街上,早不见晚见嘛……"

郭振山听得不耐烦。

"你看上郭世富的家业,改霞看上永茂吗?"

"永茂是县中学生。"

"思想儿怎样呢?"

"思想儿,思想儿……"老婆婆没有词地笑了;她在这方面考虑得少。

郭振山进一步明知故问:"永茂入团哩没?"

"怎?团员还非和团员不结?……"

"当然!你当成前五年、前十年的改霞了?没一点政治思想儿?永茂是个非团青年哎!咱五村的团小组,暑假寒假,组织中小学生宣传,写黑板报,传话筒广播,他都不积极喀。回回要团员们到街门口请叫他。他手里拿本啥故事书出来,还品麻地一边走一边看哩。改霞说:去了也没一点主动性儿!磨磨蹭蹭,不推不动。改霞烦死他了,你叫她嫁他?你这好主意嘛!"

老婆婆不好意思地笑笑。

"不明白时兴人的心思……"

"不明白,你甭管算哩。你叫她好好学文化。你家里有事情,但有三分奈何,甭耽搁她的功课。你娘俩孤寡身影,能有今日,得感谢毛主席的恩典。毛主席提倡文化的程度,你叫她好好上学去。你把她当个小子守到如今,图啥来?不是图个闺女好吗?……"

善于劝解人的代表主任,说得老婆婆很受感动。她想起来了人

085

类情感上最难受的守寡生涯——

……过毕改霞她爸的三周年以后，所有的亲戚，都陆续走了。只有改霞她大舅留了下来，坐在炕沿上一个劲儿吸旱烟。大哥心心事事望着新寡的妹子，要说话不说话。

终于，改霞大舅开口了：

"二妹子！你……"

"大哥！你有啥话，敞开说！"

"我是说：你……你……你……"

"我怎？……"

"你没个小子。……"

"我把改改当小子守呀！"中年寡妇的眼泪从眼眶里涌了出来，泣不成声地说，"我把，改改，当小子，守呀！我，宁肯，自个人，受难场，不情愿，改改，跟我……到……人家……屋里……受……受……受……"

"算哩！甭哭哩！"改霞大舅用手指抹去自己的眼泪，说，"是这话，你，你，在名誉方面……"

"放心！大哥！我不能失你们的脸面！"

就这样，老婆婆过了十几年严谨的寡妇生活，仅仅为了做妈而活着。整个蛤蟆滩的庄稼人都夸她行为光明，稻地里没一句关于她的流言蜚语。

在十几年的漫长岁月中，她一点一滴地，无形中和有形中按照自己的心性，铸造闺女的心性。终于，改霞长成一个十六七岁的、最容易害羞的闺女了。有谁多看她几眼，她就埋下头去，躲避赞美的目光。

改霞她妈做梦也梦不到：解放后，仅仅几个月的光景，使她十几年的心机枉费掉了。出去参加过几次群众会，柿树院就关不住改霞了。蛤蟆滩的穷佃户被共产党人带来的政策鼓舞着，表现出翻身的强烈要求；改霞又被穷佃户们翻身的要求鼓舞着，渴望女性切身的解放。郭振山暗示她：参加社会活动有助于她婚姻问题的解决。聪明的十八岁闺女，仅仅为了不情愿嫁到周村去，就大胆地投进群众运动的洪流里来了。谨小慎微的寡妇，在惊心动魄的群众运动里头，岂敢阻挡？另一方面，她心里也喜愿把财东们闹倒。暂时叫娃活动去吧！

只有当老婆婆听到改霞和生宝过分接近的风言风语的时候，她才觉察到自己做错了事情，后悔也来不及了。

她走到斜对过郭振山的草棚院。

"农会主席。"

"唔。"

"你到俺屋里去一下下。"

"做啥？"

"我，和你有话。"

"啥话，你说嘛！"

改霞她妈拿起襟子揩眼泪。

"这里说起不方便。你去一下下，不行吗？"

郭振山看见别人流眼泪，心软，说：

"好吧！你先回去。我把这一担牛粪担出场里，就来。"

农会主席满腮胡楂的嘴巴噙着烟锅，走进柿树院。改霞她妈脸上挂着眼泪珠，让他进屋里去。

"你坐下。"

"甭客气哩。啥话，你说吧！"

改霞她妈又撩起襟子揩眼泪。

"这是为啥呢？"郭振山纳闷地问。

老婆婆哽哽咽咽说："把俺改霞的团员给退哩！"

"为啥呢？"

087

"她不能办工作哩!"

"怎哩?"

"我不让她出去跑哩!"

"唉唉!"振山不同意地说,"啥事你敞开说嘛!捏住拳头叫我猜吗?"

于是,改霞她妈吞吞吐吐地说:"梁生宝不是人,胡骚情……"

"啊噢!"郭振山恍然明白了,张大了满腮胡楂的嘴巴大笑,"没没没!没那号事!你甭听旁人胡造谣言,甭冤枉好人哩!"

改霞她妈惊讶地瞪大了泪眼。

"谁告诉你的?"郭振山非常厉害地追问,"你把这个人说出来!造谣破坏,决不轻饶他!"

看见农会主席认真、严肃的样子,老婆婆破涕为笑地问:

"那么,没……?"

"没!"郭振山肯定地说,"你甭听旁人胡吹播哩!共产党员和青年团员,净办对百姓有益的事情。坏人想破坏俺们的威信,破坏不了,总是在男女关系这方面编造,看见一男一女在一块走一下,就这么那么哩!有一加十!徐大婶子!你信不着旁人,你信不着你自家的闺女吗?你看改霞是那号货吗?好你哩,再甭胡思乱想哩!你哭鼻流水,人家笑话呀!"

寡妇老婆虽然相信了农会主席,但心里总不踏实。想起生宝的童养媳妇的痨病样子,又想起自己闺女如花似玉,心里总有十五个吊桶在打水。

她思量了一阵,提出一个非常朴素的要求。

"能把梁生宝开除出团,我就放心哩……"

她看见郭振山仰起满腮胡楂的脸,大张着厚嘴唇,半天笑不出声音来,她没好意思继续说下去。

郭振山笑毕，说："好我的你哩！你傻了心哩嘛！人家好好当咱村里的民兵队长，俺倒为啥要把人家开除出团嘛？你能笑死人了……"

"那你要多关照改改，常指教她……"

"你放心好哩！咱村里的青年团员，一个也不能让走到邪路上去！"

于是，的确在土改以来的一两年里头，改霞她妈一直是放心的。只有在生宝死了童养媳妇、改霞解除了婚约以后，她才重新要求代表主任注意改霞和生宝的关系。

每个星期六的后半晌，下堡小学照例没什么活动。晌午，改霞从学校回了家。她看见炕边上，放着走亲戚的竹篮子。竹篮子里放着一些新蒸的白面馍，馍的圆顶上点着红点，上面用一块经常收藏在包袱里的洁白毛巾覆盖着。竹篮子旁边放着改霞走亲戚的衣裳——一九五三年间正时兴的一套学生蓝制服。

"改改！"妈说，"你二姐的娃子明儿过生日。我走不动，你去上一回。她家路远，当天来回，太累人了。你在她家住上一宿，明儿后晌，早早回来。"

改霞正要和她二姐谈谈她矛盾的复杂心情。经过几天的独自思量，她对进工厂比较有兴趣了。只有一样事，在她心里疙疙瘩瘩不平服，就是有种对不起生宝的感觉。虽然她俩中间没有任何约言，但是有过感情。她总是这样想：如果不和生宝谈一次，她不声不响离开下堡村，进了工厂的话，恐怕是太没人情了吧？她不是那样俗气的女人，只要对自己有利，就毫不留恋地撇开自己热爱过的人。她想把她的真心实话告诉二姐，看看二姐说什么。在村里，她和谁说她这心事呢？郭振山吗？秀兰吗？妈妈？都不能说……

晌午以后，改霞走过蛤蟆滩的小路，过了汤河。她从下堡村大十字,奔了黄堡通县城的马路。她一路吸引着妇女们赞赏的眼光,小伙子们爱慕的眼光和姑娘们羡妒的眼光。

她走上了大坡,进入了下堡村的北原。渭河和八百里秦川,村庄、树木和铁路,自动展开在她面前。马路在两行还没发芽的刺槐树中间,向北延伸出去。高原上的麦田,呈现出返青期的葱绿。百灵子和黄莺在马路旁的刺槐树上,追着改霞似的朝前飞。

从县城回家取馍①的县中学生,一群一伙,三三两两,在马路上向南走来。他们唱着,谈着,笑着,热烈地争论着,到和改霞相遇的时候,一下子静悄悄的,向她行"注目礼"了。有些在走过以后,还要扭头看一看。但是改霞目不斜视。她提着竹篮子走着,傲然昂着头,大眼睛平静地望着在她面前展开去的渭河平原,给人一种不容轻薄,不容嬉笑的凛然气概。漂亮对她来说,是一种外在的东西,与她的聪明、智慧、觉悟和能力,丝毫无关。她丝毫不觉得这是自己的所长,丝毫不因人注意而自满;相反,她讨厌人们贪婪的目光。

永茂在几个同学中间走来了。细长个子,白净脸儿,黑制帽外面故意露出一些偏分头的发梢,怪俏皮的。

"改霞,你上哪里去?"永茂站住,殷勤地问。

"上关村去。"改霞平淡地说。

"做啥去?"

"走亲戚呗!"

改霞不乐意地回答着,走过去了。她一边走一边说,没停住脚。她瞥见永茂俏皮地把偏分头的发梢露出黑制帽,轻蔑地扁一扁嘴。这个中学生平日表现出的富裕中农子弟的优越感,他对于假期回乡学生宣传活动的消极应付态度,和他对村里的各种运动的冷

---

① 关中地区上中学的农村青年,为了节省伙食费,每周回家取一次馍。

淡,在改霞心中堆积了足够的反感。她有足够的理由轻视他。

"你永茂有啥了不起?你家地多,还不是你爸当狗腿子的结果?有啥拿板弄势的?你甭给我骚情!谁喜爱你那熊样子?"改霞一边走一边想。

一辆双套胶轮车迎面过来了。车辕上手执长鞭坐着郭世华——郭世富的三兄弟。在他背后边,满满装了一堆男女乘客。

"咳!改霞,你上哪里去?"郭世华离多远就大声问。

改霞回答以后,车老板又满脸堆笑说:

"你明儿回来时,我这顺车捎你,不问你要钱。"

"我走得了!"改霞嘴说。她心想:"多蠢!当着一车人说不要钱。世上有那么多爱拣便宜的人?"

"哎!"郭世华在车辕上扭转身子,朝已经走过去的改霞背影还说,"改霞!明日,你在关村路口上等着!我赶半后晌就过来了!"

"不啦!"改霞不回头地说。她心想:"寒伧死人!我那么爱坐车?你细成那样,为了多拉一个客,你的侄子一星期取一回馍,你还不捎哩,偏来捎我。"她知道一点郭世富想要她做儿媳妇的动机。那真叫妄想!

下了北原那边的坡道,她走到滽河桥头三五家饭馆、茶铺、小店和修理自行车铺所组成的小街上。她的心突突地跳起来,全身的血向她脸上涌来。她牙咬着嘴唇,准备着经过一个内心非常紧张的时刻。

梁生宝从桥上贪大步地走过来了!满脸的汗水反射着阳光,因为走热了,手里捏着头巾。看见改霞,生宝的脸刷地红了。

"你回来了?"改霞机械地招呼,努力想把脸色定平。

"我回来了!"生宝高兴得激动地说,一只湿润的大手,使劲扯了扯衣襟边。显然不让改霞看见他落落踏踏!……

他的目光那样盯她,使她的目光不敢和他的相遇。她低了头。

她低着头,用一只脚尖,拨一块小石头。她在想着:和他说什么才好呢。

"我买了二百五十斤稻种。"生宝胜利地说,目的是打破尴尬。

"你的稻种在哪里呢?"

"在郭三车上。你刚才没碰见他吗?碰见了?"

"你为啥不跟稻种坐车呢?"

"咳!郭三的心可黑啦!二百五十斤稻种,要一份脚费。我要坐车,得另花钱。我说:是这,你光把稻种拉上,我在后头跑呀。"

改霞抬起头,感动地看看生宝红腾腾的脸,想起郭振山对生宝现在搞的事业的冷淡,心里不禁难受地想:"你这么积极,能成功吗?"她突然发现路旁有好些人,欣赏她和生宝多少有点缠绵的谈话和神情。她觉得很不自如,只好和生宝分路了。如果在左近没人的旷野上,她真想和他多说几句话。

她在滻河的大石桥上扭头看时,正在上坡的生宝,也在扭头看她。她的思想更矛盾了。她的感情更复杂了。她的心又偏到生宝这边来了。她决心从二姐家回来后,和生宝谈一次……

第七章

一个初春的阳光灿烂的上午,嘴里噙旱烟锅的庄稼人,提粪筐的庄稼人,和倒背双手的庄稼人,纷纷从稻地塄坎上的许多小径,向梁三老汉的草棚院走去。

"哎,宝娃子买的叫啥稻种呢?"

"百日黄嘛。听说从插秧到搭镰割稻子,只要一百天。"

"怪!自古常言：一月缓苗①，一月长，一月出穗，一月黄。这'百日黄'少二十天，差一个节气还多哩!"

"就要看打粮食怎样呢!"

"听梁生宝吹，这号稻子秆秆不高，穗穗够长。"

"出奇!这么说，肥料大些，也不怕长滥②?"

"人家说，肥料大了，只要水灌均匀，没关系咯。"

"啊哈!有这么好的稻种?买回来多少呢?"

"一石多。听说本互助组分毕，还有余头哩。"

"要是有余头，咱也分它点试试看!……"

"百日黄"稻种的生长期短，在蛤蟆滩引起了这样广泛的兴趣，庄稼人们把梁三老汉的草棚院挤得水泄不通了。说话的声音很嘈杂，好像黄堡镇上的粮食市场一样。不光是蛤蟆滩的庄稼人，也有河北岸下堡村来的。有些庄稼人想分稻种，有些庄稼人光为满足好奇心。庄稼人为了一点好奇心，有时候可以跑几十里路哩!

人们把粗大的手伸进解开的口袋里，用指头捏一撮稻种，放在手掌心里细瞅。他们用大拇指头搓搓，用口轻轻吹去稻糠，又细瞅。他们把大米粒投进已经留下胡子的或者还没留下胡子的嘴里嚼碎，然后唾掉，然后互相交换意见。

都说：成色不赖!

头上包着头巾的梁生宝，用一个升子，把稻种从麻袋里，舀到他互助组的人们带来的器具里头。头上戴着黑制帽、庄稼人棉袄上结着军用宽皮带的冯有万，雄赳赳气昂昂地站在那里，用一杆钩子秤，确定各人的器具和稻种的分量。这个民兵队长的神气，很明显地给蛤蟆滩的庄稼人这样一种印象：他以本互助组的事情，吸引来这样多庄稼人参观为骄傲。

---

① 关插秧后一个月内，秧苗由黄变绿。
② 肥料过量，只长秆子，稻粒反而减少。

"哎!生宝,那不算个事呀!"人群中的任老四,大舌头嘴里溅着唾沫星子,大声嚷着。

"啥不算个事?"留分头的小学毕业生欢喜在旁边问。

"我说,生宝,"任老四不理他侄子,只对组长说话,"你一路的花销不合计在稻价里头,那不算个事呀!你出门好几天,为大伙劳累了就好了,再贴赔上些盘费?那算个啥理儿?……"

"你真烦人!"有万称着任老四的竹皮罐的分量,不满意地打断他,"要告诉你几遍呢?咱组长一路没进栈房,吃的是家里带去的馍,算啥盘费?"

"家里带去的馍,是泥捏的吗?"任老四坚持着他的观点。

他这泥捏馍的话,惹得许多庄稼人大笑,他自己却一本正经。他认定稻种价里头,只算原价、车票和运费,而不计算生宝的盘费,这事不合理。在生宝到郭县去了的这几天里,任老四在郭家河打了一千块土坯,挣得十元。生宝,一个大小伙子,在这个期间一个小钱不挣,还要贴赔盘费吗?即使生宝坚决要给大伙服务,他头上还有老人嘛!任老四看见为这件事,梁三老汉和生宝他妈闹得凶,他心里难受。他觉得为了使互助组巩固,应当让梁三老汉也满意一些才好。但当着这样多的庄稼人,任老四又说不出这个话来,心下直怪有万太心粗,不能细察人情世故。他见有万不搭理他的神气,又话里有话地说:

"你光管自家畅快,不顾人家的光景!"

"算哩!算哩!谁和你缠?咱组长不是小气鬼,人家是共产党员……"

"怎?共产党员不吃五谷,不穿布匹活着吗?"

生宝一只手捉着麻袋口,一只手捉着升子,看看任老四腰里结的稻草绳腰带,笑劝这个老实头庄稼人说:

"你甭挂心我哩!你挂心你自家的光景吧!"

欢喜也不满意他四爹的这份啰嗦劲儿。

"你尽废话!你连眼前这稻种钱,也是咱组长给你垫着哩。你这阵就要给钱?还是怎样?"

"我这阵给不起,欠也欠不起吗?"

这工夫,郭世富戴毡帽的脸孔,在更远点的人头中间,呈现出鄙视的笑容。他胡髭剪得很齐的嘴唇扁了扁,鼻孔里头发出轻蔑的冷笑声。那样子等于用嘴巴明言:"你两年欠下我一石'活跃借贷'粮没还。你还说'欠'、'欠',你光知道个'欠'!"

欢喜眼尖,注意到郭世富的表情了。他气恨郭世富,把头一拐,说他四爹:

"把稻种拿回去,忙你的活儿去吧!"

任老四很满意地提起分给他的稻种,嘴里溅着唾沫星子,又说了许多感激话,这才走开。这时,他才看见郭世富戴毡帽的皱纹脸,他的脸色一下子黄了,很快又红了。那天早晨,欢喜告诉他郭世富向他讨账的时候,他那样的气愤,你也许以为:啊呀!不得了,任老四现在会放下装稻种的竹罐,扑过去和郭世富拼命吧?不!请你放心吧!俗话说得对:"吃人的嘴软,欠人的理短。"还没从贫穷的压迫下解放出来的任老四,目光躲避着郭世富的目光,不声不响,跷出草棚院的街门,走了。

生宝和有万,继续给互助组的组员们分稻种。生禄、欢喜、王老二的儿子拴拴、冯有义、郭锁儿都把自己的稻种拿走了。他们把有万的稻种,也称得另放在一边了。

这时,早年的豆腐客梁大老汉,把一条口袋伸向冯有万。个子高大,垂着斑白的长胡子,拄着一根终南山里出产的楢木棍,秃顶老汉已经在旁边站着,等了一阵了。现在,他理直气壮地说:

"把这条口袋称一称。"

"这是做啥?"有万不明白老汉的意图。

秃顶老汉不和有万说话。他用家长兼富裕者的双重权威口气，命令生宝：

"给我弄上五升！"

"你?……"生宝迷惑地眨巴着眼睛，回忆着说，"你家的稻种，俺生禄哥拿回去了！"

"这是章村你大姐要的。尽说这稻种好，她要分些试试。"

全院子的眼睛，都盯着生宝作难的脸色。其中有些人在看过稻种以后，已经用互助组长的名义，向生宝表示了想分点稻种的意想。生宝答应他们本互助组分毕了，再看。

有万气得鼓鼓。他对于不合理的事情，极端缺乏忍耐心。当生宝起身去买稻种向生禄借几块钱的时候，就是这个秃顶老汉代替不声不响的生禄，不客气地拒绝的。现在竟厚着老脸皮，来替自己坐娘家的女儿分稻种来了！有万手里拿着秤，噘着嘴，直挺挺地站在那里，不肯给秃顶老汉称口袋的分量。

秃顶老汉软皮囊似的灰暗脸孔，带着一种盛气凌人的笑容，盯着年轻的互助组长。那神气表示他心里想着：

"我老汉出口了！看你小子尊不尊?"

生宝手里拿着空升子发呆。他想：

"这不是倚老卖老吗?这叫人怎办哩?他仗着他家的马在全互助组最强，又只他一家有车，互助组离不得他家。这真是欺人太甚了！我就不给他分这稻种，看他能怎样?"

把稻种送回家又来的欢喜，试着用一种聪明的方式，帮助组长打破这个僵局。他很惋惜的样子说：

"哎，生宝哥，你走时多带些钱，多买些稻种就好哩……"

"怎?"老头的秃顶脑袋一拐，垂着软囊囊的眼皮，盯住欢喜稚气的脸，挺厉害地问，"怎?起身的时光，俺家没给钱吗?这阵有富余的，旁人能分，门中人和亲戚倒不能分?俺拿多少稻种给多少钱，分文不欠人的!俺姓梁的和姓梁的说话，你姓任的插啥嘴?"

吓得欢喜再没张声。满院的人群静悄悄的，好像看一出戏看到紧要的场面。

生宝心里又拐了弯："算了吧，给他算了吧!为了这几升稻种的事，惹恼老汉要退组，太没意思了。容让了他这一回……"

"伯哎!"他开口说，努力做出和好的笑容，"是这样：我多买了些稻种，可咱村的好些互助组长，口开得早。你老人家既开了口，给章村俺大姐家，多少也分上点。"

"分多少?"

"二升，你老人家看怎样?"

"哼!插不到半亩地!"

"三升!"生宝狠一狠，又添了一升。

"四升!"梁大老汉退让了一升。

"你老人家也给我留点情面!"生宝指着满院的人，强硬起来了，"叫大伙能看得下去!……"

秃顶老汉垂着斑白胡子，扭头看时，发现满院不平的脸色和愤懑的目光。他退让了。

"就是哩。三升就三升吧……"

要称稻种的时候，有万已经不在这里了。他已经忍耐不住，一句话也没说，掼下秤，掂着他自己分得的稻种，在什么时候走掉了。生宝自己捉秤，打发走了这个胡子斑白而不能令人尊敬的老汉。

一群庄稼人严严实实把生宝挤在中间。大伙争着抢着，要分稻种。

"我要二升!"

"给我分上二升行吗?"

"咱一升就行。咱是为了给明年引种子。"

"给我，哎，生宝，给我弄上……"不好意思说出数目字了。

"啊呀！大伙甭挤好不好？"生宝实在被挤得受不了，他呼呼，"长余的稻种有限，要的人太多，得商量着办事哇！"

"对！商量着办事。"挤不到跟前的庄稼人们，在后头大声嚷着。

在生宝起身到郭县去以前，他曾征求过村内各代表和各互助组长说，如若有人愿意换新稻种的，可以凑钱给他，他可以给大伙捎办。但是有的人实在是弄不到钱；有的人摸不清稻种究竟好坏，不愿意冒一块钱的险；有的人担心生宝办不好事情，恐怕要白白分担他的车票、路费。现在，这些庄稼人被新稻种早熟的优点吸引住了。这给生宝很大的鼓励：庄稼人尽管有前进和落后、聪明和鲁笨、诚实和奸猾之分，但愿意多打粮食、愿意增加收入，是他们的共同点。这就使得互助合作有办法，有希望了。大概党就是根据这一点，提出互助合作道路来的吧？——想到这里，获得了新认识的年轻共产党员，兴奋起来了！他精神更加抖擞，容光更加焕发了。

一只出过了力的庄稼人手，从后面伸过来，扳生宝的肩膀。生宝扭头看时，是郭世富。生宝早注意到：这个穿一身干净的黑市布棉衣的庄稼人，自从进了这院子，手心里一直端着几颗"百日黄"稻子搓出的大米粒，一遍又一遍地埋头瞅着，仰头看看蓝天，心里谋算着什么。

现在，郭世富把胡髭剪得很齐的嘴巴，安置到生宝耳朵上来了。

"你能余多少稻种？"声音很低，很亲切。

"二三斗……"生宝大声地回答。

"一斗合计多少钱呢？"

"两块六角多一点。"

"我给五块钱，你卖给我一斗，行不？"

欢喜站在生宝旁边，听见郭世富的话，好像嗅见了狗屎的神气。

"这不是粮食市，世富老大！"欢喜警告，记恨着郭世富在布置活跃借贷那晚上，讨陈账的事儿。

"我不是稻种贩子嘛！"生宝对郭世富讽刺地笑说。

大伙嚷嚷起来了。

"世富老大！你说啥，大点声嘛！"

"没说啥，没说啥。"郭世富连忙声明着，见风头不顺，低头出了街门，离开这伙贫农。他们单独一个一个地，好对付，凑在一块很厉害。

生宝向大伙提出：蛤蟆滩的互助组长们，每人不超过二升稻种，去做试办。只有郭庆喜，他得给五升；因为庆喜是上河沿最主要的互助组长，并且在他买稻种起身时，借给他三块钱。大伙都同意了。

"老铁！"生宝向人群中间的铁人亲热地说，"理应再多给你些来，要的人太多了。"

"行哩，行哩。"铁人厚道地说，表现出另一种富裕中农的神气。

于是让欢喜记数，生宝就开始给大伙分稻种了。人们拥挤着，喧嚷着，一霎时把生宝弄得头昏脑涨。……

当院里只留下生宝一个人的时候，他把剩下的稻种一称，不住地惋惜地咂嘴。

"把它的！弄下这事！"

"怎呢？"妈在屋里问。

"弄得咱不够了。"

生宝妈坐在草棚屋炕上做鞋帮，通过敞开的窗口，温和地责备儿子：

"你常是冒冒失失,做事没个底底。我说你先把自家的稻种舀出再分,你说不好,要先人后己。这阵好!看弄得自家不够了吧?"

"罢哩!咱用上一部分旧稻种算哩。"生宝乐呵呵地说,因为自己对群众有用而情绪很高。

梁三老汉在磨棚子里磨玉米面,听见发生了什么事儿。他本来已经下定决心对"梁伟人"的事,采取不闻不问的态度了。但听见这事,心在他胸膛里蛮翻腾。他忍耐不住,颠出磨棚,站在院里。罗面把他弄得头发、眉毛、胡子一片粉白。他用非常丧气的目光,灰心地盯着生宝,袖子和瘦瘦的手上,落着一层玉米面粉,指着生宝说:

"你呀!你太能了!能上天!你给互助组买稻种嘛,你给大伙夸稻种这好那好做啥?这阵弄得自家也不够了!好!好!精明人!"

给老汉这么一说,生宝反而呵呵地大笑了。他笑继父的做人标准——自私自利是精明,弄虚作假是能人,大公无私却是愚蠢……
……

一家人聚齐吃晚饭的时候,梁三老汉舀起一碗饭,往摆在脚地的一张小方桌周围的矮凳上,坐下来了。

"宝娃!这,你回来了。"

"唔,爹,你说啥呢?"

"我说,咱那荸荠啥时挖呢?"

"就挖。等着用钱呢。买稻种拉下人家的账;还有,互助组马快要进山呀!"

"我不管你进山不进山!反正,卖荸荠的钱,得给我使唤几块!"

"你要几块?"

"十块。"

生宝笑了。生宝妈眼看这爷儿俩的谈话,口气不顺和。老汉脸吊下去，话音低沉而带气，好像又要爆发一场不和。她又出头代替儿子问：

"你要十块钱做啥哩?"

"你甭管!我有用项!"

"你做啥用呢?"

"我的汗褂穿成马笼头了。……"

"鸡下开蛋了。我预备拿鸡蛋钱，给你爷俩一人扯一个汗褂哩。"老婆很温和地劝说。

"不!"老汉别扭地说，"鸡蛋甭卖!"

"为啥哩?"

"我要吃。"

"你吃得了五个母鸡下的蛋吗?"老婆忍住笑又问。

"我早起冲得喝，晌午炒得吃，黑间煮得吃……"

闺女秀兰低头哧哧地笑开了。她觉得当着老人的面，把饭喷在碗里，对爹太不尊敬，就急忙端着饭碗，奔出院子去了。

老汉一本正经说诳话的神气，和他那种从早到晚闲不住过光景的勤俭比较起来，实在能笑破人的肚皮。他拾粪回家的时候，经常顺便拣些碎柴枝和破布片，交给生宝他妈。下堡村大十字卖粽子、油炸糕和瓜果的小贩们，开他的玩笑说："梁三老汉，全照你的样子，俺卖零食的都该喝西北风啦!"

"你老人家舍得那样浪吃吗?"生宝呵呵笑着，并不觉得事态有一点严重。

老汉抬起眼，严肃地瞟一眼生宝。

"我怎么舍不得?光你舍得?"

"你舍得，扯个汗褂也用不了十块钱呀!"生宝妈不满意老汉这种一再挑衅的做法。

老汉反而说："你甭和我寻气!我给人家十块钱做啥?我那么

傻?我在黄堡镇下馆子哩。……"

他这么一说,儿子、闺女都哈哈大笑了。老伴也笑了。

"笑啥?"老汉还是不高兴,感慨地说,"我不吃做啥?还想发家吗?发不成家啰!我也帮着你踢蹬吧!"

"你光想发家!"老婆笑毕,又说老汉。

老汉翻起有皱纹的眼皮:

"谁愿意学任老四的样?谁倒愿意吃了今儿的没明儿的?"

生宝见二老再说下去,话激话,又要失和气了。同时他不在家的那回冲突,也提醒他有必要认真地向继父做点解释工作。他收敛了嬉笑,很严肃地用他在整党学习会上学来的道理,给继父讲解中国社会发展的前途,主要说明大家富裕的道路和自发的道路,有什么不同。

"啥叫自发的道路呢?"生宝说,"爹!打个比方,你就明白了。咱分下十亩稻地,是吧?我甬领导互助组哩!咱爷俩就像租种吕老二那十八亩稻地那样,使足了劲儿做。年年粮食有余头,有力量买地。该是这个样子吧?嗯,可老任家他们,劳力软的劳力软,娃多的娃多,离开互助组搞不好生产。他们年年得卖地。这也该是自自然然的事情吧?好!十年八年以后,老任家又和没土改一样,地全到咱爷俩名下了。咱成了财东,他们得给咱做活!是不是?"

老汉掩饰不住他心中对这段话有浓厚兴趣,咧开黄胡子嘴巴笑了。

"看!看!"老伴揭露说,"看你听得多高兴?你就爱听这个调调嘛。娃这回可说到你心眼上哩吧?"

梁三老汉为了表示他的心善,不赞成残酷的剥削,他声明:

"咱不雇长工,也不放粮。咱光图个富足,给子孙们创业哩!叫后人甬像咱一样受可怜。……"

"那不由你!"生宝斩钉截铁地反驳继父,"怪得很哩!庄稼人，地一多，钱一多，手就不爱握木头把儿哩。扁担和背绳碰到肩膀上，也不舒服哩。那时候，你就想叫旁人替自个儿做活。爹，你说：人一不爱劳动，还有好思想吗？成天光想着对旁人不利、对自个有利的事情！"

老汉在胡子嘴巴上使着劲儿，吃力地考虑着生宝这些使他大吃一惊的人生哲学。

生宝他妈和他妹子秀兰，被中共预备党员惊人的深刻议论，吸引住了。她们用喜悦的眼光，盯着头上包头巾、手里端老碗的生宝——这个人在她们不知不觉中，变得出人意料的聪明和会说，似乎要赶上郭振山了吧？……

生宝坐在矮凳上，继续向坐在对面的继父宣传。

"图富足，给子孙们创业的话，咱就得走大伙富足的道路。这是毛主席的话！一点没错！将来，全中国的庄稼人们，都不受可怜。现时搞互助组，日后搞合作社，再后用机器种地，用汽车拉粪、拉庄稼……"

梁三老汉本来被生宝关于剥削的道理，说动了心。现在他一听这些在他认为不着边际的空谈，又打消了对前一段话的考虑。老汉轻蔑而嘲笑地眯起皱纹眼皮，问：

"要几年？用机器种地要几年？明年？后年？"

生宝说不上要几年。在这方面，整党教育运动中，也没有确切的估计。生宝是个诚实人，他不能胡诌。他只笑笑，说：

"要多少年，党中央的委员们，许能知道……"

"他黄堡区的王书记，也不知道！甭吹！"梁三老汉胜利地大声呐喊。他弄不清楚许多概念，认为区委书记比中央委员还高明，因为王书记对他是具体的人，而党中央委员对他是抽象的。他只相信他见过的。

他惹得生宝和秀兰直笑，但他不在乎，觉得他抓住了要点，不失良机地迅速转入主动。

"你看人家郭振山!"他用实际例子来比,"你看人家也在党着哩!人家为啥不和你一样往前扑呢?人家土改毕了,人家退后一步,人家闷住头过人家的光景哩!你小子奔社会主义!你看今儿分稻种的样子,没到社会主义,你小子没裤子穿啰!说错了,算我老汉眼里没水!……"

生宝只笑不说话了。他不在继父面前,评论村里另一个党员的长短。他再辩论下去,不仅没有意义,反而还会弄坏。只要不决裂,他相信,他将来能改变继父的想法。而且,他现在还忙着,赶紧吃过饭,要找冯有万去。

当他出了街门的时候,妹子秀兰在月光中追上他,告诉他:改霞如何如何打听过他的事情……

第八章

人都有爱美之心,追求美也是人类的本能之一。

但生宝心里有两个念头在互相矛盾。有时候他想:改霞人样俊,心性也好,他要争取和她成亲。并且,从她看他的表情和眼神判断,他是有把握的。最大的阻碍是改霞她妈的顽固。但这只要他俩两厢情愿,也不是大的问题。有时候他又想:"算了吧!人家上了三年级啦,恐怕这阵心大了,眼高了。咱庄稼人,本本分分,托人在什么村里瞅个对象,简简单单结个亲算哩。"他想:这样更实际些。自己负起了互助组搞丰产的责任,哪里还能为亲事分心呢?他这样想的近因,是那天改霞在渭河桥和他说话,不像从前那么热情;脚拨弄着路上的小石头块,心里恐怕有了其他的想法吧?脸上也有些捉摸不定的恍惚神情。再没比恋爱的青年人敏感了,对方一丝一毫的变化，都能感受出来。

但改霞白嫩的脸盘，那双扑闪扑闪会说话的大眼睛，总使生宝恋恋难忘。她的俊秀的小手，早先给他坚硬的手掌里，留下了柔软和温热的感觉，总是一再地使他回忆起他们在土地改革运动中在一块的那些日子。

生宝希望给什么人，说说他这心内的矛盾，帮助他下个决心。但他给谁说呢？谁能帮助他下这个决心呢？有一回，他想对区委王书记倾吐衷肠，话已经从喉咙眼涌上来了，他的嘴唇和舌头，积极准备发音了，他的具有高度意志力的理智，又把话扣压起来，退回心中去了。

"给组织说这个做啥？"他在心里嘲笑自己的无聊，觉得对个人问题的纠缠，和为大伙谋利益的活动，是多么不相调和啊！

在互助组分稻种的这天黑夜，生宝从那天傍晚郭振山劝改霞进工厂的同一条路上，往南走去。他去找冯有万。一方面，他要批评有万，在秃顶老汉要分稻种的时候，不该气愤地掼下秤杆走掉；缺乏忍耐心，终将使自己不能在互助合作的道路上，坚持到底。另一方面，他就是想把他对改霞的心事，告诉有万，看他能给他出什么主意。

再不能拖延了！买稻种的任务完成以后，他得即刻开始为互助组进山做准备了。等到过了清明节，互助组的人就在终南山里头啰。他不能让给自个儿搞对象的念头，老是分散社会事业的心思。若是拿定主意和改霞谈，他希望在他进山以前。

夜色苍茫中，还没消散尽的做晚饭的炊烟，在复种青稞的稻地上飘浮着。生宝在牛车路上走着，噙着他的一巴掌长的烟锅，吸着旱烟。带着办成功一件事的暂时的轻快感觉，生宝想着：改霞对他这回的行动，心里会怎么思量呢？当他这样想的时候，路边的嫩草芽！渠里的流水！稻地里复种的青稞！你们为什么不把那天郭振山对改霞说的话,让这个恋爱的小伙子知道呢?

到岔路口该拐弯的时候,生宝站住了。东面稻地塄坎的小路上,过来一个黑影子。生宝不是看出,也不是从脚步声听出,而是从这条路只通向有万家的草棚屋,断定这就是他要找的人。

"万,你到哪里去?"生宝在月光中先开口问。

"你到哪里去?"有万反问。

不需要更多的问答,他们已经知道,他们是互相寻找了。这两个小伙子是这样的关系,自从搞起水稻丰产互助组以后,两个人只要是同时都在村里,他们就连一刻也不愿分离。共同的事业常常把肉体上是两个人,变成精神上是一个人,彼此难舍难分。生宝直到如今,还没有把他对改霞的心思告诉有万,主要因为有万太任性了。生宝恐怕这个愣家伙在不适当的场合,拿这事开玩笑。

"走!生宝。到你屋里去吧!"戴黑制帽的有万,拉着包头巾的生宝的袖子,说,"光棍屋里好拍嘴嘛!昨黑间,我就要在你炕上拍一夜来,见你出门这些日子,太乏了,叫你美美睡上一夜,咱再拍嘴。今黑间,我已经给屋里打了招呼,不回去睡了。"

生宝站着不动,在月光中笑着,盯住有万的胖脸盘。

"金姐娃没问你在哪里睡觉吗?"

"她知道我在你屋里。你甭瞎拍!人家相信咱自进了她屋,一心不二。"

"你经常在我屋里睡,她能乐意吗?"

"我告诉她互助组有事,她没二话。不是在你跟前卖嘴哩!当初进她家的门,咱就同说话人敲得响明:她娘俩日后,不能干涉咱的积极性儿;要是拖咱落后,咱可不干。"

"噢呀!你立场站得那稳?"

"当然!人没立场,如比树不扎根。你看吧,咱早晚要和你一样!"

"和我一样做啥?给她娘俩轰出来,再打光棍吗?"

"瞎拍!咱也要和你一样,入党!"

"就凭今儿俺伯分稻种时,你那股邪劲吗?王书记帮咱们订生产计划时,说你啥来着?要想引导农民走互助合作的道路,就得有忍耐心。你忘了吗?像你这样,到四五月生产紧忙的时光,咱能团结住大伙吗?"

"那股劲儿上来,唉,生宝,就像有鬼拨弄我一样。"有万愧悔地说,"我从你院里出来,在回家的路上,就后悔哩。心里恨自己:'你这是做啥?一点也沉不住气!看人家生宝拿得多稳!'咱想返回来,又觉着怪没脸的。咱这就是寻你检讨来了。走吧,到你屋里细拍!"

这个辕牛一般强壮的小伙子,拉着生宝的一只胳膊走了。他和生宝在蛤蟆滩来说,算庄稼行里数一数二的把式。犁、耙、锄、割、扬种、插秧,除了铁人郭庆喜,没有比得上他俩的。这是他们熬长工熬来的本领。有万比生宝更长的,是惊人的体力。从终南山往山外运木料,别人捎四根杨木椽,他捎八根。他比生宝差的,是他那火药性子,谁说话做事不合他的脾性,他好像滚油煎心般,不能忍耐;但是过了那一阵子,他自己也觉着这样急躁没意思。

生宝最了解他。他知道有万这性格,是幼年时候形成的,很难一下子从根改变。人们不是说:幼年亡父、中年丧妻和老年失子,是人生三大不幸吗?那么有万和生宝都是孤儿出身。所不同的:生宝很快随母改嫁,得到继父梁三的荫庇;而有万很快连母亲也死掉了,在他能出卖自己的劳动养活自己以前,是在下堡村讨饭的一个野孩子。他本姓高,和高增福原是近族,两年前,做了一个寡妇老婆的独生女儿——金姐娃的进门女婿,才改姓了冯。在他能够懂得道理以前,他只知道恨——饥饿的时候,恨他看见正吃饭的人;寒冷的时候,恨他看见穿得暖和的人;想娘的时候,恨那些跟着妈的

107

娃子……当到他懂事的年龄，这"恨"已经渗入他的气质，变成暴躁的性格了。他知道这样不对，但到时候就是控制不住自己，有时恨不得用耳光子，改变某个农民落后的一面。

虽然这样，生宝喜爱有万。因为他那苦难的童年，不仅造成他性格的缺点，也给了他正义感和意志力。一个人在小时受过艰难的严格训练，比十个娇生惯养的人还有用。有万的绝对公正、嫉恶如仇、见公共事一马当先，使得生宝感到互助组有这个人，搞丰产的信心更强了。

两个知友，在生宝的草棚屋小炕上睡下了。他们吹熄了灯，就打开话匣子了。

在生宝买稻种不在家的时候，蛤蟆滩发生了几件事情。首先，上河沿李二和李三弟兄俩，为争地界边子，又干了仗。其次，前国民党军下士白占魁正月去了西安以后，他的风骚女人翠娥最近开始很活跃，三天两天往黄堡街上跑，可能又和什么人乱搞。最后，有万说到高增福寻他去追富农转移粮食的事儿，说到郭振山不带头搞互助组，整个官渠岸都是涣散的、死气沉沉的，看来高增福很苦恼……牵扯到另一个共产党员，这是党里头的事情，生宝照例谨慎地不对这个直性子人表示什么。

当生宝把他对改霞的心事告诉了有万的时候，他们的谈话热烈起来了。

"啊呀！有这美事，为啥不早告诉我哩？"有万一听，使劲推了面对面睡着的生宝一把，大为不满。但是随即他又笑了，问，"你啥时候起了这意？"

生宝告诉他在改霞解除婚约以后。

"我不信！"有万断然地说，"保险你两个在土改时……"

"低声点！"生宝推一推他，"俺妈和秀兰在对面草棚屋里醒着，你吵啥？"

有万压低了声音。

"保险你两个在土改的时候……你这阵坦白!"

"没!"生宝很正经地说,"接近是接近来,干干净净!旁人看见我那常病的媳妇要死不活,就那么胡猜哩,其实冤情。你看咱是那号乱七八糟的人吗?"

"那么,你们……"有万粗野地问,"搂抱来没?"

"没!"

"亲嘴来没?"

"没!这号烂脏话,你怎么说出口呢?"

"那么男人和女人怎样相好呢?"有万不在乎地笑着。

生宝第一次怀着深深的感情,娓娓动人地对人谈叙他和心爱的人中间的秘密。

改霞和他一道在县城里,参加青年积极分子代表会。每天傍晚,青年代表们纷纷在县城的街巷里转游。改霞在街上向生宝提议出城去。他们出了东门,在绕城的潏河边,遛了一个圈。他承认这是他们唯一的一次私交——改霞向他倾吐自己对包办婚姻的不满,要求他帮她出主意,怎样才能解除婚约;他建议她利用代表主任的威信,争取她妈的谅解。后来,改霞又对他的不美满的婚姻,表示惋惜和同情,攻击旧社会数不尽的罪恶。他从她眉眼间看出她对他满怀着柔情……

"家伙!真有福!"有万听得入了神,很羡慕。他又热心地说,"是这,赶紧下手吧!你那是前两年的事,改霞这阵手稠着哪!"

"咱不怕她手稠。"

"你甭吹!讨卦的人嘴拍多了,泥菩萨还给好卦哩,慢说一个闺女家。你知道吗?伸手的尽是知识分子啊!"

"郭世富家的永茂吗?"

"嗯!听说还有教员、区乡干部……你一个泥腿子,有把握胜过人家吗?人家穿四个兜的制服,见天洗脸、刷牙,身上一股胰子味……"

"咱不怕她手稠!"生宝坚定地重复说,"不管有多少人提亲,关口在改霞本人的思想儿哩。要是她的心变了,爱上知识分子了,咱不同人家争!她的思想儿变了,那就说:不是咱的人啦。你说对吗?咱打定主意走这互助合作的道路,她和咱不合心,她是天仙女,请她上她的天!"

"对!你说得对!"有万多么钦佩生宝这实际态度,"那么,你就和她谈上一回!要红要黑,干脆一家伙!怎样?"

"我就是这主意!……"

但生宝心下,却仍然希望改霞没变心。只有看到什么明确的现象,证明改霞确实变了心,生宝才能把改霞从他心的深处挖出去。他希望很快和她谈一次话。

他苦于缺乏不被人注意的机会。这不是冬季,农村里没有什么社会活动,很少公开接触的场合。开学以后,改霞团的关系又转在下堡小学,连开会也不在一块了。黑夜,改霞如果自己不出来,生宝又怎能撞进那柿树院去呢?那柿树院的土围墙只有一人多高,一个人从外头踮起脚尖,可以看见院里;但它对规矩的生宝却真高似青天,不可逾越。怎么办呢?

两个朋友睡在草棚屋的小炕上,低低商量着,有万帮助生宝想着约会的办法。

上午,暖烘烘的阳光,照彻了蛤蟆滩的田园。梁三老汉一家子,在草棚院南边约莫三百步远的地里,挖荸荠了。父子俩一起把平铺在地面上的、经过一个冬天的风霜雨雪,已经开始腐坏的荸荠秸子,捋成一堆。然后,生宝用铁锨掘土,老汉提着竹篮子从被翻起来的泥块里,搜寻荸荠。秀兰从下堡小学回来吃过早饭走了以后，老婆儿也拿了一个小筛子，来参加了拾荸荠的工作。

离他们几十步远的地方，在靠近翻身渠边，一个凸起的小土坪上，有几个小坟堆，开放着黄灿灿的迎春花。其中有一个小小的新坟堆，底下长眠着一个瘦小的年轻女尸，就是生宝那可怜的童养媳妇。她去年还跟公婆一块拾荸荠哩，现在已经隔了一个世界了。再也用不着生宝请医生，用不着生宝到黄堡街上的中药铺，给她抓药了。对于这样温暖明朗的太阳，和这样可爱的春天的田野，她已经失去了知觉。梁三老汉对这个十一岁进门的童养媳妇，有着父女的感情。他来到这里，触景伤情，已经默然用指头抹了几回眼泪。后来，他在拾荸荠的时候，面向着北，避免看见那个戳痛他心的新坟堆。

阳光愈来愈暖，生宝热得出汗。他把棉袄脱下，放在荸荠地边的塄坎上，唾了唾手掌，重新拿起铁锹掘土。他只穿着白色的汗背心，裸露着健壮的赤胳膊。妈说：

"你甭能！当心凉着！"

"不要紧，"梁三老汉翻眼看看生宝，很内行地说，"到庄稼人脱棉袄的节令哩。他穿着干活，不得劲。"老汉故意说话，分散他对已故儿媳妇的思念。

的确，这是汤河滩里最后一块还没挖的荸荠。只有几分地，估计了六百斤收获，照市价能卖四十多元。这荸荠地和荸荠价，都包括在互助组的生产计划里头去啰。这地要和梁生禄的那一亩荸荠地，一同给全互助组下稻秧子。这钱要在互助组进终南山割竹子的时候，给组员们做底垫。生宝拖延着，迟迟不挖，是怕有什么用项，不得已把互助组的生产费用使唤掉。梁三老汉在拾荸荠的时候，并没有一般庄稼人在收获的时候有的那种舒畅心情。他对这个工作不热心，甚至可以说是冷淡的。

老汉对荸荠地给全组下稻秧子，没意见。大伙铺秧子粪的结

111

果，会把这块地弄得很肥壮，秋后多打些稻子。他只是对拿荞荠钱给全组进山做底垫，心里结着一颗疙瘩，不舒服。

"宝娃，"老汉戴着遮阳光的破凉帽，不由他自己似的又发动了一场辩论。他在强烈的阳光下眯着眼睛问，"咱给大伙底垫，他们几时还咱？"

"山里回来就还。"生宝掘着土，顺口说，"误不了咱买肥料。"

"我不放心！"

"你又来了！人家割竹子挣下钱。不还咱吗？"老婆掩护儿子说。

"我不放心！"老汉重复说，"像任老四那号半老汉，养活着一串串娃子。嘴是无底洞，又填不满的。借的时光说还，还的时光没钱。这社会，你把他看上两眼！我看，不如取他们几个利息。自古常理：庄稼人们嫌背利，吃不上也尽着还账哩……"

"哈哈哈！"生宝手捉着铁锹把，脚踩着铁锹片，包头巾的脑袋，仰面朝着西边本县峪口区的蓝天大笑了。

"你笑啥？"老汉解释说，"咱不是为得利，咱是为叫他们快还！"

"爹，你的脑筋太好使了。黑夜间，你还说不剥削人，今前晌就变卦哩？咱互助组走社会主义的路线，你给咱定资本主义的老计！你还不如干脆直说：任老四！你活不成！我要拔你的锅！就是这话，实际就是这话。你好意思吗？爹！"

"他好意思！"生宝妈不满意地瞟了老汉一眼。她埋头用两只泥手，积极地从泥土里翻寻荞荠，好像和什么人比赛似的。她对儿子的事业，是热心的。这倒不是她像她老伴所想的那样偏袒儿子，这是她对订生产计划的时候在她家住了几天的区委书记的信任，或者更确切地说：通过王书记对共产党的信任。

梁三老汉尴尬地笑笑，一时没什么话说。他把小木凳往前挪挪，两只泥手搬着新翻起来的泥块。有一霎时，他低着头拾荞荠，有皱纹的脸上显出惭愧的表情。在辩论的第一个回合,他败北了。但是一霎时以后,皱纹脸上出现了新的表情——不平和愤懑。他发动了第二个回合。

"生禄家种一亩荸荠,为啥不给互助组底垫?拿卖荸荠的钱买地!"

"有这事吗?"生宝问妈。

"嗯!"妈说,"有这事。你到郭县去的那几天里,生禄家买下河那岸瘸子李三的一亩多地。"

"哪条渠的地?"

"就他家门头前,挨土场的那地!"梁三老汉嫉妒地说,"胳膊弯里头的地!那是啥地?和脚地一样近!"

"噢噢!"生宝明白了,怪不得买稻种起身的时候,他们连一块钱都不肯给他借,原来早已暗暗地使着买地的劲儿了。

生宝停住手,赤着胳膊站在那里向西望着。原来一百步以外,生禄腰里插着斧头,正在攀登高耸在他家草棚院西边蓝天上的大白杨树。秃顶老汉在树底下拾树枝,他的秃顶反射着阳光。去年,父子俩经常矛盾,今年,那父子俩和谐地走着一条路了。

生宝要求继父不要和生禄家比。人家地多,牲畜、农具齐全,已经是另外一个阶层的庄稼人了。虽然赶不上郭世富,却快赶上了郭庆喜。这时,发家的心正狠着呢。

"怎么拿我和他比?"生宝鄙弃地说,"我是共产党员!"

"郭振山也是党员!"老汉更有理了。

"……"生宝肚里没现成词句,唾了唾手掌,重新握起铁锹把掘土。

"只有你傻瓜!"老汉见生宝退却,加劲儿追击说,"人家当党员有利,你当党员尽吃亏!"

生宝掘着土,抿着嘴笑继父。他随即想起有万昨黑夜说破的真理：郭振山对互助合作消极，使得官渠岸的基本群众失去领导。想起这点，生宝因为笑容而发光的脸盘，霎时间阴暗了。是的！代表主任的思想，新近有了更危险的发展，离开党的要求，越来越远了。他和土改时自己所依靠的穷庄稼人，感情越来越淡漠了。他把心思和感情，专注在自己的草棚院、大黄牛和土地上去了。生宝简直不敢想象，这事发展下去的恶果。他惋惜郭振山赫赫一时的威信，更担心着下堡乡五村的工作搞不前去。这不是郭振山个人的损失，这首先是党和人民的损失！

土改分地时的记忆，在生宝脑里复活起来。

"给郭主任分些好地吧！"在评议会上，孙水嘴最活跃、最积极地发言，"大伙长眼睛的，都能看见：郭主任跑前跑后，误工搭夫，熬眼饿肚子，全为了大伙。吕二细鬼的地契，是谁搜翻出来的？是大村里的干部吗？不是的！是咱蛤蟆滩的郭主任。站在几千人的斗争大会上，指住鼻子说倒杨大剥皮的，是谁？是郭主任吧？郭主任不是为了他自个儿，他是为了大伙。因此上我说：他有情来咱有意。给他分的地比一般庄稼人好些，亩数一样，他工作组也没话。我就是这意见，大伙看吧！"

大伙——当时的农会委员和各小组长——当着郭振山的面，都抹不开脸。有的说："对！"有的心里不乐意，嘴里也勉强说："对嘛！"郭振山说："不行！不行！那算做啥？咱明人不做暗事！"但是当给他评下全部一等一级稻地的时候，他接受了，只说他感谢大伙知疼知热的深情。要知道：贫雇农一个一个的人，也许有眼小的；但作为一个集体的时候，他们是非常大方的。

当时的农会委员兼民兵队长梁生宝，好歹没做声儿。凭着这个青年团员正直的秉性，他觉得孙水嘴未免说得过分了，好像蛤蟆滩的土地改革，是郭振山一个人的功劳！去年冬天，和查田定产同时进行的、吸收积极分子参加的整党支部大会上，下堡村有共产党员，提出了郭振山尽得一等一级地的问题。当时有人把孙水嘴的原话，重说了一遍，听得人肉麻得发呕，把参加那次会的区委王书记气得脸都青了。

"振山同志！全照你这样，中国人民要用什么来感谢毛主席呢？孙志明不是给你脸上贴金，他给你脸上抹狗屎哩！你不烦他，反倒介绍他入党！你想想，这是多危险的思想啊！"

郭振山低头在角落里靠泥墙蹲着，满腮胡楂的脸，红得猪肝一般。他介绍了两个党员——孙水嘴和梁生宝；水嘴没通过，大伙说他入党的动机不纯……

生宝年轻人的心灵，在那次整党会上，受了多大的震动啊。他后来在下堡村乡政府的会议室里举行的入党仪式上，对着泥墙上挂的红旗和领袖像宣誓。

"毛主席！我是讨吃娃出身！十冬腊月，我跟俺妈到这蛤蟆滩落脚。我是光着屁股来的。我长大了，为私有财产拼过命，也没算啥！我这时要加入你这光荣党了，我啥也不谋。穷庄稼人都有办法，我就有办法！我决不辱没党的名誉……"

他庄严地说着，落了泪，感动了下堡乡的新老党员。从那时以来，他时常都在心里暗暗给自己使劲，拿郭振山土改净得好地警惕自己。他的继父不能理解他的心理，不拿这个就拿那个和他比。说到生禄，他可以给老汉讲清楚；说到郭振山，他怎么和老汉说呢？这是党里头的问题，即使对妈和秀兰，他也没吐露过一句他对郭振山不满的心情。

日头从黄堡镇天空，移动到蛤蟆滩天空来了。生宝已经掘了一半荸荠地，够娘老子拣好一阵。他坐在腐坏的荸荠秸上，吸了一袋旱烟。口有点干，他跑到附近的渠边，洗净几个荸荠吃了，然后重新掘起来。

"嘿！好彪小伙子！"是郭振山音量很重的声音，"干得美啊！

115

你快当劳动模范哩!……"

生宝停住手,掉头看时,满腮胡楂的代表主任,手里捏一个纸卷儿,站在隔着一块绿茵茵的青稞地东边的牛车路上。他的态度带着上级对下级、或长辈对晚辈说话的那种优越感。生宝影影绰绰觉得:语音里带着讽刺意味。他心里有几分不愉快。但他还是同妈和继父,异口同声让代表主任过来吃荸荠。

"你来!"梁三老汉表现得最热情,因为他在蛤蟆滩最敬佩这个"精明人","你来嘛,荸荠这东西,在地里头时间越长越甜。"

但郭振山不到荸荠地边来。

"我在乡上开了一早起会,到这时还没吃饭哩!"他带着忘我工作的情绪说,"生宝同志!你过来一下好不好?我和你说话!"

生宝丢开铁锹把,踩着掳过秸子的荸荠地,大步走过去。他继父两手掬着一掬带泥的荸荠,到渠边洗净,然后满脸堆起巴结人的笑,走过来,一死二活把洗净带水的荸荠,硬塞在郭振山手里。郭振山不得已,只好蹲下,用瓜皮帽装起荸荠,端在一只手里,然后光着头对生宝指示:

"今黑间开群众会呀。晌午你给你选区的各户长,都通知到!"

"开群众会做啥?"

"发动活跃借贷嘛。"

"噢噢。"

"怎么?"郭振山大为诧异,"欢喜没给你说吗?你甭钻了生产,就脱离了政治哇!"眼光咄咄逼人,俨然只有他郭振山是共产主义思想!

生宝记得王书记说过:当前农村政治上头等紧要的任务,就是互助合作;但他说不出口。他眨巴眨巴眼,看了看郭振山严肃的大脸盘，心里替郭振山难受地想："你长嘴，怕专门为说旁人吧?"

"这回的活跃借贷难办哎。敲了锣，你再挨户叫一叫吧!"

"噢!"生宝答应。

走了几步，郭振山又折转身来："生宝!"

"嗯。"

"听说你买的稻种挺好。"

"不赖。是增产的好品种……"

"听说分的人不少。"

"都分光哩。"

"没给我留下几升吗?"

"连我自家也不够了。你昨儿到跟前来，就好哩!"

"我和振海给牛切草，我心思你忘不了我。算哩。没了算哩!"郭振山说，言下带点遗憾的语音。

只能忠于党和人民，而不能忠于郭振山个人的生宝，回到铁锹跟前，两手搓着吐到手掌的唾沫，望着向官渠岸走去的郭振山高大的背影，心里感慨地想：

"你呀!你呀!你呀!你呀!你介绍我入党，也想叫我报答你吗?……看起来，整党学习会上给你的教育，作用不大呀!唉!……"

生宝想着，多么为下堡乡五村今后的工作担心啊。当一个能力强的领导人，走上歧路的时候，在他领导下的正直的同志，心中是什么滋味，难以用言语来形容啊!

第九章

锣声停了，稻地里和官渠岸很活跃了一阵。吼叫人的声音和答应的声音，打街门的声音和犬吠的声音，以及在月亮上来以前，暮色昏暗中,朝着学校走去的人们说话的声音……满稻地滩里纷扰。

但当做晚饭的炊烟,从稻地上头消散干净的时候,村子也就沉寂下来了。愿意参加群众会的人,已经到了普小。不愿去的人已经关死了街门,钻进被窝里去,再叫也不应声了。

夜很暗。人眼分不清终南山的山峰和山谷,分不清下堡村北原的崖畔和柏树。庄稼人们在稻地小路上走着,只看见南北两边起伏的波线,和繁星密布的蓝天接连在一起。

民政委员孙志明敲毕锣,点着汽灯。打足了气的汽灯,挂在蛤蟆滩只收一、二年级儿童的普小教室屋梁上了,呜呜直响。辉煌的汽灯把刺眼的光芒,投射到教室的每一个角落,照得白泥墙上的黑板、五彩标语、彩色挂图、领袖像,以及排列在砖脚地上的课桌和板凳,如同白日一般显亮。但教室里,稀稀落落只坐着二十来个衣裳褴褛的庄稼人,他们家住在平原上,却是山民的贫穷相。他们有的吸着生烟叶子,有的伏在课桌上愁思叹气,有的利用这空闲和亮光"剿匪"——解开破烂衣襟,敞着怀捉虱子。根据郭振山的提议,用土改的斗争果实,买下的这盏公共汽灯,照亮这些为春荒而愁眉苦眼的脸孔。请不要大惊小怪!当这二十来个人散在一百多户庄稼人中间的时候,你可能不特别注意这部分人。他们是几年前被地主和旧中国的国家机器,榨干了骨髓的人们,人民政权只能给他们土地、耕畜贷款和农业贷款,号召他们组织起来生产,不能用某种魔术,使他们在骤然之间变富起来。这一点,不需要解释,他们自己能理解。……

他们看出:今年的"活跃借贷"没指望了。富农姚士杰和首户富裕中农郭世富,竟然都没有来嘛!其他有余粮的富裕中农和普通中农,在桃树林里头,在有枯草的土围墙头上,露出半个脑袋侦察着。他们见姚士杰和郭世富,两家大户都叫不到会场,他们每年春天只往出周借几斗粮的小庄稼户儿,去做什么呢?砍不倒大树,弄不多柴禾!细枝碎草,抵得什么?睡吧!脱了衣裳睡吧!当他们脱衣裳的时候,他们给自己身边的婆娘叮咛:"咱代表再到外头吼叫,你应声。你就说我早去哩!"

解放以来,蛤蟆滩第一次开这样令人沮丧的群众会!

在合力扫荡了残酷剥削贫农、严重威胁中农的地主阶级以后,不贫困的庄稼人,开始和贫困的庄稼人分化起来。姚士杰和郭世富之类在农村中,当时是经济上有势力的人物,暗中使着劲,竭力想促使这种分化加速。坐在蛤蟆滩普小教室里的二十来个穷庄稼人,用嘴说不出这个道理;但他们在精神上,分明感觉得出当前的形势。

许多不太贫困的庄稼人,见开不起会,陆陆续续走了。这二十几个人说什么也不散去。除了依靠共产党和人民政府,他们不想走其他的门路。当然,他们把分得的土地中的一段——地名、亩数、方向和四至①——写在借粮的契约上,然后秘密递在余粮户的手里,是可以弄到粮食的。但那是多么冷酷无情的、多么令人心酸的生活道路啊!他们觉得那样做,不知怎么,总有点怪,有点别扭,有点和这个社会的发展不相调和,如同一个人脊背朝前,倒退着走路一样。

他们坐在教室里不走,理直气壮地想依靠共产党和人民政府。因为他们是用褴褛的衣裳里头,跳动着的心脏发出的全部心力和热情,支持这个党和她领导的政府的啊!

看!在教室的东边,乡支书卢明昌和郭振山,黑糊糊地站在一块苜蓿地里,热烈地谈着什么。他们准定是在想办法:也许商量要改日重新召集群众会吧?也许商量用农业贷款接济春荒吧?也许……总之,他们不会不向大伙做一番交代,就走掉的。还有,梁生宝把

---

① 四至:即四边地界至什么地方为止。

唯一到会的富裕中农，胆小殷勤的铁人郭庆喜，拉到教室西边的桃树林里去了，民兵队长冯有万也跟去了。你看他俩在昏暗中，一左一右把铁人箍定，蹲在一棵快要开花的桃树底下，恨不得压倒铁人，给他脑子里灌输什么思想。他们准定是要他接受他们的什么建议吧！

蛤蟆滩的两个共产党员，在分头为贫雇农翻身户活动着，他们为什么不耐心地等待呢？他们尤其把希望，寄托在代表主任郭振山身上。他会有办法的，他的脑筋是非常灵敏的。比起郭振山来，姚士杰和郭世富算老几？他们对郭振山的信赖，是他们对共产党信赖的具体表现。他们不习惯于考虑许多抽象的道理，他们是最实际的人。

那些躲会的自发户庄稼人，有二三十亩地，一头大牛，两三个劳动人，就以为他们是自己过光景的主席，掌握了自己的命运！他们竟然有人轻淡地谈论：共产党的好处是讲理，不骂人、打人，没苛捐杂税，不勒索百姓。笑话！他们希望历史永辈子停留在这里，他们希望新民主主义万岁！他们害怕"斗争"这个字眼，不喜欢听"社会主义"这个饶舌的名词。……

现在坐在蛤蟆滩普小教室里的、这帮从前被压在底层的庄稼人，巴不得明天早晨实行社会主义才好呢。历史如果停留在这查田定产以后的局面，停留在一九五三年的话，那么，他们将要很快倒回一九四九前的悲惨命运里头。共产党决不允许这样！毛主席英明：一边查田定产，一边整党，准备往前去哩。他们要坚决跟着共产党往前走！他们不能仅仅满足于几亩土地，满足于半饥半饱，满足于十年穿一件棉袄，满足于肩膀被扁担压肿！笑话！那岂不是傻瓜的想法吗？他们认为：他们过光景的主席也是毛泽东。

他们坐在教室里汽灯的强光下，非常的安静。安静是内心平静的表现，因为他们不急不躁。尽管父母的血液和童年的环境，给了他们不同的气质和性格,但贫穷给了他们同一个思想、感情和气度。这使得二十几个人坐在那里,如同一个人一样,纯朴的脑里,进行同一种思索,心情上活动着同一种感受。

瘦削、严肃、意志坚强的高增福,两只露棉絮的胳膊,搂着睡了觉的才娃,坐在第一排课桌后面的板凳上。他坐在那里,痛恨他的狡猾邻居。他去拍姚士杰的黑漆街门扇,把手都拍疼了,姚士杰的婆娘,才在院里头正房东屋遥遥应声,说姚士杰上黄堡镇去了。见鬼!擦黑天,高增福还看见姚士杰来着。但是有什么办法呢?那黑漆街门关得严严实实,没一点缝隙。隔着街门在院里头和他说话的,又是一个妇道。他自恨他这个人民代表,不能很好地为人民服务。要不是他自己兼女人烧锅做饭,要不是才娃累人,富农插翅也逃不脱会的。他会不黑天就蹲在四合院里,等姚士杰吃过饭一块去开会。只要富农到了会上,他就有话说了。"你为啥不帮困难户度春荒?你没余粮?你的余粮哪里去了?是不是暗地里在黄堡放高利贷?说!侬实说!土改的风头刚过去,你就回到剥削的老路上了……"但是现在说什么呢?富农已经和他的婆娘,睡在油漆炕栏的炕上了。

一种灰失失的心情,从高增福不调和的瘦脸上表现出来。他不知道这个春天将怎么过,不知道夏初插秧前,买肥料的钱从哪里来。农历三月和四月,对他好像教室外面的夜一般黑。他虽熬煎着光景难混,但命运并不能把这个不幸的人打倒,因为他和周围的其他贫雇农一样,对分给他土地、放给他耕畜贷款的人民政府,还抱希望。他在一半男人一半女人的困难生活中挣扎着,还当着乡人民代表,继续积极地奔跑着,就是有这个希望在精神上支持着他。

高增福劝弯着水蛇腰、蹲在第一排课桌前边的任老四:

"老四,你屋离学校远,屋里又有一群娃子。我看你该早些回去。你还看不出来吗?今黑间的会,没开头……"

"不!"任老四把参加会,当做拥护党和政府的一种表现,从大舌头嘴里拔出铜嘴子烟锅,溅着唾沫点子说,"咱等俺组长一块回去呀。"

"噢噢,你等生宝。对!你有生宝的互助组,你不犯愁!"增福羡慕地说。

"咱不犯愁,"老四庆幸地笑着承认,"不是咱有好大能耐,是咱傍着好邻居哩。人说'远亲不如近邻',实话!要不是生宝肩膀宽,担起俺常年互助组这一摊子生活问题儿,你看我犯愁不犯愁?我比你们哪个都犯愁!实话!这阵好了,俺互助组一过清明,就进山呀!"

老四很满意的神气和他的话,引起了留在教室里的衣裳褴褛的穷庄稼人们浓厚的兴趣。他们纷纷从后边的几排课桌,聚集到前头来,好像从这里露出了一线希望。

但他们聚集在一块,向任老四打听毕生宝互助组进山的计划,只好羡慕羡慕算啰。他们的稻草棚棚,分散在官渠岸和上河沿的每一个角落。他们的左邻右舍——那些从前有点种庄稼底底的佃户和半佃户,土改给他们分了地或添了地,使他们赶上了老中农,现在也学老中农的样子,闷着脑袋发家创业。他们只肯和穷邻居们,组织季节性的临时互助组,不肯像梁生宝那样,和大伙一心一计干!

这二十来个从前熬长工、卖零工的人,现在聚集在一块,商量他们自己组织到一块行不行?

"咱们组织到一块堆,叫增福给咱领头干!"瘦高个子王生茂提议,显出了快乐的眼光。

矮矮胖胖的铁锁王三说:

"咱的牲口在哪里?甭胡跌冒撩!"

"不用牲口,人拽犁,行不行?"李聚才热忱地说。

杨大海,一个很严肃的红脸盘庄稼人,不喜欢人们随便乱扯:

"胡吹!见过旱地'二人抬杠'犁地,稻地可拽不动!"

"那么怎办呢？"好几个人失望地说。

"今年春上不好混啊！"高增福心情沉重地叹了口气，说，"咱等看党里头的人怎说。"

"反正他毛主席不叫饿死一个人！"后边有个不在乎的声音说话。大伙掉头看时，不是他们里头的人，是前国民党军下士白占魁。这家伙什么时候来的呢？

原来当他们破衣裳挨破衣裳，挤在一块商量"二人抬杠"的时候，教室里还有两个人。孙水嘴借汽灯的光，伏在靠北墙的课桌上，赶忙填着什么表格，要趁着卢支书回乡上的便利，捎给乡文书。白占魁坐在一进后门最后一个课桌后面的板凳上，吸着廉价黑色卷烟。是哩！就是他，细长脸上带着满不在乎的神气。

高增福搂着睡了觉的才才，转过身来问这个抗日战争初期驻在黄堡镇的大车连副班长：

"占魁，你啥时回来的？"

"昨日咯。"白占魁吸着卷烟回答。

"从哪里回来？"

"西省。"

"你这回在西省做啥营生来？"

"还不是收咱的破烂吗？"

"你白日收破烂，黑间住在啥地方？"

"在一个朋友屋里。"

"啥朋友？"

"摆破烂摊的嘛。咱还能有啥高朋贵友吗？"

"你那朋友，在西省啥巷子住？"

"民乐园。"白占魁回答了，但他的脸色由不在乎变成了很不高兴。手指夹着卷烟，恼怒地问高增福：

"你啥意思？你刨根问底，是啥意思？你既不是治安组长，又不是民兵队长!"

"我是人民代表!"增福从容不迫地说,消瘦脸很严肃。

"你又不是俺上河沿的代表,管不着我!"

"我是下堡乡人民代表!"

四只眼睛对峙起来了。高增福的眼睛里,射出两道锐利的冷光,盯在白占魁灰暗的细长脸上。大伙劝增福:"算哩!算哩!生闲气做啥?"但忠于社会义务的人民代表,并不认为这是生闲气。他不情愿这个出身不好的半路庄稼人,年年在困难户里头混。

在解放前,国民党抽兵,庄稼人买壮丁去顶替的时候,白占魁卖过自己五回。每一回,新兵从"师管区"开拔的时候,他都能逃脱。解放后,在土改中,他曾经表现出一种疯狂的积极;但这个大车连副班长,在新社会始终不能发挥他的聪明和才气,始终没有达到当村干部的目的。他是这样一个"庄稼人":一九四二年,驻在黄堡镇的国民党军向山西中条山开拔的时候,当时还是他的情妇的李翠娥,把他藏了下来,他开始在蛤蟆滩卖零工。他套磨子反插了磨棍,好像牲口可以用头顶着磨石转似的;他给人家犁地,什么时候掉了铧,他也不知道,发觉后遍地用手刨着,寻找埋在土里的铧。抗日战争后期,他干脆专门贩卖自己。解放后他从分得的稻地塄坎上拔回来黄豆,连秸子架在草棚屋前面的树丫上,他那以风骚有名的婆娘李翠娥,做饭时用多少,拿棒槌打多少黄豆。他们没有娃子,上黄堡的集,像有文化的人一样,两口子一齐去。他们坐在馆子里,男女平等地吃羊肉煮馍。就是这个白占魁,去年冬天查田定产的工作组到村里的时候,他从民政委员孙志明那里取来传话筒,满村吼叫:"二次土改呀!人都甭进山哩!"他挡住秋收秋播后要进山担木炭、运木料的困难户不让走,满蛤蟆滩鼓动大伙,把姚士杰和郭世富都补定成地主,他们的"油水"比"瘦"地主还厚。郭振山狠狠地训了他一顿,他才老实点了。土改时分给白占魁和李翠娥四亩稻地,但高增福总觉着他们不是正路庄稼人,李翠娥脸蛋子上的肉和屁股蛋子上的肉,没大的分别。

邪不压正!白占魁的两只三角眼败北了。他最后轻蔑地把戴着旧毡帽的脑袋一拐,扭开了脸。

高增福乘胜追击:

"我是乡人民代表,不可以问问你吗?你在西省收破烂,这时间既不下种,又不收割,回来做啥?"

"你管得着吗?"白占魁重新振作起来,三角眼盯住增福。

增福说:"管不管,问问你!不能问吗?"

任老四站了起来,弯着水蛇腰,把烟锅从有胡楂的嘴里拔开,溅着唾沫星子,笑说:

"实话,我眼不瞎,能算见这一卦!占魁,你想必是在西省,就算见咱村又到发动活跃借贷的时光了吧?是不是?你说!"

白占魁露出被卷烟熏黑的牙齿笑笑。

任老四说:"今年发不动啰。你算白跑了这一回!"

"发动了,也不能给你吃哩!占魁!"高增福毫不留情地说,"前年和去年,给你吃了,是犯了错哩。你算啥困难户?上集没旁的事,专为去吃馆子……"

白占魁再也忍不住了。那经过操练的敏捷的身子一纵,站了起来。大伙以为他要和高增福干仗,他却冲出教室门走了。只听见他在院子里咄咄呐呐:

"鸡巴毛当头发!啥人民代……"以后的话被街门隔断了。

高增福气得两眼直冒火星。那家伙显然在骂他。他想追出去,怀里睡着才娃。大伙劝增福,何必和这种人较量呢?再说:白占魁虽然不是村干部,但解放后历次运动,他都在积极分子里头跟着哩。他天不怕地不怕,有时候也的确热心,够吃苦。但高增福不同意,他说:

"这家伙实在不是东西！前两年他领了活跃借贷粮，说啥话呢：'土改吃地主，活跃借贷吃富农和中农。'你们看，他领借粮的时候，根本没准备还嘛。咱们不能让他混在咱们里头，冒充困难户嘛。他没当上村干部？他当上村干部，我就不当村干部！"

大伙十分钦佩高增福这认真负责的态度。他不管光景过得怎样凄惶，精神上总是像汤河岸上的白杨树一般正直、白净，高出所有其他的榆树、柳树和刺槐，树梢扫着蓝天上轻柔的白云片。他无形中变成蛤蟆滩这些困难户的代表人物了，大伙的眼睛望着他，看他怎么度过这个春荒。他们都希望跟着他走哩。

时间使这二十来个穷庄稼人开始焦躁起来了。看看外头，卢支书仍然在苜蓿地里，和郭振山说话哩。他们说什么呢？是商量怎样召集另一次会的办法呢，还是放弃了发动活跃借贷，正在研究什么新的办法，帮助困难户度春荒？……

……不！没有办法！在苜蓿地里谈话的两个共产党员，除了活跃借贷和互助合作，他们也没有旁的门路。上级一再强调专款专用，不许把为了推广七吋步犁、解放式水车、化学肥料和杀虫农药的农业贷款，贷给困难户买粮食！这是违反政策的不负责任的轻率做法，造成农业生产上的损失，会招惹来违法乱纪的罪名。有限的社会救济款，是专为那些受了命运的突然打击，丧失了劳力的可怜老汉、老婆而设的。他们是个别的，一村只有三两户，而困难户要比他们多十倍，怎么能够用救济的办法解决问题呢？必须从生产上出主意……

郭振山高大的庄稼汉身躯，黑幢幢地站在苜蓿地里。他满腮胡楂的脸绷得很紧，咬紧牙恨姚士杰和郭世富——官渠岸一东一西，两座自发势力的堡垒。他说：攻不破这两座堡垒，就威胁到他郭振山的威信，威胁到下堡乡五村今后的各项工作任务了。

郭振山对卢支书很难堪地说：

"明昌，只要他们上了会场，我就有办法！我有群众，他们没群众！就凭我这两片嘴，三说两说，他们总得拿出些粮食！不是吹！谁知道，这两个顽固脑袋，比水渠里的泥鳅还滑，根本不上场来嘛……"

郭振山木愣愣地站在苜蓿地里，气愤地拍着两只被劳动锻炼粗大的手。

离他二尺远，对面站着手里捏手电筒的卢支书。他听着，有皱痕的脸上，带着不重视郭振山这番表白的神情。披着灰制服棉袄站在这里的，是下堡乡一个棱角四方四正的共产党人，尽管他言谈举动不引人注目。即使在工作成功的时候，卢明昌也不赞成夸大个人的作用；在工作失败的时候，还在侈谈个人的作用，只有掩盖自己的缺点或错误的人，才这样做。作为中共下堡乡支部书记，接触的人多，他有观察这号人心理的经验。

卢明昌和郭振山一般年纪，比郭振山身量低，外表显得平常、渺小。支书穿着脱离生产干部的制服，也不能改变他庄稼人的体形——粗大的手，一尺的脚，出过力的胳膊和腿，微驼的背和被扁担压松弛的肩膀。中国有几百万、几千万这样的同志，他们穿上制服、毛呢料子衣服，还是那么和蔼可亲，平易近人，不会装腔作势。他们联系过和继续联系着不知其数的群众。

卢支书平静地笑笑，诚恳地说：

"振山！甭粘姚士杰和郭世富了。他们要是都进步，还要咱共产党员做啥呢？凡事都从自己方面多检查。比方说，乡上为这事开过两回会布置，你回来就没好好做准备工作嘛。同志，你还是粗心大意哩，重视乡上的意见不够。你要是通过个别谈话，动员好几个能借出几斗粮的普通中农，也不至于弄成这个僵局吧！你总相信你那套'轰'的办法。振山，不行哩！今后要做艰苦、细致的工作哩！"

郭振山多毛的大鼻孔，长长嘘了一嘘气。

"唉！好明昌哩！一只手拍不响！蛤蟆滩两个共产党员，咱的生宝同志，埋头生产，不问政治。头一回开会，他到郭县去买稻种，不在家，欢喜来听会。他回来了，也不和咱联系。小伙子入党以后，有些骄傲……"

卢明昌听不下去了。他对这个和他有开玩笑交情的人，不客气地说：

"啊呀呀！轰炸机！你思想上长了霉子了呀！整党以后，你还说搞互助生产是不问政治哩！你忘了王书记去年冬里，在咱下堡乡支部大会上说的啥话哩？光光把公粮催交了，把农贷发下去，把统计表填上来，给打官司的人写介绍，给领结婚证的人开证明，这算啥了不起的政治？组织上经常叫咱们共产党员，甭光粘行政事务，要组织群众，领导群众生产哩。你应该把互助生产和单干生产分清楚！你说人家生宝不问政治，人家还怎和你联系呢？应当你主动帮助他才对嘛！"

郭振山的大鼻梁冒出细碎汗珠来了，他的满腮胡楂的脸也红了。他的互助组应名，实际是单干生产。即使黑夜里，卢支书也看清楚他尴尬的神情。

郭振山好一阵肚里没有一个词句。他用两只粗大的手，摸他瓜皮帽下边满腮胡楂的脸，企图拿这个动作，调节他头部过高的温度。

摸毕了脸，谢天谢地，郭振山终于寻思到一条可以站得住的情由，又来掩盖他的失败了。

"明昌，"郭振山竟用一种忧国的调子说，"我总觉着咱国家宣布结束土改，好不对呀？"

"怎不对呢？"

"自宣布结束土改起，姚士杰和郭世富就抬起头来哩。一般的庄稼人屋里，供桌上过年过节时，供先人的灵位哩，平时供土地证哩。啥工作也不好推动哩……"

"那你说怎弄哩?一年一回土改?最后把中农都收拾了?拉平?"

"你看你!我就那么不懂政策?我是说：咱也不一年一回土改，咱也不宣布结束。……"

"叫农村老紧张着?"

"实地光富农和富裕中农紧张。"

"普通中农不紧张?"

"紧张是紧张，不碍生产……"

"叫广大贫农心里也不落实?不打主意往前干?"

"……"能言善辩的郭振山肚里的词汇，又用光了。

卢支书忍住愤懑，用一种非常不满但又爱护的语调警告：

"同志!甭在中央的路线上找毛病哩。应当检查咱自家工作做得啥样?思想上有啥肮脏没?你从前卖瓦盆走的地方不少，是比一般庄稼人见识广。可比起咱中央的同志，咱们，你和我一样，从天上差到地下。马克思和列宁，咱在领袖像上经常见，很面熟，他们到底说了些啥?你知道吗?不知道?是那么，还是老老实实检查自家吧。听说，你和黄堡北门外砖瓦窑上的韩万祥有拉扯，应当注意自己是啥人!"

"你听谁说我和韩万祥拉扯?"郭振山紧张起来，气愤起来。

但支书很平静，很耐心的样子解释：

"没拉扯，你甭紧张。到教室里去，宣布叫困难户们回去。你告诉人家，等全乡各村都开过会，咱再研究怎办。快去吧!我披棉袄，你不披棉袄，当心凉着!"

"你听谁说我和韩万祥拉扯?"郭振山坚持着问，不在乎春寒。

"咱们往后再谈，甭叫困难户们等哩!"

129

"不！要弄清楚是谁给我头上捏事！"

"甭急！甭急！到底有拉扯没，支部将来会弄清楚的。你去叫大伙散吧！"卢支书说着，用手电在苜蓿地里的小径上一晃，披着棉袄，气恨恨地走了。

郭振山使对他寄托希望的困难户出乎意料的失望。他跑到教室门口，急急忙忙说了一声不开会了，就跑去追卢支书了。连孙水嘴填的表，他也来不及捎走了。他要弄清楚，到底是什么人在乡支部反映他！

孙水嘴把汽灯提走以后，穷庄稼人在学校的黑院子里，把梁生宝围住了。有几个人，突如其来，提出扩大梁生宝互助组的要求。生宝完全没有预料到这一着，站在褴褛的破衣裳中间，一只手摸着耳朵后面的脖颈，脸上带着作难的苦笑。

"乡党们，"他作难地说，"我这互助组才整顿好嘛。我又是头一年当组长嘛。明年，叫我锻炼上一年，明年，大伙看我办事还差不多，再来。我年轻，没能耐，害怕闪得大伙过不好光景。"

"我们长眼着哩，你买稻种的事，办得不赖。"李聚才说。

"你甭光看见你的几家邻居亲近！"瘦高个子王生茂笑说。

"草棚屋虽远点，稻地可相连着哩！"严肃的杨大海说。

生宝心里多么难受啊。他看见这伙人，比看见他家里的人亲！吸收他们参加他的互助组吧，怕户数太多弄不好；而且新收几户没牲口的组员，畜力又成了大问题。不成，万万不成。他想起窦堡区大王村的劳模王宗济在县上介绍的经验了："互助组要好，开头要小。"他不能冒冒失失，办出没底底的事。但是另一方面，他又从心底里深深地同情这些没牲口或牲口弱的、非和旁人联络在一块不能耕种的困难户。他们的中农邻居、翻了身的前佃农或前半自耕户，在季节性的临时互助组里，用畜力换他们的劳力，得到他们的好处，而到耕种完毕以后，特别是农闲的时候，两只手闲得发慌，却没有人组织他们搞副业。这样，他们永远也摘不掉"困难户"的帽子，年年有春荒。他们的要求不仅引起生宝的同情，而且引起一个共产党员对群众的困难要帮助的那种责任感。他觉得从这群穿破烂衣裳的人中间悄悄地溜掉，是可耻的。

"万！"他喊叫。

"嗯！"有万在人群后边的黑暗中答应。

生宝说："万，你来，咱商量能不能改变一下咱的计划。"

原来，生宝和有万趁着会没开起的工夫，在教室后边的角落里宣传鼓动郭庆喜，要铁人借出两石粮食给他自己选区的困难户，使他那些生活困难的选民，暂时能接续上家里的口粮，好配合生宝的互助组从山里往山口运扫帚。现在，生宝想改变计划，索性让原来准备运扫帚的那帮人，也参加割竹子，而改由另一帮人运扫帚，这样就可以帮助全村的困难户，解决一部分问题了。

"这帮人的口粮可又从哪里弄呢？"有万疑虑地问。

"想办法！"生宝思索着，加重语气说，"想办法！一交开扫帚，他供销社就要给开脚钱，不会等交够了才开支。不会！咱公家办事，不会那死板。这样，暂时缺的口粮就少了，就好想办法了。……"

大伙听了生宝和有万的谈话，霎时间高兴得沸腾起来。生宝从他们身上，卸下了沉重的精神负担，他们顿时感到轻松了许多。他们用喜欢和感激的眼睛，在刚刚上来的月光中，盯着生宝敦厚的脸盘。他们恨不得抱住他，亲他的脸。他胸怀里跳动着这样一颗纯良而富于同情的心。

大伙争先恐后报名：

"我去哩！"

"我也去哩！"

"说啥也得有咱一份！"

院里突然显得异常活跃而有生气。胳膊上吊着破布条和烂棉花絮子,高增福抱着刚刚醒了的才娃,站在人群中间,安静地劝大伙不要争抢。他外表安静,心里其实是很激动的。就好像一匹骏马看见其他的马跑开的时候那样,他控制不住自己渴望着跑的激情。生宝见义勇为的做法,使增福忠诚的心,被激发得颤抖着。他手抱着才娃,用胳膊肘子戳一戳生宝,说:

"生宝,把官渠岸参加运扫帚的人,交给我组织,你只管组织你们割竹子的人去。"

大伙一致表示拥护。生宝问:

"有才娃累你,你能进山吗?"

"你甭管!"增福说,"你甭管我进不进山。只要疙瘩在咱身上,好解!你只管组织你割竹子的人,运扫帚的事有我!"

……

在回家的路上,任老四一路慨叹着,慨叹着。生宝问:

"老四叔,你心里思量啥呢?"

"我思量你人年轻,肚肠宽大,"任老四溅着唾沫星子说,"你揽事这么宽,心里有底吗?"

生宝显出痛苦的脸相,摊开两只手,要哭的样子说:

"有啥法子呢?眼看见那些困难户要挨饿,心里头刀绞哩!共产党员不管,谁管他们呢?"

第十章

一匹枣红母马,拴在四合院外边的高墙根儿。姚士杰用铁刮子,搔过开始换毛的马。他蹲在地下,歪着戴瓜皮帽的脑袋,从下面观察母马鼓鼓的大肚皮跳动。在里头动弹的不是骡驹,而是三百块人民币。富农断定：它只能比这个数多，不能比这个数少！

"快啦！"姚士杰独自一个人快活地说话，"至多半个月，它就下呀……"

女人要生娃子，母马要下骡驹，又添人口又添财，富农心中热腾腾，乐滋滋，说不出的舒畅。

"混账！他妈的，啥人民代表！真正混账！"什么人咒咒骂骂在巷子里走过来。姚士杰掉头一看，噢！白占魁！

"我的天！还有人惹你？"姚士杰鄙视地想，不理睬他，继续观察母马肚皮的跳动。

这白占魁在土改和复查土改的时候，那股疯狂劲儿，曾经吓得姚士杰心惊肉跳。那时候，一想起万一共产党听信了这个疯狂分子，把他的成份定成地主，接着分配掉他的土地和浮财，最后往他的四合院里头，塞进来几户基本群众，他就饭也咽不下去了，觉也睡不着了。他只想拿把杀猪刀，去捅死这个家伙。可是在村巷里碰见他，姚士杰还得强意打招呼，把这个兵痞二流子当村干部逢迎，问他："吃了饭没？"现在，嘿，现在姚士杰连郭振山也不害怕了，还尿他白占魁做什么？

姚士杰站起来了。他一只手搔着母马滚圆溜胖的臀部，另一只手伸下去捏马奶子。他想更准确地判断下骡驹的日期。他右眼上眼皮有一点疤的眼睛，高傲地望着天空，故意显得十分不可亲近，好像他根本不认识白占魁是哪个村的人。

"新社会不压迫人？他妈的！不往死压迫人！"白占魁到高增福草棚屋前面转了个弯，又折过来了。他不再往东去了。他把裤管提起来，愤怒地在姚士杰街门对面，照壁跟前的土台上蹲下来了，"他妈的！啥鸟都在我白占魁脑袋上垒窝！实话说吧，姓白的不是好欺负的！"

姚士杰觉得白占魁好奇怪。为什么在他跟前骂村干部呢？是不

133

是专意骂给他听呢?他在上黄堡集的路上,听见如果有人骂拥护新社会的任何人,他都感到兴趣。他不由自主要凑到跟前去听听,听了觉得心里很舒畅。现在,这个土改中的疯狂分子,跑到他跟前来骂人民代表,为什么呢?他不由自主地丢开了母马,转过身来,两手互相拍打着从马奶子沾上的肮脏,有兴趣地笑问:

"你这大清早为啥?"

"为啥!高增福昨黑间在学校里,指住鼻子训我!我咽不下去他小子这口气!我不和他闹事,他还想给我扣反革命帽子哩!……"

啊啊!原来这个前国民党军下士是来找高增福挑衅的。高增福带着才娃,不知上哪里去了。看见那草棚屋的板门挂着铁锁,他才更加放肆起来,在富农跟前蹲下来。

姚士杰好笑地问:

"说的啥话?怎能给土改积极分子扣反革命帽子?"

"好你哩!咱啥积极分子?……"

"你不是跑得挺欢吗?只不过没当干部罢了。"

"好士杰哩!甭在我脸上撒尿了。"白占魁表现出一种求饶的神气。

姚士杰更加大胆地嘲笑:

"你那么骚情,也没当上村干部?你喊'共产党万岁',一世界都听见,也是白喊吗?"

白占魁歪倒了齐额颅箍头巾的光秃脑袋,灰溜溜地扯长声,叹了口气。然后,他很难受地说:

"从前的事甭提哩。算我瞎了眼!士杰,咱在这汤河滩里,站不住了……"

"为啥站不住了?这不是好地方吗?'漉河一川,不如汤河一湾'!"姚士杰嘲弄地盯着白占魁。白占魁好像伤了根的草,蔫溜溜地耷拉着脑袋。姚士杰忍不住报复心,大声教训说:"你甭想一年一回土改哩!就像种地一样,年年冬里等工作组来,收拾人家。不是给你分下几亩地啦吗?你该好好学学种庄稼的活哩哎!"

"唉!"白占魁叹口气说,"种啥庄稼哩?牛没牛,驴没驴,连吃的也没……"

姚士杰立刻觉察到不妙,后悔自己不该理睬这个不定型的家伙。他干咳了一声,什么也没说,从拴马橛子上拿起铁刮子,忙往街门里头走。

但是白占魁在街门道里追上了他,扯住他的干净的黑棉袄袖子,用下贱的眼光望着他。

"士杰!给我借上二斗白米。……"

"啊?我哪里有……"

"收了夏还你麦!……"

"咳!你看你!放手!我连黑米也没……"

"好士杰哩!你甭记恨我哩!前两年,那股潮流,害得,好乡亲,全成仇人了。"

在前一刹那间,姚士杰真想把白占魁推出街门道去,把街门扇喀嚓一声闩起来。但是这一刹那间,听了白占魁这句明白求饶的话,他心里转了念头:

"这是一条狗。撩给他点吃的,他朝你摇尾巴;惹恼他,他破命咬你。叫他倒过来咬干部吧!"

在他这样想着的时候,白占魁见和解有了希望,又笑嘻嘻地加添说:

"翠娥给我出的主意,她叫我来朝你借米。……"

一句话勾起了姚士杰解放前和李翠娥的旧情,脸上露出了笑容。白占魁灰黄的笑脸不如翠娥柔软的臀部,能够打动姚士杰的心。

"就是啦!你放脱我的袖子。"

白占魁放脱富农的袖子，露出满嘴的黑牙齿，逢迎地笑着。

"我也困难。所以上，昨黑间活跃借贷的会，我就没敢去喀。"

"我知道，怎么能不知道呢?嘻嘻……"

"悄悄地!甭张声!甭叫人家说我有一河滩粮食喀!"

"放心!我不是娃子。再说，有二斗米安顿住翠娥，我就走西省了。要回来，在割青稞的时候……"

"那么，黑间拿口袋来!……"姚士杰慷慨地说。

……夜里，白占魁刚刚撅着屁股背着米口袋，像一条狗一样骨碌碌溜出四合院的街门。这四合院几年来在被斗争的危险中那种互相谅解、互相怜悯的家庭和睦，一下子遭到了破坏。

姚士杰他妈，一个六十几岁的胖老婆子，无论如何也不能理解儿子的这种糊涂行为。老婆婆是这官渠岸著名的"慈善家"，正房中屋里供着菩萨，见天三叩首，早晚一炉香。她对于任何恶言、凶事，总是那一句既简单又包含着一切意思的"阿弥陀佛"。几年来，老婆婆对村中历次群众运动的阶级斗争，说过无数的"阿弥陀佛"。对于大喊大叫要求把她家定成地主的白占魁，她更不倦地祝祷菩萨显灵，惩戒尘世上的这个坏虫，哪料想到她的儿子，现在反倒借给他粮食，真是"阿弥陀佛"!

姚士杰走到东厢屋，他妈跟到东厢屋;姚士杰走到西厢屋，他妈跟到西厢屋。姚士杰走到门房西屋马槽跟前，给母马拌草，他妈也跟着去了。她站在他眼前，棉花嘴咄咄呐呐，一定要问清楚儿子为什么给白占魁借米。在她看来，宁肯把大米倒在槽里拌马料，撒在院里喂鸡，也不借给那个菩萨将来要惩戒的人。

姚士杰一只手拿水瓢，另一只手拿木棒搅拌麸皮和干草。他尽量忍耐着，不对信奉菩萨的他妈冒火。

"妈，"他善劝说，"这社会的事，你老人家不明白。"

"我明白。你说。我能明白。"

"你明白个啥嘛!你明白!你明白?土改那阵子,我买了一张毛主席像,你不让挂!好汉厉害,不在脸上,在心里头哩!"

老婆婆肉囊囊的脸上,表现出一种认错的笑容。

"你说清楚是为给村干部们看的,我还阻挡来吗?"

"正月里来了亲戚,你就给咱露底哩!多亏是富亲戚,要是穷亲戚……"

姚士杰想起这种假装拥护共产党的底子被揭穿,可能在邻居中间引起的恶印象,他恨得两眼直瞪着他妈,用搅拌草的木棒棒敲槽帮子。

"阿弥陀佛!阿弥陀佛!"老婆婆见俗人儿子生了气,低头扶着门框,退了出去。

"阿弥陀佛!"她在黑暗中走过砖铺的院子,继续念着,回正房东屋去了。

姚士杰回到正房西屋,三十几岁还娇滴滴的婆娘,坐在炕上噘着个嘴,屁股一拧,把黑油油头发的后脑对准他。中年妇人固执地不给自己的男人看见她营养得很红润的脸盘。……

姚士杰站在竖柜跟前,从抽屉里取出火纸,准备吸水烟。他抿着嘴笑,心底里相当喜欢这女人的醋劲儿。隔了二三年,眼角里只要扫见一点影儿,就又勾起她的醋意来了。

他摆出男人威严的架子,从石油灯上点着火纸,呼噜呼噜吸水烟,不招惹婆娘。他把二斗大米打发走白占魁,浑身带劲。实在说,他不想再和李翠娥勾搭;实在说,他知道一个富农,在新政权底下应该怎样检点。他带劲是因为这条咬了他二三年的癞皮狗,终于重新归顺了他。政府发给姚士杰土地证,宣布他的成份最后确定,他精神上已经产生了一种安全感。白占魁的归顺,可以说更具体地证实了这种安全的可靠。像白占魁这样的人,他和你好,也许

137

并不是你走运；但他和你决裂，你就很有可能吃他的亏。

他的婆娘掂着下腹尖尖的肚皮，正在铺炕。她摔摔撺撺，表示她的抗议。她等待着男人开言，可是她只听见吸水烟的声音。她终于憋不住了，自己先开口了。

"你规矩才几年，这又张狂起了？"

"我做啥了呢？"

"你当心！看冯有万那个愣小子，把你和翠娥绑在一块，送到下堡村乡政府着！"

"咦呀！你把我全当成一个竹筒子啦！我就那么没心？这社会里，看我的魂灵还敢到翠娥那草棚屋去不？"

"那么你为啥给白占魁塞粮食？"

"你放心！他白吃不了的。"

"你给他一石白米，看他白吃了不？"

"我给他两石！"姚士杰牙帮子一歪，显出凶狠的阴谋家的脸相说，"我有我的用意。前两年你听见他喊共产党万岁，心不哆嗦吗？给他咬我一口，恐怕你要到县里的看守所去看望我哩！"

婆娘明白了，掉过头瞟他一眼，噗嗤笑了。

爷爷是清朝末年死的。稻地里只有少数六十岁以上的人见过姚老汉，说是死于一种奇怪的慢性病——"财痨"。姚士杰他爹，差不多所有蛤蟆滩的新老住户都知道外号叫"铁爪子"，意思是剥削人残忍。最被人广泛传说的是"铁爪子"有一个净粮食的扇车，穷佃户们想借用一下吗？不行！扇车上写着四个大字："出赁不借"，使唤一回一升粮食。你使唤毕，当晚即便忙到半夜，也不要忘了把扇车抬还"铁爪子"；因为第二天早晨还去，他就要给你算两回，向你要二升粮食。你表示难意，老汉会板着脸说："这是规例，不是兴你一家嘛……"

姚士杰敦实的身体里循环的，就是这样气质的血型。他平生的理想，是和下堡村的杨大剥皮、吕二细鬼，三足鼎立，平起平坐，而不满足于仅仅做蛤蟆滩的"稻地王"。但是一九四九年的解放，打断了他这美梦。一九五〇年按土地改革法，征收了他多余的土地，又清算了他的高利贷剥削；那些过去给他的利息已经和本金相等的，就一笔勾销了。工作人员在群众会上，还一再地公开宣传孤立富农，要求他的左邻右舍和他划清界限，防止富农的破坏活动。唉唉！解放前，全蛤蟆滩的公事，都从他姚士杰口里出。他从稻地中间的路上走过去，两旁稻地里干活的穷庄稼人，都停住活儿，向他招呼。土改把他翻到全村人的最底层，整个蛤蟆滩是一家，姚士杰独独是另一家。这种对待使他满肚子气。他心中不光恨共产党，而且恨蛤蟆滩的每一个拥护共产党的庄稼人。……

白占魁取走粮食的第二天早晨，姚士杰在正房中屋脚地，端着大老碗吃饭，听见街门洞里一个人咳嗽了一声。

"士杰在家不？"什么人问。

姚士杰心里不禁一怔，嘴里噙着饭，臭骂白占魁："这个龟子孙！大约是郭振山指使他来刺探我的虚实。这个龟子孙！他咒骂高增福，大约是迷弄我的圈套。我上当了！唉！这个龟子孙呀！……"

在一霎间，姚士杰被土地改革时群情激愤的可怕印象，吓昏了头。一大群贫农像洪水一样，涌进下堡村地主吕二细鬼的四合院里，把二细鬼挤得贴在墙壁上，向老汉要地契和高利贷的账本，那喊声使人毛骨悚然。姚士杰很害怕自己大胆抗拒活跃借贷，激怒了春荒中缺粮的人们，由仇人郭振山领着，一齐涌进他的四合院来。当然，他可以说："我没余粮……""你没余粮？给白占魁借，你就有吗？"他又说什么呢？他很后悔，给白占魁借粮食，是多么糊涂的轻举妄动啊！人家一片声，他浑身是嘴，也说不过去了……

咦！透过竹门帘，姚士杰看见赤脚穿着草鞋，从街门道走进砖铺的院子里的，是高增荣，脸上既没有恼怒，眼里也不含敌意。这是怎么回事呢？咦！他看见的是解放以前，穷庄稼人走进他四合院的那种表情，一种没办法的穷人求借的表情：谦恭地站在当院，等待着主人在屋里应声。他几乎不相信他的眼睛！经常督促人们和他划清界限的，不是人民代表高增福吗？现在高代表的亲哥，投奔富农来了？这高增荣听他兄弟的话，已经有两年多不进四合院了。……

姚士杰站起，放下饭碗，走出正房的砖门台。他没有请这个赤脚草鞋客进屋。他只问：

"你来寻个啥？"

高增荣穿草鞋的赤脚，踏上砖砌的门台，竟然毫无骨气地叹息：

"唉！士杰！你不知情。要不，我也不来难为你。你知道，今年的活跃借贷没弄成……"

"你们再喊叫孤立我嘛！"姚士杰在心里对代表主任郭振山和人民代表高增福胜利地说，但是他嘴里却对高增荣拖长声说，"唔。也难怪干部们喀。这二年，弄得人全空哩。……"

毛头毛脑的高增荣在门台蹲下来了。他用手搔着脑袋，又叹气又咂嘴：

"唉！啧！你不知道我的难场。俺老二给下河沿梁生宝互助组，联络进山㧟扫帚的人哩。倒是条活路，可俺屋里家在月子里，还没下炕，我走不脱嘛！"

"郭振山都没咒念的话，你小子能有几手！"姚士杰在心里蔑视梁生宝，嘴里对高增荣说："唉，都难场喀。各人有各人的难场喀……"

人民代表他哥，眼巴巴地盯着姚士杰毫无感情的板平脸，那么难开口地一个词一个词说道：

"你，能不能，给我，借二斗……"

"哎哈!你甭光看门楼高哩。现时高门楼是空架子,草棚屋是粮仓。"

"利大小,由你……"

"啊呀!这社会谁还贪利大小哩?要是我姚士杰有粮食,和前二年一样,自报出来,叫村干部给大伙分配去,多光荣哩!"

"那,你的路宽,能不能,问你的亲戚、朋友……"

"我给你打听打听,可不准有啊!"

整个前晌,姚士杰努力给自己做着决定:怎样回答高增荣呢?他蹲在脚地上吸水烟,从后园的井里绞水,在马房里垫土,那半旧的破了底边的瓜皮帽下面,脑子里有两个姚士杰在争辩。这个姚士杰反对给高增荣借粮:他兄弟高二是姚士杰所痛恨的人;但是另一个姚士杰赞成:高增荣是个鲁笨人,有奶便是娘。当村干部能给他解决困难的时候,他就"和富农划清界限";活跃借贷一没指望,他又投奔富农。

"这号人,有用。"姚士杰对自己说。他突然想到高增荣在高增福的互助组里,隐隐约约觉得,似乎通过人民代表的哥,可以报复人民代表,稍稍地解他心头之恨。……

"郭大!你的咒儿念完啦!"他独自一个人突然又对他的仇人郭振山说话,"郭大!你光剩下互助合作一个法儿啦!这个是软法儿,我不怕你的。只要公家讲自愿,你治不住我。我看你也不指望着拿这个法儿整我!"

想到这里,姚士杰从心里到皮肤,浑身上下说不出的舒坦。好像吃了一服什么药,他吸水烟,在井台上绞水,在马房里垫土,都特别带劲儿。甚至于咳嗽的声音,也比往日大些,吐出去的痰像出了膛的子弹一样。他站在砖门台上,双手叉着粗壮的腰,显出一种恢复起来的威势。

官渠岸缺粮户看见活跃借贷没指望,又见代表主任没什么表示,大部分入了高增福组织的捎扫帚伙伙。但在吃过晌午饭以后,又有一个糊涂虫,溜进了官渠岸西头的四合院。

姚士杰大胆起来,产生了一种竞争心,想吸引少一些人参加捎扫帚。他把自己变成一个热心帮助困难户度春荒的人,富于同情心和互助精神。他心里再没有什么顾虑了。他觉得没有必要蹲在地上谈叙半天套子话,既烦絮,又耽搁工夫。他没多余的工夫,要出去给婆娘打听熬月子女工。他做作出痛快的笑脸,直截了当地问来访的人:

"你寻我是不是想借几颗粮食?"

"嘻嘻,你真有眼……"

"要几斗才能接上青稞上场?"

"三斗差不多了……"

"我没粮食!说响!我没粮食!我明日在黄堡镇上,给你打听一下,看俺亲戚有没?要有,你多跑几步腿,去镇上背一下。"

"这可劳你的神了……"

"唉!到这困难的社会啦,能看着好乡亲受熬煎吗?可有一样:甭给人吹,惹得风一股雨一股。"

"咱不是娃子……"

"就说是你自己打听的!"

"对。明白。"

姚士杰非常满意"困难的社会"这个词儿。他本来想说"困难的时节",但到嘴边变成了"社会"。人的心理真是奇妙,"言是心声",一点不假。他努力注意这个没骨气的贫农,听了"困难的社会",脸上没有特殊的反感。他更加大胆,更加畅快了。

这天后半响,他本该出去给快要"上炕"的婆娘,打听一个熬月子的女工,却留在家里迟迟不走,在后园里整菜地,希望有更多的困难户来找他。他从缺粮人愁楚的脸上感到快乐。他把和告债的人谈话，当做世界上最有意思的享受。共产党不仅剥夺了他的这种享受，几年来，他一直在一种不安的罪犯心理状态下混日子。现在，他摆脱了这种心理状态，感觉到天高云淡、风和日丽的春天特别畅快！从前，每逢春荒时节是他最快活的日子。现在，时轮又转回来了吗？他在被划清界限的孤立中局促够了吗？他可以伸一伸腰，抬一抬头了吗？当他还住在四合院里，当他前楼上有那么多粮食的时候，他总是觉得自己比郭振山优越得多。要不是郭振山仗着共产党员四个字大喊大叫，他从心里不服气他——"谁手里有粮，谁是村里王！"正是这样！前两年活跃借贷时，困难户在春荒中吃着姚士杰和郭世富的粮食，却记着郭振山的人情；现在不行了，土地证到了掌握粮食的人手里头啰！

姚士杰的劳力是很强的。他眨眼工夫，在后园里整出了种茄子和种辣椒的地，用小锄给韭菜松了土，给两架大葡萄浇了水。他干一气活，吸一阵水烟。他一边蹲在井台上吸水烟，一边计算他转移到黄堡的粮食，计划着每一个集日，他专门蹲在黄堡街上放粮食，嘴里说是旁人的……

"士杰，"他妈嚅动着厚嘴唇，问，"你还不出去打听熬月子的吗？"

"去呀。"

"她身笨了，该息着啦。"

"我知道。"

老婆婆用欣喜的眼光观察儿子。儿子的难受就是她的难受，儿子的快活就是她的快活。现在，她已经明白儿子为什么给白占魁粮食了。她已经从儿子放肆的咳嗽声和空前的干劲，觉察出儿子情绪上的变化了。这种情绪也感染了她，鼓舞了她，她忍不住口，厚嘴唇一颤一抖地问：

"你，都应承下了？"

"我应承下啥了?"

"咱有那么多粮食吗?"

"好你哩!你甭打听闲事!"

"娃呀!你甭瞒我!我满年四季不出街门,走不了风。你当心咱的邻居!"老婆婆用肥囊囊的下巴,指着高增福的稻草棚。

"我不怕他!"

"阿弥陀佛。你当心他!"老婆婆蹒跚地回到前院去了。

姚士杰蹲在井台上,手里端着白铜水烟瓶,盛气凌人地对一只水桶说:

"高二!你给共产党骚情顶了啥?到这阵你还那么积极,想叫共产党给你分配个婆娘吗?"

高增福的不幸,是姚士杰最称心如意的事。向土改工作组提供姚士杰放高利贷的材料的,是高增福。在四邻中经常督促大伙和富农划清界限的,也是高增福。在姚士杰看来,土改以后高增福死婆娘,是老天替他报应。

"土改拔了我姚士杰几根根汗毛,你高增福就没婆娘了!"姚士杰很满意地想着,根本没把他从前的长工放在眼里。现在,他一感觉到自己重新有了力量,心中就萌起一种难以克服的报复欲……

姚士杰在官渠岸的村巷里走过去了。不要说他心中的快活不能不反映在脸上吧,就是他前楼上的那些粮食,也反映在他的腰背上,走起路来特别带劲儿。他的三十来亩稻地,他的枣红母马,他的在蛤蟆滩的草棚屋中间如同神庙一般的四合院,在土改的浪潮中曾经成为他心慌的因素,现在却和从前一样,给他增添精神了。

他非常的满意自己"有眼力"。早先他曾经稳定自己说:"忍住点吧!能站着,也能蹲下,才算好汉哩。光能站着,不能蹲下,是二杆子。世事总要定点的,它不能老这样紧张。蹲下,往后还能站起来;不蹲下,人家就要把咱打倒了。"他认定他在土改运动中蹲了两年，现在是重新站起来了。

他觉得村巷里遇见的人，看他的眼光似乎也变了，似乎没有从前那么强烈的敌意了。虽然全蛤蟆滩一百多户人里头只有两个人向他求借，这使他略微有点失望，但他对形势的变化，基本上是满意的。

郭世富从官渠岸东头迎面走过来。离老远，姚士杰就招呼：

"世富叔哎，到哪里去呀？"

"到下堡村去。"郭世富说，抬起略微有点眯缝的眼睛，看看富农眉飞色舞的快活模样，"你到哪里去呀？"

"我屋里家快上炕了，到稻地滩里打听一个熬月子的。咱们一块走。"

"走嘛！"郭世富现在同意了。

姚士杰看着老汉，忍不住笑。在查田定产、颁发土地证以前，这个大庄稼院的家长，准会想个什么借口甩开姚士杰，如果在看见他的时候，已经来不及从岔路上躲开他的话。姚士杰现在既然重新做了债主，他和地主有了很多佃户、军阀有了很多的士兵是一个劲儿，不由得想嘲弄嘲弄这个比狐狸还精滑的老汉几句。

"世富叔，"他笑眯了眼问，"你这阵和我一块走路，不嫌我的成份不好了吗？"

郭世富不自然地笑笑。

"你小心着！"姚士杰继续开玩笑说，"你小心和我说上一句话，你自己也给划成富农着！呵呵呵，前两年，你比贫雇农和我的界限划得还清。"

这句话碰到了郭世富的疼处，老汉的皱纹脸严肃地辩解说：

"好你哩！不是咱没情没谊，是世事不对头喀。你看，这阵不'斗争'了，我就该不躲避你了吧？"老汉说着，诌媚地一笑。

姚士杰想起这个解放前常常和他商量村事的人，解放后拼命巴结他的仇人郭振山，他几乎忍不住要挖苦他几句，让他心里难受难受。但是一想起郭世富巴结郭振山是虚情假意，虽然外表上和他姚士杰离得远了，而内心还是挨得近的，他就又打消了挖苦老汉的意思。可不是吗？土地证一到手里，郭世富就疏远了他的仇人郭振山，在对待活跃借贷的事情上，公然和他一致行动。既然人家已经和他重新靠拢了，他又何必说些叫人难堪的话呢？

蛤蟆滩的两座四合院的两个当家人，一前一后在稻地中间的草路上走着。春天下午，已经到了西边峪口区和渭边区天空的日头，把他们挨得很近的身影，投射到稻地里复种的青稞苗上。

"活跃借贷没事了。"郭世富欣喜地报告。

"当然没事了！"姚士杰在前头走着，自负地说。

"我去看看河那岸的各行政村，发动起没……"

"甭看！当然发动不起来！前两年，人都是怕情，怕斗争哩。凭你的良心说，你郭世富情愿不情愿把粮食成几石几石地挖出去，让村干部给人借？你自己是傻瓜，不识数吗？"

郭世富苦笑一笑，表现出他不情愿又没奈何的意思。

姚士杰掉头看看走在后头的郭世富的表情，更加大胆地发挥他的评论：

"你思量思量：这伙穷鬼，分了财东的地，喊共产党万岁；借了咱们的粮食，也喊共产党万岁。讲理不讲理？"姚士杰说着，竟有点委屈。

郭世富慌忙左右前后转动着春天摘了毡帽的脑袋，看看左近的稻地里和草棚屋外面是不是有人。虽然土改的浪潮已经过去，村里已经平静下来，但是见姚士杰这个危险人物，嘴里发出这样爆炸性的论调，郭世富心中悸动。

这时候，他们周围的稻地野滩里，没一个成年人。有几个男女娃娃，在稻地塄坎上挖野菜；有几个娃娃在拾柴禾；还有几个娃娃在渠岸边放牛。他们听不见这两个行人说话，也不注意他们在一块这个新现象。

"算哩！算哩！"郭世富劝姚士杰说，"过去的事，就甭提哩。没斗争咱，就谢天谢地哩。"

这个曾经和郭振山一块说"咱"的人民代表，现在竟然和富农亲切地说"咱"了。姚士杰听了心里很舒服，不由得掉头一看，脸上露出得意的笑容来。

他带着胜利者的心情，向郭世富打听他的大仇人郭振山的近况。

"软哩！"郭世富紧走两步赶上来，和富农并肩走着，欣喜地低低说，"软哩！听说挨了卢支书的批评，有两天不出街门哩。"

"为啥挨卢支书的批评呢？"姚士杰有兴趣地问。

"党里头的事，咱不知情。"郭世富低低地说，"看情形，是嫌他对互助组不真心。下河沿梁三老汉那小子梁生宝，这时可红了。"

"那算啥东西？看他连骨头有几两重吧！"

"咦！"郭世富警告，"可不敢小视他。他没俺振山老大咋呼得厉害，心里可有钢！他把咱滩里困难户的生活问题儿，担在他肩膀上哩！"

于是，郭世富又和姚士杰谈起"百日黄"稻种的事情。梁生宝互助组稻麦两熟的计划，紧紧地吸引了这个毕生给土地打主意的富裕中农。他用抒情的调子对富农坦白：他曾经把稻地里复种麦子当做一种美妙的梦想，在脑子里装了几十年。现在，想不到一个年轻小伙子，要走在他头前了。他又说，梁生宝互助组为了挣来实现稻麦两熟的肥料，必须进秦岭里头上刀山[①]，而他只要到黄堡粮市上

---

① 割过竹子的茬，如同刀子一样。

147

籴些粮食，就可以叫老三吆着胶轮车拉肥料回来了。他毫不费劲儿就能做到的事情，却眼巴巴地看着人家梁生宝碰破头地愣干，他心里不舒服。他曾经在正分稻种的梁生宝草棚院留连盘桓，想高价买一斗稻种，梁生宝不给他，这更使他心中结起一颗疙瘩。他输不起这口气！

"要不是我今春上盖了三间楼房，"郭世富不服气地说，"我非亲自到郭县去买回来'百日黄'不结！"

他说得姚士杰在路上转向他站住了，用严峻的眼光盯住他：

"那稻种果真好吗？"

"不赖。"

"咱这里的地气能行吗？"

"全在秦岭底下，怎么不行？"

"干！"重新活跃起来的姚士杰，胸中燃烧着渴望报复的烈火，猖狂地说，"干！你给咱到郭县跑一回，路费咱按稻种摊！咱两家的稻地合起来，有他梁生宝破烂互助组稻地多。甭叫这小子独独成功了，在村里卖嘴。"

"对！我就是这番主意！"郭世富胡子嘴巴上也来了劲儿。

第十一章

那是一九五〇年的冬天。可怜的才娃他妈还在人间，才娃那时只有两岁，娘俩整天在姚士杰四合院西边的草棚屋里。官渠岸西头的农会小组长高增福，没明没夜不在家。土地改革运动在村里一开展，高增福忙得白日只回家急急匆匆吃两顿饭，黑夜要回他的草棚屋，总在半夜以后哪。

一个落下一场厚雪的早晨，庄稼人起来，都打扫自己院里的雪。高增福没有像每日一样，天一亮就出去活动。他扫了自己门前的雪，就留在草棚屋里。趁婆娘烧锅做早饭的这个空子，他独自一个人站在脚地，把竖柜上摆的瓶子、盆子和碟子，都当做听众，练习诉苦。他爹和他自己熬长工所受的压迫和剥削，被工作组同志选定为重点，要他在全下堡乡的群众大会上讲出来；可是他总也讲不连贯，这一回练习遗漏了这件事，下一回练习又遗漏了另一件事。他很为这个着急。他已经向工作组同志说过一回，是不是他可以不上下堡乡的大会。回答只是一句话："拿出点主人翁的气魄来! 难道你不情愿提高一般农民的觉悟吗？"他的阶级自尊心立刻克服了他对自己讲话能力的自卑心，开始一有空闲就练习。

"乡亲们！咱高增福五辈子熬长工的苦处，三天三夜说不完……"

他正在脚地练习诉苦，草棚屋的板门开了。他扭头一看，走进门的竟是他的东墙邻居姚士杰，鼻子口里三道寒气。

"嘻! 增福兄弟，你在家里哩？"姚士杰脸上巴结地笑着。

"唔。"高增福冷淡地答应，神气里带着农会小组长对富农应有的优越感，看他从前的东家。

姚士杰一面谄笑，说：

"增福兄弟! 自从运动一来，你兄弟忙得日夜不着家边。哥想和你兄弟扯拉扯拉，总是见不到你兄弟的面。今日早起落下这场雪，你兄弟没出去，到哥那面去坐一坐，咱哥俩谈叙谈叙。"说着，动手捏住农会小组长的一只胳膊就拉。

"不不不，"增福竭力挣脱着被姚士杰抓住的棉袄袖子，严肃地说，"你放脱。有什么话，你就在这里说。"

高增福心里骂他从前的东家："啥东西! 从前你为啥不和我这么亲热？土地改革刚到划阶级、定成份的阶段，你小子就拉拢我？你想收买咱高增福，算是你眼里没水，认不得人！"

149

但是姚士杰的眼睛，并看不透农会小组长在心里骂他。

"好增福兄弟哩！"他重新捉住挣脱的袖子，一个劲地麻缠，"念咱哥俩在一块劳动过几年的旧情，你兄弟不给哥赏这个脸吗？你兄弟放心！你兄弟到哥那面去一下，保险碍不住你兄弟在农会里头办事。哥知道自己老几。哥识得几个字，能对付着看报。哥懂得一点政策哩。哥知道哥不够地主，哥满年四季劳动哩嘛！只不过，唉，旧社会嘛，人的思想都不开化，贪财爱利，哥地比一般庄稼人多，粮食打的吃不了，常有人借，还时给一点点利。这就是罪过，真正是罪过。这阵哥的思想大变化……"

"你嘴真巧啊！"愁诉苦时不会讲话的高增福，不客气地打断姚士杰，"你地多怪旧社会，你剥削人怪人家要借粮。这么说，你雇我长工，也怪我要熬长工。人们爱没地？人家爱没吃的？人家爱熬长工？是不是？你算了吧！放脱我的袖子！"

经过整顿贫雇农队伍的阶级教育，高增福毫不困难地把他从前的东家说得嘴底无言。

姚士杰仿佛受到了突然的袭击，惊呆了，规规矩矩放开了高增福的袖子，显然他低估了他从前的长工最近的发展。他一时有点慌乱，不知该怎么办。

"我看你的思想一点也没变化！"高增福拿出人民民主专政的派头，不客气地指责这个需要割封建尾巴的人。

"变化了！"姚士杰惭愧地笑笑，"兄弟，你听哥说完嘛。"

"你说你怎么变化了？"

"哥这阵思想大变化。哥思量来：'咱这阵已经是毛主席的民了嘛，咱就要和贫雇往一块堆活哩嘛。咱住在官渠岸，不是独家独户住在稻地滩里，咱总不能和乡党们不来往。'哥心里就是这样思量。有一句假话，哥就是四条腿。哥恨不能把心掏出来，给你兄弟看看。你兄弟这阵是官渠岸西头的办事人，哥就是想讨你兄弟的高教，看哥怎样才能和大伙活在一块堆。土地改革法不许献地，真把人着急死。你兄弟怎么也得给哥出个主意……"

"你规规矩矩当个守法富农，没人动你一根毫毛。"高增福指教地说。

"守法！哥守法！"姚士杰样子很恳切地答应，"我的天！咱还敢犯法吗？哥就是怕'孤立'。你兄弟想想办法，看哥给官渠岸的贫雇献点啥礼，甭孤立哥，行不行？"姚士杰用希望的眼睛，盯着农会小组长凝神沉思的脸。

高增福听了一怔，心里想："啊呀！这小子心大着哩嘛！看样子还想利用我，收买全渠岸的贫雇哩。好，我就顺着他说，探探他的心思到底想怎样……"

"你说你想献个啥礼呢？"高增福换了随机应变的态度。

农会小组长的沉思和他态度的变化，在富农心中引起了更强烈的希望。姚士杰重新捉住他的胳膊，亲热地说：

"走！兄弟，咱到哥那面去，计议计议……"

"就在这里说，才娃他妈嘴牢着哩。"

"你这阵是办工作的干部，怕有人来寻你哩。走吧！走吧！"

"走就走！你放脱，甭拉拉扯扯……"

两个人从扫开以后又落下一层薄雪的路上，走进四合院的街门。我的天！富农全家老少从房里出来，在砖铺的院里迎接贵宾一般，迎接他们从前的长工。迷信老婆子、姚士杰的婆娘、姚士杰的出嫁到马家堡的三妹子以及娃他们，脸上都是谄媚的、巴结和骚情的笑容。那个年轻漂亮的三妹子，浓眉大眼，相当动人，竟然跑来用戴戒指的手，拂去落在增福棉袄上的雪花，身子贴身子紧挨高增福走着。她的一个有弹性的胖奶头，在黑市布棉袄里头跳动，一步一碰高增福的穿破棉袄的臂膀，并且肉麻地问：

"高二哥呀，这些日子忙啦？"

高增福嘴里说:"唔,忙。"心里生气:"这算做啥哩!这和套麻雀一样,套我高增福哩嘛!"

农会小组长怀着百倍的警惕,被他从前的东家一家人拥进正房中屋了。有一霎时,他完全惊呆了。这里脚地中间,摆好了红油八仙桌和太师椅子。桌上摆好了四碟小菜、酒壶、酒樽和筷子。当姚士杰的三妹子,用胖奶头碰高增福肩膀的时候,他只感到全身如同针刺一般不舒服;现在,看见这个桌面,他忍耐不住要呕吐了。姚士杰简直把他不当人,竟敢这样简单地污辱他的人格。这里是陷阱,他一刻也不能逗留在这里。

"坐!坐进去,咱谈叙。"姚士杰殷勤招待着,忙忙碌碌,转身吩咐他婆娘和他三妹,"炒菜!炒来热菜,俺哥俩旋喝旋说呀。增福身忙,没工夫磨。"

高增福痴瞪瞪地站在砖脚地想:"我这阵就走,没探到这小子心底上……"

"坐!你坐嘛!"姚士杰往椅子里推高增福,"立客难待。你看全家都站在这里。你一坐,他们就各做各的去了。"

高增福心里真着急:他绝不能坐下!富农的酒菜是喂狗的,他是堂堂正正的雇农,正准备在全下堡乡的大会上诉封建压迫和剥削的苦,怎么能给富农当狗喂呢。他鄙视地看也不看桌上摆好的酒菜,他看见就发呕。他虽然有一个消化玉米糊糊、窝窝头的胃,他觉得自己在精神上,比这个富农要高贵百倍。但是不坐下来吧,他却没揭开富农阴谋的底细;只知道姚士杰企图收买,却不知道他的全部阴谋。

"你坐嘛!你怕啥?"姚士杰根本不能理解高增福精神上的高贵,他以为他从前的长工内心在矛盾,所以他更加放肆地说,"你兄弟放心!咱隔壁邻居,他谁能知道咱哥俩喝酒呢?自从土改运动一开展,没人进我这院来。……"

这时候,高增福已经想出了新的主意,他又一次换了随机应变的态度,说:

"不是怕人知道,是咱身忙,吃了早饭又要开会。你这番意思,我心领了。往后,等运动过后,哪一黑夜没事,咱再喝。你这阵只说你是啥心思吧。"

"也好。你兄弟说得也对。运动过后,咱哥俩消消停停喝。"姚士杰盯着高增福的瘦长脸,显然在判断高增福的虚实,犹豫不决。

高增福故意说:"你没话了?那么我走了。……"

姚士杰忙拉住说:"你甭走。"

"那么你快说。"

"哥说……"姚士杰还是盯着高增福的脸,还是犹豫不决,"哥说出来,能行,咱办;不行,和哥没说一样。好不好?"

"你说嘛。"

"不行?可和哥没说一样啊!"

"你看你!你是说不说?"

"哥说!哥说!"

"你快说!"

"咱村的成份快定完了没?"

"还没定完。"

"快了不?"

"快了。"

"把哥包涵包涵,行不?"

"怎么样?"

姚士杰使着很大的劲,紧张地说:

"你叫哥拿出多少粮食,哥就拿出多少粮食,给咱渠岸的贫雇献礼。……"

"唔,你说。你往完说。"

"哥受不了孤立。哥喜愿进步。天下农民一家人嘛!全渠岸一家人,哥独独另一家人,哥受不了。……"

"你说,你说完。"

"把哥的成份下成中农。只要你兄弟和咱渠岸的贫雇们说哥是中农,他工作组走群众的路线!……"

"呸!"高增福听到底,往脚地上唾了一口,愤愤地走了。

当天上午,高增福就把这下雪天早晨发生的事情,一根一板告诉了土改工作组同志和农会主席郭振山了。专为揭露拉拢干部、收买群众、破坏土改的不法富农姚士杰,开了一回斗争会。会上郭振山的嗓音能炸破房子,指住鼻子,把旧社会和他打过架的姚士杰,训得抬不起头来。从此以后,姚士杰在说话和行为方面检点得多了,但从他的外表上也可以看出:他恨透了高增福和郭振山了。

整个土地改革以后的这个时期,姚士杰一直是老实的,服软的。一九五二年冬天查田定产以后,颁发了土地证,姚士杰又抬起头来了。高增福每天注意他的富农邻居的表现,看来那些姚士杰曾经觉得是祸患的家业,现在又变成贵重的财产了,神气上又表露出富户的优越感来了。从前,不管姚士杰心里怎么恨高增福,表面上还装得没什么,见面总是先开口打招呼。查田定产以后,姚士杰似乎觉得再没必要虚情假意了。要是高增福不先开口打招呼,姚士杰就高傲地昂着头,不答话走过去了。那神气等于明明白白说:"叫你高二再厉害!"高增福连这点意思还看不出来吗?

高增福难受极了:土地改革时期宣告结束了,土地改革法撤销了,土地所有权确定了,对土地买卖和粮食借贷的冻结,也解除了——到黄堡上集去的路上,你看吧,所有汤河两岸的富农和富裕中农,都抬起头,有说有笑了。贫雇农发愁:眼看着失掉了对富农和富裕中农的控制;要是没什么新的国法治他们,那还得了?几年工夫，贫雇农翻身户十有九家要倒回土改以前的穷光景去。

没了婆娘，又卖了用耕畜贷款买来的耕牛，人民代表高增福，这时心里慌。他不知道他前面路上是红是黑？要是他再失去土地，二回头熬起长工，怎么能带大才娃呢？他近来常常对着在他怀里睡熟的才娃叹息："才娃呀！才娃呀！你托生在哪里不好？为啥托生在这草棚屋受难？"

受过三天三夜也诉不完的苦，高增福自己并不害怕艰难。你看他无论什么时候，总是绷着瘦长脸，咬着牙巴；他是在心里鼓着劲，准备经受生活中的任何考验。但是，他却无论如何也没想到：政府指示的活跃借贷，没有能帮助困难户度春荒，竟给了阴险毒辣的姚士杰报复他的机会。

……高增福一听说他哥增荣，到四合院去投奔富农借粮，急得直跺脚。他当下就去找他哥。他哥到终南山口割茅柴去了。傍黑天，他注意到他哥背着一大捆茅柴回来了，他就又找去了。他一进他哥的只有土围墙、没有街门的草棚院，就说：

"哥！你怎这糊涂？"

"我怎糊涂？"增荣满脸尘土上流着汗水，解着茅柴上的麻绳，转过脸奇怪地问。

"你怎么投到富农怀里去了呢？你……"

"噢啊！"高增荣明白了，很歉然地笑笑，说，"我没粮食吃嘛！借富农的粮食，又没犯法？"

"你的立场？……"

"好兄弟哩！站稳立场不吃饭，肚也不饿吗？"

"啊哈！你呀！"高增福一听他哥这种没骨气的话，急得肠断肚炸，气呼呼地说，"你朝富农低头，对不住墓坑里咱爹的骨头！老实告诉你，饿死事小，失节事大！咱就是这话！没告你说吗？一过清明，咱渠岸的困难户，给生宝互助组捎开扫帚，就有钱买粮了，怎样就能把你饿死嘛!"

"我不能跑山。我腿关节疼。"增荣瓮声瓮气说,"你不知道我,早年给财东家做稻地活,遭下风湿症?"

"你不能跑,把才娃寄放在你家里,我跑嘛!"

增荣没有词儿了。

在月子里还没下炕的增荣婆娘,在草棚屋炕上接嘴了。

"好兄弟哩!"产妇细声细气朝院子里说,"咱两家还是各顾各吧。看你爷俩的难场,还顾得了俺一家子哩?再说,我还没下炕,也照看不了你才娃呀。……"

明白了。高增福完全明白了。他再也没说什么的必要了。他还说什么呢?他知道他哥是婆娘当家,自己做不得主。这不是他哥的结发妻子。他哥是被这个死了丈夫、丢下一个娃子的女人招进门的,听这个女人的指拨干活,干活,干活。准是这个女人叫他哥投奔富农的!

高增福心里想:"我熬十万零八辈子光棍,也不跟这号女人过!"

高增福气愤地走了。他在土围墙的豁口,端端碰上在墙外听声的姚士杰。两个仇人没打招呼。高增福走了,姚士杰进院了。

"增荣!你要借的粮食,我给你打听到了。要借几斗有几斗。"姚士杰大声亲切地说,故意气向巷子走去的高增福。

第十二章

有了皱纹的宽额颅上,隆起着拔过火罐的酱红色圆印;毛茸茸的大鼻孔喷着火焰般的热气;嘴唇干裂了,有胡楂的嘴角上出现了火泡;那双曾经是光芒四射的大眼睛珠子,现在失去了神采;土改时候打雷似的嗓子,也嘶哑了——咱们的郭振山,躺在草棚屋的小炕上两天了。

普通的伤风感冒,打击不倒这个强壮的中年庄稼汉。这个强性子人,向来在发烧的时候,既不吃药,也不躺下,他是用拼命劳动来治感冒的,总是隔过夜就治好了。但是这回他病得沉重,不吃不喝,只是用被窝包住脑袋沉睡。

代表主任他妈不断地颠到小炕边来问:

"振山,叫给你擀些细面条儿吧?"

"不吃……"代表主任在被窝里头瓮声瓮气地回答。

"那么叫给你打几个鸡蛋?……"

"吃不下去。"

"唉!振山!"老婆婆愁眉苦脸说,"你是个常指教人的人嘛!人是铁,饭是钢。人有了病不想吃,也得强吃点。你是个常指教人的人……"

"去去去!……"被窝里头不耐烦了。

但是,世界上没有一个娘和儿子赌气。老婆婆隔不大工夫,又颠到小炕边来了。

"振山,这阵你觉着怎样?"

"哼……"郭振山不愿意说话。

"振山,"他妈焦虑地说,"你这回病,好不对劲儿呀。是不是叫振海上黄堡去,把卫生所的先生请来?"

"不用……"

"那么,叫到下堡村去请高先生来?"

"好你哩!"

"怎么?"

"叫我静静地睡……"被窝里瓮声瓮气的声音断了。

老婆婆按照古老的迷信思想,认定儿子不仅仅是开活跃借贷会

157

的那晚上,和卢支书在汤河畔上说话时间长,着了凉。她怀疑:是不是有什么魔鬼在儿子和卢支书说话的时候,附了他的身。老婆婆暗地里同振山媳妇和振海媳妇取得协议,在星全的黑夜,瞒着无神论的共产党员,到汤河畔的路上送鬼。她跪在路上,用两手堆起一个沙土堆,插香、焚纸、叩头,老婆婆求告魔鬼,在十字路上另等旁人去。……

但是,代表主任第二天仍然是沉睡不起,虽然头上摸起来已经不那么发烧了。……

包在被窝里的郭振山难受极了。他觉得人到倒霉的时候,走平路都会栽跟头的。头年冬天,他刚刚准备买二亩稻地,就被梁生宝知道,汇报给支部了,弄得他在整党的支部会上检讨了三回。这回,他把准备买地的部分粮食,投资给私商韩万祥开设在黄堡北门外的砖瓦窑"支援建设",想不到卢支书这么快就知道了。他那晚追到汤河畔上,和卢支书磨了半天牙,支书也没有漏出一点口风,是谁反映他的。他坚决地不承认有这回事情。卢支书说:"没这回事,你管他谁反映呢?"他又试探地说:他没有给砖瓦窑投资,即便投了资,也不能和买地、放账那些可耻的剥削行为比,这是支援建设。卢支书说:"呀!同志!你的嘴才太巧了嘛!你支援建设,为啥不同生宝同志一样,实心实意组织上一个互助组,帮助翻身户生产呢?你把粮食投给私商开的砖瓦窑,'支援建设'哩?好同志哩!你这是做生意!你甭看自己那么精,看别人那么傻哩!你心上有七十二个窟窿眼儿,别人都能看出来,只不过是嘴里不说罢了!"郭振山红了脸。他还说什么呢?党支书已经把话说绝了。

郭振山在被窝里头苦苦寻思:卢支书到底是怎么知道的?这件事在什么时候、什么地点漏了风的?就连他妈、他婆娘、振海两口子,他都瞒着。他们问他:为什么给老韩装粮食?他告诉他们:"悄悄不敢说!我拿咱节余下的粮食,陆陆续续给咱定下些砖瓦。

想住高瓦房的话，把嘴闭紧些！"全家都感激这个当家人深谋远虑，又知道他在去冬整党的会上挨过"整"，还会给他抖风吗？至于韩万祥，为了解决窑上工人的口粮问题，拉他的股子，恨不得给他作揖。"咱情知你们党里头不许买地、放账、雇长工、做生意。郭主任，你放心！这事天知地知，你知我知！从我嘴里漏了风，你往咱脸上唾！说老韩不成人！叫咱老韩穿开裆裤！"好精的韩掌柜，也算黄堡街上少数几个精人里头的一个哩，会拆自己的台吗？啊，啊！郭振山终于从记忆里搜索出来了，似乎有两回在黄堡集上，他和韩万祥说话，给梁生宝碰见过。……

"又是他！"郭振山在被窝里苦恼地想，"又是他！对这号事，就他眼尖、鼻子灵！"

他难受地回忆起农历正月里，区委王书记到蛤蟆滩来整顿互助组的那些使他难堪的日子。他觉得自己理短，说话用的音量很小，甚至身量也太高了，目标大了容易引人注目。加上王书记和梁生宝那么亲热，黑夜两人挤在一个小炕上睡觉，他心里更加不是味儿。那时候，郭振山就在心里警告他自己："你当心啊，当心人家往王书记耳朵里灌你的坏话啊！你要当心呀！"现在，郭振山在充满了汗水味的被窝里，愤愤然想道：

"生宝同志！你要指望你的能耐往上爬哪！你甭在领导跟前，臭我郭振山的名声，抬高你自家！"

他从心里不服气梁生宝。小伙子能有几两几钱能耐？

"我郭某人要是和你一样，婆娘没婆娘，娃子没娃子，我的互助组，比你生宝同志的能强十倍！不是吹！"郭振山在被窝里头，不服气地想。

他脑袋一想热，就想豁出来不创家立业了，创国家大业吧。叫你生宝看看谁把互助组闹得更欢腾。但他在被窝一翻身，又改变了主意：不能拿过光景的事赌气！"社会主义"，这是人们刚开始在嘴上谈论的名词。到处有人关切地问：咱中国什么时候实行社会主义，没有一个地方有人明确地回答过。可见庄稼人面前，摆着的是一条渺茫的漫长道路。也许这一代人走不到，需要下一代人接着走哩！感谢土地改革，给了幸运的郭振山这创家立业的坚实基础，他和他兄弟振海两个气死牛地劳动，不愁压不倒他郭世富！何况老三振江在城市向农村第一次要人的时候，他就让他到西安电厂里去当徒工，升了技工就能往家捎钱！一九五三年是国家建设的第一个五年计划的头一年，却是郭振山创业的第一个五年计划的第三年。他是从一九五一年就开始了。他的第一个五年计划的目标是：按人口平均，土地面积赶上郭世富。以此为限，绝不超过。他绝不使自己的家业接近仇人姚士杰，那和他的"政治性儿"水火不相容。他一根椽一根檩地备料，人不知鬼不觉地准备在他的第二个五年计划(从一九五六年起)盖瓦房。先盖正房，第三年(一九五八年)盖东西厢房，第五年(一九六〇年)盖前楼。不能太急，太急了不像个共产党员！但即使这样，党组织一再阻挠他的计划实现。他创业的第一个五年计划已经破产了，整党的时候已经把共产党员买地，提到犯纪律的水平上来了。他只好把第二个五年计划的事情提前，谁知刚刚露了头，就被党支部发觉了。

在头年冬天整党的会上，郭振山也曾热过：

"说得对着哩！红军走雪山，过草地的那工夫，也不知道啥时光全国解放喀。可是他们走破了脚还是走，十几年就打倒了老蒋。这社会主义也许只要一二十年工夫吧？"

他和下堡乡的其他共产党员，一块走出下堡村乡政府的大门洞，脑子里充满了崇高的社会主义理想。在过汤河的独木桥的时候，在稻地中间的小路上走着的时候，他和生宝同志亲密地商量过，怎样把蛤蟆滩的互助组整顿好，怎样帮助在生产上和生活上有困难的分地户，别叫他们重新摔倒啰。但是当他睡在炕上婆娘娃子们中间的时候,西厢屋郭振海强壮的鼾声,东厢屋牛棚里牛啃铡碎的玉米秆的声音,棚上头保卫粮食的猫咬住老鼠的声音,一下子就把他拉回现实世界了。他办工作误工太多了,老二振海都经常威胁着要和他分家哩;他认真搞互助组,老二怎么能情愿呢?他自己娃多,振海娃少;他的劳动也不抵振海那么强壮了。他不能和老二分家。不能!坚决不能!俗话说:"好家当,怕三份分哩!"分开以后,他家人的生活要受紧!一块过,底子厚,力量大!

"咱当个普普通通的党员算哩!咱光把村里的行政工作办好算哩!"他想,"光荣!光荣!咱没那条件光荣啊!"于是,土改时候下堡乡赫赫有名的人物,拿定最后的主意,给自家当家,不给贫雇农当家了。他没想到卢支书抓他抓得这样紧,也没想到村里的行政工作,竟变得这样难办,竟不允许他敷衍了事!

他妈端来一碗汤面条。碗里五颜六色——红的是辣椒,绿的是蒜苗,黄的是豆油点子,看了真使人流出口水。老婆婆端到她儿子跟前,用筷子搅几搅,说:

"振山,看!你屋里家给做下了,你就强挣着吃上它两碗。"

郭振山推开被窝,挣扎着坐起来了,他接住碗了。他看看碗里,又皱起眉头来,心里发愁:

"怎么办呀?村里的行政工作,这样难办,党员这样难当,怎么办呀?"这个非常严重的问题,塞得他脑袋发胀。

"亏你还是常指教人的人!"他妈又咄呐他。

"在外头精明,在屋里糊涂!妈,你甭管他,爱吃不吃!"他婆娘抱着噙奶的娃子,赌气了。

郭振山勉强用筷子夹起面条,送进嘴里。他懒得嚼。他心里头想:

"共产党员呀!共产党员呀!这么难当?……"他的脑子还是被这个问题苦恼着——卢明昌用那么不喜欢的眼光盯他哩。他不在这个党过不了日子吗?

他使劲地咽下去第一口面条。他用筷子夹了第二口,噙在嘴里,又不嚼动了。这时候,他的全部身体都失去知觉和动作的机能了,周身的血液都集中在脑袋上去了。

这时候,郭振山好像不在他自家的草棚屋的小炕上,而像在渭河的船上,昏昏悠悠,坐不稳当了。他头昏,喉咙堵塞,嘴里酸苦。他想呕吐。糟糕!草棚屋在动弹了,挂在稻草棚底下椽子上的竹篮子在摇摆,脚地的竖柜在摇摆……

这时候,好像在草棚院外头什么地方,"轰……呜呜"——一声巨响,他刚觉得耳鸣,碗就掉在被子上了,他就什么也不知道了。

当他在被窝里头重新清醒过来的时候,他满腮胡楂的脸流着眼泪,羞愧难当地声明什么事也没,叫家人们都散,做各人的活去。

郭振山啊!郭振山啊!有几千年历史的庄稼人没出息的那部分精神,和他高大的肉体胶着在一块,难解难分。旧社会在他的精神上,堆积了太多的旧思想,卢支书已经批评过他了,他刚才开始进行自我分裂。是共产党员郭振山战胜呢?还是庄稼人郭振山战胜呢?

家人们散去以后,他浑身冷汗,独独躺在被窝里。共产党员郭振山痛斥庄稼人兼卖瓦盆的郭振山:

"你胡思乱想个啥?你想往绝路上走呀?放清醒点!你把眼睛睁亮!你怎敢想离开党?要在党!要在党!离开了党,蛤蟆滩的庄稼人拿眼睛能把你盯死!离开了党,仇人姚士杰会往你脸上撒尿呀!……"

在一霎间,事物在创业的庄稼人郭振山眼前,显得比较清晰了:党是伟大无比的力量!它现在有效地掌握了中国历史的发展!它的政策影响着每一个中国人的生活——它使饥饿者食饱,使奢侈者简朴,使劳动者光荣,使懒鬼变勤,使强霸者服软,使弱者胆振,使社会安定,使黄堡镇的集日繁华……而他郭振山呢?一个普普通通的庄稼人,只有在执行党的政策前两年,人们才真正重视起他来。离开了党,他就重新只剩下一个高大的肉体,能扛二百斤的力气,和一个庄稼人过光景的小聪明啰!

郭振山向来把"在党"看得高于一切。他从来也不曾缺席过一回党的会议。汤河涨水,他绕王家桥也要去;王家桥被山洪冲垮了,他绕黄堡大桥也要去!怎么现在为了发家创业想离开党呢?笑话!……

水嘴孙志明来看代表主任,给郭振山带来村内的新消息——白占魁婆娘翠娥给人透露:似乎姚士杰给她借了二斗白米,白占魁安住家,又到西省收破烂去了。官渠岸有两家困难户私下向富农借粮,高增福他哥高增荣,也到富农的瓦房院去了,气得高增福跺脚哩。上河沿好些庄稼人和梁生宝互助组联络到一块,进山割竹子。郭庆喜被梁生宝和冯有万说得没办法,给他选区的困难户借了安家的粮食。高增福出头在官渠岸,组织捆扫帚的脚力……

郭振山听了难受。他这代表主任已经失去控制蛤蟆滩局势的能力了。村内的事态,离开他的影响,各自发展着:富农对他似乎不再有所畏惧;贫农对他好像也没有什么指望了。梁生宝和冯有万,也不来请教他,要求他指点他们进山应注意的事项。他听孙水嘴滔滔不绝地说着,听着听着,脑子里就明确了一点:他已经被自己的自发行为,拉出了蛤蟆滩的斗争行列。他已经变成革命的局外人了。难怪卢支书拿不喜欢的眼光看他哩。

"算哩算哩!"郭振山难受地婉言劝止,"志明,我头疼。你甭说了。有啥活路,你先做去,往后咱再拉扯。……"说毕,他扯被窝包住了头。

孙水嘴眨着眼,惊愕不解地盯了一阵,然后灰失失地离开了。报告完村内的消息以后,要试探试探代表主任,能不能帮助一下他和改霞的亲事来,谁知郭主任竟病成这个样子呢?唉!……

改霞的思想像她红润的脸蛋一般健康,她的心地像她的天蓝色的布衫一般纯洁。她像蜜蜂采蜜一般勤地追求知识,追求进步,渴望对社会贡献自己的精神力量,争取自己的光荣。对这个二十一岁的团支部委员来说,光荣就是一切。她简直不能理解,一个人在这样伟大的社会上,怎样能不光荣地活着。她瞧不起孙水嘴,除了他看她的眼光里带着淫邪以外,代表主任介绍他入党没有被通过,也是重要的原因。她想:"哼!什么青年!连党也入不了!"至于改霞,土地、房屋、车辆、牲畜、衣物、用具……私有财产,在她眼里如同汤河边的丸石、沙子和杂草一般没有意义;要是她到了适当的时机,提出入党的申请而不被接受,她不知道她怎样活下去!做一个共产党员,把自己的一份力量汇集到党的巨大力量里头去,是改霞心目中光荣的起码标准。

但是,她还没有足够的知识和经验,还仅仅看见共产党员的称号光荣,而不能识破个别有着这个光荣称号的人,内心的想法和隐秘的活动,和称号不相符。她是这样纯真,只有正心眼,没有拐心眼,习惯了以最好的假设估计她所敬佩的人,以最坏的假设估计她所厌恶的人。当她知道富农和富裕中农,竟明目张胆抵制活跃借贷工作的时候,她真是恨得直想用她自己的手,去扭掐姚士杰和郭世富,用她自己的口,往他们的厚脸上唾!同时她对负责这个工作的代表主任,从心底深处同情。解放后,改霞和郭振山的历史关系,使她怀疑不到代表主任有不好的心眼;而他对互助组不真心,他以他户大口多解释。纯良的改霞心里头想:"确实!生宝家庭情况简单!"当改霞从下堡小学回来,听妈说代表主任病了的时候,她放下书兜,立刻到斜对过草棚院,去看望他。

和孙水嘴来看望的时候不同,郭振山把被窝推到一旁,赤脚片蹲在炕席上,和站在脚地的下堡小学的团支部委员说话。

看见关心自己的进步和前途的代表主任脸上的病态,改霞简直惊呆了——几天在村巷里没见，郭主任竟变成这个样子：由于被窝包住脑袋睡得太多，大脸盘灰暗而浮肿，皱痕变成了皱纹，胡楂更加零乱了，好像一个龙钟的失意老人，蹲在阴暗的角落里。

问讯过几句病情以后，改霞很关心地问讯：为什么不请黄堡卫生所的医生看看？

"算哩！"郭振山嗓子仍然有点瓮声瓮气地说，"算哩！今日好多哩！"

的确！他妈和他婆娘也证实：这个家庭里的重要人，显然逐渐振作起来了，有点精神了。他和改霞说话的时候，脸上有笑容了。她们看出来的——愁容和笑容是不相容的，做作的笑容是掩盖不住愁容的。

郭振山已经从一个危险的思想里，苦斗出来了。他竭力往宽处想，往亮处想。他警告自己：只要和姚士杰居住在这同一个行政村，就永远也甭离开党！姚士杰和他的仇恨，在两人同时都在地球上活着的时候，是解不开的。他倒是经过土改，解了点心头之恨；而姚士杰则更仇恨他了，其所以不敢向他龇牙咧嘴，仅仅因为他这阵站在好汉台上。对他来说，离开党等于自找苦吃。一对一，他怎么能拼过姚士杰呢？他想开了，决定接受卢支书的批评：把投资给韩万祥砖瓦窑场的大米，改成定买砖瓦，推脱"做生意"的指责。至于互助组，他只有忍受卢支书的批评和王书记的冷淡了。他只有等待看生宝最后能弄成什么样子，再说话。他不能拿十几口人的光景孤注一掷嘛。自己既不愿积极响应党的号召，就不能像土改时那样好叫人表扬了。他决定：闷倒头过日子吧！

郭振山一说服了自己，他的病就轻多了。他就再不用被窝蒙头了。他妈和他婆娘只见病轻了，不知道他竟经过这样严重的一场斗争！天真无邪的改霞梦也梦想不到这样复杂的内情。改霞只见郭振山赤脚片蹲在炕席上，她哪知道他心里想得这么多呢？改霞甚至于

165

想：唉唉！看代表主任为本村的困难户，忧愁成什么样子了。她心想：郭振山肚里怄着姚士杰和郭世富的气。这使她更加尊敬郭主任了呢！

团支部委员穿着格子布圆口薄底鞋，站在郭振山草棚屋的土脚地上，气愤地抨击姚士杰和郭世富对活跃借贷的抵制，表示她对代表主任的同情。

经过一场自我斗争的郭振山，现在表现得心平气和，很有自我批评精神。

"咱有短缺。"他承认，"咱有短缺。要不是正月里，俺屋里大伙说得咱把几颗余粮定了砖瓦，他姚士杰和郭世富敢?咱先拿出余粮，扶帮了困难户，咱再同他们说话。咱舌根硬嘛!这阵，唉!错了!错了!咱错了!咱不该听屋里大伙的话!'家有千口，主事一人'嘛!咱住了几辈子草棚屋了，急着住瓦房做啥哩嘛！"

样子十分沉痛的自我批评，深深地打动了改霞单纯的心。任何程度的自我批评都受人欢迎，都被人尊敬，而绝不降低自己。

"唉!好改霞哩!"他又继续难受地说，"屋里大伙说：年年要缮稻草，咱这河川野滩，风揭棚顶，黑间赶得人起也起不及。咱心思：也对，省得一起风，人在屋里睡不稳。哪知道……"他难受得简直说不下去了。

改霞相信代表主任的失悔。她知道：家庭是每一个共产党员和青年团员的陷坑。你稍不警觉，就会失足。她手指头卷着她学生蓝布衫的衣襟角，想着她说几句什么聪明的话，安慰代表主任呢?

郭振山又继续说：

"你来得正好。我正要告诉你，问问你妈愿不愿意入我这个互助组。"

改霞感到意外的惊奇："你家不是和老金家哥儿俩一组吗？"

"唔，"郭振山说，"是和老金家一组。可他哥儿俩都是有牲畜户。互助组里头没捎带一家没牲畜户，也是咱的短缺。"

改霞怀疑地问："怕老金家不情愿吧！俺家男劳力没男劳力，牲畜没牲畜，哪个互助组也不情愿收俺，俺是负担……"

"不要紧，他不情愿有我哩。"

改霞大喜。年轻人一高兴就激动，她感激地说：

"是这，甭问俺妈啦，保她满心喜欢就对哩。咱斜对过邻居，你不知道俺吗？俺娘俩，年年靠亲戚的牲畜，捎带庄稼……"

于是，单纯的改霞，看见郭振山更亲切了。这是一个知过必改的人啊！她想到自己失去父亲，没有兄长，而有着这个年长的共产党员的关照，是很幸运的。

郭振山抬眼看看改霞高兴的脸盘，如同开放的花朵一般。他问：

"考工厂的事，拿定主意了没？"

"还没。"改霞笑着回答。

"怎么还没？"

改霞只笑不说话了。她要和生宝谈一次话，直到现在还没有机会。也不是完全没机会，更准确地说，她一直在等待着生宝主动地开口约她。她不愿意自己主动地约生宝。那多难为情呢？多不好意思开口呢？多脸红呢？她可是说不出口啊！……

一个闺女怎么能把这心思告诉旁人呢？郭振山又关心地问：

"怎么还没？"

改霞笑笑，说："郭主任躺下休息吧，我回去了。……"

第十三章

生宝蹲在冯有万草棚屋的土脚地上，一只手拿着早已灭了火的小烟锅，另一只手的粗硬指头，在石油灯壶照亮的土脚地上画着，嘴里念念有词：

"一五得五，五六三十……"

"怎么样？"端着大老碗，急急忙忙用筷子往嘴里塞饭的有万，嘴里嚼着饭，伸长脖子问，"每人给分十五块，够吗？"

"够！"生宝说，继续计算着，"五七三十五……"

互助组长腰里这时装着二百五十块硬铮铮的人民币！好家伙！梁生宝破棉袄口袋里，什么时候倒装过这么多钱嘛？没有！这是他在黄堡镇同区供销社订扫帚合同时，预支的三分之一扫帚价。这个喜出望外的事情，一下子给他精神上注入了一股新的力量。他拿着供销社开的支票，往人民银行营业所走的时候，脚步是那么有劲。他脸上笑眯眯的，心里想：嗬！有党的领导，和供销社拉上关系，又有国家银行做后台老板，咱怕什么？他取出款，小心翼翼装在腰里。这些票子所显示的新社会意义，使他浑身说不出怎么舒帖的滋味。当郭振山显得无能为力，梁生宝出来试图控制蛤蟆滩局面的时候，他仅仅出于一种党性要求和感情驱使。那晚上，他并没有十分把握。

他现在可有把握了。他计算：怎样更恰当地在进山的人里头分配这笔钱，让大伙买安家的粮食，买换季的布匹，买进山用的弯镰、麻鞋、毛裹脚等。这时候，欢喜正在稻地里，从这个稻草棚跑到那个稻草棚召集人。生宝等有万吃毕饭，就一同到地点适中的冯有义草棚院去开会。

冯有万虎悻悻地突然提出：

"怎么样？生宝！咱们不借他郭铁人的那些钱，怎么样？叫所有的中农们看看，咱们穷鬼离了他们中农，办成事办不成？"

"啊呀！"生宝大吃一惊，说，"你怎么给咱出这号黑主意？咱们虽说都年轻，办事可不能像娃们一样啊。是哩，中农是有些对互助合作不积极,他们是有些瞧不起咱贫农,可党的政策叫咱团结中农来,没叫咱和中农赌气嘛……"

他说得有万认错地笑笑,低下头去重新吃饭。牵涉到党的政策,有万不敢强辩。

生宝吸着了烟,继续说:"你要是真想入党的话,可不能老使自个人的性子啊。啥啥都得按党的政策办事!你忘了王书记给咱说的啥哩?咱的互助组不是私人合伙做啥哩,咱就代表社会主义……"

当他这样批评有万的时候,坐在炕上的有万丈母娘,站在脚地案板跟前的有万媳妇金姐娃,都非常高兴。她们喜愿生宝指教这个野性子的进门女婿,他是一块生铁疙瘩,锉一锉好。她们又说不过他呢。……

面貌慈祥的丈母娘,用喜欢的眼光看着生宝,若有所思。看着看着,老婆婆忍不住有兴趣地问:

"生宝,你今年二十几啦?"

"二十五,"生宝仰起脸把他的选举年龄说出来,问,"冯大婶,你问这个做啥哩?"

"做啥?你为大伙的事,东跑西奔,也不思量对个象吗?"

有万媳妇金姐娃抿嘴笑着看生宝,生宝感觉很不自如,说:

"不忙这个……"

"还不忙!上了平三十,这新社会的闺女,就没人跟你啰!你有心思的话,婶子我可知道范村有个好对象哩……"

"把你忙得!"蹲在脚地吃饭的有万,不客气地打断多事的丈母娘,说,"人家早有了……"

"噢?有对象啦?哪个村的闺女?"

"没没没……"生宝尴尬地,坚决否认,同时白了有万一眼。但是从金姐娃给她妈使眼色看来,有万显然把生宝和改霞的秘密,

169

告诉媳妇了。这个愣家伙!还是怕他嘴不牢,他真没出息。生宝常为有万这个毛病惋惜,有时甚至不由得担心:和这个冒失鬼一块搞党交给的这样重大的事业,真个危险!你看他,既拿不稳,态度又不好。他对丈母娘的那个态度,使生宝想到:要不是那寡母女爱上这块生铁疙瘩的劳动本领,他那样不把人家当老人敬重,行吗?

当有万吃毕饭,两个人在夜色苍茫中,走向冯有义草棚院的时候,生宝在野外责备有万,不该把还没把握的事告诉金姐娃。

"你肚里能装一瓦罐饭,装不住一句话!胀得慌吗?"

"怎么?"有万略微有点愧悔地说,"你到如今还没和改霞挂上钩吗?"

"你看我哪里有工夫哩?俗话说得好:一心不能二用……"

"说几句情话,要好大工夫?"

"总要碰个好机会,不给旁人看见才好吧……"

"唉唉!没想到你在这号事情上,才是个窝囊废!"有万忍不住笑,"怎么能靠'碰'机会呢?靠'碰'机会,能靠到明年。"

"那你说怎办呢?"

"既是她有情来你有意,你看见她就和她约会嘛!"

"怎么个约会法?"

"你再看见她就说:'改霞,今黑间,你在啥地方找我,我在那里等着你,和你说几句话。'"

"真是个胆大不识羞的参谋!给我出的这号黑主意!"

"怎么又是黑主意?"有万并不生气,笑说,"那么你等着吧!改霞看见你会说:'生宝,今黑间,你在啥啥地方找我,我和你说几句话。'人家女娃娃家,比你还好意思开口?!亏你还是个有过童养媳妇的人,在女人跟前这么没用!我当成这几天里,不知哪一黑间,你准在桃树林里抱住改霞亲嘴哩,因此上,我耐住性子不打扰你……"

生宝咬住下唇，捏起疙疙瘩瘩的老拳，在有万厚墩墩的肩膀上，使劲捣了一拳。

"你真不要脸！"

但他心里却不得不承认这个"参谋"的话，有些道理。他承认自己脸皮太薄，承认在这方面，略嫌有点粗野的有万，办法稠。这几天里，他和改霞在稻地中间的路上碰见过一两回。他远远地就开始鼓着勇气，准备和她多说几句话，探一探对方的心底；但是一到跟前，除了打招呼的话，再连什么也说不出口了。而且他心里还发慌，总觉得四周稻草棚棚外面，有人盯他和改霞说话，很担心他在村里的威信受到损伤。他的威信不够，为了能够办好党交给的事业，必须尽力提高自己在群众中的威信，使群众跟着走的时候，心里很踏实。

冯有义的草棚屋，比较宽敞一些。里头的一间，盘着锅头和炕，住着人。外头的两间，是个小小的豆腐作坊。农闲期，互助组在这里搞副业哩。现在，十几个庄稼人，已经蹲满这豆腐坊的潮湿土脚地。人们一听欢喜说弄得一笔款子，来得既踊跃又迅速。啊哈！到底共产党和人民政府靠得住！

豆腐磨子上，放着一盏石油提灯。生宝站在跟前，向大伙报告：他同黄堡区供销社订扫帚合同的经过。他订了一千五百把扫帚的合同，规格是每把七斤重，价格是每把五角钱，统共七百五十元。除过预付的三分之一，下余的五百元，将在交完货的时候一次结清。……

"好哇！"任老四从他那口水津津的大舌头嘴巴里，拔出烟锅，溅着大滴大滴的唾沫星子，乐得大声说，"人民政府真正好！没地分地。没牲口给贷款。如今割竹子的人还没进山，就给钱。唉，早知道这样……"

"四爷!"欢喜不安地打断他的话,"闲话,你等组长讲完,再说吧。"

"这不是闲话!"任老四根本不把这个十七岁的小学毕业生放在眼里。他问大伙,"这是闲话吗?大伙说是闲话,我就不说哩。"

大伙都碍于情面,微笑着不好意思评论。冯有万不客气:

"不是闲话?咱们是召集起来,讨论政府好坏吗?"

"你甭在我身上使唤你那套国民党老作风!"任老四不服气地说,"新社会,啥人也不能摆官僚!当然,民兵队长也不能摆官僚!"

"啊?不让你啰嗦,就是国民党作风?"有万吃惊地问。

"啰嗦?你觉着啰嗦!王书记还爱听我这'啰嗦'哩!"

"那么你怎不到黄堡区委说去呢?"有万嘲笑地说。

豆腐坊里蹲的人,都忍不住笑。生宝笑说有万:

"你总爱和他抬杠。他肚里生起话了,不说出来,难受得慌。你和他抬,不是话更长吗?"

"好好好!我不和他抬了,叫他说吧!"有万带着勉强的笑容,不做声了。

得到了组长的支持,任老四更是理直气壮。他现在移在豆腐坊的正中间,作正式讲话了。

"不是我任老四爱啰嗦,咱政府办的每一桩事,都合咱们穷汉的心眼嘛!话从肚里往出冒哩嘛!"

"好哩,好哩!你快冒吧!"快乐的铁锁王三在昏暗的角落里笑。

"咱政府对我,比俺爹还强!"老四不慌不忙地宣布,"俺爹去世的时光,给俺弟兄没留下一点家业,倒留下些账债。旁人分家,分房分地哩,俺任家弟兄分家,分账债哩……"

"真絮烦!"欢喜着急地说,"这话你该说过一千遍了吧!"

"这是序话!你少打岔!正话在后头!"老四郑重其事声明,看来他这时已经动了感情,相当激愤地说,"早知道这样,头年他郭世富上门来,给我任老四磕头,我也不借他那些臭粮!为啥哩?跑山的活路,没我任老四不在行的嘛。我到黄堡街上和供销社订上个合同,人家给我三分之一,我屋里就能吃能穿,何必'欠'郭世富的?"

冯有万简直不能容忍。老四竟用这种可笑的无稽之谈,来浪费时间。欢喜因为他叔父的丝毫不实际而又慷慨激昂的话,感到了羞愧,这个爱面子的小学毕业生,看见所有的人都在笑他的叔父。

"你说得真好听!"有万又好笑又好气地说,"你办到吗?"

"怎么?我不算共产党的基本群众吗?"任老四看见大伙的气色不对劲,有点茫然地说,"我盘算他生宝能订,我就能订!"

生宝给老四解释:不是每一个人都可以和供销社订合同。供销社只和带着乡政府介绍信的互助组订。对单干的人,他们只在庄稼人把扫帚捎出山以后,在黄堡街上零星收购。……

"这叫结合合同,就是供销社和互助组结合的意思。"生宝最后说。

任老四张大了胡子巴楂的嘴巴:"啊噢!那你不早说明白呢?"

"你抢话哩,轮到人家说吗?"欢喜不满意地盯他叔父一眼。老四不好意思地笑笑,退回到墙根蹲下去了。

有万催生宝赶快分钱,但生宝却要趁着这个话头,向本互助组和铁人郭庆喜选区参加割竹子的人,讲一件令人振奋的事情。

生宝在黄堡区供销社订合同的时候,遇见县联社的一位同志,说:北原那边㳽河川的大王村,以王宗济农业生产合作社为骨干,全村的互助组与窦堡区供销社订了一万把扫帚的合同,全村六十个劳力进山,仅仅一个多月的工夫,就要赚回五千块钱。不光全村的

173

口粮、换季的布匹不成问题，稻地用的皮渣、油渣、化肥，都已经订好货了。县、区、乡各级干部走进大王村，看不见一个贫雇农衣服破烂，或者为生活困难和生产困难愁眉不展，只见全村男女老少都忙生产。

"我问县联社那个同志：大王村那么多劳力进山，难道中农也去割竹子吗？他说：'中农为啥不去？你以为中农进山，只能挖药材，不能割竹子吗？脑筋亮开点吧！只要贫雇农拧成一股劲，走互助合作的路，中农就得跟着来！'你们看，人家那里互助合作的力量大小？"生宝最后鼓动地问。

蹲在这豆腐坊里的贫雇农翻身户，听着听着活跃起来。他们先是瞪大了惊奇的眼睛，随后脸上浮起欣喜的笑容，你看看他，他看看你，个个抖擞起精神。注入生宝精神上的那股力量，现在又注入他面前的这些准备进山割竹子的人精神上去了。

生宝的意思是想使他们，不光看见他们预先得到的这十几块钱的意义，而且要看到贫雇农团结起来的力量，不要因为生活困难和生产困难，在中农面前感到自卑。

他的话发生了这个作用，人们七嘴八舌向他说：

"干！生宝，你给俺领头，干！"瘦高个子王生茂呐喊。

"咱们紧跟着大王村的后头走！"严肃的杨大海说。

"同是一个太阳底下的人，大王村办到，蛤蟆滩为啥办不到！"铁锁王三、李聚才和其他几个人乱嘴纷纷地说。

经常好发点议论的任老四，现在却陷入了沉思。他靠墙壁蹲在那里，勾着包头巾的脑袋，咬着烟锅，使劲地想着什么。他原来听了生宝的报告，立刻想起政府对贫雇农的恩情，却没有想到这件事的意义，就在贫雇农本身。就是说党的力量，实际就是贫雇农的团结。最后，任老四用一种动感情的声调说：

"生宝呀，还是你的脑瓜好使唤。要是贫雇农不组织到一块，让政府一个一个扶帮,怎么能扶得起呢?扶起这个,倒了那个。咱村里高增福就是样子——政府给他耕畜贷款来没?给来。可是他的牛卖了,头一回到期的贷款还没还,政府能给贷第二回款吗?组织起来!说啥也得组织起来!"

"你这才算说了几句正话。"有万笑着评论,又一次催促生宝,"好哩,快分发钱吧。"

生宝很满意地从腰里掏出那个红布小包。所有的眼睛,都盯着他粗硬手指的动作:解开小包,一张一张揭着票子点数。他在银行的营业所点了一回,回到家里又点了一回。他给大伙办事,这是头一回经手这么大的款项,单怕有一点差错。他从黄堡回家的路上,精神都有点异常,虽然装钱的口袋用锁针锁着,他还是不停地用手捏捏红布小包,仿佛总怕它跑掉似的——他知道:为了这笔钱,乡亲们得吃多少苦,得流多少汗啊!

这笔钱在这困难的季节,对乡亲们是多么宝贵啊!往年春天,他们也进山,但只进一回、两回,混得婆娘和娃饿不起,能接上青稞就行了。谁想多进两回山,能结起伴吗?庄稼人们一想到深山峡谷,想到遮天蔽日的森林,想到老虎、豹子和狗熊……只要在山外想出一点办法,谁也不情愿三个两个人,孤孤单单地冒险。现在好了,他们十六个人浩浩荡荡,在终南山里割一个月竹子,每个人要挣几十块钱啊……

生宝每点出十五块钱,有万交给一个人,欢喜记在纸上。

分毕钱,生宝又布置了进山应准备的事项,最后一致同意一过清明节就走。

大伙正要散去,突然听见草棚院的街门响。谁呢?谁在院子里走呢?大伙眼盯着草棚屋敞开的板门口,门外出现了一个黑幢幢的人影,还抱着一抱什么东西。现在,那人艰难地抬起一只脚,踏进门里。

"噢噢,是你!"大伙同声说。

"我摸黑到你家里,说你到有万家里去了。我又摸黑到有万家里,说你两个一块到这里了。"高增福带着春夜的冷气,站在脚地对生宝说,他抱着的才娃已经睡着了。

"怎么?"生宝看见增福灰溜溜的样子,问,"捎扫帚的人有麻达了?"

"不是。捎扫帚的人有哩。"

"那么,啥事这么吃紧,你半夜三更抱个娃子到处寻我?"

高增福一时说不出话来。大伙看见这个三十多岁的人,使着很大的劲忍住了,没有让眼泪掉出来。生宝奇怪:还能有什么打击,落到这个不幸的人头上呢?对这屋里没了女人,种地没了牲口的孤苦伶仃的爷俩,命运还能给他什么过不去呢?……

大伙只知道官渠岸中农多,东头一个大富裕中农,西头一个几辈子老富农,高增福虽说是个人民代表,查田定产以后,他在自己的选区里,开始有点孤立了。哪知道现在会有什么不幸落在他头上呢?

有人递过来一条板凳,叫高增福坐下,他抱着才娃累。他说他不累,他已经抱惯了,两只胳膊已经打熬出来了。大伙苦笑了一笑,等他开言。他把才娃抱合适一点,咽下去一口气,说:

"我那互助组垮了。俺哥,人家和富农搭伙种地去了。王大和王二,借口俺哥出组了,也不干了。"

"啊——"人们惊奇地张大了嘴巴,"是吗?"

"就是的。俺哥和姚士杰到一块堆哩。"高增福加重语气重复一遍,讽刺地说着反话,"俺哥缺畜力,姚士杰缺劳力,合到一块堆两好嘛。姚士杰龟子孙还欺负我,叫俺哥给我捎话,说我情愿合伙也行,他不记仇。你们看这是不是往我脸上撒尿?"高增福说着,牙咬得咯吧咯吧。

大伙都气得涨红了脸,有万一跺脚说:

"富农太猖狂了!这是啥世界?富农能这样猖狂?你为啥不寻他代表主任?"

高增福摇摇头。他心里想:"不是前两年的郭振山了!他面面上是共产党员,心底里是富裕中农了。土改塞肥了他,他合适了。"但是他嘴里不说出来,他只失望地对有万说:

"你忘了咱挡姚士杰粮食的那回事吗?寻他做啥?我思量来,没挡人家搭棋种地的国法,代表主任又能怎样?算哩!怪咱的人!"

"那么,你想怎么办呢?"梁生宝问,他一直在思量着,怎样帮助这个不幸的人。

高增福嘴上使着全身的劲说:

"俺哥走他的富农路线,我走我的穷汉路线!我这来寻你们,就看你说怎么办呢。"

生宝陷入了摸不着深浅的沉思。这时,谁要拿锥子,在他茁壮的身上戳,他也不知道了。

"我思量你准是这意思。"梁生宝慷慨仗义地说,"你放心!甭熬煎!你领着一帮儿人给咱捎扫帚,把才娃交给俺妈!"

梁生宝在要紧处的一句话,把大伙说得肃然起敬。高增福听了这句,千年的痛苦,万年的忧愁,都可以忘了,身上那股强劲立刻涌上脸来。

松软的眼皮里,包着一包对高增福同情的眼泪,任老四一直没出声,现在他的皱纹脸上,出现了笑容。他小心谨慎地提醒生宝:

"你妈的人品没错儿,可三老汉……"

"俺爹的人品也没错儿。他一天吃饭、干活、咂呐,三样事。咂呐是咂呐,心眼可正。今年他和咱们不一心,明年他就是咱们里头的人了。谁也没我清楚俺爹!"生宝转向高增福说,"增福,你放心,才娃在俺家里受不了屈。"

177

高增福不知怎么感激是好，说："我一百个放心喀。"

他的瘦长脸有了一丝儿笑容，但是立刻又消失了。他还给梁生宝互助组带来了他们意外的消息：郭世富也要到郭县去买"百日黄"稻种，也要搞稻麦两熟了。这消息给梁生宝互助组的组员们加了劲，大伙齐声说：

"好！咱就和他世富老大比赛！"

年轻的生宝把世富老大的挑战，根本没放在眼里头。他更重视窦堡区大王村的新发展。至于苍头发老汉的活跃，是暂时的。右眼上眼皮有一块疤痕的姚士杰恶狠，也是暂时的。他们要重新服软的。生宝感觉到：蛤蟆滩真正有势力的人，被一个新的目标吸引着，换了以他的互助组为中心，都聚集在这里。坚强的人们，来吧！梁生宝和你们同生死，共艰难！现在，他已经分明感觉到：向终南山进军的意义，是更重大了。

第十四章

真有趣！改霞接到一封从县中写来的求爱信。

秀兰每天到下堡村邮政代办所去，她的未婚夫杨明山没来信，倒拿到改霞这封信。厚道的生宝妹子，掩饰不住替自己的亲哥失望，悄悄把信交给改霞，就走了。改霞开头不相信："胡说！县中啥人给我写信呢？"当她一看见真的有人写信给她的时候，害羞的闺女绯红了脸。接着，当她看清楚是郭世富的儿子永茂写的时候，她脸上立刻出现了厌恶的表情。

改霞对永茂没一点好感。为了证明自己的心地，她在放学回家的路上，当着秀兰的面才拆信。她拉秀兰和她一块站在汤河边的草地上，帮助她看这位县中学生的作品。她们——一个小学三年级、一个四年级,这封长信(钢笔写了三页)有许多字,她们认不得,只是上下意思连贯起来,才凑凑乎乎弄明白全信的八成含意。

那个假期回到蛤蟆滩那么高傲、不易接近的县中学生,不知是真是假,信里劈头就诉苦,说:他因为爱改霞的缘故,夜里睡不好,上课和自习,思想开小差,已经严重地荒废了学业。他说:只有改霞"答复"了他的"恋爱问题",他才能安心学习。他说得那样危险,似乎如果不"答复",就是一种不仁慈的表现了。

这个荒唐鬼不好好演他的代数习题或几何习题,却大胆地抄袭他课外阅读的什么文章的全部华丽词藻,赞美改霞的脸、眼睛和嘴,赞美她的身材、头发和走路。他倒是显得很有学问了,可害苦了两个阅读能力很低的小学生。啊啊!他也赞美她的性格坚定和活泼,却惋惜改霞不认识自己的"价值",把假期的"青春光阴",都"浪费"在村内活动上去了。

"就如去冬咱村查田定产吧,"永茂的蓝墨水在红线条的信笺上写道,"你有啥必要性参加丈量土地的工作呢?这工作,咱村内能做的人根本很多。你利用暑假寒假的时间,在家中自修,把小学六年的功课五年赶完,考中学多好呢?我很想到你家帮助你赶功课,见你和一些无知无识的村干部满田地跑,心中实是难受。……"

"呸!"改霞鄙弃地往草地上一唾,说,"臭思想儿!人家无知无识!就你能行!"

忠厚老诚的秀兰,用眼睛测量着改霞的心底,从旁说:

"就是!永茂就不像个新中国的青年!他把咱村的啥啥运动,都看成闲淡事儿,就他的学习当紧!他学习不是为咱国家,光是为他自己将来寻职业,挣得钱多!你说是不是?"

"他根本不响应党的号召!"改霞斩钉截铁地断定。

她们看下去,县中学生又抄袭报纸语言了,好像另一个人的口

气,继续写道:

"目前社会改革已经基本上完成了,祖国大规模建设开始了。党的政策是首先发展工业,所以乡村的现状怕要维持几十年,才会变化。我家生活比较富裕,只要你答复我的要求,我父亲同意供你上中学……"

"呸!呸!真恶心!"改霞连连往草地上唾着,气得鼓鼓,"不要脸!谁希罕你家的地多、有胶轮车?呸!"

她觉得永茂侮辱了她。他把她当做庸俗的势利眼了。她早从代表主任嘴里知道永茂信里所说的国家大势。她只不过想听郭振山的话,去西安当工人阶级,而又对生宝恋恋不舍,矛盾着;她根本没有一点意思,在土改的暴风雨时代过去以后,就背离党所指引的道路,为了个人的企图投进富有子弟的怀抱。一九四九年还是一个十七岁的黄毛丫头,改霞是在社会改革的风浪中长成大姑娘的。她感到:娘只生了她肉体的生命,她精神上的生命是党给她的。她恨富裕中农轻薄的儿子有眼无珠,只看见她的外貌,却看不见她的内心。她细密的牙齿咬住红润的嘴唇。她要把这封不要脸的信撕碎,投到汤河的绿水里去。突然间,她改变了主意。她对秀兰说:

"我把它交给代表主任!怎样?这个家伙污辱村干部,还挑拨我脱离团的生活哩……"

"对!"秀兰热烈地支持,"随便给人家骚情,尽说破坏话。啥东西!"

过了汤河的独木桥,两个女生踏上有沙粒的青草堤岸。她们又往前走了一截,透过清明节前刚发芽的榆、柳的柔软枝条,看见郭振山和他兄弟振海在翻身渠西面平地,就是把田地高处的土移到低处,使旱地变成稻地。她们用手齐眉毛遮住夕阳耀眼的红光,看见代表主任撅起大屁股挖土,他兄弟振海推土车。弟兄俩,上身脱得精光,强壮得发亮的肩膀、脊背和厚墩墩的胸脯,汗涔涔地反射着从平原西边地平线上照过来的夕阳。

秀兰回了家,改霞提着书兜,离开她日常来往的道路,愤愤地踩着稻地埒坎上的嫩草,怒气冲冲奔翻身渠西面去了。

……郭振山是一九五一年冬天,从下堡村钉鞋匠王跛子手里,买了这二亩桃林地的。为了买这块地,他在整党学习的会上,好抬不起头呀!在下堡乡的众党员面前检讨的时候,他那满腮胡楂的大脸盘,火烫烫地发烧哩。但检讨过后,在回家的路上,看看这二亩地,他心里还是觉得舒坦得很。他对人说:"哎呀!这地在王跛子手里,一则隔河,二则路遥远,三则没劳力加工,浪费地力,真正可惜。哈!从前跛子只图卖一季鲜桃嘛,这阵桃树败了,种的麦子真像梁大老汉秃脑顶的头发,等于撂了荒。这和政府号召增加生产,根本不相合。到我郭振山名下,嘿,俺弟兄俩兵强马壮,可能把这块地播弄好哩。虽说共产党员买地,影响是不大好,可响应了政府增产的号召呀……"在党支部的会上,众党员们纷纷批判他这种把歪道理说得很顺口的论调,揭露他这是用漂亮的言词,掩盖他的自发思想。青年团员改霞,只参加过整党中一般的会议;检查几个支部委员的思想的阶段,团员没有被吸收参加。改霞只知道郭振山在整党中受过有限度的批评,不知道他受批评的具体情形。她也很奇怪这个有能力的共产党员,为什么和普通庄稼人一样贪恋家业?但看见他的劳动劲头,她又趋向于原谅他了。可不是吗?代表主任一买到手,弟兄俩就伐桃树;刚种了一年旱地,现在又改水田,要栽稻子了。……

现在在翻身渠西边平地的郭振山,早已不是改霞前天看他病在炕上的样子。他身体上的疾病和心情上的苦恼,早跟着他额颅上火罐印记的消失,消失掉了。改霞去看他的时候,他不是还为了没发动起来"活跃借贷"难过吗?不是还说了一些自我批评的沉痛

181

话，引起改霞的尊敬和同情吗?就在改霞走后不久，孙水嘴兴奋地又跑去向他报告：全乡五个行政村，连一个村也没发动起来富农和富裕中农!只有个别村，普通中农有周借出几斗粮的。民政委员叫代表主任大放宽心，这事难为不住人了。代表主任听了，立刻有了精神。他猛地下了炕，病也没了，苦恼也没了。他想："你卢支书再批评我!旁的村，该不是我郭振山当代表主任吧?为啥发动不起来呢?"既然是查田定产以后农村社会潮流的缘故，怪他郭振山做什么呢?高大而强壮的庄稼汉，一顿吃了约莫二斤馍，还喝了一老碗玉米粥，然后打着响亮的饱嗝，对他二兄弟说：

"振海!你给咱预备镢头、铁锹和推土车。咱平地去!"

那晚上，当郭振山听说梁生宝他们为进山的事，在冯有义草棚院豆腐坊正开会的时候，这个身量魁梧的庄稼汉，小偷一般避开正路，从复种青稞的稻地里斜踏过去了。他鬼鬼溜溜跑到黄堡镇北门外韩万祥的砖瓦窑上了。他轻声细气把韩掌柜叫到黑夜没人的野地里。他告诉韩掌柜：他给窑上投资的事，走漏了风声，卢支书问过了他。他说：为了"在党"，他只好退股。他又说：韩掌柜没钱没粮还他的话，他要求给他预备些砖瓦，过了清明节，他就要拉。韩掌柜的确不情愿放弃他这股子，但这关系着一个人"在党"的大事，蹲在地下，两只手捧着低下去的脑袋作难。停了一阵，嘴里一股水烟味的韩万祥说："既然漏了风，郭主任，给你多少拉上一点砖瓦，遮遮人家的耳目。郭主任，全退不行!"郭振山思量了一阵，说："不!不!过了清明，我一定要拉!全退!当然全退!我郭振山不是娃子!我知道怎办哩!"他庄稼人的发家思想，和这个奸商根本不同。他警觉着不要被这个奸商拉进更深的污泥坑里去。为了自己、自己的婆娘和娃子们，郭振山必须在党!他从黄堡北门外回到蛤蟆滩，梁生宝他们在冯有义草棚院，还没散会哩。在来去的路上，他全没碰见一个熟人。他在神不知鬼不觉中，就把这个危险事实露出的破绽,用泥巴糊了。他很满意他的能干!他梁生宝有这十分之一的能耐没?嗯?

现在,在翻身渠西面平地的郭振山,心情上已经不搁一点烦恼了。他平地越干越起劲儿,一个人又用镢头挖土,又用铁锹往土车里装土。一个顶俩!老二振海见他哥这样卖力气发家创业,推着土车愣跑哩。他拖着空车转来,也不站在一旁歇歇气等着他哥装土,自己捞起一把闲着的铁锹,就装起来。弟兄俩干得满头大汗,满身大汗。干!脱了上衣干!他们那么惹眼,吸引着整个蛤蟆滩的注意。有些人羡慕郭振山,说他弟兄"三人一条心,黄土变成金";有些人则不满他,说他只管自己发家创业,不帮助官渠岸的困难户。羡慕去吧!不满去吧!郭振山什么也不知道。老实说吧,蛤蟆滩没有几个人,敢当着面说郭振山!代表主任脸一沉,要多难看有多难看!

在天真无邪的改霞心目中,代表主任基本上是正派的、正确的。她爱的生宝同志入党的介绍人嘛。她听说:整党中批评他的时候,人人都得先说几句他在土改中的功绩,然后才惋惜他对互助合作不积极。她踩着稻地塄坎上的青草,向郭振山走着,做梦也不会想到代表主任是摸黑找韩掌柜那样的人。要是有人告诉她这件事,她当然会认为是中伤、破坏共产党员的威信。因为在她眼里,郭振山的心地、积极的言词,他那魁梧的身躯,和他一本正经的外表,是相一致的。即便在整党时检讨过土改中占便宜、土改后买地的自发思想,都不足以动摇整个土改时期郭振山嵌在改霞脑中的不可磨灭的印象。我的天!下堡乡只有两个县人民代表——卢支书和郭主任!这样的事实可以怀疑它的正确性,世界上还有什么事情,值得改霞信任呢?在她看来,代表主任是完全可以信赖的:在蛤蟆滩,他是党的领导;刚出土的嫩芽梁生宝,无论如何,还需要时间来证明他有作为。并且这代表主任又是无私地关心她的前途啊……

改霞怒气冲冲跑到翻身渠西岸来了。她站在弯腰用镢头挖土的郭振山跟前,把手里的信,伸手递给他。

赤着上身做活的郭振山,停住做活了。他手握着镢头把,转过身,兄长一般亲切。他看着改霞气呼呼地使着性子,脸都发青了。他一边接信,一边笑问:

"啥事?改霞,把你气的?……"

"不要脸的永茂给人写信哩!"改霞连气带羞,脸又通红了,两眼冒火星。她愤恨地咬牙切齿说,"谁知道他啰啰嗦嗦写多少!拿供我上中学引诱我哩!挑拨我脱离团的关系!反正我不能让他白白辱没我!"

上身脱得精光的郭振山,痴呆地拿着信,正在考虑着说什么,改霞一拧身就走了。原来振海拖着空土车转来了,她嫌怪不好意思。会看势的郭振山,只笑了笑,也不再叫住她了。……

改霞回到柿树院的草棚屋,妈见她不高兴,问她。她不免把事由约略说了一遍,生一阵气。妈劝了她几句。……

黄昏中,娘儿俩正吃晚饭中间,一个高大的庄稼汉,一只手端着老碗,另一只手端小菜碟,肩膀上搭着庄稼人吃饭时揩汗的毛巾,从昏暗的街门进来了。这斜对门邻居,到柿树院来串门吃饭,已经变成习惯了。所以双方都无须打招呼,比打招呼更显得亲切。

重劳动了一天,没一点疲劳模样,郭振山把小碟放在草棚屋门前土院子的地上,蹲下来吃饭,一边笑着,说坐在门台阶上吃饭的改霞:

"生那么大气做啥哩!富裕户的子弟嘛,哪有咱党团员的思想儿好哩?你不高兴他,就甭理他算哩。一村一巷,为这号事,不值得闹!惹人笑话哩!"

"对着哩!"改霞她妈赞成,"我也是这么说她来……"

改霞不张声。她生气。

代表主任喝了一口玉米糊糊,又用筷子夹了一口咸菜,放进有胡楂的嘴里嚼着。他继续用兄长一般亲切而严肃的口吻教育：

"况且，只等西安的纱厂到咱县来招考，你就进工厂走了。你何必为这号恋爱事实，闹得满村风雨？羞了永茂，自己也不好看喀！是不是？"

"就是哩。"改霞她妈同意。

代表主任继续说："他永茂再不写信，你就算哩。他再写信，你交给我。我好好训他！对不对？改霞？"

在这样权威的分析面前，改霞还说什么呢？她同意了。

郭振山慷慨仗义地对改霞她妈说：

"婶子！你这时算入了俺互助组哩。种地、收割，全托付给我！改霞要参加工业去呀，你甭存一点点顾虑。我的天！大城市要建设社会主义哩嘛，俺党团员不去，谁去？她在家，农业上劳动，她又不强的！她参加了工业，你有啥困难，寻我。你甭顾虑一点点！"

改霞她妈笑说："只要改霞情愿，她去……"

改霞既不表示情愿，也不声明不情愿。她是有主意的闺女，代表主任只能影响她的考虑，不能代替她拿主意。她还没拿定最后的主意哩，她还没和生宝谈哩。她不愿意过多地谈论没考虑成熟的事情，引起代表主任和她妈的注意。

第二天早晨，改霞上学去，她妈追到街门外。

"改改，你下了学，到郭家河你大姐家去一下，问问她家的牛，明儿有空空，咱磨点玉米面和扁豆面。……"

"嗯啊……"

郭振山和振海去翻身渠平地，在街上听见，说：

"改霞！你甭去哩！俺家的牛，眼时没活，闲站在那里，你们拉去磨面。"

改霞提着书兜站住了，望着站在街门口的妈。妈对代表主任说：

185

"还是叫她拉去吧!俺常用牲口,不是一回。"

"一年要用几万回?"郭振山很有风趣地问。

改霞她妈淳厚地笑笑。郭振山开玩笑说:

"一年三百六十天,该不用三百六十回吧?"

"连三十六回也没……"

"是这,就使唤俺家的大黄牛!它捎带你娘儿俩口的一点点碾磨活儿,不算啥!既然你家入了俺互助组,做碾磨还要从亲戚家拉牲口,你这是存心给我难看吗?"郭振山话很重,满腮胡楂的脸上却笑着。

代表主任这样恳切,寡母女还能说什么呢?

当天傍黑,改霞从下堡小学放学回家,帮助妈用笸箩和细筛,在草棚院北边的官渠里,淘好玉米和扁豆。

第二天早晨,郭振山自己把戴好套绳的大黄牛,牵进有一棵柿树的草棚院里。改霞她妈心中十分不安,手忙脚乱,说了许多客气话。不知怎么感激是好啊。实在!应当借用牲口的人自己去牵,怎能让牛主家送上门来呢?

"郭主任!快把牛拴在柿树上,忙你自己的去吧!"

"不忙!"郭振山矜持地笑着,一只大手捉着牛缰绳,另一只大手掌,满意地抚摸着牛背上茸茸的金黄毛,说,"你拿笤帚来扫磨子吧,我帮你套上。"

这个高大的中年庄稼人,不仅帮助寡妇老婆儿把大黄牛套在磨子上,而且帮助她把淘好的粮食和所有的磨具——笸箩、簸箕……统统搬到磨棚里来,好像他不是邻居,而是她的什么亲戚。老婆婆不安地一再请他做自己的活去,但他直至把磨面的事,全都安排停当,才两只大手互相拍打着,放心地走了。

郭振山这样的关怀,引起了老婆儿的疑心。她在磨面的时候,独自一个人不由得思忖:

"郭主任为啥要对俺这么好呢?好得就像巴结俺一样。我这个死老婆子,对人家有啥用吗?"

她竭力往好的方面想。她摸不到一点点有根据的坏心眼。代表主任经常教育村里人,难道他本人还能有什么不可告人的打算吗?她嫁到这蛤蟆滩来以后,眼看着郭振山从一个九岁的娃子,长成一个四十来岁受人尊敬的大汉。他对妇女的态度,即使在旧社会,也是礼仪的,何况他眼时又是共产党员,又当着全村的领头人。而且,郭振山比她闺女改霞大二十来岁,比她自己小二十来岁哩……

由于寡母和待嫁闺女的处境,改霞她妈在这方面很谨慎。她怕人背后议论,她甚至不情愿和任何一个邻居过于亲密。这就是她不向邻居们借牲口,而舍近求远,从她的两个女婿家牵牲口做碾磨活儿的原因。

当改霞从下堡小学回来的时候,妈把她对代表主任的怀疑,告诉了闺女。改霞笑得直不起腰来,辫子搭到地上。她勉强站直起来,又笑得眼泪也出来了。笑毕,她把辫子甩到后面去,用手帕揩着笑出来的眼泪,才告诉妈说:"妈!你的心比针眼还小!你倒是会用脑子……"

妈瞪大了眼睛,很不高兴。她怎么能明白这个社会的一切事情呢?她整天和锅、盆、碗、筷、笸箩、簸箕结伴,怎么能想通这柿树院外头的许多事情呢?

"死女子!你笑妈做啥?"

改霞揩毕笑出来的眼泪,漂亮的脸庞立刻严肃起来了。她按实在的情况,告诉妈说:"代表主任受了卢支书的批评哩,对互助组热心了。和梁生宝一样,也帮助有困难的邻居哩。妈,这是党里头的事情,你千万甭对旁人叨叨……"

妈做出不喜欢提到梁生宝的表情,改霞就不说下去了。

代表主任的形象在改霞妈心目中更高了。老婆婆对于庄稼人

187

"在党"的意义,也有了进一步的认识。共产党能把庄稼人教育成更厚道、更大方、更深谋远虑的人,这符合她的心思。只有梁生宝入党,使她惋惜。梁生宝和改霞中间,没有说不清的事实,她相信;但她不相信他们中间,没一点让人看不上眼的地方。和人家没出嫁的闺女有不正大的关系,这就使改霞她妈对梁生宝抱了成见。生宝的一切活动,连走路的步态,她都讨厌。她喜愿改霞离开她去住工厂,就是怕她和梁生宝好。……

第十五章

人生的道路虽然漫长,但紧要处常常只有几步,特别是当人年轻的时候。

没有一个人的生活道路是笔直的,没有岔道的。有些岔道口,譬如政治上的岔道口,事业上的岔道口,个人生活上的岔道口,你走错一步,可以影响人生的一个时期,也可以影响一生。解放前,由于社会影响很坏,好些年轻人不自觉这一点,常常造成生命力的浪费,甚至碌碌终生,结果对社会事业毫无贡献。解放后的青年团员徐改霞,尽管是个乡村闺女,她早已懂得用怎样的态度对待人生了。

蛤蟆滩的庄稼人,用眼睛看不见改霞和生宝有关系。他们没工夫在乡村的道路上溜达着,互相等待对方。三年级小学生还不会写恋爱信;就是会写吧,在识字班学过字,还没完全卸掉半文盲帽子的互助组长,也不会看信。又没得红娘式的人物,帮助他们联络联络,要理解对方的心思是多么困难啊!蛤蟆滩经济上和政治上的封建势力是已经搞垮了;但庄稼人精神上的封建思想,还需要一些时间才能冲洗净哩!在群众里有影响的年轻人谈亲事的时候,还不得不顾忌着点。但改霞对生宝的喜爱是强烈的、现代的。

夜里,改霞和妈一块,睡在柿树院草棚屋的小炕上。妈睡得齁齁的,她睡不着。短促的春夜对于改霞,这样漫长!

改霞翻来覆去思量一件事情——难道她真要离开她生长在这里的柿树院吗?难道她真要离开这青翠的终南山、清绿的汤河吗?她真要离开这白鹤、青鹳、鹭鸶和黄鸭飞来飞去的稻地吗?她真要住到西安市郊什么地方的一座红楼里头,在她完全陌生的工厂和工人宿舍里,探索新的生活,结识新的朋友,最后不是和土地改革的同伴生宝,而是和她新喜欢上的一个小伙子,同生活共命运吗?……

她的心沉重得很。她感到难受,觉得别扭。她问她自己:你是不情愿离开这美丽的蛤蟆滩,到大城市里去参加国家工业化吗?她心里想去呀!对于一个向往着社会主义的青年团员,没有比参加工业化更理想的了。听说许多军队干部和地方干部,都转向工业。参加工业已经变成一种时尚了。工人阶级的光荣也吸引着改霞。一九五一年和一九五二年,西安的工厂到县里来招人,愿去的还少,需要动员。但是一九五三年不同了,"社会主义"已经代替"土地改革",变成汤河流域谈论的新名词。下堡小学多少年龄大的女生,都打主意去考工厂了。她们有一部分人,谈论着前两年住了工厂的女同学所介绍的城市生活:吃的什么、穿的什么、住的什么、用的什么、看的什么……团支部委员改霞从旁听见,扁扁嘴,耸着鼻子,鄙弃这些富裕中农的姑娘。她们要多俗气有多俗气,尽想着"楼上楼下,电灯电话"!改霞考工厂不是为了这些。她从画报上看到过郝建秀的形象,她就希望做一个那样的女工。新中国给郝建秀那么可怜的女孩子,开辟了英雄的道路,改霞从她的事迹受到了鼓舞。

……既是这样,她就应该快活起来了,为什么难受呢?

她还是难受,别扭。她考虑:她这样做,算不算自私?算不算对不起生宝?她从生宝看见她的时候,那么局促不安,她断定生宝的心意还在她身上。而她呢?要是她当初就不喜欢生宝,那才简单哩!不,她现在还喜欢他。这就是压在她心上的疙瘩!不是青翠的终南山,不是清澈的汤河,不是优美的稻地,不是飘飘的仙鹤,更不是熟悉的草棚屋……而是这里活动着一个名叫梁生宝的小伙子,改霞才留恋不舍。

还是在生宝的童养媳妇活着的时候,改霞区上一回、乡上一回地跑解除婚约。那时她心里想:"我的人要是像生宝那样,该多好呢!"她那时把生宝当做她理想中的人儿。不是生宝的脸盘、眼睛、眉毛、鼻子和嘴哪点招人喜欢,因为生宝的相貌,实在是很平常的。生宝——他的心地善良,他的行为正直,他做事的勇敢,同他的声音、相貌和体魄结合成一个整体,引起改霞闺女的爱慕心。哪管他是谁的儿子、有多少地产和房屋、公婆的心性好坏呢!"不挑秦川地,单挑好女婿。"要是两年以前,在土改的浪潮中间两人都像现在这样都没对象,天王老子也挡不住改霞到生宝的草棚屋做媳妇去!妈呀,舆论呀,梁三老汉不高兴的脸孔呀,比起蕴藏在她内心纯真的感情,算得了什么!她才不在乎呢!但现在,她万万没想到,在生宝变成单身汉、她解除了婚约的时候,社会形势却变成这样。蛤蟆滩再也听不见下堡村的锣鼓响和口号声,再也看不见马路上红旗飘和人群流。村里死气沉沉,只听见牛叫、犬吠、鸡鸣,闷得人发慌。而如雨后春笋的城市建设,却向着三年级小学生改霞招手。这真使她为难了!她不是那种没心的人,怎么能一下子忘了土改时的旧情,舍弃生宝,只管自己高飞远走呢?

"你念了三年级了。改改,朝你提亲的对象,都是有文墨的人。他生宝在识字班才学的几个字儿……"这是改霞妈的思想。老婆婆嘴里没说出来,改霞从她脸上看出来了。唉唉!可怜的老封建脑瓜呀!难道你女儿上学是为了提高身价找对象的吗?改霞才不是那种贱货呢。她知道她上了三年学，起了多么一点变化；而生宝，即便他还是民兵队长、还没入党的时候，她已经从他的说话、做事上看出：他是要干大事业的人。在改霞的记忆里头，不少这样的情况——生宝在公众场合里站着，既不露锋芒，又不自卑畏缩。他总是静静地听着别人说话，不去插言。当他一开口说话的时候，他说一些在场的人都说不出的、最有分量的话，引起人们的重视。凡是这种时候，改霞的心就完全倾倒于生宝了。一个农村的贫苦青年，丝毫没有一点自私自利的想法；这一点，也紧紧地抓住了改霞的心。

郭振山那天开导以后，改霞开始想："唉！生宝好是好，谁知道蛤蟆滩要几十年才能到社会主义呢？几十年啦！自发势力这么厉害，一个小小的互助组，能掀起多大浪！这样我留在蛤蟆滩，几十年以后，我就是一个该抱孙子的老太婆了。我还是奔城里的社会主义吧。"对于改霞，搞对象既不是为了吃穿有人管，更不是为了生理上的需要。她是为了一种崭新的愿望——两口子共同创造社会主义。这样一想，她觉得她离开生宝去住工厂，是正当的。她觉得她的决定是爱国的、前进的和积极的。她的心平静了几天。

但当她听说生宝竟组织起一大帮人，准备进终南山，勇敢地回击自发势力抵制"活跃借贷"的挑战，改霞的心重新被震撼了。啊啊！你这么大胆，在一九五三年春天，可真不简单！改霞知道蛤蟆滩多少庄稼人，都在准备着过几十年没有苛捐杂税、没有兵灾土匪、没有恶霸地主、没有强盗小偷，只有庄稼人和庄稼人互相争财夺利的日子。而整党学习从精神上动员起来的生宝，却领着一帮基本群众，发动了新的斗争。他这大胆的行动，又动摇了郭振山授意改霞考工厂的决心。她几次想和秀兰谈一谈，但考虑到转话常常不能准确地表达原意，她话到嘴边又咽回去了。她要和生宝直接谈一次。在他进山以前，她一定要瞅机会和他谈一次，长谈一次，细谈一

191

次,从从容容地谈一次……

改霞的机会来了。这个星期日恰好是黄堡镇集日。她从秀兰嘴里知道,生宝过了清明节进山,这几天,正在忙着准备进山的事儿呢。她想:"他一定上集去。我到黄堡碰上他,两个人自自然然在上东原冯店村的路上说话,那里熟人少。……"

"妈,我今日上集去呀。"她早晨起来对妈说。

妈惊异:"你上集去做啥?咱娘俩今日种梅豆吧!"

"我买个本本去……"

"啥本本?"

"本本呗!啥本本!作业本本……"

妈疑心地盯了她一眼,答应说:"唔。去嘛。"

整个早晨,老婆婆打扫草棚屋、做早饭。改霞面对着春天早晨的太阳照彻的窗子,梳头、编辫子。她对着镜子,编着二十一岁大闺女乌黑油亮的粗辫子。然后,她带劲地把两条辫子甩到背后去。

早饭后,改霞提着妈在里头放了三十来个鸡蛋的竹篮篮,出了柿树院的街门。她抬起梳得油亮的头,向下河沿方向一瞭望——看不见生宝,只见生宝的草棚院,静静地坐落在正发芽的榆树和杨树底下。妈跟出街门,叮咛:

"改改,你早去早回,甭在街上浪一天。后晌,咱娘儿俩种梅豆!"

"唔。"改霞嘴里答应,心里想,"生宝还没走呢。我先走。对!我在黄堡镇上等他……"

她穿着带扣的花格子布鞋,两只小脚片在田间小径上,跷着轻轻的步子。她心里喜盈盈、乐洋洋,如同路旁盛开的蒲公英和猫眼眼花。

清明节前,汤河两岸换上了春天的盛装,正是桃红柳绿、莺飞燕舞的时光。阳光照着已经拔了节的麦苗,发出一种刺鼻的麦青香。青稞,已经在孕穗了。路旁渠道里的流水,清澈见底,哗哗地赶着它归向大海的漫长路程。政府发动过春灌,很多单干户被古旧的农谚——"浇夏无粮",封锁了脑筋,存在着顾虑。生宝互助组为了给庄稼人做出榜样,实行了春灌,施了硫酸铵化肥,小麦枝叶分外茂盛深绿,颜色像终南山的松峰。

改霞出了田间小道,踏上了从黄堡到峪口镇的公路。公路上,推小车的,赶牲口的,扛苇秆的,背木板的,挑担儿的,提篮儿的,抱着鸡的……已经换了季的和还没换季的庄稼人,踏起路上的尘土,在暖烘烘的阳光下,络绎不绝地涌向黄堡。

改霞走得很慢。三三两两的和单独的庄稼人,从她身边走到她前边去了。有人扭头看看她,然后对相随的伙伴笑说:

"这闺女在等人,看着脚尖走路……"

"你管呢?讨厌!"改霞心里说,用白眼珠朝前扫了一眼。

有蛤蟆滩准备进山的人,也三三两两走到她前边去。他们边走边谈论着他们要买的东西——弯镰、削镰、毛裹缠、麻鞋……有人说他有弯镰,只买一把削镰;有人说:生宝说来,不需要每人一把削镰,两三个人伙使一把就行了;因为削去扫帚把上的细枝,不像割竹子,快得很哩。——"生宝说来!"什么都是"生宝说来!"生宝俨然成了他们的权威了。

改霞听得他们这样谈论,心里感到舒服——"生宝是有办法,他胆大心细……"

"啊呀,改霞!"任老四敞着嗓门吼叫,嘴里溅着唾沫星子,"你是去也不去?怎么走在路上,还二心不定?"

"我想个事儿。"改霞红着脸撒谎。

任老四的胡楂嘴巴咧开笑笑,水蛇腰一晃一晃朝前走了。改霞心里想:生宝为什么还不来呢?现在,她想转身往后看,怕看见熟人笑她。走了几步,她又想:也许生宝在黄堡事多,前头走了呢。

"改霞，你上集去吗?"是孙水嘴骚情的声调。改霞感到一阵后紧。她不需要用眼睛看，就能想象到孙水嘴的眼光。那贪馋的眼光，真使任何一个正经闺女害怕。……

现在，孙水嘴三跷两蹦，追上来了。他和她并着肩走。他用穿白布衫的臂膀，去碰改霞穿学生蓝布衫的臂膀。改霞讨厌地躲开点。

"来!我给你提篮子。"

"不!我自己会提。"改霞把竹篮子从右手换到左手。

孙水嘴不屈不挠，绕身到左边去夺篮子。死乞白赖!

"你这几颗鸡蛋，我偷得生喝不了!"

改霞又把篮子从左手换到右手。她拉长了脸，很严肃地略带点警告的意味，说：

"志明!你好好走路，甭夺夺抢抢!给人家看见像啥?"

孙水嘴脸也不红，不害羞地笑笑。他放弃了替改霞提篮子的意图。但他并不灰心，他寻找着另外为改霞服务的可能性。

"这几颗鸡蛋，合着你专意卖一回吗?你大约还有旁的事情哩吧?"

改霞没做声，她觉得身边跟着鬼一般不自如。她想着："真倒霉，碰上这个家伙。他要不是个民政，帮助代表主任办事，我就不给他好脸看。"改霞看在代表主任的份儿上，忍耐着。

"你上集还有旁的事吧?"水嘴又一次试探。

"唔。"

"啥事?忙不过来，我帮你办……"

"用不着。"

说话中间，改霞已经加快了脚步。她把原来从她身边走上前去的人，一一赶过去。她想丢开孙水嘴。她受不了他看她的脸、辫子和胸脯的那种贪馋眼光。他和她说话的声气酸溜溜的，似乎把她当名誉有问题的女人看待哩。"呸!啥烂脏思想!"她心里恨恨地想。

但是,孙水嘴并不自觉。他和改霞一样快慢地走,一边走一边说话,又笑又说,努力给路上的人一种不必怀疑的印象:这是两个对象上集哩。水嘴味味道道地告诉改霞:黄堡镇文化站,有解说新婚姻法的连环画片,还有新法接生的挂图,每逢集日,看的人很多很多。至于他,不上集便罢,上集就得去看看,提高他的思想和科学文化。他建议改霞也去提高……

"没脸!"改霞在心里骂,"你见天到黄堡文化站提高,找不下对象,干着急!"

但她嘴里一声不吭。水嘴爱说什么说什么去。她憋着一肚子气,走得风快。她过了黄堡大桥,经过堡子南门外的粮食市、干草市和牲畜市,才把水嘴甩到喧喧嚷嚷的庄稼人群里头,她自己撞进了堡子南门。看看水嘴不在身边,她才松了口气。

她是为了会生宝而来的!现在,生宝在哪里呢?她到大桥头上等着他吧?不行!她看得清清楚楚:郭振山在牲畜市上买猪娃哩!代表主任一再鼓励她参加工业化,她不愿意让他知道,她背着他找生宝谈话。

"唉!晦气!晦气!"改霞在庄稼人丛中这样思量,"我跑到这里,做啥来哩?"

她把妈的鸡蛋,卖到供销社的副食品收购部去。然后她在竹竿子和麻绳子撑着布帐的街上,踯躅过来,又踯躅过去。她心里暗自着急:她是在一个地方站着等生宝呢,还是在街上游来游去"碰"他呢?她不能错过今天这个集日,因为再两天过了清明节,生宝要进山了。

她在黄堡拥挤着庄稼人的街上,转了三个来回。要在动荡的戴草帽和包头巾的庄稼人群中,盯一个浓眉大眼的红脸盘,她眼睛太忙、太累了。她头脑有点不舒服起来了。她改变了主意。她在南街的十字口站着，注意过往的庄稼人群里有没有生宝。没有！她突然想到：唉唉！生宝现在肯定不是一个人上集，即使碰见他，他和有万、欢喜几个人在一块忙着什么事务，她怎么能邀他到上东原的路上去呢？

"他忙！他一定忙！他要领那一大帮人进山，还能不忙吗？我怎么办呢？"改霞越思量越没希望，越觉得在这里等候，没有意义。

但她还是等着。她想："我等到晌午过了……"

不好！郭振山满腮胡楂，筐子里提着两个哼哼唧唧的猪娃，过来了。旁边走着戴黑制帽的民政委员，对代表主任巴结地请求着什么。改霞急忙在庄稼人群中躲起来。他们没有看见她。等到他们走过去，她又站出来。改霞听见代表主任大声说：

"志明，你甭在改霞身上打主意哩！人家不是咱农村人的对象。人家走呀！"

"她到哪里去呀？"水嘴吃惊地问。

郭振山教育衣冠楚楚的小伙子说："旁人的事情，你甭打听！你不打听旁人的事能过日子嘛……"

以后的话，改霞听不见了。郭振山和孙水嘴，向供销社的农具供应部走去了。

改霞从心底佩服代表主任教育水嘴的话。代表主任又为她出主意，又替她守秘密。那个老练劲儿啊！

在一霎间，特别是生宝使她失望，使她站在黄堡街上难受的一霎间，改霞心中好一阵翻腾啊！代表主任那样热心地鼓动她奔城市的社会主义去，她却用敷衍的态度对待人家！按人情来说，这岂不是不厚道吗？她感到抱歉！她感到对不住代表主任的关怀！好心肠的闺女啊，她竟独自一个人红了脸啦。

改霞独自个儿在赶集的庄稼人群中，又一次仔细思量：代表主任到底为啥一再鼓动她参加工业化？可笑！不必要的怀疑！这个满腮胡楂的中年庄稼人，对她有什么要求？他兄弟郭振江订下东原上冯店村的姑娘；在黄堡照了相、吃了馆子、逛了街、扯了衣服料子，只剩下结婚登记了。改霞肯定这斜对过邻居，对她的热心完全是出于一片好心，对于她的前途和对于国家工业化的一种良善愿望。

这种精神和改霞的精神完全相合。

她狠了狠心，要回家了。她不等生宝了。她这决心是最后的！她毫不犹豫地在庄稼人群中，走过了黄堡大桥。她很后悔上这回集！她不如留在家里和妈一块种梅豆。

改霞在回头路上，心里深深感慨着，对这时不知在哪里的生宝说：

"盼望你成功，盼望你胜利，盼望你找个可心对象。我，走呀……"

她这样想着，突然间鼻根一酸，眼泪涌上了美丽的眼圈。这既不是软弱，也不是落后。这是为了崇高的理想而牺牲感情的时候，从人身上溢出几滴感情的浆汁。改霞用巧妙的手指，把溢出眼角的两滴泪水抹掉，往回走去。

她断定生宝这时在黄堡街上，淹没在庄稼人里头。她再没机会和他谈话了。遗憾！遗憾！遗憾！

她低头走着。这时，大路上已经很少上集的庄稼人了；她低头走着，也撞不了谁。她一边走，一边思量亲事的奥秘。虽然她决心做一个新型妇女，但她仍然是一个农村姑娘，形势的变化和偶然的因素，都使她很难捉摸。她想："算啦！暂时不提这层事啦。"

她抬起头，突然间发现：咦！生宝和有万，在黄堡镇通峪口镇宽阔的公路上，迎面走来了。真正叫人高兴啊！整个西边峪口区和渭边区的天地，一下子明光灿烂，使人心胸舒畅！

一霎时以前她想什么来呢？一眨眼，她心里连一点印象也没有了。

197

她喜欢地盯着：有万一边走，一边热烈地对生宝说着什么。生宝带笑听着，扯大步走着。生宝换了季，穿着白小衫，敞着领口，露出红红的脯颈。他一只手提着满满一篮子鸡蛋，那是勤俭的妈妈的副业生产。当发现了改霞的时候，有万和生宝站住了，互相看看。一霎时以后，他们重新走起来了，但是不再说话，相当严肃，好像要和什么重要人物遇面那么作态。

他们一作态，倒使改霞感到慌乱。在这个空旷的大路上碰见，她和生宝到什么地方去说话呢？紧张，毫无精神准备。她说什么呢？怎么说呢？讨厌的有万！难道你和生宝的身子长在一块了吗？为什么老跟着他呢？叫改霞多难为情呢？死有万哪！

现在，双方走近了。改霞脸发烧，心慌，手脚痴笨。诡谲的有万露齿一笑，和她打了个招呼，丢下生宝，头前扯大步走了。小伙子粗鲁是粗鲁，还识趣啊！

生宝，脸通红，独自站在改霞面前，表情很不自然。他左边看看，右边看看，近处的田间和大路上，没熟人，这才克服了他神情上的慌乱，咧嘴笑着，望着改霞。

春天的阳光一片好心照亮着他俩！

改霞在生宝左看右看的时候，已经把一条粗辫子扯到胸前来了。她一只手提篮，另一只手提住这条辫子，这样来掩饰她的局促不自然。生宝眼忽闪忽闪，看着改霞的姿态，会心地笑了笑。改霞等待着生宝说话，可是显然他不知道说什么好。应该文明一些，从其他的话开头，不可以直截了当，像讲买卖一样。看出来生宝很忙，一定去黄堡街上有好多事情。有万已经前头走了，他没空绕弯儿说多余的话吧？而且这空旷的毫无遮蔽的马路上，对乡下人来说，也不是谈情说爱的理想地方嘛。他的样子显得很着急，很匆忙。

聪明的改霞看出他这心思。她发现公路南边有一个照料菜地的稻草庵子。那里，春天菜还没长起来的时候，没人。怕什么！她豁出来了。人们爱说什么说什么去！她提议两人到草庵跟前去说话，在那里可以遮蔽住蛤蟆滩方面的眼光。生宝高兴地同意了。两人选择了不同的田间小路，向草庵子走去了。

被风雨所蚀的稻草庵子，确实热心帮忙，把公路和蛤蟆滩，遮到另一个世界去了。现在他们没有被人发现的顾虑了。现在，全世界只有他们两个限制性的会面，是他俩面对的严重事件。可惜，这种安排反而加重了谈判的气氛，对谈亲事并不有利。改霞空着的一只手，拿起那个辫梢，眼睛看着这个辫梢，多少带点抱怨的意味，问：

"为啥这时候才上集？"

"咳！"生宝好容易有话说了，"俺互助组拴拴他爸真难缠，对拴拴进山，总不放心。我和有万说服了瞎老汉。要不，俺俩今日黄堡的事儿还蛮多呢！……"

"你们过了清明就进山呀？"改霞又多余地问。

"唔。大后天……"

"多少人？"

"十六个人割竹子。背扫帚的人不定数，由增福组织哩。"

改霞恨自己，"扯这些闲言淡话做啥！浪费时间做啥！"但是她又无论如何，说不到她和生宝的婚姻问题上来。说不出口，没有办法。她这才知道，谈亲事并不是世界上一件轻而易举的事情。沉默了一阵，她鼓起勇气，使着大劲儿决定引导生宝，让他提出要求。

"生宝同志，我想和你谈一件事……"

"谈嘛……"生宝显得高兴极了，看来他也是愁说不出口来……

改霞低下头去，看着她手里的辫梢，征求意见似的说：

"西安新修起国棉三厂，我想去参加工业化，你看怎样？"她说着，仍然低着头，对着她的辫梢笑着。她等待着生宝反对。她很满意她这个问话。这一下可以逼使生宝提出对她的要求。她想着，只要生宝一反对，一百个郭振山鼓动，她也不去工厂了。

但是当她抬起头来的时候，她惊呆了。生宝的态度完全变了——面部发灰、带有讽刺意味的笑容。

"好嘛！进工厂去，好嘛！"他客气地说着，一下变得和她疏远了，眼光里带着不谅解她的神情。

她的心一下子沉下去了。她感到脑子有点麻木、失去作用。

"好嘛！"精神完全被进山的事占据的生宝，客客气气地说，"我忙着哩，有万在黄堡等我着哩。咱，往后再……"说着，匆匆忙忙，话还没落音就扯腿走了。

"生宝，你看你，你听我说完嘛！"改霞焦急地朝生宝提着鸡蛋篮子的背影喊叫，希望挽救僵局。

生宝一边走一边回过头说："往后再说！我这时忙着哩……"

他从田间小道踏上了马路，扯开大步走了。唉！

"啊呀！生宝！你在这里啦？叫我好等你呀！"有万提着两双麻鞋、一张刚买的弯镰，大吼大叫跑过来了。小伙子满脸神秘的笑容，用手亲昵地拍生宝的脊背。"怎样？"

生宝在一家铁铺门前蹲着。门里门外，摆满了镢头、铁锹、铧、镰刀、提钩、铁勺子、锅……的农具和灶具。有万大喊大叫（真没办法，他就是这个脾性嘛）来到生宝跟前的时候，生宝正在察看一口小锅。生宝没有好气地用肘子推开他。

有万蹲下来，一只胳膊又亲热地抱住生宝的肩膀，笑嘻嘻地问：

"怎样？生宝！我在大桥头上，扭头一看，咦，不见你们了。你俩钻到地里头去了？"

"甭乱!"生宝板平脸,又把有万的胳膊掀开,显得很不高兴。

有万惊奇了,瞪起白眼:"怎么回事?是不是你动手动脚来,人家不让?"

"万,你看这口尺八锅,做得下咱割竹子的人喝的稀饭吗?"生宝拍拍他面前的一口小锅,事务式地问。

有万不忙回答,继续研究地盯着生宝的脸盘,不愿意改换话题。但是,脸色虽然平静,可也看出有点闷闷不乐的生宝,坚持着这个话头,继续说:

"尺八的锅,十六个人喝稀饭,够了。再大的锅,带起来可笨重。你说对不对?"

有万只好放弃了他的意图,开始察看小锅,考虑这个问题。

"自然,"生宝从各方面分析地说,"要光熬稀饭。要是不烙玉米馍,光焖干饭吃,那就不够了。可是,不能分两回焖吗?……"现在,生宝的全部心思都集中在这口锅的问题上了。

有万考虑了一阵,说:"朝谁家借不到一口锅吗?"

"朝谁家借呢?咱进山的人,全是小家小户,只一口锅。人家大家大户,有多余锅,咱借得到吗?买上一口算哩!山里使唤毕,没人要了,算成我的。"

"让我思量思量,"有万说。他想了一下,想起来了,"你看增福的锅行不行?他领一帮人挷扫帚,不在家吃饭,才娃在你家托着哩……"

生宝两巴掌一拍大腿,说:"对!对!我就没想起他来。……"他开始高兴了。

"你尽想谁呢?"有万又开玩笑,好像不由他自己。

生宝还是不答这个茬。他从心里满意地说:

"对!对!增福的锅,不生问题。那人,咱借鞋,他连袜子给脱哩！保险！"他在这个铁铺只买了一把弯镰、一把削镰走了。

当两个人走在土街上的庄稼人丛中时，生宝才摇摇头，难受地告诉有万说：

"我估计对哩！人家思想变哩，不是咱的人哩。"

"啊？——"有万大吃一惊，"她怎么说来？"

"人家想进工厂哩。你思量，既有这意思，咱何必惹那个麻烦？咱泥腿子、黑脊背，本本色色，不攀高亲。咱要闹互助合作，又要闹丰产，咱哪里有闲工夫和她缠？你往后再甭提这层事了。"

有万这个强壮的小伙子，被一件想不通的事压倒了。

"鸟！"过了一阵，他粗鲁地说，"她改霞才念了几天书，就想上天入地！叫俺婶给你说范村的那货！"

"不！今年一年不提这事。"

"为啥？"

"怕分心。耽搁了互助组的事，闹不成丰产，咱丢脸事小，党的影响弄坏了，旁人以后也难闹。"

他的话深深地感动了有万。有万从心里敬佩地盯盯这个光棍朋友，不谈这事了。

两个人在街上转来转去，又买了几样东西。生宝给自己买了麻鞋、毛裹缠，又给郭锁和拴拴捎得各买了一套，统统放在他提鸡蛋的竹篮子里，叫有万带回村去。他对有万说：

"你先回去，才后半晌，还能做些活哩。我到区委上去，看王书记在家不。咱要进山呀，叫他给咱指示指示。"

第十六章

黄堡镇前街是商业地区，后街净庄稼人住户。生宝现在走在比较狭窄的庄稼院街道上,他觉得比拥挤喧嚣、充满尘土的前街,舒服得多了,清爽得多了。

把所有在市集上要办的事务办完以后,摆脱了有万,个人的不畅快重新涌上梁代表心头来了。

不畅快!是不畅快!改霞思想的变化,使他心情上很不畅快。他觉得心里头怪别扭的。

生宝喜爱改霞的聪明、有志气和爱劳动。并不是他有意瞧不起一般的女青年群众,实在说,改霞坚持解除婚约的坚定性,她在农忙时节和来帮忙的姐夫们一块下地的吃苦精神,她对公众事务的热心,和她大姑娘在小学生娃们中间上学求知识的落落大方,是闺女里头少有的!正是她的这种意志、精神和上进心,合乎生宝所从事的社会主义革命的要求!他觉得:他要是和改霞结亲,他俩就变成了合股绳,力量更大了。

现在,改霞既然有意思去参加祖国的工业化,生宝怎么能够那样无聊?——竟然设法去改变改霞的良好愿望,来达到个人的目的!为了祖国建设,他应该赞助她进工厂。想到这里,生宝就努力克制心中的不畅快!但每个人精神上都有几根感情的支柱——对父母的、对信仰的、对理想的、对知友和对爱情的感情支柱。无论哪一根断了,都要心痛的。在生宝对另一个女人发生兴趣以前,只要一想到这件事,他就不会畅快的。

生宝带着爱情上失意的心情,踏进挂着中共黄堡区委会和区公所招牌的街门。

嚱!区公所占的前院,在有几棵正发芽的刺槐的土院子里,庄稼人们——男的、女的、老的、少的,里三层外三层,挤成一大团。有的踮起脚尖,伸长脖子往人群中间瞅;有的歪转包头巾的脑袋,把耳朵对准人群中间细听哩……

生宝想:"看啥热闹呢?出了啥事情呢?"

他也走到人群边踮起脚尖,伸长脖子从人头上边往中间看。看不见。他也歪转包头巾的头,听人群中间说什么。听不出头绪。他只听见——

一个声音说:"你看!你看!这是伤!这!"

另一个声音说:"你就说我把你打死了来,你还在这里说话?说的不算!哎!"

生宝在人群的外圈儿,听得中刘村的庄稼人,谈论所发生的事情。

这是黄堡区东原上中刘村的哥俩——老二和老三——在闹事。老大是今早去世的,尸首还停在脚地,没装进棺材哩。两兄弟不忙着大哥的丧事,却忙着打官司,因为老大没儿子,两兄弟都争着要把自己的儿子过继给亡兄。老二的理由是:按顺序,挨他的儿子、挨不到老三的儿子。老三的理由是:他三个儿子,而二哥只有两个儿子,应当讲公道,不能光讲顺序!亲戚、邻居、门中人,挤满当事人的院子,说了一早晨,没说倒,才来到区上,因为必须立刻决定谁是孝子,好办丧事。当他们在这里说理的时候,他们的婆娘们和娃子们,在家里大哭死者,尽嗓子哭,简直是嚎叫,表示他们对死者有感情。其实,他们都是对死者名下的十来亩田地有感情……

生宝听了挖心地难受。他在整党学习中,听了区委王书记社会发展史的通俗报告。他现在又在痛恨一个可憎的名词——私有财产。

私有财产——一切罪恶的源泉!使继父和他别扭,使这两弟兄不相亲,使有能力的郭振山没有积极性,使蛤蟆滩的土地不能尽量发挥作用。快!快!快!尽快地革掉这私有财产制度的命吧!共产党人是世界上最有人类自尊心的人,生宝要把这当做崇高的责任。

生宝不喜看这幕丑剧。这是人类的丑剧!生宝快快不乐地离开这个场合,他劝大伙都不要看。他说这弟兄俩太没意思了。

当生宝进到后院区委会院子里的时候，对私有财产制度的憎恨，在他心情上控制了失恋情绪。对于正直的共产党人，不管是军人、工人、干部、庄稼人、学者……社会问题永久地抑制着个人问题！生宝不是那号没出息的家伙：成天泡在个人情绪里头，唉声叹气，怨天尤人；而对于社会问题、革命事业和党所面临的形势，倒没有强烈的反映！

"王书记在家吗？"生宝站在区委会院子里，带着战斗者的情绪，精神振奋地喊叫。

听见从里头开门的声音。一只手从里头挑起了白布门帘。王书记胖胖的脸带着欢迎的笑容，站在门外的砖台阶上了。区委书记身量并不高大，但却敦实，离着多远就伸出胳膊，好像要把生宝拉进屋里去：

"来来来……"

生宝带着兄弟看见亲哥似的情感，急走几步，把庄稼人粗硬的大手，交到党书记手里。

如像某种物质的东西一样，这位中共预备党员的精神，立刻和中共区委书记的精神，融在一起去了。弟兄之间，有时有这个现象，有时并不是这样而像中刘村那两兄弟一样。就是这位外表似乎很笨，而内心雪亮的区委书记，去冬在下堡乡重点试办整党，给生宝平凡的庄稼人身体，注入了伟大的精神力量。入党以后，生宝隐约觉得，生命似乎获得了新的意义。简直变了性质——从直接为自己间接为社会的人，变成直接为社会间接为自己的人了。他感谢他的启蒙人王书记。他乐得大张着嘴巴，笑呵呵的。这时对改霞的不畅快，和对中刘村那哥俩的厌恶，已经从他精神上消退掉了。

王书记拉住生宝的庄稼人硬手，笑盈盈地说：

"你来得正好！你看屋里坐个谁？"

生宝肥厚的庄稼人脊背，被王书记的一只手亲切地按摩着，他脚下很轻地走进王书记屋里。他喜得简直要像小孩子一样跳起来了。

"啊呀!杨书记嘛,你啥时来?"

县委副书记从屋子后窗前的一张木椅子里站了起来。他带着喜出望外的笑容,大踏步走到门边,用左手握住生宝的右手,把右手搭在生宝的白小衫肩膀上,老大哥对小兄弟似的亲热地说:

"我们正商量到你们蛤蟆滩去呢。"

"那么咱们一块走嘛!"容光闪闪的生宝高兴极了。

杨书记说:"你来啦,我们就不去了。县委上打电话,叫我今天回县哩。我忙着哩。……"

三十岁上下的县委副书记两只炯炯的眼睛,发射着智慧的光芒,赏识地盯着这个包头巾的年轻庄稼人,直盯得生宝怪不好意思起来了。生宝从正月里在县委同陶、杨二位书记谈话的时候,就开始有了一种感觉:似乎他这个莽莽撞撞的年轻庄稼汉,对党实现一个伟大的计划,有些用处。在当时,这种感觉还是模糊的,不敢肯定的;现在杨书记对他的这份亲热,这份喜欢,这份信任,就使他确信他感觉对了。

当杨书记左手握着他的右手,右手搭在他肩膀上的这一时间,生宝心中感到相当的不安。党是不是把他看得太高了呢?他是不是真的对党改造农民有很大的用处呢?他当然希望能实现他的豪言壮语。但愿他能兢兢业业,不要让党错宠爱了他吧!他的心情有点紧张,他感到担子的重量。但是这位相当活跃的陕北老同志,却拍拍生宝的肩膀,笑眯了眼问:

"怎么着哩?小光棍汉!寻下个对象哩没?"

"还没……"生宝怪不自然,他想起了刚才和改霞的决裂。

县委副书记大不称心地说:

"怎么忸忸怩怩?这么棒的小伙子,中共预备党员,寻个对象

206

有什么难哩?又不要花钱?"杨书记转向区委书记问,"还要花钱吗?经过宣传贯彻婚姻法运动,还要花钱吗?"

区委王书记带着下级的谦逊,笑说:

"不要花钱,恐怕要花些时间。"

"对!"生宝得到了启发,"着重是忙得顾不上……"

"把它当成副业嘛!不要专门谈恋爱嘛!哎哎,不要把事情看得那么刻板吧!我说可以公私兼顾,你说呢?佐民同志?"

杨书记和区委王佐民书记,两人笑得呵呵的。生宝紧张的心情,被县委副书记这一番笑谈,一下子冲得烟消云散了。同志间政治上的关系和劳动人中间感情上的关系,竟融合得这样自然呀!生宝这个刚入党的年轻庄稼人,不禁深有感触。他觉得同志感情是世界上最崇高、最纯洁的感情;而庄稼人之间的感情,在私有财产制度之下,不常常是反映人与人之间利害关系的庸俗人情吗?邻居间在利害一致的时候,相好得那么俗不堪言;一旦错收了一颗鸡蛋,拌几句嘴,就该别扭多少日子了。

点着杨书记招待的一支纸烟以后,极端兴奋的生宝并顾不得吸。他庄稼人拿惯旱烟锅的手,笨拙地拿着冒烟的纸烟,坐在杨书记旁边的一个小凳上,只顾向前倾着茁壮的身子,眼睛专注地望着穿一身灰制服的县委副书记。这位杨书记外表很像下堡小学的体育教员:高大、结实,留着很精神的小平头,脸上带着一种健康的粗糙,给人的印象好像是在旷野里长大的劳动人,不像是房子里长大的知识分子那么纤细、白净和文雅。生宝看着看着,动了感情。他那么亲切地问:

"杨书记,你比正月里我在县上见你时,精神!"

杨书记说:"是吗?也许是这么个事情。我是个贱皮,宜跑!一下乡,能吃能睡。一个月不下乡,就萎靡不振,这塔也疼,那塔也疼。……"

"这是长期做农村工作的习惯。"区委书记王佐民尊敬地评论。

生宝曾经从区委书记嘴里听到过这位杨书记的一些身世。父亲是一九三五年安塞战役倒下去的英雄，母亲被凶恶的地主领着残酷的敌人，捉住凌迟死了。革命家的儿子靠同志们的抚育长大起来，在延安上保育小学。边区中学毕业以后，烈士的遗孤，从乡文书一直工作到担任区委书记的职务。一九四九年南下到本县的时候，他是县委宣传部长；现在，杨书记分工专管互助合作。……

生宝在县里几次开会，听过许多负责干部的讲话。有生动、简明的报告，的确也有冗长、枯燥，使人睡觉的报告。但听杨书记讲话，不是听报告，而是一种很好的享受——浅显、通俗、深刻、简短、有风趣。生宝觉得，有些陕北老同志夹杂关中口音讲话，很难听，倒不如本本色色陕北话顺耳；而杨书记因为一九四九年以来经常在农村跑，他虽是陕北口音，却用当地庄稼人的语言讲话。这使他到处都容易和庄稼人亲近。生宝在大会场听他的报告，不知不觉两个钟头过去了。他希望再听两个钟头或者四个钟头，但杨书记已经笑眯眯地把纸单单，装进衣服兜里去了。生宝向窦堡区大王村王宗济农业合作社应战以后，区委书记陪同他到杨书记办公室里，去过一回，这使得现在碰到一块的这三个积极活动的共产党人，成了老朋友了。

杨书记坐在椅子里，用食指叩着纸烟上的烟灰，笑问生宝：

"今春上，农村的自发势力很嚣张。你的互助组怎样？挺得住吗？"

生宝心里感佩地想："啊啊！党里头就这么知疼知热吗？农村党员遇到困难，县委马上就觉着哩！"

他咽了嘴里的唾液，豪迈地说：

"挺得住，杨书记！使上吃奶的劲儿，拿肩膀也要把他们挺住！他们张狂，是临时性儿。他们不耐久，咱们耐久！……"

杨书记非常高兴地对区委书记笑说：

"他说的耐久不耐久这个话，倒有意思。"

区委书记，看来很满意区里有生宝这样个同志，笑笑。

杨书记又笑问生宝："据你看，自发势力像今春上这个张狂劲儿，能耐好久呢？"

梁生宝毫不费思索地说：

"等咱互助合作的根扎稳，他们就张狂不起来了。"

"对！对！这个说法对！"杨书记听了，非常赏识。他又对区委书记严肃地说，"方向明确着哩！我走了好几个区：峪口区、渭边区、王渡区、九寨区和三官庙区。凡是方向明确的人，都积极战斗，都很有自信心；凡是方向模糊的人，都消极应付，都给自发势力抵制活跃借贷，搞得蒙头转向了。"

"就是的。"王书记点着他很大的留发头，说，"俺黄堡区也是这样。有些基层干部，还不明白：不可能经常从富农、富裕中农身上挤油水，来克服贫雇农的困难嘛！"

生宝被县和区这两位领导人的谈话，深深地吸引住了。当他注意听着他们谈话的时候，他心里想起蛤蟆滩的姚士杰和郭世富来。他也想起振山同志来。原来到处都是这样的情况啊！

王书记对生宝说：

"把你互助组的情况，给咱们谈谈。我总说要去看看，总没空儿。不是这样就是那样事情，拔不出腿。今日杨书记来了，才把我从东原上叫下来。杨书记问你互助组的情况，我也说不上来。"

"我知道你忙喀，"生宝很谅解地说，"你是一黄堡区的书记，又不是俺互助组的书记嘛。"

于是生宝汇报，不是光他的互助组，而是半个村子的贫雇农，参加了进山割竹子的集体行动。两个党委书记大大惊喜起来，眉飞色舞。

"噢!上河沿的贫雇农也去吗?"王书记站了起来,熟悉情况地问。

"就是的。"生宝说,"捎扫帚的是官渠岸的贫雇,由高增福组织哩。"

王书记振奋地问:"那么你村基本上没春荒啰?"

生宝说:"俺连上稻地的肥料也有哩!"

"好!搞得好!就要这样搞!"注意倾听的杨书记,非常满意地对区委书记说,"要是每个村里有一个像样的互助组做骨干,组织困难户进山,那就好办了!"

杨书记的瞳孔里放出憧憬的光芒。生宝注意盯着这位县委副书记听了他的汇报,从椅子里站了起来,高兴地笑着,在砖脚地带劲地走了一个来回。

杨书记重新坐在椅子里,两眼集中起眼神,盯住手里举到面前的纸烟,好像他在研究燃烧的纸烟如何冒烟。党书记脑里是考虑什么重大的问题呢?生宝摸不着杨书记脑里,活动着什么深奥莫测的思想。他钦佩首长们,苦心为人民打算的这股劲儿。

过了一刻,杨书记的目光从纸烟上转到生宝脸上来了。

"梁生宝同志,我要问你一个问题。"

"看我知道吗?"

"你心里怎想,你就怎说。"

"对。"生宝做出准备应考的姿态。

眉目英俊的杨书记,用食指叩着纸烟灰,神秘莫测地说:

"现在有两种意见。有一种意见说:互助组没有中农的车、马,搞不好生产的。不能丰产嘛,互助组就不能巩固啰!这号人们还说:互助组不吸收中农参加,也不合乎党的政策,党的政策叫团结中农嘛……你觉得怎样?生宝同志,你同意他们吗?"

梁生宝在木凳腿子上擦灭了纸烟,随把半截烟捏在手里,集中精力来对付这个问题。我的天！这不是小问题，这是个大大的问题呀！这关乎党的路线哩！能随便瞎说吗？

考虑了一阵，生宝抬起头，要求县委副书记：

"杨书记，你把另一种意见给咱说一下，我再思量。"生宝是个心回肠转的人，不是直杆子人。

杨书记很满意地笑了笑，说：

"另一种意见嘛，说：没有中农的车、马，贫农互助组也能搞好生产喀；勉强地拉扯中农，反而把互助组弄成形式，或者弄起一大堆意见，不能解决，后来干脆散伙了。这就是大伙常说的'春组织、夏垮台、明年春上可再来'那话。这号意见的人们还说：党的政策说团结中农，意思只是互助组里不能打击中农，不能损害中农的利益，并不是说互助组非沾中农的光不可，要看中农的脸色办事情，不然就弄不成互助组。你觉得怎样？"

生宝听了一半，紧张起来的精神，立刻轻松下来了。他变得十分畅快。他的行动已经替他做了回答。他明白杨书记问他的意图。他说：

"党的政策是依靠贫农，团结中农。要是没中农的车、马，就不能增产，那不是依靠中农去了吗？简直没贫雇农的一点骨气！"

杨书记听得哈哈大笑。但他随即收敛了笑容，严肃地问：

"可是有人说：党的政策是依靠贫农去团结中农。你怎样回答？"

"太咬文嚼字了！那么党做什么呢？"率直的区委书记对这号书生的迂腐语调，很不满意。

生宝同意王书记，说："王书记，你该知道俺互助组的情形吧？有万是贫农，生禄是中农，我是共产党员。我代表咱党。我不能靠有万去团结生禄嘛，两个人老矛盾哩。我一定是靠有万他们把互助组撑架起来，我又想办法叫大伙和生禄团结。杨书记，这如今的互助合作，我看，我看……我看和土改……"

杨书记开玩笑地鼓励说："打破顾虑，大胆暴露思想！"

生宝打着这样的主意：反正说错了可以得到杨书记的纠正。这里没外人！

生宝使了使劲儿，大着胆子放炮："这如今的互助组和土改不同哩！土改中间，贫农和中农没矛盾，一股劲儿斗地主。这如今互助组里头，贫农和中农矛盾才大哩！"

杨书记带劲地点着头，看得出来满意极了。他脸上——眼睛、鼻子和嘴，都高兴。

生宝明白，他的话，显然正对了县委副书记的心思。他十分欣慰。整党学习总算没有白熬了夜。

杨书记站了起来，使劲把纸烟头丢进痰盂里去。然后，他兴奋地又在砖脚地走了一个来回。他紧张地思索着。生宝和区委书记的眼睛，跟着杨书记的高大个子移动。生宝心中思量——这个陕北人，好像县城里并没有他温柔的李英兰同志，和可亲可爱的娃子们。他好像一个光身汉，骑个自行车，满县里跑。为了人民的事情，他操这么大的心，费这么多思索。生宝在心里叮咛他自己：要好好向杨书记学习哩！

杨书记坐回原位上来了。旅行中风尘仆仆的脸上，出现了一种苦笑和惋惜混合的表情。

"佐民！"杨书记亲切地叫区委书记的名字，感慨地说，"你注意到了没有！一个工厂里的工人，一个连队里的战士，一个村子里的干部，他们一心一意为我们的事业奋斗，他们在精神上和思想上，就和马克思、列宁相通了。他们心里想的，正是毛主席要说的和要写的话。你说对不对？"

"就是的。是这样。"王佐民非常兴奋地看看生宝。

杨书记不看生宝。他很严肃，继续说：

"相反的，有些指导斗争的同志，不论什么新的事情，他们都要先从字面上咬一咬，嚼一嚼。硬是不到群众里头去请教！他们本意很拥护党的政策，咬嚼的结果，违反了党的政策，弄得来十分可笑！有些地方在错误地批判贫农组哩，认为互助组里只有贫农，没有中农是一种偏向，应当大力纠正。他们认为：应当把贫农和中农搭配在一块组织，才合乎团结的政策。三官庙区有个石桥村，石桥村有个贫农任明亮，任明亮联络起四户贫农，组织起一个土地集中互助组。……"

"土地集中？……"王佐民奇怪地问。

"土地集中！"杨书记说。"他们要叫农业生产合作社来，区委不让嘛。他们说，不让就不叫吧，自己只有四户，仍然叫互助组算了。不！后来区委连土地集中也不让，说怕弄乱，影响不好！你看怪不怪，不让贫农闹革命！要闹，非得和中农一块不可！中农眼时又不闹！你说怎整？"

"俺黄堡区眼时还没这号现象。"王佐民自慰地说。

"要所有的同志，在思想上扭过弯儿来，还得一个时期啊。什么事情，都要有个过程啊。多少年的民主革命嘛，现在换了任务了。旧脑筋，新任务，这是个矛盾。"杨书记筹思着说。

"是的，"王佐民说，"这是农村工作干部的普遍现象。今年是个新旧任务交接时期，问题特别突出。"

"青黄不接！"

"就是的。"王佐民以下级对上级的谦恭态度说，"在干部思想上，的确是这样子。虽然经过了整党教育，普遍的情况还是把互助合作和一般的行政任务，并列起来看待哩。其他任务一繁忙，就把这个任务挤开了。因为这是长期任务，没限时间咯……"

"长期的、复杂的、艰巨的、光荣的任务！是不是？"

"可不是！有些乡干部也学会了这一套。"王佐民笑着。

213

"这一套调子简单!"杨书记笑一笑,说,"什么生动具体的事情,拿这套调子一讲,就完了。"

杨书记很生气。生宝很同情杨书记,他领教过一些干部中的书生作风,他也很不满意。

生宝注意盯着,区委书记在乡下跑得很粗糙的大脸盘上,表现出十分敬佩杨书记的神气。生宝看得出:王书记从上级领导同志的一段话里,一定受到了什么启发吧?你看!不会吸烟的王书记,手摸着脸,想了想,又用请示的口气说了:

"杨书记,下面还有这样的情况:基层干部虽然在整党中经过社会主义思想教育,可是对互助合作是个大革命,眼时还认识不够。所以在实际工作中间,方式方法简单化,不从思想上教育。譬如有个别乡长,在群众会上竟然这样讲话:'没有共产党,你们怎能分到地嘛?共产党号召互助合作,你们对互助组不热心,还闹自发!把良心拿出来!'……"

说得杨书记和生宝大笑起来。生宝知道下堡乡的乡长樊富泰,就是这个神气。生宝亲耳听见樊乡长这样讲过话。

王书记激愤地说:"这号干部真没出息!他们不思量我们党的一切号召,都是为了群众的利益。除过群众的利益,并没有我们党自己单另的一种利益。所以我们党提出的一切号召,土改也好,互助合作也好,都要在群众觉悟的基础上搞。要群众觉悟,这当然要麻烦啦。要做许多教育工作啦。没出息的干部,不爱做教育工作,就向群众讨账。我给你分了地,你还不响应我的号召吗?杨书记,你看庸俗不庸俗?他们根本不考虑:我们党的工作基础,永远是群众的觉悟,不是群众的感恩!"

"不光要做教育工作!"杨书记不仅同意区委书记的意见,而且更进一步发挥说,"在互助合作这方面,还要做出榜样来,叫群众看一看哩。有一部分先进群众,讲道理,可以接受,可是大部分庄稼人要看事实哩!这个和土改不同,你说得天花乱坠,他要看是不是多打粮食,是不是增加收入。"

县委副书记说得比区委书记更加深刻、更加透彻。生宝听了,觉得从心里往外舒服。他努力从这两位领导同志的谈话中,学点道理。他竭力使自己不插话,不岔开他们的话头。他恨自己不多识字,不能像区乡干部那样,往本本上记两位书记讲的话。他常常苦于自己不懂很多道理。他很后悔没有把冯有万领来,让他也听听革命道理。懂得这些道理,干起来人心里有准!

这个年轻庄稼人,使着劲听两位书记的谈话,不知不觉,把手里的半截纸烟捏碎了。

生宝虽不是心胸窄狭的人,但是由于杨书记这几句话的启发,他竟忍不住要替他继父鸣几句不平了。他激动起来:

"我的天!杨书记。庄稼人都是务实的人嘛!不保险可不干。嘿!耳听为虚,眼见为实——这是庄稼人的口头话。庄稼人眼见过小家小户小光景,没见过社会主义嘛!就拿俺爹说吧!俺父子在一口锅里舀饭吃,我做梦,梦互助组;俺妈说,俺爹做梦,梦他当上富裕中农哩!"

"真有意思。"两位书记同声笑了。

"可不是吗?"生宝说,"真逗人笑。富裕中农的光景,在他眼里再美没有哩嘛。社会主义他没见过,咱不能强迫他相信。咱只能做出样子给他看。可是俺的樊乡长说俺爹扯我的腿,对不起共产党,是忘恩负义,是没良心,根本不像个贫雇农样子。俺爹为啥不像贫雇农样子?土地证往墙上一钉,就跪下给毛主席像磕头,这是没良心吗?樊乡长以为不是我亲爹,我听了他的话也许高兴。实际,我听了难受得很哩。他太把俺爹不当人了!俺爹是好农民。王书记,你该知道俺滩里的白占魁吧?你就是赶明日要实行共产主义,他也赞成。你喜爱这个人吗?他倒是脑筋灵敏着哩!"

王书记笑说:"你这阵还生樊富泰的气吗?"

"提起来不好受!"生宝毫不掩饰地说,"他说俺爹坏,我心里疼嘛。民国十八年,没他收留的话,我的骨头这阵找也找不见了,还闹啥互助合作哩?我经常对俺爹态度好。咱共产党员,不能忘恩负义,叫人家群众笑咱。"

说到这里,生宝才悟到不免太激动了,不免带了个人恩怨,又缓和气氛说:

"自然,樊乡长也是为工作。他觉着,这是他进步,他也不是有意辱没俺爹喀。……"

县和区的两位书记吃惊地注意生宝的激动。他们并不打断他,只是十分惊讶地听着。显然,他们没有料到,生宝是这样一个重感情的人。

杨书记很有感触地对区委书记说:

"我们好多同志,硬是不注意农民小私有者和小生产者的一面。几千年受压迫、受剥削,劳动最重,生活最苦,这就造成他们革命的一面。刚才梁生宝同志说的,小家小户小光景,几千年的小农经济生活,又造成了他们落后的一面:自私,保守,散漫,不习惯组织和纪律……所以毛主席在一九四九年,一解放就警告我们:教育农民是严重的任务。毛主席并不是随便说话哩……"

"在互助合作中间,农民主要的是革命的一面呢,还是主要的是落后的一面呢?"王佐民探讨地问。

杨书记新给了生宝一支烟,自己拿了一支,却不顾擦火吸烟了,只顾他非常热烈、雄辩地谈论起来:

"佐民!这个问题,我是这么看法——不能拿我们常说的民族资产阶级的两面性,来看农民的问题,应该具体地分析具体情况。农民嘛,是工人阶级的同盟军,是劳动的阶级嘛。民主革命阶段是同盟军,社会主义革命阶段还是同盟军嘛。工农联盟是永久的,不是临时的。但是，革命革到要对小农经济进行社会主义改造的阶段啦，农民小私有者和小生产者的一面，不是变成矛盾的一个方面了吗?不是应该引起大家的注意了吗?我想毛主席那句话的意思，就在这里。我们对革命的阶级，绝不能强迫命令，或者像你刚才说的那么讨账。我们坚持自愿原则，采取群众自己教育自己的方式方法：重点试办、典型示范、评比参观……逐步地引导农民克服小私有者和小生产者的一面。而且，我们这么做的时候，还主要地依靠贫农，因为贫农革命的要求更迫切，那点点小农经济的底子更薄。我看这没什么神秘，也不可怕。我们有办法的。佐民，你这里有'毛选'吗?有?把第一卷拿来!"

区委书记很兴奋地从书架上，抽出一本咖啡色书皮的精装书。县委副书记伸手接过这本很大很大的书来，很熟练地翻到第三百一十一页上，用眼睛寻找着。

"这里!这里!你听!"杨书记非常快活地念道，"任何事物的内部都有其新旧两个方面的矛盾，形成为一系列的曲折的斗争。斗争的结果，新的方面由小变大，上升为支配的东西；旧的方面则由大变小，变成逐步归于灭亡的东西。而一当新的方面对于旧的方面取得支配地位的时候，旧事物的性质就变化为新事物的性质。……"

"互助合作和小农经济的关系，就是这么样。"县委副书记把书还给区委书记的时候，肯定地说，"生宝同志，你听明白哩吧?"

"明白!能明白!"生宝没有阅读能力，但因经常学习和参加各种会议，听讲能力很强，他非常畅快地说，"互助合作是新事，小农经济是旧事，不是吗?新事由小变大，旧事由大变小，不是吗?"

杨书记很满意地笑说："还有!你们家庭内部的矛盾，也是一样。等你互助组成功了的时候，你爹就不叫你听他的话了。他就听你的话了。对不对呢?"

"对!对!就是这样!"生宝激动地说。

杨书记擦着了洋火,给生宝点烟。生宝推让,要杨书记先吸。当杨书记吸烟的时候,生宝用那么尊敬和佩服的眼光,看他那聪明、理智和有力的面部表情。

"呀呀呀!"生宝在心里头惊讶,"有文化、有经验的领导同志,懂得这么多道理?"

生宝吸着烟时,心里想:这是他一生中很值得珍贵的一次会见。要是他单独见县委副书记,或者他单独见区委书记,他不会听见这些高深理论的。只有两位领导者谈话,他从旁才能听到这些宝贵的话语。这些话语,比金子还要有价值哩!

杨书记吸着烟,说:"生宝同志,你们那个搞法很好。好好搞一年,明年互助组长代表会上,你再上一次台。"

"对!"生宝慨然答复,嘴上非常有劲。

王书记说:"今年县上给黄堡区派来两个农业技术员,我准备把一个摆在东原上搞小麦和玉米,一个摆在你们组里搞水稻密植。"

"好嘛!"梁生宝喜得眼睛瞪圆、闪亮。

王书记问:"你们谁留在家里下稻秧子?"

"生禄和有义。他两个中农不情愿进山。"

"不好。"王书记说,"应该把欢喜留在家里下稻秧子。因为刚才杨书记说,今年要从培育壮秧做起,实行一系列的新技术,不是光搞密植。"

杨书记对生宝说:"今年,我们县上改变做法了。要各区把两个农技员分开放在两个互助组里,不要再全区跑啰。讲来讲去,人家不信嘛。做出样子,给人家看看嘛。因此,生宝同志,要狠住搞!"

"好啊!太好啦!"生宝简直要跳起来,"杨书记,王书记,我要回了。"

"怎么?"

"叫欢喜甭准备进山的事了,叫有义准备。我要走了。"

"甭忙!"王书记说,"看杨书记还有啥指示吗?"

"欢喜是怎样个人?"杨书记问。

"小学毕业生,贫农。"

"好,好。应该在人事上给将来做准备,明白吗?"

"明白!"生宝畅快地说,"准备咱的技术人才!"

区委书记又叮咛:"你们在山里头一个月,可要注意安全啦!"

县委副书记说:"你叫他到区卫生所带点药品、药棉和纱布好啰。不要他们的钱,从区上的互助合作经费里开支。"

"好吧。跟我走。"区委书记拉住生宝的手。

生宝啊!生宝啊!他这时高兴得不知说什么是好啊!他还说什么呢?人类语言的确有不够表达感情的时候。这哪里是梁生宝互助组?他个人,嘿!他哪里会想到这些,办到这些呢?

他在房门口辞别了杨书记。跟王书记到区秘书办公室带了介绍信,又在大门口辞别了王书记。王书记又一次嘱咐他:"安全第一!出了岔子可不好!"

生宝回到庄稼人拥挤的前街上了。他心里恍恍惚惚:这难道是种地吗?这难道是跑山吗?啊呀!这形式上是种地、跑山,这实质上是革命嘛!这是积蓄着力量,准备推翻私有财产制度哩嘛!整党学习中所说的许多话,现在一步一步地在实行。只有伟大的共产党才搞这个事,庄稼人自己绝不会这样搞法!

事情越来,生宝心中越明确了。"这样搞法啊?杨书记!你正月里没这样告诉我。"梁生宝现在有信心,有决心,决不辜负首长们

219

的关心!

生宝在街道上的庄稼人里头,活泼地趑行着,觉得生活多么有意思啊!太阳多红啊!天多蓝啊!庄稼人们多么可亲啊!他心里产生了一种向前探索新生活的强烈欲望。

到卫生所,把介绍信递进取药的小方口,在过道的门洞里等着配药品,生宝逐渐冷静下来了。这时他才发现手里还捏着那半截捏碎的纸烟哩。他从手掌里把纸吹掉,把烟末小心翼翼地装进他的烟口袋里——东西不可浪费!

把纸烟末装进烟口袋以后,他开始从头至尾回忆今天所听到的"马列主义"。他不会写笔记,每次到县上开会,靠回家的路上一再回忆,来加深印象。他不能忘记杨书记说的这些话。绝对不能!他要在一生中慢慢享用这些话。我的天!多么深的道理,可是多么好懂啊!

第十七章

清明前三天,汤河流域的庄稼人,就开始上坟了。庄稼人们洗了手,提着竹篮,带着供品、香和纸。孝性强的人们,还带着铁锨,准备往先人坟堆上培土,或者堵塞田鼠打下的洞穴,以免山洪灌进墓里。

到清明节的一天,平原上所有的坟堆,就都插了白纸钱了。有没插结实的,被春风吹起来,在麦田里和路上,随意地飘飘落落,渲染着清明节日的气氛。

梁三老汉拿眼睛盯着哩:看他生宝想起上童养媳妇的坟不?真是铁石心肠的家伙呀!看他那股上天入地的劲头吧!为了筹办进山的事务,下堡村一跑,黄堡镇一跑。他回到蛤蟆滩,又从这草棚院跑到那草棚院，忙得碰破了头。看！看！唯有上媳妇的坟这件事不当紧。他到底忙些什么事务呢？

"你小子不喜愿对我说嘛，我也不喜愿问你！"老汉心里头赌气地想。

为了公众事务把世俗人情撇在一边，这种心情，是梁三老汉所不能理解的。他一辈子老实、无能，对环境的压迫逆来顺受，人生的目的十分微小。他看不惯生宝这股叱咤风云的劲头！就像他真是治国平天下的人！

生宝做些什么事情，一点也不和老人商量。梁三老汉也不情愿问他。问他做什么呢？人家在党！啥事，人家都和党里头的人商量哩。还来问他爹做啥？

老汉心里头想："全蛤蟆滩，不，全下堡乡，就你小子能！人家谁倒像你小子一样，领带人马、安营下寨、盘锅头起火，成个把月在山里头割竹子呢？就像要夺江山那神气！哪里有点庄稼人的气味呢？"

老汉在街门外背靠碌碡蹲着、想着。脑子里想什么，嘴里不由得说出声音来了："你小子！你小子……"

孙水嘴过路听见，感到兴趣，问：

"三老汉！你一个人在这里嘀咕啥呢？你和地下的蚂蚁说话吗？"

梁三老汉摇摇头，不喜理孙水嘴。不要说习惯拿别人家里的纠纷当谈话资料的水嘴吧，即使旁的嘴紧人，老汉也不再往外嘀咕家内的实情啰。家丑不可外扬嘛！他不情愿让生宝他妈难受。在他半死不活的那些灾难的年头，老伴待承他太好哩。他再生也得记牢这一点。要不是碍着生宝他妈的情面，哼！他决不容让生宝这样黄风雾罩地闹腾！不是正经庄稼人过光景的动静嘛！老汉总觉着这个行动里头，潜伏着某种可怕的危险。只有少数心大性强的人，才敢这样大闹乾坤。一旦爆发出来危险，会到不可收拾的地步。但老汉却不能出面阻挡，因为生宝他妈在炕上坐着哩。他的困难就在这里。一切都看在这个寡言少语、和蔼可亲的笑脸上吧——她早年是一个贤良的婆娘，现时是一个慈心的妈妈啊。他必须重视：她对生宝，有比对他更深的感情。他不愿意伤她的心！他要耐心地等她慢慢觉悟过来，知道护着儿子就是害了儿子的道理。

清明节这天，梁三老汉终于代表生宝上童养媳妇的坟了。就拿这一点来说，老汉也鄙弃生宝！不管怎么，总算夫妻了一回嘛！一日夫妻，百日恩情嘛！给死人烧纸插香，固然是感情上需要；但有时候，为了给世人看得过去，也得做做样子吧！你共产党员不迷信，汤河两岸的庄稼人迷信嘛！哼！

梁三老汉蹲在媳妇的新坟前了。纸烧了，香插了，老汉想起过去的凄惶日子来了。老汉的眼泪流出来了。

开头，眼泪只是揩了又流，流了又揩，不断线地涌着。随后老汉竟用理智的力量，控制不住感情的冲击了。摆毕了供品，他竟完全被感情所驱使了。他竟不顾体统地哭出声音来了。

哭就哭吧！哭一哭会疏散一些心中的郁闷的，胸腔里头会觉得宽敞一些的！

"我那可怜娃呀！唉嘿嘿嘿……"

一只手抓住他夹袄肩头，拉了拉，说：

"三叔！甭哭哩！"

梁三老汉抬起头，用泪眼看见梁生禄。

"生宝哪去哩？你给儿媳妇烧纸？……"生禄不高兴地问。

梁三老汉哭哽咽了的嗓音说：

"他到上堡村林管站，领进山证去了。"

"你甭哭哩！"生禄很不满意，说，"甭给俺丢人哩！"

"怎是给你家丢人呢？"老汉惊奇地瞪起泪眼。

生禄说:"咱一个梁字掰不烂……你公公哭媳妇,给一姓梁的丢人哩!"

"噢啊!是这,你走!我不哭哩!"

老汉很不高兴地收拾起上坟的东西,回到草棚院里。

"生禄!"老汉心里头骂,"你小子不知道俺的童养媳妇,和闺女一样亲吗?你小子知道一个梁字掰不烂,你小子为啥把互助组长,掀到俺生宝头上哩?把你头上的虱子捉到俺头上,你还有脸说俺!"

老汉把上毕坟的东西送回草棚屋里,出来重新背靠碌碡,蹲在土场上。他用很讨厌的眼光,盯着梁生禄家的草棚院。

他现在面临着令人难受的局面:生宝要领带人马进山了,他没有办法阻挡。在买稻种去的时候,老汉还料不到,生宝是这样一个吃铁化钢的家伙,竟然联络起这一大帮人进山。从前,梁三老汉只是在村人面前感到自卑,现在他在生宝面前也感到自卑了。他几乎没有一点信心,开口说服生宝不要闹得太大。

进山的事有危险。自古以来,个人只为个人担凶险,不为旁人担凶险。个人为个人的光景,出了什么事都好了结。至于会出什么事呢?梁三老汉按照迷信的传统,想也不敢想得更具体些。人,只应当想吉祥如意的事嘛!他看见生宝准备带去的药品、药棉、纱布,心在打寒颤,心往下沉哩……

不对!他越思量越觉得:当老人的不应当坐等出了事再说话。

梁三老汉在土场上站起来了。他眯起眼睛向下堡村望着。他低头从土场边的小径,走过梁生禄家的桃树林子。他下了汤河铺着青草的堤岸斜坡。他过了汤河绿水上的独木桥了。

不大工夫,梁三老汉就站在下堡村乡政府卢支书屋子里了。

屋子里有两条板凳,找党支书谈话的庄稼人,照例都在板凳上坐。卢明昌,为了表示对重点互助组组长的老爹亲热和恭敬,让梁三老汉坐在他办公的椅子里,他自己坐板凳。

"你坐在椅子里,"支书非常亲热地说,"你老人家坐正,咱叔侄俩说话。我常想过河去,安慰安慰你老人家,穷忙!"

梁三老汉既不坐椅子,也不坐板凳。他蹲在一进门的砖脚地上,在心里头准备着他要说的话。

支书为了尊重老汉的习惯,他自己也在老汉对面蹲下来了,让椅子和板凳都空着好了。

卢明昌拿微笑的眼光,盯着梁三老汉忧思重重的脸色。

"老人家!你渴不?我给你舀水去?……"

"不!"梁三老汉的树根手,抓住支书的灰布袖子,"庄稼人吃啥东西会渴?"他不会拐弯抹角说客气话。他只能照实际的情形说话。他不管听话的人满意不满意。

卢支书笑笑,表现出很满意老汉这种实实在在的态度。

梁三老汉已经在肚里打好了草稿了。他开始说:

"明昌,你是咱本乡田地人,又是个庄稼人出身……"

"对!"卢支书非常同意,"这个话,你说得对对!"

"庄稼人过日子的道理,你都懂得哩……"

"懂得不多……"

"你全懂得!"梁三老汉肯定说,"庄稼人不懂庄稼人的事吗?嘿!只不过有时间,就不按庄稼人心思说话了。"

"我按啥人的心思说话呢?"

"你按共产党的心思说话!"

"对!对!"卢支书非常高兴,"你看问题看得准!"

但是梁三老汉并不高兴,他仍然是进门时的阴暗表情。

"毛主席给穷庄稼人分下地,是不是为了过日子?明昌!凭你的良心说!"他开始质问了。

支书笑着:"当然是为了过日子嘛。你看不见我们尽量提倡生

224

产吗？"

"你看梁生宝的神气，像过日子的神气吗？"

"他是过大日子的神气。你老人家要过小日子。我知道，你父子俩，就为这个矛盾着哩……"

"看看看！"老汉摊开了两只树根手，"我说你们在党的是一家人，一点没说错！一家人看见一家人亲嘛！你们说话一个调调。你们全姓共，是不是？"

党支书有了皱痕的中年庄稼人脸上，突然放出从心里往外快乐的光芒。再没比这样的谈话，使支书高兴的了。

"哈哈！梁三叔！你老人家今日来，怎净说些很深的理呢？看起来，你老人家思量共产党和庄稼人的分别，思量了很多日子了。要不，你说不出这么深的理儿。好！说得对！对对！我承认：我们全姓共！"

"你甭给我灌迷魂汤哩！"梁三老汉严肃地警觉着自己不被软化。

但是老汉无意中的一句闪烁着思想光辉的话，启发得卢明昌格外想发点议论。

"你老人家说得对对！对对！俺在党的全是一家人，一家人看见一家人亲！这个村里有姓王的，没姓李的；那个村里有姓赵的，没姓刘的。可是村村都有姓共的！俺姓共的势力大得很！老人家！财东老爷、土匪特务、反动道门……都害怕俺姓共的！老百姓喜欢俺姓共的！为啥呢？俺姓共是姓共，俺不挤轧百姓嘛。俺团结赵钱孙李、周吴郑王、冯陈褚魏、蒋沈韩杨……的劳动人民，改造旧社会，建设新国家哩。你老人家看我说得对也不对？啊？"

梁三老汉再也板不住脸。他笑了。他的劳动者的善良，他的受过压迫的心灵，他的被剥削过的痛苦记忆，以及解放三年多来共产党所做的好事，促使他本能地相信卢支书这番有风趣的议论。卢支

225

书说了几句很好强的话，但却非常实际，梁三老汉一点也不觉得浮夸。卢明昌是个务实庄稼人，后来才办党务工作。梁三老汉喜欢这号人。他知道，他自己在精神上和王书记、卢支书、生宝他们挨近着哩；仅仅他们搞的互助合作，他眼时无论如何想不通："你们把种地的机器拿来，再闹腾嘛！离社会主义还有几十年，空吹做啥？"

老汉松开皱纹脸，笑着。他的八字胡子在两嘴岔上展开了翅膀。他像所有厚道的庄稼人一样，要他自己卸掉几千年私有制社会因袭的精神负担，是不可能的幻想！但是，话是开心的钥匙，当他被什么通俗易懂的道理感动的时候，他的心思会开朗起来，虽然以后，他还会有被财产占有欲压倒的时候。

他是一个耿直的庄稼人，知道新社会的伟大性质。他不害怕共产党员。像卢支书这样和他说道理，他很喜愿听。像樊乡长那样说他没良心，他理也不喜理他！他碰见不和樊富泰打招呼。"你当了乡长，能怎？我不理识你！你能把我押起来！甭唬人哩！新社会就是县长、省长，对百姓也得耐心！甭摆你的官僚架子哩！我把公粮一交，你和我没话！"

卢支书盯住梁三老汉使劲考虑问题的脸相，拍拍他驼背的肩膀，亲热地说：

"梁三叔！你老人家看我说得对不对？"

"对是对，互助组你们办不成功。不是我梁三老汉一个人挡事，旁的庄稼人都不实心……"

"生宝组里谁不实心？"

"俺哥和生禄，都不实心！他们名在互助组里头，心在互助组外头哩。要不是生荣在解放军里头在党，回回家信叫入互助组，依他父子俩的意思，早退出去哩！俺生宝傻，看不透人的心思……"

"咦咦！你说的啥？生宝傻？你说的那是中农，贫农该都实心实意互助哩吧？"

"贫农也有不实心的,我注意看他们的容颜举动哩。"

"谁不实心?"

"你不走话?"

"你看!你寻我来,就应该信服我。"

梁三老汉鼓了鼓劲,决心向党支书揭露生宝互助组潜伏的矛盾。

"头一个王瞎子不实心!他因为拴拴地不够种,在互助组趁挣生禄家的工分哩。他家全看生禄家的脸色行事。生禄在组,他就在组;生禄出组,他就出组。王瞎子不想叫拴拴进山,又不愿耽误几十块钱。你看!又想吃大饼,又不愿累牙。拿咱看,他不愿叫拴拴进山,正好!少一个累赘,不担一份心。你知道,拴拴不是灵巧人。生宝小子好强,硬要全班人马走,强拉扯人家……"

"还有谁不实心?"卢明昌想了解得更清楚些。

"还有郭锁儿也不实心!他从下堡村搬过河来,犁没犁,牛没牛。他不入组,不能种地。我看他是有了牲畜农具,就出组的神气。我嘴里不说话,我拿眼睛看他们哩。光光有万、欢喜、老四……他们几个和生宝一心。旁的都含含糊糊……"

"冯有义怎样呢?"

"那是个老好人。互助组好好,他也好好。互助组闹问题儿,他也要变心……"

"慢慢来,梁三叔!"卢支书很和气地说,"由不实心到实心,得几年哩。和尚刚剃了头发,就有了道行了吗?还不是要在寺院里修吗?你放心,俺慢慢教育他们呀!你老人家甭拉生宝的腿,俺工作得就快。河这岸,下堡村的人都说:'看人家稻地里梁三老汉指教出来的子弟吧!生宝骨血是渭北人,心术是梁三老汉的心术,真是好样!'人家这样高看你老人家,你千万不要做低了,叫人家笑!"

老汉羞惭地低垂了光头。真是隔河千里远!原来下堡村的人竟这样抬举他啊!他谨小慎微的庄稼人狭窄心境,怎能和生宝叱咤风云的气魄联系起来呢?他心中绞痛。他劳动人民的自尊心,现在翻到他庄稼人的小气上头来了。他问他自己:"你六十几的人了,你想从这个尘世上带走啥东西呢?"他又回到他和老伴干仗以后的思想上去了:"只要给我吃上、穿上,你生宝看怎弄怎弄去!世事是你的世事!"

他抬起头来,皱纹脸上非常和蔼、诚恳。

"卢支书,我给你说句心里话。"

"你说。你老人家说。"

"进山的事,有凶险……"

"我知道,生宝有准备哩。"

"哪一年春上,汤河口都要抬出来几个……"他说不出"死的和伤的"那些可怕的字眼。

支书很喜欢老汉的关心,说:"你老人家放心!生宝是个细心人,不是那号冒失鬼。他们人又多,啥事也没。"

"唉!"老汉叹口气,说,"人,只能往吉庆处思量嘛!万一出了啥岔子,实在受不了。他领的头嘛,他坐班房,我们家里人难受……"

卢明昌忍不住大笑:"看你说的啥?生宝为啥坐班房?出了事情,也是俺共产党的事情,怎么能叫生宝一个人坐班房呢?你放心好哩!你不是说我们全姓共吗?"

梁三老汉放下了心中的负担,笑了。他站起来,说:"是这,我回呀!要是有三长两短,你们党里头高抬贵手。……"

卢支书忍住笑,把老汉送出大门洞,搀着他下高台阶,说:"你只管放放心心!啥事想不通哩,你寻我来,咱叔侄俩谈叙!"

生宝领了进山证,在回家路过黄堡镇的时候,碰见欢喜在街上等他。继父到乡上告他去了。真丢人!家也不回了,他在黄堡通县城的马路上,直奔下堡村。他知道没有什么事情。不过,老汉跑到乡上一闹,影响可不好。他到了乡政府。卢支书告诉他实在的情形,他高兴地咧嘴笑着,用惊喜的眼光望着支书亲切的笑容。他原来准备往回背他继父的,要是老汉无论如何不回家的话。

卢支书问:"领得进山证哩?"

生宝用腰带的一头揩着脸上的汗水说:"领得哩。倒霉!"

"怎么?"

"老爷岭这头,今年整个封山育林,不许割竹子。指定俺过了大岭,在苦菜滩左近割哩。"

"啊呀!那就要多走四十里,捎扫帚的人苦了。"

"四十里啥路嘛!直上直下,岭两面像走梯子一样。卢支书,你过过老爷岭吗?人说那是四十里猴路。"

卢支书笑说:"我过过一百回也不止。那么,供销社就要给捎扫帚的人加脚价啦?"

"我回头的时光,就和黄堡供销社说好了。每把扫帚加一角钱脚价。就这,也怕官渠岸那伙尖脑壳别扭哩。我回去还得寻增福商量哩。不对的话,就得我帮他开个会哩。"

"对!"卢支书很满意生宝的办法,说,"应该对大伙儿说明:封山育林是国家的政策,森林是人民的财产。要不是解放前国民党的烧山政策,老爷岭这面有的是竹楣!国家还舍不得吗?"

"就得这么说。事实也就是这样喀!"

"都安顿好了吗?"卢支书关心地问,"还有啥事要乡上帮助吗?说起来,实在对不住。乡上忙忙乱乱,对你帮助不够。"

"哪里?这就是帮助嘛。教育我就是帮助我。"年轻的生宝,在四十来岁的支书面前,谦逊地说。

他说他一切都安排好了:进山的用具,应带的粮食、衣物,他和有万挨个检查了一遍;因为欢喜留在家里学新式秧田,他们把中农冯有义也动员起来进山了。

"原来,俺准备叫乡上关照关照下稻秧子的事来,这阵有县上派的农技员,就好哩。"生宝最后说,一切都非常满意的神气。

生宝要走的时候,卢支书一只手捉住他的手,另一只手搭在他结实的肩膀上,亲密地送他,好像他要远征一样。

"生宝同志,"卢支书语重心长地说,"你对你后爸的态度,恐怕还要积极地争取哩吧?要知道,他是你的后爸,不是亲爸啊。一般落后群众看现象,不看本质,容易同情他。咱共产党员前进是要前进,可不能不注意社会影响啊。"

生宝在卢支书的一只胳膊搂抱中走着,听了这番话,很动感情。

"忙!卢支书,实在是忙!不是我另眼看待后爸。"生宝重视党支书的忠告,解释说,"我总觉着,外人的工作要紧,自家人没啥。闹翻了,也容易好起来……"

卢支书点头同意他的解释。

"还有一样,"生宝又继续说,"俺爹那自发性儿,就和神经病一样嘛。有几天犯了,有几天可好哩。他独独一个人蹲在那里,拧住眉头子想、想、想。你知道他想啥呢?你给他说些进步话,他就好了;他看见人家过光景,又生我的气了。我一天东跑西跑,哪里有工夫细揣摸他的心思呢?"

卢支书很同情、很谅解地说:"也对。那么就叫你娘和秀兰,多关心老汉些。主要是群众影响的问题……"

在汤河边上,生宝请卢支书回去。支书用庄稼人手掌,亲昵地拍着生宝结实的肩膀,告别说:

"一路顺风!过一个月再见!"

"不生问题!"生宝在独木桥边有信心地说,"害病、受伤,俺带着药哩。老虎、豹子,有万带着快枪哩。"

两个共产党人分别了。生宝过了独木桥,卢支书还在河边站着,望着,望着,望着。生宝英武的身影,走过梁生禄的桃树林子去了……

……生宝回到黄昏中的草棚院。他问妈和秀兰,爹在哪里。她们告诉他,在马棚的小炕上睡觉哩,要他不要惊动老人。

秀兰高兴地报告:"哥!卢支书的话,可说进他心里头了。爹从乡上回来,和气得很了。说你是干大事的人,他愿意老天保佑你,甭栽跤最好。他说干大事的人,栽大跤,庄稼人走千辈子踏平的老路,不栽跤,稳稳当当活一辈子。你说他多有意思?……"

生宝听了更高兴,笑说:"那么,你把咱爹看简单了?他成天琢磨,脑子想得更深!"

生宝要进马棚去看看爹。妈拉住他的夹袄袖子。

"你甭去。"

"怎?"

"他难受。你要离家一个月,他替你担一份心。他嘱咐俺:等你回来告诉你,甭惊动他。他说:他独独在马棚里睡到天明,你已经不在家了。他说,他看见你要走,心里说不出的滋味。你就甭惹他难受吧!你忙你的事情去,俺娘俩招呼了他哩!"

多么令人心动的父子感情啊!生宝不听妈的话,他一定要进去看看他爹。他要对老人说些孝敬的话,说些有政治思想意义的话,使老人不要替他担心。

生宝强走进马棚,秀兰在马棚门口看着。

老人睡在小炕上,脸朝着泥墙。生宝走近小炕边,轻轻叫了两声:"爹!爹!"

老人不做声。

"爹!爹!"生宝又叫,轻轻推了推。

老人扭过皱纹脸来，睁开眼睛。灵活的眼神表明：他并没睡觉。

"领得进山证哩？"

"领得哩。"

"啥啥都预备好哩？"

"都预备好哩。"

"那么你去，我不阻挡你。你活你的大人，我胆小庄稼人不挡路。但愿你把人手，都欢溜溜地领出山来，谢天谢地。就是这话！"

"爹！你起来，我想和你说几句家务话哩。"

"和你妈说去。我心里头烦，听不进去。就是这话！"

生宝知道他爹的执拗性子，放弃了谈话的意图，心情很愉快地退了出来。

……第二天鸡啼时分，蛤蟆滩犬吠，人言——生宝的割竹子队，向秦岭深山的苦菜滩出发了。

第一部

下 卷

第十八章

和谷苗一块长起来的,有莠草;和稻秧一块长起来的,有稗子。莠草和稗子,同庄稼一齐生长,一齐吸收肥料和土壤里头的养分,一齐承受雨露的恩泽,但它们不产粮食,只结草籽。它们——莠草和稗子——长着同谷子和稻子很少差别的根、茎、叶,庄稼人不分彼此地给它们施肥、培土或灌水,直至它们被鉴别出来,才毫无抱怨地,心平气和地拔掉它们。第二年,庄稼人明知道谷苗里头有莠草,稻秧里头有稗子,还是把它们当做庄稼一样看待,一样娇贵,因为毕竟它们只是谷苗和稻秧的万分之一啊!

不幸这种情况,超出了自然界。高增福有他哥高增荣,梁生宝有他的邻居王瞎子。

在梁三老汉草棚院西边二三十步、任老四和欢喜家的草棚院东边四五十步的地方,蹲着一座苍老的没院墙的稻草棚屋。草棚屋的东山墙向外倾斜着,要不是拿两根椽顶住,早已不知在哪一次暴风中,从墙根儿垮下去了。尽管这样,它的主人年复一年地拖延着,不请人另打山墙,仅仅为了证明主人的判断准确——它就那样,也能支持十年以上!同时可以证明:那些说这山墙危险的庄稼人,多么无知和可笑!快奔八十的王瞎子,什么事他不清底呢?要人给他说吗?笑话!

直杠王老二,也有人叫他王二直杠,或简称二直杠的。虽然他那样固执,庄稼人们对他还是相当厚道的;自从可怜老汉眼睛看不见了,蛤蟆滩谁还当面叫他那些不高雅的外号来呢?

王瞎子七十八了!从八年前的一场伤寒症中,好强的老汉固执地活了出来,只是双眼失明了。他现时什么活儿也不能做啰。他只能扶着棍子,从草棚屋摸到外面晒太阳,还有上草棚屋后面猪圈旁边的茅房里去。

这是一个出尽了力气的庄稼人。在他身强力壮的年头里,每年"芒种"前后犁稻地的时候,吆牛总要喊哑他的嗓子。开犁的几天,整个蛤蟆滩一片犁稻地的庄稼人里头,王二直杠的喊牛声压倒一切;但到收尾的几天,庄稼人们就再也听不见二直杠的声音了。不要以为他的稻地已经犁完了,是他再也喊不出声音来了。他是这样一种性子,做起活来拼命,恨不得趴下去用脑袋犁地的庄稼人啊!

现在,可怜的瞎眼老汉,只能蹲在草棚屋门前,或者蜷曲着身子,躺在门前的茅柴上,满怀感慨地回忆他一生中处世待人的经验了。他衣衫褴褛,骨瘦如柴,但心性还硬,七十八岁的人,还不要儿子拴拴在家里掌权。无论什么时候,听见有脚步声走向他的草棚屋,蹲在门前的瞎老汉,总要像守卫的人一样,严峻地喝道:

"谁?有啥事和我说!他们不管事的……"

光绪二十六年,渭河边王家堡子的年轻长工王二,偷了财东的庄稼,被送到华阴知县衙门去了。差人们在大堂前,当着多少长袍短褂的体面人,在大白天褪下他的庄稼人老粗布裤子,仪式隆重地数着数,用板子打他赤裸难看的屁股。宣布要打一百二十大板来,由于他号哭着央告"大人恩宽",打到八十大板停住了,问他以后还敢不敢冒犯王法,拿财东家的东西。泪流满面的长工王二,用哽咽的声音保证:只要他在世上活着,他永辈子也不会白拿财东家的一根禾柴了。他被"恩宽"了,提上裤子,差人们把他架回了看守所。养好了伤,服满三八二十四天劳役,王二从县城回到王家堡子了。羞愧难当的小伙子啊,多少日子不好意思在村里露面,好像地老鼠一样,不敢见人。肉体上的创伤很快地好了,精神上的创伤却在他头脑里结成一块硬疤。尽管他哥一股劲开导他:"老子打儿,

235

儿不恼；县官打民，民不羞。"小伙子王二还是背起行李卷，含泪辞别了哥嫂，开始了流浪生活。他留言说：他将在关中道随便什么他中意的地方，落脚做庄稼，重新做人，当皇上的忠实愚民。光绪二十八年正月十九，王二路经蛤蟆滩，果真不走了，成了梁三他爹的邻居和好朋友了。现在，连年岁最大的秃顶梁大老汉，也是他的晚辈，只能算近代人。蛤蟆滩只有他一个称得起古时人，头顶上还保存着细辫子哩！

在清朝已经被损毁了灵魂，可怜老汉眼睛失明以后，才有了充分时间检查他一生的得失了。他感谢皇上的代表——知县老爷那八十大板。他自认一生是"问心无愧"的，对得起一切皇上、统治者和财东。他没有吝惜过体力，没有拖欠过官粮租税，没有窃取过财东家的一个庄稼穗子。没有！直杠王二的行为"经得天地，见得鬼神"！后来，在民国初年，可怜妹夫的两个孤儿——任老三和任老四，逃荒逃到他跟前，他以自己的名义租到吕二财东的地，给他们种。秋后，舅舅硬逼着外甥们，拿最好的稻谷交租。他骂他们不是东西。他绝对不允许他们对财东使奸心。他教导他们：穷庄稼人得不到财东的信任，甭想在世上活人！终于，弄得舅舅和两个外甥不和了。任老三还勉强继续种着租地，性大的任老四嫌憋气，退了租跑终南山。王二直杠说："你小子不种就不种！我总不为你们损我的阴功！不服王法！啥东西？"

不识字的前清老汉，喜欢经常对民国年出生的庄稼人，讲解"天官赐福"四个字的深刻含意。这是庄稼人过年常贴的对联的门楣，但粗心的庄稼人贴只管贴，并不仔细琢磨它的精神实质。年轻时受过刺激的王二直杠，把这四个字，当做天经地义。他认为：老天和官家是无上权威，人都应当听任天官的安排，不可以违拗。家产和子女，都是老天和官家的赏赐，庄稼人只须老老实实做活儿就对了，不可强求。"小心招祸！啊！"

一九五〇年冬天的土地改革运动，是光绪二十六年以来，王二直杠五十年碰到的第一个最大的难题。他一生修炼成的人生哲学，到那年冬天，碰到了严重的考验。当然，眼睛如果能够看见，他也许还少受熬煎。可怜他眼看不见，哪里也不能去了啊！曾经被蛤蟆滩相当一部分庄稼人尊敬过的勤奋老人，现在是不是要变成可笑的人物呢？

"二老汉！"有人开始揶揄王二直杠说，"你还是等天官赐福哩？还是和俺穷庄稼人一块分财东的地哩？"

老汉在发动群众、整顿贫雇农队伍的初期阶段，相当坚决地摇着他留小辫的头：

"咱不要！咱不要人家的地！咱拉下阳世上的孽债，咱到阴间还不清嘛。先人留下的产业，还保不住哩！要人家的产业做啥？哼！要自己命里有哩！娃子们！"

他眼睛看不见，有理由不参加任何集会和社会活动。有人如果通知他开会，他说："娃子们，抬轿来吧！"他是蛤蟆滩公认的死角，什么风也吹不动他。旧社会，他是亲眼看见的；新社会，尽管他活到了这个时代，他却看不见了，只在他想象中。有人如果到他东歪西倒的草棚屋门前，做他的工作，他反感，毫无顾忌地进行反宣传，举出大量的事实证明土改是一种乱世之道。下堡村郭家湾郭某过继给叔父，继承了二十几亩旱原地，没到十年就破产了；王家桥王某得了一份"绝业"，穷光蛋一夜变成了富户，到后来拖着树枝沿门讨乞哩；大十字高某……他不习惯说空洞的道理。他一张嘴，总是联系到他记忆中无数的事实。因此他经常是非常坚定的，充满自信的。他认为：产业要自己受苦挣下的，才靠实，才知道爱惜。外财不扶人！

他万没想到土改的结尾，把他的雪白胡子嘴完全堵死了。除了给地主自己留一份以外，杨大剥皮和吕二细鬼的地，竟被分光了。

所有被确定为贫雇农的穷庄稼人,都领到分给自己的土地,他王老二能独独不领吗?要知道:今后没有财东啰。杨家渠改名团结渠啰,吕家渠改名翻身渠啰,庄稼人当家做主啰,分地管业啰。他王老二不领分给他的地,他拴拴上哪里租种地去呢?唉唉!生活问题和实际利益,是世界上最无情、最强硬、最有说服性的力量。他五十几年兢兢业业遵守的信条——不白拿财东的东西,现在不得不放弃了。他脸上无光地领了分给自己的一份土地。但他并没因此放弃天官赐福的老基本信念。他解释说:

"这也是天官赐福喀!我的天!要不是天意,杨家和吕家大片的稻地,一块一块弄到手的,平地一声雷就完了吗?要不是官家派工作人来分地,庄稼人敢动吗?甭吹!还是天官赐福喀!"

不过他嘴里虽然这样强辩,心里头却服软了。从此以后,他对社会上的事,发表什么看法的时候,比以前审慎多了。他不愿使自己像土改时一样在庄稼人面前难堪。谢天谢地,有八亩稻地了嘛。他可以指导他拴拴过光景了嘛。难道他不发表许多不对时候的看法,不能过光景了吗?

王瞎子毕生最大的遗憾,是他到蛤蟆滩以后,拾便宜"买"的女人不够精明,生下的拴拴,没有他十分之一的机灵。粗壮的拴拴扛着二百斤,很轻松,不喘气;但让他考虑决定芝麻大一点小事,使再大劲思量,也拿不定主意。拴拴只有一点长处,就是老实,听话,从来不和老人顶嘴斗气,家内非常协调、和睦。瞎老汉毫无阻碍地行使家长职权,心里头肯定拴拴比梁生宝强十倍!

"好歹是自家的骨血喀!……"

拴拴跟生宝进终南山的第二天上午,拴拴媳妇素芳,一个二十三岁的乡村少妇,脸上带着一种日子过得并不快活的忧郁,来到公公面前。素芳一边纳鞋帮子,一边对公公说:

"爹,和你商量一件事儿……"

"啥事呢?"坐在敞院里茅柴上的家庭独裁者,抬起留小辫的头,把眼睛看不见的脸,对着媳妇。

媳妇说:"官渠岸西头四合院俺姑父,用一个熬汤女工,我去行不?咱家做活人进山去了。屋里光是你和俺妈两个。俺妈能做得你们吃了哩。等咱的做活人,从山里头回来了,四合院俺姑,也就下炕了,误不了咱农忙的。熬一月汤,吃在外头,节省下咱的口粮,还净挣十二块钱哩!"

说毕,媳妇一笑。直杠公公看不见她的表情,但觉出她笑。

这媳妇眼睛灵动,口齿又利,全不像拴拴迟钝、迂缓。刚愎自用的直杠公公断定:要不是解放前娶过来以后,由他指导着,由老婆帮助着,让拴拴用顶门棍,有计划地捣过几回,素芳是不会在这草棚屋规规矩矩过光景的。王二直杠知道有一个普遍的"真理",再调皮的驾辕骡子,多坏几根皮鞭子,自然就老实了,何况比骡子千倍懂话的人呢。他认为这事做得天公地道!清朝的知县衙门打过他八十大板,就没白打嘛!直至老汉确定素芳的性气被屈过来以后,公公开始对驯服的媳妇,关怀起来了,在衣食方面尽量使她满意,为的是她有心情和拴拴过夫妻生活,生儿育女。他知道:再不安心的媳妇,娶过十年以后,有三个两个娃子,她就死心塌地和不称心的男人过一辈子了。尽管素芳的性气已经被屈过来了,解放后,直杠公公连一次也不让她参加群众会、妇女会和其他社会活动。不让就是不让!看他谁能拿一个七十几岁的瞎子怎办?要是这个代表或那个组长,一定要叫素芳去开会的话,他或她,就得拿棍子,先把王老二几下子打死,然后叫素芳去开会好哩!倚老卖老就倚老卖老!他还能在世上活七十几吗?

现在,瞎眼老汉很严肃地考虑儿媳妇提出来的问题。

"姚士杰是富农,敢用人吗?"他怀疑地问,瘦手摸着白胡子。

素芳很庄重地说:"爹,这阵土改毕了,再不斗争哩。"

"你妈家和姚士杰的丈母家远哩!"老汉不太同意地说。

素芳说:"爹,俺爸和姚家俺姑一个老爷爷。两家的爷爷亲弟兄。人家发家创业了。俺爷爷殁得早,硬俺爸抽大烟抽穷哩。"

"这个我知道喀!我是说:亲戚是亲戚,两家不来往,就是淡亲戚喀!"

"爹,淡亲戚也是亲戚嘛。解放以前,咱穷,人家不喜和咱来往;解放以后,人家是富农,又和咱不好来往。现时,世事又稳住哩。姚家俺姑父到黄堡给俺妈说,俺姑喜愿要我去。给人说起是亲戚帮忙,不是请女工,不担剥削名儿。爹,这么一说,你就该明白了吧?"

"明白了,明白了。"直杠公公点着留小辫的头,瞎着眼睛同意地说,"这一说,我明白了。"

直杠老汉无论怎样固执、别扭,他对生活问题和实际利益,从来不强扭的。他让拴拴入生宝互助组,他虽然勉强,终于同意拴拴和互助组一块去苦菜滩,都是从这个角度考虑的。

素芳嫁到这草棚屋已经七年了,她能摸着公公思量事情的心性。你看,她的说明,和生宝对老汉说明拴拴进山割竹子的利益一样,多么容易打动老汉的心。

瞎老汉坐在茅柴上,摸着自己身边的棍,考虑起来。

他想:省下一个人一个月的口粮,又挣得十二块钱,这是好事嘛!素芳一个妇道,除非这号亲戚关系,加上姚家怕担剥削名儿,她又上哪里找这好的事呢?她在家里做鞋卖,一个月能弄几块钱呢?王瞎子眼睛瞎,心里亮堂着哩,会算账哩。不要以为咱是糊涂人哎!

"这事做过来哩!"他在心里对自己说。

他又思量:"解放前,姚士杰和李翠娥有哩!就这点不良,那人就这点不良!素芳到他家里……"

但他很快又思量:"姚士杰是有钱人,要脸!李翠娥和多少男人有,姚士杰光和李翠娥有,没听说人家跟旁的妇道不清楚喀!这就只怪李翠娥烂脏喀!再说,远近总算亲戚嘛!姚士杰不是牲口嘛!素芳这几年也揉顺哩,她不敢胡来的!……"

于是瞎眼公公咬牙切齿,对站在跟前的儿媳妇使威风,说:"你到人家屋里老老实实,行端立正!狗日的!甭叫人家笑咱没家教!"

"噢!"素芳老老实实遵命。

事情就这样决定了。瞎老汉心中相当满意:穷亲戚和富亲戚来往,这是只能沾光,不会受害的事情。可怜的王瞎子,土改只给他土地,震撼了他的心灵,却没有能改变他老朽了的脑筋。在他心目中,士杰是高不可攀的富人,梁生宝是他眼前长大的讨饭娃子,出身贫贱。拴拴跟生宝进山,只是为了生活问题和实际利益。至于社会主义不社会主义,他听了笑笑,说:

"娃子们爱怎说呢!我有我的主意:吃饱、体面!"

郭世富从郭县回到蛤蟆滩了。五十多岁的苍头发老汉,带着县政府四科的证明信,从渭河上游太白山下,买回来两石稻种。多神气!嘿!比梁生宝买得多一倍哩!叫梁生宝再吹!

世富老大回到蛤蟆滩,一听说生宝啦,有万啦,都进山走了,他有点泄气。虽然这样,他叫吆胶轮车的世华老三,从民政委员孙水嘴那里取来官锣,沿着蛤蟆滩几条主要的草路,鸣锣吼叫:

"唔——喜愿分百日黄稻种的,都来分啊!唔——不限互助组不互助组,谁爱分谁分哎!……"

世富老大拿着长杆烟锅,站在官渠岸上,遥望着世华老三在稻地滩里鸣锣吼叫,心里格外舒畅!换了季穿着白布衫的富裕中农,很自满地思量：

"我不信比不倒你梁生宝小子！你买得一石稻种，光给互助组长分，不给单干户！你好！俺不好！俺是自发势力，顽固堡垒！我不分彼此，都给分，看你小伙子又怎样说？是蛤蟆滩的庄稼人，不分贫雇和中农，我一样待承……"

郭世富感到一种报复中的快乐。他希望他的这个行动，在不贫困的庄稼人里头，引起好感、尊敬和感激，建立起威望。他想把自己变成所有"日出而作，日入而息，帝力与我何有哉"一派庄稼人的中心。或者干脆地说：他要做他们的头领。唉唉！他原不是好大喜功、喜欢为公众事务活动的人呀！他之所以这样，完全是因为时势逼使他做这号人。他害怕梁生宝搞的互助合作大发展。他明白：现时终究和解放前不同了，姚士杰戴上富农帽子了，是不宜于出头露面的人。孤立富农！限制富农！我的天！斗大的字，写在所有村庄的泥巴墙上，姚士杰敢说什么话呢？敢做什么事呢？姚士杰说得对着哩！他郭世富不怕什么，有"团结中农"四个大字，护着他。他必须站在蛤蟆滩一切新老中农的前头！他当然不能像党员和团员们宣传互助合作的道理那样进行反宣传。他只要用自己的行动，给一切新老中农和争取升中农的庄稼人，做出榜样，就行了。

世富老大自信：他能胜任这个角色。姚士杰虽然不好出头露面了，但能给他定点子。那家伙毒辣是毒辣了一点，但他郭世富是心中有数的稳当人。他不接受姚士杰过于厉害的主意，不搞明显的敌对活动。他只顺着共产党和人民政府所提倡的路走——增加生产和不歧视单干！他决定：在任何集会和私人谈叙中，他只强调这一点。他会拖长声说："好嘛！互助也好，单干也好，能多打粮食，都好喀。"有时候，他将不这样直说，他只含蓄地说："红牛黑牛，能拽犁的，都是好牛。"庄稼人一听，都能明白他的意思喀。党团员能把他怎样？看上他两眼！现在，他将公开承认，他是老脑筋、守旧派。他将对人宣布：他和代表主任郭振山是一样的，土改的时候还能跟在大伙后头跑，现时落伍啰，跟不上党团员年轻人了……

郭世富拿着长杆烟锅，亲自到官渠岸西头姚士杰的四合院，商量分稻种的事儿。他并且喝着富农的茶水，吸着旱烟，和姚士杰算车票和运费的账。就只打发世华老三的小闺女英英，到代表主任的草棚院去，告诉郭振山："稻种买回来哩，喜愿分的话，自己来取！"

姚士杰看见郭世富的神气、言谈和行动，起了这样大的变化，高兴极了。富农心里畅快极了。他走路、做活和吃饭，连睡在炕上都带劲。他感觉到春天快乐，汤河两岸风景优美，因为他在下堡乡五村，重新变成有势力的人了。好像清明前后河边、地边、路边和渠岸的杂草一片绿了一样，自自然然，从他心里萌起了发展自己的念头。他想："你高增福算得了什么！我稍微动一动心思，就够你高增福受了。"他眼睛现在盯着梁生宝。他不能让这个愣小伙子，顺顺当当在蛤蟆滩得势！进山的人走后，他感到这是他新的劲敌！现时梁生宝对他的威胁，比郭振山还大！

他对郭世富说："世富叔哎！"

郭世富亲切地答应："嗯？"

"梁老三的小犊子领带人马进山，安营下寨割竹子，缚扫帚哩！夸下海口，指名道姓，产量要压倒你大叔哩！你大叔心里头舒服吗？"

"我心里头不好受。"郭世富在富农面前坦白地承认。显然，梁生宝的魄力使这个富裕中农心中有点悸动。

姚士杰右眼皮上有一片疤的眼睛，看着他悸动的样子，笑笑。

"甭服软！"他嘴上使劲说，"甭服软！大叔，拨弄个斗争会儿，咱不如他们党团员内行，务弄庄稼，可比他们强！咱种大庄稼的人嘛,还能输给这伙穷鬼吗?大叔?"

"对!"郭世富同意,"我也是这么思量哩。"

姚士杰咬住牙说:"上!狠住心往地里头上!卖了粮食买肥料,给稻地里头愣上!不是说这稻种肥料大了,也长不滥吗?"

"唔。说是这样……"

"那怕啥?共产党提高生产哩。私人的地里打得粮食多了,也得奖赏哩!我看见报上登过一串串丰产户。咱是富农,没这资格。天照应你,你有。你闹,咱给你鼓劲儿。"

"我也是想闹腾一下子呷……"

"对!庄稼落到蛤蟆滩的穷鬼后头,你大叔就没脸过河那岸子去啰!没脸从下堡村大十字过啰!"

"是哩。就是的。你这阵到哪里去呀?"见姚士杰拿起帽子,郭世富问。

"我到下河沿去。"姚士杰说,"俺屋里家过两天要上炕哩。说下河沿拴拴媳妇,情愿帮忙给她姑侍候月子……"

两个人一块出了四合院,郭世富相当神气地回了家。

……

姚士杰提脚过了官渠岸的小桥,在稻地中间的草路上,向汤河走来。他趾高气扬,昂头挺胸,感到自己是一个强人,又有人给自己抬轿子了。他很满意他刚才结束的谈话。以前,他心里略微有些不平,总觉着把他定成富农,而把郭世富定成富裕中农,是不公道,是郭振山耍私情,包庇门中人。现在,他才知道根本不是这样。他觉得这样倒好,把郭世富推在前头,他在暗里给他拿点子,鼓劲儿,倒比自己抛头露面强得多。他知道最厉害的是那种人:别人明知道是他使坏,却没有办法对付他。他的理想就是做这种别人没法治的强人。

"士杰哎!"一个女人亲昵的声音在喊叫他。

他在稻地青稞中间的路上转头看看，白占魁的婆娘李翠娥，在她草棚屋门口倚门站着。

"士杰哎！"李翠娥又酸溜溜地喊叫，"你来，妹子给你说句话。"

姚士杰在路上毫不犹豫地走了。他不想再和她勾搭。这个春天，他对富农这顶帽子虽然感到没过去那么沉重；但他想：这时毕竟是和自己敌对的人们在村里当政，要尽量安分守己过日子，不给人家抓住什么整他的把柄才好。他一再地警告过自己，往后决不可再和翠娥明来暗去，免得因了一时的畅快，给自己惹下大祸。这样想着，他扯大步继续走了，嘴里只含含糊糊说：

"我忙。顾不得来。往后……"

现在，翠娥见姚士杰无意到她草棚屋去，她急了。她手里拿着正做的鞋底子，从篱笆外头的斜径上，飞过来了。

姚士杰心更慌了。他在两边长起春草的牛车路上，加快了脚步。他怕翠娥重新勾住他的魂灵。那样，他会陷入真正的危险中，不能自救。只有糊涂蛋和废物，才不看情势贪图女色哩。姚士杰比鬼还鬼，他才不在人民专政的时候，落入非法情网。

他加快脚步走着，心哏哏跳着，脑子里央告斜径飞过来的李翠娥：

"你甭黏我哩！好干妹子哩！就是你一回也不侍候我，我也没想叫你还那二斗大米。你放心！"

他这样想，连头也不回，走了。生怕看见翠娥骚情的样子，他心软，两声"妹子"三声"哥"，他就又控制不住自己了。倒霉事都是在一霎时间开始的。直至翠娥见他坚决不和她恢复旧情，失望地放弃了追他，他才放慢了脚步。

姚士杰到王瞎子草棚屋门前的敞院里，只三言五语，就议定了拴拴媳妇素芳给她姑侍候月子的事儿。

欢喜一听得拴拴叔叔的媳妇素芳婶子,要进四合院熬汤去,就像被蝎子蜇了一样,待不住了。瞎眼舅爷的糊涂主意,使他顿时像吃了反胃的东西一样,觉得发呕。十七岁少年气得连帽子也戴不住了。小学毕业生浑身的血,向头上涌来,鬓角里的筋哏哏跳着。怒火快要把他黑墨墨的头发烧着了。他扔掉手里的扁担,一脚把挡路的一个空担笼踢了多远,就怒气冲冲向瞎眼舅爷的草棚屋冲去。他要阻止直杠舅爷实现这个不要脸的计划!这简直是对于贫雇农立场的叛变!

和生宝他妈亲姐妹一般相好的欢喜他妈,劝教儿子说:

"你甭那样!欢娃!你还小哩!你舅爷的为人,你不知道。人家爱怎过,就怎过去。有伙银子伙钱的,没伙脸面伙心的。各人的体面各人光彩,各人的下贱各人羞耻……"

"你说的啥话?"欢喜白了他妈一眼,鼻子和口里三股气,说,"你说的啥话!我奶奶和他,一娘养的!亲戚都要替他家脸红!这不当紧。他给一下河沿的贫雇农丢人哩!给咱互助组丢人哩!生宝哥在山里头知道,能气折腰哩!"

年纪小,身板瘦,但欢喜志气可大。他说话总像锤子打钉子一样,干脆、利爽,从不拖泥带水、咬字不清或含意不明。下堡小学的毕业生,上不起中学了,死了父亲的少年先锋队员,勇敢地担当起这个家庭的主要劳动。他开始自觉到人生的严肃性,说话、做事,都学着成人的语气和派头,连走路也学成人的步态了。童男的声调和成人的话语,少年的身量和大人的步态,并不使人觉得欢喜可笑,而是觉得他可爱。自从投身农业生产以后,他和少年朋友们分开了,在互助组里,经常和成年庄稼人一块混着。留偏分头的小家伙,注意听他们的言谈,盯他们的表情,在脑子里想着事情,学习做人哩!他已经懂得很多事情了。甚至于他到这个世界上来还没机会体验到的事情，他都能懂得一点了。这完全是靠他两只闪光的眼睛和一个灵敏的脑筋。

欢喜懂得拴拴叔叔和素芳婶子的亲事，是人间的不幸。无知的十六岁的素芳，被黄堡镇一个流氓引诱，惨无人性地损害了她的心灵以后，怀着外表上看得很明显的身孕，噙着眼泪，嫁到这蛤蟆滩的敞院草棚屋来了。内中潜伏着那样的危机，在那个时候，她娘老子可以把她撅给任何人，只要是一个男人。欢喜知道：所有的邻居们都明白这桩亲事的基础是：鲁笨的拴娃叔叔没有条件挑剔女方的名誉。那时刚刚瞎了眼的舅爷，机敏地抓住这个机会给儿子成了亲。他说素芳还是个小闺女，可以打回心的。他们狠狠地打她，打掉了身孕，娘家张不开口。

这是解放以前的事情，邻居们心里都明白，嘴里谁也不说。人们说不出旧社会的罪恶，并不等于旧社会就没有这部分令人毛骨悚然的罪恶呀！

十七岁的少年欢喜，还没有接近异性的愿望，但他却开始能看出旁人的这种愿望。解放后的第二年，小家伙看出被瞎眼舅爷家庭管制很严的素芳婶子，表现出接近生宝哥的愿望来了。他看出素芳婶子用爱慕的眼光盯生宝哥，向生宝哥不正常地笑，故意找机会和生宝哥说话，讨生宝哥喜欢。能够理解素芳婶子对拴娃叔叔并不那么满意，欢喜心里思量：多亏生宝哥的品格，对素芳婶子表示冷淡、躲避；要不然，下河沿这个选区，不知会变成什么乌七八糟的地方！

欢喜还明白：不仅生宝哥，所有下河沿善良的邻居们，都在起保证作用，监督作用，不让任何不规矩的小伙子，插进拴娃叔叔和素芳婶子中间去。大伙都在心里盼着：素芳快生娃子吧！

欢喜越思量越觉着素芳婶子进四合院去不好。生宝和他四叔又不在家，他不能够不声不响。他奔到拴娃叔叔的敞院草棚屋前面。

瞎眼舅爷靠茅柴坐着晒太阳。素芳婶子在梁生禄家里串门。痴呆的舅奶，不知在草棚屋做什么活儿。

欢喜还没有学会成年人绕弯儿说话的方式。他还不会在舅爷身旁蹲下来，采取一种友好的态度，和婉相劝。非常可惜，他还是少年本色，以冲突的方式直截了当质问：

"舅爷！你叫俺素芳婶子给富农女人熬汤去吗？"

"唔！"舅爷很自信地回答，抬起留小辫的头，面对着欢喜的声音发出的地方。

"算了吧！"欢喜怒目盯着不体面的白胡子皱脸，鄙弃地说。

"为啥哩？你婶子在屋里闲着。"

"十二块钱够一辈子使唤吗？"

"啊呀！"瞎眼舅爷大吃一惊，"你小子打发出这号话？你娘母子的票子，车载船装哩？"

"俺穷，穷个有骨气！"

"噢？给人家做活，就是没骨气？那么你四叔头一个没骨气！"

"俺素芳婶子是女人！"

"她给她姑熬汤，又不是外姓旁人？"

"姚士杰是富农！"

"富农的钱量不成米？买不成盐？富农的饭吃了药死人？是不是？"

瞎眼舅爷说着说着，生气了。歪起牙巴子，厉声地说：

"你小子指教我来哩？我快八十的人了，啥事我不清底？光绪年、宣统年、民国年……啥事我没经过？你小子指教我，太小哩！你爸活着，也还靠我给他租地种哩！"

欢喜气得说不出话了，他一拧身子就走。

"甭走哩！"瞎眼舅爷威严地叫住他。

"怎哩？"

"你为啥不进山?人家冯有义都进山,你为啥不进山?你在家里胡浪!"

"我留下给互助组下稻秧子!"

"傻瓜!人家进山挣钱,把你小子撂下哩!"

"人家给我算工分!"

"算工分不抵进山挣得多!我还没糊涂哩!我会算账哩!"

欢喜一拧身走了。十七岁的人和七十八岁的人中间,距离太大了。改造!改造!什么都可以改造,他舅爷不能改造!一张口就是光绪和宣统!让更能行的人和他谈叙去吧!欢喜是没咒儿念了……

大约是因为生气没注意听,或者耳朵也不好使了,直杠舅爷在欢喜走后,还在对着欢喜站过的地方教训:

"你小子懂啥?你小子啥事都不来问舅爷一下,把外姓旁人当亲人哩?你小子给我说说,这是为啥?为啥?你说!……噢!他走哩……"

第十九章

过了清明节,稻地青稞和旱地小麦,都拔节了。青稞甚至已经快抽穗了。渭河平原在庄稼人不知不觉中,由一片翠绿变成深蓝的大海。……

渠岸、路旁和坟地上的迎春花谢了。肥壮而且显得挺大方的蒲公英开了。温柔而敦厚的马兰花啊,也在路旁讨人喜欢哩。

庄稼院周围的榆、柳、椿、槐,汤河两岸的护堤白杨,都放出了鲜嫩的光彩。庄稼人们出外做工去的,出外做工去了;搞副业生产的,搞副业生产去了;爱看戏的,成天在周围的乡镇上赶会去了。整个蛤蟆滩田野间的花绿世界,变成各种羽毛华丽的小鸟嬉戏的场所了。百灵子、云雀、金翅、画眉……统统处在恋爱阶段；南方来的燕子，正从稻地水渠里衔泥、筑巢；而斑鸠已经积极地噙柴垒窝，准备孵卵了。

改霞在上下堡小学的路上来回走着，却显得忧郁、沉闷。她总是低着头，思量着什么走路。

那天在黄堡大桥附近，生宝令人别扭的分离，她精神上毫无准备。不管怎样聪明、刚强，改霞总带着女性心理所共有的弱点。她从黄堡回来，一头倒在小炕上，眼泪就从眼眶里自然而然流出来了。她的自尊心受了损伤。这对于全国的春耕、市场价格、粮食供求和当时正在板门店进行的停战谈判，都没影响。但对于改霞——一个二十一岁的农村姑娘，被选择婚姻对象和选择生活道路的矛盾弄得心慌不安，生宝僵硬的态度，就给她心灵上一个突然的袭击。

改霞认为生宝骄傲了，自以为了不起了。任何人，不管他有天大能耐，再好的性格，一骄傲，改霞就不爱了。

她想："你骄傲啥呢?你有啥了不起呢?你的互助组保险吗?你的丰产计划已经办到了吗?同志呀!你的互助组不过刚刚整顿好，你的丰产计划不过刚刚订出来，你就骄傲吗?况且这也是王书记的力量啊，不是你生宝的能耐有那么大嘛。你骄傲啥呢?光光因为你和县委副书记谈过话，你就骄傲起来了吗?光光因为你搞起个常年互助组，你和王书记的关系亲近了，你就骄傲起来了吗?你骄傲去吧!要是你就这样骄傲下去的话，难看的时候在后头哩!"

生宝在她心目中的威信，一下子降低了。她发现生宝在这件事上也是自私的。改霞这样设想：要是在大桥附近看菜地的稻草庵子跟前，她给生宝骚情，说一些非嫁给他不活人的话，他会用完全不同的态度对待她吧?只是因为征求了他对她考工厂的意见，就不合他的心思了，他就用那样叫人难堪的态度对待她了。这不是自私是什么?难道这是一个男共产党员对一个女青年团员应有的态度吗?

改霞甚至于认为生宝想和她好,也是想叫她给他做饭、缝衣服和生孩子,一定不是两个人共同创造蛤蟆滩的新生活。……这样想着,改霞就觉着还是代表主任老练。在改霞的心目中,郭振山只是年纪大,旧社会对他的影响深;但他对改霞的关心看起来是无私的、纯洁的,一心盼着祖国早日工业化。

她一想开,她的心就坚强了起来。她揩了眼泪的痕迹,坚定了考工厂的决心,去和妈一块种梅豆了。……

改霞既然决定了考工厂,就觉得再上下堡小学没意思了。这些天她已经征得了学校团支书的同意,认为像她这样的年龄,继续上学,意义不大,可以去考工厂。她巴不得国棉三厂招考人员,明天就到县里来吧!她希望早点离开蛤蟆滩。最好在生宝从终南山里回来以前,她能在县里考毕,进了工厂。那样子,她将像前两回进工厂的人一样,只在国庆节和春节,回家看看妈。

她想索性休学。代表主任劝她不要盲动,防备考不进工厂。郭振山对!

秀兰讨厌!不知道是她哥告诉了她什么,还是她自己看出了什么,她对改霞的态度冷淡了,不亲切,找不到话说,用没一点热情的眼光看改霞。这使改霞更希望早日离开下堡乡这个烦人的环境。改霞是自尊心很强的人,受不了人们的冷淡!

改霞想:"秀兰啥思想!人家和你哥好,你就亲热。人家不和你哥好,你就是这,把心里想的啥,都堆到脸上来了。谁喜愿看你那模样子!"

既然秀兰不喜欢她,她上学也不找她结伴了。她开始独来独往了。

一天后半晌,下了最末一节课,在课外活动的时间,改霞在下堡小学的阅览室里,翻看《人民画报》上关于纱厂女工生活的照片。突然间,她听见校院里一群女同学喊喊喳喳起哄了。她丢开画报跑出阅览室一看,原来是秀兰被一群大女同学围住了。

"秀兰!给俺们看看吧!"

"不给看甭放她走!"

"甭抢!甭抢!当心撕啦!叫人家自己拿出来咱看……"

秀兰的紫糖色脸黑红,两只男性般强壮的手,使劲压着她腰里的学生蓝布衫上的口袋。改霞禁不住好奇心的驱使,走到跟前去。

啊啊!秀兰的未婚夫杨明山,从朝鲜前线来信了。信里头装着相片哩。女同学们景慕地要看志愿军英雄的相片,秀兰不给。她两手压住装相片的衣袋,竭力想从什么薄弱的地方,突破女同学的包围。但是她的努力,只能移动包围圈,却跑不掉。

终于到五年级教室东山墙后边的角落里,秀兰屈服了。一群拖长辫子的大女同学,把黑亮的头插上去,伸长脖子盯着立了战功的英雄面目。秀兰,十九岁的闺女呀,本来是紫糖色的脸,现在变成酱红色了。女孩子的羞耻心,烧烤着她的脸!

改霞,不管不久前的好朋友对她怎样冷淡,她还是不由得要凑上去,看看杨明山的雄姿英态。她一看,却是一张非常粗糙的相片,远远赶不上黄堡镇照相馆门口摆的那些。杨明山站在朝鲜石山的一个洞口旁边,渤海彼岸国外的阳光,射得他眯缝起眼睛。不知道是照相的人技术不精,还是英雄的脸上原有疤痕,总是两边脸颊都不干净,癞癞疤疤,看上去带点老相,不下三十岁哩。

改霞和所有其他的大女同学一样,抱着多大兴趣争着看,看过以后,却大失所望。杨明山和她们在画报上看到的,胸前挂满胸章的英雄,不大相同。下堡村的大闺女们,不好意思评论,都走开了。还相片的女同学,只对秀兰说:"好身体……"

改霞侧着眼睛,瞟见秀兰带着难受的表情,接住相片。改霞也替自己的好朋友难受了……

改霞有意识地注视秀兰的举动。她试图重新接近秀兰,安慰秀兰；但秀兰和她爹一样倔性子，生气地把改霞推开了。后来，改霞发现秀兰独自一个人，在四年级教室里看信，用手帕揩眼泪。改霞站在教室外头难受，不知道怎么办。

放学站队的时候，改霞看见秀兰的眼睛，带着哭过的泪痕。白眼珠略红，眼皮微胀。改霞心中更加沉重。

改霞多么同情秀兰啊。她知道秀兰是七岁时被她爹定亲出去的。一九五〇年杨明山参加志愿军赴朝抗美的时候，秀兰才十六岁。她秀兰娃家，后来想相一相女婿的面，人家在国外的战场上哩。婚姻法里有一条——正在前线的军人的妻子或未婚妻，不得要求离婚或解除婚约；如有不相合的情由，等男方从前线下来再说。改霞记得清楚，大意思是这样。改霞心中思量：一个闺女家，可以拿一切行动表现自己爱国和要求进步，就是不能拿一生只有一回的闺女爱，随便许人。在改霞思想上：不管他男方是什么英雄或者模范，还要自己从心里喜欢，待在一块心顺、快乐和满意。……

秀兰的心，和她紫糖色皮肤里头的肌肉，一般结实。她不像改霞，从来不会弄一点点虚假或作态。生活里，有时候必须有这么一点点东西，不过不叫虚假，而被人们叫做涵养，就是给人一种不在乎的印象。外表看起来，秀兰几乎完全没什么心眼，可是她那双很像梁三老汉的眼睛，什么都看得明白，心理上的反应也很迅速。

自从懂得男人和女人中间，有这层给人生带来无限乐趣和无穷苦恼的关系以来，闺女秀兰就开始怀念未见过面的小伙子杨明山了。她记挂他，关心他，梦见他，并且按照她的想象力，塑造了未婚夫的脸相和姿态。尽管秀兰和这个小伙子中间，隔着很大一片地面——平原、高山、江河、城池、乡村，隔着县界、省界和国界，但她的心通向小伙子杨明山的那条肉眼看不到的线，不受任何暴风雨和炮火的阻隔。

杨明山是秀兰最贴心的人。比成天在一块的她妈、她爹、她哥生宝还要亲近些。在并不太遥远的将来，她将和英雄杨明山共同组织家庭，一块劳动、商量家务事、生孩子，并且希望把孩子们，教育成对祖国忠诚有用的人。当她听到杨明山在朝鲜前线立下战功，北杨村的庄稼人以她的未婚夫感到骄傲，敲锣打鼓庆祝的时候，身在蛤蟆滩的闺女秀兰，心到了北朝鲜的万山丛中去了。她精神上参加了类似她在下堡村大场上看的电影里的那个抗美援朝战争。

可爱的秀兰，这样思量她最亲爱的男人：

"明山！明山！你一个庄稼人小伙子嘛，哪里来的这样刚强的品格？……"

小学生梁秀兰还不能透彻明白，战争是怎么回事情。在单纯的秀兰看来，战争只是可恶的敌人向我们发动进攻；我们反击敌人，并且把敌人消灭掉了。但这仅仅是事情的表现形式。她还不明白，战争的意义远比这个更深广。她不明白：当日本帝国主义者和美国帝国主义者，把残酷无情的战争，强加到中国人民头上的时候，中国共产党在组织力量对付他们的时候，战争使普通的工人、农民和知识分子，变成不平凡的英雄。有些父母疼爱的儿子和女人想念的男人，在战争中贡献了人类最宝贵的生命，留下来的人经过战火的锻炼，比战前更刚强、更勇武和更高贵得多。同时，战争也使我们的敌人对中国共产党领导着的中国人民，有了比较正确的了解。秀兰虽然不能想得这样深，但她看出所有的庄稼人，不管赞成不赞成互助合作，赞成不赞成男女平等的新婚姻法，都拥护抗美援朝战争。她看出那些暂时对她哥生宝的行动缺乏认识的庄稼人，对她未婚夫杨明山的行动充满了尊敬。

"秀兰女婿来信啦！"

"秀兰女婿给秀兰寄来相片啦！"

"杨明山当了炮长啦！……"

整个上下河沿稻地里的庄稼人，在上地去的路上和回家的路上，在街道上吃饭的时候，互相报告这个令人愉快的消息。女人们都到梁三老汉草棚院来，要看秀兰女婿的相片。和下堡小学年龄大的女学生们一样，庄稼院的女人们，怀着对英雄的崇拜和对英雄媳妇的羡慕，来看相片。但她们却被相片脸颊上赖赖巴巴的一片，弄得不好说话。

"身体好着哩……"

"个子不小……"

"五官端正，好……"

她们避而不提杨明山脸颊上赖赖巴巴。但你从她们表情上看出，她们都有点败兴。这是多么令人不满意的事情：好端端的一个英雄，五官端正，身板强大，脸颊上却有那么惹眼的缺陷。唉唉！呀呀！这多么不合乎平庸的人们的理想呀！庄稼人们思想上庸俗的那一部分，常常是自己不能感觉到的。庄稼院的女人们想：可怜的秀兰，女婿那个样子，她该是多么不遂心啊！

秀兰独自一个人，钻在进了山的生宝哥草棚屋里。她在那屋里搬《学生国语小字典》看信。有许多生字，她认不得。有两句话甚至因为生字太多，她即使上下连贯起来，也摸不准是什么意思。她很想叫小学毕业的欢喜，帮助她认字，但信的开头写着"亲爱的秀兰妹"，她怎好意思叫别人看呢？她一定要把每一个生字全查出来，把信里的意思全弄清楚。她把生宝哥屋子的板门，闩了起来，不让任何人进去。她搬着小字典，鼻梁上布满了汗珠。……

后来，她竟独自一个人在生宝的草棚屋啜泣，呜呜咽咽。听得她妈、她爹和欢喜他妈，都在院里伤心了。

"好赖就是那人！你想学改霞的样儿，老子打死你！……"被这件不遂心的事弄得情绪很坏的梁三老汉，在草棚院咒咒骂骂威胁。但他并不凶狠，背靠早年拆了三间房的地方长起来的那棵榆树，难受地蹲着。

两个老婆婆制止他，不让他在这个时候，刺疼孩子的心。

她们死劲掀开板门，进了生宝屋。欢喜她妈善劝秀兰：

"听婶子的话，甭哭哩！哭得连俺们都伤心。好在生米还没做成熟饭。他杨明山日后从朝鲜回来，你再看。不合适，咱另瞅对象！……"

"啥？"秀兰突然间使起性子，两只泪眼怒愤愤地盯住欢喜他妈，"你说的啥？三婶，你怎能胡说白道哩？"

两个老婆婆惊呆了。怎么回事呢？像马兰花一样温柔、敦厚的秀兰，有点近乎癫狂了，不顾一切了，竟对欢喜他妈使性子！妈惊愕地劝她，什么事情，可以和和气气说嘛。

秀兰一边啜泣，一边告诉两个老婆婆：

"人家的脸，是给凝固汽油弹烧的……"

"啊？……"两个老婆婆瞪大了眼睛，显出吃惊的脸相。

秀兰流着眼泪，很激动地又说：

"慢说人家并不太难看，就是真难看，我也不嫌……"她觉得杨明山反而更美，和他在一块觉得更荣耀。她心里这样想，说不成这样的词句。她是一个想事很多而说话很少的闺女啊！

"好！好！……"她妈欣慰喃喃地说。

"好哇！好哇！……"欢喜他妈夸奖，并不在乎秀兰对她使性子。

两个老婆婆赞叹毕，又拿起脸颊上带伤痕的相片看。梁三老汉听得说，也进屋看一看。老汉听了女婿英雄的惊险事迹，心惊肉跳，老皱脸失了血色，无限感慨地说："唉！唉！老一代的人不行啊！老一代的人不行啊！……"

秀兰趴在生宝哥的炕边，重新啜泣起来了。现在，不是杨明山被凝固汽油弹烧伤了，而是她自己被烧伤了。杨明山的伤痛，就是她的伤痛。她原来只知道当英雄光荣，并不懂得英雄到底是怎样当的。现在,她懂得了。她恨不得她能到朝鲜去,分担明山哥哥的艰苦和危险。朝鲜的石山被美军的炮弹掘翻遍了,遍地是弹坑和一层弹片,但是英雄的阵地屹立不动,她最亲爱的人就在那阵地里头……她的少女的纯洁的心,被激荡得不能平静,她简直不能想象,她的女婿是怎样伟大的人。

后来,没有外人的时候,妈问秀兰:

"明山这阵子在哪里?"

"上甘岭……"哭过的秀兰沙声地回答。

"他在啥队伍上头?"

"养好伤回了炮队了。"

梁三老汉敬仰地问闺女:"炮长到底有排长大?还是有班长大?信上说着不?"

"没说。"秀兰没兴趣谈这个。

秀兰妈不客气地制止老伴说:

"你总是这!不是发财,就是升官!旧脑筋没个改!"

……

生活中急遽的变化,常常在很短促的时间里头,向毫无精神准备的人们冲了过来。人们的品格和品质,或者像大家所说的"心术",在这种时候,很容易一下子全摊了开来;因为时间的急逼和事情的严重,使任何人来不及考虑如何隐瞒自己的真实心理!

秀兰接到未婚夫国外来信的第二天前晌,当年的媒人刘大诚老汉,驼背拄棍,来到蛤蟆滩梁三老汉的草棚院里。事情绝不是偶然的——英雄杨明山的妈妈,思念在朝鲜负伤的儿子成疾,已经好多日子了。饮食不进,希望儿媳妇秀兰去看看她老人家。媒人认为:儿媳妇到婆婆身边,对病人的心情是极大的安慰。

秀兰的爹妈欣然应承打发闺女去慰问婆婆。二十几年前的讨饭女人,非常满意自己的后婚男人。梁三老汉在媒人面前的表现,

257

令人满意极了——贤明,不迟疑,识大体,完全不像一个自私、固执、小气和嫉妒邻人的老庄稼人。爱祖国的感情和女婿在外国的光荣,显然使老汉感到自豪,觉得自己是世界上很高贵的一个中国人!

放了响午学,秀兰过汤河回到家去。女娃家感情上激动的时刻,已经过去了。过了夜,心情上平静下来以后,国外的来信给她的只是人间的甜蜜、温暖和荣耀了。她思想上所起的变化只是:过去对她是抽象的"英雄"概念,现在具体了。没有什么可难受的!

啊!人活着是多么有趣呢……

嘿啦啦啦啦,嘿啦啦啦,
嘿啦啦啦啦,嘿啦啦啦,
天空出彩霞呀,
地上开红花呀,
中朝人民力量大,
打垮那美国兵呀!
……

秀兰在心里头,默唱着这支名歌,提着书兜走进街门。她爹站在草棚院那棵榆树底下,样子很厉害。

"秀兰!"

"唔。"

"我说!你……"

秀兰她妈冲出草棚屋门,很不满意地紧急止住老伴:

"不要你多嘴!谁要你管?"

老汉明白了。他转身慌乱地捡起扫帚,进了马棚,虽然扫帚在马棚里完全无用——既不能掘粪,又不能扫槽。

秀兰觉得不对劲儿,心中不安。她进了草棚屋,问妈:

"啥事?俺爹那么厉害?"

"啥事也没。"

"我不信!"

"不信做啥?你还不知道你老子吗?一点点事儿,或者根本没事,他闹了多大?"

"不信没事!"

"你哥哥到郭县那回,有啥事?他多厉害?……"

秀兰相信了,把书兜挂在条桌上边毛主席像旁边的泥墙上。没有比秀兰再实心眼的闺女。

志愿军的未婚妻开始吃饭,无忧无虑。她吃得很香,看来食欲不坏。

妈用亲爱的眼光盯她吃饭,心事重重,依恋而且缠绵。母亲眼睛放出来的是柔和慈爱的光芒,当你吃饭的时候爱吃,当你睡觉的时候舒服。……

秀兰放下饭碗,从矮凳上跳起来。妈问:

"吃饱啦?"

"饱啦!"

"吃饱饱的!"

"为啥?"

"后晌,你要到北杨村去!你婆婆病重,思念你女婿,想看看你,心宽敞些……"

秀兰紫糖色的脸通红了。她全身的血,都涌到她闺女的脸上来了。在一霎时间,闺女的羞耻心,完全控制了她。直接感觉是人类共同的,随后才因不同的思想感情,而改变感觉。在一转眼间,秀兰脑中出现了一个令人难堪的场面——陌生的村子,陌生的巷子,无数双陌生的眼睛,盯着自己。人们在交头接耳,谈论她的人样,笑着,点着头,品评着没过门的媳妇!……

259

她突然把两手盖在紫糖色脸上,奔出草棚屋。她见她爹在院里关注地听着,又奔出街门,站在土场上,站在敞亮的蓝天底下。她觉得这样好受一点……

"不听话,老子打你!"她爹颠出街门来威胁。

妈跑来把捏着拳头的爹,拉进街门。

"你甭管!不许闺女心里拐个弯吗?"

秀兰站在开阔的土场上。巍峨的秦岭啊,广阔的平原啊,弯曲的汤河啊,伟大祖国的山河,唤起秀兰崇高的思想。终南山的老爷岭,就是上甘岭!杨明山就在那里反击美国侵略者,保卫山脚下平原上的一片和平景象!婆婆思念儿子成疾,想看看她这个宝贝儿媳妇,她却在过门没过门的旧乡俗上思量!简直糊涂!怕生人看做啥?秀兰想:她是光荣的志愿军的未婚妻,谁爱看谁看!看!看!看!她就是她!她将在北杨村表现出磊落、大方;她绝不允许女性的弱点,在她的行动上显露,惹人笑话,给亲爱的明山哥哥丢脸!

妈把爹推到马棚里去,重新走出街门。秀兰惭愧地说:

"妈!我去哩!你给我收拾衣裳……"

"衣裳收拾好了,放在柜子里。你进屋来,妈给你梳头吧!"

妈给秀兰梳头的时候,眼泪从她皱纹包围的眼眶里,流了出来。秀兰不是一天长成这么大闺女的啊。民国二十四年阴历八月十一,生下来的那块软嫩嫩的肉疙瘩,变成现在这样可爱的大闺女,可不容易着哪!秀兰三岁出麻疹,出不来,妈抱在怀里摇着,爹跪在草棚院祷告"天地三界十方万灵之神"保佑。爹半夜时提着灯笼,到汤河边去挖芦苇根,回来给兰兰煮苇根汤喝,促使麻疹快点出来。老两口不能没有兰兰。没有兰兰,他们过去十几年的生活,该是多么空洞啊!没有子女的家庭,屋里不管有什么摆设,都是不如意的;有了子女,即使屋里摆设得再简陋,家庭里就有了生气。没有姥姥,也没有舅舅和妗子,秀兰从来也不曾离开过妈,现在要离开一下妈了。……

秀兰突然到北杨村去,改霞惊呆了。改霞不知道秀兰未婚夫来信的一点点内情嘛,她当然不能理解秀兰的心境了。不深知内情,无论谁,根据表面现象,按常理推测,都能做出可笑的判断。

好心眼的改霞,甚至于很惋惜她不能在这个时候给予好朋友感情上的支援哩。改霞不是那号闺女:当朋友得志的时候,羡慕讨好;当朋友失意的时候,讽刺嗤笑。

改霞是个正直的闺女,雪亮聪明。至少到这时她还不觉得她的弱点是她的幼稚和她对郭振山迷信。因此自从她和生宝不愉快地分别以后,代表主任郭振山,就变成蛤蟆滩唯一影响她的人了。

郭振山和过去一样,经常端着大老碗和小菜碟,到斜对门邻居院吃饭,继续谈论大城市里国家工业化的问题。响午在柿树荫下,晚上在草棚屋门台阶上。早饭,他总在田地里头吃。

由于闺女最后肯定接受了生活顾问的指导,改霞她妈更敬重郭振山了。

"振山,翻身渠西岸那二亩地平好哩?"

"好哩。"郭振山满意地说。满腮胡楂的嘴巴嚼着东西,又很有经验地说,"水都泡上哩!新茬稻地要早泡。插秧时泡的不爱长。为啥呢?有的地方是生土嘛!"

郭振山又对自己家事的安排很得意地说:

"这两天,老二吆牛车,从黄堡北门外窑场上往回拉砖瓦,我弄秧子粪哩。"

改霞她妈试探地说:

"俺屋也得换炕了……"

"甭忙!等振海拉完砖瓦,就给你家换炕,误不了秧子粪的。你放心吧!"

"土坯还没买下哩。"

"我给你们问下咱互助组金二拴的哩。一块钱一百页！"

改霞她妈感激得心动弹哩。多么好心肠的人啊！她用非常崇敬的眼光，望着代表主任严肃、负责的神气，心里想：庄稼人里头像这样有办法的人，可不多啊！

在郭振山不在柿树院的时候，改霞她妈对闺女赞叹说：

"改霞，你看郭主任真能行啊！"

改霞同意："当然不简单！全下堡乡，最强硬的村干部哩。"

郭振山要拉砖瓦的时候，韩万祥耍死狗，只给他象征性的一点点货，给人一看就是弄虚作假。郭振山眼一瞪，满腮胡楂的嘴巴一歪，咬牙切齿说："韩掌柜！你把眼睛擦亮些！看你和啥人打交道哩！我给党里头汇报，你奸商引诱共产党员投资，够你韩万祥受。甭看你生意做得大！"韩万祥一听，规规矩矩把全部货，都点给他了。郭振山把这个光荣的胜利，告诉了改霞，深深地感动了纯洁的女青年团员。她相信是奸商引诱郭振山把买砖瓦的钱投资，而代表主任立场站得真稳！她做梦也梦不见郭振山的真实行为。相信代表主任的话，已经变成她的习惯了。

改霞想起这件事，深深感动地对妈说：

"入了郭主任的互助组，你甭犯愁了！"

"我不犯愁！你走你的工厂！甭挂着我……"

终于，在说这话的第二天，西安国棉三厂招女工的通知，到了下堡乡。

啊呀！乡政府的大院子，拥挤着满院的闺女们。满眼是两条辫和剪发的脑袋在蠕动，在那几棵古老的苍柏底下，是人潮和头发浪。竟有这么多人考工厂啊！原来都是在心谋着这一着，嘴里不说哪！好紧张！有的姑娘拍着大腿，顿着脚，惋惜自己没穿新衣裳来。有的姑娘当下扯下头绳，找人帮助梳头、编辫，好像国棉三厂的人，就在下堡村哩！改霞一打听，原来在乡政府报上名，先在黄堡镇卫生所，初步检查体格，检查合格的拿上集体介绍信，到县城劳动科才考试。时间并不紧迫，离考试还有几天哩。可是每一个闺女都怕落在后边，名额满了，去不成县里。紧张的心理造成这紧张的局面。她们在乡政府报上名，马上就要去黄堡镇卫生所！这是一次真正的竞争！

看见旁人的样子，改霞下意识地摸摸自己的头发，看看自己的衣裳——她的仪容素常是整洁的。她的态度仍然稳重。下堡小学的团支部委员，带着乡村闺女们的领袖的神气。

"改霞！你也去考工厂吗？"党支书卢明昌惊奇的声音，在什么地方问她呢？

改霞不好意思和党支书面对面，装没听见，混在姑娘群中人缝里，向乡文书办公的门口挤去。乡文书在那里登记她们的姓名、年龄、文化程度和家庭成份……改霞在人缝里，听着卢支书在后头什么地方慨叹：

"唉！一九五〇年抗美援朝，把土改中锻炼出来的一批好青年团员，参军走了。今年这回纱厂招人，短不了又要把一批没家庭拖累的优秀女团员拉走。这农村工作，要是来个大运动，可怎办呀？"

改霞听得清楚，但她不敢掉转脸看党支书的表情。她想："你们培养新的人去嘛！国家工业化不是更要紧吗？"

第二十章

任老三害风湿性腰腿疼，瘫在炕上几年了。欢喜他爸咽最后一口气，可难哩！几次，眼看病人要断气了，早已准备好的估衣，也拿到跟前了，他又苏醒过来。一次又一次，可怜人重新挺起眼皮,看看周围守候的欢喜母子。邻居们有的说他才五十来岁,不甘心死;有的说他放心不下身后事,因为欢喜还小哩。两天放了三回命,全没断了气,万分留恋解放前那个灾难的世界。

既然不指望病人重新健壮起来,病人的老伴——欢喜他妈,情愿自己最贴近的亲人早些归天,少遭些罪。看着欢喜他爸受难,她心疼哎。她代替男人上地做农活。她侍候病人,站肿了老妇人脚。她端屎端尿。她把男人从低矮昏暗的草棚屋炕上,背出院里,让可怜人看看蓝天、红日头、青山和绿原吧!这个不识字的、半大脚的、有力气的农妇,褴褛的衣裳里怀抱着一颗仁慈的心灵。任老三有时骨头里疼得难忍难熬,咬着牙、歪着嘴、挤着眼,捞起跟前的棍子,就在她大腿上打。她不躲避,让他打吧,一个重病人打得有多疼呢?她挪动挪动身子,把肉厚一些的臀部给他,让他更顺手一点打吧!她说:"欢喜他爸,你打我几下,是不是疼得轻一点呢?"老汉感动得流泪,反过来向她作揖赔罪。老汉央告她,用绳子勒死他,减轻她的负担。她抱住他,眼泪在她脸上流成河了啊!现在,老汉搭上新的病症,吃喝不进去了,她就情愿他死了……

"你上你的天吧!"她对老汉恳切地说,"欢喜就十一了。我能把他拉扯大啦!娃子大啦,日子就好混哩。你放心吧!"

但是任老三用微弱的目光看看她,摇摇枕上的头,不同意她的说法。当他重新会说话的时候,他总要问:

"宝娃回来了没?"

"没,"欢喜他妈说,"宝娃怕官家抓兵,在山里躲着。他怎敢回来呢?"

老汉脸上显出失望的表情,重新闭上眼睛。

问的次数多了,大伙就猜疑:准是病人和相好邻居生宝有没了结的手续,所以死不下。任老三是个强性子人,死要死清楚。

"你借了宝娃的钱吗?"

病人摇摇枕上的头。

"生宝借了你的钱吗?"

病人还是摇头,并且显出不满意这种胡乱猜测的表情。

看着任老三最后的几天活受罪,邻居们商议的结果,打发任老四进终南山的古松峪里去,把生宝寻回来了。

一个云遮月黑的夜里,在山里割柴的生宝,棉衣被灌木刺挂得浑身开花,站在任老三草棚屋脚地了。他一股风尘气味,俯身轻轻叫道:

"三叔!三叔!还认得我吗?"

任老三睁开眼睛,一看是生宝,喜欢得白纸脸上,一下有了垂死的笑容。

"宝娃,"病人低微的声音说,"我,不行了……"

"生死不由人啊!"聪明的生宝叹息着。

任老三竟从被窝下蠕动着,伸出一只鸡爪一般的瘦手来,要生宝的手。

生宝把他割柴的硬手交给他。

"我,不行了……"他捉住生宝的手以后,重新慢悠悠地说,"宝娃,我把欢娃托付给你,你关照他。你教他,他,学你的……为人……"

"你放心好哩,他就和我的兄弟一样。"

"他四爹,草包虚大汉;他舅爷,死心眼……你照应我娃……"

"明白!明白!……"

说毕,任老三闭上深陷的眼睛,再没睁开。欢喜在旁,哭成泪人。十一岁儿童的脸上,袖口和衣襟上,到处是眼泪和鼻涕。这聪明伶俐的娃子,很想对他爸说几句宽慰的话,保证他听生宝的话;但他说不成声,只是垂倒了头呜咽着。第二天早晨,在天亮前,生

265

宝和夜间出了山的狼，同一个时间进了山口子。天亮以后，欢喜穿起白孝衫，拿着哭丧棍儿，向四邻叩头报丧。……

把瘫了多年的父亲尸体，埋在地底下以后，十一岁的儿童举目四望，来看灾难的世界。北原、汤河、黄堡镇、下堡村，房屋和树木，统统地在颤动，他脚底下的土地，也很不稳当地晃荡着。他的心像一颗铁疙瘩一样，向下沉着。他的脑筋因哭得太多而昏晕。他朦朦胧胧知道：他本是一个小奴隶，为下堡村的财东杨大剥皮或吕二细鬼的家业更加兴旺而往大长着。他长大以后，或者在他们那里熬长工，或者在自己家里种他们的租地，把最好的粮食送给他们。当他长到对老蒋有用的时候，也得到终南山里去逃丁。现在，孤儿清清楚楚看见，更凄惨、更苦难的前途摆在他面前了——他不能再上小学了。

他做梦也梦不到解放，梦不到土改。他狂喜乱奔，从这里到那里，跳着奔着走路，唱着共产党带来的新歌子。虽然他不能明白世事变化的全部含意，但光光杨大剥皮和吕二细鬼要垮台，就值得他跳起来庆贺。他几次梦见他爸还活着，醒来以后，他才知道这只是他的希望而已。他真恨不能钻到地底下去，告诉他爸，阳世上变成什么样子，让阴间的亲人，也高兴高兴吧。

一九四九年，十三岁的欢喜念完初小四年级，妈的心意，是无论如何也不再念了："穷汉人家嘛，识那么多字做啥用呢？农闲时节担得卖桃、卖柿子，能写算几下子就行啦。"但相好的邻居生宝，坚决主张他念到高小毕业。随解放就当上村干部的生宝，笑欢喜他妈还把新社会学文化的目的，和旧社会上学比哩。欢喜当时听生宝哥解释：自己不识字当干部多困难，希望欢喜长大当干部不困难。哪知道：这才几年，欢喜现时已经不光是生宝互助组的记工员了，而且很快就要向县上派来的农业技术员，学习新技术了。欢喜高兴得浑身每一个汗毛孔都舒服，觉得身子很轻捷、很有劲儿。走起来总是不由得想跑、想跳,而不满足于一步一步地走。新的社会给这个儿童时代准备熬长工、做佃户的少年,安排了一个完全不同的生活道路。他渴望着在这条道路上走得快一点,总想着前头有什么更好的事吧!

生宝领带人们进山以后的几天里头,欢喜做了多少活啊!他把全互助组铺秧子地的三合粪①,统统担到秧子地边去了。除过没进山的梁生禄是自己担的以外,其余七户约莫三百担粪,把十七岁少年的肩膀都压肿了。

欢喜他妈心疼地说:"欢娃!你慢些。担担,歇歇。甭使性子,甭一股气担,你正长身子哩。"

"怎?"欢喜不服气地说,"难道担子能把我压成矮子吗?笑话!你甭多那份心!"

意志是一种精神的力量,它有时会转化为物质的力量。欢喜已经知道"世上无难事"这句格言了。他曾经请求生禄和他一块担全组的秧子粪,这是生宝临走时的嘱咐。生禄以一种富裕中农对贫农,加上成年人对少年的双重优越感,冰冷地说:

"噢!我的粪担完,有空哩,再说。"

但是生禄把粪担完以后,始终也没"空儿"——今日走黄堡,明日串亲戚,后日去峪口镇看戏去了。欢喜知道他是不甘心给贫农做活。看来,他是专门在互助组里给贫农开工资的人;给贫农做了活儿,就降低了他富裕中农的身价。既然这样,欢喜也不勉强他,好在秧子粪有限,自己担了算了。

他把秧子粪一堆一堆,堆在秧子地四周。这是生禄和生宝两家的莳莳地。他请生禄和他一块犁了一遍,耱了三遍,泡在那里,只等农技员来了,铺粪、撒种。……

---

① 三合粪:人粪、牲畜粪和炕土的混合物。

但是一天又一天，很快地过去了，农技员还不见来嘛。留偏分头的少年，见天在地里做活，情不自禁地盯着通向汤河的大路。见天黄昏，失望随着夜幕笼罩了少年的心情。

"谷雨下种小满栽"——这是汤河流域稻地里庄稼人熟知的一句农谚。又说："谷雨前五天不早，谷雨后五天不晚。"可见下稻种，就在这十来天里头哩。有些庄稼人早些，有些庄稼人晚些，还有些大庄稼院，下一部分早秧，下一部分晚秧，这样来防止栽到后来秧子长冒。现在，时间已经接近那十天的边缘了，汤河上到处是整秧子地的人了。有几家年年动手特别早的大庄稼院，如姚士杰、郭世富，还有下堡村的几户富农和富裕中农，都已经铺了粪，下了一部分早秧了。欢喜看见他们的地头，插起戴毡帽的稻草人，吓唬觅食稻种的鸟雀和水鸦，他心里更加急了。他聪明地想到："俺互助组里虽然贫雇农多，合起来也是大庄稼院呀！"

少年开始不安起来了。听说徐改霞进城去考工厂，他想托她去县农业技术推广站催一下。但当他跑到官渠岸柿树院的时候，寡妇老婆儿说她闺女早已走了。

没有托得上人，反而在官渠岸被人好一顿嘲笑！

"欢娃！"孙水嘴斜起一只眼睛，歪着鼻子，一副明显的轻蔑神气，说，"政府给你们派的农技员，怎还不见影儿？"

"说了来，总要来的！"欢喜努力板着脸，严肃地回答。

水嘴进一步作态说："咦！真个！来了！那不是吗？你看那里！那里！在白占魁草棚屋西边的路上哩……"

欢喜知道这是故意儿戏他，理也不理，照直走去。他心里想："你啥他妈的村干部！还有脸申请入党哩！你不为俺着急，见俺着急，你反而高兴，你啥立场？"欢喜只是气愤，而并不难受，也不对互助组的事有一点动摇。欢喜知道孙水嘴的为人——他素常并不真正响应党和政府的号召，他实际上只响应郭振山个人的号召。在水嘴的心目中，郭振山个人就是下堡乡五村的党和政府，其他人算得什么？他只要讨得郭振山喜欢，就可以在村里趾高气扬了……这话欢喜是从有万嘴里听到的。

"哎！欢娃！你站一站，我问你一句话。"

欢喜转脸一看，见郭世富叫他。他站住了。

"欢娃！"郭世富有了皱纹的脸，带着揶揄的笑，眯缝着两只眼睛，问，"你把粪都堆在秧子地边，不往开铺，是啥意思？给俺自发势力显你们互助组的优越性吗？"

一句话一把刀子，戳伤了欢喜的阶级自尊心。显然，他不能用对待水嘴的态度对待这个阴险的富裕中农了。这一霎时间，郭世富向他四爹讨陈账抵制活跃借贷，又到郭县去买"百日黄"稻种和互助组比赛，企图降低互助组的影响……这些阴毒的行为，都涌到欢喜脑里来了。他决心用刀子回击刀子！但十七岁的生活经历，还不足以给他提供一句刀子一般厉害的话来。一时情急脸红，他竟不再装大人，破口骂道：

"放你的屁！你放屁……"

官渠岸东头的几个老中农，端着大老碗，蹲在街门口吃饭。他们先是带着满意的神气，欣赏被揶揄的欢喜作难的样子；但当欢喜破了口骂这个他们所尊敬的长者的时候，他们不再旁观了。

"嘿！狗儿子！出口就伤人哩！"

"把他捉住塞到渠里去！"

"甭叫他跑哩！到俺渠岸撒野来哩？"

说着有人放下老碗，向欢喜奔来。欢喜见势不对，撒腿就向复种青稞的稻地中间的小路跑去。他听见后头人们哈哈大笑，扭头看时，他们并不认真追他。他不再跑了，放慢了脚步，带着被污辱的心情，缓缓地向下河沿走去了。

被污辱的欢喜带着受伤的心回家。十七岁——还是一个容易落泪的年龄，但他努力控制自己，在快到家的路上，用袖口揩掉几颗溢出眼眶的泪珠，准备做出好像什么事也不曾有过的样子，走进自己草棚院的街门，不让他妈为他担负着重担子而忧心。

但当欢喜快到家的时候，他的心受了新的创伤。素芳——他的拴娃婶子，梳洗打扮得俊俊俏俏，提着个包袱，从草棚屋出来了。她由草径拐到大路上，向南走来了。欢喜知道她不是走娘家，她是到官渠岸四合院去。羞耻心好像狼一样猛地咬住少年稚嫩的心。他的脸一下子红到脖颈，蒙受互助组和贫雇农所遭到的耻辱。除了妈妈，欢喜还不曾接近过女性。他还没有这个愿望。但他想：他将来长大成人，要是有人给他说素芳婶子这样的贱货，他宁愿打光棍一辈子！

侄婶在铁轮牛车碾下很深的车辙的路上碰了面。欢喜眉毛拧成一颗疙瘩，故意把脸朝向黄堡那边。他不愿看见素芳不要脸的样子。但婶子却并不觉察他的这种心情，打着招呼：

"欢娃！你哪去来？"

欢喜不理她，一声不吭走过去。他向路边车辙以外的青草上，吐了一口唾沫。因为他嗅见素芳脸上发出的雪花膏味道，简直要发呕。

他回到草棚院，妈问他："给改霞托付了没？"

"人家早走了！"

"走了走了。你甭犯熬煎了。"

"怎？"

"刚才，卢支书托付人带话来说，农技员再过三两日就来，叫咱甭着急。三合粪准备好，甭铺。"

欢喜一听，乐得简直要跳起来。一切的屈辱感都被卢支书这一句口信，像用手取掉了一般。比起互助组的大事来，官渠岸几个人欺负他算得什么？比起互助组的大事来，素芳他婶子去干不体面工作，简直不算回事情！欢喜顿时感到自己不是一个少年，而是一个强大的人。这一刻，他比任何时候都清楚地感到：整个党和政府在他这一边，委托他做事情哩。他是属于一个强有力的集体的。他很后悔：不该在官渠岸那几个中农面前跑掉，实际他们只是吓唬他罢了，他们哪里敢真把他塞到渠里呢？叫他们下回再试试！

黄昏，秃顶梁大老汉拄着长棍，凶狠狠地走进任家草棚院来了。

"欢娃！"光头老汉站在当院吼叫。

"噢！"欢喜在牛棚里应声。

"告诉你！俺明日铺粪、下种啦！"说毕，老汉就走了。

欢喜丢下牛草筛，追出来，迷惑不解地问：

"大伯！等一等！你这是为啥哩？"

"哼！为啥！俺庄稼大，要早动手！就是这！"老汉拧身说。

"好大伯！"欢喜见老汉凶狠狠的，心里不服气，脸上强笑着，学着成年人的腔调说道理，"你家庄稼大，咱互助组人多嘛！今日卢支书带口信来，说农技员三两日就来了。"

"啥农技员不农技员！俺不等啦！"老汉说着，甩袖就走。

欢喜追上去，在街门里头拉住老汉的袖子。他强硬起来了：

"你家铺了粪、下了种，就要灌水啦？"

"俺可为啥不灌水嘛？"老汉狰狞地说，"俺不灌水，撒了种做啥？喂鸟吗？"

"一块地里头，你们灌了水，互助组可怎下种呀？"

"嫌不方便，你们明日也下种嘛！"

"哎！大伯！你这是故意和互助组为难啦？"

"啥话？"

"就是这话！你这是和互助组为难！"欢喜代表一种已经形成的

271

新的社会力量，直起脖颈说。

老汉见欢喜不服软，动了肝火，折转身，用长棍戳着院里被脚踩硬的地上，咬牙切齿问：

"俺给互助组借秧子地，要俺跟互助组转？"

"你家也是互助组的人！订生产计划的时光，你家生禄在场哩！使唤你家的秧子地，是生禄应承下的。这阵全组的人都在山里，光留下我一个，你就使单干户借秧子地的规程吗？"

"哼！你倒学了一片好嘴！你倒说说互助组的规程！"

"互助组就得按计划办事！"

"咦！咦！看你凶成啥样子！你把我老汉打一顿好了。唔，嗯，打嘛！打！打！……"

老汉一步一步进逼着。欢喜没想到老汉会耍无赖，恨得咬牙切齿，怒目盯着那撮不能引人尊敬的灰白长胡须，脚底却一步一步退却着。这是明目张胆欺负人，欢喜简直忍不住想哭。组外的自发势力刚欺负过他，组内的自发势力也来了。他很着急，他该用什么办法来对付这个老无赖呢？……

这整个的过程中，在草棚屋做夜饭的欢喜他妈，一直站在黑暗中盯着。看见别人仰仗着富裕的地位，欺自己的儿子年小，刚强的女人简直要从眼里掉出血来！她真想一扑出去，扯住大老汉的衣服，抱住他的腿，要他打她一顿，不要摘她的心肝！但她一回心又想：这样做事，太小人了；对互助组的影响也不好，给村里笑说：快看去吧！梁生宝互助组打架哩。

欢喜他妈，衣襟和粗布单裤上沾着茅柴枝，走出院里。

"欢娃！少说几句不结了吗？"她然后转向大老汉，"他大伯！欢娃年轻，你吃盐比他吃米多，他说得不对，你甭计较。"

大老汉不理她，继续凶狠狠地瞪着欢喜：

"你多大一点龟儿子，就这么厉害！你厉害，把我老汉送到政府法办了！我就按借秧子地的老规程办事！"说毕，一拧身走了。

欢喜他妈憋着一肚气，跟着老汉出了街门，看着老汉连脚跟都生气的样子，走进他家的街门去了。然后她才回到草棚院里。

欢喜站在黄昏中的草棚院里，使劲地咬着牙，使劲地扭着嘴，使劲地瞪着眼。幼小的但并不软弱的心灵，正在思谋他下一步朝哪里走。他并不觉得事态有什么严重。生宝哥走时悄悄叮嘱他的声音，还在他耳边："你甭害怕他生禄！你甭迁就他！王书记说来，互助组根本不能迁就富裕中农，越迁就越不能巩固。咱指靠咱贫雇农劳动的劲头，咱根本不指靠他的车马，咱迁就他做啥？"欢喜恨的是生禄自己不露面，总是让这个棺材瓢子出头。

欢喜他妈从街门外回来，说欢喜：

"你和那个死老汉说啥哩？你，到底是年轻啊，欢娃！要不，他寻你，你寻他生禄嘛……"

"对着哩！"欢喜在心里承认妈说得对，承认错在自己沉不住气。弄成这个难堪的样子，他才明白：既然生禄让老汉出头，他不和老汉说，而和生禄本人上话，这才算真厉害。但他不像生宝哥那样能沉住气，他恨自己什么时候才能像生宝哥一样老练起来呢？……

娘儿俩在越来越昏暗的草棚院站着，互相听得见喘气的声音。天空出现了第一颗亮星，很关心地盯着娘儿俩，看他们怎么办。

他们听见身边轻微的脚步声。是欢喜他四婶，抱着一个正吃奶的娃子，敞着怀，颠到嫂子和侄儿跟前来表同情。当秃顶老汉在草棚院发歪的时候，任老四婆娘在破草棚屋里，吓得气也不敢出。她害怕大老汉，就像老鼠害怕猫一样，似乎老汉可以把她一口吃掉。现在，她嗫嗫嚅嚅地颠到他们跟前，好像生怕隔着老远的大老汉听去一样，偷声细气地劝说：

"三嫂、欢娃，你们甭难受哩！做夜饭吃去吧！"

273

娘儿俩凝然不动,不甘罢休。

"好三嫂啦!本来是人穷理短,有钱的气粗。咱小胳膊扭不过大腿……"

"啥?"欢喜气汹汹地打断他四婶,"你刚好说了个翻翻!他小胳膊扭不过咱大腿!"

"好娃哩!咱穷邻居,断不了使唤人家的碾子、磨子、笸箩、簸箕……咱甭惹他……"

"你好没志气!咱不会到上河沿,郭庆喜院去上碾磨吗?"

"我腿不好使……"

"那你上生禄院的碾磨去!甭管俺!"欢喜说着,转向他妈,"妈!给我点着灯笼!"

"你上哪儿去?"

"上下堡村,寻卢支书去!生宝哥叫我没办法了,就往卢支书那里跑。"

"对!寻去!"欢喜他妈赞成,"要不老汉骑着咱脖子软和,总想骑!"

欢喜他妈取来灯笼,在灶火上去点的时候,欢喜找着了一根棍子。

这娘俩人穷志高的气概,感染着四婆娘。她大概因为自己的怯弱,感到了惭愧吧?或者是阶级的感情使她耻于置身事外?或者是互助组的事,关系到她家的切身利益?她鼓鼓勇气,冒着和富裕邻居决裂的危险,在欢喜要出街门的时候,扯住娃的夹袄袖子。

"欢娃!你知道大老汉为啥凶吗?"

"不知道。"

"我告诉你吧。他家生荣从军队上汇回来五十块钱啦!老汉腰硬啦,走路和平时不一样啦,出气也和平时不一样啦。生禄给生荣写信,说互助组要密植水稻,用的肥料钱多;说全互助组计划进山割竹子,他因家事搁不下,进不成山。你看,钱到手里,父子俩又商量不往稻地里上,怕不保险……"

"那么,他们拿那五十块钱做啥用呢?"

"我没听清。我在他院磨棚里,只听到这些。……"

欢喜怒愤愤地提着灯笼,出得街门,使劲地踏过土场,在复种青稞的稻地间的小路上,向汤河的独木桥走去。他负气地不经过生禄家的桃树林子。灯光照亮了脚下的草路,照亮了路两旁正在孕穗的青稞。附近的水渠边,一九五二年冬眠的少数青蛙,嘎嘎叫着。汤河北岸,下堡村做夜饭的炊烟弥漫,人声嘈杂……

夜并不很黑,路隐约可见。欢喜提着灯笼,是为了壮胆。这是庄稼人夜间出外的习惯,为了吓唬黄昏中出山的狼;天刚黑的时候和天临明的时候,在河坝上容易碰见"山神爷"。但欢喜这一刻提着灯笼,并无恐惧的感觉,好像世界上根本没有狼。他的全部感觉器官,都被愤怒控制了,热血在十七岁的少年血管里奔流。这个时候,饥饿、疲乏、恐惧,都在他身体上得不到反映。

他一边走,一边愤怒地想着:

"你大老汉?欺人太甚了!我叫你睁开眼,看看这是啥世界!新中国,连地主都倒了,你个富裕中农,还不老老实实?杨大剥皮厉害,这阵在县城里守法哩;吕二细鬼剥削人心狠,一份子家业消散,给气死了。你大老汉想走那条路吗?走不通啊!看我把卢支书叫过河来,训你一顿吧!你甭当成你儿是解放军军官,在穷邻居们跟前,摆那套老太爷威风!你把世事看开啊!新中国哪能使旧中国的理?生荣是共产党员,他当成家里真要响应增加生产的号召。他要是知道他爸是这个鬼样子,他给你五十块钱?他给你五角钱才怪哩!……"

欢喜走着,觉得自己长大了,很能行,很厉害。虽然生宝和有万,这时远在终南山的老爷岭那边,在丛林里过夜;但欢喜感到他们的精神,和他在一起哩。他甚至感觉到区委王书记、下堡乡卢支书的精神,也和他这个十七岁的人在一起哩。他明白:大老汉错把他当做可怜的任老三的孤儿欺负,而对于他是赫赫有名的梁生宝互助组的记工员兼未来的农业技术员这一点,却认识不清。他这回决意要老汉认清这一点!

"欢娃!欢娃!"后边黑暗中有人叫他。是生禄的嗓音。

欢喜不理他,照直走去。

"欢娃!你站一站嘛。我给你说句话。"

欢喜横了心,不站。他走得更快了。

"你爸欺负了我,你才出面?你不早和我说话呢?"他心里想。

身后响起跑步声。跑步声越来越近。他的袖肘被扯住了。

"欢娃!"生禄气喘吁吁地说,"你甭到乡政府去。你寻哥嘛!哥没好话,你兄弟再奔政府,也不迟嘛!"

"哼!"欢喜铁板着稚气的脸,"你父子红脸黑脸耍得妙!"

"哎!兄弟!你可把哥的心亏煞哩!哥从外头回来,听说俺爸和你闹翻了,就跑来朝你兄弟回话嘛。唉唉!没法子把心掏出来,给你兄弟看看……"生禄说着,显得非常着急的样子。

欢喜不吭声,生禄扯扯他的袖子又说:

"甭到乡政府去!甭叫下堡村的人笑咱!俺爸老哩,土埋到脖颈上来哩。他是风地里的一盏灯,谁知道啥时灭呀!你兄弟嫩苗嫩芽,和他较量做啥哩?咱弟兄,头发畔子黑墨墨的,一块的年头长呀,闹到乡政府去,你当成光给俺爸丢人吗?不啊!兄弟!给咱一下河沿丢人!叫人家下堡村的人说:'看!蛤蟆滩的人,就爱闹仗。'多难听!与咱重点互助组的名声,也有妨碍……"

欢喜纵有铁硬的心,一说到互助组的利益,他怎能不考虑呢?他成年人似的问:

"那么秧子地怎办?你家得等农技员来了,一齐下!"

"啊呀，好兄弟哩，这个事，可得你兄弟担待。"生禄用一只手摸摸他有片秃的脑瓜，十分难受地说，"俺爸的脾气，你不知道吗?那年子，俺屋里闹事，他用镢头把锅台挖了，全家做不成饭，你记得吧?旁人可以到政府告他，我为儿的，把他看上两眼。这样吧!我自己的老人，不能叫组里为难。他是一定不等农技员来，我就费点工夫，担些土，在秧子地中间加一道垄，多开一个水口，咱分开下稻秧子。这该不害组里的事吧?"

"预备退组呀?"欢喜机灵地问。

"不!兄弟!不!"生禄坚定地说，"另下稻秧子，这全是为俺爸老脑筋，一时转不过弯儿。他要退组，我就不听他了。我是决意跟你们走大伙富裕的路，走定了，绝不走自发的老路。你放心!俺爸再闹退组，我给俺老二写信呀。你知道，俺生荣是共产党员，我不能在家给他丢脸。俺爸听生荣的话，我在老人眼里算啥呢?……"

欢喜听到这里，完全软了心。解放军军官梁生荣的英武形象，直立在欢喜脑际。他学着成年人的神气，叹息一声，然后，折转身往回走了。

欢喜戴着破草帽，在黄堡镇胶轮大车站上，迎接农技员，这是第二个下午了。头一回没接上。这一回，胶轮车一到站，欢喜的全部注意力，就集中到眼睛上，紧张地盯见车上有一个身穿灰斜纹布制服的高个子年轻人。那人肩上挂一个鼓鼓囊囊的挎包，手里提一个白布包袱，包着什么盒子?欢喜见那个灰制帽底下，是一个白白净净的知识分子脸盘。那人在纷纷下车的旅客中站起来了。欢喜看清楚灰制服胸前，挂着县人民政府红底白字的圆证章了。他乐得连通名报姓都忘了，伸手就去接那人手里的盒子，要帮助拿东西。

"这是做什么?"县干部生气地问。

"同志!"少年脸上闪着快乐的光,亲热地说,"你不是到下堡乡五村梁生宝互助组去的农技员吗?"

"噢!就是的,你……"

"我是来接你的。我叫任志光。全互助组都进山了,把我留下,跟你学新技术哩。"

"好!好!"农技员高兴地咧嘴笑着,说,"等忽儿,行李取下来,我跟你走。这个盒子,我自己提呀。"

行李从车上取下来了。欢喜把农技员的铺盖卷背起来了。他还要替农技员拿挎包,手一碰,硬拐拐的,尽是书。农技员不给他,笑说:

"小同志,都叫你拿着,我自己空手走吗?"

欢喜把肩背上的行李背得更合适点,两个人就在傍晚的斜阳下,向蛤蟆滩走了。

"同志,贵姓?"欢喜仰起稚气的脸,很有修养地问。

"姓韩,我叫韩培生。从省农业厅办的农业技术训练班学习回来,县上又开了一星期会,才决定到你们这里来。你们等急了吧?"

"不要紧!不要紧!"欢喜像成人一样说。他和这个比他高一头的韩同志,并排走着,多么兴奋,多么荣耀!谢天谢地,上不起中学的任志光,可找到了好老师。韩同志肩上挂的那一挎包书,引起他深深的尊敬。他深信:这是一个有学识的人。

一路上,欢喜一见如亲,把互助组目前的概况,滔滔不绝地一下子都报告了韩培生。全组几户、多少亩稻地、下稻秧子的准备工作、改换"百日黄"良种、准备稻麦两熟的雄心,以及组内自发势力梁生禄不等农技员来下了秧子,组外自发势力郭世富也搞稻麦两熟和互助组比赛,等等。他直说得韩培生精神振奋,显出立刻要进入斗争的神气。

他们走进下堡乡五村地界了。田野上,泡秧子地的和下稻秧的人们,戴着草帽,卷起裤管,露出泥腿,这里那里,顶着或背着西斜的日头劳动着。和韩同志在蓝色的青稞和小麦的海里走着,欢喜孩子气地大声向四野里通报:

"农技员来了!农技员来了!"

他情不自禁要吼这几声。他的感情是很激动的。他因互助组有了技术指导而感到骄傲。他吼叫着,通知官渠岸那些揶揄过他的人,嘲笑过他的人。他和韩同志走着,觉得分外得势,分外有劲儿。不要看他人小,他要做大事情!让揶揄他和嘲笑他的人,最后落得难堪吧!他们将来要老老实实向他学习的!

他按照生宝进山走时的嘱咐,把韩同志领到生宝草棚院里,让韩同志就住在生宝独住的光棍屋里。秀兰去北杨村慰问病中的婆婆,还没回来哩。梁三老汉带着满肚子思念儿女的郁闷,到什么地方散心去了。只有生宝他妈,带着高增福托下的才娃,留在寂静的草棚院里。离开了爹的没娘娃儿怕生,寸步不离这个好奶奶,好像他的小手长在她的衣襟上一样,生宝他妈走到哪里,才娃就跟到哪里。这可怜娃委实使人心疼。生宝他妈想起互助组长这般大时的情景,对才娃更疼爱了。只要她的手里不拿东西,她准用一只手牵着才娃的小手走,好像慈爱的祖母,领着自己的小孙孙一样。

草棚屋是打扫现成的,只等着客人来住。头发灰白了的生宝他妈领着才娃,向韩同志表示过欢迎,就去搂柴禾,给客人准备洗脸水和开水。

"不!"韩同志把东西扔在草棚屋以后,精神振奋地说,"老大娘,甭忙!志光,咱先看看秧子地去!"

欢喜说:"洗洗脸,喝点水,歇歇再……"

"不!先看秧子地去!"韩同志兴奋地立意要去。

大个子农技员拉着小徒弟的手,出了街门,向秧子地走了。

秧子地边,插起了稻草人。稻草人的两只伸出来的假手,挂着两块黑布条,在微风中垂摆着——梁生禄照老法子下了稻秧子,弄起这个,来照看撒在秧床上的稻种,不让鸟雀吃。

"看你把俺互助组搅得散不?"欢喜在秧子地边,生气地看着生禄加了一道垄,隔出来的一块秧子地。

"也好!"韩同志在旁边笑说,"同一块地里,育出两种秧,正好叫群众比较。"

韩同志左看看,右看看,给欢喜讲解:这块秧子地,左近没有大树,没有房屋,地势比较高,所以选得还科学。这时候,蛤蟆滩整秧子地的和下秧子的人,见农技员指手画脚说什么,好奇心促使他们,丢下农具跑过来了。远一点的人,见近处的跑来,也跑来了。渐渐地,更远的人,包括下堡村在河南岸下地的人,都按捺不住好奇心理,要跑来看看,农技员在梁生宝互助组,到底搞些什么名堂。

不知不觉中,人们沿着秧子地的塄坎,站满了一圈。高高低低的人影子,倒映在泥水里。

孙水嘴问:"同志,你要弄啥新花样秧田?给大伙亮亮宝。"

"好!"韩同志说,脱了鞋袜,卷起灰斜布裤管,从一个参观者手里,借了把铁锹,踏进泡着水的秧子地里去。

韩同志挨着生禄加的那道垄,用铁锹划出一个约莫一丈长、四尺宽的长方形。隔过二尺,他又划了另一个。然后,他站在泥水里,对大伙说:

"这叫做新式秧田。"他指着旁边生禄整个一大片不分秧床的地,又说,"那个叫'满天星'……"

"就这简单?"孙水嘴不以为奇,撇撇嘴轻蔑地说。

欢喜厌恶地瞟了水嘴一眼。他知道水嘴因为郭振山对互助合作不热心，抓住一切机会，贬低生宝互助组所做的任何事情。欢喜很想说："简单，你走！"给水嘴个难堪。但他想到水嘴好歹是村干部，秧子地周围又站的有富裕中农和富农，要分清里外，也就不理他了。

预备和生宝互助组比赛的郭世富，不满足地问：

"那么，同志，你说说这新式秧田，有些啥好处呢？"

"好处很多！老人家。"韩同志在泥水里，用热心宣传的口调，对这位长者恭敬地说，"第一，排水干净，秧床上不生青苔；第二，秧床中间通风，秧苗不生瘟热症；第三，这是最重要的，我们要培育壮苗，就要施追肥，要拔除杂草，要治虫。但是，"他指着生禄的秧子地说，"像那个'满天星'秧田，简直没有人插脚的地方嘛，哪里能做这些事情呢？只好撒了种以后，让它听天由命长去。"

"对着哩！"

"同志说得有道理。"

"十成稻子九成秧！就是当紧。"

庄稼人们互相看着，议论着，对韩同志说的新式秧田，有了兴趣。韩同志很高兴，很兴奋，他的话投了庄稼人的心。过去一区派两个农技员到各乡去，趁乡上召集村干部开会临结束的时候，用嘴推广新技术的办法，证明是落后的。县委杨副书记提议，今年改变的这个方式，一开始就给农技员很大的鼓舞。

庄稼人们有兴趣，使欢喜更感到骄矜。他用鄙弃的眼光瞟瞟孙水嘴，看见水嘴脸有点灰。

"那个'满天星'秧田，培育出来的叫做什么秧苗呢？"韩同志兴致勃勃，进一步讲解，"那叫做'牛毛秧'。为什么？秧苗长得倒高，只是很细，像牛毛一样，秧插浅了，风一吹倒了，浮在水上；插深了，成半月二十天发黄，要死不活，缓不过苗来。好容易缓过苗来了,又不爱分蘖(就是分杈),插多少株,吐多少穗。稻秆又软,稻粒还没有灌好浆,头一场秋风,它就倒伏了,割到场里,秕子比稻子多。我说得对吗?"

有人承认:"有时候有这情形……"

人们私下议论:

"不好也没他说得那么凶险吧?"

"他把咱人老三辈子的庄稼活,说得不值一个麻钱!"

"你们看:他像不像个走江湖卖膏药的?……"

欢喜连忙注意韩同志的情绪。韩同志,他第一次和蛤蟆滩的群众接触,就直率地、毫无保留地说出全部真理,伤了这些庄稼人的自尊心。他有点后悔,他笑着对大伙解释:

"你们问我嘛,我就得按实讲解嘛……"

孙水嘴这阵又说话了。他带着讥刺的笑容,问:

"同志,难道你下出来的秧子,就没一点弊病吗?每一根都像树苗那么壮吗?"

"抬杠!"欢喜不满孙水嘴,气得脸通红。

但韩同志是县干部,有涵养,踩着泥水,赤脚在秧子地里,走到站在塄坎上的孙水嘴跟前,笑说:

"你这个老乡,说话太粗鲁!"韩培生很负责、很严肃地说,"我们培育出来的秧苗,不能像树苗一样壮,但可以做到没有弊病。我们培育出来的,叫'扁蒲秧',肥壮,茎枝健硬,插秧就长,不缓苗。"

"啊呀!"有人惊叫起来,"看,当心把天吹塌着!"

"世上有不缓苗的稻秧子吗?"另一个人觉得可笑、无稽。

"怎样才能下出那号秧子呢?"郭世富认真地问。

欢喜一眼盯着:韩同志不慌不忙,走到郭世富跟前去,很尊敬地给世富老大讲解培育"扁蒲秧"的方法,因为他发觉这个老者对新事物有兴趣。他谈到"落谷稀"（就是撒种稀）的道理，谈到秧苗一寸左右高时，施一次草木灰的作用，谈到为什么秧苗一二分高时，每天排一次水，为什么秧苗一寸半高以后就改变五六天排一次水，以至于天阴、天晴、天凉、天热的不同情况，不同的排水次数和排水时间……他还在讲解着，冷笑的人们已经开始走散了。

"鸟！听得人脑子疼！"

"太烦絮了！谁能记住他说的那些！"

"单干户记住也办不到啊！一个人有多少工夫！旁的活不做了？光下稻秧子呀？"

"生禄和他们一块地里下秧子，还不和他们一样哩！"

姚士杰，在他站在秧子地边的整个时间里，不曾说过一句话。他暗暗拉了一把郭世富的衣角，两个富户人一块走了。

"走！啥鸡巴'扁蒲秧'？不如干脆叫成'政策秧'算哩。谁跟上政府的政策跑，谁下那号秧子去！咱弄不成！"姚士杰对郭世富说。

这时，欢喜凑到韩同志跟前了，指着两个人的背影，低低说：

"你看！那说话的是富农，听话的是富裕中农。他两个是俺互助组的敌人！"

韩同志吃了一惊，白白净净的脸上出现了严肃思索的表情。生活在农技员到蛤蟆滩的第一天，就向他表明它的复杂性和冲突的尖锐性。

"同志！注意你的书呆子气！不要光从表面上看人吧！蛤蟆滩的人事，绝不像这里的风景一样平静优美啊！要是你以为这个环境里的人们，彼此都是那么协调，你将要不光彩地离开这里！请你警惕！书生同志！"他这样警告他自己。

283

第二十一章

拴娃媳妇赵素芳，穿着一身海昌蓝衣裳，提着包袱，从东山墙用两根椽顶着的破草棚屋，进了砖墙瓦顶的四合院，她非常满意富农整齐、干净、舒适的去处。脚踩着平坦的砖墁院子和脚地，抬眼是洁净的屋墙和彩色年画，窗明几净，没有草棚的烟熏气味。她穿得干干净净、漂漂亮亮，不是为了讨谁喜欢，而是为了适应这个新的环境。瞎眼公公一再嘱咐她，要她收拾得让四合院的人看见顺眼。

"人家那里，和咱这茅庵草舍，可不得一样！甭叫人家嫌脏！"瞎老汉严厉地说。

开头的几天，素芳由于生疏，有点拘束。她很害怕堂姑父，眼光不敢对直地和姚士杰的眼光相遇。在她心眼里，这个人有着四十多亩稻地和旱地，一座四合院、骡子和马，是高不可攀的人物。命运使得他一生下来就高她一等。她很想知道堂姑父是不是满意她做的活，但她却只敢从侧面、从背后看他，不敢从正面碰他右眼皮上头有一片疤痕的眼光。当她在屋子里或院子里和堂姑父相遇的时候，她总是低下头去，低垂着眼皮看着地上，自卑地躲开让堂姑父先过去。她听见一声堂姑父在院里什么地方威严的咳嗽声，心里像打雷一样震动。她也听说堂姑父和白占魁婆娘李翠娥有；但现在给她的印象却是这样严肃，简直令人相信不下去：这样勤俭持家的过日子人，会做出那号浪荡事情吗？

晚上，素芳和产妇睡在西屋炕上。迷信老婆——姚士杰他妈带着娃们睡在东屋。姚士杰暂时不得不独独一个人，睡在厢屋里。迷信老婆叫儿子睡在西厢屋的伙房炕上，但姚士杰觉得天暖和了，在东厢屋脚地，搭起一个床铺睡觉了。

有一天夜里，全院都睡定以后，素芳上炕睡下，吹熄灯，轻声地叫道：

"姑！"

"唔！"产妇在被窝里应声。

素芳说："我总是害怕俺姑父。他铁板个脸，总是凶狠狠的，叫人害怕。是不是嫌我做活看不上眼？"

姚士杰婆娘笑说："他素常总是那样喀。他四十来岁的人，还能和你娃家嬉皮笑脸吗？再说，俺屋里屋外，只他一个人担事，想不完的心思啊……"

素芳听了堂姑的话，想道："噢噢！人说家大业大，可真费心思哩。穷有穷愁，富有富愁，我这才明白。"她更加崇拜堂姑父持家过日子的那份严肃了。看！堂姑父为家业和庄稼，熬煎成什么样子！起早贪黑，经营牲口，给牲口圈垫土、起粪。院里有一根柴枝，他也要拾起来，送到伙房里来。素芳经过她堂姑这番解释，放下了一层心思，再看见堂姑父，就显得不那么紧张了。

有一天，高增荣搭伙和姚士杰一块下稻秧子。二人在四合院吃晌午饭的时候，姚士杰说的一番话，彻底改变了素芳对堂姑父的观念。

姚士杰一边吃饭，一边笑问增荣：

"你们贫雇农那两年和我划清界限，避得和我没来往。这阵你和我一块泡地、下稻秧子，看我到底有啥可恶吗？"

没立场的贫农呵呵憨笑着。

"无事生非哩，没狼撵狼呗！"

"好话！"姚士杰大为满意，说，"只要你不嫌弃我的成份，咱泥和水，水和泥！咱像他梁生宝互助组一样，也奔社会①的路走！旁的富农怎样，我不知情。我这个富农不反对人民政府。我的天，

---

① 社会：即社会主义之意。

这阵是啥世界嘛!没土匪,没贼盗,没苛捐杂税,不抓兵,不派款,不打人骂人。咱乡下,这阵连个军队的影子也见不上。干部下乡讲话,总是叫搞好生产喀。世上哪有这样好的官家?我常给俺屋里人说:毛主席比咱爷强!嘴说订下咱个富农,可救下咱一家人的性命哩!不解放,嘿,得了吗?那时光,我总担心,我非死在黄堡驻军手里不结。咱这野滩河坝地方,又没个堡子;他们白日是明驻军,黑夜就是暗土匪嘛!他们来把院子一围,朝我要银子要钱;我没,他们还不把我拷打死?所以说,毛主席是我的再生父母……"

代替堂姑招呼做活人吃饭的素芳,听了这番谈话,甚至于对堂姑父十分崇敬起来了。在解放后没参加过几次群众会和社会活动,被瞎眼公公管制得很严,可怜的素芳的思想、意识,仍然停留在旧社会。在蛤蟆滩,有些人如郭振山和梁生宝他们,是一九四九年就解放了;有些人如高增福和任老四他们,是一九五〇年土改中才解放了;但还有一大批人,至今没彻底解放或根本没解放哩!素芳不能和男人接近,要是被瞎眼公公知道,一定是有通奸关系。素芳也不能和女人接近,要是被瞎眼公公知道,一定是教唆她和拴拴打离婚哩。素芳只被允许到秃顶梁大老汉家去串门,因为瞎眼公公认定富户比穷户的德性高。素芳哪里来的新思想新认识呢!

在素芳想来,一个人有那么多地,前楼粮食快压塌楼板,楼下是骡驹和母马,对新政府能说出这番深情的话,是很有良心的人哩。绝不是什么需要划清界限的危险人!后来她又想到:对!对!一年收割几十石粮食,没捐没款,查田定产以后,每年只出有数的一点点农业税,他不拥护人民政府谁拥护呢?随后,她又想起她在黄堡镇赵家十字娘家门上听到人们的议论:说党员、团员和村干部里头,有些人做事机械、过火、六亲不认。素芳觉得堂姑父是好人,她在他家里做活,丝毫也不需要有什么顾虑。生宝和欢喜他们,爱说什么说什么去!她觉得她在这亲戚家里,比在她自己家里整天看瞎眼公公的恶相强。

素芳渐渐习惯了她在四合院的杂活。她给产妇熬汤,到渠岸去洗屎片子。她代替产妇做饭,套磨子磨面。猪由姚士杰喂着。田地里农活忙的时候,迷信老婆喂猪。姚士杰的大娃子和大闺女,都上县中了;小娃子和小闺女,跟他们的迷信奶奶住着。素芳的活儿很轻松。对于二十三岁的少妇,这简直和不做什么事情一样。一个月的时间多么短暂啊!要是堂姑愿意,素芳愿意在她堂姑家里住上一辈子!她觉得富农是一家高尚的人家,有上学的,有做活的,有敬神的。上房中屋,一股点香的味道,使人感觉到如同住在庙堂里头一般崇高。

一个阴沉的闷人天,素芳套磨子磨面。磨棚在从正房东屋前面的偏门进去的偏院里。在布满椿树、榆树和楸树的土院子里,有猪圈、有大车棚和磨棚。朝村巷开的大车门,经常关着。磨棚里有一台旱磨、一台粉磨。姚士杰他爸在世时,每年冬天请把式磨粉,现在,怕露富引人注目,不敢磨了。那粉磨仅仅是在磨面时,放放罗面的家具罢了。

好心的堂姑父把生过骡驹不久的枣红母马,牵来套在磨子上,又帮助素芳把麦子掮来,倒在磨扇上一部分。当素芳把罗面用的笸箩、簸箕和罗子,一样一样搬到磨棚里罗面的土坯台上的时候,母马拽着磨子已经走开了。素芳把洁白的新毛巾包在剪发头上,准备着磨上落够一罗子的时候,就开始罗面。她感觉到不像给富农家做活,而像住在感情好的亲戚家里。

"姑父,你走吧!我自己能弄哩。"她恭敬地说。

堂姑父还不立刻走开。过日子的人细致地告诉妻侄女:添麦子的时候当心,不要把麦粒撒在磨道里;要知道每一粒麦子,都是劳动人血汗换来的。堂姑父又叮咛:母马拉屎、撒尿以后,打扫的时候轻点,不要扬起灰尘落在面里头。最后,堂姑父又指着磨棚墙眼

里插的芦苇秆儿,说:

"磨二遍的时光,磨眼里添上两根芦苇秆噢……"

"对!对!对!"素芳一一答应着,恭敬、卑微、胆怯。她很想看看堂姑父吩咐她的时候是什么表情,但没有勇气抬头,特别是这僻静的偏院,只有堂姑父和她两人啊!在任何一个男性面前,她都感到自卑。

素芳不知道为什么脸红,感觉到紧张。素芳,被瞎眼公公唆使着,拴拴已经把她打得丧失了性气。她没有勇气。做什么的勇气也没有了。从黄堡镇赵家十字嫁到蛤蟆滩下河沿来以后,她渐渐什么打算也没有了,什么希望也没有了,死心塌地把自己当做一种工具——做家务活和生娃子的工具!没有觉悟的素芳啊!没有解放的素芳啊!她现在最本质的品质就是自卑。她哪里有勇气看看堂姑父吩咐她的时候是什么表情呢?她只听出声调是严肃的、令人尊敬的长者的声调。她只能用温顺对待这个又富有又能干的长辈亲戚。

堂姑父终于走了。素芳感觉到眼睛、手和脚都解放了。

但是堂姑父又回来了,在偏门口大声严肃地命令:

"素芳!你把偏门闩啦!省得骡驹从马房钻出来,到磨棚里捣乱!"

"噢!"素芳答应着,听话地走去闩了偏门,更加敬佩堂姑父过日子的精细。

现在,僻静的偏院和外界的交通也断绝了。素芳独自一个人在这个和外界完全隔绝的小天地里。堂姑父真是个正经过日子人哪!甚至于说他和李翠娥有,素芳也认为是恶人造谣。

母马拽着磨子走着,磨盘上落下来磨碎的麦粒。素芳跟在母马后头走着,用手把磨碎的麦粒揽进罗子里去。

她坐在矮凳上,开始在笸箩里头罗面了。没有瞎眼公公咒骂她,这样地做活,她是很愉快的。

偏院是这样幽静。地上是春草、落下来的榆钱和风吹来的柳絮。榆树、椿树和楸树的枝头，可爱的小鸟在歌唱。一只公斑鸠飞来了，叫唤了几声，母斑鸠接着也从东边飞来了。一忽之后，两只斑鸠一齐飞走了。刚套磨子的时候，母马思念驹子，咴咴地叫着，现在也不叫了，很安心地拽着磨子。一切都是这样令人满意，连这个偏院都是非常崇高的去处。

素芳罗着面，按她自己的觉悟程度和观念，思考着人生。她奇怪：遭逢着什么样的父母、公婆和男人，到底是什么权利决定的呢？这，真是她想不通的……平等！平等！平等！说说罢了！到什么时候也不能真平等呀！解放后一般不满意旧婚姻的女人，张闹离婚，李闹离婚，素芳闹什么离婚呢？她准备一辈子听任命运的摆布，做活、吃上、穿上、不挨打，就好了！等瞎眼公公死后，日子可能要比现时好过一些的。唉！瞎眼公公什么时候才能死呢？……

素芳想着，真是越思越想越凄惨，她不由鼻根一酸，涌出了眼泪。她揩着眼泪，戴顶针的手摔着鼻涕。独自一个人在这偏院里，真是哭鼻子的好机会。素芳没有当着旁人的面哭鼻子的理由。人家问她为什么哭，是不是不喜愿和拴拴过日子，她说什么呢？……

她听见磨棚后边的土围墙什么地方咚的响了一声。她停住了罗面，也停住了对人生的思考和流泪。她在磨子的嗡嗡声中静听着。她的心哏哏地跳着。是不是把偏院和后园隔开的土墙什么地方倒了呢？

她有点害怕。她抬眼看看：这个磨棚的土墙该坚固着哩吧？日子不管怎样地难过，素芳愿意活着。将来，瞎眼公公死后，她生了娃子，日子会好过起来的。在这里做个把月活，土墙倒下来把自己压死，才倒霉哩！婚姻不美满，她还希望做母亲的时候，尝到人生的乐趣哩！……

她听见背后有窸窸窣窣的声音了。她忙掉头一看，天呀！天呀！

怎么堂姑父从后墙跳进来了?

怎么会有这样的事情呢?这不是做梦吗?我的天!

可怕!可怕!你看堂姑父的神气吧!咧着有胡楂的嘴巴,露着白晃晃的牙齿,眯着右眼上眼皮有一片疤痕的眼睛,酸溜溜的,简直换了另一个人。这哪里是勤俭持家细致过日子的堂姑父呢?简直像到了噩梦里头一样。

素芳吓得缩成一团。她有点发冷,打着哆嗦。她没有一点精神准备。她的脸发黄,全身的热血,不知道都哪里去了。

她想喊叫,她想大声说话,但她喊叫不出来。她不是嗓音哑了,而是害怕喊叫的后果。这号事情被人知道了,可怜的素芳承担得起后果吗?我的天哪!素芳没有力量和欺负她的命运对抗哪!自己的名誉不强啊!

唉唉!现在她想喊叫也来不及了。堂姑父已经伸开两只中年人强有力的胳膊,把她紧紧地抱住了。

她的热血回到她身上来了,浑身发热,满脸发烧。她的脸,红得好像要从毛孔里渗出鲜血来的样子。她觉得好像被人用绳子捆起来了。

她的心里头毛乱极了,好像谁给她胸腔里塞进去猪毛,扎混混的。她心里厌恶地想:这算做什么呢?太不近人情了!

但是不管怎样,在帮助套磨子的时候,姚士杰已经侦察好妻侄女的性气,断定她不会反抗。现在他把有胡楂的嘴巴,毫不动摇地按到她通红发烧的脸蛋上来了。

素芳现时好像得了重病,浑身好像发高烧,身子也酥软了。她的戴着银色的白铜手镯和黄铜顶针的右手,胆怯地推开堂姑父,苦苦地央告说:

"姑父!不行……"

"行!嘻……"

"俺姑知道可……"

堂姑父坚决地摇头,表示素芳她姑不会知道的。这时候,素芳已经被坚决、果敢的堂姑父抱离她坐的凳子了。

这时候,母马继续拽着磨子,很认真很严肃地在走着。榆树、椿树和楸树枝头的小鸟们,继续在歌唱着。在这崇高的世界上,二十三岁的素芳,不幸的女人,受到她出生以来第二次打击。她的堂姑父,无论在神气上还是在动作上,一下子变成另外一种人。他怎么还不如在场的禽兽呢?

生下来的时候,素芳和改霞、秀兰是一样可亲可爱的女娃子。刚满月的时候,就会咧着没有牙的小嘴巴对大人笑了。五六岁的时候,十分淘气,十分可爱,整天和黄堡镇赵家十字的娃子们玩个痛快。捏泥人泥马,备办泥饭,做砖块、石头蒸馍,她是能手。聪明和机灵,她是孩子们里头少有的。要是她遭逢了另外的父母,她很可能成为出色的女性哩。

但可怜的素芳,不幸她爹赵得财旧社会是黄堡镇上有名的浪子,把她爷留下的一份子殷实家业,毫不惋惜地抽进大烟葫芦里去了。同时,赵得财把一个堂堂男子的强壮体魄、志气和自尊心,统统抽掉了。到后来,只要有一口大烟抽,什么叫做体面,要脸不要脸,见鬼去吧!哪怕抽过一口大烟以后,干瘦的身上觉得只舒服不大工夫,只要捞到手,就抽!至于人间的其他一切好事坏事,他都可以闭上眼睡觉。人不是到世界上受罪来的嘛。

自素芳记事起,她爹赵得财就在黄堡前街上摆个菜摊。庄稼人把菜批给她爹卖,她爹经常不回后街的家里过夜。素芳开始懂事的时候,就注意到她娘比她爹厉害、能行!娘常常发歪、掼东西、骂人,爹鼻尖上吊着一滴清鼻涕,一声也不吭。后来素芳看出来了,娘并不和爹好;娘和另外的一个叔叔好。那个叔叔来串门,说着话，嬉皮笑脸地伸手摸娘的下巴，然后就像回到自己家里一样，在小炕上躺下来了。

素芳对娘和叔叔的关系感到神秘。聪明的幼小心灵渐渐地发现了：叔叔一来，娘准打发她到前街爹的菜摊上去。人从会说话的时候开始，就有了好奇心了。终于小素芳发现她离开以后娘和叔叔做什么了。母亲是人生第一个老师，是每个人最先崇拜的人。娘的心性和气质，采取一切方式，进入儿女的意识中去。世界上除了死亡，没有任何力量能够阻止这种影响；礼教、法律和教育，都有年龄的局限。从小时，小素芳钦佩娘的聪明、能干。小眼睛看见全黄堡镇上的人都瞧不起她爹，她也不听爹的话了。爹不让她在街乱跑吗？她偏乱跑！爹把她没有办法……终于，旧中国小市镇庸俗、低级、灰色的生活环境，轻而易举地损毁了这个幼小的灵魂！

素芳在十六岁被一个饭铺堂倌引诱怀孕以后，哭红了眼睛，央告娘给她找一个比蛤蟆滩拴拴年轻些、灵敏些的人。娘说：

"素芳！你听妈的话，没错！脸黑了，就说黑了的话。我看女婿老实点更好。你婆是个傻老婆子，你公双眼实瞎。你嫁到那里，还不是由你吗？……"

素芳明白了。娘拿自己的榜样教她哩。她想：反正自己的名声已经不好了。她感到娘太好了，并不因她不体面的行为责罚她，反而为她设想，为她辩护。

爹曾经咄咄呐呐。娘说：

"你少咄呐！哪个女人没年轻的时候？哪个年轻女人不贪欢作乐？你倒好！你把一份子家业抽干净了！"

爹再也不敢吭声了。素芳感激很厉害的娘。

素芳嫁到蛤蟆滩下河沿王瞎子东歪西倒的草棚屋不久，就看见邻居小伙子宝娃灵巧可爱。梁三老汉的破草棚院和王瞎子的草棚屋中间，只隔着一亩杨树林子地；宝娃多病的童养媳妇，脸黄、消瘦，总是显出身上什么地方疼痛的苦状。所有这些，都帮助素芳编织她的美梦。这简直是"天作之合"。她庆幸：她将和可爱的生宝相好一辈子，而让拴拴和生宝媳妇作他们最理想的掩护。素芳鄙弃白占魁的婆娘李翠娥和随便什么男人都搞。素芳决心学她娘，娘只和一个叔叔好，好到老。这样，她将和她娘一样，因女婿不称心，四邻不把这当做人格上的问题，而把这当做病态社会的正常现象原谅了。

她和鲁笨的拴拴睡在一个炕上，幻想着和生宝在一块相好。她每天都想看见邻居小伙子，想和他说话。她把心中对生宝的喜爱，用眼睛表示给他。她站在草棚屋前面的土场上做针线，望着生宝在地里做活。生宝掮着农具从地里回来，她都用眼睛迎接邻居小伙子。她找寻各种话题和邻居小伙子说话。亲热地叫着"生宝哎！"她在他面前做出各种姿态，企图打动他的心。但生宝的心是铁的，不仅对她没一点意思，反而鄙视她。为了不坐在炕上而站在敞院做针线活，为了她找机会往梁三老汉的草棚院跑，她没有少挨打。但她对生宝的心思并没有死。解放的第二年，一九五〇年冬天，一个黢黑的夜晚，瞎眼公公病在炕上，她在路边等生宝从外面回家。

"生宝哎！"

"唔。"在枯草路上走来的民兵队长答应。

"你几时进城开会呀？"

"后日。你有啥事？"

"唔！"她伸出手来，"这是我给你织的一双毛袜子，你穿去。省得到城里脚冻裂口子，怪疼人的。"说着，用她软绵绵的手，把毛袜子塞到生宝硬壳壳的手里。

生宝气得冒了火，很不客气地申斥她：

"素芳！你老老实实和拴拴叔叔过日子！甭来你当闺女时的那一套！这不是黄堡街上，你甭败坏俺下河沿的风俗！就是这话！"说毕

293

气恨恨地走了。

素芳从此很害怕这个厉害邻居。好长日子，她躲着不敢见小伙子的面。有一回，生宝竟以村干部的资格，大白天日教训了她一顿。生宝板着脸要她好好劳动，安分守己和拴拴过日子。她向村干部生宝哭诉，她还没有解放。她没有参加群众会和社会活动的自由，要求村干部干涉。生宝硬着心肠，违背着他宣传的关于自由和民主的主张，肯定地告诉素芳：暂时间不帮助她争取这个自由，等到将来看社会风气变得更好了再说。看来，命运使她只好永远不能满足她的感情要求了。她不再幻想和拴拴以外的任何男人相好了。她是多么不满足于仅仅做拴拴生娃子的工具啊！和拴拴在一起的淡漠无情，没有乐趣，使素芳感到多么委屈啊。想不到竟然是她的堂姑父，当她在四合院偏院磨面时，把她抱住……老老实实爱劳动的拴拴，什么时候那么亲热地抱过她呢？世界上还有不鄙视她，而对她好的人啊！不打她，不骂她，不给她脸色看，而喜爱她，她的心怎能不顺着堂姑父呢？素芳像回想惊险的事情一样，回想堂姑父套好磨子的时候怎样喊叫她把偏门闩起来。她只在后来回想起来，才明白那是喊叫给堂姑和迷信老婆听的。尽管这样，那天磨完麦子以后，素芳的神情仍然有点异样，紧张和不断地偷看堂姑和迷信老婆的神情。当确信她们都毫没觉察、毫不疑心的时候，她的神情才正常了，好像什么事情都没发生过一样。她注意到堂姑父依旧和往日一样严肃，直来直往，威严地咳嗽着，发出一些令人敬畏的命令。素芳深深地佩服堂姑父作假的本领！……

磨面以后的第五天，姚士杰的丈母娘——素芳的娘家族奶，来看正坐月子的女儿。母女睡在一个炕上，可能要说些贴己话。她们大概是怕素芳听见，堂姑叫素芳跟迷信老婆睡上几夜。迷信老婆和娃子们都嫌挤，叫素芳独自到西厢屋伙房炕上睡去。姚士杰的女人看见自己的男人一直是一本正经，她毫不疑虑地同意了。

第一夜，堂姑父就从东厢屋赤脚片摸进妻侄女住的西厢屋来了。这回素芳已经不再是被动的、勉强的和害怕的了。对于素芳，和另外的男人可以在一块一回，为什么不可以在一块一百回？她想：反正是不规矩喀。她甚至于产生了报复心，和堂姑父在一块的时候，带着对瞎眼公公的仇恨心理！叫你指使你儿打我！

当姚士杰离开西厢屋小炕的时候，他附耳低声叫道：

"素芳！"

"唔。"极低微的女声答应。

"你愿意常在姑父院里，还是只这一月？"

"常在怎样？只这一月怎样？"

"只这一月，就没话了。"

"常在呢？"

"你阿公那几年为啥教唆拴拴打你？"

"你甭问！"

"我知道喀！"

"姑父，甭提从前的事……"

"不，素芳，不能不提。"

"为啥？"

"你阿公是不是怕你和生宝……？"

"就是的。"

"那就好办了。"

于是，姚士杰如此这般，又这般这般地把他在田地思谋了好几天的阴谋，低声地灌进了灵魂卑微的女人耳朵里去了。声音是亲切的、甜蜜的和迷人的……

素芳的心一沉，不知怎么她害怕起来了。啊呀！堂姑父占女人像占产业一样地贪心哩！超出一般的私通关系，素芳可是不敢啊。她害怕，她感觉到危险了！

295

"姑父,你为啥要害人家生宝呢?我和他没……"素芳胆寒地说。

姚士杰放肆地说:

"为咱俩天长日久好嘛。要不,你怎和你阿公说?嘻嘻!……"

素芳感觉到缠着她的是一条可怕的毒蛇。

素芳很久很久地沉默着,不忍心接受堂姑父的毒辣手段,达到退出生宝互助组的目的。那样对生宝太残忍了。她也不喜愿拴拴和高增荣一样,来和堂姑父一块搭犋种地,那样太惹眼了。

素芳心情沉重地央求说:

"姑父,那样太……"

"太怎呢?"

"太过哩!生宝是好人,你……"她不敢当面说堂姑父是恶人,只惨然笑了笑,担心和这个恶鬼搞关系有危险。

富农在这一回走的时候,要给素芳留五块钱;声明这五块钱不在那十二块钱工资里头。那个数目他将公开地给她。素芳不要这五块钱。她觉得接了这钱,她就太下贱了,太肮脏了。她简直不是人了。她生活里需要另外的一个男人,而不是出卖自己。她要这个钱做什么呢?花出去以后,只能引起人们对她的怀疑,臭了她自己。她娘从来不要叔叔的钱。相反,娘常给叔叔做鞋,做袜子;有好吃的东西,也留给叔叔吃。叔叔的老实婆娘却和娘相好哩。

在蛤蟆滩,王瞎子的消息最不灵通了。尽管他自己不承认,事实上,他的感觉也最迟钝。他的思想、情感、气质和态度,从根本上不适应解放后的新社会。下堡乡有许多这样的老汉,他们吃饭不管事,闲度自己的晚年,有时候对国事和政策发表几句无伤大体的感想,也不引起强烈的反应,所以看起来没有什么。王瞎子掌握一个家庭的生产和生活的全部实权,矛盾就显得特别突出了。

梁生禄和互助组分开下稻秧子的事情,一星期以后,瞎老汉才知道。他一知道,心都沉下去了——对他来说,发生了世界上最严重的事件:劳动和吃饭的事有了问题,得了吗?

瞎老汉在儿子拴拴割的茅柴上,躺不住了。他从身边摸到那根棍子,摇摇晃晃站起来了。他用棍子探索着熟悉的路径,亲自到梁生禄家的草棚院去了。

"老大哎!"王瞎子像所有的人有求于人的时候一样,非常谦卑地对梁大老汉说,"你这阵日子过圆啦!你可要拉拔拉拔你这个看不见的老邻居呀!"

"怎?"秃顶老汉自大地说,"又没啥吃了吗?"

"不哎。听说你家的秧子和互助组分开下啦?"

秃顶老汉瞪起三角眼:"这与你家有啥关系?"

"关系大啦,老大哎!你家不是谋着退组吗?"

"俺不退组!"梁大老汉生气地说,"俺就是退组,与你家没牵连!你大声嚷做啥?"

"好老大哩!你家要是退组,咱两家一齐退吧。叫俺拴娃和你家生禄一块做庄稼吧。俺家没牲口,你家缺劳力,咱两家正好……"

秃顶老汉听着听着,冒了火。

"看你咄呐些啥?哼!你是存心把俺生禄往禁闭里头填吗?慢说俺不退组,就是退组,也不能要你家拴娃一块做。俺担不起破坏互助组的罪名。你快摸回去吧!这社会,各管各无事。俺不联络你,你也甭联络俺!"

瞎子非常丧气地用棍子探索着路径,回到草棚屋门前的茅柴堆上,深长地嘘了口气。怎么办呢?他被梁大老汉言过其实的话,吓唬住了,开始对人民政府有了怨恨——既不能分给每户足够自耕自吃的地,又清算了从前给他租地的财东,他王瞎子一家人该怎么过

297

活呢?互助组没了梁生禄,他拴拴挣谁家的工分呢?

他难受极了。足足三天,他没出东歪西倒的草棚屋,蜷曲在炕上难受。他早断定共产党弄不好事情,都用些粗人办事哩嘛。哪里听说过有不打人不骂人的官家,把世事治理好的呢?……

欢喜好忙碌啊!除了互助组下稻秧子的事,小学毕业生什么事也不知道。留偏分头的少年人,把互助组各家按照老习惯在阳光下晒了四五天的"百日黄"稻种,收集到生宝的草棚院里。在生宝娘和他妈热心地帮助下,在梁三老汉密切地观察下,欢喜和农技员韩培生同志把一百斤水和二十斤土混合起来,进行了选种。他们把漂在泥水上的秕谷去掉了,然后把稻种捞在筛子里,抬到生禄家草棚院旁边流过去的翻身渠洗净。洗净后,他们又说说笑笑抬回生宝的草棚院里,在一百斤水里加了二斤福尔马林农药,把稻种浸泡了半点钟光景。这回,他们把稻种捞在席片上堆成堆,用口袋和稻草严严实实覆盖起来了。韩同志说:"这样子,就杀死了稻种上的病菌。"

这一套挺简单的措施,给欢喜这个十七岁的少年对未来生活的幻想,插上了翅膀。他理想:这样用集体的力量和科学的方法种地,庄稼人们将来还会缺粮吗?

可惜欢喜只高兴了几天。当他听他妈说:他的傻舅奶透露他舅爷正为生禄家可能退组而难受着的时候,偏分头简直木了。他在他舅爷心目中是一个毛孩子。他有什么办法使老汉的脑筋哪怕开一点缝隙,让新社会的光明透射进去一点呢?脑筋这个东西又不像旁的什么物件,可以拆卸开,到汤河边去洗洗啊!

他想请韩同志去教育教育他舅爷,看看怎样。

他把他舅爷的为人情形,告诉了韩同志。他把韩同志领到他舅爷东歪西倒的草棚屋里。

"舅爷!舅爷!农技员韩同志来看望你……"

"啊,啊,"二老汉在低矮的草棚屋炕上坐起来,瞎着眼睛说,"坐下,坐下……"

高大的穿着灰斜纹布制服的韩培生,不嫌小炕脏,坐在炕席边。

"老人家!"韩培生亲切地说,"不舒服吗?"

"没啥……"

"怎没啥呢?听说你几天不出门限了……"

"难受……"

"有什么难受的?"韩培生引导说,"谈一谈好了。"

"熬煎……"

"是不是怕生禄家退组,熬煎生产和生活问题?"

"嗯。"瞎老汉承认,悲观地用手摸着炕席片。

韩培生开始教育说:"有什么熬煎头呢!甭熬煎!你互助组的前途光明着呢。生宝同志领带全组在终南山里割扫帚,我们在家里下稻秧子。他们挣了钱,咱们搞密植。一亩地差不多需要往年两亩地的工夫。咱不需要挣他富裕中农的工分。你还愁你的儿子没有活干吗?愁粮食打得不够吃吗?"

"一亩地要顶两亩地打粮食哩!"站在脚地的欢喜帮腔。

韩培生说:"连明年夏种的小麦算上,顶普通两亩也多。退组是一条黑路,退出去的人还要回来的。互助组要用集体的力量压倒富裕中农……"

"嘿!"王瞎子鼻孔里笑了一声,打断了农技员的宣传。

"怎?"韩培生说,"你不相信吗?"

"说话腰不疼,腿不酸。嗯!容易!说大话容易!"

"咦?你怎能这样说?"

"当然!"王瞎子激动地说,"我种地种老了。你们在旁处唬人去!甭在我跟前来这一套哩。白费!甭说稻子,连水渠边的野草,我王老二都知道它们姓啥名谁,怎个脾性!你们甭糊弄我哩!我知道日头从哪里出来,哪里落下去!……"

他这死顽固,使得韩培生再连一句话也说不出来了。他只好笑笑,和欢喜离开了。

王瞎子独独一个人,重新躺在小炕上,继续难受他的。他不知道生禄家有一天果然退组的话,他的拴拴将给谁家种地呀。听秃顶老汉的口气,退组是一定了。瞎老汉恨自己眼看不见了,要不,他到下堡村能给拴拴找个好主家哩。谁都知道拴拴劳动好嘛!

拴拴媳妇素芳一天下午回来看望阿公。瞎眼公公在低矮潮湿的草棚屋小炕上,很厉害地坐起来,严厉地教训:

"你回来做啥?素芳?"

"爸!"素芳孝敬地说,"听说你老人家不舒帖,我回来看看你嘛……"

"我没啥咯!你在人家屋里做事,就应当好好做咯!你吃了人家的熟的,又拿人家的生的,你甭叫人家嫌!你回来做啥?胡来!老王家是要脸面的人!"

几句训得年轻媳妇抬不起头来。这时可恨的瞎眼公公使素芳,更加靠近她的堂姑父了。人家好心好意回来看望老人,尽人情,光世面,谁知道瞎眼公公还来这一套!她感谢堂姑父给她的温存,使她的生活有了乐趣。当一个女人还没有阶级觉悟,还没有自觉到劳动最崇高的时候,她还能从什么旁的角度看人生呢?

儿媳妇带着对瞎眼公公敌对的情绪站在脚地,她准备走了。瞎眼公公又威严地叫住问:

"等一等!姚士杰的稻秧子下了没?"

"下了。"

"叫人下的?还是他自个下的?"

"高增荣和他在一块……"

"互助?"

"不是。"

"做日工?"

"不是。"

"那么是怎样?你狗日的畅畅快快说话!"

素芳只好按实说:

"他两家在一块搭犋。"

"咦咦?"老汉突然有了希望,兴奋地说,"他人民代表的哥能和富农搭犋,我王老二的小子,就不能和富农搭犋吗?素芳!你叫你姑探探士杰的口风;要是生禄退了互助组,拴娃也和他家搭犋,他家的骡马捎种咱这点地。"

素芳很气恨的脸上,立刻换了惊慌的面容。她不愿意自己的男人和她堂姑父一块搭犋,想不到这个瞎眼公公自己说出来了。她惊慌地问:

"怎?生禄家要退组吗?"

"唔!十有九成!你问一下,省得我爬二里路!"

素芳作难,不做声儿。

"你狗日的办点人事!你不问,我自家爬去!"

素芳只好答应了。

素芳作难极了。公公惊人的死牛脑筋,是不是往人生的绝路上推她呢?在回四合院的路上,她很害怕她和堂姑父超出男女私通的关系,引起不堪收拾的恶果。这倒并不是道德上和人格上的自惭自愧。她从十六岁起,已经不是个正经的女人了,还有什么顾忌?她觉得她没有什么对不起瞎眼公公和鲁笨男人。公公常常三娘教子式地训她,男人曾经打得她多少日子下不了炕。她只是希望平平稳稳地、静静悄悄地活下去,生娃子,做母亲,直至变成老太婆。她不反对新社会!她开始后悔到四合院来做活。堂姑父可怕!太可怕了!

第二十二章

小腿上打着白布绑腿。脚上,厚厚的毛缠子外头,绑着麻鞋。头上是一大堆蓝布包头巾。嘿!好一个精干、敏捷、英武的小伙子吧!为了适宜于在深山丛林中活动,梁生宝恢复了解放前在山里逃抓兵的样子,把自己轻而易举地装扮成一个山民了。

他低头出了茅棚店,在枯草坪上向整个南碾盘沟吼叫:

"蛤蟆滩的乡亲们!集合哩!……"

"蛤蟆滩的乡亲们!集合哩!"南碾盘沟那面,高上青天的桦树山林,很轻浮地回声,好像故意学他的声调。

对于平原上来的人,这真够滑稽可笑了。早饭后,昨晚在南碾盘沟歇店的那些进山贫雇农们,三三两两在枯草坪上吸旱烟,都忍不住笑了。他们都用赞赏的眼光,看这个下堡村的彪小伙子,看得生宝怪不好意思起来了。

"自解放,我三年没进山。这回乍一进来,不知到了哪一国里了,怪模怪样!"生宝向山外同区的庄稼人解释。

吸旱烟的庄稼人们,笑着同意生宝,说:"就是的!俺们也觉得怪模怪样,过几天就惯了……"

他们又张一言李一语地谈笑:说一进汤河口,在高山的深沟里头,人立刻变小了;说天也变小了,地也变小了;说声音却变大了,好像进了地窖的感觉一样……

说话间,个个是山民装扮的蛤蟆滩进山人,有的从另外两家茅棚店钻出来了,有的从左近的杜梨丛里钻出来了。饭后游转的人们,听得生宝召集,谨慎地赶快到自己夜宿的茅棚店去,去取行李,然后向枯草坪上聚集。他们提着一清早打捆好的行李——被窝、衣物、镰刀、粮食、灶具,以及后备麻鞋等,很像一群移民似的,认真地站在一块堆,等候头目人盼咐。没有一个人吊儿郎当。

早晨的太阳,从苦菜滩东边好汉岭的树梢上头,向这南碾盘沟投射过来红烫烫的阳光,照着这十六个人的小小队伍。下堡乡第五村活跃借贷会失败的那晚上,在月光下包围梁生宝,要求他领导他们的那时候,他们还是一些零散的穷庄稼人。现在,聚集在这里的,已经是一个引人注目的集体了。人数虽少,看来精神力量相当强大。他们昨天一早进汤河口,钻到两边是悬崖峭壁的峡谷里头,寻找着乱石丛中和灌木丛中的羊肠小道,溯河而上,过了一百二十四回汤河和两回铁索桥,经过大石砭、小石砭、大板桥、小板桥、白杨岔、独松树、虎穴口和号称四十里的龙窝洞,然后攀登上老爷岭,在刺骨的山风中,回头遥望了一下亲爱的下堡村,当日傍晚就下岭到了这目的地——苦菜滩。

这苦菜滩在老爷岭与大岭(秦岭的主峰)之间,山坡比较斜缓,方圆约有三十里是黄土质的荒山沟岔。这是他们这些贫雇农所熟悉的地方。这里和那里,他们看见过被遗弃了的碾子、磨子和废墟烟墙,说明这一带曾经有过人烟的。一说:大约在同治年间,山民们不堪股匪的骚扰和蹂躏,迁移到西边的白草河谷去了;另一说:不知在什么更早的年代里,在这比山外的黄堡镇高出一千四百米的地场,唯一可种植的山芋(甘薯),无法保存过冬,山民们迫于生活,丢开了他们一滴汗一滴血开垦的荒地跑了。管哪一种说法真确哩!他们到这里来割竹子、捫木料,又不是考古队,只注意现在这里是老虎、豹子、狗熊和野猪的世界了就成了。每年,只在阴历三月和七月两次农闲时节,山口外有人到这里来,打扫干净茅草棚开店,

303

招徕进山的穷庄稼人，只供夜宿和做饭用的锅灶、柴禾，一夜要两角钱。解放前，这些茅棚店每逢雨雪天和夜晚，都是聚赌、酗酒和斗殴的场所。解放后，经过各次运动，贫雇农的觉悟提高了，再没有人用酒浇愁，发泄郁闷，人们才在店里安静地休息了一宿。

生宝一行十六人，只准备在这南碾盘沟的茅棚店里歇一宿。他们要到竹子多的地方去，搭自己的茅棚。他们熟悉地理情况：北磨石岔一条小溪旁边，有一座茅棚的遗址，石头垒的四堵矮墙是现成的。并且有一个相当大的草坪，可以做熏竹子，缚扫帚的场子。他们已经打听清楚，这个情况没有变化。现在，他们聚集起来，就要向北磨石岔出发了。

无论到哪里，总得开点玩笑，似乎才是真正的冯有万。他背着自己的行李，掂着步枪喊叫：

"大伙站齐啦！立——正！"

"大伙站齐啦！立——正！"沟那里的桦树山林也喊道。

大伙都嘻嘻嘿嘿地笑起来了，没一个人听他的指挥。任老四嘴里溅着唾沫星子说：

"万！俺一顿只吃三老碗饭，你一顿就吃四老碗！你是有长余的力气，正经事用不完吗？说句实话吧！这里除过生宝和你，全是三十开外的人。没一个基干！实话！你这民兵队长，到这里是个光杆，俺不听你的指挥。看你能把俺怎样？"

说得大伙又是好一阵笑。有万似乎已经达到了他的目的，得意地看着人们精神抖擞的劲头。

南碾盘沟所有三家茅棚店里歇的进山人，现在都出来了。看解放后的新鲜事儿吧！进山也编成队进啦！有的甚至跑到跟前来，用羡慕的眼光看着这个新生的集体，钦佩地评论着。

"人家下堡乡卢支书，工作做得畅……"

"这不是卢支书办下的事情！"

"那么是你办下的事情?这不是下堡乡第五村的民吗?"

"就是下堡乡第五村的民,也不是卢支书办下的事情!给你说吧!这是咱黄堡区的王书记办下的事情……"

"你怎么知道?"

"我知道喀!正月里,王书记在蛤蟆滩住了成半个月,结下这果儿。给你说吧!这是梁生禄互助组,组长没进山来,打发他叔伯兄弟领进来了……"

"噢——"人们都仰头张口地相信了,"梁生禄这好叔伯兄弟嘛!"

准备好向大伙宣布他的计划,生宝故意不开腔。他要听他们说些什么。听了这番议论,蛤蟆滩的人都笑了。生宝从心里往外舒服——千真万确,这是区委书记办下的事情。可惜那人没有完全说对,应该说王书记没进山,打发中共预备党员梁生宝领进来了。有万要纠正那人只知其一、不知其二的不正确报道,生宝阻止了他。

"乡亲们!"年轻的领导人现在快活地开始宣布,"有万、大海和我商量了一下,咱们这样闹腾,大伙看怎样?有义、老四叔和我,俺先到北磨石岔去,给咱盘锅头。有万领着郭锁、生茂、铁锁王三和拴拴,在离磨石岔五里的地方,给咱砍椽。店主家说来,那里可有一片好杨树林子哩。其余的七个人,我就不提名字哩,都跟咱的红脸大海老哥,去割缮棚的茅草。大伙看对不对?"

"对嘛!"大伙一哇声同意。

"对嘛!"对面桦树山林回声,显得声势更加浩大。

"那么咱就行动!"有万把步枪交给生宝,胳膊一扬说,"砍椽的人手,跟我走!"

"割茅草的人手,跟我来!"老大哥神气的杨大海严肃地说。

人们背着行李卷儿,纷纷出发了。生宝、任老四和冯有义,背起行李和头一天大伙沿路割下的葛条,也出发了。忙碌的茅棚店主

跑出来,向坡道上招手告别说:

"梁生宝!梁代表!要是你们今日搭不起茅棚,黑间可到咱这里来歇哇。一回生,二回熟啊!"

"对嘛!你忙你的吧!"生宝在坡道上说。这时只听见他的声音,实际上已经看不见他了。他的下身在杜梨丛中,他的背上,又是行李,又是葛条,又是锅,遮着他。

三个人在灌木丛中的小路上,踩着去年的枯枝败叶走路。还能听见有万和大海他们林海中说话的声音,却已经看不见人影了。

秦岭里的丛林——这谜一样的地方啊!山外的平原上,过了清明节,已经是一片葱绿的田野和浓阴的树丛了;而这里,漫山遍野的杜梨树、缠皮桃、杨树、桦树、椴树、葛藤……还有许许多多叫不起名字的灌木丛,蓓蕾鼓胀起来了,为什么还不发芽呢?啊啊!高山的岩石上,还挂着未融化的冰溜子哩。生宝走着走着,不断地听见掉下来的冰块在沟壑里摔碎的声音,惊得山坡上的野鸡到处飞。听见脚底下淙淙的流水声,却看不见水。啊啊!溪水在堆积着枯枝败叶的冰层下边流哩。

冯有义和任老四,背着葛条和行李,在前边走着,交谈着山里山外气候的差别。这种交谈是庄稼人日常的精神生活中很重要的一部分。尽管是见天都要说的闲话,听起来淡而无味,但庄稼人在走路和做活的时候,还是有必要认真地交谈交谈。要不然,让他们说什么呢?关于朝鲜战争和关于五年计划之类的事情吗?四十几岁、五十岁的庄稼人暂时还知道得很有限很有限哩。而议论邻居的长短,那是婆婆妈妈的恶习,只有淡而无味的话题,年老的庄稼人说了几千年,也没有得罪下一个人。

中共预备党员梁生宝,背着行李卷、葛条捆子、高增福的锅和有万的步枪,走在两个上辈庄稼人的后头。他既不参加他们的谈论,也不听他们的谈论。他有他自己的心思。他越想越觉得有趣。……

南碾盘那个只知其一、不知其二的庄稼人有趣!真有趣!看起来,那人还是相当重视共产党的领导,很正确地把组织贫雇农集体进山,归功于区委书记在蛤蟆滩整顿互助组。但那个多少有点夸夸其谈的老乡,却不正确地说:是富裕中农梁生禄他叔伯兄弟梁生宝,领着大伙进山来了。你看多么逗人笑!生宝想到这里,忍不住笑出声了……

"你笑啥?"任老四在路上扭转头,嘴里溅着唾沫星子,非常自信地说,"不是我在这里卖嘴!你爹也说:这苦菜滩,康熙年间,有百十户人来!"

"对!就是的!说来!"生宝认真地应付说。任老四很满意,又和走在最前头的冯有义,考察苦菜滩的历史去了。

生宝继续想他自己的心思。他并不因那个不认识的庄稼人不重视他梁生宝,而纠缠在这个心思上头。不!这个年轻庄稼人决意学习那些具有远大精神目标的共产党人,胸怀宽广,把人们对自己重视不重视,看成与自己根本无关的事。他只觉得有趣。为什么呢?在整党学习时王书记说过嘛!小农经济的汪洋大海里头,富裕中农是受人敬重的人物。他们因为有一匹好马,或者因为有一个大家庭,或者有一个拿高薪的中学教员,就在周围的村庄里很有名气。王书记断定:将来到社会主义的社会里,私有财产制度消灭了,农村中这种可笑的现象,自然也就改变了。

"呀!王书记说得对嘛!"生宝心中惊讶地想。他从日常的生活里,经常注意一些革命道理的实际例子;现在,他在这个深山丛林中走着,对革命的道理,又有了新的发现,脚步多么的带劲啊!生活着真有意思,他热爱生活!

从日头在蓝天上的方位看来,约莫到山外庄稼人吃晌午饭的时光了。现在，任老四、冯有义和生宝三人，在北磨石岔四堵石头垒的矮墙中间，盘好了锅头、烟洞了。他们并且把矮墙里面的枯枝败叶、石块和尘土，都打扫干净了。满身灰尘的生宝，坚持用树干和杜梨枝，绑好了一个大床架，准备把茅草垫在上面，让大伙睡着暖和一点。就地垫着茅草睡觉，太潮湿了。任老四带来一块破狗皮，旁人谁带什么铺衬呢？日子长了，有人长疥，有人筋骨疼，怎能按期完成计划呢？

做好了搭棚的一切准备以后，任老四大舌头嘴里噙着旱烟锅，嘴角里流着口水，蹲在新垒的锅头前面烧开水去了。砍椽的和割茅柴的人们到了，好用开水吃干粮嘛。闲不住的冯有义，拿起他们带来的一把镢头，好心好意去修理通溪水的小路。他说修一修，人们到溪边去提水的时候，不至于把谁绊倒。因为一切都顺利、和谐，生宝异常兴奋，掏出他一巴掌长的短烟锅，相当神气地吸着旱烟，很满意地观赏这北磨石岔的景致。

这可是一个真正的荒山沟岔啊！离南碾盘沟十里，离最近的白草河人烟，有三十里山路哩。可怜地方呀！仅仅因为有两扇被遗弃的破烂磨石，你才有了名字哩。生宝站在向太阳的枯草坪上，看见背后是黑黝黝的松坡，鬼声鬼气；对面是看不透的桦树山林，里头藏着什么东西呢？啊呀！周围又是一片杜梨的灌木丛，怪不得没有人在这里安家哩。这里只有一条象征性的路，从沟岔拐弯绕过来，又顺着丛林的狭谷，蜿蜒上岭去了。

生宝带着这北磨石岔主人的神气，对两位上辈庄稼人，口气很大地说：

"你们看！这个地点真好吧？派百把人进来，也能容下哩吧？"

修路的冯有义同意："唔，就是挺宽敞，能搭三座茅棚。可是谁能派出百把人呢？"

生宝说："我说互助合作大发展以后的话哩。"

烧火的任老四说:"那也要看岭上的货怎样哩!没多的竹子,派来一百人,做啥呀?游山玩景呀?"

不一霎时,有万领带捎橡的人到了。紧接着,在他们后头,杨大海领着背茅草的人,也到了。转眼之间,任老四和冯有义砍掉杜梨丛的这枯草坪,变成了热闹的杨木橡和茅草的堆栈了。新砍的杨木,有一股清香味,茅草带着枯涩味和尘土味,弥漫在枯草坪上。

人们解下包头巾,揩着头上和脖颈里的汗水,都高兴地笑着。所有的人都满意这个地方,满意搭茅棚的准备工作,满意烧好了开水。你看吧!满意得很哩!大伙纷纷看新盘的锅头、刚绑好的床架,嘻嘻哈哈,北磨石岔一片欢笑声。

在左近的密林里,老虎、豹子、狗熊和野猪不高兴。它们瞪圆了炯炯的眼睛,透过各种乔木和灌木枝干间的缝隙,注视着这帮不速之客。当三个打前站的人,在这里做搭棚准备工作的时候,这些山口的英雄、好汉和鲁莽家伙,静悄悄地躺在密林里。它们眼里根本瞧不起这三个人,甚至于可能还等待着,看看有没有机会对其中离群的一人,施展一下迅猛难防的威力。可是现在,野兽们明白人类的意图了。这不是三个过路人!这是相当强大的一群人,到这里不走了。它们开始很不乐意地离开这不安静的北磨石岔了。你听吧:周围的密林里,野兽在多年积成的一层厚厚的枯枝败叶上,沙沙走动哩。咦!有一只野猪在茅棚对面的桦树林和灌木丛里,一边离开,一边不断地回头看哩。你看它用白眼珠愚蠢地瞅着这帮进山人,有一股敌对情绪。

"他妈的!你不高兴走吗?"有万盯见野猪,骂了一声,就跑去取步枪来。他从兜里掏出一发子弹推上膛,爬到枯草坪上就瞄准。他嘴里还说:"你不高兴走吗?甭走哩!老子撂倒你,庆贺俺们安家的喜事,美美吃几顿!"

"甭!甭!万!"任老四手里拿着拨火棍,连忙奔跑去拉他,嘴

309

里溅着大滴大滴的唾沫星子，愤怒地吼叫，"你这是做啥哩嘛？你一枪放不倒它，它就要来扑你哩。山里有的是那，它不伤人，人甭惹它，谢天谢地！"

任老四说着，好像演戏一样，对大伙念出一段山民口歌来：

> 山里人们实可怜，
> 一年四季没个闲。
> 自从粮食种下地，
> 人一半来兽一半。
> 天天守，夜夜看，
> 眼熬红，嘴喊烂，
> 猪八斗来熊一石，
> 到头还是灾荒年。

"你看！人家山里人把嘴喊烂，还不惹它哩。咱山外人来拉个扫帚，惹它做啥？你嘴馋，不会照腮帮子响响亮亮摔几个巴掌吗？还说庆贺咱安家的喜事！口号倒挺响亮！"任老四教训趴在枯草坪上的冯有万，由愤怒说到后来，变成开玩笑了。

大伙嘻嘻哈哈笑了一阵，都同意任老四的互不侵犯政策。这时那只野猪也已经不知去向了。有万也就笑着站了起来，把枪送回原地。全体一致向忙于查点杨木橼的生宝建议：枪，只有在夜里野兽侵犯茅棚的时候，需要自卫才用。任务不是来打猎。

梁生宝欣然同意。你看！不是他本人渴望着建立什么功勋，活动起一帮人，而是大伙的迫切要求，把一个年轻人硬推到这领导地位上。生宝看见大伙自觉的集体观念、帮助领导人的主动精神，他心中满意极了。他对这帮人的力量充满了信任。他带着热爱大伙的心情，向他们亲热地笑着说：

"拿出咱们的玉米窝窝和青稞饼子来吧！咱们吃干粮吧！吃毕，

咱们好动手安咱们的家啦!"

于是,十六个人纷纷去解自己的行李卷儿,取出干粮和碗。……

吃毕干粮了。生宝又和大伙商量着,把人们分成两帮。一帮人把茅草扎成小把,另一帮人把杨木椽子就地绑成"叉"字形的马架,椽子上头横绑一根檩,椽子中间横编一些杜梨枝。然后,全体动手,将茅草一把挤一把,用葛条绑在马架上头。……

工作进行得异常简单而又寻常。没有人挑轻避重,嘴噘脸长。所有的人都表现出自觉的认真和努力。工作开始以后,领导人立刻变成普通劳动人,参加做活了。生宝看见,大伙对于修盖这十六个人的共同家舍,人人都是非常重视的。要是山外的村庄里,给任何私人盖棚,这种全体一致的精神,是看不到的。即使是贫雇农,没有共同利益和共同理想把他们的精神凝结在一块,他们仍然是庄稼人。谁用工资也换不来他们给自己做活的这种主人公态度!

那边,杨大海照料着几个人,把成堆无组织的茅草扎成小把。严肃认真的红脸汉子,倾心教给大伙:怎样把茅草用绳子勒紧;怎样分出镰把粗细的一束茅草来,拧紧,拦腰一缠;怎样把缠束剩下的草梢,用镰刀塞进茅草把子里去。这边,有万干劲十足地挥舞着斧头,把带着银灰色树皮的杨木椽,砍成一般长,碎木屑到处四溅。为了好看一点,他把大节槎也砍掉了。任老四和冯有义指拨着其余的人,老师傅似的张罗绑马架。梁生宝现在作为一个普通的劳动成员,任老四指挥他,冯有义也指挥他,叫他把成捆的葛条拉扯开,送到人们需要的地方。生宝很听话地做这个活。

大伙这种亲密无间,乐乐呵呵的情绪,深深地感动了年轻的领导人。生宝精神非常的振奋,并不是因为自动要求他领导的人对他服从,而是他又从这种现象获得了一个新的认识。以前,他以为要改造农民,好嘛,在近几十年内,准备着年年冬季开通夜会吧!现在,他看出一点意思来了,改造农民的主要方式,恐怕就是集体劳动吧?不能等改造好了才组织起来吧?要组织起来改造吧?

生宝拉扯着葛条,用镰刀割断,递给使用的人。给领导人分配的这个不重要的活儿,使他有可能时而望着扎茅草把子的人们,时而望着摆弄椽子的人们。这时,在整党学习中经过了社会主义教育的头脑里,就生出一些奇怪的问题来了。

"这帮人为啥这样团结?为啥这样卖力?这部分人为啥这样甘愿听旁人指使?那部分人为啥理直气壮地指使旁人?人和人中间,这是一种啥关系?"

生宝想着,忍不住笑。多有趣!你看!王生茂和铁锁王三两人一块往二丈四尺的杨木檩上,用葛条绑交叉的椽子。他们面对面做活,一人拤住葛条的一头,咬紧牙,使劲。看!绑紧以后,他们又互相笑着。看来,他们对集体劳动中对方的协作精神,彼此都相当地满意。但就是这两个人,就是生茂和铁锁,去年秋播时,为了地界争执,分头把全体村干部请到田地里头,两人吵得面红耳赤,谁也说不倒,只得让他们到乡政府评了一回理。他们走后,当时作为评理人之一的梁生宝,指着他们的背影说道:"唉唉!生茂和铁锁!你两个这回算结下冤仇疙瘩了!分下些田地,倒把咱们相好的贫雇农也变成仇人了!这土地私有权是祸根子!庄稼人不管有啥毛病,全吃一个'私'字的亏!"但事隔几月,梁生宝却在这里看见生茂和铁锁,竟然非常相好,在集体劳动中表现出整党中所说的城市工人阶级的那种美德。这真是奇怪极了!

"这是为啥呢?"生宝奇怪地想,"难怪人说进山的全是一家人哩!"生宝开始想到:"对!对!在深山里,野兽和人是两个敌对的阵营。"但他随即又想到:"不对!不对!要是能过日子,他们又为啥一块到这鬼地方来呢?不是政府动员他们来的嘛,也不是我拉他们来的嘛,是他们自己情愿来的嘛……"

生宝觉得这里头有"教育意义"!有,准定有!他想起蛤蟆滩活跃借贷的失败以后,这帮人怎样包围他,要求他领导他们的情景了。他又想起进山前县委杨副书记和区委王书记在黄堡的谈话了。啊,啊!工人阶级是咱中国的领导阶级!这贫雇农是咱党在乡下依靠的阶级。王书记在整党学习会上说过的:

"在解放战争的时候,翻了身的贫雇农,把一把屎一把尿拉扯大的儿子,送去参军,组织起解放军。又把自己家里种的粮食,送给前线上的解放军,又把受了伤的解放军抬下火线。为了解放自己,在共同的斗争中间,不管他们从前互相有过什么意见,都可以忘记。"

"对!对!"生宝把葛条理顺,递给冯有义的时候,非常兴奋地对自己说,"你可要坚决依靠贫雇农哩!"

任老四嘴里溅着唾沫星子,奇怪地笑他:

"生宝!你叫谁依靠贫雇农?你叫有义依靠贫雇农吗?土改时不给他订了个中农吗?"

忠厚的冯有义说:"人家不是和我说话哩。咱这头目人,可用心机哩。他手里做活,脑子不知想到哪里去哩。你是不是自己和自己说话?生宝?"

生宝笑着承认,开玩笑说:"大伙都一心一意做活哩,就我一个不专心!"

"你好好给俺们计划,没人说你使奸!实话喀!"任老四非常诚恳地要求。

所有在马架周围做活的人,都从心里满意这个年轻领导人。

……半个下午的工夫,马架绑好了,茅草把也绑上去了。十六个人分站在两旁,叫着号子,把棚顶抬上半人高的矮墙上去了。大伙高兴地又笑又叫,把各人的粮食口袋、衣物包袱、咸菜疙瘩,统统挂在草棚里头的杨木椽子上了。

当天晚上,生宝主持在茅棚里开了会。他们做出具体的计划和分工，还让割竹子有经验的人，都介绍些技术和应注意的事项。第二天早饭后，把任老四留在茅棚处看守、做饭和做缚扫帚的准备，其余一行十五个，就带着弯镰和麻绳爬坡上岭了。……

在终南山里，再没比割竹子苦了。爬坡的时候，低下用头巾保护的脑袋，拿两手在灌木丛中给自己开路。灌木刺和杜梨剐破衣裳，划破脸皮和手，这还能算损失和受伤吗？手里使用着雪亮的弯镰，脚底下布满了尖锐的刀子——割过的竹茬。人站在陡峭的山坡上，伸手可以摸着蓝天，低头是无底的深谷，可真叫人头昏眼花！割竹子的时候，你还要提高警惕，当心附近的密林里，有豹子和狗熊窥视。老虎不常有，野猪一般不伤人，但豹子和狗熊讨厌，一个过于凶恶，一个过于愚蠢，人得提防着……

"宁肯每天少割些竹子，迟几天完成任务，大伙的安全第一。生宝同志！"区委书记严肃的脸盘和亲切的声音，总在梁生宝脑中萦绕着。

头一天相当混乱，真令人担心。生宝第二天把全体分成两组，一组由杨大海负责，一组由有万负责。这样才比较好一点。他们又补充规定：谁也不能到离开大伙一丈以外的地方去，特别是不能到互相看不见的地方去。郭锁贪心大，看见一片好竹楣，总爱一个人不声不响独独去割。大伙给他提出警告，时刻不要忘记这是在深山里头，万不敢离群。拴拴行动迟缓，从一个地方到另一个地方，总落在大伙后头。生宝自己包干照顾拴拴。他总走在拴拴后头，随时准备着帮助拴拴。要知道，这是王瞎子的独苗苗儿子，生宝一时一刻都不敢疏忽大意！别怪年轻人一处在负责任的地位，就显得老气横秋吧。你看：生宝的神气、言谈和情绪，不比实际年龄大十岁吗？

把人民大众的事包揽在自己身上，为集体的事业操心、伤脑筋，以至于完全没有时间和心情思念家庭和私事——这是上一代共产党人在二十年战争中赢得人民信赖的原因。生宝同县委杨副书记和区委王书记接触中，从他们的神气、言谈和情绪中，看出了这种精神。解放三年来，生宝注意到许多领导同志，都有这种精神，他就决定自己也这样过活。他也不懂得这是什么行为。在这艰苦奋斗中，他也没有一丝一毫个人目的。他既不想从集体的事业里捞点高于别人的利益，也不希望别人把他当做领导来恭敬。

割了三天竹子了，他们往南碾盘沟茅棚店送第一批扫帚了。茅棚店主人大声喧嚷着告诉他们：黄堡区三三两两结伴的进山人，都羡慕他们这种做法——扎住营盘，死熬死战！

"我的天！一般贫雇农进山，来回五天，爬坡上岭割下来竹子，早晚在茅棚店里削好、熏好、缚成扫帚，捎出山在黄堡街上卖了，买得二斗玉米回家喝糊糊哩……满苦菜滩割竹子的穷庄稼人，没有不称赞你们下堡乡五村的互助合作搞得畅。他们一听你们这割扫帚队的收入，都惊得嘴巴张了碗大，半天闭不上嘴。……"茅棚店主人大声说着，学着惊讶的模样。

生宝听了高兴不？当然高兴！原来只计划本互助组进山，后来竟有上河沿的许多人参加，现在又有这样多的人羡慕和称赞嘛。嘿！这表示基本群众多么乐意党指示的方向啊。群众的赞成，就是共产党人艰苦奋斗的最高报酬。七百五十块人民币，才多大点价值呢？只有庸俗的人，眼睛只盯见钱！生宝受了多么大的鼓舞，他又雄心勃勃起来了。

"要是我互助组今年的丰产计划成功了，这些组外参加割竹子的贫雇农，明年就是我互助组的人了。至少也得学窦堡区大王村的办法，成立个互助联组吧？"但他随即发觉自己的情绪不对头，"哎！哎！快不敢动不动就想到来年的事上去啊！要操心眼前的事啦。快不敢听到人家说好，就脑袋大哩！就脚跟离地哩！要是搞坏了

315

呢?自己有什么?全下堡乡谁不知道咱乳名叫宝娃,本来没多大本领嘛,现在也并没丢人不丢人的问题;党受到大影响,因为这是党指的路嘛。"想到这些,生宝觉得自己责任重大,头脑就冷静下来了。对集体事业的责任感,使人有自我克制的精神,并不一定在乎年龄大小。

生宝很喜欢有万心宽体胖,和谁都能说笑、打闹,撅起屁股拉屎的时候,还唱着那么几句很不内行的秦腔。在生宝看来,这是一种特长,对深山里的集体生活大有好处。

送毕扫帚,在回北磨石岔的路上,生宝有意和有万一块,溜在最后头。生宝心心思思,低低说:

"万!你看大伙是不是有些枯燥。……"

"就是的,"有万说,"时间长了,没多少话说哩。"

生宝说:"这可不好!闷着声,人容易想家哎。我叫茅棚店掌柜的给增福说,给咱捎一盘象棋来。"

有万说:"太好哩!"

生宝说:"象棋捎来以前,闲下的时候,你给咱逗大家笑一笑。行不?你有这个本事,我没这个本事。"

有万推了生宝一把说:"去你的吧!甭糟蹋人哩!这算啥本事?只要有好处,我给咱出洋相。这事不费钱!"

有一天下午饭后休息的时候,拴拴望着对面山坡的桦树林发呆。有万就问:

"拴娃子,你想谁哩?"

"我谁也不想嘛!"拴拴掉转大脑袋,很诚实地说。

"我不信!"有万大声嚷,"想得都入神哩,还说不想!是不是想开小差回家?"

拴拴憨厚地呵呵笑着:"我为啥开小差?"

"不想你的素芳嘛?是不是?坦白!"

拴拴红了脸，不好意思地颤抖着厚嘴唇憨笑。惹得大伙，除了任老四，都哈哈大笑起来了。

生宝正在检查各人割下的竹子的质量，看看哪些不适宜于缚扫帚的，拣出来烧火。他不知道大伙笑什么。他想：有万果真逗大伙乐乐，真好，山里的生活太寂寞了。为了调剂茅棚里的生活，生宝还建议任老四给大伙说说三国故事。快乐的铁锁王三，会学马、牛、鸡、犬的好几样叫声，学鸡叫最像了。生宝也鼓动他叫一叫，打破寂寞，提高人们的情绪，转移人们对家乡的思念。在大伙逗笑的时候，生宝独独一个人，检查缚好的扫帚，是不是合乎规格。

生宝自己闲下来的时候，却思念家乡。白天，他和大伙一样爬坡上岭；夜里，十五个汉子快乐一阵以后，都在茅棚里睡得呼呼。在鼾声此起彼伏中，领导人自己独独醒着。生宝躺在树枝和茅草的铺上，听见对面山坡森林在山风中呜鸣的呼啸声，心里却惦着山外欢喜下稻秧子的事儿：农技员什么时候来的呢？欢喜和生禄的关系怎样呢？这是他所面对的另一件重大的事情。至于抗美援朝战争和板门店的停战谈判，国家工业化，他不懂得多少，有毛主席惦着这些哩……

祸事在一眨眼的工夫里发生了。一天，半后晌时光，生宝一行十五人，每人拉着从岭上割来的一大捆竹楣，面对着西边山峦间渐渐下沉的夕阳，浩浩荡荡地下山了。大捆的已经返青的竹楣，在树木杂乱的山坡上，发出沙沙的响声，扬起灰尘和融雪以后被日头晒干的腐朽枝叶碎屑，呛得人们鼻孔发痒。生宝在拴拴后头，忽听得前面哎啊一声。生宝连忙站住，探头透过尘土瞅时，只见拴拴被一棵古老松树的枯枝挂住了破棉袄，笨重的身体在半空中晃悠着。

"等一等！快甭乱动弹，等我来接你！"生宝连忙喊叫，丢开他的竹楣捆子，向拴拴跑去。他担心拴拴跌下地，站不稳，滚下坡去；滚到谷底，那就糟糕透了。

317

但在他正跑的时候,又听见咚的一声,拴拴笨重的身体已经在地面上了。接着他就听见拴拴疼痛的叫喊声。

"唉哟哟!唉哟哟!……"

"坏哩!"生宝心里着急地怨恨,"倒霉的家伙!叫你等一等,你急啥哩?绊了腿哩?还是崴了脚腕哩?"

生宝跑到跟前一看:天呀,比绊了腿、崴了脚腕更糟啊!拴拴两只大手抱住一只打毛裹缠、穿麻鞋的脚。一股鲜血从血染红了一大片的裹缠和麻鞋上,泉涌下来。身量很大而意志薄弱的拴拴啊!他现在坐在枯枝败叶的草地上,捧着一只脚愣哭愣哭哩。眼泪在他布满尘土的脸上,像两条小河急湍地直淌。

"唉哟哟!唉哟哟!妈妈哟……"拴拴的哭声好像尖刀子一样,戳着生宝的心窝。

生宝的心在扑簌簌地颤抖着。这时,前头的人已经走远了。

生宝蹲下来。他把拴拴的麻鞋脱下来,把毛裹缠解开了。啊呀!在拴拴脚板中间靠外边肉皮肥厚的地方,创口上鲜血发着泡沫,争先恐后向外涌哩。

"哎呀!你怎弄的?"

"唉哟哟!踩在竹茬上哩嘛!妈妈哟!……"

"甭喊叫,有多深?"

"到骨头上哩嘛!唉哟哟!……"

"唉!真倒霉!"生宝这时已满鼻子上急出细密的汗珠了。

生宝神经质地在这个棉袄口袋里一捏,又在那个棉袄口袋里一捏。在哩!黄堡区卫生所给他的急救包和碘酒、红汞、酒精(三个玻璃瓶用胶布粘在一块),都在他腰里哩。临时护理员连忙开始给拴拴擦伤和上药,心里想:皮肉的外伤也许比筋骨的内伤好得快一些?……

这时间,前头走了的人,不见他俩,全返回来了。由于山坡地势的限制,人们到不了跟前的。都站在灌木丛坡上,只露着上身,伸长脖颈探头往这里看。

"怎弄的?"

"竹茬扎脚了!"

"怎不看路吗?"

"松树把人挂住了!"

"挂住该叫人帮忙嘛!"

人们七嘴八舌交谈情况。都灰溜溜的。

"算哩!算哩!甭乱说哩!天快黑了,赶紧包住伤,咱好下山。谁来把药瓶瓶帮我捉一下?"

站在最前边的冯有义,难受极了。他蹲了下来,树根一般的双手,带着迷信神鬼的虔诚,捧着粘在一起的三个玻璃瓶瓶。

生宝按照黄堡区卫生所的护士的指点,用药棉蘸酒精,洗净创口周围脚板上的死肉皮。然后他撕破急救包里的一个小纸口袋,把消炎粉倒在原来已经叠好的四方块纱布上,按到创口上,用胶布粘住,外面又用药棉和绷带缚住了。

这整个很不熟练的处理过程中,可怜的拴拴啊,他仰天躺在铺一层枯黄松针的地上呻唤着。他一躺下来,抬起脚,血已经止住了。也许是由于流血不少,也许是由于害怕,拴拴的脸煞煞白。他虽然闭着眼睛,眼泪却仍然从眼角里涌出来。令人怜惜的拴拴啊,他的笨重的身体里头,可能储存一桶眼泪啊!

"拴娃!贴上药子好些吗?"好心人冯有义把玻璃瓶瓶交还生宝,也抹泪珠。

"还疼啊……"拴拴说,抿着嘴,难受地哭着。

"甭难受!"生宝一边收拾药物,一边安慰,"黄堡区卫生所的先生说来,破伤五六天就能好!"生宝非常肯定地说。

生宝负着这番责任,他心里更难受!但他可以同拴拴和冯有义

319

一块掉眼泪吗?他没有权利和群众一样,随意表现自己的软弱性。他必须表现得十分坚强,用他的坚强来感染拴拴,使拴拴也坚强起来。他感到这是领导人的责任。

但是,满脸尘土的生宝,无论怎样也不能掩饰他的灰败情绪。他和坡下边满脸尘土的大伙商议:怎样把他和拴拴两人的竹子,分开拉下营地呢?他自己背拴拴下坡!大伙要轮流背,他不同意。他最年轻力壮。他要注意在下坡时不让创口重新出血。要背高一点,膝盖以下向上弯起来。这样背着就很吃力。他说他不放心旁人背,大伙才同意了。

生宝背着这个约有一百九十斤、既笨又重的老实人下山。生宝心里深深地为他背的这个人过于老实而难受。拴拴,像一头牛一样闷头做活儿,他永远也不知道疲劳,好像只是为了做活,才生下他来。他的善良使任何人对他都没意见。他给人这样一种印象:似乎全世界的人都是可以信任的。当然,他自己的亲爹,最应该信任了。这种善良使生宝一遇到拴拴媳妇素芳向他投送眼波,他心里就厌恶透了她。生宝绝不是那样没心肝的禽兽,把一个人的善良,当做和这人的媳妇明来暗去的有利条件。正相反:他把帮助这个软弱邻居,当做自己理所当然的义务。他只可惜王瞎子太没眼,竟然常常教儿子戒备堂堂男子梁生宝……

生宝背着拴拴,一步一步艰难地下山坡。他的两手向后抱住拴拴向上弯起来的小腿。他的脑子里出现了直杠王老二瞎着眼睛的顽固模样。

"不亏!不亏!"在生宝想象中,王瞎子会这样说,"叫你再跟上生宝跑吧!把你的腿绊坏哩,你就往他生宝炕上睡!叫他生宝养活你一辈子……"

想到王瞎子,生宝心里毛乱!唉,这户人入他互助组的时候,他就有点勉强。光是拴拴,累死他也满心情愿,可恨的王瞎子心太奸了，在互助组中，总觉得人家在捉弄他儿子。无论你怎样关照拴拴，王瞎子总怀疑他家吃了亏，见面总是念叨："唉！宝娃！俺娃是傻傻！""俺娃傻啊……"好像肚里有一肚子的疑虑说不出口。生宝简直想说："王二爷不放心，你家退组好哩！"但记着王书记的指示，他一切都忍耐了。有一回，生宝听他妹子秀兰说，王瞎子竟然教给儿子使奸心，说："给旁人家做活儿，你卖那么大劲做啥？累下病，他家给你抓药哩？"唉唉！生宝听了，不由人不发暴躁！原来老汉就这样给儿子传授聪明哩！他要找老汉说他几句，但是走到草棚屋外头，又改变了主意。他心想："他不会承认的。那个瞎老汉！理他做啥？还是听王书记的话吧……"他又退了回来。

"生宝同志啊！"每逢个人的情绪和共产党员的理智在他精神上冲突起来的时候，王书记的熟悉的声音，就回到他的耳边了。"生宝同志啊！要把落后的农民领到社会主义的路上，可得有耐心呀！不然，你就是革命革到十里堡，也进不了城哩哎！许多同志从县上开会回到村里，决心蛮大；但到农忙天碰几鼻子灰，心就凉了。你要知道，这对你是个磨炼啊……"

生宝曾经提议：在上下河沿挑选十户八户人家，而先不要王瞎子这样的农户参加，他敢保证搞好重点互助组。王书记哈哈大笑。"你真有趣！如果每个共产党员，都不愿带动自己周围的群众，大伙都到别处挑选自己的群众，那怎么能弄成呢？郭振山说，他弄不成互助组，就是因为官渠岸的群众落后。他说：'要是我和生宝一样，住在下河沿，你看郭振山常年互助组！'而你呢？你要在半个村里挑选，那么剩下的那些群众，譬如王瞎子，让谁领导呢？让给富农姚士杰吗？要是旧社会光光给我们留下了贫困这一样东西，我们党可以限期把祖国建设成共产主义社会；可是旧社会还给我们留下了另一样东西哪，那就是愚昧。这是敌人给我们留下的最坏的东西了。生宝同志啊，群众里头落后的一部分人和一般群众落后的一面,是我们共产党员真正的负担。要知道,跑到台湾的敌人和没有跑到台湾的敌人,千方百计利用我们这个负担!我们绝不能逃避负担,让敌人任意利用啊!生宝同志!……"

现在,当生宝在这荒无人烟的深山里,背着拴拴下坡的时候,王书记所说的这番话,统统又像重新对他说一遍一样。每逢到困难和危险中,党领导者的话,就出来支持你了,就像小孩子在病中想妈妈一样。

生宝背着拴拴一边走,一边想:什么叫艰难?"艰难"二字怎样讲?他明白了:鬼!当自己每时每刻都知道自己要达到什么目的的时候,世上就根本没有什么艰难了!整党的时候,人们说红军长征,就是这样的。因为一天比一天离目的地近,所以艰难变成了快活。而且,每天一到宿营地,就有新的一次快活。他一想:对!庄稼人过光景,也是这样喀。他和继父租种吕老二的十八亩稻地那年,他一点也没觉得艰难,反而畅快;因为他一心想着发家创业。只在秋后发现创不了业的时候,回想起来,那年才变成可怕的艰难了。现在,他为了社会主义,背着拴拴走,他心里痛快!

下了陡坡,到平缓的枯草坡上,生宝让拉扫帚的人前头先走。他自己慢慢背着拴拴回茅棚。

他们已经到了夕阳照不到的阴沟里。毛茸茸的山冈的阴影,笼罩着山谷,乌鸦呱呱地叫着,从他们头顶上空,刷刷地飞过去归巢。

"生宝!"拴拴在脊背上叫。

"怎了?"生宝怜惜地问。

"息一息吧!"

"难受吗?"

"不。你累啊……"

"不要紧的。天快黑了,还顾得息?"

又走了一截,在一个拐弯的地方,拴拴又叫:

"生宝!"

"你又怎了?"

"息一息吧!你,头上,出汗了。"

"庄稼人,出汗算啥?"

"这阵路平哩,叫我,下来爬……"

"啥话?伤口又流开血,可怎办呀?"

拴拴又不响了。生宝可以觉得出拴拴不安的心情;老实人有感激的意思,却说不成词句。

"生宝!"

"啊!生宝!"

满头大汗的生宝低头弯腰背着拴拴走,听得前头灌木丛里,有万和任老四紧张地吼叫他。他答应了一声。先下岭的有万,现在替他背来了,任老四则是惦着他表兄弟。

生宝这才把拴拴放在一块大岩石上。拴拴坐在岩石的毛茸茸的干青苔上。生宝站在旁边,这时已经满身大汗,衣裳里子贴到皮肉上,觉得很冷。

不需再问,有万和老四已经从先回去的人知道出了什么事情。老四急得两手拍着穿破棉裤的两腿,嘴里溅着唾沫星子说:

"你呀!你!你总是不当心!该是扎在竹茬上了嘛,要是滚了坡,该怎?"

"算哩!算哩!"有万不满地打断老四,"这阵还说那些话做啥?来,拴娃子,我背你。"

在有万背拴拴的时候,老四问生宝:

"他踩的新竹茬?旧竹茬?"

"啊呀!"正在用腰带揩脖颈里汗水的生宝,这才想起来了,"真正人紧无智,我忘了看。"

"要弄清楚。新竹茬,三五天就长好了。旧竹茬,怕要化脓,就麻烦了。"

"对着哩,我知道这个。走!咱叔侄上坡看看!"

于是,有万背拴拴回茅棚去了。生宝和老四一人手里拿一把雪亮的弯镰,在傍晚时上了坡。

倒霉!他们到松树底下一看,是头年割过的旧竹茬。生宝赶天黑时和老四回到茅棚,就给拴拴按医生的嘱咐,吃青霉素片了。但不管怎样,到夜里,拴拴受伤的脚,还是肿胀起来了。对于拴拴,精神上的压力,比肉体上的疼痛更难受。他哼哼着,呻唤着,啜泣着。他顾虑他因伤耽搁了割竹子,少挣钱,要挨他瞎爹的骂哩。

"你放心养伤!拴叔!"生宝慷慨地说,"你不能上岭的这些日子,我割的算你的!"

生宝的精神,感动得好心人冯有义瞪起眼睛看他。这个四十多岁的厚敦敦的庄稼人,是个完全可以自己耕作的普通中农。他入这个互助组,只是喜爱生宝这个人。他把入生宝互助组,当做一种对新事物的有意义的试验。要是失败了,他也不后悔。生宝的每一次自我牺牲精神,都使有义在互助组更加坚定,对互助组更加热心。

在拴拴的脚跳脓的那些痛苦的黑夜,在山外,正是姚士杰在蛤蟆滩四合院东厢房,和拴拴的媳妇素芳睡觉的时候。而生宝在荒野的苦菜滩的茅棚里,侍候着拴拴,给他按时吃青霉素片,烧开水喝,安慰他,给他讲生宝记得的社会发展史,一方面教育他,另一方面分散他的注意力,减轻他疼痛的感觉。化脓多不过十天,紧七、慢八、九消停喀……

第二十三章

高增福的捎扫帚队的成员,是很不固定的。头一回去了十五个贫雇农。第二回有一个肚疼倒了,只去了十四个。由于生宝拉扫帚队生产逐渐上了轨道,第三回去了十七个人。当然,老基本是官渠岸的人,有时也有下堡村的人,有时也有黄堡镇河对岸那一段蛤蟆滩的人。有人这回去了,下一回不去了;另外的人又老远地跑到汤河口扫帚收购站来,争取要去。事情是很零乱的,但高增福不嫌烦絮。反正从汤河口到苦菜滩是一百里山路,运出每把扫帚来,供销社给开三角五分脚费,又不亏负下苦人,谁愿去谁去,朝高增福说话。高增福兢兢业业掌握着这件事情。

高增福没有什么旁的事情可做。世上只给他留下一条路——跟共产党走!这事如同渭河向东流一样明确,如同秦岭在关中平原南边一样肯定。大地上的路有移改,这条精神上的路永没移改!解放前,他曾和下堡村其他庄稼人一块,被强迫站在下堡村大庙外头的土场上,听保甲训练员训话:"共产党杀人放火,共产共妻……"高增福那时还没见过共产党员是啥样,他也腻味国民党训练员的那一套鬼话。他心里想:"就你们国民党好!把百姓整得够可怜了,还说人家杀人放火哩!"解放后,共产党分给高增福土地,贷给高增福耕畜贷款,世界上还有比共产党对高增福更相亲相爱的吗?

有了这个认识,就什么也打击不倒高增福!他的邻居姚士杰以为拉垮高增福的互助组,会使高增福服软吗?见姚士杰的鬼去吧!高增福虽然暂时变成一个没有组员的互助组长了,但他一不恐慌,二不害羞。梁生宝的割竹子队,不仅在经济上解决了高增福的困难,更重要的是在政治上支援了他。这使他在没有互助组的短时期内,不感到生活空虚,精神孤单。他组织起替梁生宝他们捐扫帚的脚力,找到一种临时的方式,为党的号召尽点力量了。

从汤河口的扫帚收购站,到老爷岭那边苦菜滩南碾盘沟的茅棚店,来回共走三天。清早从山外起身,捐扫帚队傍晚时住到龙窝洞尽头、老爷岭下的独松树那个茅棚店里。第二天清早,他们攀登上老爷岭的二十里乱石头通天猴路,半上午到了热闹的南碾盘沟茅棚店,吃饭、绑扫帚,他们返回来仍然住在独松树。第三天,他们把扫帚捐到汤河口交货的时候,落日的余晖已经映红终南山的峰巅了。许多人就在口上歇了,也有精力旺盛的人回到离口十五里的蛤蟆滩去,和自己的婆娘娃子一块亲热地睡一夜,次日天亮时赶到口上来的。要是有人不愿再去,高增福就要他自己回去连夜寻好代替的人。增福自己不回蛤蟆滩去。

他回去做什么呢?一则,他不愿意回去扰乱娃的心思,或者叫生宝他妈疑心是不是不放心她呢。高增福是理智很强的人,他知道应当怎样对待父子感情。他希望:他的才才长大成人,也是一个独立性格很强的人!

有些人在组织上入党了,思想上并没有入党,或者没有完全入党。由于偶然的和暂时的原因,也有些人在组织上没有入党,但他们自认他们的精神是在党的。高增福属于后一类人,他总是拿自觉的共产党员的标准要求他自己。郭振山说他能力不够,"在党"以后作用不大,他心悦诚服,敬佩郭振山的精明。的的确确,不可以拿自己窝窝囊囊的一个庄稼人,进去影响党伟大的名望,降低党的威信。自己不够条件嘛,又削尖了脑袋往党里头钻,那动机不是自私吗?还说什么为了人民!高增福就讨厌那号人。

不过衣衫褴褛的光棍汉,没有一天放弃过"在党"的精神准备。高增福毛遂自荐地担负起这组织捐扫帚脚力的责任,他就开始有意识地锻炼自己的组织能力了。他希望:他这回把敬爱的共产党员梁生宝委托的事务办好,善始善终,不要出什么大差错。因此他时刻小心谨慎,绝不让生宝失望。虽然梁生宝这个党员看来脾气比郭振山那个党员好,他弄错事也许不至于瞪眼,但对高增福来说:郭振山瞪眼,他也不生气嘛;梁生宝不瞪眼,他也不放松自己的警惕喀。嘿!人活在世上,怎能马马虎虎呢?应付谁呢?欺骗自己吗?

捎扫寻队进山的时候,在离口二十里的白杨岔吃早饭,在离口五十里的干石砭吃午饭。他们出山的时候,又在干石砭吃早饭,在白杨岔吃午饭。这两顿,全吃干粮,喝每人一分钱的现成开水。只有在独松树住的两夜,大伙把随身带来的小米或玉米糁糁,凑到一块在茅棚店里做饭吃。不可能一到就轮上做饭。茅棚店里只有两口锅,跑山的人很多,得有个先来后到。当大伙走累了,伸长身子地睡在独松树茅棚店烫人的大炕上的时候,高增福独独当着大伙的"女人",蹲在灶火角落里添柴、扇火、做饭,弄得一脸黑。大伙于心不安,抢着去烧开水和做饭,高增福不允许,强迫旁人都去休息。

"我来,"衣衫褴褛的光棍汉,坚定而又诙谐地说,"你们都有婆娘,吃惯了伸手饭了。我当惯女人了,会做饭,还快!"

要是有人还去争着做或者要帮他的忙,消瘦但是很有力气的领队,保险推你一个跟头。要是你还再三麻缠,他可以一连推你三个跟头,脸上严肃得令人生畏。为了这点事,谁倒愿意闹得大伙不愉快呢?这样,捎扫寻队的领队就把自己变成常任炊事员了。

吃过饭,大伙坐在茅棚店外头的荒草地上吸旱烟。高增福很快地把自己变成政治活动家。他在黑暗中向他的贫雇农追随者,宣传共产党互助合作的政策,讲解这条道路的光明和伟大。他有本钱宣传这些道理。头年冬天,下堡乡支部整党期间,他以党外积极分子的资格,旁听区委王书记社会发展史的通俗报告。社会发展史这门课程,现在他已经讲熟了,因为他在正月里走亲戚和二月里上集的路上,对许多庄稼人讲过无数遍了。现在,在深山的地窖似的狭谷里头,在秦岭的原始森林中,他不厌其烦地一再向同道的贫雇农们保证:人类社会将来发展到社会主义和共产主义,是绝对的,不管你喜欢不喜欢。

高增福的社会发展史讲座,给进山捎扫寻的贫雇农的大部分人，很强烈的鼓舞。但也有少数人联想到高增福互助组的散伙，并不认真听他的话。他们坐在荒草地上听着，脸上显出一种恍恍惚惚很不确定的笑容，会使任何有自信的宣传家心灰意冷。他们大约不好意思说出他们的心思——高增福互助组都被富农姚士杰拉垮了，组长还在宣传农业合作社哩。说出这号令人丧气的话，岂不是给热心的领队太难堪了吗？唉唉！可怜的觉悟很低的穷庄稼人们！其实你们心里所想的，咱高增福尖锐的目光都能盯得出来哩！高增福不因你们不重视他的笑容而气馁。要知道：重要的不是高增福互助组被富农搞垮了。重要的是：互助组被搞垮以后，咱高增福对互助合作的前途，有丝毫的动摇吗？好心人不怕被人误解！高增福继续宣传他的社会发展史，继续在独松树的茅棚店里给大伙担任炊事员，态度上对重视他的话和不重视他的话的贫雇农，没有丝毫区别。为什么要生气呢？这个宣传工作既不是郭振山，也不是梁生宝交给他的附带任务。这完全是他自己的事情嘛，说出他所得到的真理，是他内心的要求嘛，是自己感情上的需要嘛，怎能强求人家重视自己的话呢？

　　第三回出得山口，高增福情绪高极了。他决定第四回进山时，把掮扫帚的人增加到二十五人；因梁生宝拉扫帚队的产品，在苦菜滩南碾盘沟的茅棚店外头那个荒草坪上，积压起来了。我的天！割竹子的技术越来越精巧，动作越来越熟练，经验越来越丰富了嘛！据茅棚店主人说，梁代表告诉他来：连拴拴那样的把式，每天也从岭上往下坡拉十八把扫帚哩！每天割二十把以上的有一半人，冯有义领先，达到了二十四把扫帚的最高峰。啊呀！真叫人从心窝里往外舒畅哩！不增加人怎么行呢？力气最大的脚力，掮扫帚超不过二十把呀！增加人！坚决地增加人！

　　有下堡村大十字的三个人，知道高增福的掮扫帚队今日出山，蹲在汤河口等着要参加。高增福情绪很高地托回家的五个同伴，每人"招"一个"新兵"来。看来,队伍是非扩编不可了。

夜里,人们都休息定以后,高增福按捺不住自己的兴奋。他把官渠岸的李铁蛋,从铺麦草的脚地拉起来,去供销社扫帚收购站斜对过的小酒铺去喝酒。他翻来覆去睡不着,想到了这个抒发情感的高尚举动。

"走!铁蛋,我请你!喝酒,人多了俗气。"

"这是为啥?"

"心里畅快嘛,得喝两樽!嘿!我的天!咱贫雇农队伍啥的气魄!啥的阵势!"

李铁蛋明白了。这喝酒的名义是非常崇高的,只好跟领队去。这不是一般的"请客"。这实际上是李铁蛋奉陪令人尊敬的领队;因铁蛋这时对睡觉比喝酒的兴趣更浓厚些。

在柜台外头的板凳上坐下了。两个人要了二两"六十度"和五分钱的豆腐干。喝过三樽以后,披着开花破棉袄的高增福,一只穿夹袄的胳膊搁在柜台上去了。接着,他的头发相当长的光头,也搁到那只胳膊上去了。

"怎样?"三十来岁的铁蛋酒气冲冲地红着脸问。

高增福严峻的脸上,天真地一笑,说:

"头有点晕哩。"

"你看你弄这啥事?咱两个没酒量的人来喝酒……"

"不要紧,喝猛哩。应该一点一点地呷来……"

"我扶着你,咱回店里吧?"

"没事!一阵儿就过去了。"

的确一阵儿就过去了。开了酒钱,在回店里去的路上,高增福穿麻鞋的步态刚健,酒兴冲冲。普通贫农带着要建立丰功伟绩的气概。他向黑暗中已经拔了三节的冬小麦宣布:

"等俺才才长大了看吧!到那时,看咱中国是啥社会!"

高增福和李铁蛋回到店里，非常高兴地睡一夜。三樽六十度"西凤"使捎扫帚领队睡得非常踏实，一夜都没翻身。

第二天清早，出太阳以前，二十五个人在汤河口聚齐了。高增福听到蛤蟆滩方面令人丧气的消息了。他瘦削的黑脸，刷地白了，煞煞白了。他有力的两手颤抖着。他咬着牙关，腮帮子抽搐着。可怜的高增福领着大伙进山口的时候，松开了两个肩膀，垂着两只胳膊，脑袋耷拉下去了。所有他的人手，看见他的这种神情，都惊愕了。

梁生宝互助组的成员——拴拴媳妇素芳进四合院，这件事狠狠地打击了高增福的情绪。姚士杰真凶！竟敢把打击对象瞅到共产党员梁生宝的互助组上！

气恨消耗了高增福的体力。对生宝互助组的担心，使他难受极了。他的心情和力气，简直不适宜于走长途的山路了。领队落在大伙后头了。

他总是低着头走路。在白杨岔和干石砭休息的时候，他再也不提社会发展史了。到独松树的茅棚店里，他也不给大伙当女人做饭了。他一到地头，就躺倒了。他枕着胳膊，脸色阴沉、灰暗、难受，一只手愤恨地拨着枯草，谁也问不响。大伙都说他病了。他摇头，弄得热热闹闹的捎扫帚队没意思极了。什么了不起的事由，值得坚强的高增福这样伤心！

次日晌午在南碾盘沟，领队竟不给自己绑扫帚。他张罗得大伙绑好扫帚，对李铁蛋说：

"铁蛋兄弟！你到汤河口张罗得交一下扫帚吧！我……"

"你怎哩？"

"我走不动哩！"

"好，对。你老哥在这里歇上两天。"

"我不在这里歇。我到北磨石岔寻梁生宝去呀！"说着，高增福极端难受地咽了口唾沫,打发大伙起身,不要管他,说他会好起来的。

在北磨石岔,拉竹子的人们满脸尘垢,从岭上回到茅草棚的枯草坪上。他们吃过任老四做现成的小米稠饭以后,照例要战上三盘,大伙才有心思削竹子和点火熏竹子。

看吧!破白布画的棋盘,在到处堆竹子和扫帚的枯草地上铺开了。红棋的主帅——严肃的红脸汉子杨大海,黑棋的主帅——矮矮胖胖快乐的铁锁王三,都愉快地含笑各就各位了。接着参谋们、好战分子,以及欣赏杨大海和铁锁王三脸色变化的人们,都围了上来。

爱动手的参谋和爱着急的参谋,挤在红黑主帅的两边。人人准备贡献自己的智慧。好战分子们两手支在膝盖上,俯身站在第二圈,对这山林野沟里即将展开的战局发展,充满了无限的关怀。在他们背后,在第三圈,站着嘴噙烟锅的欣赏家。他们准备从杨大海和铁锁王三脸色变化上娱乐自己,解除从岭上割竹子带回来的疲劳。除了要洗锅的任老四和伤了脚的拴拴,连生宝和有万在内,都在后两种人里有自己的位置。有万是参谋,生宝是欣赏家。

生活对于世界的改造者——真正的劳动人民,大约无论到了什么样的境地,都是有乐趣的。

生宝在解放前逃抓兵的那些年月里,早学会了走棋。可是在这个荒山沟里簇拥的这十几个人里头,他不当主帅。不是他瞧不起大伙,是解放后他再也没走过一盘棋了。他发觉:走棋有时是很费心思的事情,当陷入困境的时候,甚至很不畅快;而看别人走棋,却永远是有趣的、轻松的、畅快的,是真正的娱乐。生宝这个领导人,在事业活动上,你一看就看得出来:他比别人操心、忙碌。但在平时,你怎样也看不出他是个领导人来。他现在和大伙一样,衣衫褴褛、包着一大堆蓝布头巾、噙着烟锅、脚上包着毛裹缠和穿着草鞋,站在那里丝毫也没一点领导人的优越感。

杨大海和铁锁王三的棋术,在这老山林里走一走,很有趣。要是换在下堡村大十字口,那差得远了,没几个看家。铁锁王三有时竟把车放在杨大海马蹄底下了,杨大海还不知道踩哩;杨大海有时走了撇腿马,铁锁王三也不知道干涉。生宝发现了,只是抿嘴笑着,也不去揭发。他是来娱乐自己的,不是显示自己的。

这是一场看来十分严重的战斗。不久,铁锁王三占了上风,把杨大海的马包围住了。快乐的王三更快乐了,满脸笑容,两手抱住膝盖,晃荡着坐在一块石头上的矮胖身子,神神气气地仰望着对面山头上的桦树林,望着飘浮白云的蓝天。可怜的杨大海更严肃了,深深地埋下头去,苦苦寻思着:怎样才能救活陷入重围的马呢?严肃,对过光景来说,是很好的品质;但对走棋来说,生宝觉得划不过来。可以看出:大海太认真了,一开头就怕失人,结果嘛,老处于被动,弄得来满鼻尖都是汗珠,脸更红了。生宝忍不住地笑了。

杨大海输过两局以后,陷入深深的烦恼中去了。有万用他的短烟锅在棋盘上指点了几下。大海接受了有万的指点。现在,王三脸上的笑容收敛起来,严肃地面对新的局势了。

快乐的王三现在肯定转入劣势了。这是双方都剩单车的残局。但诡谲的王三不知怎样一弄,吃住大海的车了。大海要悔棋,王三不让。不让就是不让!丝毫没有谈判的余地!看小伙子的劲头,现在大有全胜三局的雄心,尽管有有万这高级参谋。生宝劝大海认输算了。重摆!今日增加一盘。

"不!不!他王三也悔过棋!不是光咱杨大海悔!"红脸的杨大海严肃地坚持,多少有点固执。

铁锁王三手里捏着红车,把快乐的脸盘伸过棋盘笑问:

"大海!我问你,你悔得多?还是我悔得多?"

"你说你悔过没?你说吧!"

"悔过。"

"这就好说了。悔一回,也是悔棋!要是你一直没悔过棋,咱杨大海二话不说!"

"不行!"铁锁王三更加坚定了,"你两炮一马,我一炮一马,这个车不容让你!"

"丢!丢!"有万也参加了争执,用指头划着红脸蛋,羞王三。

对方的参谋也参加辩论了,质问冯有万:吃了对家的车,有什么羞?冯有万企图伸手拉掉棋盘,被王三的参谋按住了他的手腕。站在外圈的欣赏家们,这时最感到满足。他们手里拿着烟锅,嘿嘿地笑着,笑得胸脯都跳动起来了。

这时候,西边远山上的森林里,一只豹子在斜阳中咆哮着。在秦岭丛山中,豹子的咆哮在任何时候,都能引起人们的注意和议论。但现在,在北磨石岔的茅草棚外边的枯草坪上,人们不理会山中英雄的带有威胁性的咆哮。

大伙的注意力都集中在这个车的纠纷上来了。

"你们这是做啥?"一个坚定的声音在人堆后面说。

大伙抬头一看,原来是高增福嘛!啊呀呀!这一群衣服被山里的灌木丛剐破的人,立刻转来把脚上也包着跑山路的毛裹缠,也穿着跑山路的麻鞋的高增福,亲热地围在中间。没有人再对车的纠纷有任何兴趣了。连严肃的杨大海和快乐的铁锁王三,也丢开他们的争执,站起来去围亲爱的高增福。铁锁手里捏着大海的车,都来不及放下呢!

亲爱的高增福!他是从蛤蟆滩来的人啊。他是他们的父母、婆娘、娃子、草棚屋、土地、耕牛、猪和鸡所在的地方来的人啊。在这个深山窄沟里突然出现,高增福是人间的使者!高增福,你来得真好啊!大伙都喜笑颜开,恨不得抱住亲他瘦削、严肃的脸盘哪!

333

"啊呀！"灰败的高增福看见大伙，多少有点兴奋起来了，惊叹说，"从南碾盘沟到这里，是十里路吗？能买卖的话，二十里也不卖啊！"

大伙喜眉笑眼、七嘴八舌地说：

"你当成和咱山外头一样哩？"

"山里头尽是母路哎。"

"会下羔羔的路嘛！哈哈！你当啥哩！……"

于是乎，大伙纷纷打听山外头人间的消息：庄稼长得怎样？稻秧子冒尖了吗？清明以后再下雨来没？黄堡镇的粮价涨跌？等等，等等。生宝问到农技员来了的情形。大海问到他女人的肚疼病该没犯吧？冯有义问他的母牛下了个啥牛犊？公的？母的？等等，等等。

总是稳重的高增福，一只手拄着朝南碾盘沟茅棚店主人借来的梭镖，另一只胳膊抱着开花破棉袄，尽他所知道的，不慌不忙做了回答。他不知道的，就说他不知道。他也是听人说哩。自从开始运扫帚，他也没回过蛤蟆滩嘛！大伙都非常敬佩增福的负责态度。

任老四指着高增福胳膊底下挟的破棉袄，嘴里溅着唾沫星子，关心地说：

"增福！你把棉袄穿上吧。你身子走热了，猛停下来，当心凉着了。这山里头可和咱山外头不一样哩！"

高增福脸上显出感谢的神情，把他的开花破棉袄伸胳膊穿上了。

笨重的拴拴拄着椴木棍，一拐一拐从茅草棚拐出来了。他的那只伤了的脚，很臃肿地裹着纱布和绷带，还是不敢着地。任老四嘴里溅着唾沫星子，说：

"你来做啥？才化毕脓，你来做啥？叫着重吗？"

"回去！"民兵队长严厉成性地命令，"增福今黑夜又不走，有你说话的时间。你忙啥？"

这时候，知道拴拴媳妇进了四合院的高增福，脸上没一点血色了。他的瘦削、严肃的脸，好像一具凝然不动的蜡像了。他的深眼睛润湿了。他使劲咽了一下。他的眼泪经过鼻泪管、咽喉和食道，秘密地流进肚里去了。

大伙以为心善的增福，看见拴拴在这老山林里带了伤，难受哩。谁想到素芳身上去呢？都说：

"化毕脓了。"

"快好利了。"

"再过五六天，就能爬坡上岭了。"

高增福定了定神，难受地问生宝：

"怎么我听南碾盘沟的茅棚店主家说，拴拴一天能拉十八把扫帚的竹子？"

"那是我放的一股气。"生宝苦笑说，"怕音信传到山外头，他爹知道了着急……"

增福口一张，头一仰：原来是这码事啊！他对拴拴说：

"你快进茅棚里歇养伤去吧，拴拴。你家里啥啥都好。你二老都强健着哩，素芳做得卖鞋哩。"

粗壮结实的拴拴很高兴，动着他的厚嘴唇问：

"俺妈眼流泪，可好些哩？"

"好些哩！"增福痛痛快快地撒谎说，"年年过了清明风少哩，你妈就好些哩嘛。"

到这时，所有在这个到处堆竹子和扫帚的枯草地上的庄稼人，都高兴极了。任老四要另做饭，高增福说他在南碾盘沟吃过饭了。

大伙开始削竹子了，点火的点火了。

"生宝，你来。我问你个话。"高增福心心事事地说。

生宝放下削镰，跟着增福走了。两个企图掌握蛤蟆滩命运的庄稼人，脚上包着毛裹缠、穿着麻鞋，踩着枯草地，在灌木丛中寻找

335

着可以落脚的地方,向神秘的深谷里走去了。

入侵者惊动了当地的弱小居民——兔子和松鼠,灌木丛中一片嗦嗦声。两人拐弯以后,在茅草棚那里看不见的杜梨树林里,蹲下来了。高增福把一只手放在生宝膝盖上,非常沉痛地咽了口唾沫,把赵素芳进四合院的消息,告诉了生宝。然后他的深眼睛紧紧地盯住生宝显然比山外头消瘦了的脸盘,咬牙切齿地问:

"生宝!你说姚士杰可恨不可恨?你说王瞎子气人不气人?"

生宝垂下去头发长了的光头。他蹲在地上,一只手往碎捏枯树枝子。他陷入了高增福摸不着边际的沉思中去了。

衣服被山里的灌木丛剐稀烂的生宝,这时难受地向着漫无边际的山林叫冤道:

"啊呀呀!王瞎子!你就是这么没心肝吗?我对你儿和你儿媳妇,一片好心!我对你家的穷日子苦心扶持!瞎眼鬼,你就这么给咱胡来吗?你对不起毛主席!你对不起共产党!你对不起我梁生宝!你对不起拴拴和素芳。对不起!你连谁也对不起!你这个瞎眼鬼!"

生宝气得捏树枝的手哆嗦着。

后来,生宝抬起头来,心情沉重地眯起眼睛,通过山谷的空间,望着西边被夕阳和落霞染红的奇峰异景。他想呀想呀想呀,想起了区委王佐民书记的话。他的心思拐弯了,思思谋谋地对高增福说:

"唉唉!难怪瞎眼鬼!他可怜喀!二十来岁上,在华阴知县衙门给人家打烂屁股的。往后在关中道胡浪了二年,才在蛤蟆滩落脚做庄稼。他给财东当了五十年忠实走狗哩。在他,没啥思想问题儿,他光有个习惯问题儿。巴结有钱的,害怕掌权的,瞧不起穷庄稼人,这是他的习惯了。增福!再怎样,咱也不能计较他了。他睡在炕上,棺材摆在脚地防备他急用,快二十年了嘛。他光是没进棺材就是了。可怜的素芳和拴拴,吃尽他的亏了。他要是早些用了他的棺材,俺下河沿的众邻居,有办法叫拴拴和素芳变成恩爱夫妻。唉唉!唉唉!……"

生宝说这些话的时候,被灌木刺划下血印的脸,是非常深沉的。他的声调是非常抒情的。他的话深深地感动了好心肠的高增福。高增福长长地嘘了口气。

"啊嘘!姚士杰可杀!"高增福凶狠狠地说。

但生宝现在又反转来劝说高增福:

"也不能全怪姚士杰。姚士杰嘛,他是一个不服政策的富农嘛。他不做坏事,叫谁做坏事哩?他满意咱们,那才怪了!站在他的立场,他应该破坏咱们。"

高增福被生宝嘲笑的口吻,弄得多少有点迷惑不解起来了。

"那还怪谁呢?"

"还怪咱的工作做得不够。咱得狠下劲儿做工作,把互助合作办好!增福。王书记说来:咱的真正负担是人民里头的落后思想和少数落后分子。咱除了教育,咱对他们没一点旁的办法。除了教育,还是教育。要不你说:咱把你哥增荣怎办哩?他就是和富农搭伙种地去了。你能打他一顿呢,还是能到法院告他呢?"

高增福苦笑了一笑。然后,他忧心忡忡地喃喃说:

"唉唉!素芳进了四合院,结不出甜果儿来啊。我高增福四户贫农的临时互助组,散伙了散伙了!你生宝这八户的常年互助组……"

"怎样?"

"可不能有个三长两短哎……"

"你放心!"生宝的右手丢掉捏碎的枯树枝,像一把菜刀一样在空中截然一砍,十分肯定地大声喝道:"你放心!增福,你甭担心我。他姚士杰把我的常年互助组怎也不怎!好小子!太岁头上动土哩!"

生宝坚定的神气,他蔑视姚士杰的口气,使力量回到坚强的高增福身上来了。啊呀!在党的人就是这样有坚决性儿吗?——高增福说不出的敬佩!

高增福在北磨石岔茅草棚里,和生宝合伙盖一块被窝,很畅快地过了夜。

第二天,天刚亮,高增福就起身回南碾盘沟的茅棚店了。往常,他捆十六把扫帚。这回,他只拿十把扫帚绑成一个狭长的人字形。他把开花破棉袄垫在肩上,把脑袋伸进两边的扫帚中间,很轻松地捆起来走了。茅棚店主家笑问:

"增福!你今日是啥心眼?才捆十把?"

"我要一天赶到汤河口!一百里路程,捆重了人受不住。"脑袋夹在把儿朝前梢子朝后的扫帚中间,高增福严肃地解释着,欢溜溜地赶路了。

他赶到汤河口的扫帚收购站,李铁蛋正在经领着交货。

第二十四章

一九五三年春天,和过去的一千九百五十二个春天,一模一样。

一九五三年春天,渭河在桃汛期涨了,但很快又落了。在比较缺雨的谷雨、立夏、小满、芒种期间,就是农历三月和四月的春旱期,渭河在一年里头水最小了。

一九五三年春天,秦岭脱掉雪衣,换了深灰色的素装不久,又换了有红花、黄花和白花的青绿色艳装。现在到了巍峨的山脉——渭河以南庄稼人宽厚仁慈的奶娘,最艳丽迷人的时光了。待到夏天,奶娘穿上碧蓝色的衣服,就显得庄严、深沉、令人敬畏了。

一九五三年春天,庄稼人们看作亲娘的关中平原啊,又是风和日丽,万木争荣的时节了。丘陵、平川与水田竞绿,大地发散着一股亲切的泥土气息。站在下堡乡北原上极目四望,秦岭山脉和乔山山脉中间的这块肥美土地啊,伟大祖国的棉麦之乡啊,什么能工巧匠使得你这样广大和平整呢?散布在渭河两岸的唐冢、汉陵,一千年、两千年了,也只能令人感到你历史悠久,却不能令人感到你老气横秋啊!祖国纬度正中间的这块土地啊!……

　……

但一九五三年春天,人的心情可和过去的一千九百五十二个春天,大不一样。

长眠在唐冢、汉陵的历史人物做过些什么事情呢?他们研究和制订过许多法律、体制和规矩。他们披甲戴盔、手执戈矛征战过许多次。他们写下许多严谨的散文和优美的诗篇。他们有些人对历史有很大的功劳,有些人对历史有很大的过错,也有些人既有一定的功劳,也有相当的过错。不过,他们没有人搞过像"五年计划"这一类事情。……

一九五三年春天,是祖国社会主义经济建设第一个五年计划的第一个春天。大地解冻以后,有多少基本建设工地破土了呢?有多少铁路工程进入施工阶段了呢?有多少地质勘探队出发了呢?被外国资本和国民党政府无情地掠夺了多少年的国家啊,现在终于开始有计划地建设了!

一九五三年春天,西安市郊到处是新建筑的工地,被铁丝网或竹板篱笆圈了起来,竞赛红旗在工地上迎风飘扬。衰老的古都,在一九五三年春天,要开始恢复青春了。马路在加宽,同时兴建地下水道和铺混凝土路面。城里城外,拉钢筋、洋灰、木料、沙子和碎石的各种类型的车辆,堵塞了通灞桥的、通咸阳古渡的和通樊川的一切长安古道。

一九五三年春天，有多少军队干部和地方干部握别了多年一块同甘共苦的同志，到筹建工厂的工地和新认识的同志握手交欢呢？有多少城乡劳动者放下三轮车、铁锹和镢头，胸前戴上黄布工人证，来到铁路工地和基建工地呢？

一九五三年春天，听见的炮声不是战争；碰见的车辆不是辎重；看见的红旗不是连队，人群不是火线后面的民工，呐喊声也不是冲锋。……

一九五三年春天，中国大地上到处是第一个五年计划的巨画、交响乐和集体舞。……

一九五三年春天——你历史的另一个新起点啊！

二十一岁的闺女，黄堡区下堡乡的小学生徐改霞，对祖国工业化事业向往，对自己未来的生活充满理想。现在，她高高兴兴来到陇海线上的县城里，投考国棉三厂。

县城南关，潼河左岸的渭原面粉厂，潼河右岸的渭原轧花厂，都用冒着浓黑煤烟的高烟囱和隆隆震耳的机器声，迎接这个来自终南山麓稻地草棚屋的乡村闺女。县城北关，陇海路的潼河铁桥，用它宏伟的钢板混凝土结构，渭原车站的机车用它的汽笛声，迎接这个一心投身城市劳动的乡村闺女。改霞兴奋极了，包袱里提着妈妈给她做的干粮，多么有劲地走了四十里路，满脸的汗珠，却丝毫也不觉疲劳。她目光炯炯地望着我们的先人修筑在这个大平原上的城池。

她带着一种必当工人的豪迈步伐，兴冲冲地踏进了县城南门。

犹如一滴水落进渭河里头去了，改霞立刻被满街满巷走来走去的闺女群淹没了。啊呀！谁也说不清投考的人有多少！街头巷尾，一片学生蓝。剪短的和编辫的黑油油的头发，在改霞眼前动荡着，动荡着。来自城关区、窦堡区、黄堡区、王渡区、三官庙区、渭边区和峪口区的闺女,大多数和她年龄相仿,有些看来比她还大,有的甚至比她小得多,和她一九五〇年来参加土改青年积极分子代表会的时候一般大呢。土改青年积极分子代表会,有一千多男女青年,休息的时候,街上也没现在人多。

改霞向县人民政府劳动科和工商科共同的地方走去。她开始有些怀疑。第一个问号钻进她雪亮聪明的头脑里来了。

南街上,一家布匹店门前,一根高压电线杆旁边,哪个区来的几个乡村闺女在喊喊低语呢?她们说些什么呢?她们进城早,也许知道点情况吧。

手提干粮的徐改霞,衣服上带着沿途落上的尘土,凑近前去听一听。

啊啊!分配给渭原县的名额只有二百八十个女工,报名的突破三千了。光城关区就有一千多报名的。根本没上过正式学校的,都涌进城来了嘛!有些闺女,父母挡也挡不住。有些是偷跑来的!

力气——在一般情况下是生理反应,在特殊情况下,就变成心理反应了。因为乘客拥挤,可怜的改霞跑到黄堡镇,没搭上拉脚的胶轮车。她想在沿路——潋河桥或窦堡镇搭,也没搭上。刚强的闺女靠两条腿风快地跑进县城。奔向新生活的青年,不觉得累。现在听了这个令人不安的消息,她,泄气了。扁口带扣的花格布鞋里,俊秀的闺女脚发麻起来了;学生蓝制服裤子里,苗条的两腿也疼痛起来了。她这不是常跑长路的脚腿呀!

改霞长长地嘘了一口气,拖着发麻的两脚和疼痛的两腿,向北街挪动她沉重的身子。

第一个冲到她心头来的是:被录取的机会很难得了。她扯旗放炮来考工厂,考不上怎样回下堡村蛤蟆滩呢?拿什么脸见人呀?生宝和秀兰兄妹俩,会拿什么眼光看她呀?好!思想进步的青年团员徐改霞,为什么不参加国家工业化去哩?想到这里,改霞闺女家的嫩脸

341

皮,已经红了。

但她随即想到郭振山鼓励她的话:"是共产党员,是青年团员,不管男女,到全国哪个地场,人家都喜愿要啊!为啥哩?和咱乡下一样嘛,党团员是骨头,群众是肉。你还不明白这个意思吗?……"郭振山充满自信的声调还留在她耳边。她明白了:不管投考人怎样多,她是可以考上国棉三厂的,登记表上不仅写着贫农成份,而且写着青年团员。担任过什么职务?团支部委员!

挤过乡村闺女们更加拥挤的十字街口,走到北街一家食品店前面,改霞站住了。她开始怀疑起自己这种想法是不是可鄙的。当初,在下堡村蛤蟆滩稻地的草路上,代表主任第一次鼓动她参加国家工业化的时候,她觉得郭振山所说党团员比群众优先进工厂是正当的;因为她想:一般的乡村闺女不愿意离开家乡。现在,有这样多和她一样想进工厂的乡村闺女,她一下子觉察出这是一种自私心理。难道她入团的动机,是为了比群众占便宜吗?她对郭振山土改中净得一等一级稻地的事,现在看得比当时清楚了。啊呀呀!代表主任哪!郭振山哪!你整个春天给咱改霞灌输的崇高思想,是不是夹杂着庸俗的想法呢?

有丰富生活经验的人,当然凭理性可以判断旁人的意见对不对,对到什么程度,或不对到什么程度。可惜改霞没有丰富的生活经验,她就只好靠感性了。由思想上的惯性产生了天真的信任,只有感觉到的事实,才能证明她值不值得那么信任郭振山!

不仅仅接受过郭振山的影响,也接受过卢明昌、梁生宝和其他共产党员的影响,幼稚的正直闺女徐改霞站在一家照相馆门前考虑:现在不是她考上考不上的问题,现在是考工厂的人这样不正常地拥挤,都是进步的表现吗?

当走到一家文具店门前的街上,改霞就后悔她离开下堡乡以前,没和卢支书谈一谈了。后悔!后悔!她尊敬的党支书喊叫她的名字来嘛,她却幼稚地躲藏起来了。

不管怎样,改霞还是带着黄堡区公署油印的介绍信、黄堡镇卫生所初步体格检查的证明,先到劳动科报名了。办事人告诉她:黄堡区来的全住在南街上,兴顺号杂货店后院有劳动科借下的房子,要她自己去打听。

报上名,改霞惶惶惑惑,好像丢了什么东西一样,从劳动科办公室出来了。用手帕揩了在人群里挤出来的汗,在有几棵刺槐的大院子里,她从姑娘群中找空隙走着。追求进步的青年团员的心,由于不安,有点沉重。人一着急,就感到更渴:嘴里干燥、苦涩,多么想喝口水啊。但她得先到南街上打听兴顺号,找到下堡村来的姑娘,听听更多的情况。然后她再到一个茶馆去喝水、吃馍,心里才能稳实些吧!

出了劳动科的大门,改霞在出出进进的闺女群中烦恼地挤路。

"改霞!改霞!你不是徐改霞吗?"

改霞掉转垂长辫的头,两只眼睛骨碌碌转动着。谁叫她呢?

一个穿灰制服的细高个女同志,从人丛中挤过来了。女同志满脸是喜欢改霞的神情,现在用细长指头的手,抓住改霞空着的那只手了。啊啊!改霞认出来了:这是青年团县委的王亚梅同志嘛。土改青年积极分子代表会期间,参加过黄堡区代表小组的讨论会,王同志后来又到下堡乡下过几回乡。这是县上哪个负责同志的爱人呢?改霞想不起来了。……

"两年没见,你长了这么高!成了大人了呀!"王亚梅同志一见如故地把改霞拉到路旁不妨碍行人的地方,一只手搭在她穿学生蓝制服的肩上,"怎么?你也来考工厂吗?"

"唔。"改霞不安地承认,禁不住脸红了。

"你解除婚约了吗?"王亚梅同志非常熟悉地问,"我记得你是解放前爹妈定亲出去的,你不情愿嫁过去。是不是呢?"

"是哩。解除婚约了。"

王亚梅年轻女同志的面容高兴极了,喜眯了眼睛问:

"啥时候解除的?"

"就在今春上宣传贯彻婚姻法运动的时光。……"

"啊啊!"亚梅同志露出两排整齐漂亮的牙齿笑了,"你真会抓好机会!还没新的对象吧?"

改霞不好意思地笑笑,说:"没哩。"

"噢噢!你倒有计划!解除了婚约,到西安去当工人呀?……"王亚梅同志聪明地打趣,用手亲热地摩着改霞的肩膀。

改霞两只大眼睛努力想从这个有几颗稀疏雀斑的白净脸上,观察出王亚梅同志对她考工厂的看法。但她观察不出来:到底是赞成,还是不以为然呢?

"我,喜愿参加祖国建设……"改霞嘴呐呐地解释,探讨对方的心思。

但王亚梅同志不谈这个了,似乎这是不值得多谈论的问题。她把改霞从人多的路旁拉到更远的角落里,站在一棵正在开花的刺槐树底下,晒不到太阳了。毫无架子的县干部,热情地赞赏梁生宝正月里在全县互助组长代表会上和窦堡区大王村应战的豪迈气概。她说那种气概对到会代表激励多么大,又说县上的几位首长对这个年轻人的气概多么喜欢,连在下堡乡工作过几回的她王亚梅,也感到真个带劲。这位热情的县干部显然只记得改霞和生宝是一个村的,却不知道咱改霞和生宝中间曾经有过一度相爱的秘密。王亚梅还关心地问:

"生宝同志的互助组这阵儿搞得怎样呢?"

改霞不由得通红了脸。

"他领互助组在山里头拉扫帚哩……"

"去了好久了?"

"十几天了……"

"人多吗?"

"十几个人哩……"

"真行!"王亚梅赞叹着,抬头望望谜一样的终南山神秘的山峦。

县干部让改霞到团县委机关里去,因内心不安显得沮丧的改霞,婉言谢绝了。改霞推说她有事,办完事再去。……

"好!改霞,那你忙你的事吧。我还在团县委工作哩,你有空来耍啊。"亚梅同志非常诚恳地告别了。

改霞却反而拉住王亚梅的手:

"王同志……"

"怎呢?"王亚梅一双锐利的眼睛盯着改霞苦恼的神情。

"今年考工厂的人为啥这么多呢?……"

"当然,"王亚梅严肃地说,"工业建设需要人,是个事实。青年们积极参加经济建设,也是个事实。不过看起来,大多数闺女家是不安心农村,不愿嫁给农村青年……党中央和国务院有个教育农村青年不要盲目流入城市的指示哩,昨天才到咱县上。国棉三厂招考的公示,已经下去了,来不及做工作了。这回算得了经验,下回再不会这样搞了。"

改霞听着,脸更红了,更红了。想不到追求进步的徐改霞,这回竟混在不进步的群众里头了。她好强,到了爱面子的程度,心里开始怨恨自己太信任代表主任了——郭振山是那么自负,一副永远相信自己正确,并且只有自己正确的神气,把咱改霞唬得结结实实!

王亚梅同志看见改霞很伤感的样子,以为改霞愁考不上,老大姐似的安慰小妹妹:

"改霞!甭难受。今年投考的人多,录取的机会少。党县委又

345

做了决定，规定了录取团员和录取一般女青年的比例，不让招考人员净挑团员。一方面，猛一下把女团员抽空了，会影响农村工作；另一方面，会引起群众有意见。这是一个社会就业问题。中央指示，首先要照顾城市居民里头考不上中学的，没有职业的闺女。至于乡村，以后还恢复有计划、有组织的输送。说已经有几个大城市的经验证明，这种派人到各县大招考的方式，影响不大好。你自己明白就好了，不要在群众里头乱说。你应当把眼光放大，照顾全面。考上也好，考不上也没啥。一个青年团员嘛，哪里都可以给党和人民贡献自己的力量嘛！……"王亚梅同志诚恳极了。

你看！你看！事实证明了改霞的感觉了吧？这感觉是一切自觉的共产党员和青年团员的良心表现，倒不在于年龄和水平。昧着这种良心的，只有那些只顾自己不顾社会的人。改霞不明白地问：

"啥叫社会就业问题？"

王亚梅说："就是找工作，靠工资维持生活。眼下，工人比农民挣得多，所以才会有盲目流入城市的现象。改霞，你参加了整党学习？参加了？那么你知道，将来消灭了城乡差别的时候，才能没有人不安心在农村的现象。社会是复杂的，人的觉悟不齐嘛……"

"谢谢你，亚梅同志。"改霞感激地辞别。

辞别了王亚梅同志，改霞重新被一片学生蓝和黑头发淹没了的时候，她想哭。自己多没意思！难怪那天在黄堡大桥左近菜地草庵跟前，她一提想考工厂，生宝就冷淡她了。她是该被冷淡的，甚至是该被鄙视的！一九五〇年冬天进城来，改霞是上千青年积极分子之一，充满了光荣的感觉。一九五三年春天，她又一次进城，却置身在成千不安心农村的闺女里头。当然，细究起来，根根由由是很复杂的。这回考工厂，并不是完全出于她自己的心愿，多一半是被人鼓动的。开头，她犹豫、勉强，后来和生宝没有谈到一块，她才坚定下来了。唉！譬如那天生宝只要劝她一句，她还会糊糊涂涂跑进城来吗?但生宝生性像汤河畔上的杨树苗一般挺直,改霞没想到他对恋爱问题也是这个性子。合该改霞倒霉!现在,不管她自己感觉,或者给旁人的印象,都是她不安心农村了。她似乎是追求工资奉养寡母的乡村闺女,她似乎是很希望嫁给一个在城市生活的小伙子。结婚对她,似乎只不过是每月几十块人民币、一双红皮鞋和一条时髦的灯心绒窄腿裤子的集中表现而已!

唉咳!俗气!真个俗气!两年前五一节在黄堡镇万人大会上代表全区妇女声讨美帝的徐改霞,竟给人这样的印象!在城里能找到一个没人的僻静地点吗?改霞要认真地哭它一场!

但改霞反过来又思量:她不是这样俗气的人!不是的!一百个不是!郭振山是一个俗气的人,他整个春天动员她考工厂。言词是进步的:为了国家工业化,团员应当响应党的号召。但这是党和政府要他做的工作吗?党和政府要他领导互助组,组织困难户生产度荒,他不热心。他反而每天端着大老碗和小菜碟到柿树院来,热心地高谈阔论不是他的工作——国家工业化。他的态度是积极的,言词是热烈的,心意是关怀的。勤劳、勇敢的长者有一种不容改霞怀疑的精神——诚恳和正经!但他的思想、观点,和党的正确原则竟差了这么远啊!改霞多么惋惜自己年轻,缺少主见!

现在,改霞全明白了:代表主任可能是一个很好的庄稼人,却不是她一直迷信的那样一个好共产党员。一九五二年冬天,批判郭振山的党支部大会没有吸收青年团员参加;而批判马家堡的代表主任,改霞参加了。改霞听到蛤蟆滩土改的贫农领袖也受了点批判,心中还禁不住惋惜呢。现在,她认清了:整党时,对郭振山的检查,可能是不彻底的;可能是照顾到他在土改中建立起来的威信吧?可能是希望他在党内批判以后会转变吧?因为王书记说过:共产党员的威信不是个人的东西,是属于党的。改霞记得清清楚楚,区委书记详细地讲解过这个问题,说党用党员在群众里头的威信,影响群众。而党员不能用自己在群众里的威信达到个人自私的目的。当时改霞没有仔细玩味王书记的话,现在她明白了:就是说郭振山哩。现在,要不是经过这回亲身的体会和教训,也许再过几年,她还不能真正认清郭振山。

好了!好了!改霞先不忙去南街上看住的地方了。名是报了,考不考还没决定哩。她还要考虑考虑。她先去喝水、吃馍。她实在渴得不行,饥得不行了。

比进城前思想上大大提高了的改霞,现在很坚定地走进十字街口的兴盛茶馆。啊!这里也是考工厂的乡村闺女的世事。高朋满座,喊喊喳喳。

改霞在最后头的一张桌上,找到一个空位子。她在一条板凳上坐下来。她把干粮口袋放在桌上。她用一块叠成四方的手帕,扇着她出汗的红脸盘。她在这里歇一歇吧!凉一凉吧!

比她先坐在这张桌子周围的乡村闺女们,畏缩地看着新来者。改霞已经是一个相当有认识的人了。她大大方方用手帕扇着凉,转脸看看这边,又看看那边,不在乎旁的闺女们怎样观察她。

现在,她发现了。哎!这就是一九五〇年冬天,她和生宝两人来喝水的地方。就是对面的那张桌子。就是的!

那是初冬一天傍晚的时光。她和生宝面对面坐着,热烈地谈论着党的土改政策。他俩的眼睛笑眯眯地互相盯着。就在那时候,生宝对她赞扬党关于依靠贫雇农、团结中农、孤立富农、打击地主的英明政策。吸收了战争期间土改的一切经验教训,解放后土改策略的既坚定而又灵活,分寸明确,步骤清楚,使当时二十四岁的青年农民梁生宝赞叹不绝。就在那时候,当时十八岁的少女改霞,睁圆了眼睛,听生宝赞扬党和毛主席,脑子里羡慕一个多病的童养媳妇,竟许配了这样一个精明的彪小伙子。刚刚萌芽了爱情要求的改霞,那时候对生宝是这样爱慕。但他们仅止于热烈地谈论土地改革,其他的想法,在他们对革命狂热的思想上找不到空隙。

革命的狂风暴雨时代啊!一个人一生能经历几回呢?对那个时候的回忆,永远鼓舞人在新的情况下,做出些意志坚强的果敢决定。

现在,改霞坐在板凳上思量:"农村青年盲目流入城市哩,自己赶这个热闹做啥?一来投考的人太多,二来收团员也有了限制。自己考不上,回到下堡乡,和一般闺女们一模一样,还有啥威信搞团的活动呢?……"

"回!"团支部委员对自己坚决地说,"不考哩!"

吃毕干粮,喝了水,改霞由于新的意志,获得新的力量。她提着干粮口袋,起身回家了。她想赶天黑歇到关村二姐家里,第二天就回到下堡村蛤蟆滩了。

南街兴顺号杂货店门前的砖台阶上,站着一簇下堡村的闺女。

"看!看!那不是徐改霞吗?"

"改霞!改霞!你闷着头往哪里撞呀?"

"咱下堡乡来的,全体在这杂货铺楼上住哩。"

改霞说:"我,回呀!"

"为啥呀?"

"不考哩。"

"为啥呀?"

"考的人太多了。"

于是,下堡村的闺女们把改霞姐姐围起来了。

"不考做啥?"

"考上也好,考不上拉倒呗!"

"下堡乡来了这一群,还只有你有把握。"

改霞不能对闺女们把考工厂说成丢脸的事情。她也不能把王亚梅同志的话说出去。团支部委员只能说她不想考了。她挣脱大伙的包围,走了。她听见闺女们在她背后议论:

349

"谁能知道她是怎回事呢？……"

两年前，改霞从县城开毕土改青年积极分子代表会回来，浑身是劲。她背着行李卷，走了四十里路，回到家里，在柿树院待不住，总有一种在蛤蟆滩和官渠岸活动活动的欲望激荡着她。她恨不得立刻发挥自己的积极作用，把党的土改政策告诉下堡乡第五村所有的青年男女。

但这回她没考工厂回来，虽然当天只从窦堡镇北面五里的关村走到家，她浑身没二两劲了。她不声不响，吊两条长辫的头耷拉着，无精打采走进柿树院。妈在土围墙西边菜地里惊异地望着她，叫她的名字。她既不说话，也不应声。

她回到草棚屋里，把馍口袋往竖柜上一撂，就倒在炕上了。她面朝墙壁，背朝门口。她难受极了，悔不该在黄堡桥头和生宝谈亲事的时候耍花样。

妈从菜地里回来了。她听见妈往外窗台上放小锄的声音。她听见一双小脚簌簌地走近她来的熟悉的声音。显然，妈已经从她的动静上看出她没考上工厂。……

"改改！"妈用一种不安的声调叫她。

她向壁躺着，两条辫弯弯曲曲摆在背后的炕席上，不做声。

"霞霞！饿了吧？"

改霞摇摇枕头上的头。

"渴了吧？"

改霞还是摇摇头。

"走乏了？"

"唔。"

妈心疼地用手摸索着闺女穿洋线袜子的脚腕。老婆婆眼白眨白眨，想着说几句针对这种心情适时的话安慰闺女，这时，改霞的孩子气突然间发作了。她竟把两只脚挪开,不让妈摸索。

"你走!你走!让我一个人睡一觉!"她使性子说。

妈轻轻地叹了一口气。不知说什么好,也不知做什么好,老婆婆无意识地在屋里磨蹭着。

改霞在小炕上向壁躺着,心里生妈的气:"尽是你害的!尽是你不喜爱生宝害的!你想拿我当个东西,给你换点啥好处吗?办不到!我是生宝的人!……"

想到这里,改霞顿时觉得很冤。她怀念这时远在深山丛林中奋斗的生宝。她断定他对她有感情。她从他盯她的眼光里看出来他的心思。想着想着,忍不住的眼泪,涌出来了。一包包眼泪,从渭原县城憋回蛤蟆滩来了。她用手指头抹泪珠。

妈看她向壁流泪了。老婆婆终于找到安慰闺女的词句了。

"改改!你甭难受!霞霞!这回没考起,二回可考……"

改霞猛地一冒坐了起来。她满脸是泪,两只泪眼吓人地瞪着妈:

"二回!二回!我这回也没考!叫你和郭主任再煽!……"她咬牙切齿地说。她返身又栽倒头哭去了。她这样激动,根本不是考工厂的问题;她根本是对生宝的感情问题。在清朝度过少女时代的妈呀,她怎能明白呢?自觉对不起生宝的闺女,现在哭出声来了:呜呜呜……

妈被闺女突如其来的攻击惊呆了。……

黄昏时,蛤蟆滩草棚屋旁边的青稞地上,流动着做晚饭的柴烟。庄稼人从秧子地里回家了。听得说改霞从县城回来了,郭振山放下农具就往柿树院走。郭振山多么关心改霞考工厂的事啊!

"改霞回来啦?"郭振山的声音好像大喇叭一样,在柿树院激荡着。那声调里是高兴,是对成功的热烈期待。在郭振山心里,改霞考起工厂的事情在她起身的时候已经决定了。他现在来只不过是证实一下罢了。他心里想：那所谓"考"，恐怕也不过是一个手续而已，因为不做这步手续，非团员群众会有意见的。他断定工厂是尽先录取团员，团员取不够名额，才录取少数非团员闺女，那也要思想进步的。

改霞她妈把郭主任挡在院心。她不让他进屋去。老婆婆用低沉而难受的声音告诉他：改霞没考工厂就回来了……

"我不信！"代表主任在院里大声地断然嚷道，"我不信！去年子下堡村进工厂的那两个闺女，脑筋连改霞的脚后跟也不如！"

他只管继续往屋里走："我问问她，到底是怎回事情？"

"娃脱了睡了。"改霞她妈又挡他。

"这么早就睡了？"

"你看！回来吃也没吃，喝也没喝。娃这阵睡着了。你思量嘛，娃出门三天，乏了嘛。"

从改霞她妈茫然的神气，郭振山开始有点相信老婆婆的话了：

"真个没考？"

"你看你！郭主任！俺还能骗你吗？娃都哭了哇。"

郭振山张大了周围满是胡楂的嘴巴——这回他相信了。这样，他更要问问底细了。他要问问改霞没考工厂的全部情由。事情的发展，竟然完全违反了赫赫有名的郭振山的估计，这还了得？他觉得很不服气。天还不黑哩，他不相信改霞会这样早就脱了衣裳睡觉。他用当家人式的口气命令：

"你把她叫醒来！我批评她几句。"

"好郭主任哩。"

"怎哩？"

"这阵，你和她说不成啥。"

"为啥哩？"

"她在气头上哩。等她那股牛脾气过去了再……唉唉！"改霞她妈说不出来闺女连代表主任一起怨恨的话，怎么办呢？

郭振山十二分惋惜地吧嗒着胡楂嘴。他吧嗒了好一阵，沉思着。他盯着改霞在里头的草棚屋窗户。他看见改霞她妈实在不情愿让他和改霞见面，他也就只好继续吧嗒着嘴走了。

走出街门，郭振山又折转回来了。

"徐大婶。"

"唔。"

"你看改霞是住不成工厂急得哭哩?还是……？"

"一句也问不响嘛！"睦邻政策的老婆婆撒谎。

"问一问。今黑间，你问一问她。"郭振山叮咛。他开始有点不安，从考工厂的姑娘多得出人意料，想到会不会县城里有谁批评过爱面子的改霞呢？

但是老婆婆一夜也没和改霞说成一句话。她还是吃也不吃，喝也不喝，只坐起脱了衣裳又睡下了。妈考虑到女儿几天积累下的疲劳和瞌睡，也就不再搅扰她睡觉了。……

第二天早晨，草棚屋外面刚麻麻亮了，知更鸟在柿树上刚叫唤，改霞就在黑屋子里起来了。她独自在外屋摸到暖瓶的水，对些凉水洗了脸，梳了梳头，也不重新编辫。赶妈匆匆忙忙起来时，她已经提着书兜上学去了。

改霞找秀兰去了。她怕她起身迟啦，秀兰已经去学校了。她一定要和秀兰一块去学校。她要向秀兰解释她考工厂和不考工厂的缘由，说明她现时的心情，得到秀兰的谅解，恢复两人亲密的友情。生宝还在终南山里，她要向秀兰表明：她对生宝是真心实爱。那天见面时征求他对她考工厂的意见，并非她的本心，实在是误会。为了不妨害蛤蟆滩两个共产党员的关系，她不准备说是代表主任对她的影响。她对秀兰只说考工厂是她妈的意思，她迁就了妈。

改霞在黎明时有露水的草路上走着，这样思谋着，不觉来到梁三老汉的草棚院跟前了。

街门虚掩着。显然,梁三叔去下堡村拾粪,还没回来哩。农技员韩培生在生宝的草棚屋睡着,还没醒来哩。

改霞没进街门去。她绕到秀兰母女睡觉的小炕后窗外,向里叫道:

"秀兰!秀兰!秀兰!"

"唔,改霞吗?"秀兰她妈在草棚屋醒来了。头发霜白的老婆婆还搂着高增福的儿子才娃哩。

改霞听得出来:声调是和气的,慈爱的。好像根本不存在她的儿女和改霞之间目前存在的疏远。

"你从县里回来了?"秀兰她妈喜欢地问,也不提考工厂的事。

"唔。"改霞不好意思地回答。

"秀兰还没回来,"秀兰她妈很亲密地说,"她怕不能在下堡小学上学了。前日回来把团员关系也要上走了。她怕要转到杨村小学去了。"

改霞听了大惊:"为啥呢?"

"嘿嘿,"老婆婆贤明地笑笑,说,"秀兰她婆的病是心病喀,一来,是想她儿哩。二来,嘿嘿,也是明山在朝鲜带了点伤,脸上留下一片疤,怕俺秀兰退婚哩。嘿嘿,你知道俺秀兰心眼实,干脆转到杨村小学上学,没结婚就住在婆家里,看她婆放心不?嘿嘿……"

改霞没听完,她心里涌起说不出的一股滋味。秀兰呀!秀兰呀!你是一块真金子!你的固执而耿直的爹爹,你的慈爱而贤良的妈妈,你的胆大而心细的哥哥,都在无形中使你变得更高尚,更纯洁。改霞任何时候也没现在这样清楚地感觉到:妈是平庸的;而长期引导她的郭振山,也不是她所迷信的那样值得尊敬!……

改霞丝毫也没惭愧的感觉。她考工厂不是出自本心，而没考工厂就往回跑，是她自己的决定。她不仅不惭愧，相反地，她觉得在这黎明的时刻，自己身上突然来了一股劲。秀兰的行动鼓舞着她，她把秀兰当做一面镜子，常常照着自己吧！从开头听惯了郭振山的改霞，今后要拿自己的脑子想事儿了，再也不能拿旁人的脑子代替自己的脑子。嘿！她已经二十一岁了。人生是严肃的！

第二十五章

在下堡村周围，黄堡镇三六九逢集，窦堡镇二五八逢集，峪口镇一四七逢集。窦堡和峪口逢集，郭世富不常去；但黄堡的集，郭世富集集不误。只有一九五〇年冬天，土改中吓得他下不了炕的那一两个月，黄堡街上碰不见这个脑门当中有一撮白头发的老汉。当他一旦能丢开棍子走路的时候，他那劳动人的身影，又开始出现在黄堡街上了。

上集的时候，世富老大，从外表上看来，空手提着烟锅，走路很消停的样子，好像他没什么事情；但从寡言不笑和沉思上看来，又好像心事重重，日子过得也并不算怎么畅快。他是蛤蟆滩最令人难捉摸的一个人。

大庄稼院的当家人上集，比做活都当紧！郭世富得经常注意柴、米、油、盐各货的行情。对二十口以上的家道用度，他得经常做些必要的指示甚至警告。你见过闷着脑袋过死板日子的大庄稼院当家人吗？没有这样的傻瓜呀！面对着乡镇，他眼睛要放灵活些；对于兄弟、妯娌、子侄等辈，他手掌要捏紧些。他能卡住不花费的，他要尽量卡住。当家人嘛，没有不被年轻的家庭成员暗恨的。这，不要紧！他是为了大伙——一个古老传统和陈旧概念的集体。郭世富决心在他活着的时候，不让他新近扩建的四合院里，演出分家的"悲剧"。他决心尽一切力量、机智和忍耐，将来作为一个五世同堂的家长，辞别这个世界。为了这个理想，不要说五十几岁苍头发吧，五十几岁白了头发，他也在所不惜！要做孔夫子和朱夫子两位老人家的忠实后代，难道就那么容易吗？

有时候，郭世富也在黄堡集上拣点便宜。要是碰上便宜不拣，那才是很不开窍的人。他知道除非天旱的时候，前半晌的粮价总是比后半晌高。临散集了，有些枭粮食的庄稼人不愿把粮食带回去，黄堡街口上又没相好的人家寄放，这时粮价就更跌了。这时，世富老大就在粮食市上这里看看，那里看看：有没有成色好的细粮？适宜于多年储藏的，买下来，寄放在黄堡前街仁义堂中药房；世华老三从县里吆车到镇上捎回家，下一集把家里不适宜于储藏的陈粮卖掉。当然，有时候，牲畜市上会有骨架匀称、毛色一致的小骡、小马的。主人因为用钱急紧，不得不出手；郭世富就不声不响把他的手缩进袖筒，伸向牙家。他把它买下来，牵回家，放到其他大牲口一块喂养起来。本钱很小嘛，又不需要专门管咯。三两年后，不知不觉，不就是大骡子、大马了吗？老实说：蛤蟆滩三大能人——郭振山、姚士杰和郭世富，你说谁最"能"呢？世富老大从心眼里不服气那个富农和那个贫农！他们样子看起来比他厉害，其实心眼并不如他活动。他决心不学他们的样子，决心"面善"一辈子，做"天公地道"的事情：和气生财，大道生财。他认为只有这样，才能够生财有道，才能够财源茂盛达三江。……

世富老大记得清清楚楚：每年从"谷雨"前后，粮食就起价了。到"小满"前后，青稞上场，穷庄稼人能糊住口了，粮价有一小跌。到夏忙以后，穷庄稼人枭粮食了，粮价就有一大跌。郭世富年年在"谷雨"和"小满"中间卖掉一部分粮食。为什么呢？他得准备稻地用的肥料——油渣和皮渣。解放后的这几年，由于人民政府把化学肥料——过磷酸钙和硫酸铵用农业贷款的形式，交给贫雇农使用的结果，证明确实是速效肥料。他也准备从一九五三年起，追肥改用化学肥料了。另外，精细的郭世富得仔细调查一遍他家的农具和场具。该修补的修补，该添置的添置，绝不可在这方面小气。我的天！过日子嘛，不摊点底儿还能行？逮雀儿也得舍一把米哩！

蹲在院子里，用长烟锅在地上划着道道，世富老大就把所有必要的花销都计算出来了。他不是买不起算盘。他有算盘！他是不喜愿使唤算盘。一辈子握农具的僵硬手指，有时会拨错算盘珠子的，倒不如他用烟锅在地上画道道准确。上边的一道儿是五，下边的一道是一，逢五进一，逢十进一，规矩和算盘是一样的。一盘子毕了，用脚一蹭，另一盘子又开始了。有人进院找他，或者借家具，他只要站起来，往前走两步，任何人也注意不到世富老大还会计算。庄稼人都不防备他，以为他是个粗陋人，没有什么心眼；光景过得富裕，只是命好，是个有福气疙瘩。谁想向他学点过日之法吗？绝办不到！

计算好花销以后，蛤蟆滩的首户富裕中农就好办了。他开始检查他所有的存粮。嘿！能随便乱七八糟挖些粮食卖掉吗？世富老大要卖一石粮食，也得把他的全部大木柜、席囤和瓦缸统统检查一遍。首先要出手的那些成色次的、有了味的麦子、玉米和青稞，被这个白脑门心的精细鬼坚定不移地确定下来了。接着，世富老大还得考虑到给夏收的新粮，腾出足够的木柜和席包，把它们从两个厢房移到新修的前楼上去。世富老大谢天谢地！富裕中农郭世富现在也有了前楼，可以不在地面上存放粮食了。粮食，对于任何庄稼院，是一桩暧昧之事，不能叫人看出有粮。但郭世富多少年来却不得不在脚地上安置木柜和席囤。为什么呢？他家地多、人多、粮多嘛！

一九五三年农历三月十八傍晚，世富老大在老实疙瘩世运老二帮助之下,要把三月十九在黄堡集上卖的粮食,灌进有"郭世富记"字样的线口袋里去。当苍头发老大把线口袋,拿到存好麦的木柜前面的时候,黄胡子的老实疙瘩老二反对了。

"怎么?哥!卖好麦吗?"黄胡子很奇怪地问。

"你甭管!"不识字但很有修养的老大,平和地说,"我知道怎办哩!"

灌了一斗好麦子,老大叫老二把口袋提到存次麦子的木柜前面来。这时,世运老二才恍然明白了。年年是这样办,老实疙瘩的记性太坏了。实实在在!要不是世富老大里外照应,要是分开家的话,世运老二几年以后就要当贫农了。嘿,光有力气,没有心眼,在这你争我夺的世界上,只有吃苦头的份儿。

他们在一条口袋底上灌了一斗好麦。另几条口袋,他们却只在口上灌一斗好麦,其余全是次麦。世富老大灵活运用,自如极了,从容极了,并且是心安理得,有皱纹的面色严肃而且和善可亲,仿佛他并不是做鬼,而是正在做着对世界有益的事情。

往年,郭世富在春荒时节绝不卖麦子。揭不开锅的穷鬼们只买饲料——玉米和青稞,延续一家大小的性命。今年,他卖麦子!他要和梁生宝互助组较量嘛,摊本要大;玉米和青稞价小,不解饥渴。实在说,世富老大的陈粮十有八九成是麦子。玉米和青稞,都在前两年(一九五○年和一九五一年),被蛤蟆滩的贫雇农"活跃借贷"去吃了。嘴说还,实际大多数没什么可还的;还了,就得当下另借。郭世富对这点并不认真地不满意。正好!这是个话把,世富老大得把这个话把捏紧。什么时候谁想向他借粮嘛,他就提这旧账;不向他借,他也不提。欠着正好,省心,一来就顶!

但这还不是郭世富这回卖麦子的最主要的原因!啊呀!活了五十几了,世富老大没见过春季麦子这样快过!黄堡街上,每一集不管上市多少,都能出手。奇怪!蛤蟆滩不识字的经济专家,无论如何不能解释这个商情变化。这太反常了。从来都是春季粗粮快，夏收后细粮快。今年是：是粮食都快，大米和麦子特快。开头的几集，不是光世富老大一人，可以说，所有黄堡集上不识字的农村经济专家——富农和富裕中农，都惊呆了。

噢噢！原来是这码事啊！粮商和国营粮食公司在抢生意。穿着蓝制服的粮食公司的营业员，胳膊上戴着白字红布袖箍，手里拿着白铁皮传话筒，满粮食市走来走去，向粜粮食的庄稼人呼吁：反对哄抬粮价。他们呼吁庄稼人，把粮食卖给国营粮食公司，支援城市建设。他们不嫌日头烤人，在人们踏起来的尘土中，满头大汗地通过传话筒演说。他们说把粮食卖给国营公司，就是一种爱国家的行为；说工人和庄稼人是弟兄，支持了工人对庄稼人有利；说粮价贵了，庄稼人买工业品也要贵的，等于搬石头捣自己的脚……营业员非常亲切地把所有粜粮食的庄稼人称为"父老兄弟们"；但郭世富心思：营业员不免弄错了吧?这是一批你们要改造的"父老兄弟们"——富农和富裕中农。郭世富好笑营业员的热忱，根本不是做买卖的派头嘛。他发现另一批父老兄弟们，听了营业员的讲话，看来很受感动；但他们是上集来买粗杂粮度春荒的。他们很想响应国营公司的号召，手里却只捏着几张钞票，粮食是人家的。干着急！

郭世富舒畅极了，笑眯眯的。他心里想：你共产党做买卖可真是外行。和开大会一样演说哩！怎么能买下粮食呢?应当学商家的样儿，在袖筒里或草帽底下捏手指头嘛！真有意思，在他们演说的时候，渭原县和西安市来的粮客，却到处蹲下去和牙家捏码子，根本不理那一套。贸易自由嘛！

国营公司的营业员，虽然没有明说不要给私商卖粮，但灵醒的郭世富，从演说里听出这个意思了。世富老大心里头思量："真个傻！俺们富农和富裕中农真心拥护你共产党吗?你可真是做梦哩！你不演说，我也许会干脆利落，马马虎虎拉到粮食公司购销站一下枭呢。你说醒了,我偏偏要在市上枭!看你把我怎样!土改把我吓得好苦!"

农历三月十九早起,高大的世华老三吆胶轮车把麦子捎到黄堡街上了。在堡子西门外,在大桥东头的广场上,在东原上升起的朝阳照耀下,富裕庄稼人源源而来了。他们把粮食从东原上、北原上和十里蛤蟆滩,运到这粮食市上来。亲戚们在这全区一〇八个行政村的政治、经济、文化中心会面了,不免互相寒暄、问候双方的老人健康,发出妇女们走亲戚的口头邀请。然后,富裕庄稼人们带着明显的和国家领导力量不一劲的神气,鬼鬼溜溜地交换自己所得到的城乡商情。他们互相点头、眨眼,心照不宣。这表示:任务是控制市场价格的国营公司,又有什么疏忽或漏洞了。这使得他们都喜笑颜开,轻松愉快!

郭世富向斗行里要了一个笸箩,把底上装一斗好麦的那口袋麦,倒进笸箩里。正好,次麦倒在后面,好麦倒在前面,买主看货,一把捞到底上,也挖不起次麦来。这时世富老大就在另外两条装麦的口袋上坐下来。他非常严肃,但却和善,用硬手掌怡然自得地摸一把胡子,然后把烟锅插进烟口袋里装旱烟叶末。他运来二石麦子。当然,胶轮车一回可以拉来五石六石的,只是他不能那么突出,那是二杆子当家人的行径!即使他要卖十石麦,他也要从从容容分几回卖,不能引人注目。他想:他就是这个样子,永辈子也不张狂。他决定这辈子三慢一快:走路慢慢,说话慢慢,思量慢慢,做活快快!……

平原上的街镇,早饭时光,集就起了。

郭世富把摊子托给旁边的人看住。他在全粮食市数了一遍口袋和笸箩的数目,估计上市在一百石以上。

"好家伙!都抢这几集的行市哩!"郭世富心里想。

他买了几个热烧饼,回到粮食市上了。粮食市上有挑担儿卖凉粉、饼子的，有卖凉粽子的。他上了岁数，怕坏肚，忌了生冷。五十岁以上的人，寸步要当心。

当他回到粮食市上的时候，买卖已经活动开了。

郭世富一边吃热饼，一边观察市上的动静。衣衫褴褛的穷庄稼人，满粮食市上寻玉米和青稞。玉米和青稞上市太少了。世富老大一边咬热烧饼，一边笑：并不是全黄堡区的富农和富裕中农，商量好整治全黄堡区的贫雇农。不是！是国家的五年计划开始了，城市和工地要的粮食增加了，国营粮食公司供不住了。……

看吧！西安市和渭原县下来的粮商，满粮食市钻。他们是另外的一种人，穿着不染汗水地图的干净衣裳，戴着细麦草辫的新草帽，脸没有给太阳晒黑，牙齿刷得顶白净。祟粮食的富裕庄稼人很眼喜这帮远客——他们给土经济专家们带来了欢乐，给上集的穷庄稼人带来了苦恼。郭世富满意这个局势，希望他们来得更多些吧！

好！今天，一开市，粮食公司的人就出面了。今天有几个戴白字红布袖箍的人，还有一个不戴袖箍的人，说是渭原县粮食公司黄堡购销站的站长。郭世富打听得这人是上堡村人，刚解放时是上堡乡的乡长，土改时当过一度黄堡区副区长，后来上调到县里，新近回来当了购销站长，说是为了加强粮食收购工作。

站长把白铁皮传话筒，从一个戴袖箍的营业员手里要过去了。站长要求整个粮食市保持安静，他要讲几句话。……

粮食市安静下来了，大伙都静听起来。

这一集，公家不向祟粮食的富裕庄稼人呼吁了。这一集，向买粮食的商人讲话了。站长要求粮商不要抬高粮价，警告商人们不要藐视国营粮食公司的牌价，说那并不是一种装饰品，挂在公司门口图好看的。站长还要求私商们，记取一九五一年和一九五二年"五反"的教训，不要在清除了"五毒"以后，在国家开始五年计划的时候，又来个第六毒！站长最后非常庄严地声明：任何阶级的人，

361

不要把自己的特殊利益摆到国家利益上边去。他说：要弄清楚这是人民的国家，不是以前的那个官僚资本的国家了。郭世富注意看：所有外来的粮客，听了站长的演说，没给太阳晒黑的脸上，都有点尴尬。

站长又对斗行的牙家们(经纪人)讲话了。他要求他们，确实履行他们头一天在购销站召集的粮食经纪人会上所作的诺言：做新社会有公民道德的牙家，表现出爱国主义精神来。站长说：斗行的经纪人要靠成交量多增加自己的收入，绝不可以利用抬高粮价的机会增加收入。他分析：粮价涨了，对经纪人自己也是不利的，不要以为光对国家和城乡劳动人民不利啊。站长要求牙家们，很好地考虑一下自己在城市的粮商和乡村的粮户中间，应该采取什么态度，等等，等等。话少，意思是很重的。

"鬼！"郭世富坐在粮食口袋上听完以后，心里很生气，"啥世事？贸易自由！啥自由？……"

他看见所有粜粮食和买粮食的，听毕站长的话，都脸色阴暗了，脸蛋子吊下来了。他们都和他是一个心思。共产党说话真不藏情，公开地提出城市的粮商和乡村的粮户。郭世富很反感。现在，世富老大能体会姚士杰为什么那么反感"孤立富农"的口号了。这以前，郭世富一直是团结对象，除了土改的两个月，他没感觉到什么压力。

粮食市沉闷了片刻。接着，不知从哪个角落开的头，渐渐地全市场活动起来了。除了森严的国法和强大的群众运动的压力，一般的思想教育能影响商人、富农和富裕中农的生意吗？

有一个中年的高个子粮食客商，在郭世富的笆箩前面蹲下来了。他捞起一把麦粒，低着头察看。

"看！"郭世富诚恳地、和气地说，"啥的成色！真个粒大颗圆。是猪粪和人粪上的麦，不是大牲口的草粪上的麦！看你掌柜的也是识货的粮客，不是老外！"

粮客，看神气，相当满意货物成色和货主的态度。他使劲把手插到笸箩底上去，捞起一把来，又察看着。全是一色好麦。

"一样！"世富老大故意十分欢乐地笑着，"你要看吗！满笸箩随便挖起来看好哩。应当看清楚！一分钱一分货嘛！"

粮客转眼看看世富老大——他的一辈子重劳动过的体型，他的多皱纹的脸孔，他的苍白头发和眯缝眼睛，整个地构成一个老实疙瘩庄稼人的外貌。你不信任他，整个世界都不值得信任！

粮客又看了立着的三口袋麦：口上装的全是好麦！

"没次货！你放心！"郭世富慨然畅快地说，亲切极了。

粮客要求议价。郭世富很愉快地把一只手伸给旁边的牙家——一个五十多岁的矮瘦老汉，留着不旺盛的八字胡子，戴着凉帽。他是下堡村大十字的高大，嘴唇薄薄，能把石头说成土块。他能帮助任何人说住任何人。一切不公道的交易，他都要说成。不然集散以后，他拿谁的钱买酒喝呢？

现在高大欣然摘下凉帽，盖在世富老大和他的手上头了。郭世富一捏，又一捏，说："这！这！"

高大歇了顶的光头反射着阳光，矮瘦身子转向粮客了。粮客把摸算盘珠子摸得很灵活的手，伸到凉帽底下去了。

"这！这！"高大把郭世富的码子捏给粮客，露出缺了两颗的牙齿笑着。

粮客大吃一惊，想不到这个老实疙瘩庄稼人这样心狠啊！

"你听见刚才国营公司的同志讲话了没？"

"听见哩！"郭世富心平气和地说，"我这是好麦，一分钱一分货！"

"当然是好麦！次麦，我就不跟你议价！老大爷，你去看看公司的牌价。'五反'以后，我们商界同人的觉悟提高了，你甭把国家

363

的政策当耳边风!"

郭世富毫不重视粮客虚伪的议论。他看出来的：私商们不会不利用购销站长的演说,压低粮价拣便宜的。他知道买卖人是些什么样的人,可以说没有一个死心眼。

郭世富轻轻一笑,很温和地说：

"好掌柜!你说得好听。这伙人要是情愿按公司牌价粜粮,谁倒喜愿在这市上晒太阳?你想按公司牌价买粮吗?……"郭世富满脸嘲笑地问,然后又和气地说,"你去试一试。买不下哩,二回咱再议价。"

几句话把粮客说软了。

"自由市场能以随便议价,是不是也得参考着公司牌价?……"

"那么你给个价吧!"缺牙齿突舌头的高大笑着,对一般性辩论中处于劣势的粮客说,"漫天要价,就地还钱嘛!买卖争分毫哩!就是这话!不争不竞,不成生意喀!"

粮客抬起戴细辫草帽的头,望着关中平原南端的蓝天,思谋着。然后,他捏了两捏高大藏在草帽底下的手。

"不少!"高大非常认真严肃地说,一丝不笑了。

他把这个数目捏给世富老大。郭世富直摇他戴草帽的苍白头。

"怎?"高大现在要反过来压压世富老大的气焰了,说,"你那是金口玉牙吗?言不二价吗?甭说这人民国家,旧前国民党的官僚社会,买卖总是有争有让!世富老大!"

于是,外善内奸的白脑心鬼,放弃了不调和的态度,开始考虑第一次让价了。

矮瘦而精干的高大,很熟练地掌握着买卖双方,使世富老大让了三次价,使粮客添了三次价。最后的差额,牙家高大当中一劈,买卖成交了。暂时,除了这三个人,全世界都不知道郭世富的二石麦子,到底卖了多少钱。这真是有钱人们做生意的一种乐趣,牙家们成天陶醉在这种神秘里头，笑眯眯地过着一种充满戏剧性的生活。……

看吧！黄堡桥头这约莫五十步长的粮食市上，现在，到处在议价了。这里在进行一般性辩论，那里在讨价还价；这里在发誓自己是诚恳的人，那里责备对方不公道；这里哈哈大笑，那里慨叹不被对方了解；这里拍肩膀，那里捏手指；这里顿脚，那里摇头；这里大声喊叫，那里低声耳语。……总之，熙熙攘攘，市声冲天。但所有这一切都是必要的吗？这里的一切活动都是欺骗和罪恶啊！损人利己、损公利私的行为，在这里都被商业术语，改装成"高尚的"事业了。穷庄稼人在粮食零售市场上，几升几升或一斗一斗地买粗杂粮糊口，他们从这里找不到乐趣。这里给他们经常准备着苦恼！可恨的人们！党指示"活跃农村借贷"的时候，你们装穷装得多像。现在，你们粜粮食的时候好富啊，你们把细粮粜给粮客，去剥削城市里广大的靠工资过活的工人家属。你们的心好黑！……

在粮食过斗的时候，郭世富和粮客中间，爆发了第二次辩论。粮客捉住牙家高大的瘦手腕，说："甭排斗哩！"

"怎？"高大装不明白地问。

"这不是一色好麦！这里头多半是次麦！"

"怎个话呢？"世富老大愤怒地问。

"你看！你看！"粮客抓起一把好麦，又抓起一把次麦，说，"这个麦粒大、颗圆，这个麦粒小、颗长。这个麦发亮，这个麦发暗。这个麦重，这个麦轻。这个是红大头麦，这个，看样子，像六〇二八麦！混杂麦不能卖一色麦的价！……"

"你是买麦，还是买金子？成色分得这样细！"牙家很不满意地批判粮客，"一娘生九种哩！十个指头不一般齐！一个地里长出来的粮食，就能粒粒都一样吗？看神气，你是个灵醒人嘛！"

"我拿好麦的价，不能要次货！"

"哪个是次货?"郭世富现在对陌生的粮客很厉害地质问,"哪个是次货?你说!"

粮客把粒小、颗长、发暗、体轻的一把麦伸向世富老大。

"算哩!算哩!"世富老大非常轻蔑地说,"掌柜!做买卖,你比我内行。认粮食,你是老外!哪个是六〇二八麦?哪个是大头麦?给你说吧!全是碧蚂一号麦!一个大掌柜的,甭寻毛病扣价哩!甭苛苦俺老实疙瘩庄稼汉哩。小气成啥哩!咳咳……"

"你能认清所有的麦种吗?"牙家高大现在趁势嘲笑地问。

多少有点窘态的粮客,思谋着,惋惜着,说:

"就是麦种一样,可成色差得多……"

"差多少?拿戥子来较吗?还是拿一把麦到磨房里磨哩?你说!"世富老大话不多,总是够残了。"说实话吧!做买卖赌眼哩!你当初不看清楚就议价吗?"

"算哩!算哩!"高大现在又对粮客亲切起来了,"老客!甭耽搁你的生意哩!排毕这处,你好另走一处去。"

粮客低头嗅一嗅:味是没有。他用拨算盘的灵活指头翻看翻看:没有找到很多虫眼,只有很少的几粒,是钻了吸浆虫的。算了就算了!反正不是自己吃,许多麦搅在一块,进面粉厂的时候,面目全非了。

"排斗!"粮客对牙家说。他又对世富老大不怀好意地说:"我现在认得你了,老大爷。我得向你学习!"

……把四条空下来的"郭世富记"线口袋放在仁义堂中药房,喝了些浓贡尖茶水,世富老大捏捏腰里装的麦钱,戴起草帽,要上供销社交订购化肥款去了。他听说:由于去年发生了积压现象,今年改成订购了。

他在上集的庄稼人群中慢慢地走着,很满意自己的经营本领:厉害不应该摆在外貌上。……

他在心里对这时在终南山里苦菜滩的梁生宝说:"嘿嘿!咱两个较量较量!看你小伙子能,还是我老汉能?嘿嘿!咱两个较量较量!你小伙子能跑?你好好跑吧!我就是走得慢!走得慢,心里也想把你跑得快的小伙子赛过去哩!日头照你互助组的庄稼,可也照我单干户的庄稼哩。你互助组地里下雨,我单干户地里也下雨哩!共产党偏向你,日月星辰、雨露风霜不偏向你。天照应人!……"

现在,蛤蟆滩第三选区的人民代表走进供销社交款了。他对公家人大大赞扬公家提倡改换良种、合理密植和化学肥料等的措施。他说:有些贫雇农得了公家的恩惠,不响应党的号召,他最不满意没良心人。产量增加了,到底是为谁嘛?国家国家,国和家怎能分得那么清楚嘛?

"唔!这是款,你点一点。"他非常和蔼,非常可亲地说。

但到农历三月下旬,又出现了郭世富不能一下子就明白的新情势。三月二十三日,粮食上市少了;二十六,更少了;到二十九,只有零星的粮食上市了。一九五二年不是丰收年吗?一九五三年,富裕庄稼人和不贫困的庄稼人,不是照例要拿卖粮食的钱,准备夏收和插秧吗?哎呀!新社会多少事情,世富老大这个不识字的经济专家都不能一下子明白。他开始勤问、勤听、勤思量了。三慢加三勤,他相信他不会做出大错事的。

噢噢!可又是这码事!原来城市工业人口增加,粮食的需要增加,不是临时性儿的,是长期性儿的!五年计划,这才是头一年。并且,据说,连五年计划本身,这也是头一个,以后还有第二个五年计划、第三个五年计划哩……不务弄庄稼而非吃饭不结的人,会越来越多起来的。粮食是不会松宽了!有人甚至把嘴巴对准郭世富的大耳朵低低说:西安市和渭原县的百货店、照相馆、中西药房、屠宰场……都争先恐后买粮食储备哩。

"今年夏忙后粮食要涨,你这该明白了吧?"

"明白哩,明白哩。"世富老大感激地不断点头,"新社会尽出怪事!我说怎弄着哩!又没战事,又没遭灾嘛,粮食风快!"

郭世富感慨地看见:黄堡镇的粮食市缩短到没十步长了。净是些糯米、酒谷、绿豆和荞麦。猪市和柴市挪过来一部分,现在不那么拥挤了。远路的粮客们,现在骑自行车串乡村买粮,把尖脑袋往四合院和三合院的街门里头伸。黄堡镇粮食购销站门前,穷庄稼人们排起很长的队,依次买粗杂粮。世富老大心里头想:"政府到底是看见人家的基本群众亲,市上没粮食了,就开了官粮库了……"

郭世富最清楚粮食是什么东西。对庄稼人,粮食经常是半货币性质的东西。遇到票子不值钱,或票子的价值不稳定的时期,譬如从抗日战争的第三年到一九四九年全国解放为止的十年间,乡下人做买卖都说粮食,谁说票子呢?郭世富记得清清楚楚,那时候,最大的傻瓜也不说票子了。

世富老大"慢慢"思量的结果,决定他不和梁生宝互助组较量了。他不能任性地卖粮买肥料了。他对二十几口人的生活负着责任,不能听姚士杰的怂恿,做出任性的事情!就是这!叫他梁生宝小伙子奔上一年再说!

第二十六章

农技员韩培生和欢喜两人培育的"扁蒲秧",已经长到约莫一寸高了。韩培生对蛤蟆滩居民们的情况也比较熟悉了。下河沿梁生宝互助组的几户人,更把他当做自家里头的一个,再没有人生疏地叫他"韩同志"了。"老韩!老韩!"女人们和娃们都这样喊叫他。他知道:农村群众把党和政府派下来的干部,不管年纪大小、职位高低，统称老张、老李或老王的时候，那里头已经带着了解、亲热和尊敬的混合意味了。韩培生感觉到：生活在这班纯朴的庄稼人里头，饮食上虽然艰苦些，精神上却是多么愉快啊。环境不能影响人吗？有遗传的崇高品质吗？笑话！环境可以鼓舞人的！生活在劳动者中间，使人更多地更高地要求自己。

韩培生带来了几张表明稻螟虫、小麦吸浆虫和玉米钻心虫怎样由虫卵变成幼虫、由幼虫变成蛹，又由蛹变成成虫的彩色示意图。农技员把它们在泥巴墙上挂了起来，给梁生宝光棍农民的住室，增添了科学和文化的气氛。他在生宝的小炕旁边搭了床铺，又从欢喜家里搬来一个破条桌，用报纸裱糊了坑坑洼洼的桌面，当做写字台。桌上摆了几本关于农业技术的书，几本初级干部理论学习的书，还有墨水瓶、漱口缸子。你记得他来的那天，欢喜抢夺着要替他拿、而他坚决不放手的那个白布包着的玻璃盒子吗？那里头陈列着农作物的几种主要害虫的标本，现在也摆在桌上。他摆下这个安居乐业的架势，准备根据中共渭原县委的指示："住在重点互助组，负责水稻产区的农业技术推广工作。"

每天，农技员一出街门，生宝他妈就小心谨慎地把那草棚屋的门关严实。不识好歹的邻居小孩们想摸进屋去吗？损坏了老韩的东西得了吗？韩培生看出来的：在老婆婆心目中，那些书籍和玻璃盒子贵重到神圣不可侵犯的程度。而带来这些东西，完全是为了帮助她的庄稼汉儿子，从事一桩毛主席提倡的崇高事业。看来，老婆婆对待农技员的东西，比敬神用的东西还要严肃哩。

韩培生遇上对儿子搞互助组这样一条心的母亲，心里说不出的高兴。好像不是政府为了发展互助合作事业，派农技员来蛤蟆滩的，好像是这几家庄稼户为了多打粮食，请个"把式"来给技术上的指导似的。老婆婆那么关怀他，待承他，用一万倍的情谊报答韩培生做的每一件事情。这使他深深地感动；有时，他又不安。

有一天，他回到生宝的草棚屋，发现他的枕巾突然洗干净了；一问，原来是他和欢喜在秧子地里的时候，生宝他妈替他洗的。另一天晚上，他睡觉的时候，发现他压在被窝底下的袜子不仅洗了，而且补了，仍然压在原来的地方。洗了洗了吧！补了补了吧！"谢谢你，老妈妈！"但是老妈妈隔两天单另给他做一顿面吃，却是个原则性的问题了。他不能马马虎虎！不仅因为春荒时节贫雇农的粮食困难；而且，梁三老汉根本吃不到面条，高增福的儿子才才只能在他剩下的时候吃到一碗，老妈妈自己嘴唇沾也沾不到一点点面条哩。这对韩培生简直是一种精神上的苦痛，远不如和大伙一同吃玉米糊糊、青稞饼子和小米稀饭舒服。

在韩培生和欢喜给秧子地里施柴灰的一天晌午，他回到屋里，看见脚地上又摆好了他已经熟悉的那个矮饭桌。他取脸盆到老妈妈屋里舀水洗脸的时候，见案板上摆着切好的面条。

韩培生拧起眉毛，认真地生气了。

"老妈妈！你太不像话了！"

"啥事太不成话了？"生宝他妈有皱纹的瘦长脸堆起笑来，扭过夹杂着银丝白发的头，看着农技员。

韩培生满脸苦相，说："你这是存心和我作对。"

"给你另做点利口的吃，怎么是和你作对呢？"

"给你说过多少遍了？"韩培生没奈何地说，"县上派我们农技员下乡的时候，要我们和老乡同吃、同住、同劳动哩。这是推广农业技术工作的纪律。你是硬逼着叫我犯纪律，是不是？"

"悄悄的！"生宝他妈很自信地说，"快洗你的手去吧！锅开了，我这就给你下面呀！又不是你自己要另吃？县上给你们订下纪律了，给俺老百姓也订下纪律了？你只管为人民服你的务吧！"

韩培生见老婆婆在这一点上十分固执，看来非更强烈地抗议，只靠一般地解释，是扭转不过来了。

"我搬走呀!"他很不客气地说,"我今日就搬!"

"你搬哪里去呀?"

"我搬到小学校去,和教员搭伙做饭吃呀!"

生宝他妈站在案板跟前听着,习惯地撩起围巾揩揩手,板平脸认真地思量起来。然后,她非常诚恳地同意:

"也好!你两个能吃到一块哩。你一天给俺四角伙食钱,俺茅庵草舍人家,能给你吃啥呢?俺不要你的钱,你也不让;俺给你隔两天另做点吃,你也不让。真叫俺作难哎!罢罢,培生,你这顿吃了,从明日起,你和教员搭伙做饭去吧!"

老婆婆接着诚恳地建议:"你住还住俺屋里,光是到学堂里起伙就对哩。"

有什么办法呢?韩培生噗嗤笑了。

他和老妈妈商量:往后不要给他单另做面条吃;一定要给吃,把要给他吃的东西,隔些日子做得大伙在一块吃一顿……生宝他妈在口头上同意了。

当韩培生在对面屋里洗手的时候,通过两边屋子敞开的门窗,他听见老妈妈一个人心疼地自言自语:

"唉唉!在城里吃肉哩,吃菜哩。下乡来和穷庄稼人一块吃青稞哩,吃玉米哩。还不是为了穷庄稼人光景好过吗?……"

老婆婆感动得农技员心动弹哩。她对不顾一切要搞好互助合作的儿子全心全意地支持;她对领带人们给互助组捐扫帚的高增福寄托下的才娃,像自己的亲孙子一般疼爱;她同意女儿秀兰为了照顾婆婆的落后心理,长期住到未婚夫家去。所有这一切,她看得那么平常和理所当然……这样的心情是普通的心情吗?韩培生从老婆婆的精神品质,看得出她的儿子和女儿的精神品质了。他还不曾见生宝。秀兰那天从北杨村回娘家来,恰好农技员到黄堡东原上预测小麦吸浆虫去了。但他觉得他好像看见了这兄妹俩一样。

371

韩培生在日记里不断写下他对老妈妈的看法。在给稻秧子上草木灰的这一天晚上,他非常严肃、虔诚地打开日记本,伏在他用办公费从黄堡街上买来的玻璃罩煤油灯下,热烈地歌颂当时正在对面屋里搂着才娃睡觉的生宝他妈:

"……她穿着乡下老婆婆有补丁的衣裳。她的一双小脚是在清朝时代缠小的。她的一双手操劳了一辈子,枯瘦了。她脸上的皱纹,是旧社会苦难生活的记录。她,外表平凡,又沉默寡言;但是她的心情是多么伟大、崇高啊!她的儿子如果在朝鲜前线,客观环境需要牺牲自己的话,可能就是黄继光式的英雄。她的女儿如果是在斗争激烈的地方,客观环境需要牺牲自己的话,可能就是丁佑君式的女团员。我越来越觉得老妈妈是这一类型的母亲。……"

韩培生不仅仅被感动,而且深深地感到自己的责任很大。住在这样的重点互助组里,如果在生产上做不出突出的成绩,真正是对不起党、对不起人民哩。就是领导不批评,自己也会觉得脸上无光,何况他在这次下乡以前,自己还向领导表示了自己争取入党的意图。他希望他在互助合作运动中经受了考验,变成一个光荣的共产党员。

他决定把注意力主要放在他和欢喜共同培育的新式秧田上。他严格地掌握排水时间和次数,彻底干净地拔除杂草,不让秧床上生起指甲盖大的一片青苔。同时,他时时牢记着上级的指示:"要克服单纯推广农业新技术的偏向,要帮助做点巩固和提高互助组的工作。"

韩培生对梁三老汉发生了浓厚的兴趣。他注意老汉的举动、神气和言谈。他努力探索老汉的心理,判断老汉脑子里想些什么。他发现老汉装了满肚子的牢骚。

每天早晨,农技员起床的时候,梁三老汉已经从北原的公路上拾粪回来了。老汉饲养老白马、喂猪、给牲畜圈里垫干土、扫院、弄柴禾，……整天不闲着。老汉不吃旱烟，背靠墙蹲在地上，握着两手认真地休息。休息一刻以后，老汉站起来重新做活了，脸上带着讽刺的笑容，胡子嘴呢呢喃喃地说：

"唉！给人家做嘛！……"

"给谁家做呢？老人家。"韩培生觉得有趣。

"给人家梁代表做嘛……"

"谁是梁代表呢？"

老汉笑着，举起一个大拇指头摇晃着，讽刺地说："俺伟人是人民代表呀！好大的官儿哪！……"

韩培生哈哈大笑。两只手拍着穿灰斜纹布制服的大腿，一俯一仰地笑。他两眼都笑出眼泪来了，从裤袋里掏出手帕揩着。原来老汉说的是生宝！

他故意和老汉开玩笑。

"你甭给他梁伟人做活！"

"甭做活做啥？"

"你吃毕饭休息，休息毕再吃饭！"韩培生装作挑拨离间的神气。

"呵呵！"老汉眯缝起皱眼皮，从心窝的深处发出一种忠厚的笑声，说，"你甭当我是傻瓜哎！我心里明白着哩！你和生宝是一路子人哎！你甭试弄我哎！……"

韩培生说不出的喜欢这个老汉的天真。可以说，老汉的心和孩子的心一般纯洁，只不过几十年的旧思想，在他的头脑里凝固起来了，一时不易化开而已。韩培生相信欢喜的话：老汉心里在关心互助组的事情。有几次，黄昏的时候，农技员发现生宝的继父不在草棚院。他出街门去看，老汉独自一个人，秘密去看互助组的"扁蒲秧"。生宝他妈告诉农技员：土改的时候，对分得的土地，也是这神气。韩培生一下子就理解了梁三老汉的心情。

373

只有秃顶梁大老汉和王瞎子,韩培生可真有点头疼。王瞎子,他那天已经领教过了。他听好几个人说:只要生禄家留在互助组里,王瞎子是不会出组的。瞎老汉和秃顶老汉身影相随。韩培生几次试图和秃顶老汉接近,向他宣传社会主义的美好远景,说明互助组是社会主义的萌芽,希望大伙齐心协力,把生宝互助组弄好。当然,热心的农技员不仅方式简单了点,话语也有点书生气味。梁大老汉摸着花白胡子冷笑着,说:

"唔!你说得对着哩!不光有社会主义的门牙,还有边牙哩!光想着啃俺中农的骨头哩……"

韩培生同这个苍白胡子老汉还说什么呢?

韩培生改变方针,先做生禄的工作。他来蛤蟆滩的那天,欢喜告诉他生禄单另下了稻秧子的时候,他冲口就说:"好嘛!他按老办法下秧子,正好对比!"后来不久,他就发现他说了感情冲动的话,他太不老练了。他从欢喜的情绪中判断:小伙子很像意气用事,有点偏激,听口气是和梁生禄一家人有了成见了。王渡区韩家寨一个富裕中农的儿子韩培生知道:无论在土地改革期间中农主动靠近贫农,还是在互助合作期间贫农主动团结中农,常常作为隔墙邻居的这两个农村阶层的矛盾,总是存在的。有时候是潜在的,有时候表面化了。韩培生肯定秃顶老汉是个"老顽固",但他努力观察梁生禄的神气,怀疑这个中年人可能不像欢喜所说的那样阴暗和伪善吧。韩培生希望自己尽力能体现党团结中农的政策,而不受农村中任何一个阶层的偏见影响。当他听说生禄的兄弟生荣是共产党员、现役解放军军官的时候,他感到他和这户富裕中农,精神上的距离一下子缩短了。他更加坚定了争取生禄的决心。

有一天,韩培生建议生禄:在"满天星"秧床上拨开两条一尺多宽的空行,人进去有插足的地方。生禄不好意思地接受了。这种愿意接近的表现,大大地鼓舞了农技员。他亲手帮助生禄拨开两条空行,一边给生禄讲解:虽然秧床的面积减少了一点,但由于人能进行秧田管理,实际的好处更大了。生禄笑着,表示赞成这种说法。

韩培生把这个进步的表现告诉欢喜,偏分头很不赞成地摇摇。

"嘿!那算啥进步哩?眼看见是有利益的事嘛,谁不情愿?"

"同志!"韩培生很不以为然地教育欢喜,"你太'左'了!一个争取入团的青年,应当丢掉农民的狭隘。不能拿贫农的觉悟程度要求中农。农民接受新技术,并不像你说的那样简单啊!"

"那要看啥新技术哩。"农业新技术的学徒在政治上可不附和老师傅。

韩培生对这个倔强的少年有点生气:

"你说哪些新技术,农民容易接受?"

"我说:眼看见是有利益的事,人们就情愿着哩。比方'化肥'吧。从前黄堡供销社来了化肥卖不出去,至后看见好了,庄稼人抢得买哩。郭世富也用化肥追肥了,你能说他是进步分子吗?老韩!"

"唔!唔!"韩培生承认这是个事实,"还有吗?"

"还有,就是这新式秧田!"早熟的偏分头少年进一步雄辩地说,"从前,也宣传过,可谁也没见过嘛。今年,你来实地一弄,一讲解,眼看见确实是好,郭世富也做新式秧田了。你把生禄当傻瓜吗?他为啥不接受呢?"

韩培生很佩服这个十七岁少年,脑筋灵敏、口齿流利,但他却不懂得从大的方面,考虑团结梁生禄的重要性。韩培生不愿意看见一个令人扫兴的局面——一个全区的重点互助组,住着个农技员,有两户退出去了。

韩培生建议欢喜和他一块,帮助生禄拔除秧床上的杂草,表示亲近。欢喜拒绝了。

375

"不!"小学毕业生非常坚定地说,"你去,咱不去!"

"为啥?"

"铺秧子粪的时光,我担全组的粪,他光担他家的粪。他家的粪担完了,他宁肯提溜个烟锅,在下堡村转游,也不帮我担哩!把我的肩膀都压肿了,他还不互助我哩!他摆他富裕中农的架子,不肯给俺贫雇农做活,我才不低三下四互助他哩。俺互助组不稀罕他那车、马!"

"同志!"韩培生很同情欢喜,但他从理智方面劝说,"团结中农的政策,你懂吗?"

"我知道哩。"欢喜很自信地说,"王书记在这里整顿互助组的时候说来:团结中农的意思,是互助组甭损伤中农的利益,甭打击中农就对哩。并不是叫俺互助组迁就中农,巴结中农。王书记说得对嘛!越迁就、越巴结、越不能团结……生禄就这神气!不理识他,看他能怎?"

韩培生听了,心中顿时压上一块石头。啊呀!黄堡的这个区委书记,岂不是个冒失鬼吗?他发些什么无原则的议论呢?韩培生的笔记本里清清楚楚记着县委书记陶宽同志的报告——中国农村社会,中农的比重是很大的;土改后,许多贫农上升为新中农,比重就更大了。中农占有更多的土地、农具和更强的耕畜。没有中农参加,互助合作运动是搞不起来的;因为一切运动是否搞起来了,最终都取决于中间分子的态度。如果中农不参加互助合作,这能算什么运动呢?韩培生相信陶书记是对的。三十几岁,头发就开始歇顶了。人们从县委会的院子里经过,经常看见他伏在玻璃窗里头的办公桌上,勤勤恳恳地批阅党内文件和上级党发来的电报。他引起全县干部的尊敬。深夜十二点钟,陶书记的房内还亮着灯。他熬夜,他的脸色灰暗。他为了提精神,抽烟烧焦了两个指头尖。嘿!那种忠心耿耿为党为人民工作的精神,谁不钦佩呢?韩培生奇怪,黄堡区委书记是个何等偏激的人物?岂敢在群众里头,撒播一种和陶书记的说法有很大距离的观点?现在,他明白了,区委书记的话鼓励了这个互助组的骨干分子们,使他们放松了对中农的团结。韩培生心中隐隐糊糊觉得:一个非常轻率的危险人物,掌握着黄堡区的各项工作哩。

他心里这样思忖,他嘴里能说什么呢?他,一个普通的党外技术干部,怎么能和欢喜这娃娃议论区委书记的长短呢?

梁生禄拔除秧床上的杂草的一天,韩培生自己和生禄一块拔了。意气用事的欢喜果真没去。农民的狭隘传给这个少年人了呢,还是年纪小没经世事的关系呢?要是生宝在家里,他会从大处着眼的吧?

脱了赤脚,卷起裤管,蹲在排了水的秧田里拔除杂草的时候,韩培生拐弯抹角地和生禄攀谈起来了:

"生禄,你们生荣同志是哪年参军的?"

"四九年刚解放,他就不上县中,考上军干校哩。"

"现时在啥地方呢?"

"在西北军区哩。"

"连级干部吗?"

"排级。"

"听说还是共产党员?"

"就是的!"

其实这些,韩培生都知道的。接受了和秃顶老汉谈话失败的经验教训,韩培生这回试着从生活谈起。他拿这些话作为引子,引到他要谈的话上去。他十分赞赏的样子说:

"啊!有这样的兄弟,你很光荣啊!"

"光荣啥哩?"生禄笑笑,一边低头在秧床上寻觅杂草拔着,"这社会,各人说各人哩。不像旧社会,外头有人物,家里就威风……"

"当然,"韩培生打断说,"当然不像旧社会一样!我的意思正相反!你兄弟在外头是共产党员,你在村里的表现方面,应当给在外头的人争光。我听欢喜说,生荣回回来信,问互助组搞得怎样,很关心互助组哩……"

好像身体里头什么地方有一个秘密的开关似的,生禄的脸刷地红了。

韩培生想:"碰到他的薄弱点了。每个人都怕人揭短……"

为了缓和一下紧张空气,韩培生拔起一棵野草,问:

"生禄,你认得这叫一种什么草?"

生禄红着脸,扭头看看,心不在焉地说:

"这稻地野滩里,草多。俺庄稼人也有叫不起名的。"

韩培生说:"这不是稻地草。你看,这是稻地草吗?这是旱地草呀!这叫做羊角蔓。马把这草籽吃到肚里去,消化不了。你把马粪铺到秧子地里,它和稻种一起出来了。明白吗?"

"明白。俺庄稼人瞎活着哩。"生禄呐呐说,看来,他的心根本不在这草的问题上。

涌到生禄脸上的血,渐渐退回他身体的各部分去了。

"我估摸,欢喜往你耳朵里头,不灌我的好话。"这回生禄开头了。

"不!"韩培生很郑重地说,"你甭神经过敏。人家娃没说你啥。娃光是嫌你老人脾气坏……"

生禄借着这个话头,长长地叹口气,说:

"唉!——有啥法子呢?遭逢啥样的老人,能由自己挑吗?该是不能吧?我自家,哪个鬼子孙要不喜愿走互助合作的路,叫名字骂,咱不脸红。要不,你刚才说,给出外的共产党员争光,能由我吗?"

于是生禄把他当互助组长时,得到的奖状被老人撕碎的情形,又说了一遍。

韩培生笑说:"老年人就是差池喀。生宝他爹也扯腿!"

"咳!韩同志,不能这么说。"生禄认真地辩解,"俺三叔,村里谁不知道他外号'白铁刀'?样子凶,心软哪!俺爸,嘿,你不知道,那阵子来了,摔盆子掼碗……你叫我怎么办呢?臣不傲君,子不傲父啊!"

"也不能完全这样说。这新社会,主要看谁对。父子也讲理嘛。照你的说法,生宝应该不搞互助组,听他爹的话,埋头发家吗?"

韩培生说得生禄眼白眨白眨,一时肚里没词儿。停了一刻,他不自然地笑着,嘴呐呐地说:

"生宝……生宝……"

"生宝怎样呢?"

"这话不该我说。……"

韩培生听话品音,明白生禄意思思想说:生宝不是他三叔的亲生子,却说不出口来。当然,这是伤感情的话,农技员也不去追问。他只劝生禄要和贫雇农往一块活,不要和自己的亲兄弟走两条道路,不要让梁生荣同志在解放军里头难堪……

生禄把手里薅下的一把杂草,使劲塞到秧田的污泥里头,非常诚恳却非常笼统地保证说:

"老韩,你放心!咱一心不二!……"

韩培生把白衬衫袖子卷到胳膊肘以上,情绪很高,在早年拆了三间房的地上长的榆树底下,吃晌午饭了。围着小矮桌的,还有梁三老汉、生宝他妈和高增福的儿子才才。

老汉和老婆,由于儿子和女儿都第一次长期离开身边,他们和客人强颜欢笑,实际心中都并不宽敞。农技员决定:他要尽量使两位老人高兴。在吃饭的时候,他说些这个拥有六亿人口的大国其他地方发生的新事。有时候,经常看报纸的农技员,也说些其他国家发生的新事。他这样做,不仅能岔开老人们心忧,还可以扩大老庄稼人夫妇内心的世界哩。

韩培生吃着青稞饼子,喝着玉米糊糊,用筷子夹起一点生宝他妈窝得浆水酸菜,满意地送进嘴里去。他吃得很香。真香!并不是装样子!在过去的二十年革命战争中,中国的进步知识分子,踏开了一条和劳动人民在一起的道路;全国解放后,这条路就变成千百万知识分子的共同道路了。韩培生知道:只有沿着这条道路,才有自己的光明前途。并且,他一方面说服了生宝他妈不再给他另做饭吃了,另一方面又得到梁生禄诚恳的保证,他对自己在下堡乡的工作,兴头更高了。他的唯一希望就是他下乡前对农林科长说的那话——请党在互助合作运动中考察他吧,什么时候他够一个共产党员,什么时候接收他……

今天,农技员给老两口宣传怎样用机器犁地,用机器剪羊毛和挤牛奶……他说:有的是烧汽油的动力,有的是电动。他拿到黄堡镇来过的大卡车、每天在汤河流域上空飞过的北京—西安班机做比方,老两口就明白了这不是吹。只有电这种玩艺儿,一下子解释不清楚,老两口也马马虎虎相信了。

梁三老汉从这些谈论里,感到世界有趣,忘了儿子和女儿不在家的郁闷,咧开八字胡子嘴,呵呵地笑着。

"机器能抱娃吗?"老汉小孩子一般天真地问。

农技员和生宝他妈,噙着饭哧哧地笑。老汉也不好意思地笑了。

这时,忽听得街门外土场上棍子敲地的声音,又听得哼哼唧唧呻唤的声音。……

"王瞎子!"生宝他妈不安地说,"到咱这里来了?"

"甭理他!"梁三老汉正义地说,"啥老人?拴拴和媳妇是两棵嫩白菜,他是油汉①。非得把人家娃们叮干哩,他才死呀!"

但是,不管油汉也罢,蝗虫也罢,王瞎子用棍子敲着街门坎,摸进草棚院来了。

他一进街门,就倒在地上了。他的屁股坐在水道里,上身趴在丸石砌的门台阶上。

他像一个小孩子一样,放声大哭起来了。

"唉咳咳咳!听上……你们……宝娃的话……倒了霉呀!呀!呀!呀!……"

韩培生和生宝他妈连忙放下饭碗,连忙去搀扶瞎子,连忙问招了什么大祸。

"唉咳咳咳!我……就往……你们……院里……住呀!就得……你们……养活……我呀!"

农技员和生宝他妈,一人捉着瞎子的一只胳膊,心中如同刀绞哩!他们想说话,而说不出话来。拴拴到底是给老虎噙走了呢,还是给豹子背走了呢,还是给愚蠢的黑瞎子舔了他呢,还是给野猪压倒啃了呢,还是滑脚滚坡滚到深谷里呢?……唉唉!可怜的人呀!活活的人呀!背或肩,都能拿二百斤的好庄稼汉呀!

农技员和生宝他妈,只能在心里估摸可能招了什么祸,却说不出口来。生宝他妈——互助组长的亲娘,祸事的当事人的亲娘,她傻呵呵地一个劲地喊叫:

"王二叔!王二叔!王二叔!……"

韩培生回头看时,在榆树底下,梁三老汉昏倒在地上了。手里的玉米糊糊撒了一地,碗也扣在他穿着庄稼人粗布裤子的屁股后

---

① 油汉:即蚜虫。

头。可怜的高增福的儿子才才，吓得放声嚎叫……

森林呀！你怎么能这样开人类的玩笑呢？生宝他妈，出生在渭北富平县，逃荒到这终南山下的老妇人啊！命运到什么时候才不凌迟她呢？她现在满脸眼泪，却哭不出声音来。

欢喜他妈和欢喜跑来了。他们吓得脸没血色，娘母子的眼皮，也噙着满眼眶的泪水啊！

娘母子一人一条胳膊，把瞎老汉拉出街门，要把他拖回去。

"舅！"欢喜他妈说，"亲有远近，邻有里外嘛。你怎不寻俺？你糟蹋外姓旁人怎说呢？"

"不是他生宝煽，终南山里有个金娃娃，俺拴也不寻去呀！甭拉！我就往他炕上死呀！……"

欢喜又难受又愤恨，两只手拉着瞎眼舅爷的手腕。少年人咬牙切齿说：

"俺娘俩养活你！到俺屋里去……"

外甥媳妇和外孙把老汉拉起走了。老汉穿烂衣服的瘦长身子在地上磨着。

这边，知识分子韩培生给吓昏过去的梁三老汉，进行头部按摩。生宝他妈端来脸盆以后，用农技员干净的白毛巾，给老汉用凉水沐浴头部。老汉的眼皮，渐渐活动起来了。他重新睁开眼睛看这个复杂的世界了。韩培生惊奇——王瞎子这个清朝的冤魂，怎么这样不讲理呀！

还吃什么饭呢？三天不吃饭也不饥！

韩培生和老妈妈把梁三老汉扶到草棚屋的炕上去。欢喜来了，征求农技员的意见，愿意出发到苦菜滩去，看看到底出了什么祸事吗？韩培生愿意。

他们来不及做干粮，带了几天的生粮就起身了。他们也没有跑山路的毛裹缠和麻鞋，穿着走平原路的布鞋就起身了。他们准备在黄堡街上买。梁三老汉少气无力地说:"没换麻鞋,千万不可进山。人在砂石坡路上站不住啊!"

生宝他妈,也不洗锅碗,带着才娃上了下堡村乡政府,找卢支书去了。卢明昌过河来安慰两位老年人,要他们一方不要闹哄,另一方不要惊慌。无论出了什么不幸的祸事,都由党和人民政府承当。并且是负责到底!他要他们耐心地等待农技员和欢喜回来。没有什么了不起!

傍晚时光。咦!欢喜和农技员喜眉笑眼回来了。他们只到了汤河口。他们在扫帚收购站上,看到了高增福的"队伍"里头的一个病号。

啥了不起!拴拴只是竹楂扎了脚,化了脓,这时已经好哩!

事情原来是这样的——拴拴受伤以后,拉扫帚队的人保守着秘密。一天,西杨村一帮割竹子的人路过北磨石岔,要进去参观生宝他们的茅草棚。任老四嘴里溅着大点大点的唾沫星子阻挡,也阻挡不住。他们进去发现了已经化过脓的拴拴。真是有趣!还保守秘密啦!当然,在山外头人烟稠密的平原上,每天都有人死掉,没有人注意。但在人烟稀少的深山密林里头,有人受了伤,这可就是走路的时候,或在茅棚店里的时候,谈话的好资料了。特别是保守秘密这一点,更能引起人们的兴趣。当拴拴已经重新上了岭的时候,西杨村拴拴的舅舅,才把话捎给王瞎子,这时已经简略到只有受伤和保守秘密两个空洞的概念了。……

尽管这样,王瞎子第二天宣布坚决退组,拴拴回来和富农搭伙种地呀!他不准备享社会主义的福了。他害怕!拄棍要拄长的,结伴要结强的!他认为姚士杰的指头比他梁生宝的胳膊粗!等等,等等,不堪入耳。

接着,秃顶梁大老汉也宣布退组了。他到下堡村打听搭伙种地的对象了。他非常愉快地对所有他碰见的人说:

383

"你站住,我说给你听。拴拴退组哩,组里缺下劳力了嘛。俺拿畜力换劳力哩,你当俺在互助组里做啥哩?嗯?……"

农技员去找梁生禄。生禄两手捧着脑袋,低下头去,假装难受地叹气:

"唉!好老韩哩!俺爸的那脾气,我不敢惹!社会主义不是今日明日之事嘛,为国事,闹得家内鸡犬不宁,在外头的共产党员,怕也不赞成吧?老韩,俺三叔家的样子,怕怕!……"

韩培生狠狠地瞪了他两眼,气愤愤地歪着嘴,离开了这个阴阳人。你看!他说互助合作是"国事",而不是庄稼人自己的事情哩!

第二十七章

梁生宝互助组的扁蒲秧,不管互助组在人事方面发生了什么事情,它只管它按照自然界的规律往高长。秧苗出息得一片翠绿、葱茂、可爱,绿茸茸的毯子一样,一块一块铺在秧床上。在灿烂的阳光照耀下,这种绿,真像宝石一样闪光哩!

扁蒲秧不能感觉人的喜、怒、爱、憎,当微风拂过来的时候,秧床上泛起了快活的波纹。但培育这些扁蒲秧的韩培生,看见自家孩子一般可爱的秧苗,想起互助组的分裂,他心中怎能不难受呢?

韩培生独自蹲在秧田的青草塄坎上,把戴草帽的头插在两膝盖中间。他用手拔着脚边的三棱草,心中感慨地想道:

"杨书记说得对啊!解放以来几年,经验证明:离开互助合作的基础,甭想在单干农民里头,大规模地推广农业新技术;要是能普遍推广,那一定是一个资本主义的新农村。中国不走这条路!可是农业生产,不接受新技术,用老办法务弄庄稼,怎会有高产呢?中国的庄稼人几千年都是一半靠苦力,一半靠天吃饭啊。他们连想象也想象不来高产，除非互助组给他们做出来榜样。可是，这互助合作，就这样难搞吗？……"

农技员把无目的地拔在手里的一把三棱草，扔在背后的水渠里头。三棱草在水面上迅速地漂流去了。

韩培生转来又认真似的拔草，又想起王瞎子和秃顶梁大老汉："啊呀！你们为啥那么顽固嘛？为啥一定要走老路嘛？难道多打下的粮食，不是为了你们自己的吗？奇怪！"

农技员难受得很！为他自己工作上的挫折难受，也为没见面的朋友——梁生宝难受！生宝同志在终南山里，还是害怕消息传到蛤蟆滩出事，保守着秘密，谁知道他费了千辛万苦，回来却不得不面对互助组的分裂。韩培生想：就是铁石心肠，能好受吗？

互助组发生分裂以后，韩培生每天一空闲下来，就把肘子支在桌边上，伏在那里盯着梁生宝的照片。墙上挂的玻璃镜框里，是这个草棚院的全家照片——梁三老汉、生宝他妈、生宝、秀兰和已故的可怜的童养媳妇。农技员努力从生宝的浓眉、笑眼和方脸上，来测度这个年轻共产党员坚强的程度。他想判断他回来以后会不会灰心，或者灰心到什么样子。实在说，韩培生为这个年轻人经得起经不起考验担心哩。

韩培生到乡政府去，把分裂的情况向卢支书汇报了。他心下希望：支书能过汤河来，挽救这个分裂局面。但支书分不出身来，实在分不出身来。防治北原上麦田吸浆虫的工作，到了紧火的时候了——动员群众，组织群众，搞治虫器械，分发六六六药粉……一大堆的事情。卢明昌并不像农技员一样把生宝互助组的分裂，看得那么严重。他安慰说：

"培生同志，你甭那么难受。那两户退了就退了，旁的等生宝回来再说。组员们都不在家，你干着急也没用。秧子地能离开吗？你过来帮助咱治虫，怎样？"

韩培生苦笑，说他离不开互助组。要离开要得到区委王佐民书记的同意。他说：他想到东原上几十个村庄的产麦地区，寻找区委书记去。不汇报互助组的问题，不想出办法来克服分裂局面，他吃饭、睡觉都成问题。

"甭去哩！"卢支书无论到怎样的紧急关头，总是乐观地笑着，说，"甭去哩！东原上是这回防治吸浆虫的重要战场，王书记亲自挂帅督战哩，你去给他讲这个有啥用？"

卢支书把农技员从办公室拉到院里的古老柏树底下，又低低说：

"培生同志，石峪口左近几个山村子，听说差劲。咱们宣传动员药物防治、器械防治，他们那里弄不动。据说一部分群众把吸浆虫当神敬。王书记把防治重点，从上堡乡挪到石峪乡去了。我看，或者你去一下也好，或者王书记要把你留在那里……"

韩培生思量了一阵，说：

"我不去了。现在，到了各种越冬害虫恢复活动的时节了。恐怕互助组的秧田里，也发生稻螟虫哩。……"

韩培生怏怏不乐地回蛤蟆滩。走在汤河的沙石河道上，他想："啊呀！这个王佐民书记！他是怎样有气魄的一个领导人呢？怪不道他在生宝互助组里讲那样坚定的话。他讲得也许有道理，中农们对互助组的态度就是成问题……"

富裕中农的儿子韩培生，现在很反感富裕中农。他们对互助组的态度和韩培生的奋斗目标，直接矛盾。在理性上，他依然相信县委陶书记的话，绝对正确。那些话可能是从高深的理论书上引来的，是不容怀疑的。但在感性上，他现在也觉得互助组要硬拉扯住中农，是很吃力的。不过，他想：革命本身就是很吃力的！

王佐民书记在蛤蟆滩的互助组问题上，要大家不要吃力不讨好地去硬拉扯中农；但他在东原上治虫，却自动挪到群众把吸浆虫当神敬的地方去了。这个区委书记可真有一手！韩培生暂时还不能体会这种坚强的心情，他没在王书记直接领导底下工作过。

韩培生看见欢喜稚气的脸盘，总是一副恼怒的面容。生宝他妈现在愁容满面，老带着难受的表情。两户人退组以后，老婆婆身上好像某一部分疼痛似的，互助组的不争气，使她老人家似乎有一种对不起政府派来农业技术员的感觉。暂时还采取观望态度的梁三老汉，看来心情是复杂的：老汉对互助合作的道路是有怀疑，但对梁大老汉和王瞎子没有好感。韩培生见老汉在草棚院出来进去，总是独自一个人默默地摇头。他的心情到底是对互助组摇头呢，还是对那两户退组的摇头？农技员探问老汉对互助组的事情有什么看法，老汉苦笑着，用亲切的讽刺口吻回答：

"等俺的梁伟人回来看吧！……"

在生禄和拴拴两户宣布退组的头两天里，欢喜他妈、任老四婆娘、有万的丈母娘、有万媳妇金姐娃和冯有义婆娘，都到互助组长的草棚院来过了。妇女们对互助组的前途感到忧虑。她们不知道男人们回来以后，会有什么变卦。韩培生分析：她们普遍的心理是：怕互助组散伙了丢人。"扯旗放炮订生产计划哩，在村民大会上念给全村人听哩，这阵还没到插秧，就散伙呀？"这是她们对生宝他妈和韩培生说的心慌的话。

在互助组发生分裂以后的第三天下午，农技员突然接到一封下堡乡政府转来的信。他拆开一看：

培生同志：

按时间推算，估计梁生宝互助组的秧苗，现在长得差不多了吧？望你火速带上行李，前来石峪乡政府找我，参加这里的治虫工作。

石峪乡平素工作基础较差。我们绝不能让生产上的迷信思想，造成大片小麦的严重减产。我们坚决执行县委的指示，用科学来克服迷信思想。县上给我区增拨来农药三千斤，喷药器二十个，增派临时技术人员二人。但仍然缺乏技术指导，有严重浪费农药现象。因此征得县上同意，把你也暂调来。等治虫完毕后，你仍回生宝互助组去。请你急速安排一下，请务于明日一早赶到。

　　此致
敬礼

　　　　　　　王佐民一九五三年五月十六日

　　韩培生看毕信，眼睛通过窗口，望着墙外的树荫。他站在脚地沉思默想了半天，惋惜着：秧苗快到发生稻螟虫的时候了呀。过了一刻，他又看第二遍信。看毕，他又仰头望着远远近近的树荫，沉思默想起来。这时，渭原县委陶书记、杨副书记、黄堡区委王书记和下堡乡卢支书——这三级党委书记不约而同的那股为人民操心的劲头，渐渐地注入了韩培生的精神。

　　中学生出身的韩培生，现在觉得身上热烘烘起来了。他必须坚决地向工作紧急的地方奔去。他带着信，去找欢喜。他把一只手搭在欢喜肩膀上说：

　　"欢喜！秧苗现在二寸高了。草也拔了，灰也撒了。水也不用每天排了。现在，光剩下防虫一样事了……"

　　"你要回县城去吗？"欢喜看着农技员手里拿的信。

　　"不！王书记调我到石峪乡去治虫。明天一早就走……"

　　"还回来吗？"

　　"当然！治虫用了好多日子？走！咱俩到秧子地里，我教给你以后怎弄。"

　　韩培生拉着欢喜的手，来到西斜日头照着的秧子地边。

农技员告诉欢喜：每天到秧子地里来一回，用一根细竹竿子，轻轻地拂一拂秧苗。要是从秧苗里头有一种小蛾飞出来的话，那就要在飞出小蛾的地方仔细检查，把产在秧苗叶尖上的虫卵，用手轻轻地剥去。至于虫卵的形状、大小、它的褐色保护毛，韩培生借着玻璃盒子里的标本，早已给欢喜讲解过了。欢喜用心地听，把农技员的嘱咐复述了一遍。小家伙真机灵！韩培生从小家伙的神气上，看出了一个未来的新型农民。

韩培生决定不等明天一早才走。他决定当下捆行李起身。他要赶黄昏前后，就赶到石峪乡政府。参加战斗，就需要一种战斗的姿态。

不要说生宝他妈，连欢喜他妈和任老四婆娘，都到梁三老汉草棚院，来和农技员惜别。妇女们大大称赞韩培生的吃苦耐劳精神，不眼高、瞧得起穷庄稼人。这时梁三老汉把一个大拇指头举得高高，说：

"共产党！共产党！……"

韩培生被夸奖得很不自然。实际上他还并不是共产党员。但在梁三老汉看来，似乎他已经是了。他又不好给这个老汉解释，也解释不清楚，只好看起来就像个共产党员的样子吧！

韩培生在生宝草棚屋一边卷被窝和褥子，一边不胜感慨。他在这屋里住了快一个月啦，还没有见过主人的面哩。现在，主人要回来啦，他可要走啰。

韩培生捆着行李，用线毯子包着，感慨地想着：梁生宝回来以后，这个互助组会怎样呢？这个年轻人能过了这一关吗？够他过的！韩培生希望生宝互助组能最后保持住六户，再不要有人受那两户的影响了，那就再好没有了。而组长呢？他希望生宝难受过几天以后，重新恢复起当初的锐气吧！……

听见什么人从街门口撞进来了。听见那人急促地往门台阶上掼下什么沉重的东西了。

"韩同志!"一个陌生人的声音那么兴奋地吼叫。

对面草棚屋生宝他妈高兴地说:

"生宝!你回来啦?老韩在你屋里哩!"

韩培生刚刚惊奇地折转身来,生宝已经冲进草棚屋来了。两个人差点撞了个满怀。农技员毫无精神准备地被互助组长使劲儿抱住了。梁生宝把韩培生抱得两脚离了地,又放下。然后,庄稼人有力的两手,使劲捏着知识分子的两只胳膊,眉飞色舞,异常高兴地笑咧着嘴说:

"韩同志!在山里头就听说:你给咱下出全黄堡区头一份儿稻秧子!好呀!俺们可得好好干哪!"

韩培生仔细看时,他完全惊呆了。站在他面前的这人,就是梁生宝吗?出山后解下的毛裹缠夹在腰带里,赤脚穿着麻鞋,浑身上下,衣裳被山里的灌木刺扯得稀烂,完全是一个破了产的山民打扮。生宝的红糖糖的脸盘,消瘦而有精神,被灌木刺和树枝划下的血印,一道一道、横横竖竖散布在额颅上、脸颊上、耳朵上,甚至于眼皮上。韩培生没进过终南山,一下子就像进过一样,可以想象到那里的生活了。

韩培生从来没有像现在这样激动过。他的心在胸腔里蛮翻腾,他的眼睛湿润了。共产党员为了人民事业,就是这大的劲啊!

生宝他妈看了一阵儿子,背过脸去了。老妈妈用手指头抹了泪珠,转过脸说:

"生宝!你为互助组受死受活,人家拴拴家和生禄家退出去了……"

"我早知道了。"生宝平淡地说,"我一起头就不想要这两户来,王书记硬叫收下。这阵,两个重包袱子暂时卸下,更好往前干嘛!"

老妈妈看见儿子快乐的神气,破涕为笑了。韩培生的思绪,现在完全被打乱了。他的心灵和情感,受了这样大的震动,以至于一时间说不出任何的话来。

梁生宝继续笑说:

"要是我心里没底,那我慌!我心里有底,我慌啥?这回是他们自家退出去的,不是咱不要他们。好!下回他们要再回互助组来,可就好办事了。韩同志,你说对不对?……"

"对!对!对!"韩培生嘴上使着多大的劲儿说。

梁生宝看着农技员用毯子包起的行李,奇怪地问:

"怎?你要走吗?"

韩培生把王书记调他上石峪乡的情由一说,梁生宝说:

"那么,明早走吧!咱俩先拍上一夜嘴嘛!在山里头想你想得连青稞饼子也咽不下去了。嘻!走!看咱的宝贝秧子去!"

两个人亲热地相随着,出了街门,向秧子地走去了。这时,韩培生的思想,已经理出相当的头绪了。他觉得他在蛤蟆滩不到一个月的时间,在人生的道路上,又向前跨了一步!原来,人,不论文化程度高低,只要不计较个人利益、个人得失,就会有惊人的勇气、坚定和胆量!发现了这一点,可真是不简单哪!韩培生和生宝一块走着,心里头想:不识字的人民群众里,有多少杰出人物啊!在旧社会,他们都被不合理的社会制度埋没了,一生为着妻子儿女的生活奔波,最后作为一个默默无闻的庄稼人死了。新社会每一次群众运动,总要把他们选拔出一批来,让他们给周围的群众领头。韩培生过去对陕北下来的有些同志,很难理解。这个是熬长工出身,现任县委组织部长;那个是放羊娃出身,现任青年团县委书记。在理性上,韩培生相信他们的履历;但感性上,从庄稼人到领导干部,这中间的一段变化,他想象不来。现在,他想象来了。县委组织部长和青年团县委书记,当初像现在他身边走的这梁生宝,是一样的庄稼人啊。党通过解放战争和根据地建设，把他们从幼苗培育到成材的树木！……

现在，韩培生入党的要求更强烈了。和他并肩走着的"梁伟人"，坚定了他在互助合作运动中争取入党的决心！非入不结！一切都决定于自己！

第二十八章

"立夏"前约莫一星期到十天的光景，汤河流域的庄稼人搭镰割青稞的时候，就进入一年一度的"夏忙天"了。割青稞、泡稻地、插秧、塞肥料、割麦、种秋田、捞稻地里的草和薅旱地里的苗……农活都挤在阴历四、五、六这三个月里头。而从旧历年开头的整个正、二、三月漫长的春天，当农业生产还没有高度组织性的时候，几乎没有什么田地里的活路。在"春闲天"，有办法的庄稼人，戴上草帽逛毕寞堡镇上的会，紧接着就逛峪口镇上的会——解放前叫骡马大会，解放后叫物资交流大会——有些人逛会的主要目的是看戏。有些人常常只到饮食摊和席棚饭铺里，"交流"一点"物资"，过了看戏的瘾以后，就在暮色苍茫中，优哉游哉地信步回到村里。一年四季没有几天闲天，贫雇农哪有看戏的工夫？他们除了养活家小以外，还必须在这三个月里头出外跑闹，挣来购买上稻地肥料的钱，修补、增添农具的钱，可能的话，买个牛，或者卖掉小牛买个大牛……

阴历四月初，下堡乡所有出外的庄稼人都回村了。进终南山捎椽、背板、拉扫帚的人，到陇海路沿线的城市里做临时工的人，带着木匠家具串乡村耍手艺的人，用小本钱挑担儿做小商贩的人……都回来了。白占魁在西安，为解放路民乐园摆破烂摊的朋友，收了一个时候破烂,现在也回家收割青稞、泡地、插秧来了。

全蛤蟆滩,不,全下堡乡,梁生宝割扫帚队的惊人收入,是人们谈论最多的事情。劳动互助所显示出来的优越性,引起贫困的庄稼人这样大的兴趣,在一般情况下,准定能大大促进一下蛤蟆滩互助组的发展。但拴拴和生禄两家的退组,大大地抵消了生宝互助组在群众里头的影响。高增福想乘机从他带的捎扫帚队里头,挑选几户,组织个常年互助组,人家就拿拴拴和生禄的样子,和婉地劝止他说:

"好增福哩!算哩!人心不齐嘛!你增福的一片好心,俺们领情。生宝互助组的人还退的话,咱们趁早!……"

姚士杰高兴。他饭量增加了,睡得挺实在,心情快活的脸孔,总是带着自满的神气。姚士杰相信命运。他认为一个人在交运的时候,一切根本没有期望的"好"事,都会自己找来的。譬如拴拴在山里伤脚,简直像神使鬼差一样。只因这一伤脚,任何人也不能说他姚士杰曾经破坏过梁生宝互助组。是王瞎子主动寻他哎。他呢?"皆因亲戚关系,面情上过不去,才答应了。"两家这样自然地形成了劳动生产上的关系,又变成他和素芳那个关系最理想的掩护了。他不让他婆娘和他妈、素芳的男人和阿公,看出一点点含糊来。为了使可怜的素芳对他更服帖些,在两家确定搭伙以后,姚士杰偷偷往素芳衣裳兜里硬塞了三块钱。不管她要不要,他要给她。

一天黄昏的时候,姚士杰在院子里模样很凶,声调非常严厉地吼叫:"素芳!扫槽笤帚在哪里?我要给牲口拌草,怎也找不见。谁乱拉来?"说着,把卷住的票子,塞进素芳衣兜里。

素芳,手提着水桶,根本不防备是这个事情。姚士杰看见她想拒绝,却怕被人看出,她只好像平常一样温顺地说:

"姑父,我见在上房中间屋来。"

"在啦!"迷信老婆在西屋大声说,"土杰,我扫地使了一下……"

就这样，什么人也没感觉四合院有什么事情发生。就这样，姚士杰把不幸的素芳，在人不知鬼不觉中，一步比一步更深地拉进又一次悲剧里了。姚士杰也看出：新的社会风气使妻侄女心中不安，有罪心理使她对堂姑父越来越缺乏热情，甚至有点害怕这种非法关系，似乎有点不得已应付他的样子了。但这有什么要紧，姚士杰断定：依靠素芳自己被毁损了的心性、意志和力量，她逃不脱他的玩弄……姚士杰想：素芳暂时还没有劳动者从劳动中培养起来的那种高贵自尊，他还可以把她当破坏生宝互助组的工具。他并不关心素芳这一生的前途怎样。难道拴拴家庭好坏，能影响他姚士杰的庄稼不爱长吗？难道能影响他姚士杰的大红马不爱吃草吗？怪事！

姚士杰自认为他是蛤蟆滩最聪明的人。他觉得似乎所有的贫雇农一齐动脑筋，也没他一人的脑筋灵动。实在说，他把那些住草棚屋的庄稼人，根本没放在眼里。他认定：互助合作，要不是用强迫命令的话，要是老像现在这样讲究入组自愿、退组自由的话，一万年也到不了社会主义！他在前院经管牲口和在后园菜地做活的时候，独自一个人不断地在心中嘲笑郭振山说：

"你想限制我姚士杰吗？你不许我入互助组吗？嘿嘿！我有粮食，我就有办法喀。我不叫互助组，看你把我怎样？你又没个章程，禁止贫农用劳力换富农的畜力！只要你们提倡生产，就好！……"

自从拴拴也决定和他搭伙种地以后，姚士杰就更加后悔：土改当年，他不该拉拢高增福包庇他的成份。把他的计谋在全村人里头揭穿以后，有很长时间，他是全村耻笑的人。其实，他想把自己的成份订成中农，只是怕富农和地主是一类人，心里不踏实。其实，土改那一阵子过去以后，他仗着他的田地、粮食和牲畜，还不是蛤蟆滩有势力的一个人吗？他的仇人郭振山在村巷里看见他，不理他,有时气恨地盯他两眼,却把他没有办法喀。……

他到郭世富新添修的四合院里,家里人说世富老大在秧田里。他到郭世富的秧田里,世富老大正在看他按照农技员的办法,务弄的新式秧床。

"啊呀!大叔!你这政策秧子好得很哩嘛!"他用讽刺的口吻,揶揄蹲在秧田塄坎上的郭世富。

郭世富的皱纹脸嘻嘻地堆起一脸笑。

"好!就是好!"郭世富站起来,把烟锅伸进烟口袋里装着,认真地说,"那韩同志说,草籽是秧子粪里头带着哩,实在!能拔草!就这一样大好处。旁的,小意思。……你吃!"他两手把装好的烟锅递给姚士杰。

姚士杰摇摇头,高傲地说:"我才吃毕。"

在郭世富擦火吃烟的当儿,姚士杰带着一种明显的轻视,嘲笑地盯着这个不坚定的大庄稼院当家人。他鼓动地说:

"好嘛!那你就决意栽稠稻子吧!黑哩?他们贫雇农黑不起,你不怕没吃的喀。红哩?甭叫梁生宝一个人卖嘴!这关系一个区的事哩!"

郭世富八字胡子嘴里噙着烟锅,一只手拿起草帽,另一只手搔着白脑心光头皮,深沉地思量着。最后,他把烟锅拿在手里,幸灾乐祸地笑了,说:

"我思量,用不着和他们比哩……"

"怎哩?"

"我怕他们逃不脱人们给互助组编的那句口曲儿——春组织,夏垮台,到了明年重新来。"

"啊?要散伙啦?"姚士杰高兴得眼光闪闪发亮。

郭世富说:"散伙是还没散伙来哩。就是那两家一退,有几个人心里头,没以前踏实了。"

"谁哩?"姚士杰心切得很,恨不得把郭世富的话,用手从那说话慢吞吞的胡子嘴里掏出来。

郭世富是个慢性子,仍然幸灾乐祸地笑着,慢慢地说:

"你还不知道吗?头一个是任老四。穷怕了。山里挣得几十块钱,舍不得往稻地里头塞。心疼,怕撩了哩。你知道,他年年粮食不够吃,要拉人家的账,光欠我的就一石哩。"

"唔,还有谁哩?"

"还有郭锁。听说他想把小牛卖了,添上山里挣的钱,买个大牛,也不情愿按计划栽稠稻子。冯有义是个老实头儿,看大势行事。有义说,任老四和郭锁不按计划栽稠稻子的话,他也把山里挣的钱做旁的用呀!嘿嘿!你看,就是这样。够他梁生宝小伙子闹腾……"

姚士杰听得眉飞眼笑起来。真正是老天帮助他整梁生宝!突然间,姚士杰的脸上出现了凶狠的表情。

"老叔,趁这个机会,你……"他咬牙切齿地发狠说,"你朝任老四要账!你敢吗?"

"咹?"郭世富惊骇地尖叫起来。

"怎哩?他前年和去年春上吃了你的粮食,前两年秋后还不起,这阵有了办法了,也不该还吗?你问他任老四:有上稻地的钱,没还账的钱吗?看他怎个话!"

"啊呀呀,士杰!"郭世富惊骇地咧歪着嘴,"你给我出这号主意?想往阴沟里推我吗?"

姚士杰笑了:"怎往阴沟里推你?"

"咱不敢!咱不敢!"郭世富连连丧胆地说,"咱不敢把事做绝了。你思量:这是啥世事嘛!人家一追问,我说啥哩?"

说毕,郭世富用警惕的眼光盯了姚士杰一眼,谨慎地提防自己被愚弄。

姚士杰感觉到了，连忙改口说他是说笑的，并不是认真的。他又说了几句闲话，来冲淡他挑拨的印象。然后他怀着对郭世富的轻视走开了。

姚士杰被梁生宝互助组的新问题，大大地鼓舞了。他最喜愿听见共产党和人民政府号召的事情，发生问题。听见什么地方有了问题，他走路脚步也轻快了，回家能够吃一老碗饭，心里有说不出的畅快。梁生宝互助组那几个人对密植的动摇，在他看来，正合乎他对草棚屋庄稼人的估价。他自认为：这就证明他有眼力，看得清事由。他觉得他的能耐大小和他的家业大小是相称的。他自信他是不会被互助合作整住的。他一定要保住他在下堡乡第五村首富的地位，等待"世事变化"……

他回到四合院里，变得疯狂一般厉害。他大声吼骂：

"他妈的！谁把猪放出来的？啊？"

"哟哟！"迷信老婆说，"妈到偏院上茅房，忘了关偏门，你怎么开口骂人？阿弥陀佛！"

姚士杰不好意思地抹开脸去，嘴软地说：

"猪把屎拉到前院，脏死人！……"然后他并不难受地走进前楼底的马房里去了。

梁生宝互助组新的麻烦，帮助姚士杰下了犹豫很久的决心：他不卖已经生下三年的骡驹子了。他并没什么特别用钱的地方。这个骡驹子今年能和它妈——红马——一块套犁泡稻地了。高增荣、拴拴和他，三家好几十亩稻地，光靠红马，活太重了。他想：留着这条骡子吧！减轻一点老红马的苦力吧！同时畜力顶劳力，不算剥削——互助组是这个规程，难道对他姚士杰就换了另一个规程吗？乡长讲话说过：这样规定，是因为眼时农村畜力不足的原故。好嘛！——姚士杰想——让两个牲口替我干活吧！

他非常慷慨地拿起升子，到隔壁屋挖了半升豌豆，倒在牲口槽里。这回他给红马和骡驹子两边槽头，倒得一样多了。好些时候以来，他给骡驹子少倒一点料，甚至不倒料，让它光吃草。因为它暂时拴在这里，很快被他卖了，就成人家的牲口了。

他拍拍急忙吞料的红骡子的脑门，笑说：

"好好吃吧！今年，你和你妈，要替我给人家做活啦！我给人家开工钱，就是剥削；你们给人家犁稻地，就不算剥削了。哈哈！你这个傻瓜，你急啥？往后我见天给你料吃呀，再不亏待你啦。看把你馋成啥哩？唔唔！"他亲昵地拍它的脑门。

姚士杰这样说的时候，他心情舒畅极了。他甚至觉得人民民主专政，对他也不是什么了不起的事了。

同一天的黄昏姚士杰婆娘在给灯里添油的时候，才突然发现瓷瓶里没油。姚士杰提着空瓷瓶，过汤河去，到下堡村大十字口的杂货铺去打石油。他在河坝里走着，碰见一个换了季穿白布衫的人，从下堡村回蛤蟆滩。看见姚士杰，那人看样子是想躲开。……

姚士杰向黑糊糊的影子问："谁？"

白占魁怯弱地说："我……"

姚士杰心里明白了：这家伙是怕朝他要账哩。借了人家的粮食、钱，老是推，根本不想还——这是白占魁的心性。不要脸！拿婆娘顶账！

"占魁！"姚士杰笑问，"这回挣美了吧？看你走步，挺带劲，一定……"

占魁在沙子和碎石的河滩路上站住，满脸堆起卑微的笑来。

"好士杰哩！借你那二斗粮，等往后吧。我这回挣的钱，预备和人家合伙买个牛哩！"

"怎么？"姚士杰大大惊奇，"一心一意种庄稼呀！再不到西省去收破烂哩？"

"不哩，种庄稼呀！西省的派出所究得挺紧，不迁移户口是不好混。迁移户口吧，又舍不得丢家里这几亩地。实确咱又不是地主、反革命分子，何必叫警察当嫌疑犯查究哩？再说，要过光景的话，到底这里有点根基了。把户口迁移到西省，马路上能种地吗？没吃的就是没吃的。"

"对嘛！你早该老老实实种庄稼！"姚士杰教训道，"甭胡混哩！二次土改没指望哩！"

白占魁惭愧地笑笑，抽身就走了。

姚士杰想起郭世富说郭锁想买牛的事，连忙转身叫道：

"占魁！占魁！"

"唔？"

"你预备和谁合伙买牛呢？还是你独独买呢？"

"我的天！我独独还买得起吗？我正打听对象哩……"

"我告你个对象。"

"谁？"

姚士杰努着嘴，下巴朝郭锁的草棚屋指一指。

白占魁说：

"那敢情好！可他入梁生宝互助组着哩呀？"

"我不知道，听说锁锁想退组。我也是听人说哩。你自家打听去好哩。"姚士杰推脱自己的关系。

白占魁一拧身走了。姚士杰在继续向下堡村大十字走的路上，心里很得意他这一手。他想："要是白占魁和郭锁接谈上，看梁生宝娃家的热闹吧！"

第二十九章

从终南山割竹子回来，梁生宝互助组面临着一大堆紧急农活儿。其他的庄稼人，早趁雨后光了场；他们回来得从渠里挑水泼场，才能套牲口拉碌碡压场。为了防备插秧时汤河缺水，不管用不用，必须清理各处井边的渠道——铲除杂草，挖出去年下雷雨淤起来的泥土。而且，同黄堡区供销社结账，同组内组外参加割竹子的人算账，由于生禄退组缺了畜力，想向人民银行渭原县支行黄堡营业所交涉一笔特别贷款，买一头互助组公有的牲口，……等等等等的事情，搁在生宝一个人身上了。

从终南山里回来的第二天，生宝尽管已经发现任老四、郭锁和冯有义的动摇，他还是找有万和欢喜一块，先去挖渠。他们在一东一西有两棵刺槐树的井边休息的时候，换了平原上夏季衣裳的三个年轻人，由于拴拴和生禄退出互助组，坐在刺槐树的阴影底下，气得鼓鼓的。生宝对有万和欢喜说：

"你两个甭着气！气下病，直杠老汉给你们拿药钱呀？还是生禄给你们拿药钱呀？气把肚子撑破，还得我到黄堡去叫来皮匠，给你两个缝吧？"

生宝带着被灌木枝划下一道一道血印的瘦脸，强颜欢笑，尽量拿自己的乐观情绪，影响这两个伙伴，惹他们笑。欢喜被惹笑了，有万还是不笑。他瓮声瓮气地说：

"唉！我看来哩。毕了能剩咱们三户！"

生宝收敛了笑容，脸上出现了发狠的神气：

"三户就三户！三户也要实行计划！……"

"唉，咳咳……"有万觉得可笑，又叹气了。

"你甭笑！"生宝解释说，"这是最厉害的一着。我给你细说，你听！"

生宝对两个伙伴，严肃地解释坚持住阵地的意义。他从一九五三年春天农村自发势力对活跃借贷指示的抵制，许多中农普遍退出互助组，说到粮食市场意外地紧张。他说：他怀疑毛主席是不是知道农村变成这个样子?要是知道问题这样严重,毛主席能不想办法吗?能让资本主义脑袋们长时这样嚣张吗?公家能闷住头只管城市建设吗?不会的,绝不会的!

"所以我说:咱这互助组,就好比天旱时的一棵嫩苗苗。只要甭让它死了,有一场好雨,它就冒起来啰。咱三个千万不敢松劲。咱不松劲,他老四、有义和郭锁几个,还许能跟上来哩;咱一松劲,他几个就更动摇了。"

把生宝当做生活指导者的欢喜,惊佩地盯着"老师"。冯有万现在也带着笑脸说:

"好嘛!看你生宝这卦灵不灵吧!干!挖渠!……"

他们休息过以后,重新清理井旁的渠道了。

五月之夜。蛙声开始在水渠和秧田里鼓噪了。庄稼人开始在晚饭后歇凉了。各处的草棚院和草棚屋外面,都有男人和女人说家常话的声音了。

世界是这样的悠闲、清雅、平静啊!……

冯有义草棚院的豆腐坊里,梁生宝互助组在算账。同时,他们要最后确定各人所需要的化学肥料。组长准备第二天上黄堡镇。

豆腐坊里除了互助组的人,还有高增福。他现在离开这几个人,觉得无论蹲在什么地方,都是没意思的。天生就一个属于贫雇农集体的人嘛,离开集体简直活不下去。才才现时还跟着梁三奶奶哩。才才也离不开梁三奶奶啰。梁三爷爷和梁三奶奶,都喜愿草棚院有个娃娃。才才又是那么知道好歹,老两口叫娃过了忙天再回去。高增福只好同意,有什么办法呢?世界上总是有那么些崇高的情感,把毫无亲属关系的人们,如胶似漆地贴在一块。高增福决定把才才的口粮给生宝家。他想做老两口的干儿,结个干亲;梁代表反对,说这是旧乡俗,新社会不需要这一套。……

401

算清账以后，豆腐坊里要开始征求化肥的数量了。已经退组的拴拴，说他要走了。有万一只手直摆，鄙弃地说：

"走走走走走！走走走走走！快走！媳妇等着你睡觉呢！"

拴拴！可怜的老实疙瘩庄稼人，被他爸弄得脸上这样难堪、自愧的样子，一声不吭，抬脚出门了。

生宝突然觉得：在这个时候，应该说几句话，表明一下态度。

"拴拴！你等等……"

拴拴折转笨重的身子站住了。

"拴拴！"生宝很同情地又很惋惜地说，"那么你就和财旺的孙子、铁爪子的儿子去打交道呀？"

"噢！"拴拴老实地承认，"我扭不过俺爸嘛……"

这时候，豆腐坊所有的眼神都很可怜他。大伙都思量素芳和拴拴不是和谐的夫妻。两口子和姚士杰打交道，时间长了，会有好戏看吗？但男女关系，这是暧昧之事，人们只能从行为举动上判断，在心里头暗想，说不出口来啊。即使自己亲眼看见吧，能说出口吗？在这方面说一句闲言闲语，惹出人命案子的有多少呢？大伙都恨七十三岁的被剥削者，竟然至死都以和剥削者拉交情为荣哩！唉唉！

生宝只说："拴拴，在山里头，你伤了脚，互助组待你怎样？"

"好！"拴拴诚恳地说，"太好哩。实在好，好就是好嘛……"

他还想说些感谢的话，肚里没有词句了。他走时，他爸没给他教嘛！他自己想不起来怎样说这一类话。

生宝又说："是这话，你告诉你爸！甭说俺互助组的坏话。昧了良心，还要说坏话，哪怕他是瞎子，我们也不容让他！"

"噢！我给他说。他不能说二话……"

"还有！你甭忙走！你忙啥？俺们不会强迫你。入组自愿，出组自由。你告诉你爸：二回要回互助组来的时候，说话！你就说：不管他怎样不觉悟，俺们不计较他。好赖是咱贫雇农里头的人嘛。毛主席叫俺忍耐、等待哩。你明白吗？"

"明白……"

"好哩！那你走吧！"

拴拴抬脚出了门限。豆腐坊里所有的眼光，都看互助组长，都惊讶组长说出这样的大肚量话。看来，都想不到生宝一个年轻人，竟能这样严格地按党的政策办事。多少互助组长真正遇到有人退组的情形，个人意气就代替党的政策了。

高增福兴奋地说："这话，拴拴准能替你捎到哩……"

冯有义感动地说："拴拴太老实哩！快三十的人了，和娃子一样听话！"

经常喜好发点议论的任老四，现在倒吊着脑袋，靠墙蹲在那里，反而一声也不吭。他到底是为什么呢？是因为他舅舅做下不体面事难受呢？还是因为不想按生产计划密植水稻作难呢？看吧！任老四穿着婆娘给他新洗浆的补丁白布衫，用旧棉裤改做的蓝色半截裤，蹲在那里，和哑了一样。有什么心思，你说嘛！说出来，大伙宽你的心嘛……

现在，互助组长换了亲切的笑容，转来问任老四了：

"四叔！你的主意拿定了没？人家是穷得发愁，你是有了几十块钱发愁！我梁生宝十几岁，跟你钻终南山，直钻到解放。这阵，咱们一块闹互助合作，你拆我的台。你好狠心呀！"

几句说得任老四猛使劲抬起了头。他带着抱歉的面容，嘴里溅着唾沫星子，请求原谅：

"咳咳！我怎是拆你的台呢？我又不退组？我光是不想密植，我……"

"光是破坏生产计划喀……"欢喜气愤地接嘴说。

"你就说我是反革命分子!叫把我逮捕起来!"任老四突然冒火了。

大伙连忙劝说:

"话说得鲁笨点……"

"娃是好心……"

"叔叔侄儿,还能为一句话红脸吗?……"

任老四咽下去一口气,狠狠地盯了一眼小学毕业生。然后,他带着非常抒情的语调,嘴里溅着唾沫星子,向贫雇农伙伴们诉苦:"咳!实在说不成!你们拿眼睛看嘛,我养活一群娃子,一个一个嘴巴窟窿子。他们肚里要是饥了,你不给往进塞点东西,愣哭叫哩。我穷怕了。订计划的那阵儿,我两手空空。你们说上天,咱就登云!这阵儿,唉!手里有了几块钱,我手软了,舍不得花。我心思:啊呀!万一稠稻子吃不美,这不是把几十块钱白塞到泥里头了吗?……"

"怪不得你穷哩!"有万嘲笑地说,"你成天害怕万一嘛!你说:万一吃饭噎死了怎办?……"

任老四不满意地说:"万!你娃家甭笑我!你一身力气,金姐娃还没开怀生养来哩。过光景方面,你还不知道首饰是银的,喇叭是铜的……"

组外积极分子高增福非常能体谅任老四。他调解说:

"算哩!算哩!老四甭和有万辩嘴哩。你说你的心思吧!"

现在,任老四满头大汗地蹲在灯光下。现在到决定大事的时候了嘛!实在说!要解决这样重要的问题,比推一千斤的碌碡还要费力气哩!

"为这桩事,我几夜睡不好觉了。"任老四坦白地说,"你们看:把我的眼窝熬成啥哩。说句难听的话,就和鸡屁股一样红了。这几天,我身上有两个任老四,吵得我睡不着觉。这个说:要栽稠稻子!不栽,对不起党,对不起毛主席,对不起订计划的王书记,对不起生宝!那个说:你小心招祸!你不能和人家比!人家丢得起,你丢不起!……咱有啥说啥,咱就是这话。实实在在!因此上,我说:你三户先实行一年。好哩?明年,我再……"

梁生宝仔细地听毕,很受感动。他想起了区委王书记的话——农民离开几千年的老路,走上一条新路,可不容易哪!但生宝表面上假装听了老四的话,非常失望的样子:

"噢噢!说来说去,你还是没认清我梁生宝。"

任老四连忙解释说:"我知道你心大胆大。你是好汉!"

"不对!我不是好汉。是我背有靠!"

"我知道:卢支书和王书记,这阵都扶持你哩……"

"还不对!你另说!我背后到底站啥人?"

"我说不准!嘿嘿,你办下好事,年轻人呀,不敢傲呀……"

"整个共产党和人民政府在我背后哩!"生宝非常激动地大声嚷说,"是我傲吗?四叔!我梁生宝有啥了不起?梁三老汉他儿。你忘了我是共产党员吗?实话说,要不是党和政府的话,我梁生宝和俺爸种上十来亩稻地,畅畅过日子,过几年狠狠地剥削你任老四!叫你给我家做活!何必为互助组跑来跑去呢?老四叔,甭老拿旧眼光看新事情吧!你还是和我们一块实行计划吧!有义和郭锁,都拿眼盯着你哩!一个人不走,事小;堵住后头的人了,事大哩!"

老四重新垂下他的光头去了,灯光照着他的秃头顶,一说起党和政府,就想起自己是一基本群众来了。一刻以后,他抬起头来,使着大劲把唾沫星子溅了几丈远,跳了一跳说:

"好!是崖,任老四要跟你跳一回!"

大伙都高兴极了。冯有义当下声明,他按计划插秧。高增福,等不及谈毕郭锁的问题,他站起来了。他赤着红糖糖的上身,肩膀上搭着从黄堡镇破烂摊上买来的旧白布衫,瘦削的脸严肃地问:

405

"你们说：我今黑间来做啥？"

"做啥？……"大伙惊奇地问。

"我入你们这互助组来了！收我，也要入！不收我，也要入！一句话：非入不结！就是这事！"

大伙，先是愣怔起眼睛。接着，全哧哧笑了。这是地地道道的高增福——不声不响，心里打着主意，到时候一下子给你端出来了。

冯有义的豆腐坊，一时间，异常活跃。还有什么收不收的问题呢？天上飞来一员大将，大伙有什么说头呢？从村子的一头跨到村子的另一头，隔着二里稻地入互助组，谁也想不到！生宝兴奋地提议：举高增福当互助组的副组长，大伙一致拥护。生宝又提议：两人分工——他管外事和思想教育，增福管庄稼事务和活路安排。大伙都说：一斤酒装进十六两的瓶子里头了，正好！冯有万跑过来，学着秦腔里的姿态和道白说：

"元帅升帐，有何吩咐，小的遵命是了……"

大伙都哈哈大笑。连正为自己的问题苦恼的郭锁也笑了。

"甭闹！甭闹！"高增福严肃地说，"有义屋里的人，都睡着了，你把人家吵醒来！"

有万亲切地抱住高增福赤裸裸的肩膀，提议说：

"大伙帮工，三天就把你的草棚屋挪过来了。省得你跑腿！"

生宝、欢喜和任老四，都笑看高增福，看他是不是乐意。

"不！不！"增福坚决地摇头，"把我的草棚屋扒了，我情愿。把姚士杰的眼中钉拔了，我不情愿。我入了这互助组，我还是蛤蟆滩第四选区的人民代表。我挪到第一选区，叫姚士杰浑身轻松？使不得！使不得！"

大伙都从心眼里感佩高增福。都说：这高二确有点武二的神气，只是他不会打拳弄棒，也不像山东人武松那样，一碗一碗往肚里灌酒。

但非常可惜，尽管有任老四和高增福两个的精神影响，在郭锁的问题上，仍然没有解开最后一颗疙瘩。

三十多岁熬长工出身的人，土改后才和他解放前的主家收买的丫头，正式结了亲。相差十五岁年龄，并不妨碍两口子在地主三套四合院的前院，多年凝结起来的感情。这是一种阶级感情、兄妹感情和两性感情的结晶体，世界上没有任何东西分解它。二十二岁的彩霞，多年被虐待的奴婢，没有发育起来，身派看起来只有十六七岁，脸色也还不是那么容易消退被折磨的痕迹。但三十几岁的郭锁，看她是世界上最可爱可亲的女人了，大炮也把他俩分离不开。两口子商量得卖掉下堡村大十字分下的瓦房，把家搬到蛤蟆滩来，住草棚屋了。一则，下堡村的人总是用另一种眼光，看这对私通了多年才结亲的人，这使他俩很不舒服。二则，卖了瓦房，买了二亩地，同土改分来的算在一起，有七亩地了，好过日子了。这对受气夫妻渴望买牛，生娃子，幻想着与全世界无关的平静日子，散一散窝在心头的气吧！他们没想到，入了梁生宝互助组，头一个春天就挣下和旁人合伙买牛的钱了。真个好事嘛！

郭锁抬起抱歉的脸，带着一种请求的神气说：

"大伙宽限我三天！行不？"

"不行！"有万斩钉截铁地说，"你和彩霞一夜就商量好哩，要三天做啥？请和尚念经吗？"

"你见谁都要笑！"生宝不满意地批评有万。他又和气地转向郭锁，"你要三天做啥？"

生宝知道郭锁要三天，张罗买牛的事情。曾听说白占魁也在寻对象合伙买牛哩，可是他人味不高。郭锁不乐意，彩霞更不乐意。尽管两家都是私通后成亲的，翠娥根本不能和彩霞相比，白占魁也不能和郭锁相比。他们嫌和白占魁两口子合伙买牛，会降低自己的人品；但左近的稻地滩里，又没第二个想合伙买牛的庄稼人。郭锁低着头不张声。生宝看出郭锁说不出口。因为和这个新客户没深交情，也不好深说，他只好同意了。

"三天就三天吧！夜深了，快计划咱的化肥。……"

一波未平，一波又起。

白占魁才不听姚士杰的煽惑，去找郭锁合伙买牛呢。他根本瞧不起郭锁，为了逃避邻人异样的眼光，就把土改分的高瓦房卖了，两口子过河来钻低矮的稻地草棚屋！入了共产党员梁生宝的互助组，挣了一笔钱，就不想实行互助组的生产计划了，反而要脱离互助组买牛，单另发家创业。白占魁看来：真个没出息的庄稼人，胆如鼠，吃不多，看不远！白占魁心里头思量：哎哎！他白占魁要是像郭锁那样熬长工出身，雇农成份，哼！蛤蟆滩轮得上郭振山当头掌权吗？熬长工出身的白占魁，准定掌握蛤蟆滩的全权！但国民党旧军队里当兵出身的白占魁，无论他怎样表现自己，他总是当不上村干部。解放四年来，事实一再地向他证明了这一点。但他并不气馁。只要有机会，他还是要试一试看钻进去钻不进去。钻不进去拉倒！他自己有什么损失呢……

打听了两天合伙买牛的对象以后，白占魁突然改变了主意。他想起了入生宝互助组。互助组的分裂，一部分组员对密植计划的动摇，提醒他萌起了这个念头。这是个大好机会，表现自己天不怕地不怕的进步。要是在平时，梁生宝准定不收他！

白占魁到梁三老汉院里去找互助组长了，说梁生宝上了黄堡街上了。事不宜迟！他随即跑到黄堡镇。生宝从德顺油房看毕油渣，往供销社走的时候，白占魁在热烘烘的阳光下，当街挡住忙碌的生宝。

他抓住生宝的白布衫袖肘，拉着戴草帽的互助组长走。

"来来来，生宝!到那个墙影底下，哥和你说几句话!"

"啥事呢?"生宝草帽底下的忠厚脸，疑惑地笑着，跟他到墙根底下。

白占魁伸手从口袋里掏出来两根零散的纸烟。这是他刚才买的，一只手给生宝递过来一根，另一只手给他自己嘴巴上塞上一根，匆忙地准备擦火柴。

生宝警觉地不接白占魁的纸烟。吸着纸烟当然很舒服，但当白占魁提出什么要求的时候，就不是那么舒服了。

"怎?你忌烟了吗?"白占魁惊奇地问。

"没。我觉得旱烟比纸烟好……"生宝作假地说，掏出短烟锅装着旱烟叶末。他忍不住笑眯起眼睛，看着这个浪荡鬼不满意他见外。生宝问："占魁!你是啥事?心直口快!我忙着哩!"

白占魁，非常严肃，甚至可以说，非常严重地说：

"我想入你的互助组!怎样?"他说的时候，嘴上使着大劲。

生宝瞪大了两眼：世上什么想不到的事也会碰上……

"你瞪眼做啥?"白占魁认真地辩解，"真个!你们的条件，我样样都遵，行不行?要密植吗?我密植!要稻麦两熟吗?我稻麦两熟!要服从组长领导吗?我听你兄弟的将令!要遵守劳动纪律吗?大伙叫我立正，我不稍息!你们还有啥条件吗?你兄弟说!"

太痛快了!痛快得令人有点担心他心眼不正了……

生宝推辞地笑说："好占魁哩，你自由惯了。俺互助组的集体性儿，怕你受不了约束。再说：阴历七月间，俺又进山捐木料呀!你吃下那苦吗?"

白占魁的黧黑脸上，表现出一种被轻视的苦状。他大为不满地说：

"你们上天摘月亮不?上天摘月亮，我也去!不是吹!咱老白在旧军队里受得苦，你们庄稼人想也想不来哟!人有了组织性儿，啥

409

事才好办哩。反霸和土改那两年,你当民兵队长。你队长叫白占魁做啥,白占魁不做来?腊月寒天,冻肿了脚,白占魁不是成夜价放哨,不让杨大剥皮溜吗?旁人不知道,生宝,你知道不知道?……"

这情形是实在的。梁生宝的心,有点动了。但他还是推辞地笑说:

"我们这互助组要往社会主义走哩!我知道:你光是种地有困难。你对社会主义有认识吗?"

"咦呀!那么瞧不起人!我跟你们往共产主义走哩!"白占魁决断地说,脑袋一拐。

"你那好吃懒做,占魁,一时改不过来的。实在!"

"你们不能把我改过来吗?嗯?你们上天堂,把我一个留在底下?不入互助组,我今辈子就是这吊儿郎当鬼了啰。入了互助组,你看吧!我要是不学好,你们不会把我踢出来吗?堂堂的共产党员,一个白占魁能赖住你吗?真是!……"

看!这家伙!句句说得占理。梁生宝满脸难为情,没得词句了。

现在,生宝不能说根本不考虑白占魁入组的问题。现在生宝只能不肯定地推脱,说等他和全体组员商议后再……

"明日见话!"白占魁抓得挺紧。

"噢!明日见话……"生宝只好答应。

在供销社取得化肥,在回蛤蟆滩的路上,生宝一边在炎热的阳光下推着独轮车走,一边考虑白占魁的问题。

"人当然不是好庄稼人。有点二流子气,不是勤俭节约的过日子人。婆娘也是一路子货喀!可是,白占魁力气是有,大伙逼住他干,是能做活的人。他不是不能做活。再说,现时是劳动生产的社会风气,他大约看见'流'下去没前途吧!看样子,听口音,这回是下了决心!二次土改等不上了,下决心好好劳动过日子……"生宝在推独轮车过黄堡大桥的时候,这样自思自量,并且独自笑着。

过了桥,在马路上顺着一行白杨树影,推独轮车向西走着,生宝继续思量:

"这个家伙说话蛮占理,把我说得没话支应。互助组是有改造二流子的任务嘛。有这话!我记得清清楚楚,有这话!说这是互助组对社会负担的义务,说要主动地吸收二流子入组,互助组不能不要他们。说要是大伙都不要,都怕麻烦,那么,社会上的这么些人,谁又来改造他们呢?看情形,我还是应该收下这个家伙……哎呀!我走到哪里去了?"

生宝思量着,在岔道口忘了拐弯,向峪口镇走去了。折转回来,拐过弯,他在田间小路上推独轮车向北走着,又思量起来。

"这个家伙比王瞎子怎样呢?不比王瞎子没办法嘛!实在!他有好吃懒做的一方面,也有胆大敢干新事情的一方面。我互助组把白占魁有办法治没办法治呢?有办法治他!有万、欢喜、老四,现在又有了增福!一个鬼刮不起妖风,要一群鬼才能刮起妖风!不敢收白占魁,太没共产党员的气魄!难道退出去两户,我就胆小怕事成这样了吗?……"

生宝想着想着,身上来了股子劲,脚步使劲了。

"鬼!不敢收你白占魁,还想改造全社会吗?收!坚决收!收下你,郭锁也寻不下对象合伙买牛了。我互助组退了两户,收了两户。毫毛也没动了一根。八户还是八户!就是这主意!"

但把全组的化肥推回蛤蟆滩家中,他给组员一说,除过有万和欢喜支持,全都反对。

任老四头摇得像货郎鼓一样,嘴里溅着唾沫星子大声嚷道:

"咱要那个货做啥嘛?犁地掉了铧,还不知道!套磨子,反插了磨棍!一个老鼠坏了一锅汤!你收他,你和他互助去!我退!"随即又很伤感地补充,"生宝啊!为人做下多大好事,也甭傲呀!小心栽跟头啊!"

严肃的高增福更加坚定、明确。他本来要检查全组青稞黄熟的程度，准备安排各户收割的先后。听了组长的话，副组长不检查了，因为他不入组了。春天在活跃借贷会上，白占魁骂过高增福，那倒是小事；主要是新社会发光的真金子，不能和旧社会的渣滓混在一块。不能！绝不能！对可亲可爱的生宝，他也不大声嚷嚷，也不说什么多余的话。他很和气，很平静，要求把化肥分给他，他回呀！……

生宝笑着解释说："增福！你甭这样好不好？要是拿人换人，一百个白占魁也不抵一个高增福。咱商量嘛！你是副组长，你坚决不收，我能收吗？"

高增福拿眼睛说："你有这意，我就看你还不稳当。你和郭振山差远呢！我不和你在一块闹了，你太危险哩！"

但他嘴里还不这样说。他嘴里说：

"你们互助吧！白占魁住得离你们近，好联络。我住得太远了。真个！实在太远了。把咱的化肥给咱，咱走呀！……"

拿眼睛说的话和拿嘴说的话，生宝心里全明白。他不给增福化肥。增福连化肥也不分，就走了。

现在轮到娘老子数说年轻的生宝了。

"看你惹下这气！刚刚弄得像样了，你又戳散了。宝娃！脚跟站稳点嘛……"老妈妈看见互助组新的分裂，多难受啊。

梁三老汉，经过了买稻种的事实，进山割扫帚的事实，面对着两户退组而不动摇的事实，他对儿子从心底里服气了。"在党"可以把一个庄稼人小伙子变得这样强大，窝囊受气一辈子的梁三老汉，有什么话说呢？梁三老汉给人夸口说：宝宝有这个气魄，把十亩地和一个草棚院一脚踢了，肚里也顺气。要干，干吧！但吸收白占魁入组，又超过梁三老汉的想象力了。

"你呀！你呀！"老汉用手指晃着儿子说，"你太张狂了！非栽大跟头,不肯学稳当!世上没比白占魁缺德的人了!咱收他做啥?甭说他在组里头胡搞,他老老实实,咱也不光彩。人家说:看!退了两户,梁代表的互助组急了,兵痞、二流子、破鞋、啥人都收!风吹到你耳朵里,好听?不好听?看你狂成啥了?……"

生宝,把黄牛皮纸口袋里的化肥,放在农业技术员床底下了。他蹲在脚地上,吸着一锅旱烟,重新考虑这个问题。

到底是多数人的意见对呢,还是他推独轮车回家的时候想的对呢?他一只手拿烟锅,另一只手摸着任老四前天给他新剃的光头皮,思量着:他是不是应该按多数人的意思办事呢?任老四、高增福和他的娘老子,都是十成的好庄稼人嘛!他不应该违背着他们的意思,一意孤行啊!唉唉!整党的时候,王书记说过这样的话——即便共产党员的意见是好的,经过解释,群众还不能接受的话,应当等待,不可以硬性执行。……对!应当等待。那就决定不收白占魁吧!

决定了以后,梁生宝难受极了,白占魁那么殷切地申请入组的神气,使好心的互助组长心中不如意。没有能力执行党对互助合作的全盘政策,使自觉的共产党员心中不如意。他觉得他给党丢了脸,给一个二流子唬住了。拴拴和生禄退组,他没有感到不如意。他按党的政策办事,有什么不顺心?白占魁要求入组入不成,他不能按党的政策办事,他多么不顺心啊!白占魁!白占魁!他是个人嘛,又不是狼!不是地主,不是富农,不是反动军官,不是一贯道坛主。他只不过是国民党军的一个大车连副班长嘛!反霸、土改,一直跟上跑到现时,当不上干部,连互助组也入不上吗?互助组一不是党,二不是政权,三不是群众团体,这是个劳动生产的组织嘛!咱能把事情做绝吗?庄稼人不愿要二流子,这是能想通的;但共产党员不应该顺着庄稼人跑嘛。生宝有一种不祥的预感:要是果真不收白占魁,这是做下不占理的事了。这是把白占魁往做坏事的路

413

上赶哩。白占魁会变成互助组的敌人,他有一股疯狂的破坏性儿呢。他会蹲在下堡村大十字嚷嚷没他走的路了,坏互助组的名声。互助组收了他,占住理了,他捣蛋吗?开大会宣布管制他!叫他破坏!他破坏个鬼!

想到这里,生宝决定还要做工作。他把烟灰在鞋底上磕掉,把烟锅扔在农技员的写字桌上,抬脚就出门限,急急忙忙走了。

"生宝!饭好了,你上哪里去?"他妈追出来了。

"我有紧事!"生宝不回头地说。

"吃毕饭再去。"

"回来再吃!你们先吃……"他向南扯大步走了。

郭振山和他兄弟振海,在翻身渠西岸插秧。弟兄俩把裤子卷到膝盖以上,并排站在泥水里,倒退着插。他们赤着上身,被日头烤成紫糖色的脊背上,汗水以脊梁骨为分水岭,刷刷地向两边淌着。他们劳动着,用光溜溜的胳膊揩额上的汗珠。

日头已经到了峪口镇东边北杨村上空了。过了正午时分,蛤蟆滩田野里,除了他们,已经再没一个庄稼人了。但郭振山弟兄俩还不回家。他们要在割青稞以前,插完这二亩新榃稻地秧。一定得插完,不插完,庄稼活儿就让不开路了。

庄稼人啊!当他们专住心发家创业的时候,说增产,吃奶的劲都可以使出来的;说节约,肚里可以不觉得饥饿啊!郭振山的这股劲,是可以想象的。你忘了梁生宝父子租种吕二细鬼十八亩稻地的那股劲了吗?

劳动是人类最永恒的崇高行为!人,不论思想有什么错,拼命劳动这件事,总是惹人喜爱,令人心疼,给人希望。全蛤蟆滩的庄稼人都在惊叹:呵呀!翻身渠西岸的二亩衰败桃林地,眼看着桃林不见了,眼看着地里长起了玉米和小麦,眼看着一片水汪汪的稻田横在你眼前了。共产党员们向庄稼人宣传劳动创造世界的道理,一点不假!

代表主任有几天心情不佳。他给改霞出的主意,竟然很不投时机。改霞不仅没考工厂就回来了,甚至于在村道上看见代表主任冷淡了,不尊敬他了,不请教他了。开头他很慌:自己的群众越来越少,怎么是好?后来他想开了:反正有几十年的新民主主义社会好过,村内又没什么重大的政治斗争,种庄稼要那么多群众拥护做什么?他给改霞出主意,一片好心肠,只是碰得时机不巧。自己没什么歪心眼,他问心无愧!改霞不高兴他吗?他不到柿树院去串门,不结了吗?谁离了谁,过不了日子呢?至于互助组,是个临时季节性的互助组。改霞她妈找到门上,互助上两回;不找他,拉倒!什么了不起!坚强、自信、有气魄的郭振山,实在说,永远也不会向人低三下四啊!最后,梁生宝互助组的分裂,正合了代表主任对互助合作的分析,他的心情就更好了。让生宝同志在不成功的事情上,多卖些力气吧!他想:小伙子有多余的精力……总之,活跃借贷的失败,中农纷纷退互助组,粮食自由市场的紧张,使这个经济上还在向富裕中农发展的郭振山,头脑中已经形成了富裕中农的意识了。

梁生宝很难受、很焦急地跑到翻身渠西岸,找到代表主任的时候,郭振山和他兄弟振海,已经出了稻地,站在布满三棱草的稻地塄坎上了。振海到水渠里洗腿去了,代表主任带着泥脚和梁代表谈公事。一定是公事!私事,生宝从来不找他商量!……

"怎样?"郭振山的鼓眼珠子盯着生宝难受的样子,先开口笑问,"这回在山里头,捞了不少款吧?"

生宝以一个下级和晚辈应有的谦逊态度,很尊敬地说:

"挣得不少!解决了贫雇农的春荒和肥料问题儿。"

"你自己一点也没捞得啥吗?嘿嘿!全是为贫雇农吗?嘿嘿!……"

生宝觉得口气不对味儿，但他还是强笑说：

"当然，我的肥料问题儿也解决了……"

"对!这样说话好!说啥要说全面!甭把自己说成全是为贫雇农!那么，旁人全是为自己吗?"

年轻的生宝低下了头。唉!自己说话方面太欠缺了。可他心里并没有暗射代表主任的意思啊!教训!教训!往后说话，可得注意。

郭振山两只大手互相搓着手上的泥，咄咄逼人地教训说：

"小伙子!整整一春天，你可没参加一回党的会啊!"

生宝有点不安，说："郭主任!你看，头一回，我在县里参加互助组长代表会；二回，我去郭县买稻种哩；三回，我在终南山里割扫帚去了。……"

"假也没告嘛!"

"我想不到恰恰我不在的时光，党里头开会……"

"你应当想到!嗯!你应当想到!为啥呢?难道党能一春天不开会吗?入党的时候，给你说得清楚：交党费、参加党的会，是党员的义务!"

生宝没话说了。他脸上很灰，更难受了。啊呀!一个人的缺点，总是过后逐渐才被自己发现了!当他热衷于一个严重的困难事业的时候，他竟然完全忘记了正常的组织手续了。要是他每一回起身以前，都到郭振山的草棚院去，说：他不在的时候，如果开党的会议，他不能参加——这样才合乎手续呢。但他没有这样做，为什么呢?为什么每一回走的时候，不去告诉党的小组长呢?这是一个明显的错误!是仅仅因为年轻吗?不是的。不能自己原谅自己!他，唉，真糟糕，是郭振山在整党学习中受过批评以后，他对他有了某种程度的轻视了。他还不懂得：一个同志的思想是一个问题，而组织领导是另一个问题啊!现在，郭振山还是他的领导者，他能说什么呢?他想到这里，难受得简直要掉眼泪。他恨自己不老练!他警惕自己：万万不要大意!要注意不和郭振山把关系搞僵!……

"振山同志,我错了。"生宝的眼睛湿润了,声音很低,颤抖着。他只有在党内受了委屈才有眼泪。

郭振山满意地笑一笑。然后,他带着领导人的优越感和庄稼人朴素的好心,原谅地笑说：

"承认错误,就是好同志。甭难受哩,念起你是预备党员,不追你的思想儿。往后注意!"

于是,郭振山跳到渠里去,一屁股坐在渠岸的青草上,洗腿去了。他一边洗腿,一边扭头笑问：

"生宝,你寻我做啥?是不是互助组烂包了?"

生宝庆幸地说："烂包了,可又收拾起来了。"

"啊?你倒有两手儿,剩了几户?"

"七户。还有一户,我来就是请示你：白占魁要求入组,你看收得收不得?"

"你看收得收不得?"

"我想收哩……"

"哼哼!"郭振山多毛的大鼻孔里,一声冷笑。

代表主任半天不做声儿,专门洗腿,洗毕腿,跳上岸,还不做声。穿上鞋,他才对等待着的梁生宝郑重其事说：

"同志!自解放到现时,对这个人,我捏得紧紧,不放松他。他想往咱们里头钻吗?刀子把他脑袋削尖,也钻不进来!他想当干部吗?比他上天还难!啥底子?兵痞、二流子、社会渣滓,……你为了凑够八户,充好汉,从互助组那面给他开后门吗?"

梁生宝的心全凉了。看来,他自己想事的确不全面。看来,他自己似乎的确有点前进心切,脚步贪大吧?算哩!不收了!一个预备党员,负不起这个政治上的责任。要是郭锁三天里头终于退了组,他决定抱残守缺,搞五户贫农一户中农的精干互助组,不再惹麻烦了。他很感激地说：

"振山同志，多亏来请示了你！我不收哩。一半组员不赞成，收下也是个麻烦喀……"

郭振山见生宝非常的听话，他那股喜欢教训人的恶习，又失掉了改霞不理他以来的自制。他相当关怀地说：

"生宝同志啊！你要学稳当一点啰。站稳了一步，再跨一步。你想当劳动模范，要慢慢来嘛。甭太急！你想上省、进京，和毛主席见面吗？太年轻哩！准备上十几年。太急了办不到，还要栽跟头！咱一个村人，我好心好意才给你说这话。旁人谁给你说这话？你明白了吗？……"

几句说得服服帖帖的梁生宝，一下子怒火冲天了。这个人怎么这样惹他反感？他发愁怎么能够和这个人搞好关系呢？自己掺杂着个人利益办事，对人家也是什么都从个人利益的角度猜想。在前线上牺牲的，大约是为了熬军官吧？破命工作的，大约是为了升级加工资吧？对互助合作热心的，当然都是为了当劳动模范了！哼！脑子真个会想事！生宝咬着牙，抿着嘴，两鼻孔喷火，肚里发呕，想不起来再和这位前辈庄稼人说什么话。……

他支支吾吾和郭振山告别了。

回到草棚院，生宝蹲在脚地吃了妈给他留的午饭。娘老子一句也问不响，生宝越想越有气，晌午也不歇，草帽也忘了戴，光头顶着红日过汤河，在汤河上绊了一跤。嘿！为了党和人民的事业，什么时候毁了自己，什么时候拉倒！一切都豁出来了。拼到底，失败了，给旁的同志做吸取教训的材料！中国革命牺牲了多少性命哩？……

他急匆匆地到下堡村乡政府找卢支书。

他撞进乡政府有几棵古柏的大院里了。啊啊！大十字、马家堡、王家桥和郭家河的全体党员、团员、人民代表和五种委员，正在用午睡时间，开紧急会议。他们准备傍晚时，向北原上的小麦吸浆虫发动总攻。不让害虫有立足之地，就得这样围攻。蛤蟆滩稻地里没有吸浆虫，所以没有召集郭振山和梁生宝他们。生宝在院里悄悄地听，卢支书正在会议室讲话。

"大伙说：什么东西，中国人民没有办法治呢？老蒋的几百万军队，拿着老美的武器，谁把他们消灭了的？小小的吸浆虫，欺负住咱们了？大伙说：能忍不能忍？……"卢支书用庄稼人粗犷的声音，鼓动大伙对吸浆虫仇视和藐视。

"彻底消灭吸浆虫！"樊乡长领头喊起来。

"彻底消灭吸浆虫！"整个会议室爆炸了。

生宝胸中的热血沸腾！这里，他看到和他精神一致的共产党员。看见这个情景，为了人民的事业，他愿意把自己讨饭娃子不值钱的生命投了进去，永无反悔！

生宝不进会议室去，他从来不愿惹人注目。但他也不回汤河南岸去。他蹲在古柏底下等着。他现在好像一个打官司的人一样赌气。直至今天，他才明确地感觉到：他和郭振山之间，存在着相当程度的斗争。尽管郭振山那股神气，使他那么反感，他还是要竭力控制自己，不要使斗争发展到直接的冲突。他决心以互助合作的成功，促使郭振山认识自己的错误。要是郭振山终于不觉悟，他"在党"不久的；不是光光在嘴巴上讲几句有党性的话，就可以永远"在党"啊！要看行动怎样哩！

生宝蹲在那里想：他对郭振山毫无畏惧！迫不得已的时候，他准备着和他正面冲突。郭振山是受过批判的人；他不愿和郭振山正面冲突，只是为了有能力的郭振山同志，有时间终于觉悟起来，领导他梁生宝往前干，而并不是为了他自己胆小怕事。郭振山要是把世事，看得只有下堡乡第五村这么大，任着性子抱住梁生宝解放前发家创业的梦想，当做人生的目的不放，有他难看的日子！……

419

总攻吸浆虫的动员大会散了。各村干部纷纷回村活动去了。支书、乡长和文书，都要去帮助工作薄弱的村了。生宝把卢支书拉住，两人进了挂着白布门帘的办公室。这是从终南山里回来以后，他第二次见支书了。

生宝见支书忙着要下村，直截了当提出白占魁申请入组的问题。他闭口不提他请示过郭振山，更不提郭振山说了什么。不要说卢支书忙，不忙，他也不提那些气话。

卢明昌满脸笑纹问他："你心里头怎想？"

"我想吸收白占魁！"生宝挺挺胸，威武地说。

于是他向党支书逐一说明他心里所想的一切——从党的政策方面、从互助组的力量方面、从白占魁的历史方面、从入组以后两种可能方面……他真像一个打官司的人一样，说得非常详细，非常详细。他好像生怕官司输了。

总是畅快的、遇事总是往前看的卢支书听毕，笑说：

"快快快！快收下！他不入，咱不能强迫。咱能硬把他编到哪个互助组里吗？呀！他要人，巴不得哩！他啥了不起？一个国民党军里吆大车的副班长嘛！全中国的旧人员，国民党的将官有几千，都杀哩？都收容下哩！都交给人民管教他们学好哩！你回去！增福、老四他们同意哩？算哩！不同意？你捎话。黑间我收了兵，就过来说服！……"

……

生宝浑身舒畅地回蛤蟆滩，路过在欢喜家的杏树底下跳一跳，摘了一个已经不酸的杏，填到嘴里。好香！

哪里还要卢支书晚上过来说服高增福和任老四呢？是党和人民政府的意思，高增福和任老四能不听吗？你见过自己和自己闹别扭的人吗？

所有原来反对的人，包括娘老子，都用惊讶的眼光看生宝了。但生宝明白这是党的威信高。要是他自己的威信高，他一提，人们不就同意了吗?他只有一点——一片真心革命,其他一切都是党的。

生宝通知白占魁,晚上到冯有义豆腐坊参加安排夏收插秧的会。白占魁那家伙,真调皮,立正给组长行军礼……

第三十章

初夏的夜晚,既没了春寒,炎热还要过些日子。西风从渭河上游的平原上,掠过正在扬花灌浆的麦穗,吹了过来。风把白天太阳照晒的热气,都带向晋南和豫西去了。有风的晚上,蚊子顾不得叮人。因为多数稻地没泡上水,蛤蟆的叫声也不到最厉害的时候。

多迷人的夏夜啊!放了水的稻地里,到处是星光闪闪。谈恋爱的年轻人,在这样的夜晚,院墙怎么能圈得住呢?

在晚饭以前,已经做好了出去的一切准备,改霞急匆匆地吃过饭就起身了。她刚出草棚屋的时候,外边很黑,只看见终南山和东原黑糊糊的大轮廓。但当她走出街门的时候,北原、下堡村、房屋、树林、道路和田坎,都可以分辨出来了。

妈追到街门外,朝她的背影喊叫:

"改霞!你见天黑间往外跑做啥?你见天黑间有事吗?"

改霞根本没有吭声。只管她照着预定的路线走去。

"你早些回来啊!甭叫我又出来吼叫你啊!"

然后,改霞听见她妈没好气地关了街门。改霞不在乎这一套,她已经决心不再拿自己的人生大事,迁就这位封建思想的老妈妈了。

她现在摸到一点老人的脾性了。当她迁就妈的时候,妈就对她抓得更紧;但当她表现得十分坚定的时候,妈也就是那么回事了。

她相信,妈将默认她所做出来的既成事实。

改霞已经是决心要跟生宝过了。这一点,现在,什么人也不能改变了。代表主任的思想,改霞已经看透啦。嘴巴上那一套拥护党的漂亮话,再也蒙蔽不了二十一岁的改霞了。改霞这回可亲眼看见生宝被互助组的纠纷苦恼着,而代表主任却很清爽,埋头和他兄弟振海插那二亩新楂稻地的秧,也不主动去给生宝帮个忙!什么思想!

自生宝从山里回来那天起,改霞每天晚上,到下河沿稻地中间的小路上去转游。她希望能碰见生宝。她渴望着和他在翻身渠那边的桃树林里去谈一谈。她要向他解释误会,说明他上次在黄堡大桥附近,怎样伤了她闺女的自尊心;但现在,他早已被原谅了。她要表白,她对他的一片真心实爱,始终没有变过。她已经在心里想好了词句,怎样对生宝说明她两次进城的不同心情,详细地剖析她离开他以后,内心经历过的难受和愧悔。她要说的话太多了。夏夜短吗?没关系!只要生宝情愿,她将在桃林里,和他待到黄堡镇东原上空,发出鱼肚白的时候,待到庄稼人吆着牛,在晨光熹微中上地的时候。她不怕妈说!在改霞心中,生宝不是那号爱赌气的年轻人,不会由于她一度的做作而记恨她。她知道他是这号人——青年人的年龄,中年人的老成!这号人的热情,常常比一般青年人容易表露出来的热情,还要宝贵。改霞不是从外貌上心爱生宝的,她爱他的"人"——对于这个"人"字,改霞还说不出全部的道理来。但有一点,对她是清楚的:他做事和普通人不一样。

改霞要告诉生宝:团县委王亚梅同志说,党县委的书记们对生宝的印象很好。她相信:生宝听了一定会感到鼓舞的。她估量,生宝准是被县上挑选成重点培养的对象了。

改霞已经下定决心:从今以后,她自己要主动,而不再像从前那样总等着生宝对她主动。这倒并不是势利眼的想法,而是她已经从上次的经验中肯定:生宝的心思全花在党交给他的事业上了,而对于和女人在一块的兴趣，比一两年前淡薄多了。改霞决定：当她和他一块在田间小路上走着的时候，她将学城里那些文化高的男女干部的样子，并肩走路，而不像农村青年对象一前一后走路。

但是，事实一再使她失望——头一夜，农技员韩培生同志还没走；第二夜，生宝在冯有义草棚院算工账；第三夜，生宝又在冯有义草棚院安排夏收和插秧。这第三夜，改霞曾经决心在水渠边一棵白杨树底下，等着他散会，可是妈在官渠岸，朝下河沿一股劲吼叫：

"改霞哎——改霞哎——改霞哎——"

声音又高，拖得又长，夜间听得很远，恐怕河对岸下堡村的每一个屋子里，都能听见。改霞在白杨树底下的黑暗中，听着心慌，只好怏怏不乐地回去，对妈凶了一气。娘俩差点干起仗来……

"我这么大的人，狼能把我吃了吗？你吼叫啥？……"

多年的寡妇妈妈，想起没了男人，自己管教不住闺女，哭了一场，改霞又心软了。

第四夜，改霞在铁轮车的草路上，碰见了生宝。但欢喜和他在一块朝冯有义草棚院走着，她能说什么呢？表情和眼色在黑夜中又失了效用，她只能和他打个一般的招呼。等到他们向冯有义草棚院走去以后，她在心里亲昵地骂道：

"死欢喜！你就是生宝的尾巴！老跟在他后头！"

……现在，这已经是第五夜了。这一回，改霞决心更大，决定再不避讳欢喜了！她决定要当着欢喜的面，约会生宝！她不能这样成半夜地在野外跑。怕什么呢？欢喜也许现时会笑一个大闺女追小伙子；但当她住到姓梁的草棚院里，成了生宝媳妇的时候，这还算什么呢？人，光光是一时的面皮抹不开罢了。

看！看！生宝和欢喜又在夜色苍茫中出现了。他们从田间草路，转到大车路上来了。

改霞加快脚步迎上去，免得他们很快从大车路又转到通冯有义草棚院的田间草路上去。

"你到哪里去呀？"到了跟前，改霞心中紧张地问。

"研究夏收和插秧的活路安排。"生宝很自然地回答，然后又按礼节问，"你上哪里去呀？"

改霞心里一沉：生宝怎么对她这样说话呢？从前和她说话，总是和所有搞对象的人一样，很不自然；现在他和她说话，同一个普通的没有什么特殊关系的人一样，大大方方，很自然了。改霞不由得心沉，觉得别扭，懊悔她不该听代表主任煽惑，进城去考工厂……

但她现在懊悔已经晚了。她立刻强自笑笑，表示讨他喜欢，又亲切得像一家人似的问：

"夏收和插秧的活路，怎么还没安排好吗？"

生宝却只事务式地说：

"本来已经安排好了，人事方面变动太大，又新入了增福和白占魁两户，得另安排一遍……"

这时候，聪明的欢喜已经看出，改霞是非把组长缠住不可了。欢喜知道这两个人一度很受人注意的关系。聪明的小家伙笑说：

"宝哥，你们说话，我先走了。"说着，扯大步头前走掉了。

于是，生宝和改霞，只有生宝和改霞两人，单独在黑夜无边的关中大平原上了。

路旁渠边的夏蛤蟆，嘎嘎地叫着。在他们走过的时候，夏蛤蟆停住了，钻进水里头去。等他们走过去以后，它们又把脑袋伸出水面来，继续嘎嘎地叫了起来……

两个人沉默了片刻。走了十多步远，双方还找不到起头的词句。生宝看来一点也没有夜游的那种悠闲神情，反倒使人觉得他忙着要离开的样子。改霞事先安排好的词句，由于生宝的冷淡，又完全被打乱了。她不知道怎样起头,才能比较自然地谈到两个人的关系上去。

但改霞的心情是兴奋的。她和他并肩走着,她的海昌蓝布衫的窄袖挨着生宝"雁塔牌"白布衫宽袖。

终于,改霞想到,应该从生宝眼时最心切的话题说起。

"你们互助组怎收了白占魁呢?"改霞很关心地问。

生宝,经过了几天的急剧变化,很感慨地望着终南山说:

"有啥法子哩!他要入嘛!有啥理由不收他哩!他的出身是在旧社会卖过兵的,他的成份可又是贫农。你说怎办呢?"

"哼!"改霞在心里鄙视白占魁,说,"他早先也赞成土改。头削得尖尖往积极分子里头钻哩。咱不要他当村干部……"

"现时也不要他当干部。你放心!光要他互助生产。"生宝坚定地声明。

过了一眨眼的工夫,生宝为了更能说服对方,加添说:

"这号事,我问过卢支书才定点的。我不敢自作主张……"

"他的女人烂脏……"

"翠娥在解放前,白占魁当兵不在的那几年,是太烂脏哩!解放后这几年,社会风气好了,也没人到她那草棚屋去了。"

"她不爱劳动!"

"那不要紧。白占魁也是一路子货喀。改造哩嘛!"

"啊啊!"改霞在生宝身旁走着,赞叹地说,"我真服气你!你真个坚决!"

从这里,改霞用一种打动人心的抒情调子,继续倾诉说:

"你知道吗?近时你互助组这个退组,那个不实行计划,我都知道。我总是替你着急。我心里思量,叫你怎么办呢?区上把你的互助组当重点。你又在县上和人家挑战应战,到农忙时,可又散伙了。我心里真急哪!自你从山里头回来,我见天黑间在这一截路

425

上,溜转着等你。你哪里知道呢?我听说郭锁儿想退组,我跑到郭锁儿的草棚屋,劝郭锁儿的媳妇,别让郭锁儿退组。我给彩霞讲:互助合作是贫雇农彻底翻身的大路,单干没前途。……"

在从大车路拐向田间草路的地方,生宝站住了。改霞借着星光和稻地水面反映蓝天的夜光,观察到生宝脸上欣愉的笑容。她高兴了。

但现在走到分路的地方了。

改霞柔媚地把一只闺女的小手,放在生宝穿"雁塔牌"白布衫的袖子上,轻轻地、轻轻地说:

"你还生我的气吗?那一回在黄堡桥头上,你太给人难堪了,我才不是……"

她的两只长眼毛的大眼睛一闭,做出一种娇嗔的样子。

好像改霞身体里有一种什么东西,通过她的热情的言词、聪明的表情和那只秀气的手,传到了生宝身体里去了。生宝在这一霎时,似乎想伸开强有力的臂膀,把表示对自己倾心的闺女搂在怀中。改霞等待着,但他没有这样做。

共产党员的理智,显然在生宝身上克制了人类每每容易放纵感情的弱点。生宝的这个性格,是改霞在土改的时候就熟悉的。现在眨眼就是夏收和插秧的忙季。知更鸟在每一家草棚院的庭树上,花言巧语地敬告:"小伙子小伙子贪睡觉!田禾黄了你知道?"而改霞面对的生宝呢?又不是一般的小伙子。他领导着一个断不了纠纷的常年互助组,白占魁也入组了。他没有权利任性!他是一个企图改造蛤蟆滩社会的人!

"啊呀!"他突然想起了,说,"有义草棚院一大群组员等着开会哩。"

"我跟你一块去开会。"改霞更来了劲儿。

"不好。"

"我在外头等着你!"

"甭等哩。改霞!你放平稳一点吧。再甭急急慌慌哩。我这阵没空儿思量咱俩的事,你要是真……那就等秋后我消停了再……好吗?改霞?就这样吧!"

说毕,生宝坚决地转进田间草路。他扯大步,向有嘈杂声的冯有义草棚院走去了。

改霞在路口上站着。夜幕遮盖着可怜的闺女。她用小手帕揩着眼泪。唉!听上郭振山考上工厂哩,弄得人家说自己急急慌慌。很显然,这件事使生宝对她有了新的看法。一刻以后,她向官渠岸的柿树院走去了。她决定不让妈看出她哭过的痕迹。大约所有不惹女人爱的男人,都像孙水嘴那样不好摆脱吧?大约所有惹女人爱的男人,都像生宝这样高傲吧?改霞开始从根本上怀疑:两个强性子结亲,是不是能好!……

第一部的结局

生活不断地向推动历史车轮前进的人,提出各种各样的问题——政治的、经济的和社会的问题。有些人能够凭靠自己的工人阶级觉悟,回答这些问题。有些人不能回答这些问题——不能完全回答或者完全不能回答。在这样的时候,社会上就出现了复杂的现象。一部分具有高度工人阶级自觉和坚定正确立场的人,奋不顾身地抗击企图阻碍历史前进的旧势力。一部分觉悟不够和观点模糊的人,就会在复杂的斗争面前迷惑蹉跎、等待观望了。当然,还有少部分觉悟很差、观点不正确的人,三摇两摆,就迷失方向了。在社会主义革命的历史时期,这本书的第一部描写的一九五三年,就是这样。

一九五三年八月,毛泽东同志审阅周恩来同志在全国财经工作会议上的结论时,写了这样的重要批语:

"从中华人民共和国成立,到社会主义改造基本完成,这是一个过渡时期。党在这个过渡时期的总路线和总任务,是要在一个相当长的时期内,基本上实现国家工业化和对农业、手工业、资本主义工商业的社会主义改造。这条总路线,应是照耀我们各项工作的灯塔,各项工作离开它,就要犯右倾和'左'倾的错误。"

一九五三年十月,中共中央关于实行粮食计划收购与计划供应的决议,提出向农民宣传总路线的任务,就把创业时代人民领袖的这个论点,更加具体化了。

"……必须使他们懂得党在过渡时期的总路线和总任务,即是要在大约三个五年计划,或者说大约十五年左右的时间内,将我们的国家建设成为一个伟大的社会主义国家,使我国由新民主主义过渡到社会主义。使他们懂得只有实行党在过渡时期中对于农业的社会主义改造的方针,即按照农民自愿的原则,经过发展互助合作的道路,在大约十五年左右的时间内,一步一步地引导农业过渡到社会主义的方针,才能一步一步地发展农业生产力,提高农业的产量,才能使所有的农民真正脱离贫困的境地,而日益富裕起来,并使国家得到大量的商品粮食及其他农产品。……"

一九五三年十月,中共中央召开了第三次农业互助合作会议,迎接粮食统购统销和过渡时期总路线宣传以后的新形势。这次会议决定全国所有的县,普遍建立农业生产合作社。毛泽东同志指出:"在新区,无论大中小县,要在今冬明春,经过充分准备,办好一个到两个合作社,……只要合乎条件,合乎章程、决议,是自愿的,有强的领导骨干(主要是两条:公道,能干),办得好,那是韩信将兵,多多益善。"

看吧!社会主义力量,在一九五三年冬天,要占领全国的乡村阵地了。几千年分散的中国农村社会，在一九五三年冬天，从根基上开始动荡起来了……

蛤蟆滩的粮食统购统销工作，根据党的十月决议，按期在一九五三年十二月初开始了。下堡乡人民代表会按耕作面积、当年产量和人口调查，计算出第五村应收购三十五万斤余粮的任务。工作的期限是两个月——十二月和一月。赶阴历腊月二十三，庄稼人送灶王爷的那天，要求做到所有出售的余粮，全部入仓。黄堡区委书记王佐民住在下堡村乡政府，指导全区的工作。工作的安排是：第一阶段，宣传总路线；第二阶段，按户余粮摸底和个别说服工作；第三阶段，组织入仓；第四阶段，整顿互助组和处理遗留问题。每个阶段，大约半个月时间。……

啊啊！你看那个热烈吧！省上的、专区的、县里的，谁能知道中国有多少干部在一九五三年冬天下了乡呢？乡村里，白天黑夜在开会——党的和团的支部大会，乡人民代表会，全体乡村干部会，妇女代表会，青年代表会，民兵代表会，老人座谈会……从早到晚，乡村中锣声不断，传话筒哇哇叫。到处说的都是关于总路线的话。

"把余粮卖给国家，支援工业化！……"

"互助合作的道路，是大家富裕的道路！……"

"十五年左右的时间，一家一户的庄稼人就统统入了农业生产合作社啦！……"

这些话，从乡政府说到行政村，说到庄稼院，说到老婆婆们坐着的热炕头上。一切人都在计算：十五年后，自己多大岁数了。有些人兴奋，有些人难受；有些人嫌慢，有些人嫌快；有些人相信，有些人怀疑；有些人欢笑，有些人愁闷；有些坏脾气的人变快活了，有些好脾气的人变暴躁了；有些不大在村里转游的人满村欢奔，有些爱在村街上站的人不出街门了；有些人饭量增加了，有些人胃口变坏了;有些人睡得更稳了,有些人夜里睡不踏实了。在中国,历史上没有过一次党的决议,像一九五三年十月的决议引起这样普遍的思想变化和情绪变化!

当下堡乡的大十字、王家桥、郭家河和马家堡四个行政村,刚刚开始第二阶段——按户余粮摸底和个别说服工作的时候,忽听得第五行政村蛤蟆滩响动了锣鼓。庄稼人们跑出来隔河遥望,只见稻地滩里红旗飘飘,人声欢腾。人们争相问讯:哪一个小伙子又在什么地方为人民立了功勋呢?……

不!不!不是报喜!是蛤蟆滩的统购工作完成了。他们要锣鼓喧天地向黄堡镇粮食购销站送粮了。

这是为什么呢?两个月的工作,难道半个月就完成了吗?稻地野滩里的这伙从前的佃户和长工,嘿!真行啊!

梁生宝互助组的成功,使得总路线的意义在蛤蟆滩成了活生生的事实了。生宝互助组密植的水稻,每亩平均产量六百二十五斤,接近单干户产量的一倍。组长梁生宝有一亩九分九厘试验田,亩产九百九十七斤半,差二斤半,就是整整一千斤了。这八户组员里头,有五户是年年要吃活跃借贷粮的穷鬼,现在他们全组自报向国家出售余粮五十石,合一万二千斤哩。这是活生生的事实——它不长嘴巴,自己会说话的。梁生宝、高增福、冯有万、任老四、欢喜、冯有义、郭锁,以及为了熬好名声争取将来能当干部而好好"表现"了半年的白占魁,现在都站在大伙面前,大伙可以看见!

蛤蟆滩的大部分贫农和普通中农,只进行了余粮摸底,根本不需要个别说服这一套。只有一个中农名叫虎头老二,不愿意一下子出售五石余粮。蛤蟆滩能说会道的宣传鼓动家、代表主任郭振山,把肚里所有关于总路线的学问,统统向老汉说尽了,老汉还是只出售三石。虎头老二后来加到三石二斗、三石三斗、三石三斗五升、三石四斗。当加到三石五斗的时候,虎头老二赌咒说:要是再加一斗,他就是四条腿了。热心的郭振山宣告失败了。丰收以后有钱在脖颈里围一条白毛巾的梁生宝,去了。

生宝走进虎头老二的草棚院,亲切地笑笑,叫大名而不叫外号说:

"兴发二叔!听说你心情不畅快,侄儿看望你来了!……"

虎头老二惭愧地低了脑袋,再没有抬起头来。眼前站的是民国十八年来蛤蟆滩的小叫花子嘛。可怜娃子后来给人家看桃园,后来割牛草卖给没娃的庄稼人,后来当吕老二的长工、佃户,后来怕抓兵,是个钻终南山不敢在平原上露面的黑人。现在蛤蟆滩人人尊敬他,个个喜爱他。秋收后,在总路线的风声传到蛤蟆滩以前,好像有人故意要试验梁生宝的德性深浅似的,生宝屁股上每天跟着几个卖地的人。全村人盯着:看梁代表打下那么多粮食,他不买地做什么用呀?人家生宝始终不搭手买地,说他的粮食准备着做来年互助组的生产投资呀。……

虎头老二抬不起头来了。郭振山再来说服十回,他可以不应。但他怎么能折梁代表的面子呢?折了这个人的面子,全蛤蟆滩的庄稼人都会对他孙兴发老汉冷淡的。终于,虎头老二把真心话倾吐出来了。

"唉!二叔没脸和你侄儿说话。唉!二叔心思:振山老大怎说也不应,就没人再来说服二叔了。想不到你侄儿来了。罢罢罢!就是了!五石就五石!"

生宝什么话也没说,嘻嘻笑笑,拿自己的短烟锅,尝了老汉一袋生烟叶子,表示出来亲热以后,就说他忙,告辞走了。

蛤蟆滩的几家富裕中农,连一个晚上也抵抗不住贫农和普通中农拥护统购统销的气势。村干部给梁生禄算下九石余粮,给铁人郭庆喜算下十一石,给郭世富算下十八石。他们都谨小慎微地拿出来了。不管怎样,他们的庄稼院坐落在蛤蟆滩贫农和普通中农的庄稼院中间，全国没有一个完全是富裕中农的村庄。在分散的庄稼人面前，富裕中农有时会神气十足的。但在沸腾的群众运动面前，富裕中农要多听话有多听话。世富老大春天那股神气，现在完全消敛了。现在，他土改时期吃不下饭的那病，又犯了。不过，听说，没有上一回犯得重。他能下炕，只是不出街门罢了。

只有姚士杰一人企图顽抗。村干部给他算下三十五石。他回家对婆娘说：

"给我拆洗被！给棉裤里添絮些棉花！"

婆娘不明白，惊问："为啥？"

"我大概是坐禁闭的门儿多！班房子里保险不暖和咯！"

迷信老婆和他婆娘，都愁眉苦脸劝说他，软化他。

"卖了吧！卖了吧！咱前楼上不是有百十石粮食吗？"

"人要紧！粮食放在楼上，人到县里去守法，为啥？这社会！阿弥陀佛！这社会！阿弥陀佛！阿弥陀佛！阿……"

姚士杰拧住眉毛，咬紧牙说：

"粮食多少不当紧，这口气，我咽不下去！他妈的！这是买粮吗？他们说了宣传教育，不强迫。我就要顶一顶，试试看到底强迫不强迫！就是非卖不结，我也要抗到腊月二十三！看他们能把我怎？高二进咱院来，你两个愣哭。我叫你们给我拆洗被，看他小子怎说？"

姚士杰把手里的白铜水烟瓶往竖柜上使劲一放，又使劲一推。他推倒了水烟瓶不要紧，撞倒了酒瓶。酒瓶又顺便打破了穿衣镜！婆娘和他妈，很心疼，姚士杰不心疼。他是一个很厉害的人。他说：

"打破了另买！活在共产党手底下，咱要钱做什么？"

但就在第二天早晨，吃过早饭的时候，姚士杰两年前土改中所害怕的事情，想不到"国家买粮食"的时候，猛不防落到他头上来了。既不是官渠岸西头人民代表高增福一个人,也不是代表主任郭振山一个人,而是一大群蛤蟆滩的庄稼人,涌进姚士杰的四合院里来了。一部分村干部和积极分子,一部分要求来给他们做后盾的群众,还有一部分来看姚士杰的热闹。但当成百个庄稼人——其中有许多老汉、老婆、女人和小孩,乘机涌进四合院观光的时候,根本分不清楚谁是抱着什么目的来的。在姚士杰的感觉上,全是和他敌对的人,全是他所痛恨的草棚屋庄稼人。

世界上没有一个在精神上和人民群众敌对的人,是真正厉害的人,不管他手里掌握的是政权,还是军队,或者财产。当姚士杰独自在四合院的时候,他想着他可能咬钢吃铁,但当他一旦站在和他敌对的群众面前,他浑身的骨头就有点酥起来了。

姚士杰站在正房门台阶上,脸红腾腾。在正房中间屋,迷信老婆"临时抱佛足",给菩萨插香、磕头。在正房西屋,姚士杰婆娘从窗纸上糊的小块玻璃往院里盯。两只戴银镯子的手蛮哆嗦,蛮哆嗦……

高增福站在西厢屋台阶上,十分满意地说:

"士杰!知道你的话难说,大伙说我不行,来的人多。……"

郭振山在东厢屋门台阶上,严厉地说明当前蛤蟆滩的新形势:

"姚士杰!现时,咱五村,每家每户向国家卖的余粮,都定点了。现时,就等着你哩!你一定点,就入仓呀。你好好思量。把你眼皮挺起来嘛!你甭光看你的脚嘛!看看咱蛤蟆滩的庄稼人嘛!"

但姚士杰不抬眼,只看着他的脚。满院的群众嚷嚷起来了。

"慷慷慨慨!甭装可怜虫!"

"这伙人不是到龙王庙求雨!"

"你是个聪明人嘛!"

姚士杰抬起头,显得十分可怜的样子,说:

"好乡亲们哩!我没那么多余粮嘛!有,我还不卖?世上有人不喜愿光荣吗?光荣!光荣!要拿粮食光荣哩嘛!我有四十亩地,均拉打上一石,才四十石粮。你们给我算下三十五石,我一家人嘴缝住?屁股填哩?牲口不吃?你们这是要我的命哩嘛!"

"强辩!"郭振山大喝一声,"瞪着眼睛说瞎话!给你说得清楚!二十石是余粮,十五石是陈粮!"

"我没陈粮……"

"你的陈粮哪里去了?"高增福大声问。

姚士杰说:"春上抢大价,粜哩……"

"胡说!你春上没粜粮食,反倒买了些粮食!"人群中说话的是高增荣。他和姚士杰搭伙种地一年,清底。他拿这个有力的揭发,希望获得群众对他今年失掉立场原谅。

郭振山又向人群拥挤的前楼下马房门口,寻找第二个证人。

"拴拴!你知道他卖粮来没?"

拴拴慌忙说:"卖来哩!好几个人给他卖来哩!"

满四合院的人群哈哈笑了。拴拴很紧张,连忙解释:

"咱有啥说啥!咱不偏随富农……"

孙水嘴在旁边笑问:"拴拴!到底是他卖来哩,还是他买来哩!你怕把张翠莲说成李翠莲了!"

拴拴,看来脑筋很直,很费劲地对孙水嘴拐弯说:

"人家卖来哩,他买来哩!三回!"

现在,全体群众都盯住姚士杰煞煞白的脸孔了。姚士杰没话说了。高增荣和王拴拴把他拿住了。他咬了咬牙,恨增荣和拴拴。他不仅有陈粮,而且他在春天还买进了二十来石小麦,放在前楼上,在城市和乡村粮食紧张的那些日子里,只要是能给共产党领导的人民政府增加一点点困难,他就要干。他说的:他要钱做啥?……

站在当院的任老四,气得脸发了青。他在人群头上高举起旱烟锅,大吼大叫,唾沫星子溅到房顶上去了:

434

"毛主席提灯笼,把俺往总路线儿上引哩!你小子想把灯光给俺遮住?打你个狗日的!"

任老四卷着袖口,往前挤。大伙把他挡住。显然,老四太过火了。不过人们知道,他想借这个机会,为姚士杰从娘家那边引诱素芳熬月子的事,出口气。大伙惊奇:啊呀!刚刚开始不缺粮了,任老四就变得这样厉害了!

大伙把任老四不适时的恼怒,平息下去了。代表主任郭振山来以前准备好最后说的话,现在到说的时候了:

"姚士杰!俺们明日要入仓!嗯!俺们不等你了!你的问题儿,看起来,五村的群众解决不了!交给乡上,看政府怎办!蛤蟆滩锅小,煮不烂你这颗牛头!"

郭振山转向满院的群众,发布命令似的说道:

"乡亲们!咱们走吧!咱们入咱们的仓!不算他富农的余粮,咱们也超了额哩!没得狗屎,也种白菜!"

于是,满院的群众,如同拨开水口的稻地水,哗哗地从街门里流出去了。

姚士杰的婆娘,在街门外追上走在人群后头的郭振山,死央死告:

"郭主任!入哩!俺入仓哩!娃他爸说,俺一家大小明年不吃,也要给公家卖够数……"

高增福反驳道:"你胡说白道!你们为啥不吃?我们买余粮,不买口粮!你们为啥不吃?说出这话,还是反对!甭入!"

但急于争全县第一面红旗,决心要在这次余粮入仓中走在窦堡区大王村前头,见识比较开阔的郭振山劝增福说:

"叫入吧!狗嘴里吐不出象牙,富农嘴里没好话。"他转身对姚士杰婆娘,"叫预备粮食!七成细粮,三成粗粮!错了一斗也不行!明早装车!"

姚士杰当天从外村寻了两家嫡系亲戚来，当夜把三十五石粮食从楼上盘到楼下，倒在三个席囤里头，准备装车了。……

在蛤蟆滩的统购粮食入仓工作中，有能力的代表主任郭振山，充分显示了一个庄稼人卓越的魄力和组织才能。在一九五三年十二月的最初几天，当各村干部每天白日黑夜在下堡村乡政府开会的时候，郭振山心底还很虚。他害怕他一年来和党的路线背道而驰的自发行为，会第二次受到批判。他嫉妒梁生宝的成功，羡慕小伙子"幸运"。他每次到乡上，有胡楂的大脸盘，总是红腾腾的。他走进乡政府会议室，总是挑选一个不惹眼的角落蹲下去，一个劲吸旱烟。他逃避区委王佐民书记和下堡乡卢支书的目光，尽管二位书记的目光是兴奋的、慈爱的和亲切的，丝毫也没有首先发动一场党内斗争的意思。直至最后，王佐民书记看出来了，有少数新中农党员精神惶惑。他宣布：所有沾染了农民自发思想的党员，只要在这次运动中表现很好，过去的不光彩思想，就不准备翻腾了。他说：党对党员错误思想的批判，目的是为了改正；只要党员拿党中央决议的镜子，照出自己脸上不光彩了，只要自动改正了，就好嘛！这一说，郭振山怀里揣的一块石头落地了。几个新中农党员，纷纷检查自己的自发思想。聪明的郭振山，从来不在这种浪头上顽固，也检查了几句，说他对互助合作认识不清，没想到只要十五年完成合作化；根本不提他准备给韩万祥砖瓦窑投资的事。当运动下到村里的时候，白铁皮做的传话筒，别人就再也摸不到了。郭振山整天在胳膊底下挟着传话筒，好像这是他身体的一部分。每天，蛤蟆滩的庄稼人在草棚屋里随时有可能听见代表主任的最高音，在初冬的稻地野滩里震荡着。郭振山仍然是五村的总领导人。为了我们的共同事业，只要自己认识了错误，只要他的活动，基本上对人民有利，那就好了。

蛤蟆滩统购粮食的入仓工作，郭振山得到王佐民和卢明昌的大力支持。他们让下堡乡长樊富泰给他从大十字、王家桥、郭家河和马家堡动员了三十辆牛车，每辆自带六条口袋。他们赞成郭振山的计划，搞得热火一点好，推动全黄堡区各村的运动嘛！郭振山兴奋得心花怒放，跑得满头大汗，嗓子都快喊哑了。不要以为郭振山没用了！郭振山还是郭振山！他自认是一个对革命非常有用的人。……

领头的大车是郭振山的大辕牛，角上挂着红布。红旗在前面引导，接着是锣鼓乐队，接着是穿着花红衣裳的祖国花朵——妇女和儿童。在宣传总路线的时候，人们说的那些社会主义幸福生活的前景，使得他们没有办法不欢笑啊！到黄堡镇上去露脸，享受光荣的甜蜜感觉，是自愿的。代表主任宣布：不愿去的，不要去。富农和几家富裕中农的妇女，都没有去。孙水嘴挑选了领导妇女们呼口号的工作。男子汉吆牛车，或者推独轮车。郭振山拿着传话筒，跑前跑后照应。初冬的温暖阳光，照着二里长的运粮队伍。牛车上，红色的和绿色的三角纸旗，在前进中招展着。周围所有村庄的庄稼人，男女老少，都涌到村外，来看光荣的蛤蟆滩群众。这个热烈的场面，终南山啊！你不受感动吗？你在这里蹲了亿万年了，你倒见过什么呀！

奇怪的是：为什么好多大伙熟悉的人物都不在这里？他们为什么不参加一辈子忘不了的历史壮举？蛤蟆滩的庄稼人、妇女、儿童，都在这里嘛！

他们怎么能在这里呢？梁生宝、冯有万和任志光三人，早到渭原县互助合作训练班学习去了。本来要高增福也去的，他有官渠岸西头他自己选区的工作，还有他们互助组施冬肥的农活，留下来了。渭原县冬季工作的分工是：陶书记负责统购统销，杨副书记负责互助合作，双管齐下，不失时机。据说：梁生宝他们要在县上学习半个月！

梁秀兰也不在这里。生宝他妹子也不在北杨村了。一九五三年七月,板门店停战谈判终于签字了。杨明山所在的部队,第一次轮换回国,驻在祖国的东北某地了。英雄杨明山,在九月底汤河流域割稻子的时节,回了一回故乡,看了父母亲,同时结了婚,把我们可爱的紫糖色脸闺女带走了。

怎么?改霞也不在这里!怎么?改霞应该在这里嘛!我们本来希望她和生宝在冬天结婚的,她哪里去了呢?改霞,她这时在北京长辛店铁路机车厂当铸工学徒了。西安要成立铁路机车修配厂,向各县要祖国农村最好的青年哩;卢支书知道改霞投考过国棉三厂,愿意出外,选中了她,把她介绍去了。小伙子们和闺女们,有的到了沈阳苏家屯当学徒,有的到了湖南的衡阳,改霞写回来信说:她被分配在长辛店了,学习期限是一年。改霞是七月间走的。她走的时候,梁生宝正和组员们爬在泥泞的稻地里施第二遍肥料。改霞朝生宝劳动的地方,最后好感地看了看,在心里头告别说:"盼望你成功,盼望你胜利,盼望你找个可心对象。我,这回是定要走了。……"

刚强的闺女,为了考虑把她和生宝的关系,告诉不告诉卢支书,她在党支部办公室脚地,站了一顿饭时光。最后,她决定坚决奔赴祖国工业化的战线。她尽管对生宝还有好感,但她走的时候毫不动摇。改霞在五、六、七的三个月里,把这个人生问题,翻来覆去,想得很深、很细。世界上的大学问家,不见得有恋爱的闺女分析男方那样深刻、细致。改霞想:生宝和她都是强性子年轻人,又都热心于社会活动,结了亲是不是一定好呢?这个念头,自从五月之夜不愉快的幽会中从她脑里萌起以后,她就再用铁镊子也夹不出去了。她想:生宝肯定是属于人民的人了;而她自己呢?也不甘愿当个庄稼院的好媳妇。但他俩结亲以后,狂欢的时刻很快过去了,漫长的农家生活开始了。做饭的是她,不是生宝;生孩子的是她,不是生宝。以她的好强,好跑,两个人能没有矛盾吗……在狂热的时候能放任自己的感情冲动，在冷静下来的时候，改霞也能想得很远，很宽。第一部的恋爱故事虽然落了一个不成功的结局，改霞虽然不在蛤蟆滩了，她的音信参加了宣传总路线的运动。改霞像全国所有的工人、军人和出外干部一样，给家乡的庄稼人写回来了信，要求乡亲们把余粮卖给国家，支援工业化，走互助合作的道路，特意问到生宝互助组的成就。铸工学徒改霞的信和军人梁生荣、电工郭振江的信一样，是在村民大会上朗读的。

梁生宝，在改霞走后，他才知道改霞走了。开头，他心中一怔，他好后悔了一阵，随后又被互助组的各种伤脑筋的事务岔开去了。生宝想不到：改霞竟不等秋后谈恋爱，竟不和他谈一次话，就走掉了。被事业心迷了心窍的小伙子啊！我们承认：你处理父子关系，处理和王瞎子一家人的关系，处理和郭振山的关系，处理白占魁的问题，都是相当出色的！但你处理和改霞的关系，却实在不高明。你为什么要划定恋爱的期限呢？为什么要在秋后空闲的时候，摆开恋爱的架势，限期完成呢？看来，你在这个问题上相当拘谨，不够洒脱，没有一点成功的经验哩。

卢明昌在介绍改霞走了以后，才知道这码事。支书很后悔。他抱怨梁生宝不早泄露他的秘密。实在，包得太严了！简直让人看不出来！两年以前，支书警告生宝注意他和改霞的关系，那是什么情况？现在又是什么情况？两人都有谈恋爱的条件了嘛！小伙子太死板哩！卢支书很惋惜地把这码事告诉了王佐民书记。王书记笑了笑，却不怎样惋惜。他说改霞有点浮，不像生宝那样踏实；恋爱是富于幻想的，而结婚则比较具体和实际。乡支书非常钦佩区委书记的分析，但当王书记说改霞自负太甚的时候，卢支书就不同意了。他说全受郭振山的影响！两位书记都担心生宝处理不好这个问题，要不是成十年八年地熬光棍，要不找了一个对他的事业没有帮助的女人。王佐民鼓动卢明昌干预生宝的私事。区委书记说：得便的时候,他也准备干预哩……

蛤蟆滩的余粮入仓以后,代表主任郭振山积极整顿官渠岸的互助组,追赶梁生宝。上河沿和下河沿的互助组,好像动员好了的军队一样,在宣传总路线的声浪中,就呼呼啦啦地联了组。在施冬肥的集体劳动中,梁生禄和拴拴都脸上无光地回组了。上河沿的铁人郭庆喜也入了组。贫农组员们嚷着要建立农业生产合作社,不过郭振山估计,在全县来说,他们不一定够上条件吧?……

一天,乡政府散会以后,郭振山把卢支书叫到院里的古柏跟前,疑疑惑惑地问:

"明昌,生宝他们这回在县里怎么学习这长的时光?怎么去了三个人呢?"

卢明昌很高兴地说:"预备建立农业生产合作社嘛!"

郭振山有胡楂的大脸盘,刷地通红了。像红布一样的红,而不是普通的红。……

半天,郭振山才吭出第二句话来:

"那么,我,怎办呢?党……"

"区委会上决定:你搞官渠岸的互助组。正预备和你谈一谈。你在互助组里磨练上一年,再带着一批互助组入社当领导,对你自己也有好处。一来,头一年不能办大社,你入了社,官渠岸的互助组叫谁领导?"

"高增福。……增福能行哩……"

"高增福要让人家入社!人家是建社互助组的领导人之一,到建社的时候,能把人家推出去吗?你是党员,人家是党外积极分子,咱组织上办事,能那样不合理吗?你说!不过,你这个喜愿走社会主义大路的意思,可好,可是个大进步。"

郭振山想着他在统购统销中刚刚建立的功劳,名满全区,很不服气:

"在五村建社,我不领导,我不放心!我怕他们弄不好!"

支书笑了。和郭振山有开玩笑交情的卢明昌,又像春天开活跃借贷会那黑夜在苜蓿地里一样,带着不重视郭振山这话的神气。卢支书为了不使郭振山太难为情,带笑脸说:

"你应当放心!这不是梁生宝和高增福两个人办社!这是咱们全党办社!好轰炸机哩!咱俩骂笑,我不怕惹下你。你这个爱吹的毛病,连你娃他妈都不爱听。振山同志,再不要夸大个人的作用了!给你说句从心窝窝挖出来的话吧,多少人就为这点,倒大霉了。……"

想到蛤蟆滩的农业生产合作社建立起来以后,自己在村里退到次要地位的那个尴尬,想到党对梁生宝看得比自己重,想到自己土改时的功劳竟然换不来组织对整党后自己"糊涂一时"的原谅,倔强的郭振山的大眼睛,竟被泪水罩起来了。

但是,倔强的郭振山不会让眼泪流出来的。他挣扎着硬不眨眼,让泪水在眼睛里打圈圈,然后在身体内部从鼻泪管流下去了。但有一滴流错了路,没有进咽喉去,而从多毛的大鼻孔出来了。郭振山把它当做清鼻涕,用一个指头抹掉了,擦在鞋底的边上。

下堡乡党支部书记多么吃惊个人主义的顽硬啊!卢支书心里想,好在他只说了"一来",没来得及说"二来"。要是他把区委会上讨论这个问题的真实情形,全部告诉郭振山,振山老大对党组织会怎样想呢?

在区委会上,委员们有几个主张郭振山当农业生产合作社主任的人,但以五票对八票被否决了。表决以后,区委书记王佐民才对大伙说明:党不能把一个不保险的人物,推荐给本区第一个农业生产合作社的社员当领导人。当然,要是推荐,有党的威信,社员们是会接受的。王佐民认定:将来的事实会证明,在互助组里磨练磨练,以后入社,这是郭振山面前一条稳当的道路;现在入社当主任，有可能损害了党的威信，郭振山本人也垮台了。毛主席指示：骨干要公道、能干。郭振山能干，不公道！……这样说明以后，几个对下堡乡变化不摸底的委员，才改变了土改时的印象，一致通过了梁生宝。区委会把材料写给县委，县委经过讨论，最后才确定了。

梁生宝、冯有万和任志光，从县上回到蛤蟆滩的第三天，灯塔农业生产合作社的新名词，就在汤河流域几百个大小村庄里，风快地传开了。……

阴历十一月二十三，黄堡镇逢集。街上的庄稼人特别拥挤：有送余粮的，有到银行营业所存款的，有拿卖余粮的钱买东西的，有领着闺女在集上和对象第一次见面的，有"恋爱"已经成功到镇上来照相的……街道是庄稼人的海，几家饭馆里传出嚎叫的猜拳声，那是富农们在用野蛮的呐喊，发泄他们窝在心里头的郁闷！

不管庄稼人们喜欢不喜欢，市集上都在谈论几处黑板报上用红粉笔标题的大消息：本区的第一个农业生产合作社——灯塔农业社成立了。为庆祝这件事，区级各机关、事业单位和小学校，在街道上大贴标语，红红绿绿，如同庆祝什么纪念日似的。

在南街十字附近，在供销合作社的烟、酒、醋、酱门市部门前，刚开始舍得吃了的庄稼人，站了一长排队。黄堡的杂货铺很多，到处什么都可以买，价钱一样，掏钱拿货，快得很。但庄稼人宁愿在供销合作社的门市部前面站队。他们相信党和政府，也就相信公营商业的道德。庄稼人最害怕吃亏了。不管是什么时候，他们对商人始终保持着高度警惕。……

现在，烟酒门市部前边排队的几十个淳厚庄稼人，也在谈论蛤蟆滩的灯塔农业社。人们传说：主任姓梁，名叫生宝，很年轻，才二十几岁，早先名气不甚大。……

"他爸叫啥呢?"前头的山羊胡子老汉扭头问。

后头的一个戴毡帽的罗锅老汉,感叹说:

"唉!他爸没名!听说跑了一辈子南山,官名叫啥,人都不知道喀!你看吧!这社会,就要在咱穷庄稼人里头出人物哩!"

等等、等等的谈话以后,都表示要抽空子到下堡乡去,拿自己的眼睛,亲眼看一看。耳听为虚,眼见为实嘛!人们说:牲口要合槽,农具要折价,土地要入股,庄稼人要编生产队。啊呀!可不简单哪!这个梁生宝到底有多大能耐呢?就算有党和政府的靠山,当农业社主任不是一根棍儿,立在那里就行了。总之,庄稼人们又有兴趣、又有疑虑——好事倒是好事,就看办得怎样呢!……

排队买东西的第十七个老汉,个子本来很高大,因为罗锅腰,显得低了,不被人注意。他穿着笨手笨脚的新棉袄新棉裤,左胳膊上挂着一个竹篮子,里头平放一个空豆油瓶。他低头用右手指抹眼泪,抹掉又溢出来了。

大伙终于注意了这个奇怪的老汉。为什么在大伙高兴的时候,他流泪?而且看样子流上没完了。

所有的人都看见:这个老汉满面很深的皱纹,稀疏的八字胡子,忧愁了一辈子的眼神,脖颈上有一大块死肉疙瘩。看来,几十年沉重的劳动,在这个人身上留下过多的痕迹,很明显、很突出。上万赶集的庄稼人里头,这样的人也是少数!

终于,有人认出来了——这是梁生宝他爸嘛!

梁三老汉,在庄稼人们谈论灯塔农业社和社主任梁生宝的时候,他想起了他爹和他两辈子创业的历史。实在说:那不算创业史!那是劳苦史、饥饿史和耻辱史!他爹和他合起来,在世上活了一百来年,什么时候倒在一个冬天同时穿上新棉袄新棉裤来?总是:棉袄是新的,棉裤是旧的;几年以后,棉裤是新的,棉袄又是旧的。常常面子是新的,里子是旧的,或者絮的棉花是旧的。土改后,梁三老汉曾经梦想过,未来的富裕中农梁生宝他爹要穿一套崭新棉衣上黄堡街上,暖和暖和,体面体面的!梦想的世界破碎了,现实的世界像终南山一般摆在眼前——灯塔农业社主任梁生宝他爹,穿上一套崭新的棉衣,在黄堡街上暖和而又体面!秋收后,宝娃子对他妈说,旁的什么都不忙,先给他爹缝全套新棉衣,给老人"圆梦"要紧!老汉说:

"宝娃子!有心人!好样的!你娃有这话,爹穿不穿一样!你好好平世事去!你爷说:世事拿铁铲子也铲不平。我信你爷的话,听命运一辈子。我把这话传给你,你不信我的话,你干吧!爹给你看家、扫院、喂猪。再说,你那对象还是要紧哩。你拖到三十以后,时兴人就不爱你哩!寻个寡妇,心难一!"

但生宝娘俩,还是坚持给老汉"圆梦"。老汉想起这些,感动得落泪了。人活在世上最贵重的是什么呢?还不是人的尊严吗?

当排队的庄稼人顾客知道这是灯塔农业社梁主任他爹的时候,一致提议让老汉先打油回去,老汉上了年纪,站得久了腿酸。梁三老汉不干,大伙硬把他推拥到柜台前面去了。

梁三老汉提了一斤豆油,庄严地走过庄稼人群。一辈子生活的奴隶,现在终于带着生活主人的神气了。他知道蛤蟆滩以后的事儿不会少的,但最替儿子担心害怕的时期已经过去了。

第二部

上　卷

第一章

立冬以来,汤河流域一直没有认真地冷过。冬至到小寒的半个月中间,曾经变过一回天,刮了一下午五级到六级的西北风。那天黑夜,落了不到二寸雪。第二天太阳一出,刚刚半天工夫,一层薄雪就化得无影无踪了。隆冬的渭河平原,白日仍旧温暖如春。蛤蟆滩渠道里的紫草和鸡爪草,青翠晶亮,在急湍的清流里快活地漂摆着。庄稼人们谈论着:解放后的冬天比解放前的冬天暖和了。有些人说:是人们心里暖和。那些人则坚持:天气也的确暖和了,而且还是一年比一年暖和啊……

阴历癸巳年十一月二十七,小寒前六天,一九五四年在人们不知不觉中来到了蛤蟆滩。

在蛤蟆滩周围——在黄堡镇、上堡村、下堡村、冯店村、章村、杨村,以及田地和蛤蟆滩毗连的峪口区赵村和竹园村,新年来得相当热烈,有声有色。向农民宣传总路线的运动,已经乡乡进入敲锣打鼓送粮入仓的阶段了。区、乡政府、商店、邮政代办所,都贴起拥护社会主义革命的红纸对联了。各乡的六年制完全小学,为了庆祝五年计划的第一个新年,在街道上扎起了柏叶牌坊。老师们和高年级学生们,还敲锣打鼓,化装游行哩。有的装扮成非常愉快的工、农、兵、学、商群众,拿着工具、农具、武器、钢笔和算盘,手舞足蹈,歌颂共产党和毛主席。有的装扮成艾森豪威尔、杜勒斯、麦克阿瑟和他们在中国的台湾岛上豢养的走狗。看看艾森豪威尔愁眉苦脸,杜勒斯阴险毒辣的样子吧!麦克阿瑟在游行的行列里颠跛着,架着伤兵拐棍,显出一副狼狈相。把余粮卖给国家以后心情愉快的庄稼人们,指着穿黑礼服、拿文明棍的那个美国人，叫他："杜老四！杜老四！"然后呵呵地笑着，高兴极了，畅快极了。……

但这个时候，整个蛤蟆滩却是严肃的。上下河沿大约有三十户的庄稼人，要和几千年古老的生活道路告别了。他们要走上一条对他们完全陌生的生活道路了。所有坚决走这条新路的庄稼人，对农业生产合作社有疑虑的庄稼人，和被邻居们造成的形势逼着不得不跟着走的庄稼人，家家户户都在经历着一个激荡人心的历史时刻。心情振奋的、心情沉重的和心情郁闷的灯塔农业社各阶层的社员们，他们把心思全贯注到建社的事情上去了。就说那些决定暂时不入社的庄稼人们吧，也在眼巴巴地盯着，看灯塔社到底怎么办呀。谁还算它哪一天过阳历年呢？可以说蛤蟆滩的大部分庄稼人，对周围大村庄的锣鼓声和歌舞游行，没一点兴趣。甚至于中共渭原县委派到这里的建社工作组，对过新年这码事也糊里糊涂。建社工作组和建社委员们，一部分人在忙"四评"——评土地等级、评劳力底分、评牲口价和农具价；另一部分人在抓思想教育，对所有将来要参加集体劳动的男女社员，进行有关团结性、组织性和纪律性的起码的教育。和这两样事情同时，在下河沿冯有义草棚院和上河沿郭庆喜草棚院，给两个生产队的饲养室盘槽的工作，也不能被挤掉。所以，中共黄堡区委，在元旦早晨，派骑自行车的通信员到蛤蟆滩，通知建社工作组的县区干部去参加新年会餐的时候，大伙都瞪眼了。

"啊呀！今天已经是一九五四年了吗？……"

一九五四年了。元旦这一天，好平静的蛤蟆滩呀！渠岸上有啃枯草的牛。庄稼院周围有觅食的鸡。温暖、明朗的阳光，热情地把庄稼人吸引到室外来，开会、做活、闲谈。谁不愿意享受冬天的好天气呢？只有姚士杰一人，在他的四合院正房东屋炕上，抱着脑袋睡觉。

郭世富在统购粮入仓以后,今天是第一次出了街门。这位大庄稼院的家长,和从前一样,衣冠整洁。他头上戴着老伴在热天给他保存得很好的毡帽。他浑身上下,穿着一色新浆洗过的黑市布棉衣。他要尽量摆出一种"没有什么"的神气。但没出街门的这半个来月光景,毫不留情地在他外貌上留下了惹眼的痕迹。老汉瘦啰——脸色暗了,颧骨高了,皱纹深了。他两鬓的白头发,也比粮食统购以前多了一些。春天,老汉兴高采烈地盖起了准备囤放余粮的前楼;诸葛亮活着,也想不到当年冬天,共产党就想出这个粮食统购统销的主意!每一场空欢喜后头,都紧跟着一场实难受。十八石余粮,卖得老汉体重至少能轻十斤!

世富老大现在出了街门,他看看官渠岸村巷的东头,又看看西头。噢!那里,在小土神庙前头,官渠岸的"闲话站"上,几个老中农在晒太阳,说闲话哩。看见了他们,老汉皱纹脸上有了一丝笑容。他在背后提着长烟锅,朝那几位闲人走去了。

出门见喜!今天在这里的是几个好庄稼人。他看见一个身材粗壮的结实庄稼人,站在那里正发什么议论。那不是杨加喜吗?是哩!就是他!这人言多,可是个有钢的人。民国十年前后,加喜在下堡村卢秀才书馆念过三年书。半部《论语》囫囵装在肚里头,怕至今也没消化开;可是他念过《朱子家训》这本农村名著,可在官渠岸行了好事。世富老大不识字,趁下雨天和上集走路的工夫,他向杨加喜学了许多朱柏庐①治家格言。那些格言,几百年来,都是大庄稼院过富裕光景的经典。郭世富一个粗笨庄稼人嘛,要不是这位明朝人的精神影响,他哪能使一个落荒到蛤蟆滩的穷家,发达成现在的样子呢?现在,世富老大看见杨加喜站在土神庙前,大声说笑,他立刻感觉到心里宽慰了许多。加喜和他爹务劳起三亩大一片桃

---

① 辞源注:朱柏庐,明季诸生,入清隐居不仕,其学确守程朱……

园。他家每年收入几百元,家业渐渐兴旺起来了。种庄稼的学者侃侃而谈,这就证明粮食统购统销和灯塔农业社建立,对于富裕庄稼人,并不像世富老大蹲在炕上所想象的那么暗淡吧?

郭世富看见了:蹲在杨加喜左边的,是虎头老二。嘿!数九天,头剃得光亮,舍不得叫老婆给你做一顶帽子戴?这孙兴发养一匹好马,见天早晨出去拾粪,牵着马遛。谁想碰碰马的缰绳吗?滚开!人家都叫他"马亲家"哩。蹲在杨加喜右边的,世富老大闭上一只眼,也认出那是草阎王郭振云。这人对庄稼地里长出来的杂草,铁面无情,锄草刨根,狠心透了。他做活没个定时:肚里饿得动不得了,就算晌午了;看不见做活了,就算天黑了。这两个"务实庄稼人",曾经不止一次当众宣布:他们不喜愿互助合作。这是毛主席许可的!他们不像有学识的杨加喜那样灵活,看见对自己有利的时候,就和贫雇农邻居们互助做活。他们比杨加喜更加"务实"。世富老大从心眼里喜爱他们。想起他们,他就觉得自己在下堡乡五村,绝不像姚士杰那么孤立。他是有伙伴的!

郭世富从村巷里向土神庙走着,在心里宽慰自己:

"算啦!甭难受啦!十八石粮食,从黄堡粮站的仓库里头回不到咱楼上了。咱白难受做啥?咱还是往前看吧!"

现在,世富老大慢慢走到小土神庙前头来了。

孙兴发和郭振云站起来了,表示欢迎官渠岸的长辈来到"闲话站"。老汉自信:他在他们中间的威信,是用了几十年的时间建立起来的,是共产党不可动摇的。

郭振云咧开稀疏胡子的嘴巴笑着,亲切地说:

"大叔!你看日头爷爷多红?噢?"

"噢!"本家叔叔很和善地笑笑,说,"不像数九天……"

孙兴发一只粗糙手摸摸亮光头,说:"头九,二九,不算九,小寒到大寒,才冷呀。……"

"对!"郭世富也同意,"小寒不冻大寒冻,大寒不冻来年定起虫……"

闲话说得十分愉快。但完全靠自家的劳动培育起一片桃园,多少有点自负的杨加喜,对世富老大就不那么尊敬。他看见他红光满面的胖脸上,带着嘲笑的表情。四十多岁的粗壮庄稼人,一只手拍拍饱满的肚皮,问郭世富:

"怎样?好些哩?你?"

"好哩。"世富老大痛快地回答,努力把脸挺得板平,表示他已经不在乎那十八石粮了。

但是旧社会不断地向他传授过治家格言的杨加喜,并不放弃教给他新社会过日子的新态度。聪明庄稼人更加明白地劝说他:

"往宽处思量。老哥!咱土疙瘩庄稼汉嘛,顺着国策走,没错!这如今,人民政府按牌价买粮食哩。你记得不?国民党要了军麦,又要马料。嘴说等着发官价,给过你一个麻钱吗?嘿!提着马棒,到咱官渠岸来,吓得鸡飞狗跳墙。你郭世富没挨过马棒,还是我杨加喜没挨过马棒?……"

马亲家和草阁王声明:他们没有挨过马棒。不管国民党的官兵从黄堡镇过汤河,还是从下堡村过汤河,他们总是来得及朝峪口区的赵村或竹园村跑。人家从来也没有追上他们过……

可怜的郭世富说什么呢!他挨过国民党的马棒。为了军麦的事也挨过,为了马料的事也挨过。他总是希望:多说好话,少拿粮食。他想:国民党也是人嘛。谁知道马棒和拿马棒的人,全没人性。唉!杨加喜!你的嘴真爱拍!说起来好像口袋装西瓜,直出直入,没有拐弯,也没有分寸。他也挨过马棒嘛!你说这个,有什么光彩吗?现在,世富老大不得不说几句话,来表明他对粮食统购统销的态度了。

世富老大在孙兴发和振云侄子中间,蹲下来。他把烟锅插进烟

布袋里头。他一边装着烟叶,一边思量着。他望着终南山一直白到山脚的雪峰,想好了他要说的几句话:

"加喜!你甭冤屈好人!自解放到如今,五个年头了,咱没违抗过国策。把余粮卖给人民的国家,支援工业化,咱最满意。咳!粮食放在家里能怎?虫吃,老鼠糟蹋。加喜兄弟哟!粮食不是在楼上放着哩。粮食是在哥的心上放着哩。这如今,一下卖了倒好!为啥哩?省心!钱存在银行里,用多少,取多少,还有利息哩……"

他把干部们宣传的话,全部说完以后,才划着洋火,吸着了旱烟。他现在相当的平静。杨加喜新旧社会对比的话,对他起了一些作用。他说话的表情临时增添了真实的感觉。

畅快人杨加喜仰脸对着雪白的终南山,哈哈大笑起来:

"那么,你今年肚疼,不是疼粮食吗?"

"唉——"郭世富长长地叹了口气,难受地挤了挤眼,说,"好兄弟哩!人过了五十,如比庄稼过了白露,一天不如一天。我这肚疼病,年年冬里犯,有一年日子多,有一年日子少。你又不是不知道?受了凉犯,吃不对胃口也犯。屋里人都说:要当心。当心!当心!土疙瘩庄稼人嘛,七事八事,紧时忙时,怎个当心?"

他说得杨加喜、孙兴发和郭振云三人,都很感动。他的到来引起的这段插话,就这样搁过去了。

蛤蟆滩的评论家杨加喜,现在言归正传了:

"第一生产队的队长是冯有万,妇女队长是郭秋霞……"

"郭秋霞?"兴发老二和振云老三惊住了,"哪个的媳妇?"

"媳妇?这辈子当不成媳妇啰。欢喜他妈!任老三的寡妇!几回普选,咱叫她起官名,她都不起。咱这个选举委员脸面小,只好在选民册上登记任郭氏。这回她要当社干部,得报县委批准。她托建社工作组的女同志王亚梅,给起了个郭秋霞。王同志说这是老来红的意思。"

三个听众都嘿嘿笑了。老来红！真个可笑！在他们老庄稼人脑筋里，一个新时代女性的名字，一个五十多岁老婆子的模样，两样怎能联系起来呢？叫起来不嫌歪嘴吗？欢喜他妈不脸红吗？

郭世富很高兴知道灯塔农业社的情况。他可惜自己来迟了，没有从头听起。他想问问社长、副社长和会计是谁，但是自负的评论家继续报道了：

"第二生产队的队长是杨大海，妇女队长是廖树芬，拐子福旦的媳妇。才二十一岁，拖了两个娃子。你们口张了那么大做啥？振山给他们建议来：'不行啊！不行啊！一个家里妇道多了，还惹是生非哩。上河沿生产队二十来个女劳力，毛长嘴尖，拐子福旦媳妇怕拿不起来吧？'人家不听。人家单挑劳动好，诉旧社会的苦能哭下的那号人。卢支书说：办社走贫雇农路线，比土改还当紧。区委王书记说能耐是锻炼出来的。咱振山见区乡的头头一个调儿，他再没吭声……"

三个老中农听着，一个个都点着头，表示佩服郭振山精明。他们的观点接近：灯塔社男干部的阵势倒还罢了，要是出乱子，就在女人们这方面。在他们老脑筋的印象里，无论哪个大家庭分家，都先是女人们过不到一块。他们很高兴能够站在这样近的旁边，看见全区第一个农业社的成立和垮台。这是多么有趣的事情啊！

郭世富很爱听这种谈论。他打听灯塔社当头目的人选。他觉得办得成办不成，这个最重要。但是杨加喜不喜说重复话。振云侄子给本家叔父介绍：

"梁生宝是社主任。高增福是副主任。欢喜是会计。驻社干部就那韩培生嘛！你不记得吗？高个子……"

世富老大听了，低了头。他的脸色阴沉了。他心想：真倒霉！这几个人，他看见他们，心里就怪别扭。他们终于还是扭到一块办社！世富老大打了一个寒战，觉得今天很冷。他和灯塔社的这帮将领,暗暗较量过。他知道他们是些不很弱的人。杨加喜随便轻视他们,不见得明智。

一贯自负的杨加喜,现在开始谈论办事能力的重要性。

"能耐不要紧吗?"他大声地笑着说,"既然能耐不要紧,振山是官渠岸的人,又不入他上下河沿办的灯塔社,为啥要吸收他当建社委员哩?评地等,评牲畜,评农具价,哪样事情不要咱的郭主任说话?都叫他社外公道人!没点眼力,怎能公道?实话说吧!郭主任说下的,就和斗量过、尺子打过的一样。有一回,一个西杨村人,提一包棉花路过咱村。振山说:能有十二斤。我心里思量:不信你长个金口玉牙!我故意从屋里取来秤一称。好!十二斤四两!"

杨加喜说毕,两手响亮地一拍,然后摊开,仰头朝着冬季浅蓝的天空,哈哈大笑。这个自足、自负的庄稼人!他完全不能克制自己表明对能人的崇拜。他丝毫也不像有意扩大郭振山的影响。但他这番评论,却无形中感动了三个老一代庄稼人。他们对官渠岸的群众领袖——代表主任郭振山,也是满怀着尊敬。郭世富突然领悟到:将来在蛤蟆滩有资格、有本事同灯塔社较量的,恐怕只有郭振山。

郭世富多么后悔,活跃借贷失败以后,千不该万不该怠慢振山侄子。他恨自己老糊涂了!

"人为一口气,丢了十亩地。实实在在!"郭世富难受得自思自叹。

世富老大噙着烟锅,低着头,恨他自己:为什么在讨论活跃借贷的会上,摆出一副傲慢的态度呢?为什么不继续拿出石把粮食,光一光振山侄子的脸面呢?他从郭县买回来"百日黄"稻种,为什么只打发一个小女娃告诉振山侄子呢?人家是很强的人,怎能低三下四来分稻种吗?糊涂!糊涂!……

郭世富陷入一种痛心的回忆中。这当儿,杨加喜他们也不闲谈

453

了。世富老大以为他们在看着他,奇怪他为什么突然难受起来。当他听见一个人轻轻的脚步声的时候,他抬起戴毡帽的头来了。噢!原来他们在盯着从西边走来的一个年轻的高个子女人。

现在这女人正从小土神庙前经过。剪发,红糖糖的脸盘,穿着一身农村人走亲戚的海昌蓝衣裳。仪容和举动,相当的庄重、大方。情绪是兴奋的,好像她有什么喜事。

四个闲人一直目送着她的背影。她过了官渠,向下河沿走去了。

杨加喜问:"这是哪个村的女人?你们谁认得吗?"

马亲家兴发老汉说:"我认得。这是竹园村的闺女,漉河川范村的媳妇。年前她走娘家,常经过咱村。怪事!听说给范村家离婚了,怎么又在这条路上走哩?难道又复婚了?"

大伙有了兴趣。蹲的人都站起来了。他们绕过小土神庙又看她的背影。被离婚的女人,这时还没过汤河。她在水渠边的小路上站住了。现在她向一个放牛娃问路。放牛娃指着冯有万的草棚屋。现在女人拐了弯向冯有万的草棚屋走去了。

草阁王振云老三,两手一拍,恍然大悟地说:

"想起来了!"

"怎么?和金姐娃是亲戚?"

"不是!金姐娃她妈,给梁生宝说范村的一个女人。也许就是这?"

大伙都点头相信。他们回到"闲话站"上来了。

现在,闲话换了新的题目——梁生宝的婚姻问题。这也是蛤蟆滩公众关注的事情之一。尽管不是什么村内大事,但梁生宝现在周围乡村影响这样大,怎能不吸引人注意呢?他已经在章村乡、杨村乡、峪口区赵村乡和竹园乡,以他亲身的体会,作了几次关于互助合作优越性的报告了。当上堡乡和冯店乡来请他的时候,不常演讲的小伙子，嗓子已经坏了。同时，建社工作使他离不开村子了。

　　灯塔社一开始建社，和他的马特别有感情的孙兴发老汉，就公开宣布：将来汤河的石头软了，他也不入社。但是对梁生宝这个人，他和冯有义一样看重他、喜爱他。兴发老二现在感慨地说：

　　"生宝的头一个童养媳妇，那不是媳妇。那是小伙子脊背上的一块石头，压了小伙子多少年。这阵，小伙子成了有名人了。你看，不用他穿起新衣裳去瞧对象，对象来瞧他了。好！人家娃该着挑个好媳妇。"

　　对草无情而对人相当有情的郭振云同意他：

　　"对！屋里有个贤良媳妇，小伙子好给农业社跑嘛。世富大叔，你说是不是？"

　　郭世富轻淡地笑笑。对于旁人，在这种场合，他喜愿加添几句吉利话。对于灯塔社主任，说句心坎里的话，他宁愿他娶个糊涂媳妇，搅得小伙子心烦，甚至于办不成农业社，最好！但他怎么能说出这号话呢？他只看看喜欢评论的杨加喜。让加喜去评论吧！

　　杨加喜冷笑了一声，摇一摇头，表示不愿意评论这号事。世富老大知道他瞧不起梁生宝，用话激他，让他说。

　　"怎么？你看兴发和振云说得不对吗？"苍头发老汉挑逗。

　　"对！"说话爽直的加喜，冷言冷语地说，"要挑个好媳妇过光景，就不能看见这个女人也馋，看见那个女人也馋！要规规矩矩！"

　　"你说梁生宝不规矩？"

　　"规矩！规矩！……"杨加喜在三个老庄稼人注视下，把他红光满面的胖脸，板得挺平。他又加添说："我说是应当规矩！我说得不对吗？嘿嘿……"

　　这时候，水嘴孙志明从高增荣的草棚院出来了。他站在土院墙的豁口上，急得跳了一跳，大声地喊：

"加喜!你这人!当个副组长,不负责任!快来!"

杨加喜朝三个老庄稼人笑了笑,算是告别,然后扯开粗壮的两腿,在日头照得冒热气的村道上,向高增荣草棚院走去了。

郭世富看着那宽肩阔背的庄稼人,从心底里佩服这个心中有钢的人。他要说的话,他畅畅快快敞开嘴说,大声地朝着天空笑。他要说到哪里为止,就说到哪里为止。他不说的话,你把手伸进他喉咙里,也掏不出一句来。杨加喜就是这样!话多,从来也没把自己装在口袋里头,被人家质问住。世富老大知道王瞎子不让梁生宝进他的草棚屋,也不让拴拴媳妇素芳到梁三老汉草棚院串门。世富老大也知道徐寡妇对人说过:要是改霞嫁了梁生宝,她就要寻死!看模样,马亲家和草阎王不知道这两样事。世富老大想激杨加喜把这些事抖开来,给梁生宝脸上抹黑。他没有达到目的。

"杨加喜!杨加喜!真个是有学识的庄稼人!"郭世富在心里感叹。

他问:"加喜现时当啥副组长?"

"你还不知道吗?"振云侄子惊奇地问。

"我半个月没出街门。"

"屋里人也没给你说吗?"

"大伙嫌我有病。"

"咳咳!"振云侄子说,"世事大变啦。整个官渠岸都联了组。俺振山哥当大组长,加喜当副组长,志明当会计。这两日正在盘豆腐坊。打发了人进南山到陕南买牲口去了。说他们小戏当大戏唱,不叫农业社,也要和灯塔社比赛!咱下堡乡五村,往后可有热闹看!"

孙兴发很自信地笑笑,说:

"世富老哥!你知道吗?现在,官渠岸只咱三家单干户。上下河沿还有两户,一个铁匠,一个木匠。……"

郭世富布满皱纹的消瘦脸，现在完全发了黑。好像有人狠狠地照脊背捣了他一棍，他有点直不起腰了。

他恨杨加喜："滑头！我一点也没有看出你。你现时真顺国策走了。你给我说的那些朱子格言，你根本不重看吧？你！"

在三人分别以后，在回家的路上，世富老大才明白了当前的新形势——不光把余粮统购去了，而且把农村平静的汪洋大海打乱了。现在，不是贫困的庄稼人和不贫困的庄稼人分化了。现在是富裕庄稼人开始分化了。共产党厉害！毛主席能！世富老大有点心慌了：他怎么办呢？照孙兴发和郭振云的样儿？还是照杨加喜的样儿？

两天以后的黄堡镇集日，郭世富在粮食统购以来头一回出现在集上。他不像从前一样，到这个市上看看，到那个市上看看。还有什么看头呢？他也不像从前一样，半后晌日头很高的时候，就回到家里，做一点零碎活儿。他像一个打主意不过日子的人，在仁义堂中药房接待病人的东厢房里，一整天坐在小炕桌旁边，喝贡尖茶，吸旱烟叶。他那么不想回蛤蟆滩去。蛤蟆滩正在起的影响深远的变化，使那里对他变成不快活的地方了。他一直坐到天黑定了，才起身回家。这是因为他不愿意在路上遇见熟人；在一块走路，他不得不说话。

世富老大手里提着烟锅，在黑暗的街道上，没精打采地走着。他过了汤河上的黄堡大桥。他非常熟悉从公路转入稻地里的小路。他没提灯笼，也没捏手电筒。亲戚要给他，他不要。他把人家经常要使用的东西带走做啥？熟路，他刚起身就到家了。……

咦！前面的路上是一堆什么东西呢？长条条地倒在那里。

啊！是一口袋粮食呀！国家对粮食抓得这样紧，什么人还敢私运粮食呢？世上可真有贪图大利不顾国法的家伙！

世富老大想："准是碰见了人，掮不动了，撂下就跑……"

他小心谨慎地躲开小路,绕稻地里走。他是正经庄稼人,从来不动人家的一个稻穗。他的行为对全家二十几口人负责,敢做出一点不正当的事情吗?朱子格言说得清清楚楚:勿贪意外之财!

世富老大经过粮食口袋旁边的时候,心慌不安。他又盯了一眼。啊呀!我的天!不是粮食。一个死人!老汉全身打冷战,头皮紧绷起来,鬓角的筋突突地跳着。

他扯腿就跑。他跑不快。两腿软了。什么人打死了什么人呢?

"三十五石!哼!……"是姚士杰的破嗓音,好像喉咙里堵着东西。

世富老大站住了。浑身冷汗。现在,他才感觉到他心跳得多么厉害。对富农本能的同情之心,驱使他折转身,走到倒在路上的姚士杰跟前。两步远的地方,他就嗅见酒气冲冲。他推了醉鬼一把,想着"勿饮过量之酒"的格言,在黑暗中低低问:

"你灌了几斤?"

"嘿嘿,才喝了四两!"

"不信!四两酒就喝得你走不回家哩?怎样?能走吗?倒在这里不怕狼吗?"

姚士杰挣扎着,坐起来了。

"哇!哇……哇!唉咳咳……"吐了一大摊,好呛人啊!姚士杰用袖口揩着挣出来的眼泪。

"吐了就好哩!这阵回!"郭世富很不赞成地说。

过了一刻,醉鬼才清醒了,嘿嘿冷笑。他挣扎着站了起来,能走路了。在回官渠岸的路上,姚士杰要说话,世富老大不让他说,使劲地推他。

"我好心好意照顾你,你要说话,我就不和你一块走哩!"老汉坚决地警告。

顽固的富农轻视地一笑。他不再吭声了。世富老大多么怕有人知道他和富农一块回家。

两个人走到官渠岸东头。在郭世富四合院的街门口，老汉心慌地说：

"这阵你一个人回去。我不送你去了。"说着等富农走开，他叩响街门环。在等家里人来开街门的时候，世富老大望着姚士杰在黑夜无人的村巷里走去的背影，吓得他浑身哆嗦着，说："这家伙真个不服政策。恶人远离！恶人远离！……"

第二章

姚士杰一家从他爹起，就是恶人。姚家的创业史比郭世富的创业史还见不得人。

辛亥革命以后，皇帝被推翻了，民国还是很混乱的。官军、变兵、土匪和强盗，任性地掠夺头上盘辫子的庄稼人。黄堡、下堡、赵村和竹园村，天刚黑，堡子门就上了锁，钥匙放在本村的乡约那里。不到第二天早晨，任谁也别想要来钥匙。每天晚饭后，头上盘粗壮辫子的精干庄稼人，带着装好火药的土枪，上了堡子墙守夜。

可怜的蛤蟆滩稻地住户们，不要说堡子墙吧，多少庄稼人连院子墙都没有，一个个独立的草棚屋散布在稻地里。当时官渠岸不像现时有几十户人，当时还没形成这条街，只有十来户分散在渠岸边，算是到蛤蟆滩落脚以后光景过好了的庄稼人。既然不能靠人的力量保护自己，就只好求神保佑了。就是这十来户庄稼人，凑钱、出力，在官渠岸盖起那座小土神庙。现在已经变成闲话站，那时候可是每天早晚，都有人去向白胡子泥塑像烧香叩头，祈求免灾。

民国五年阴历四月十六，蛤蟆滩倒霉的时刻终于到了。黑夜四更天，逐渐普遍起来的犬吠声，把户户庄稼人统统惊醒了。我的天!官渠岸谁家出事了。出了什么事呢?狗咬得这样厉害?庄稼人蹲在草棚屋里,两腿筛糠,胸腔里捣鼓。每家人都求神保佑别让人来捣自己的板门。

谢天谢地!过了一阵,犬吠声逐渐缓和了,稀疏了,后来完全停了。好得很,这是一场虚惊。待到鸡啼以后,提心吊胆的庄稼人们都松了口气。初夏,日长夜短。鸡啼以后,很快地亮了天。

黎明时分,所有蛤蟆滩的庄稼人,都跑到官渠岸西头去看。大伙都往一个三间瓦房、两间草棚的庄稼院里挤。啊呀!原来自耕户姚富成被什么人拉走了!村巷里有人在谈论:说大约有上百人马,从北原上过来的,经过下堡村西门外,由王家桥过了汤河的。说大队停在半里西边的桃林里,有三个人来到官渠岸紧靠边的庄稼院。说看情形是脚踩着肩膀,翻过土院墙,进了姚家院的。唉唉!富成老大被抓住了。他的兄弟,二十多岁的彪小伙子,聚成老二,行动敏捷,溜进后园,趴在打过坏的土壕里藏下了。

"穿的啥衣裳?你没盯见吗?"大伙问聚成老二。

脸色灰白、愁眉苦脸的可怜小伙子,两手捧着盘辫子的脑袋,蹲在土院子里,眼泪雨点似的往地上滴。

"粮子!"小伙子难受地说,"灰军衣……"

"进院子都说啥话?"

"听不懂……外路人……"

"没事!"一个大度量的庄稼人安慰他说,"聚成,啥事也没!是粮子,准是山里头有土匪,叫你哥给官兵领路去。"

大伙顺着这个话头,都给聚成老二宽心:

"领到一定的地点,他准要放你哥回来。"

"顶远到山口上!人家换人呀!"

"再远了,人家还怕他路生哩……"

所有的人都劝说姚家的婆娘们和闺女们:别哭!人已经给拉

走了，哭能哭回来吗?不管怎样，在富成老大回来以前，要照旧过日子。

但是，四月十七晌午，准确的消息从黄堡镇和下堡村，传到了蛤蟆滩——驻在渭原县的一连官兵哗变了。说黄昏时分，变兵包围了县衙门，打死了知县。说同时间就开始抢劫钱庄和大商号。人定时分，变兵绕开驻有民团的窦堡镇、黄堡镇和峪口镇，赶天亮潜进了秦岭的丛林。可怕!可怕!

蛤蟆滩的庄稼人，这才替富成老大捏了把汗。要是变兵，那他的性命就……可怜的姚富成!一个贪财爱地，拼命想发财的人，日子刚好过了，遇了这凶事!唉唉……

　　……

这天日头落山以前，一个高大的庄稼汉背着一大背茅柴，从西南边竹园村的田间小路上，向蛤蟆滩的地界走来。只见茅柴动，看不清楚背柴的人。在田地里割青稞的庄稼人们注意盯着：哪村人?这大忙天，还顾得进山割柴?真个怪家伙!

背柴的怪家伙蹒跚地向官渠岸走来。庄稼人们现在认出来了——富成老大嘛!啊哈!真个要发财!换了旁人，变兵一放脱，恨不得多长几条腿往回奔哩。他还要顺路揪一背茅柴回来!这样的创业人，不发财才有鬼哩!……

是姚富成!现在他，背着柴，进了他的庄稼院了。所有官渠岸十来户庄稼人，都丢开正割的青稞，手里拿着镰刀，跑去看望看望从阎王那里回来的人。富成老大已经把茅柴放在院里了。他捋起布衫襟子，揩他脸上的汗水，朝着来看望的乡亲们笑着。不要命的家伙!遇了多吓人的事，他还笑!

老姚家一家大小，你看那个高兴吧!都喜得闭不上嘴。两个已经梳起小辫的闺女跑来，一人抱住爹爹的一条腿，好像要把富成老大抬起来似的。小喇叭嘴直叫："爹爹!爹爹!爹……!"

乡亲们围上来，乱嘴纷纷地问讯。

"啥地方放脱你的?富成老大?"

"进山走了十五里。"

"潘家店子吗?"

"嗯。"

"挨马棒来没?"

"没。官不打顺民!咱规规矩矩领路，他打咱做啥?"

"变兵过秦岭啦?"

"变兵?"

"你当成是官军吗?渭原县的粮子变啰?!"

姚富成的脸一下子煞白了。他好像现在才害怕起来了，嘴里喃喃地说："变兵?"

大伙都说：官军也罢，变兵也罢，人回来了，就太好了。兄弟姚聚成高高兴兴去解他哥哥背回来的茅柴。你看他对过日子的兄长惊人的勤劳，有多感激吧!但富成老大挡住兄弟，不让解柴。他气恨恨地说：

"忙啥?天还没黑，你先割青稞去!"

家伙!创业的心多狠?发财心急，简直没一点人情味儿。所有来看望的乡亲们，看见富成老大这样没人性，再没什么话好说，都扁一扁嘴走了。老实头聚成老二，也拿起镰刀，很听话地割青稞去了。

人们走后，姚富成的婆娘发现了使她心疼的事情：

"啊呀!你的汗背心哪里去了?怎么光穿个布衫回来呢?"

富成老大不理婆娘。他非常的严峻，好像他得了什么邪病，凶狠狠的，有点可怕。婆娘心疼地跟在屁股后头追问：

"去年新缝的汗背心嘛。是不是变兵从你身上剥走了呢?"

姚富成冒火了，一拧身对婆娘发起凶来：

"你!狗日的!差点连人都回不来呢!"

兄弟媳妇劝嫂子。"嫂子!甭絮烦哩。人没回来,你墙头上烧香许愿;这阵人回来了,你可连个汗背心也舍不得哩?……"

富成婆娘惭愧地笑笑,不再提汗背心的事。嘿!一个汗背心值几个钱!

……

当日晚饭以后,渭河平原上劳累了一整天的庄稼户,照旧都睡定了。姚家的女人们也在瓦房东屋和西屋的炕上睡了。姚家哥俩在中间屋脚地说家常话。老大给老二使了个眼色,他先跷腿出了瓦房中屋的门槛。老二跟着老大,来到满天星光的院里。富成老大走到土围墙根,去解开那背茅柴。他从茅柴中间,使大劲捧起一个小白布包。

"啥?"兄弟惊愣了。

"你盯!"

兄弟低下盘辫子的头,仔细盯着。

"这是你的汗背心嘛!哥,里头包的啥?嗯?"

"低声点!"老大用脚踢兄弟的脚尖,"叫屋里人听见?……"

老大把沉重的小包,轻轻地放到地上。他拉兄弟和他身贴身在土院场上蹲下来。老大把胡楂嘴巴,对准兄弟的耳朵,细声说:

"到了潘家店子,老总们放我回家。我,折转走了不到三里,到山神庙沟岔。一块房大的石头后头,闪出一个粮子。天呀!可把我吓坏了。我寻思:唉唉,回家呀回家呀,这下怕要回老家啦。唉唉,这个粮子还不要我的命吗?咦!谁知道粮子挡住我,朝我巴结地笑哩:'嘻嘻',就这个样儿。聚成,你看洋不洋?粮子说:他不喜愿跟大队过秦岭去。他不喜愿到陕南混事去。他说:他家里有八十老母。他要回家务农去。我说:好嘛!你回家务农,是好事嘛。他说他寻不上路。他央我领他走小路,翻过小岭,只要送他到

463

西边的小河口就对了。他当下给了我三十两银子。聚成,你看洋不洋?我一看:这好运气嘛!我就领他进了小熊沟。我们上了桦树岭。我指给他下西坡的小路。他央我领他下沟。真个狗熊!我说:老总!再给我一个元宝。不给我不领你!他乖乖地给了。聚成,你看洋不洋?他拿的银子可重。我看他拿着挺沉的模样,下了小河口,我又朝他要。狗日的不给啦。到了地头啦,用不着我啦。聚成,你看洋不洋?我心一急,就跪下给他磕头。他又给我添了二十两。我恨不得拿元宝把他的脑壳砸烂!那个小气鬼!看他小子怎样把那么些银子拿回家去!我离开他,就揪了这背茅柴。我拿葛条拧成绳,银子夹在茅柴里头,背回家了。我一点也没露白。他小子银子多,主意少。他小子想得出这个法子吗?唉唉!聚成,可惜你没跟我去。他的银子太多啦。那个鬼孙子!我后悔没把他打死!"

在黑暗中,富成老大贪婪地说着,兄弟张大嘴巴听着。

当天黑夜,哥俩就把一百二十两银子,埋在草棚院外面土场和田地接连的土地里头了。官渠岸几个庄稼院的狗,不紧不慢地向哥俩吠着。在那个慌乱年月,头上盘辫子的老实头庄稼人睡在草棚屋里,他谁敢出来看看是什么动静呢?

过了几天,富成老大开始对蛤蟆滩的庄稼人,讲说一个非常有趣的神话故事。他说得津津有味:

"……土神爷是庄稼人的神,因此村村都有土神庙。家家过年敬土神。财神爷是买卖人和富户的神,因此商家和财东家都常年敬财神。他们各保佑各的民,你们看洋不洋?有一天黑夜,财神爷和土神爷在一座桥边相遇。他们蹲在一块歇脚。土神说:

"'财神爷,你把那银钱也给穷庄稼人一点吧。甭只管给你的商人和富户!你看俺的穷庄稼人受死受活,缺钱使唤。'财神说:'唉!庄稼人有苦命,没财命。给他,他也不要。他光爱劳动。'你们看洋不洋?土神说:'我不信!你看,那边过来一个推车子的人，你把元宝给摆在桥当中，看他要也不要。'财神说：'好！你看吧！'元宝摆下了！推小车的庄稼人过去了。他推一车茅柴，必定要走桥当中，才能过桥。看！他推着，推着，推不动了。元宝恰恰挡住独轮车。看！他停了车。他绕车走到前头来。他抱起了元宝，气呼呼地扔到桥下边去。他嘴里还骂：'啥人缺德！把石头摆在当路口。真个鬼子孙！'骂毕，他顺顺当当推车过桥走了。你们看洋不洋？财神说：'土神爷，你看见了吧？你的民给你烧香叩头，从来不理我。我给元宝他不要，还骂我鬼子孙！'心善的土神爷爷笑了笑，站起来心服口服地走了。……"

这个神话故事，富成老大即使说一千遍，每一遍都能感动诚实的庄稼人。他们对白胡子土神爷爷更虔诚了。

但是那年夏收毕，说故事人姚富成卖了麦，竟在黄堡镇上买了油漆财神阁子，敬起财神来了。人们借用他的口头语，嘲笑地说："你看洋不洋？"

三年过去了。秋收毕了。富成老大和他兄弟聚成老二，在土场和田地接连的土地上打土坯。哈哈！他们挖土挖出了一堆银子——五十多两碎银子，还有一个元宝。这消息惊动了整个汤河流域。

"神灵！神灵！"汤河流域的自耕户庄稼人敬财神，从那年冬天起，成了风气。

姚富成哪里敢把银子放在家里？那年头，土匪和强盗仅仅为了那些银子，也会轻而易举地把与他们无冤无仇的富成老大拷打死。老大在一种对他非常有利的社会风气中，只用了几天的工夫，很自然地花完了一百二十两银子。他买了十来亩麦苗地，一辆铁轮大车。阴历十月初一，黄堡镇骡马大会上，他卖掉自耕户庄稼院使用的大牛，买下富户庄稼院使用的大马。……

这就是官渠岸富农家的创业史。

富成老大创业以后，变得比从前更贪婪了。他拼命地干活，狠

465

心地剥削蛤蟆滩的穷庄稼人。从那时起，人们开始叫他铁爪子。他兄弟聚成老二吆车没经验，在一次惊车事故中被摔下辕，给大车的铁轮轧死了。铁爪子的劲头更大了。嘿！他雇了吆车的把式给他做长工。他的儿子十一岁的时候，起官名叫姚士杰，和杨加喜同窗在下堡村卢秀才书馆启蒙受业。铁爪子对他儿读的孔子和孟子的书，一点也不关心。他既不懂，也不过问。他对娃子摇头晃脑念的那些"圣贤之言"，没一点兴趣。他不断地抱怨卢秀才不会教给他儿珠算。在冬季的黑夜，富成老大常常从平柜里捧出一个红油木匣，拉开抽盖，翻出一张一张放账和买地的契约来看。看着看着，他干脆打断儿子正念的《论语》，让小蒙生念契约给他爸听吧！

  立借约人高兴业，今因不便、借到姚富成名下大米两石、同中人言明、每斗每月一升行息、期至十月、本利还清、米要白细净亮、保吃保粜、黑醒碎烂不要、到期不还、插犁种地、上槽牵马、上房揭瓦、刨土取木、全无异言。空口无凭、立约为证。

  不识字的铁爪子很详细地给儿子讲解这张契约。为什么要写明"米要白细净亮、保吃保粜、黑醒碎烂不要"呢？这不是太絮烦了吗？光写明要最好的大米，行不行呢？不！不行！尽管借出去的不是这样的大米，借约上也要这样写。不这样写，不给人借。借债的人没办法哩！非借不结哩！为什么要写明"插犁种地、上槽牵马、上房揭瓦、刨土取木"呢？这不是太无情了吗？光写明到期不还就要财产顶账，行不行呢？不！不行！债户和债主中间，说什么有情？什么无情？不这样写，到期不还，你不能动手种人家的地、拉人家的牲口、拆人家的房、伐人家的树嘛！嗯！

  "大米好吃？还是玉米糊糊好喝？"铁爪子这样启发地问小蒙生。

  戴黑缎瓜皮帽的白胖小子如实地回答："大米好吃。"

"啥人喝玉米糊糊?啥人吃大米?"

"穷庄稼人喝玉米糊糊,财东家吃大米哩!"

"你长大要当啥人呀?"

"我要当财东：……"

"着!"铁爪子满意极了,"我娃灵醒着哩!是这,你就要好好学放账和买地的本领!"

于是铁爪子又拿出买地的契约叫儿子念。念毕以后,他又详细地给小蒙生夸耀为父买地的经验。最要紧的是买好地,不要买坏地。一亩好地等于二亩坏地!粮食,他总是等有好地的庄稼人伸手,他才出借。他绝不急急慌慌借给没好地的庄稼人。哪怕他们就要困难死哩!他绝不心软。债户还不了账,又舍不得卖地怎办?他先把地典当下。典当几年以后,债户赎不起了,再买!这样一步一步来,稳当!有眼的人,他也抢买不去的!……

"你爸这全是为你操这份心呀!娃啊!"铁爪子感慨地说,亲热地抚摸姚士杰的小脑袋。

醉鬼姚士杰那晚上从黄堡镇回到官渠岸西头的四合院,黑摸着闩了街门。他头重脚轻,相当不稳当地走过黑暗的砖铺院子,踏上正房门台阶。一只脚刚刚伸进正房中屋的门槛,富农就遭到他婆娘和他娘的联合冲击。

"集集喝酒!集集喝酒!"婆娘从西屋出来恨恨地冲击他。

迷信老婆从东屋出来,愁容满面地说：

"阿弥陀佛!士杰!酒不是好吃喝哎!你肚里有气,喝酒就是喝火哇。火烧心时,人会做出没底子的事呀!"

"你叫他狂!"婆娘用白眼珠翻看男人。"要喝,你不会把酒打回家喝?咱家墙高院深,墙外连咳嗽的声音也听不见。……"

脸孔煞白的姚士杰,只惨然一笑。他过路人一样漫不经心,走进西屋去了。他那么想和郭世富说话,世富老大不愿和他说。屋里人那么想和他说话,他不愿和她们说。她们懂得什么?对她来说,中国只有四合院这么大,世界只有蛤蟆滩这么大。她们只明白世事变化对自家不利,不明白世事变化对他们的家业威胁到了什么程度。灯塔社挖通了社员稻地的水渠,好像挖断了他姚士杰身上的血管一样疼痛。灯塔社拔掉地界石,好像拔掉了姚士杰的骨头一样疼痛。姚士杰相信郭世富和他是一样的感觉,但是老狐狸精!你装得像拴拴一样迟钝。你这个老滑头!

姚士杰根本不问牲口喂了没,饮了没。不问!他没兴致问了!自粮食统购统销和灯塔农业社建社以来,家务劳动就由婆娘和他妈接替他了。现在,姚士杰像一个歇店的人,进得西屋,脱了鞋,上炕就睡。婆娘和娃子不是婆娘和娃子了,就像和他同歇一个店的人了。既然把他同婆娘和娃子联系在一块的土地、房屋、牲口和粮食,开始没有多大意义了;那么,人与人的关系,包括夫妻关系和父子关系,对他还有什么意义呢?他抱头睡他的觉,一直睡到黑暗的明天。

姚士杰在被窝里头气呼呼地想道:

"啥土地!啥房产!啥牲口!啥粮食!哼!共产党一鼓动穷庄稼人,谁也不能说这是我的,那是你的。全是世上的!混吧!混了一天算一天!他妈个皮!"

想到这里,富农灰心丧气地翻身转向墙壁。他打定主意了:闭紧眼睛睡觉!

姚士杰闭紧眼睛,却睡不着觉。先是他爹在他脑子里活来了。弯着腰,圈着腿,在四合院里颠前跛后地经管哩。"你爸这全是为你操这份心呀!娃啊!"声音还在姚士杰耳朵里响着哩。真正是"音容宛在"!随后,所有解放前耀武扬威的人们,一个一个都在他脑里出现了。他们有的戴着美式大盖军帽、黑墨眼镜和挺神气的武装带；有的穿着丝绸大衫，大礼帽下边的胖脸上，八字黑胡子剪得很整齐很整齐。曾经使姚士杰感到那么亲切的人们，他们现在都哪里去了呢?难道统统跑到台湾和香港去了吗?难道统统像杨大剥皮一样劳改去了吗?姚士杰感觉到：他是多么孤单!现在，婆娘上炕睡在他身旁了。姚士杰转过身来。他把脸露出被窝，惨然一笑。

"娃他妈，你说我这阵最恨谁?"

"振山老大!"

姚士杰摇头。

"增福老二?"

姚士杰仍然摇头。

"梁生宝吗?"

姚士杰不满意地闭起眼睛。

婆娘娇态地说："人摸不着你脑子里思量啥……"

姚士杰枕头上的脸灰黄，有气无力地说：

"老蒋!"

婆娘吃惊地瞪圆了两只眼睛。

"老蒋!"姚士杰十分肯定地重复说，"我这阵最恨他老汉了。他老汉把咱的江山卖了。老汉一败涂地，卷起金银财宝，跑到台湾过消闲日子去了，单把咱撂下了。咱能跟他跑吗?咱离不开咱的庄稼院呀。咱靠务劳土地、牲口和粮食，过仰头光景，不看人的眉高眼低。咱这好日子还能回来吗?灯塔社不是咱的好邻居哟!振山老大在官渠岸也闹腾起联组了。咱这阵可是真个孤立了!农业社和互助组都给咱咬着牙哩!……"

他一阵说得婆娘为了他们将来不快活的日子淌眼泪。愤怒的火焰在姚士杰胸中，燃烧起来了。

他起来重新穿衣裳。婆娘用哭声问他："你起来做啥呀?你想杀人吗?"

姚士杰并不答话。他匆匆穿上衣裳。他赤脚下地，趿拉上鞋。他端去玻璃罩石油灯，开了平柜的锁。他怒气冲冲翻着柜子里头的东西。

这个强霸惯了的男人！他引起婆娘的不安。她在枕头上仰起头来，恐慌地问：

"你寻啥哩？你疯了吗？"

姚士杰仍不答话。终于，他找到了。这是一张不大的硬纸片，折叠得很整齐。姚士杰展开一看，咬咬牙，几把就撕碎了。他来到炕边，把碎纸片投进炉洞里去了。他蹲下去怒目盯着，炕壁的炉洞里，碎纸片在燃烧着的红火灰上，跳动起火焰来。

婆娘惊奇地问："你烧啥哩？"

"党证！留着这东西有啥用？"姚士杰气得脸都歪了。

婆娘同意。她提醒男人：

"烧了！墙眼里头还泥着一张啦，也挖出来烧了！留着有屁用？擦屁股还割人哩！"

富农又不答话了。他也不去挖自己用泥封住的墙眼。他脱了鞋，上炕重新脱衣裳睡了。生了气的一时冲动，并不能驱使姚士杰毁掉他最后一张国民党的党证。老蒋没指望了，美国可有原子弹哩！他在下堡乡、黄堡镇和渭原县，入过三回国民党。一九四九年，反动党派成员登记时，他交出了一张。现在，他烧掉了第二张。藏在墙眼里的那张，是国民党县党部发的，盖着陕西省党部的硬印哩。他想：也许在第三次世界大战以后，这张党证能有用项？……

第三章

蛤蟆滩的冬夜，近来总要到后半宿，才没人声和灯光了。但是不久，鸡啼声急急忙忙地打破了这短时间的寂静。灯塔农业社主任梁生宝刚刚睡热了他的被窝，第一声鸡啼就把他无情地叫醒了。第二天有重大事情，不管睡得多么晚，生宝总是醒得特别早。蛤蟆滩的共产党员夜里接到通知：今天上午开下堡乡支部大会，接收高增福和冯有万入党。早饭后的事情嘛，这时才鸡叫了头遍，生宝着急什么？他闭起眼睛，想重新入睡，但他怎么也睡不着了。

一个人肚里饿了，想吃东西；劳累过度了，需要休息。年富力强的灯塔社主任，自建社以来，生理上的反应迟钝得多了，精神上的反应却感觉得特别灵敏。是啊！灯塔社不光需要增福和有万入党！艰难的事业需要杨大海、欢喜母子、廖树芬……一个一个觉悟高的男女社干，将来全是党员。生宝知道一只手擎不起天，事情要大伙办的道理。

这样想着，在小炕上黑摸着，灯塔社主任穿上他的庄稼人衣裳。为了不引醒同屋的同志，他轻轻地溜下地，轻轻地穿上鞋，轻轻地开了草棚屋的板门。他手里提着腰带，出来站在草棚院里，才开始结他棉袄的纽扣。

他一边结纽扣，一边向后边的马棚走去。在屋角拐弯的地方，从马棚里出来的爹，挡住了他。

"主任！你起得这早做啥？"继父干涉地问他。

"把灯笼给我用一下……"

"你上哪里去？"

"到一队饲养室那里去……"

老人大不满意。"主任！你睡得太少了。嗯！甭慌嘛！看事情闹了多大？你当头目人，不吃饱睡好，怎能办事嘛！"

对继父这种关怀人的方式，生宝忍不住笑。他结着纽扣说：

"爹！你再甭叫我主任好不好？不怕人家笑话吗？县委上派来工作组。振山同志没入社，也当建社委员，白日黑夜帮助四评哩。是

471

党的号召，同志们的力量办社哩！咱姓梁的父子办起这么大的农业社吗？"

"大伙叫你主任，我顺口跟上叫哩！他谁那么爱笑话人？"老人毫不在乎儿子的指责。他振振有词，继续辩论："我啥都知道！嗯！人家工作组走呀！人家郭主任办人家的官渠岸大联组呀！你是社主任！你牲口要合槽吧？你大农具要一块保管吧？牲口病了，要你主任请兽医看哩。农具损坏了，要你主任找人拾掇哩。庄稼活路，你主任要好好安顿哩。你十八户添到二十二户，添到二十五户，又添到二十八户了。这是凑热闹的事吗？这是过光景哩！看吧！社员们吵嘴闹别扭的时候，看姓啥的出来说话呀！唉！我睡不着觉。我一个人蹲在马棚小炕上，成夜价替你发愁哩。哎，主任，光咱父子俩说话，那两个手脚不贵重的人，咱叫他们来年再入社不行吗？"

继父热切地商议着，等待着回答。

生宝还不知道，在蛤蟆滩重大事变的这些日子里，爹竟替他担心成这样。但他并不感激，他觉得这样熬煎是多余的。他结着腰带，笑问爹：

"他两个啥时偷过人？"

"一个在民国十三年偷过人家的粮食。另一个在民国二十七年偷过人家的衣裳哩！"

"咳！"生宝忍不住笑了，"那是旧社会生活逼迫的嘛。解放后，光景好过了，他们还拿人家的东西吗？再说，咱没叫他们开会，他们自己跑来的，开头旁听，后来抢着发言哩。人家说人家对社会主义这条路有认识，咱能把人家推出去吗？爹，你常说新旧社会一个理。不对呀！新旧社会两条路呀！"

老人低下去戴毡帽的头。他叹了口气。这表示他也是不好意思推出去，承认新旧社会有时就不是一个理。

生宝很满意他一下子就说服了爹，结着腰带，向马棚走去了。

"不!你甭忙,我还有话哩!"继父固执地挡住他,"这么多日子,咱父子俩没空儿私下说几句话。你甭把爹当傻瓜!你们开会,我都听着哩。我不说话,可他谁说话,我都拿眼睛盯他,看他是说真话,还是说假话。我问你:登记毕土地,大伙不是把土地证全交给欢喜,由社里一块保管吗?"

"就是呀!"

"那么,你为啥容让咱的生禄把土地证拿回家去?你看!人家庆喜见咱生禄不交,人家也把土地证拿回家去了。好!有义倒是个老实头,交了土地证,见两个人不交,他又要回去了。嘴巴上一个一个说得都好听:坚决走大伙富裕的路!就是不交土地证。我的主任,这怀里揣的是啥心眼?你琢磨来没?"

"我琢磨来。没啥!"生宝觉着爹真有趣,笑了,"他们走这路,心还不踏实。到时候,他们自己交出来呀!爹!你还把土地证看得那么贵重,做啥?"生宝很惋惜地问。

在黎明前的黑暗中,继父仰起了头,瞪大了惊奇的眼睛,看着儿子。

生宝继续好心好意劝爹:"你成天眼盯住几个家底厚的中农,看他们的脸色,怎能睡着觉呢?这不是合股做生意嘛,谁的股份大,你盯谁的脸色。你盯大多数贫雇农的脸色嘛。你看他们是啥态度?只怕社里不收他们的土地证!盯着他们,不由你身上来劲!"

继父听着,使劲地连连点着他戴毡帽的头。生宝见爹这回信服了的样子,十分高兴。他还想说几句,突然间,老汉格外带劲地折转身,回马棚里去了。

共产党员儿子亲热地跟着这个庄稼人爹,欢欢喜喜进马棚去取灯笼。

老汉积极地点着他喂马用的灯笼。生宝非常满意地看见,灯光照亮的那个老皱脸,是严肃的、和蔼的。现在,爹把灯笼尊敬地

交给他。老人不再用教训的口气,而是用建议的口气,充满了感情地说:

"你,啥时抽空儿和竹园村那对象见一下面?"

"你看我有一点工夫吗?"生宝笑着说,"这关系我一辈子的事,再不敢马虎哩!等过了这一阵子,消停了再说吧!"

爹同情地点头:"没工夫!是没工夫!可是听金姐娃他妈的口气,这女人是你的好对象。说和你一样,对互助组热心。世上女人很多,和自己对心的难找。我怕你把好姻缘耽搁了哩。说这女人劳动美!范村的男人在西省当中学教员,光嫌她没文墨,不喜爱她。她是个强性子人,早就满意离婚,硬是婆婆舍不得她,拖扯了好几年……"

继父还要继续说下去,生宝已经匆忙地跷开腿走了。他没工夫听,况且这些情形他全知道。有万拉他到有万的草棚屋去和范村的女人见面,都没有拉去。不是因为时间的流量还没把改霞留给生宝的印象冲洗干净;他对改霞早已不存一点念头了。他不去和新的对象见面,只是因为他在建社以来激荡的感情,没有给办这件事留下一丝一毫空隙。既然当下办不成,何必急着见面?

当生宝开街门的时候,睡在东边老草棚屋的妈喊叫他,叫他带上拾粪铁锹,防备路上碰见天亮前回山去的狼。生宝笑了笑,说:"我提着灯笼,狼怕火光。"

现在,提着灯笼的生宝在天亮前开始结霜的牛车路上,大步流星地向南走去。这两日,白天黑夜有会。在空隙时间,工作组牛刚同志和社主任交谈劳力安排,酝酿生产计划。他根本没有工夫亲眼看看两个生产队改修饲养室的事情。

生宝知道第二生产队在上河沿郭庆喜草棚院的饲养室,工不大。富裕中农原来的大马房,有放草和存干土的地方。现在,三间房全部盘了槽,只要在旁边再搭两个放草和存干土的稻草棚,就行

474

了。铁人父子要求在饲养室后檐墙另开一道门,牲口进出不走街门,他院里干净,他家娃们安全。这不费工。可是第一生产队在下河沿冯有义草棚院的饲养室,就不是那么简单了。一个小自耕户庄稼人两间大的牛棚棚嘛,必须添盖一间,才能站得下全队的十几头牲口。生宝本想就在他院里的小马棚里拴一部分牲口算了。大伙都嫌一个队的牲口拴两处,管理不便当。真个叫人感动!高增福搬到二队社员王生茂草棚院住去了。增福在官渠岸的小草棚,前日已经拆掉了。正准备用那些木料,在有义那里添盖两间草棚。这样,牲口合槽的事虽然推迟了几天,但对经营管理好。太好了!

"昨日把地工挖好了没有呢?从各社员家里凑的干土坯,运到地点了没有呢?"生宝一边走,一边这样思量着。

他要亲自去察看察看工作进行的情形。现在,蛤蟆滩各处草棚院的鸡叫二遍了。增福和有万也该起来了吧?他俩今日入党哩,难道他们高兴得能睡着觉吗?恐怕他们这时已经醒了吧!在屋里想着他们在支部大会上要讲的话吧!

生宝从牛车路转到稻地塄坎的小路上来。他从郭锁两口子黑灯瞎火的稻草庵子旁边拐了弯。他看见冯有义草棚院有灯火在土围墙里头闪亮。他想:准是有义起来喂牛。有义可真是个实心眼庄稼人啊!哪怕是明天牲口要合槽,他还是照旧鸡叫起来喂牛。生宝这样愉快地想着,又走了几步,他听见灯火亮的地方,发出匀称的咚咚声。不是有义喂牛!是有人在那里做活!哪个社员这样积极呢?哈!鸡叫头遍就起来做活!当生宝听见有人在那里说话的时候,他断定:在那里做活的,还不是一个人哩!

"好!"生宝高兴地一个人说他爹,"社员们对办社这样积极,你看不见!三两户中农没交土地证,你看见了。把你愁得要命!"

生宝在稻地中间的小路上忍不住笑刚才离开的继父。年老人习惯了从财产看事情,不习惯从人看事情嘛。其实,财产算什么呢?多大一个中国,早先不在蒋介石手心里吗?怎么现在变成由咱共产党领导呢?……生宝给继父讲过这个道理。老人信服这个道理。但碰到具体事情的时候,爹仍然习惯地拿旧眼光来看。生宝不着急。他相信:在今后若干年的互助合作过程中,爹会改变眼光的。

现在,梁主任来到冯有义草棚院外边的土场上了。好啊!这边堆着木料——檩子、柱子和椽子。那边摞着从各社员家收集的干土坯——愿折价投资,就折价投资;愿要土坯,等开春以后打得还。噢噢!垒墙根子的石头,也从汤河滩运来了。那不是吗?多大一片,堆在土场东南角两棵槐树跟前。决定要干,一天两天就把材料备齐全了。真个是人多势力大,大伙拾柴火焰高啊!

生宝在土场上转来转去,察看了一阵。惊人的集体力量使人情绪高涨极了。冯有义的街门还关着。他绕弯走到东边推倒土院墙脚的地方,看看什么人在这里做活。刚踏进残缺的院墙豁口,他惊愕了。

"我当是谁?还是你两个在这里挖地工?"

"你来了也挖嘛!可没工分……"第一生产队长冯有万笑着说。

副主任高增福,仍旧是那么严肃。他停住镢头,严肃地解释:

"赶天亮,俺两个把地工挖就了。大伙一早打地基。吃过早饭,日头暖和了,让他们垒墙根子去,咱过河去开咱的支部大会!"

梁主任咧开嘴笑:"你俩个真争!黑夜散了会,啥时分了。你们挖了这么多地工,才睡了多大一阵子觉?"

严冬腊月天只穿衬衫劳动的彪小伙子有万,用袖子揩揩额上冒气的汗水,说:

"散了会,俺就没回家哩。走在路上,增福说:咱俩上工地去看看?我说：走!我们来了，就不想回家了。"

"回去也睡不着!"增福严肃地说，"躺在炕上等天亮，还不如干活痛快。庄稼人嘛!"

"才娃呢?整夜跟生茂嫂子吗?"

"嗯!跟他姨睡呢!前两年，离开娘惯了。现时，离开爹也惯了。娃嘛，越惯越娇!实在!"

梁生宝还要问什么呢?他还要说什么呢?他要问问材料备得够不够吗?他要向两个新同志讲一讲今天这个日子在他们一生中的重大意义吗?不!生宝赶紧把灯笼挂在旁边的树枝上去了。

"呸!呸!"他往手掌上唾了两唾，捞起一把铁锹，跳进地工土壕里去，使劲地往外掘两个新同志挖起的土。

第四章

下堡村乡政府，那个有几棵古柏的院子里，为了接受两个新党员，会议室新打扫过，并且特别布置了一番：彩色的领袖像、红旗上的镰刀和斧头金光闪闪，"全世界无产者联合起来"的大标语满壁生辉。来自大十字、王家桥、郭家河、马家堡和蛤蟆滩的二十几个庄稼人，坐在会议室前边几排长板凳上。布纽扣的对襟黑棉衣，布腰带，旧毡帽和包头巾，装束着他们庄稼人重劳动过的体形。在走路的时候看起来，这是一些普普通通的庄稼人;但坐在这里，他们是一些当前最重要的人物，我们这个伟大国家的事情主要靠他们团结他们的街坊邻居办成的。解放后，减租反霸、土地改革和互助合作这三大运动，把他们一个一个地从庄稼人里选拔出来。现在，粮食统购统销的圆满完成，互助合作的空前发展，你看他们眉飞色舞的胜利者气概吧!

梁生宝包着头巾,坐在第三排长板凳中间。他用快乐的眼睛,亲热地盯着站在主席位置的支部书记。嘿!卢支书的干部制服今天穿得这样整齐!连领扣都扣上了!你看他,和蔼可亲的中年庄稼人脸盘,容光焕发,洋溢着愉快的情绪。生宝看着支书这神情,他真从心里往外舒服。

站在领袖像和红旗下边的卢支书,两手按在一张三斗桌,开始讲话。

"同志们!"支书从前犁地吆牛喊坏的嗓音,现在亲切地说,"我记得粮食统购以前,咱们在这里开过那次支部大会,大伙都没今日这么轻快。是不是呢?"

所有的同志都愉快地笑着。生宝看看他的左邻高增福,又看看他的右邻冯有万。他们第一次参加对他们神秘的党内会。这件事对他们一生的严重意义,显然从他们精神上看得出来。在同志们中间,他们一直相当拘谨。但现在,他们也和同志们一块笑了。生宝看见两个新同志的精神和大伙融合起来,他心中非常畅快。

卢支书要继续讲话。坐在第一排长板凳中间的、一九四九年和卢支书同时入党的郭振山同志,这时用他那洪亮的卖过瓦盆的声音感慨地大声演讲:

"我的天!庄稼人拿粮食当成宝物哩。明昌,你该知道吧?人老八辈子,都是用一点钱,到镇上去籴几颗粮。咱政府这回要把庄稼人席囤里的余粮一回统购。布置下来这个工作,你怎能轻快?"他坐在长板凳上,向后转脸,教育比他晚入党的同志们说:"只有挂名的党员轻快!实在说吧!"

所有的同志都点头同意下堡乡这个最早入党的同志。

"现在,咱们把任务超额完成了。"卢支书安静地继续说,"上级给咱们下堡乡分下二百二十万斤的任务,咱们完成了二百四十万斤。群众敲锣打鼓,把粮食送到黄堡粮站去了。振山说旧前庄稼人是用一点钱，粜几颗粮。确实，余粮统购没发放农贷好办事。可也要想一想：要是不能一回把余粮统购起来，咱们党中央怎么能把这号工作布置下来！大伙同志应当思量思量：咱们得到这样大的胜利，是个啥道理呢？"

郭振山照例先说："咳！那还不明白吗？咱们多少干部白日黑夜宣传哩！"

大十字的高增旺笑说："宣传总路线的影响也就是大……"
王家桥的王来荣说："还有咱党威信高，群众拥护！"
"对着哩！"郭家河的郭振华补充说，"自解放到如今，咱党宣传的事情，样样都办到了。群众信服咱党的话！这一条可要紧哩！"

梁生宝看见卢支书满脸喜欢地看着他，似乎问他为什么不说话。生宝发现大伙谁都没有提到最重要的一点：就是农村党员给庄稼人带头的问题。他对这个重要性，在最近余粮统购和灯塔社建社过程中，感觉更加深切了。你不管哪个行政村、哪个农业社，或者哪个互助组，你没有共产党员带头，你事情就难办得多。亲身体会到的道理，总比从旁看到更深切。但生宝说不出口来。以他的互助组为基础正在建立灯塔社，是县级试办的农业社。从他嘴里讲出这一条来，会给同志们一种显示自己的印象。他下决心要时刻检点，使自己对人对事处处同郭振山有区别。

"生宝同志，你怎么不说呢？"支书果然亲切地笑问。

生宝笑说："大伙同志说得对着哩。卢支书，你说吧！你比我们有经验，看得全面！"

生宝看见支部书记能体会他这时的心情。他虽然是一个走在大伙前头的人；但他是一个年轻人，不久前才转成正式党员。在同志们面前谦逊是他继续进步的必要基础。卢支书很理解地看了看他，笑了笑，放弃了让他发表意见的意图。生宝了结了一桩心思。

"还有很要紧的一条!"支书对着坐在五排长板凳上的下堡乡全体共产党员说,"就是党员对群众起带头作用。这是永远要紧的一条,大伙甭把这条忘了。"

所有的同志都非常钦佩地转头看梁生宝。

"振山同志。"卢支书叫道。

郭振山在三斗桌对面,低着戴毡帽的头沉思。现在他把脸抬起来了。

卢支书站在三斗桌后面问:"你记得四九年咱俩入党的情形吗?"

郭振山开头不明白支书叫他的意思,迷惑地笑着。当他明白提出的是他的光荣,他立刻轻松起来了。

"记得清清楚楚!和昨日的事情一样哩!王书记,那时还是区委组织委员,在马家堡你那个小土窑窑里,接受咱俩入党。那土窑里地场太小,只能挂一张领袖像,还有头大一面小红旗。有一年多,下堡乡他谁也不知道咱俩在党。咱的支部是在土改时公开的。对不对?老卢!"

"对着哩!"卢支书笑说,"可是我说的不是这个意思。"他抬起头对大伙说,"同志们,土改以后,咱们就有十来个党员了。我那小土窑窑,就不够开支部大会了。咱们就得在乡政府党支部的办公室里头开会。查田定产和整党以后呢?党支部的办公室也坐不下全体党员了。现在,大伙看嘛,咱们在会议室开支部大会,坐满了五排长板凳。我说,到下堡乡完成合作化的时候,党员同志准定能坐满这个会议室。这是我个人的看法。嗯!互助合作运动大发展,准定有大批贫雇农够上当党员的条件。我们能实行关门主义吗?不能!大量的工作要党员带头嘛!大伙看是不是这个理呢?"

"是啦!"

"对对!"

"道理说得透亮!"

下堡乡的共产党员们从心底里同意,拿灿亮的眼光盯着灯塔农业社主任梁生宝和他领来的两个伙伴。

总爱用庄稼人谈话的方式讲话的卢支书,使人不知不觉地进行了支部大会的第一个项目——主席讲开会目的。卢支书现在宣布开始讨论高增福和冯有万入党的事。当支书猛然间叫两个新党员的入党介绍人之一梁生宝介绍他两个的情形时,生宝竟完全没有精神准备。支书谈话式的讲话,把他的心思引到别处去了。虽然事前在肚里想好个草稿,但到会场上,在讲话前,生宝想重温习一遍,他才不至于在讲话中遗漏掉什么。现在来不及了。管它呢!生宝英俊的身派,勇敢地直立起来,毫不踌躇地向讲桌走去。

所有的庄稼人,对历史来说,都推动社会前进。不过当他们仅仅通过在田野里诚实地劳动,在庄稼院细心地经营耕畜和家禽,在市集上公平地出售农产品……来尽历史义务的时候,社会前进得太缓慢了!几乎要隔过许多年,你才能感觉到生活似乎发生了一点轻微的变化。在那个时代,庄稼人里头也有饱受过惨痛生活磨炼的一部分人,非常不满意兄弟之间和邻居之间为了一点可怜的家业,互相竞争、互相忌妒、互相仇视,甚至互相打得头破血流。他们艰难地熬完了自己的一生以后,常常是憋着一肚子气死的。只有当他们的子孙和工人阶级有了联系以后,社会生活的变化才进入了历史的暴风雨时代。

梁生宝在支部大会上介绍高增福和冯有万的情形时,他分明感到上述的这种意义。他很想讲点他们在这方面的觉悟。但他想来想去,只能谈他们对互助合作热心的具体事实。当卢支书请两个入党申请人讲讲他们对党的认识,讲讲他们自己今后怎样努力的时候,支部大会的进行甚至还遇到了难以克服的困难。两个出身悲苦的同志充满了对党的感情,却不知道怎样讲出来。

下堡乡的共产党员们都盯着高增福和冯有万。两个人使着浑身的劲儿，很吃力地坐在长板凳上，克服他们面临的困难。显然，由于用脑过度，他们的鼻梁上和眉宇间，渗出了米粒大小的汗珠。暖烘烘的太阳从大门大窗进来，照着会议室里缭绕着的吸旱烟的烟缕。但会议室里有一种挺别扭的沉闷。

高增福说："万！你先讲吧……"

冯有万央求说："你先讲嘛！"

卢支书笑说："不管你们谁先讲，反正都要讲一讲。"

梁生宝看得出他们内心十分紧张。他同情他的两个伙伴。他理解增福和有万这时的滋味；他们自觉到做一个共产党员的严重性和责任感了。在他们入党的会上，庄稼人的精神和共产党员的精神这时正在他们内心中交替。生宝坐在两个伙伴中间，都能感觉到他们感情激动妨碍着他们讲话时需要的从容思考。

生宝鼓动他的左邻高增福："增福！我记得你社会发展史讲得蛮好嘛！都是自家的同志，你顾虑个啥？"

高增福严肃地站起来了："好！我先……"

"来！"卢支书高兴地让开位置，说，"到这里来讲！"

高增福从两排长板凳中间的人缝里，不慌不忙地侧身走出来。他站在讲桌后边，把头巾取下来，放在讲桌上。

所有的眼睛都盯着高增福开会来以前刚剃的光头。消瘦的灯塔社副主任，容貌比以往哪一个冬季都精神。生宝知道由于互助组水稻丰收，增福这辈子头一回拿大米当家常饭吃；从前他生产的大米卖掉，自家喝玉米糊糊。灯塔社的建立解除了增福生活上的后顾之忧。入党更给他添了精神。大伙看见灯塔社副主任穿着一套新棉衣，简直换了另一个高增福。他是在这里开会，要是在路上碰见，你会以为他是哪个走亲戚的富裕中农吧？

郭振山忍不住笑："增福，你那露棉絮的开花破棉袄，今辈子用不上哩!"

"有用!"生宝夸奖地说,"人家在木柜里保存着哩。说往后才娃长大不知道创业人的艰难,好做教育的材料。"

同志们敬佩地看看高增福。多么认真活人的态度啊!

高增福很动感情地低头思量着。他一只手紧紧地捏着棉袄襟子的底边,另一只手轻轻地摸着讲桌的棱边。他的眼睛有点潮湿了。看!只要谁说一句触动他感情的话,他那眼泪珠就要掉下来了。

卢支书走近他身边,亲切地低低说:"增福同志!你怎样想,就怎样说。甭管它几个问题,你甭作难哪!"

增福沉吟说:"我思量:对党的认识,我不懂啥。众同志都比我强。咱朝众同志学习。这是实话!"

他表明了态度。然后他又深沉地思量起来了。他是有满满一肚热烈的话,说不出来吧?生宝眼巴巴地望着他的副手,干着急。要是有个重东西,增福一个人搬不动,生宝早已跳出去帮助搬了。但这是在自己入党的会上讲话……

增福突然仰起脸,看着坐在第三排板凳上的生宝。"主任!你刚才讲话,提到俺爸领我讨饭做啥?老人已经不在世上二十多年了。再甭提他哩!提起他叫人伤心!"说到这里,增福转向静听的大伙同志,继续抒情地说,"俺爸是有一股穷志气。他不到财东街门口去讨饭。他到庄稼院街门口讨饭,看见人家打发时不高兴,他就不要了。他领我到了另一个庄稼院街门口,才告诉我:人家瞧不起穷人,咱没志气,人家就更瞧不起了。可是,这有啥意思呢?我长大了,还是低三下四给财东做活哩。说是解放以后穷人翻身了,我高增福又是有志气的人嘛,为啥连个互助组也搞不成功?嗯?为啥我跑了二里远,入梁生宝互助组?嗯?没党领导!我信服咱王书记说的话——庄稼人没党领导,治不了世。李自成就坐了朝廷,没党领导,他弄得乱七八糟,只坐了四十天,完哩!咱有党领导,咱敢办

483

农业社。咱把地界石扳得扔在一边。咱把社员们的渠道挖通,实行冬灌。咱把郭庆喜和冯有义的草棚屋租来,改修成农业社的饲养室。咱心里踏踏实实,胆正着哩。没党领导,蛤蟆滩的几个人谁敢这么大胆?"

整个会议室都兴奋地笑着。增福自己很严肃、很认真。他那么激动!他的面部表情反映出他内心激动的感情。

卢支书热情地鼓励他:"讲!增福同志,你讲得很好嘛!你继续讲。把你肚里头热腾腾的话,全讲出来!"

所有的人,包括从前认定高增福无能的郭振山同志,都瞪大了眼睛。生宝心中无限地感慨:他这伙伴可是一个牛皮灯笼,外头不见光,内里亮堂着哩!生宝没想到增福在肚里头准备好这样一篇精彩的人党演说,不声不响带到会上来了。

但是增福非常诚恳地对卢支书说:

"完了。我对党的看法,就是这些。"

然后他转向大伙同志,变得愉快地说:

"介绍人提我的两点意见,我全承认。我有庄稼人的一股别扭劲儿。当了党员,我要把心胸放宽豁一点。另外,对党的政策,我学习差池。从今向后,我要站党的立场,不能站贫农立场。生宝同志,多谢你。我今日才明白了:依靠贫农和站贫农立场不一样。就是这话!我讲完了。"

增福从讲桌上拿起了他的包头巾。他仍然用不慌不忙的步子,走回他的原位。梁生宝连忙给这个穿着一身新棉衣显得宽壮的左邻让开点位置,并且用充满了深情盛意的眼光迎接他。

高增福坐在板凳上以后,往光头上包着他的头巾。他现在平静了。他严肃的脸上带着做完一件事的愉快的笑容。

但他那诚恳的态度和真挚的言辞,感动得整个支部大会不平静了。生宝看见前边两排板凳上,有同志独自连连地点头,在内心中敬佩高增福。生宝的邻座,有同志互相交换赞许的眼光,也点着头。生宝还听见后头两排长板凳上,有低低议论的细小声音——前两年真没看出增福老二是个人物!……生宝听了,满意极了。

这时间,好强的冯有万不等支书叫他,自动地站起来了。蛤蟆滩的老民兵队长新任灯塔社的生产队长,勇敢地迈着豪壮步伐,向讲桌跟前前进!大伙看时,头戴黑毡帽,腰扎军皮带的彪小伙子,站在红旗和领袖像下,激动得胖脸盘相当红。

生宝高兴地想着,是增福的态度感动了他呢?还是增福的讲话启发了他呢?家伙!

"我的毛病大啊!"有万坦率得出奇,一开头不说他对党的认识,一开头就直截了当地检查自己的缺点,"俺主任,就是俺生宝同志,提我的意见提得对着啦!我是个野性子人。党里头规矩严!我想入党想了几年,只怕自己火性一发,坏了党的名声。昨日黑夜,俺主任通知我今日入党,我犯了熬煎。我寻思:唉!黄堡镇仁义堂中药铺有治性情急躁的药吗?我有万卖了鞋袜赤脚当生产队长,也要抓得吃几服!"

会议室爆发了哈哈大笑声。连严肃的高增福也笑了,低声对生宝说:"家伙!"

卢支书喜欢地笑说:"仁义堂没这号药。党里头有这号药哩。药性平和的和药性厉害的,都有。毛主席说:治病救人。有万同志,你不知道这句话吗?不知道,那不要紧。你还是讲一讲对党的认识吧。为啥忙着检讨呢?"

有万活泼起来了。生宝很担心卢支书的插话,会使得有万在大伙面前感到尴尬,想不到他竟表现得好像有了希望。对他来说不是上台讲话,而是随便谈话。

"卢支书!"有万畅快地大声说,"只要党里头把我的急躁病治了,咱有万是有用之人。保证!我对党一心不二!这就是我对党的认识。还叫我讲啥话呢?卢支书!"

卢支书笑说:"你就和增福一样,想起啥讲啥。随便!"

"好!"有万高兴极了,还是检查他的缺点。"我是一块生铁疙瘩。我有点分量,可没炼成个家具。同志们只管把我放到火里头烧好了!夹出来只管拿锤子捣好了!咱有万不护疼!我的天!俺们把人家庆喜和有义的草棚屋,改修成饲养室了。俺们把土地证收起来了。再过几天,就要把牲口往一块拴哩!虽是试办,这不是演戏嘛。毛主席交代得清清楚楚,只许办好,不许办坏。我有万任性,把事办坏,对得起谁呢?旁人拿田地、牲口和农具入社。我寻思:有万连这条命也入社了。咱八岁死了老子,七岁死了娘。父母双亡,给掼到马路旁边的官树底下没人管。咱和野草一块往大长的。那时间死了有万,和死了一棵小树苗一样简单。嗬!想不到我活到今日,入共产党!同志们!王书记和我谈了半夜话,说要改造社会,就得先改造自己。同志们!咱嘴说的不算。同志们!等着看咱的行事!我保证!就是这话!完了!"

小伙子像机关枪连发一样,非常干脆地一阵讲完了。他畅畅快快地回到他的原位上。

这时的支部大会已经充满了生气。高增福和冯有万对革命的坚决,他们对党的真挚感情,对自己缺点的坦白,深深地感动了其他党员。灯塔社这三个同志被共同的事业凝结起来的团结性,也给了其他党员非常强烈的印象。

当支书请大伙对两个入党申请人提意见的时候,会场上表现出诚挚的欢迎。

"都够条件!"

"对!同意!"

"有啥说头?都是好同志……"

大十字、王家桥、郭家河和马家堡的互助联组长——高增旺、王来荣、郭振华他们，热情地表示要学习灯塔社几个同志对互助合作的劲头，搞好自己的联组，积极准备建立农业社的条件。坐在第一排板凳正中间的那位穿黑棉衣、戴旧毡帽的大个子——郭振山同志有胡楂的嘴噙着烟锅，只是微微地笑着，没有说什么。从前，每一次接收新党员的支部大会，振山同志总要讲一讲党领导庄稼人推倒封建大肚鬼的伟大意义。每次他都要回叙一下反恶霸地主杨剥皮的斗争，以及他和支书在那次斗争中一同入党的心情。然后他语重心长地对新党员提出一些要求和希望：积极参加党的会议，不要叫人家三请诸葛；自动按时交党费，不要叫人家讨账；随时注意地主、富农和被管制分子的活动，千万不要麻痹。

郭振山每次都这样讲话，给在座的同志很深的印象。他的讲话总要占去每次会议一半甚至一半以上的时间，直至使人感觉到他比党支书能行为止。这次支部会上他会给大伙讲些什么热烈的话呢？难道他因为他整党学习时受过批评，互助合作方面落在同村几个年轻同志的后头，党支书这回没有首先单独征求他的意见就不讲话吗？……同志们拿吃惊的眼光，盯着五村代表主任宽阔的肩背和相当大的后脑瓜，看他到底讲不讲话。

梁生宝想着团结的重要性。他示意增福和有万，要他们自己请同村的振山同志，给他们提些宝贵的意见？这样，高大的郭振山才站起来，先在板凳边上磕掉他烟锅里的旱烟灰。

组织起一个比较起来经济力量相当雄厚的互助联组，对灯塔社的四评工作有着社内社外一致钦佩的帮助，现在下堡乡各村的共产党员从郭振山有胡楂的大脸盘上，看不出一点不好意思。大伙能看出的是在社会主义的路上，不定谁走在前头的那股神气。

高大的振山同志显得很有派头，对高增福和冯有万两人笑笑。他用一种长者和前辈的低沉缓慢的调子，说：

"我高兴你们两个在党。生宝同志培养了你们一年，你们长进多了,这时够上在党的条件了。我高兴。嗯!为啥呢?旧社会咱蛤蟆滩有姚士杰一个国民党员。喃,你看那个称王称霸吧!我郭振山不服他,啥党也不在,就拿打架的笨法子和他较量。他抓住我的布衫,我扭住他的领口。他扯破我的衣裳,我扯掉他的扣子。想起来真个把人笑死!解放以后,咱们靠群众和他较量。好!他软了。现时蛤蟆滩四个共产党员了。我比谁都高兴。官渠岸一东一西两座四合院,我郭振山住在中间,觉得腰背添了力气。姚士杰算啥东西?狗粪一堆!理也不喜理他,咱们干咱们的!"

振山同志越说,声越高,劲越大。终于,他换了洪亮的嗓音,有决心、有信心地大声说:

"说到互助合作方面,我和增旺、来荣、振华同志一样,坚决搞好联组,准备办社。灯塔社先走一步,做个样子,我们紧跟在你们屁股后头就上来了。落不很远的,放心!不生问题啊,落不很远!总路线的灯塔照着大伙哩,并不是只照着一个农业社!"

当振山同志很有把握地坐回原位的时候,听他讲话的同志早已换成另一种眼光看他了。这真是个强硬干部!可惜有时候对同志和对敌人一样,说话都不留一点情面。

卢支书轻视地朝着"轰炸机"一笑。

今天一直是兴奋的梁生宝,原来是红光满面的脸上,现在失掉了光彩,出现了沉思的灰暗。他是使着很大的力气,听振山同志讲话的。他不是听言词,他是听言词里头的味道。他听出了一股放了几天的剩饭的酸味。他多么痛心啊!

对高增福和冯有万入党那么热心的梁生宝,在卢支书付表决的时候,竟忘了举手。支书提醒他的时候,他举起来了。但表决以后,他又忘了把手放下去,独自一个人还举了一阵。在举着手的时间里,生宝心里头还在坚决地想着:

"不!振山同志!我不让一个村里唱两台戏!我要争取你!我要把

你从油嘴杨加喜和水嘴孙志明他们那里夺回来。你和他们暂时搞联组吧！你和他们长久搞下去了，对你、对党、对五村的互助合作，都没好结果。我舍不得你，振山同志，你有能力！"

生宝想到这里，看了看郭振山黑棉袄和旧毡帽的背影，心中有数地一笑。

但当支部大会开始讨论如何以灯塔社为中心建立互助合作网的时候，年轻的乡文书推开太阳照着窗纸的门进来了：

"生宝同志！拴拴过河来给你们两个主任和生产队长报丧——王瞎子死下了。看你们现在就回去，还是开毕了会再回去？"

第五章

隆冬的清早，灯塔农业社的八个男社员抬着一副灵柩，从稻地里的牛车路上向南走着。几天前刚刚评了灯塔社一级强劳力的拴拴，现在穿着不合身的白孝衫，扛着"引魂幡"，拄着哭丧棍，走在灵柩的前头。孝子深深地弯下腰走着，挺伤心地号哭他老爹。但抬灵柩的人，灵柩后头带着铁锹、供品、香纸和纸人纸马的殡葬办事人们，甚至亲戚任老四和欢喜一大帮人，谁都没有普通办丧事的那种沉痛表情。有些不拘礼仪的粗鲁庄稼汉，还不严肃地笑着，倒像这是一种普通的劳动。最后头是一辆牛车，上头坐着送葬的妇女们：死者的老伴、儿媳妇和两个外甥媳妇——欢喜他妈和任老四婆娘。仔细听起来，确实是也有假哭的，也有真哭的。在那些七高八低的哭声中，有一个显得最认真，听了那个凄惨哀痛的劲儿，谁都看出只有她是真伤心。那是拴拴媳妇素芳！

生平第一次帮邻人主办丧事的梁生宝，掮着准备埋人用的铁锹，走在灵柩后头的人丛中，心里头奇怪在他后边牛车上哭的素芳。

"阿公活着的时候,把你简直没当人!老顽固这阵死了,你还哭得这么伤心?没主心骨的女人!他死了,你和拴拴不是好过吗?……"生宝想着素芳嫁到蛤蟆滩以来的情形,甚至气呼呼的。他捉摸不来这号女人,心里头到底怎样想着呢。

灵柩过了官渠岸,就看见墓穴地了。这块旱地并不是他王瞎子的,也不是他那两个外甥的。这块旱地,先前是下堡村地主吕老二的祖业,土地改革时,把这地分给了上河沿的铁锁王三。现在是灯塔社的土地了!土地证已经在社会计任志光(欢喜)手里。生宝想不出埋王瞎子的适当地点,有人提出这里,社务管理委员会通过后,很容易就征得了快乐的铁锁王三同意。光绪初年出生在渭河下游王家堡子的直杠一辈子顽固到死,想不到他归宿在农业生产合作社的土地里头吧?

到落了一层厚霜的棉茬地里,大伙把灵柩稳稳当当停在任老四带来的两条长板凳上。欢喜把棺材上面绑着爪子的那只红花公鸡,抓起扔在霜地上。那公鸡东倒西歪咯咯叫唤了几声,就安静了。庄稼人们围上来七手八脚解绳。这时,牛车也到了。妇女们停了哭下车。素芳哭得直不起腰来。欢喜他妈和任老四婆娘扶素芳下牛车,她也没停住哭。

"没出息的女人!"生宝鄙视地想,对这个女社员的教育问题,他真有点发愁。现在她已经不只是一个邻居媳妇,而且是灯塔社的一个女社员了。经过建社期间两条道路的教育,她还是这个样子!什么时候才能把她改造成有社会主义觉悟的劳动者呢?糊涂虫!

埋葬直杠老二的灯塔社一队社员们,渐渐都注意到拴拴媳妇的伤心好令人奇怪。在灵柩周围解绳的庄稼人脸上出现了迷惑不解的神情。冯有义甚至感动了,低声说:"啊!拴拴这屋里家,还是个孝敬媳妇哩!"人们都看社主任。

蛤蟆滩曾经传播过生宝和这女人的流言蜚语。王瞎子曾经愚蠢

490

地挡住生宝，不让进他草棚屋去。瞎老汉曾经公开地禁止儿媳妇到生宝家去串门儿。生宝不是不长嘴。但对这号事，除了生气，他能说什么呢？忍耐有时是比激动更强大的精神力量，但并不是每个人的天然禀赋。这是事业对人的一种强制。要是担负着重大任务而任性，就不值得党和群众信任。所以尽管对尸首挺在眼前这口棺材里的顽固老汉一肚子气，但梁生宝对办这葬事，却是挺认真严肃。不是邻居和乡亲，不！是新建起的农业社的政治影响问题！

抬灵柩的绳解完了。现在，年轻社主任又同大伙张罗着，宣布往墓坑里吊灵柩。这时候，按丧礼的程序，在旁边霜地上等着的妇女，重新号哭起来了。

孝子拴拴和几个年轻力壮的掘墓人，现在下墓坑里去了。其余的人分站在两旁，开始把王瞎子的灵柩吊下墓坑里去。然后，地面上的人弯下腰，看着下边的人把灵柩一点一点挪进墓洞里去。用带来的土坯封了洞口，帽子上缀红布条的掘墓人都上地面来了。唯一的孝子留在墓坑里头。人们从两边用铁锹往墓坑里丢土。有些土丢在穿孝衫的拴拴身上了。拴拴在下边紧张地踩着土，一边大声地认真号哭着："爹爹呀！爹爹呀！"

只有一个孝子踩土，如果填到墓坑里的土太虚了，下暴雨时，进了洪水怎办呢？生宝向大伙提出这个问题。死者的外甥任老四跳下去了。任老四只是踩土，不哭他舅。生宝叫欢喜也下去踩。年轻气盛的农业社小会计干脆拒绝为他所反对的舅爷服务，惹起了社员们几声有控制的笑声。

生宝不满意地说欢喜："你和死骨头斗气吗？"

把这当做灯塔社的葬事，社主任自己跳下墓坑去了。要是踩不实土，头一场暴雨就陷一个坑，人家该笑说："这就是农业社埋的人！"

掘墓人不再任意乱丢土了。他们小心用铁锹从坑沿上往下溜着土,不让掉在梁主任身上。他这一行动使所有在场的人惊叹。

当土填满了墓坑,在上头堆起一个大坟堆的时候,放鞭炮的声音噼噼啪啪地在棉茬地上响起来了。放炮人冯有万,用一根抬杠高举起正响的一串鞭炮。蛤蟆滩一个最老的劳动人现在最后离别了阳世。

这时候,从黄堡那边的东原上升起了红太阳。宇宙空间的光和热,按时送到人间,汤河平川上的棉茬地里的寒霜,现在开始融化了。啊!生命有限,而人类世界永恒!

按照殡葬礼仪,纸炮一响,送葬的妇女们都停止哭丧了。王瞎子老婆,脸上还有几颗眼泪,他的两个外甥媳妇,脸上不像刚哭过的样子,现在都站起来了。她们扯着素芳的胳膊,要拉她站起来。别哭啦!老人已经埋毕啦!但素芳只管她弯着腰,伸长脖子,失声断气地抽泣着。好像决心要把肠肠肚肚,全部倾倒在这墓地上,她才回家。她痛不欲生的样子,你看:眼泪、鼻涕和口水,一串串地往棉茬地上淌着。她嘴张着,下嘴唇颤抖着。她眼皮红肿,面皮却苍白。她脸也变形啰。曾经是俊俏的小媳妇,现在多么丑陋难看啊!

"贱骨头!"有万拿着一根抬杠,走过生宝身边的时候,低声骂着。

生宝生气地拿起铁锹,把坟堆周围一小块必须休耕的护墓地划定。乱丛丛的办事人们,收拾着麻绳和抬杠,做着准备回家的事情。生宝独自把带来的四块石头,插在墓地四角,作为标界。有万在另一边大声地吼叫:

"主任!只给直杠老汉四尺宽六尺长的地面!不能多给!"

社员们都笑了。生宝不笑。他想把心思转到工作组马上要谈的农业社生产计划上去。谁知素芳当妇女们拉她回家的时候,她越哭得伤心了。梁生宝现在开始怀疑:是不是素芳和李翠娥一样,对灯塔社的女社员将来要参加农业劳动发愁?怕劳动的,怎么会有好思想呢?……

　　还是光棍汉的梁生宝,每每有这样两种不同的情绪。当他遇到一对恩爱夫妻和和睦睦过着勤劳日子的时候,他高兴极了。他想:真个!他也该很快找个对象结亲。但当他遇到另一对糟糕夫妻,别别扭扭过着憋气日子的时候,他对这件事就心凉了。他甚至一辈子不想找对象了。你当心找下麻烦!你想给大伙办点事情吗?糊涂媳妇老和你闹!他是担负多大事务的人嘛,哪里有时间闹家庭纠纷?现在,看见拴拴媳妇那个不争气的样子,他更不急于和竹园村那女人见面了。

　　孝子和亲戚在坟前插香、烧纸、烧纸人纸马。生产队长冯有万吼叫一队社员们,都来认领各自没有折价归社的小农具——镢头、铁锹、麻绳和抬杠。

　　生宝说:"对!叫大伙先回去,马快吃了早饭,就去修盖饲养室!"

　　突然间,社员们喊叫起来了。

　　"老韩!老韩!"

　　"老韩来了!"

　　"他来做啥呢?"

　　生宝抬头一看,是现在住到二队去的韩培生同志。高大个子,穿一身灰斜纹布棉制服,棉制帽的耳遮耷拉下来,盖着耳朵,在官渠岸和墓地中间那段庄稼小路上大步流星赶来。因为走得急,在严冬清早的冷空气中,老韩鼻子和口里冒着三股热气。生宝一看见他,就眯起眼笑了。接连几黑夜准备给灯塔社的生产计划写草稿,老韩早晨起来迟了。生宝想:准是又有什么急用的数目字,跑来问他……

　　韩培生满面笑容到了墓地。生宝直截了当地说:

　　"咳!培生!有啥弄不清楚的,你就近问增福嘛。他在任家院里，经领着给办事人做饭。他全清底！"

韩培生两手插在裤兜里，大个子站在墓地旁边笑：

"我住上河沿。不知道你们这样快，就把他埋了！"

生宝说："我们这里埋人都在日头爷出来以前。"

社员们手里拿着各自的小农具，站在老韩周围亲热地说笑着。整个早晨，人们都按殡葬礼仪板着脸，不吭声。本来无论看到或想到什么，都应该憋着，等离开这个场合再说；但现在驻社干部兼农技员韩培生的出现，大伙再也憋不住了。庄稼人在一块做活，喜欢开玩笑。

郭锁说："农业社务庄稼讲究新技术，埋人又不讲究新技术，你跑来做啥？"

"看我们堆起的墓疙瘩合标准吗？"白占魁问。

冯有义挺感慨老韩在蛤蟆滩住了一年，和这里的庄稼人都熟了，所以跑来尽人情。……

"老韩和瞎老汉才没人情呢。"生宝不同意有义心地善良、思想陈旧的看法，说，"他两个是对头！有义，他是来看稀罕事——农业社埋人。老韩，我说得对吗？"

曾经想把王瞎子挽留在互助组的农技员，现在很感慨地笑着点头。

"直杠老汉可有一股子蛮劲！"韩培生笑说，"五〇年的时候，开头他说土改是乱世之道。最后他不得不参加乱世，又说是天官赐福。我还等着听他这回怎么为他去年退组狡辩，谁知道他竟然不声不响死了。"

大伙听了老韩这话，都谈论起王瞎子的死。所有的人都不怀疑：是总路线的宣传和灯塔社的建立，结束了老汉不光彩的一生。老汉死前根本不为退互助组狡辩，也不阻挡拴拴入社。拴拴从外头回家，陆续报告老爹：农业社土地怎样入股的，劳动怎样评工的，粮食将来怎样分配……瞎老汉皱纹脸带着惭愧的晦暗,用干柴似的瘦手摸着炕席片,凄惨地一笑,低下头去了。他显得难受极了。老邻居的儿子梁三收养的逃荒娃,活成这样的大人!全蛤蟆滩都嘲笑过他不许小伙子进他草棚屋,不许素芳到梁三家串门。现在女社员赵素芳要参加社员大会和妇女小组会,再也不需要取得专制公公的许可了。灯塔社建社开始,瞎老汉再也不到草棚屋前晒太阳了。他吃饭越来越少。老婆问他身上哪里不舒服。他说没病,只是不想吃饭。就在下堡乡开党支部大会那天,儿子和媳妇回家发现老爹悄然挺在小炕上,手脚已经冰凉了。老汉始终没耽搁拴拴和素芳参加建社活动……

大伙谈论得这样津津有味。向来在刚埋毕人的墓地上,庄稼人们要是谈叙死者,那就只说他一生的好处,大伙都说老汉也可怜,老韩严肃起来不同意:

"有啥可怜?华阴知县衙门八十大板打得他晕头转向以后,一辈子再没觉醒过来。是这样不?"

"对!"有万用手捏着一根立在地上的抬杠,非常同意,"老韩一句话说清了直杠老汉一辈子。"

大伙都准备走了。生宝原来也想着社员们赶快回去吃了饭,好去盖饲养室。但是现在他叫大伙等一等,老韩一句话触动了他的心思,使他想起区委王书记过去谈到他这邻居老汉时说的一番话来了。王书记说旧社会给我们党遗留下来两样事情:改变贫穷的生活,没有什么了不起的困难;改造落后意识,才是我们党真正的负担。

生宝说:"老韩,你说得太对了!八十大板打得拴拴他爹,一辈子没堂堂正正活人嘛。旧社会叫庄稼人受穷。这算啥哩?最可恨的是把挺精明、挺有力气的庄稼人,性气给弄歪了。去年整党时,学习社会发展史,今年建社又学习两条道路,给我的教育性可大哩!我想:要是一千年以前,庄稼人们就像咱现时一样,把田地、牲畜、大农具凑在一块堆,大伙商商量量订计划搞生产,多好呢!大伙都好好劳动,按规程分到各人的一份,谁也甭占别人劳动出来的东西。互相帮助,甭互相妨碍。互相提意见,就像咱农业社现在这样。那么,谁还能欺负谁呢?谁还能害怕谁呢?谁还能把谁不当人呢?人人都志气刚强。吃的、穿的、住的、用的,样样都有。要是那样,拴拴他爹一辈子会是啥样子呢?他劳动那么好,会那么低三下四吗?他心眼那么多,会办事那么蠢吗?鬼!他比谁也强!他比谁也精!……"

社主任这篇类似墓前演说的话,把驻社干部和社员们都听得凝神不动。在坟前烧纸人纸马的任老四、欢喜和拴拴,也停住手,跪在那里倾听。拉素芳起来的欢喜他妈和任老四婆娘,捉着拴拴媳妇的胳膊,也转过脸来听主任讲话。已经不哭的素芳听了主任的话,重新又哭起来了。

社员们说:"主任!你说得倒好!可那时间没共产党领导嘛!"

生宝说:"现在有了共产党领导,指明了这条路,大伙可要真心实意爱咱社,可不能三心二意啊!就是这话!咱回!"

社员们带着麻绳、抬杠、镢头和铁锹,同驻社干部很有感触地谈论着主任这番话,离开了墓地。在早晨的太阳照耀中,殡葬办事人们在化了霜的庄稼小路上走了一截,还听见背后墓地上素芳悲惨的哭声。有人回头看了看,见任老四和拴拴也去参加劝说了。生宝这回明白了为什么素芳哭得那么伤心……

第六章

人身体里头到底能有多少眼泪呢?眼泪流得太多,对人有什么害处吗?为什么哭得时间长了,觉着脑子里头疼呢?为什么后来眼眶里也感到火辣辣的呢?曾经有过哭瞎了双眼的人。素芳现在不管这些。她只想哭!哭!哭个痛快!好不容易!阿公的死给她这样一个哭的好机会!她可以公开地、尽情地大哭它几场。哭个够!

从墓地里回来的时候,素芳已经抬不起头来了。她觉得头昏。她用一只手扶着头不让自己晕倒。回到草棚屋,当孝子的拴拴到任家院,向正吃饭的殡葬办事人们叩头答谢去了。素芳在草棚屋里间炕上,栽倒抱住头睡。谁给她盖上被子的呢?她不知道。她拉了拉被子,索性连头也盖上。她脑子里头还在继续疼,她眼眶里头还在继续火辣辣的。她胸腔里像装满了汤河滩的沙子,一直堵到喉咙眼上。她觉着憋得喘不过气来。啊哺!

但素芳的神志是清楚的。建社以来进行了两条道路的教育,世界对她变得容易理解了。事情并不像她从前想得那样捉摸不定。现在,命运对她也不是那么神秘了。原来命运也是由人弄成的?

妈告诉过素芳:妈十四岁从上堡村嫁到黄堡镇赵家十字的。那时候,爹十五岁。家里有二十几亩好地,一头大黑牛。爷爷劳动挺好,日子过得站起坐下一样便当。三年以后,爷爷得了猛病死了。同镇子的两家富户兼商家——张家和李家,开始对十八岁的爹"亲热"起来了。他们渐渐地对爹"关心"起来了。张家说:"要啥吗?得财!到前街柜上拿去。没现洋,写在账上,你怕啥?……"李家说:"唉!得财!你爹不在了。你人年轻,怪叫人心疼。缺啥,到柜上去勤拿。啥时得便,啥时给钱……"后来,他们竟强留年轻的爹,在铺子里喝酒、吃肉。后来,他们竟把爹硬推到炕上去,替爹脱鞋,把爹压倒,请爹抽大烟。妈告诉素芳,张家和李家竞争,竟然争不停,互相骂仗。从素芳记事的时候,她就知道:爹变成一个穷大烟鬼,在黄堡街上摆菜摊。素芳看见张家和李家从菜摊前头走过去。连理也不理爹。爹瘦得那么可怜,光剩一副骨头架子了。人们在巷子里碰见爹,连招呼也不打。奶奶是个庄稼院胆小老婆儿,害了气臌病不在世了。妈同爹闹过几回,没得法儿。那时没有离婚的办法,妈就和邻居一个叔叔好起来了。……

"那时间,谁要是像现在建社,把一个巷子里的住户,召集到一个屋里开会,互相提意见,多好呢?"素芳蒙头睡在被子里,咬牙切齿,恨死旧社会的那条道路了。

她在被子里又哭起来。她呜咽着。她哪里来的这么多眼泪呢?但是没办法,经过了两条道路的教育,素芳什么时候想起可怜的爹,什么时候就有眼泪。她当着阿公的棺材,拖长声哭叫"爹爹呀",她心里想着娘家亲爹赵得财。

前几天。经常在欢喜家草棚屋开妇女小组学习会。素芳没有发过言。一回也没!她说什么呢?她从哪里说起呢?她说到哪里为止呢?说不成!干脆不说吧!

她总是拿着一只正纳的鞋底,静悄悄地走进开会的草棚屋里。她总是在炕沿尽边旁人的脊背后头,静悄悄地找个空隙坐下来。开会以前,她只是静悄悄地纳她的鞋底。开会以后,她低头听着旁的女人们发言。人家都发言!梁三婶子说她领主任民国十八年逃难的经过。任三嫂和任四嫂说她们怎样领着欢喜和桂花,从华阴县逃荒到这里。一把鼻涕一把眼泪,听了叫人心酸。金姐娃、彩霞、生禄家嫂子,连翠娥那样的货,都能说几句"自发道路"不好,"社会道路"好。但素芳说不出来。她只凄惨地笑着。建社工作组的女同志王亚梅叫她发言的时候,她的脸红了,浑身急得冒汗。婶子们和嫂子们都说,顽固公公管得不让媳妇出来,自解放到而今,这还是头一次参加会呢。好心肠的亚梅同志不勉强素芳,鼓励素芳现在应该认真学习,努力跟上大伙,别一个劲儿坐在那里没头没脑纳鞋底。

她不是没头没脑坐在那里。她在按照会上说的道理,想着她从前的身世和她眼前的境遇。素芳有时候自思自量：要是爹二十几岁了，不那么容易上当受骗了，爷爷才去世，该多么好呢？要是那样，也许爹妈和她这一生，会是另一个样。也许爹活成一个好劳动庄稼人。也许妈是能干把家的妇道。也许她自己是个害羞的庄稼院闺女，长大以后又是梁生禄嫂子这样的庄稼院媳妇。也许……唉，还是怪命不好哩。谁叫爷爷死得早呢？谁叫爹那么不懂事呢？只要是命运造成的不幸，人什么痛心事都能够忍受，然后渐渐地忘记痛心。这正像被人砍下的刀伤，长好以后，只留下伤疤，而不再疼痛了。

　　灯塔社建社以来，人们一再地触动素芳的伤疤。素芳一再地回忆起疼痛。一个她从来没听说过的词儿，叫做什么主义来着？这个坏东西引出了一条"自发道路"。这条道路充满了人对人的欺骗、损害和仇恨。只有极少极少的几个最诡诈、最缺德、最残忍的人发了财。大多数老实头全像蛤蟆滩的庄稼人这样贫穷、屈辱和凄惨。亚梅同志说的有些词句虽然不懂，意思素芳全能明白。这回，素芳忍不住了。她的眼泪就要涌出来了。她忙放下鞋底子，脸朝着墙壁，背对着婶子们和嫂子们，赶紧出去上茅房去哭。

　　可恨的张家和李家，你们为了争夺财产，毁了我们赵家！土改时把两家都定成了地主。活该！素芳感到还不解恨。但到了草棚屋外面，她又尽量往今后思量了。她想这"社会道路"是一条大家富裕的路。她入了灯塔社要好好劳动，不只过好日子，她还要给大伙好印象。对这两点，她有信心。自己的男人评的是强劳力，只是老实一点，农业社不欺负人。素芳这样往光明处想，往美好处想，她感到精神上立刻轻松了。远望无边的蓝天和白雪覆盖的终南山下，这片冬小麦点缀的绿色平原，今年将开始新的生活。她止住眼泪。她胸口不那么堵得难过了。让从前的事过去吧！

　　素芳仔细揩干了眼睛。她决心不让别人看出她出来流过泪。

她回到继续在开会的草棚屋,婶子们和嫂子们只奇怪她上茅房多费时呢。

没想到妇女小组学习两条道路,一天比一天深入了。郭锁的媳妇彩霞,竟检查她自己在互助组时期有过不好的思想。她男人跟互助组进山,挣到了和旁人合伙买牛的钱,就想退组,两口子单干。多亏了改霞妹子规劝,没让自己走到邪路上去。素芳脸腾地通红。她低下头去把脸埋得很深很深。在场的人谁都知道:她的男人拴拴从山里回来以后退了组,和毒辣的富农搭伙种地。尽管这事素芳不愿意,是顽固的瞎眼公公坚持,但当时她正在富农家熬汤,人家会怎么想呢?羞耻啊!羞耻!要是当场有个地缝,素芳愿意进去。

素芳原来还想在适当的机会发几句言,表白她走新的道路的心意。现在,要是不提退组,她怎么在会上谈谈自己的想法呢?她现在只好当哑巴当到底了。抬不起头,脸没处放,感觉到似乎胸腔里有虫子,在无情地咬她的心。好像虫子从内部吃苹果一样,要把她的心吃空。疼啊!素芳忍不住表现出身上什么地方疼痛的神情了。她邻座的梁三婶看出来了。主任他妈把一只手怜悯地放在她肩上,关怀地问:

"素芳,身上不舒服吗?"

"唔,三婶。不舒服几天了……"素芳的眼睛湿了。

生宝妈说:"看见你这几天没一点神。不能开会吗?回家歇息去!"

"不!我能听,我爱听……"素芳低头忍着眼泪说。啊!在生养了生宝又教养了生宝的梁三婶面前,素芳感觉到自己是多么寒伧啊!想起官渠岸的富农姚士杰,她就想起梁生禄家那只大灰狗。那狗不出声咬人,咬毕就跑了。素芳在心里头诅咒:"姚士杰!你不得好死!"

这一天好容易耐到了散会,素芳却不愿意回家。她家草棚屋的外屋炕上蜷曲着瞎眼公公。素芳多么不愿意看见他啊!

她最后一个离开会场。

日头快落了,大伙却看见工作组魏组长骑着自行车离开蛤蟆滩走了,说是进城去汇报工作。什么紧急的事呢?为什么这么晚还起身?黑夜,拴拴早早去参加男社员不知在谁家草棚屋开的会。女社员一般晚上不开会,素芳独独一个人先睡在草棚屋里屋炕上。

她睡不着。她翻来覆去,感到没一点瞌睡。她索性穿起衣裳,黑暗中坐在草棚屋里屋炕上,等拴拴回来。她有点害怕,虽然外屋炕上有公婆睡着,也感到孤单。她多么想对什么人倾诉她的烦恼,排遣她的苦闷。她能对谁说呢?要是她能到黄堡去倒在妈怀里痛哭一场,她再回蛤蟆滩就能轻松许多。这个时候她怎么能去呢?她能不参加会吗?能吗?不能!不能!

第二天,女社员继续开会。素芳强打精神去了。亚梅同志首先说两条道路的学习只是社员们自己教育自己的一种办法。社员们通过回忆自己的经历,厌恶了自发道路,就更加坚定走"社会道路"的决心。不过要是不愿意联系自己的经历,也可以不联系。表表自己的决心和态度也好嘛。旧社会几千年了。对农民的思想改造,可是性急不得。要经过长时间的集体劳动,互相提意见,互相帮助,那时,整个社会的意识才能显出新水平。不要求一入社,所有的社员都是新人等。

素芳停住了纳鞋底。她瞪大了两眼。这是说她!至少其中有她!有些话和有些词,她听不懂。但她拼命使着劲儿听。她不让亚梅同志清脆悦耳的声音,从她耳朵旁边滑过去。听毕以后,她仔细一思量,大意思能明白七成。啊!办了这农业社可好呀!社会以一种全新的面貌出现在她面前了,入口一直伸到她脚下,要她进去。而家庭对于入了农业社的人,很快就失去它过去束缚人的那个作用。这一点她现在已经感受到了。

501

素芳在心中暗自使劲。她下决心在灯塔社好好劳动。她一回也不让人家提意见。她的身体很强壮,她什么病也没。什么农活不好学呢?"任三嫂,你当妇女组长,你帮助我。"素芳看着会场上的欢喜他妈,在心里头这样说。

妇女小组讨论新的题目的时候,女社员们立刻争着发言,表示对农业社应有的态度:对劳动应当脚踏实地,不要敷衍了事、混工分;对公共财物要像自家的东西一样爱护,不要随便破费、不心疼;对领导人要尊重,不能"兵不认将";对社员要讲究团结友爱,不能像单干时一样纷争,等等。讨论会开得特别热烈,发言的人一个接一个,可怜的素芳还是没发言。她想说,但她始终被自卑感压得抬不起头来。她怎样也挣不脱羞耻心理对她的控制。她的心思有一个旧的轨道,笔直笔直,拐不过弯儿来。什么时候她才能像人家旁的女社员一样,心怀坦然,有说有笑呢?

在旁人发言的时候,在她低头纳着鞋底的时候,她自然而然又想起可怜的她爹赵得财。爹年轻的那时,要是碰上这样的社会,该多好呢?素芳在旁人背后低着头,深沉地叹了口气。她也明白应当多想将来、少想过去的道理,但现时她做不到这一点。光荣可能被一次罪过所毁掉,耻辱却需要时间来洗刷!……

正在开会中间,在屋里照看阿公的婆婆来说:老人咽气了。妇女们立刻停止讨论。素芳和大伙一同到了她家的草棚屋。从这时起,她放声大哭起来。她尽她的嗓子哭!哭啊!这可好哭一场了。

"爹爹呀!爹爹呀!可怜我那爹呀!"

素芳在阿公尸灵旁边,哭着可怜的她爹赵得财。解放的第二年,她爹在新社会再寻不到大烟抽,硬发瘾发死的。那时候,素芳空号了几声,连一点眼泪也没挤出来。那时候,她恨死大烟鬼赵得财。谁认他爹?"一份子好家业给你抽干了!我不认你这爹!你害得俺娘俩好苦!你死得太迟了!"但现在,经过了两条道路的学习,素芳只想着她爹赵得财可怜。旧社会制度杀害了多少人呀！

在埋葬阿公以后，素芳回来睡在草棚屋里间的小炕上，整天没有吃什么东西。婆婆、男人、任三嫂和任四嫂，先后都来安慰她。她眼痛导致头昏，没力气坐起来。她说谁也别管她，让她独独睡一天，什么什么都好了。

傍晚时，工作组亚梅同志来看她。她掀开被子坐起来。她要下脚地。亚梅同志挡住了她。多么好心肠的女同志！亲姐姐一般怜惜的眼光看她哩。手指纤细白净的两手，捉住素芳粗糙结实的两手。显然已经从什么人那里知道素芳的情形了，亚梅同志真诚地安慰她说：

"为什么这样伤心呢？嗯？不要那么冤嘛！现在你解放了。你爱人在男社员里是一级强劳力，你自己在女社员里也是一级强劳力。你俩在农业社劳动，日子会过好的！"

哭得眼皮浮肿的素芳，哑着嗓子说："我一定在农业社好好劳动。王同志放心！我哭是为从前的事！不是怕劳动……"

第七章

竹园村的女青年团员刘淑良头两回到蛤蟆滩，没有和她姑给她介绍的梁生宝见面。她姑、她姑的闺女金姐娃，还有那个招亲女婿冯有万，对她的态度都很诚恳。说是创办农业社的工作忙，梁生宝腾不出空子谈亲事。她相信他们对她所说的，全是真情实话。看来他们对当这介绍人是热心的。不过她告诉她姑：妈给她另说下几个对象叫她挑，不满意她到蛤蟆滩来……她姑是明白女人，一听就懂得她说这话的意思。

"淑良！你可是甭三心二意。他谁再给你说对象，你也甭答应啊。等着姑的口信!不挑秦川地,单挑好女婿!"

她看见她姑说的一家人全笑。

淑良很兴奋!她每回要离开蛤蟆滩回竹园村去的时候,情绪不仅不因为没有和对象见面而扫兴;相反,因为更加喜爱这个梁生宝,情绪高涨了。梁生宝一个公道、能干、待人诚恳和办事踏实的青年人,党把创办农业社这样大的责任,搁到这个青年人的身上,是多么大的信任啊!淑良见过梁生宝一面。不过在渭原县的互助组长代表会上听梁生宝讲话的时候,淑良还没和范村家正式离婚,她也想不到梁生宝有没有女人这个问题上去。现在回想起来,形象愈来愈清楚了。

她每回都是把包袱拿在手里,却不起身走。她觉得还想听什么话,没说完。金姐娃竟然挑逗她这个表姐:

"淑良姐,你看俺蛤蟆滩这地方好吗?"

刘淑良看看稚气的表妹,抿着嘴笑。她知道问这话是拿她开心。有过借口到堂姑家来找生产队长的女社员们使劲儿盯她。她们从上到下盯她红红的脸盘、宽阔的前额、剪整齐的短发、挺刚强的后脑勺,浆洗得很干净的海昌蓝衣裳和薄底的方口鞋。甚至于听见过女人们在草棚屋外面说话的声音:"嘿!竹园村这女人寻对象这么文明,自己跑来寻咱主任!……"是的!刘淑良既然有勇气到你们蛤蟆滩来,她就不怕人看,也不怕人说!从前范村的这位互助组长总是带着老练的自信的大姐风度,淡淡地笑着。当金姐娃再次挑逗的时候,她笑问:

"你想着姐觉得这个地方好不好呢?"

金姐娃更加露骨地挑逗:"我思量:淑良姐准嫌蛤蟆滩不好……"

"是吗?为啥呢?"

"夏天,蚊子叮死人,蛤蟆鼓吵得能抬起你!冬天,你看嘛,这稻地野滩地方,外头风多硬!村堡子里头,好比你们竹园村吧,庄稼院挨着庄稼院,人家又多,风又小,多暖和,多热闹!你不知道那句口头话吗?"

"死闺女!"她姑笑着,制止金姐娃没分没寸地挑逗客人。

但是淑良不在意,她很含蓄地笑着,问金姐娃:

"啥口头话呢?"

"有女莫给蛤蟆滩!"金姐娃又抿嘴笑了。

好调皮的金姐娃!你看,现在连她姑也拿亲切的笑眼盯着她说什么呢……

不!她不说蛤蟆滩是个好地方。她不是那号个大粗心的老实疙瘩女人,尽管她心里头挺喜欢旁边奔放的汤河,绕着分散的庄稼院流过的渠水,汤河边的护堤白杨和渠岸上的倒垂柳树。她不愿流露出她对这亲事十分心切。

淑良的心思略微一动,她就有了词了。她反过来问金姐娃:

"噢?这地方那么不好吗?"

"可不是呢!到老年还得粗脖子病呢!"

"那么,你为啥不出嫁到外村去呢?难道世上再没比冯有万强的男人了吗?"

这突然袭击,果然把金姐娃整住了。娘俩用敬佩的眼光看着淑良。她带着肃然不可侵犯的神情,爽朗地笑着。娘俩也一同笑了。她们笑得更加和她融洽、更加和她亲热了。淑良从她姑看她的眼光里,觉得出介绍人更加赏识她了。

"淑良!"她姑进一步明确地约会,"等俺农业社牲口合槽了,工作组走了,姑给你捎话。"

但是,淑良要知道得更清楚一点——要多少日子牲口合槽?工作组要多少日子才走?但她说不出口。她只是站在草棚屋的脚地,还是等待着听什么话,不走。

她姑好大工夫才明白淑良的意思了,问她闺女:

"有万说建社工作还要多少天呢?金姐娃?"

金姐娃说:"等俺有义哥那儿的饲养室盖起,还要四五天,牲口才能合槽。工作组要订好了生产计划才走哩……"

淑良明白创办一个农业社不简单。一年以前,她还在范村的时候,和那里的村干部一块参观过窦堡区大王村的"五一"农业生产合作社。淑良有耐心等着。她要知道一个大约的时间,是因为她自己当前有困难,或者说处理她的婚姻问题中她所遇到的种种麻烦,她决定不对她姑说了。说这些做什么呢?她已经不是一个十八岁的没有主见的闺女了。她已经是一个二十四岁的公认为刚强的女人了。在她和梁生宝见面以前,她自己想办法应付得了所有纠缠着她的麻烦。何必什么话都对亲戚叨叨呢?增加了梁生宝的一些不必要的想法,反而对事情没好处。

她姑送她出了草棚屋。她们走过土场,走过绕着土场的水渠。她双手挡着她姑,叫不要送她了。金姐娃执意要远送一程。姐妹俩在三九天的寒风中走过弯弯扭扭的稻地小路,来到笔直的牛车路上。

金姐娃站住了。她指着下河沿一个草棚院,说:

"那不是吗?淑良姐,你看!就是那个草棚院。东西两座草棚屋,院里一棵大榆树。你看见了吧?看噢!主任他妈在东屋住,主任自己和办社干部,在西屋住。土改以后,他爹在后边那马棚里盘了个小炕,和马一屋住。老汉说黑间喂马方便,其实主任他妹子大了,一炕住不下了……"

淑良问:

"他妹子这阵在哪里呢?"

"在吉林省的什么县。女婿是志愿军排长。不,是炮长。北杨村有名的杨明山嘛,你不知道吗?啊?……"

淑良又细看了一阵那神奥的草棚院。啊！梁家一家人在她脑里，现在变得更具体了一点。好人家！里老人、外老人、她妹子，都好！……

　　辞别了金姐娃以后，淑良在官渠岸到竹园村六里远的黄土路上走着，比她来时还要带劲儿。人生将要向她揭开这新的一页了吗？她是一个在感情上受过伤的女人。在一个相当长的时期里，她曾经在内心中谨慎地控制着自己，不轻易对任何男人有感情。现在，淑良控制不住自己了。她是那样地喜爱梁生宝。对这个对象，她还能有什么疑虑呢？如果她这辈子还和一个男人过活，她就希望和梁生宝。现在就是不知道人家是不是同样喜爱她？一直把她的离婚当成耻辱的娘，不情愿她嫁到这稻地野滩里来。她这回回去，要把她姑和金姐娃所说的梁生宝的为人，全都告诉娘。她老人家对穷苦庄稼人住的地方，抱着早已过时的旧观念。她相信：她能打消老人家的顾虑！

　　淑良第二天回去后，汤河流域的一个好天气，日头暖烫烫的，冯有万丈母娘带着针线活，去找梁生宝他妈串门。

　　巧得很。串门人在稻地小路上碰见全体工作组干部和社干部，浩浩荡荡到上河沿去，说是给第二生产队的社员们划分自留地。梁三老汉尽管他不是二队社员，也跟着去了。嘿！每一件建社的事情，老汉都不放过。有万丈母娘听人说：不管天好天坏，梁三老汉都要跟着，拿他那小眼睛看到底。她想：老汉不在草棚院，更好！她和生宝他妈说话，没人打搅。

　　生产队长的丈母娘受到了社主任他妈的热情接待。

　　"哟哟！啥风把你给吹来了？"

　　"热风！"有万丈母娘在草棚院走着，手里拿着儿女婿的一只未完成的袜底子，开玩笑说，"不是冷风！我想吃梁主任的二十八片猪肉、六个枣糕,想穿梁主任送的一双鞋了!"

主任他妈立刻就明白她的来意。也开玩笑说:

"这是旧乡俗!你说成亲也不行了。新社会叫介绍人,不兴谢媒人。……"

两个老婆婆说笑着,很融洽地进了草棚屋。主客先后都上了小炕。

她们谈叙了一些家常话——今年冬天,天气比较暖和。稻地里第一次复种的小麦,长得很好,主任的试办可能要成功。蛤蟆滩庄稼人吃马料(青稞)的苦命,就要完结了;吃白面馍的好命,就要到来了等。后来,她们又谈到农业社的好处……集体劳动、牲口合槽、打破地界……说到打破地界,主任他妈情绪高涨极了。她说:庄稼人再也不要为地界吵嘴、打架、打官司、动文动武的了。她又说:办社的这些日子,她简直高兴得不知做什么是好;她一辈子也没这样快活过。……

有万丈母娘仔细盯着生宝他妈。啊!果然!老皱脸皱纹也少了些,容光焕发,显得更贤惠,更慈祥了。有万丈母娘这时心里想:把淑良介绍给这个好心婆婆做媳妇,她算做了一桩积德事情。……

现在,两个老婆婆坐在小炕上,面对着面。主人和客人这样亲热,以至于她们膝盖挨膝盖坐着说话。

有万丈母娘顺着打破地界这个话头,很自然地开始向生宝他妈介绍她娘家户族侄女。

"说起地界,梁三嫂,想起一段故事,正是给主任说的俺侄女的。她爹是个挺要强的庄稼人。他有十几亩地、一头牛、三间瓦房和一间草棚屋。他可没儿子。你没儿子嘛,你就过低头光景。你忍了再忍,让了再让。你对付着过日子就好了。可是他不!他和人家吵嘴,动不动就嚷:'你欺我没儿吗?'有些人听他这么一嚷,念他没儿,也就不再和他计较了。有些人可邪哩。他一嚷,人家更不让他了。"

"百人百性嘛,"生宝他妈说,"世上啥样人都有哩!"

"说的是啥呢?"有万丈母娘继续说,"淑良她爹有二亩祖业好地,当当心心在竹园村穆财东的地中间。说是地中间,其实是一块一块地都卖到穆财东手里了,只剩淑良他爹这二亩地。那老穆家兵强马壮,弟兄五个。穆大棒槌西安中山学堂毕业,当的是峪口镇镇长。"

"有钱有势。"

"可不是呢!老穆家叫淑良她爹把那二亩好地也卖给他们。淑良她爹呢?不卖!不卖就是不卖!看他穆家财东势大,也不能强买人家的祖业!淑良她爹在街道上的闲话站说闲话,说他死后要往那二亩地里埋。……"

"话说得太直!传到穆家耳朵里去了吧?"

"就是啊!要不说啥事都是一步一步闹大的,怎能一起头就闹出了大事呢?那穆家又尽是些心气不平和的汉子,对着面出气能冲倒人。他们犁地,不在自己地里回牛,专意在淑良她爹地里回牛。你想嘛,二亩地种的庄稼,给他们四边一跟,还有啥呢?"

"啧啧!真个欺负人!"生宝他妈痛心地说,"唉!解放以前那个社会,太可憎了。有钱有势就有理!"

有万丈母娘说着说着,动了感情:"一街道人都劝淑良她爹。这个说:'卖了卖了!你又没个小子,给谁保祖业哩!'那个说:'惹不得,避不得吗?'还有的说:'甭在刀刃上试脖子软硬哩!'可是,淑良她爹不听话。……"

"啊!有一股志气!"

"就是的!淑良她爹脖子一犟一犟,走到地里头去了。'你们欺我没儿吗?'开腔就是这话!直棍棍一样!穆老二说:'你那是说谁!改线她爹!'你看,梁三嫂,我还没和你说哩。淑良小名也叫改

509

线,和改霞一样,也是她爹的三女儿。改线她爹,不,这阵就得说淑良她爹,也不是省气过日子的人。他既敢到地头去问理,就是不怕强的人,淑良她爹涨红脸说:'你们看我说谁,我就是说谁!'穆老三说:'说俺?是好汉,你指名道姓说一下,试试看!"淑良她爹脖子一僵说:'啥呀!直这么欺人?就说你们姓穆的!看你们能把我一口吃哩!'穆老四说:'啊嗬!真个厉害!往咱脸上撒尿哩!'当下,穆老二、穆老三和穆老四,兄弟三个,拿着镢头把和牛鞭杆,去把淑良她爹压倒打了一顿……"

"唉唉!那个社会,想起来真叫人后怕……"

"不!梁三嫂,叫人着气的事,还在后头!官司打到渭原县。半年没过堂!一年也没过堂!谁知道淑良她爹的状子叫啥人给捏死了!淑良她爹去催案,一回又一回,把门的不让他进衙门。人家问他:'你的状子呈上去了吗?'他说:'呈上去了呀!'人家说:'那你就等着。'他问:'等到啥时候?'人家眼里冒火星了:'我知道等到啥时候?我是看门的,又不是我当县长!'……"

"你看!那个社会多可憎!……"

"淑良她爹一想:唉!天下衙门朝南开,有理无钱甭进来。他看把门的能比他小二十几岁,他也称呼:'老总!你给兄弟问一问,行不行?''不行!没有工夫!'人家说。淑良她爹伸手到补丁衣裳口袋里,掏出一块老袁头,双手递给把门的,说:'嗯!老总!拿这块钱买纸烟抽去。求你老总代劳,替兄弟买一下子。兄弟要买成烟再送老总,也不知道老总爱抽啥牌子的烟。'……"

"哟噢,可怜死了!"

"你猜怎么着?把门的笑了笑,接住银元,装在口袋里头。人家去绕了个弯儿,就出来对淑良她爹说:'咳!老汉!你这阵回去。甭为打官司,荒了田禾。案子排着号哩。轮到你名下,会传你的。甭着急!'淑良她爹千恩万谢,回到竹园村等着。……"

"传他来没?"

"传鬼来!一钱买的一面笑!……"

"唉——"

"官司拖了一年多,花了几块买笑钱,也没过一回堂。有一回,淑良她爹在衙门口,正遇上穆大棒槌也进衙门。把门的问也不问人家,还给穆镇长鞠躬……"

"你看!"

"淑良她爹看见:穆大棒槌穿着中山装,戴着大礼帽,直端走过大堂、二堂,进了后头,说那就是县长老爷住的地方……"

"你看!你看!"

"沿路碰见穆大棒槌的人,也朝峪口镇的镇长弯腰点头哩!"

"你看!你看!你看!……"

"淑良她爹看到底,脑子一下木了。老汉心里一阵毛乱,就血迷了心。他喝醉了一样,东倒西歪,走到一个茶摊,趴在茶桌上。过了好大工夫,老汉才清醒过来,朝老天长长地嘘了一口气。卖茶的问他怎不好受,好强的老汉说,他中了暑气。……"

这时候,有万丈母娘看见生宝他妈气得脸煞白,再也不能答白了。串门人赶紧劝说主人:

"甭着气,梁三嫂!事情已经过了十几年。咱这阵就说咱这好人——咱的淑良。不是她爹在渭原县茶摊上吗?老汉扭头一看,咦,他三闺女站在他身旁边。'改线!你怎也进城来了?'她爹惊讶得不得了。淑良,那个时候才十二岁嘛,还是十三岁,我记不清楚了。大脸盘、宽额颅,后脑勺拖一条粗辫子。看长相,就不软弱的。从小跟她爹上地,个子也贪长,看样子能有十六七岁。胆大着哩!娃说:'爹!我跟你来的……'急得她爹直跺脚,'天呀!一个闺女家,好大胆!我怎么一路没见你呢?'……"

生宝他妈先是吃惊地瞪起眼睛,随后高兴地笑了,说:

"就是!跟她爹进城,她爹怎么能不知道呢?"

有万丈母娘说:"好梁三嫂哩!你想想嘛!打官司的人进城,一路又不倒看一眼。人在气头上,只顾往前走哩。……"

"她妈知道娃进了城吗?"

"不知道喀!急得她妈还在家求神祷告哩……"

"娃进城做啥呢?"

"见她爹回回进城,半夜三更回家,娃跟着她爹做伴……"

"啊呀!可真是个有心计的……"

有万丈母娘注意看着:生宝他妈脸上流露出非常喜欢淑良的样子。她心里想想:"只要当婆婆的喜欢,这亲事就有人催促了。主任是个孝子,听他老娘的话。"于是,有万丈母娘自然丢开了淑良她爹,专门谈淑良本人。

"你说这女娃叫人多亲?梁三嫂!淑良她爹本来咬牙切齿,想打闺女一顿来着,他问明白情由,一下心暖了。老汉这才想起:他常说他没儿,受人欺负,倒给小闺女添了一番心思。自他给老穆家打了那顿以后,他一跷腿出门,小闺女就跟在后头,嘴上使着大劲儿,拧紧眉毛,准备着保驾她爹。淑良她爹那阵儿看见,心里头好笑:一个小闺女算啥?挨不起一耳光。他这阵儿看见:小闺女真个人小志大;可就从心眼里疼爱她了。老汉领着闺女到饭铺,把饭一吃,爷儿俩回家了。从那回以后,淑良她爹再也不催案了。在那二亩地的四界上,老汉和他闺女挖了三尺宽的土壕,不让老穆家在他地里回牛。小淑良看见她爹这样受人欺负,又上了年纪,气也不够使唤了,就帮着她爹种地。竹园村谁都知道:娃打主意不出嫁了。娃长大招进门女婿过日子呀!"

"这是个好主意嘛。"生宝他妈说,"怎么后来又出嫁到范村去了呢?"

有万丈母娘说:"唉!你听我慢慢说。也是合该淑良难看,全怪她老子！老汉不是不催案了吗？可想起个叫闺女念书。淑良她妈说：'算了吧！改线她爹！闺女念了书，也当不了峪口镇的镇长。'老两口这么扯筋，正好范村有个独苗子叫范洪信，见星期回家背馍，在渭原县念中学。这学生廿一岁了，没娶过亲，独独一个老母亲。淑良她爹听范村俺姐一说，赶紧！急里慌忙，就叫娶亲！一个财礼不要，还给女婿贴补书钱哩……"

生宝他妈忍不住笑了。"老两口这下也不扯筋了！……"

"可不是呢！倒是全家大小都满意这亲事喀。过门以后，倒还挺好。范洪信上学用功着呢，老是第一名。小两口商量好，范洪信高中毕业，回窦堡镇教学，侍奉老母亲过日子。淑良在家里种地，干活可泼辣呢。她跟她爹学会了犁地，连撒子都会哩。她就是没吃过车，挑挑担担，也顶个男子汉……"

有万丈母娘说着，看见生宝他妈听着听着，老皱脸上显出沉思和不高兴。她不说了。这是为什么呢？

"怎么？梁三嫂？你思量啥？不是现时提倡女人劳动吗？"

生宝他妈满怀顾虑地问："针线活一点不会吗？"

"噢噢！这一样你放心！淑良啥针线活都会。衣裳、鞋、袜子，连裁剪也不用求人。"

生宝他妈笑着说："是这样就好。你知道，我这几年里，眼不好使唤了。秀兰到东北去以后，一家几口人到时候穿不上……"

"我知道你为这个常犯愁。主任也心不安。只要淑良到你屋做媳妇，到时候，你只管伸手端碗吃饭，伸胳膊穿衣裳吧！"

生宝他妈笑了："这样好的媳妇，为啥要离婚呢？"

有万丈母娘说："梁三嫂！说起来话长。范洪信四九年高中毕业，咱这里就解放啦。上面给学校来了公示，说穷庄稼人子弟上大学，吃饭不掏钱，公家还给补贴。范洪信功课又好，考上了大学……"

"变了心了!"

"一开头还没。淑良也不朝这样思量。嘿,庄稼人子弟上大学嘛,全范村人高兴,淑良能不高兴吗?人家娃可不是小心肠女人,光惦着自己的男人。你知道:五〇年土改,咱下堡村杨剥皮定了恶霸地主,判了五年徒刑;竹园村的大恶霸穆棒槌,嘀,判了八年。淑良听了畅快着哩。她在范村前街跑到后街,叫人开会。"

"当了干部了……"

"就是的。还入了青年团。积极着呢!范洪信第二年回来,叫淑良上学。说识了字,往后出去两口一块工作。因此女婿常回家看淑良是不是用功念书。"

"这倒挺好。怎又离了婚呢?"

"好我的三嫂子呢!没管两年的'皇历'。事情总是变!淑良在范村小学上了二年,学生娃多了,教室坐不下了,年龄大的不让再上了。从这以后,范洪信平时就不多回家了。到后来,人家放假也不回家了。信上说,学校搞啥运动哩,不放学生回家。淑良亲自到省城去看,是真运动,还是找借口不想和淑良在一块过了。梁三嫂,你不知道咱这淑良有多刚强。娃一看范洪信,自己就说好不成!先是人家忙得没工夫和她说话。后来到范洪信屋里来的人,说啥话,她连一句也听不懂。是真忙,不是作假。淑良心里就思量:哪个村里不是鸡叫?哪个村里不是牛嚎?哪个村里不是共产党领导?她和一个大学生别别扭扭扯拉在一块有啥好?她和一个庄稼人情投意合过一辈子有啥不好?迁就人家,才不合她的心思呢!"

"思想开通!"生宝他妈不由得赞美。

"人家淑良可精!"有万丈母娘更加带劲地说,"淑良自己提出离婚。人家才不等范洪信提出来呢!婆婆和她可亲,哭肿了眼睛,不让!死也不让!说她不要她儿了。说把淑良当她闺女,另招女婿过光景!话虽这么说,儿总是自己养的,媳妇总是外人养的。淑良好劝了婆婆几个月,就回竹园村了。……"

有万丈母娘说到这里,不由得流露出来对娘家侄女热爱和感到骄傲的心情。她看见主任他妈有皱纹的嘴上,使着很大的劲儿,还想继续听下去的样子。

"啊啊!"生宝他妈几乎是瞪圆了眼睛听着,最后惊叹说,"啊啊!这么明亮的女人!少有!少有!"

有万丈母娘说:"要不我给主任说呢!梁三嫂!你知道金姐娃她妈,今辈子没说过媒。我自到蛤蟆滩几十年没虚虚道道。我心思:咱的主任为大伙跑前跑后,伤脑筋劳神,要是没人替他张罗亲事,靠他自己恋爱,怕再过十年也是光棍!咱这淑良,自回到竹园村,窦堡区的峪口区,七只胳膊八只手抢呢!听说媒人能把竹园村她娘家的门槛踏破,人家娃就看上咱的主任!渭原县开会见过……"

主任他妈听了,高兴得眉开眼笑。老婆婆给生宝锥鞋底子,表现出认真思量这件事的神情。过了一阵,生宝他妈的热情,不像先前那么高了。尽管她解释她想的不是这事,亲事要主任自己来决定;但有万丈母娘还是看见有了问题。她很后悔:自己光有一股办好事的热心,却没说亲事的经验。她这才想到,她应该一来就问清楚:主任和官渠岸改霞的关系到底怎样?因为有万丈母娘听说:梁主任出了名以后,曾经竭力阻挡女儿和他成亲的柿树院老婆儿显得有点惭愧,并且话言话语间,很不满意郭振山。谁知道是怎么回事呢?是不是这条断线还会接起来呢?世上什么想不到的事都会有的……

有万丈母娘这样思量着,正想摸摸这个底,草棚院传来欢喜他妈的声音:

"你两个在这里说啥?这大工夫还没说完?……快出来看热闹!官渠岸的人敲锣打鼓,由杨加喜和孙志明领着,上黄堡区上去要求办社了!"

两个老婆婆静静一听,果然,蛤蟆滩南边有锣鼓声。……

第八章

下堡乡党支部书记卢明昌有一大堆工作做不完。三天以内,他必须督促乡长和文书把全乡的缺粮户和粮食统销供应的数字,分头下村核实完毕。在这个时间里,支书自己要和郭家河的一个入党申请人谈第二次话,和马家堡的一个入党申请人谈第三次话。如果有时间,王家桥有两个共产党员不团结,那个村的互助组整顿得不能令人满意,卢明昌多么想亲自深入了解一番。看看能不能及早改变那里的形势……他做梦也想不到郭振山就在这个时候又玩弄起两面派手腕来了。好家伙!口头上同意区委对蛤蟆滩互助合作的安排,暗地里竟然指使杨加喜和孙志明领着一帮群众,鸣锣击鼓到区上去申请办社!轰炸机简直是往活人眼里伸拳头哩!卢明昌哪怕摆下所有其他的工作,也要尽先和这个自高自大的郭振山碰一碰!你还了得!把党的决议当什么看待!……

在支部办公室里,乡长樊富泰向卢明昌建议:

"干脆!明昌,你甭到蛤蟆滩找他谈了!"

"那么我到哪里去和他谈?"卢明昌不明白地问。

"干脆!打发人把振山老大叫过河来。咱们在支委会上狠狠斗他一顿!给他点颜色看!啥共产党员!上天呀!"

卢明昌把乡长说话溅到他脸上的唾沫星子揩掉,对乡长严厉的脸上射出两道咄咄逼人的目光,感到非常失望。

"你为什么老是这么急躁!"卢明昌不客气地说。

"你对振山老大太软弱了!"乡长更加生气地直言,"你就是不敢和他面对面斗争!他就欺你这一点!明昌!"

卢明昌听了,重新把再一次溅到他脸上的唾沫星子揩去,心里想:"噢!怪不得老百姓有人背后把你叫樊简单哩!你总是把有毛病的同志当敌人整……"支书把旱烟锅伸进烟口袋里头去,心烦意乱地拧着、拧着。外面,风刮得窗户纸直响,好不叫人烦躁。

卢明昌吸着旱烟,不客气地说:"好!我软弱!你强硬!你在王家桥整顿互助组,也搞斗争!老樊!你动不动急躁做啥嘛。前两年是土地改革,咱们提倡农民和地主面对面斗争,为的是和封建势力彻底决裂。现时社会主义改造。刚开头还是人民内部的事情,着重是提高同志的觉悟。你老念一本经,还不看对象。去年子,你就说梁生宝软弱,不敢和郭振山面对面斗争,够不上个带头人。你说过这个话吧?"

"我,好像说过……"

"你就是说过嘛,啥好像不好像!可是县委杨书记怎么说的呢?他叫梁生宝下大决心,甭怕一切困难,进山搞副业,先闹丰产。他说这是眼下同自发思想斗争的好办法!你看!梁生宝一股劲换稻种、割竹子,接受新技术。丰产以后,县上就在咱下堡乡创办农业社呢!要是梁生宝听你的话,今天和他爹面对面斗争,明天和郭振山面对面斗争,后天和郭世富面对面斗争,蛤蟆滩的群众能像现时这么信服互助合作好吗?"

事实胜于雄辩。一贯火暴性子的乡长,这回不得不认错了。卢明昌从那个瘦长脸上看见尴尬的笑容。

"噢!这是杨书记给梁生宝说的吗?……"乡长讷讷地问。

"当然!"支书肯定地说,"梁三老汉现时不是服气他儿了吗?郭振山现时还不服气梁生宝。咱们再看他一两年,看他服气不服气。咱们现时在支委会上把振山老大斗争三个月,他就服气梁生宝了吗?俗话说:光说不算,做出再看!"

樊富泰没有词儿了。穿着补丁灰制服罩新棉袄的支部书记,吧吧两下子在办公桌边上磕掉了烟灰。他把短烟袋锅装进上衣口袋里头,起身到蛤蟆滩去!找他振山老大理论去!看轰炸机这回又是搞什么鬼!

出了有几棵古柏的乡政府院子,党支书踏上了沿着汤河北岸的马路。天变了!云很低、很厚,很不稳定地在汤河上空翻腾着。远望终南山,黑黝黝的。近看渭河平原,苍苍茫茫,风尘弥漫。啊!要下雪了!在几百步的距离内,卢明昌碰见好些庄稼人从黄堡镇赶罢集回家,匆忙地走着。不管每个人的觉悟程度怎样,所有的庄稼人都问讯党支书到哪里去呀。卢明昌亲切地回答:

"我到五村去呀。看这冷的样子,恐怕是寒流快来了。今黑间预告要下雪。回去赶紧把白菜苫好,当心冻了。要是没垫圈的土,快回去挑几担吧!……"

这个穿着干部服的朴实庄稼人,到了下堡小学门前,离开了大路。他很熟悉路径,拐进菜地和桃林间的小路上去。这时候,卢明昌的脑筋开始摆脱正经过蒙古草原预料今晚要到达关中平原的西伯利亚寒流。他开始专门考虑郭振山的问题。

"轰炸机到底是真想办社呢,还是做样子给人看呢?"卢明昌边走边怀疑,"按振山老大那股自发劲头看,我估量他是做样子哩。好容易!他和自家的好田地、老黄牛决裂,就那么简单吗?我看他敲锣打鼓,就是虚张声势。要是真想办社,他先寻我谈呀!好玄!走社会主义的路,这是个细致事嘛。轰炸机吼叫几声就能行吗?了得!"

"唉唉!轰炸机!"卢明昌经过菜园安装着解放式水车的井旁,自言自语地笑着,"你自以为精明得要死,实际你糊涂透了。真的作不得假,假的装不成真!你以为这样一来,你脸上就光彩了——'我也申请过办社,区乡干部不让我办!'算了吧!我看这样一来,你脸上更不光彩。不要说王书记吧,你连我卢明昌也骗不了!你顶多能暂时骗骗咱的樊简单同志；时间长了，他也要识破你的！你不是实心实意给人民办事的人。你的个个汗毛孔都是心眼。你浑身是心眼！你老是利用群众达到私人目的。你快倒霉哩！"

到结了冰的河边，走上独木桥的时候，下堡乡党支书甚至于气愤起来："嘿！我工作这样忙，郭振山和我打虚仗，真个气人！"

但是过了汤河的独木桥，走过布满荒草的河滩，踏上了河南岸稻地塄坎的时候，卢明昌回心一想：

"能吗？振山老大能这么胡闹吗？他从头到尾参加了灯塔社的建社工作。兴许他认识提高了，懂得办社的方法步骤了。皆因组织决定他暂时不入社，他就想自己建社。这个可能性，有！轰炸机个性强！渭原县人民代表嘛，不甘心落在梁生宝后头。他在那天的支部大会上讲话，就意意味味地有这个意思。"

"唉唉！轰炸机！"卢明昌觉得郭振山好笑。在经过灯塔社的一块烂浆稻地边时，支书笑说："要是你真想办社，你先给我卢明昌打个招呼嘛！好赖下堡乡有个党支部哩。不经过支部讨论，你就叫你的人往区上跑吗？你不看重我这个无能的支部书记，我可要看重这个职务。我不能拿党的工作任性，和你赌气。我现时就下村里找你谈来了。轰炸机！看你给我怎说呀！嘿嘿……"

卢明昌心中有数。他心气很平和，毫不急躁。他来到梁生宝草棚院前面的土场上，走到敞开的街门口，看见院里空无一人。一帮鸡在院里聚成一簇儿，很愁闷地卧着，看样子因为天变了，又刮风，很不好过。咦！生宝同志的草棚屋却蛮热闹，开什么会呢？高谈阔论……

党支书站着听了一阵。噢！原来是讨论灯塔社的副业生产！啊哟！争论相当的激烈。高增福不赞成开办油房，他赞成扩展互助组时期的豆腐房、养猪，油房等来年官渠岸的人们入社了，人力畜力充裕了，再办最好。冯有万赞成买胶轮车，农闲期跑运输，农忙时,生产队好使用。梁生宝坚持要开办油房,社内有磨油的把式,和渭原县油脂公司订个加工合同,不图赚钱,只图稻地有便宜的上等肥料——油渣,水稻丰产就有了保证!卢明昌听见屋里韩培生的声音:"今年互助合作大发展,肥料供应可能要紧张,开办油房最有利农业生产。"啊哟!好几个声音转而拥护开办油房。"办!办就办!"

卢明昌本想进去叫生宝同志出来,在街门外问问他对当前官渠岸问题的看法,现在,党支书改变了主意。

"不!"卢明昌想,"他们正讨论在劲头上了,让他们讨论去吧!叫出生宝来,他好对我说啥哩?我先和他振山老大碰一碰头,再看吧!"

卢支书在草棚院外的土场上一拧身,在风地里朝着伸向官渠岸的牛车路上走去了。他穿着家做的庄稼人鞋,很自信地踩着郭振山领导下的这个村的道路。什么事他也不怕!不是昨天才组织起来的中国共产党,什么阴谋诡计,党也有办法识破……只不过事情增加一些曲折的过程罢了。

卢明昌从空旷的稻地野滩刚走进风小的官渠岸巷子,他就端端碰上杨加喜和孙志明两人。他们从东头郭世富街门前的街道上走过来。

"哈!卢支书嘛!"粗壮结实的中农杨加喜总是那么畅快地咋呼着,扯大步赶上前来,"想你想得连饭也咽不下去了,你才来哩?快去看一下俺们从商州买回来的山地牛!好不好?啊?"

"支书把俺们也关心一下嘛,"在杨加喜后头走上来的孙水嘴,话里带着明显的刺,"看我们啥事办得对,啥事办得不对。指导一下嘛!党是太阳,应当普照天下嘛……"

你听!这是什么话?俗话说:说是要娶媳妇,可敲打埋老人的锣鼓!现在说是要走社会主义的道路,可是说些不团结的话!卢明昌沉

520

得住气。他不喜欢地瞟了一眼水嘴小鼻子小眼不严肃的样子,严肃地说:"孙志明!你对我卢明昌有意见,你就批评我。你不要动不动党长党短!工作做得不够好,是我个人的问题。我啥时候给你说我就是党来?嗯?"

他说得水嘴无言答对,小眼睛眨了又眨。

卢明昌不得不放弃先和郭振山见面的打算。他不能让这两个群众有不必要的错觉,以为他在压制他们,不让郭振山很快赶上去。他先去看看郭振山联组新买的牛,勉励他们几句,然后再独自一个人去找郭振山本人谈,表示他对农业社和互助联组的支持是一样的。他想:先摸摸杨加喜和孙志明对待办社问题的态度,也好嘛。他走着,笑问庄稼人杨加喜:

"你们买了几头牛?"

杨加喜在支书身边大步走着,高举起一只壮大的手掌,伸出三个指头来,在空中摇晃着:"三头!"

"价大小呢?"

杨加喜先伸出两个指头,后伸出三个指头:"这!这!"

"一头二百三十块钱?"

"哈啊!你见过那么大的牛吗?"

"三头才二百三吗?好便宜呀!"

"可不是吗!"杨加喜得意地仰头对全世界说,"要不是便宜,谁倒愿意冷冬腊月,爬山过岭,到南天国去!商州牛多得很!到冬季里,荒山坡上一群一群放野。卢支书,你不知情,到那里买牛,是瓜地里挑瓜!……"

"挑得眼花!"孙委员在旁边带劲地补充。他被支书批评得灰了一阵,现在又恢复了情绪:"这是联组的副帅出的主意。他给俺联组节省下一半价款!换句话说,就是买一个,白拿一个。这可不是西瓜!卢支书!"

卢明昌实在忍不住想笑。但他硬强迫自己没笑。笑了有失支部书记的严肃性儿!他知道孙志明在他面前抬高杨加喜,是什么意思。他知道杨加喜是蛤蟆滩的活周瑜,低着头有了意,仰起头就有了诡计;但杨加喜至少暂时还不是什么社会主义的积极分子,这一点卢明昌心里十分肯定!

"好嘛!"卢明昌走着,诚恳地忠告右边的油嘴和左边的水嘴说,"当干部给人民办好事,是自家的本分。你们给我说这些,应该!给老百姓,可要少说这些话。……"

精灵的杨加喜隔着卢支书,很不满意地盯了孙委员一眼。

"对!卢支书说得对!"民国初年下堡村卢秀才的启蒙生杨加喜,大大方方笑着,"朱子治家格言有一句:善欲人见,不是真善!这话和你支书说的是一个意思。我能明白……请!牛在我这院里拴着哩。"

卢明昌在两个村干部前头,抬脚跨进了杨加喜院的街门。三个人现在到了有三间瓦房和三间草棚的庄稼院里头。杨加喜他爹——信佛教的杨善人,从瓦房中屋走出门台阶来。和死去的姚富成老汉同年岁的佛教徒,翘起白山羊胡子嘻嘻笑着,向下堡乡的领导人拱手:

"阿弥陀佛!卢支书,你是喜客!……"

卢明昌咧嘴笑着,看看七十几岁的高大庄稼汉,惊讶地说:

"啊!你还是那么结实!……"

"托支书的口福!请!请到屋里喝碗水吧!"

但这时,杨加喜和孙志明已经把那三间草棚屋的板门推开了。卢明昌第一个走了进去。嚄!四头牛在啃着一个槽里的切碎的玉米秆。在灯塔社牲口合槽以前,这里给卢明昌的第一个印象是这样不是味儿——蛤蟆滩的另一股力量在争先!

"轰炸机!"卢明昌在心中反感地想道,"你要的这套把戏,危险!我今日来,就是结结实实给你敲警钟来了!社会主义革命是一场严肃的斗争，要认真。不能面面上是社会主义，心里头是个人主义。"

两个村干部一左一右，争着给支书介绍这些牛的情况。靠右边拴的那头黄牛，是加喜本人的，卢明昌认得。其余的一头黄牛、一头黑牛，还有一头白花牛，是从南山买回来的。四头新凑到一块的牛伙伴，很不团结。它们一边吃草，一边互相威胁。其中靠右边的那头白花牛，因为好斗，在商州山坡上的牛群里，已经把半头牛角损失掉了。

"就这样，还是数它好强！要不是靠边，要不是缰绳拴得短，它早把那三头牛挤到汤河里头去了。"孙水嘴非常满意地赞扬。他在槽外边抓住那半头牛角，使劲地摇着，亲热地说："不怕你强！给你套七吋步犁呀。有你使劲的时候！你甭急嘛！商州客！"

但自负的"商州客"白花牛根本不理解孙委员。它只管埋头啃草，一边还不放松用屁股挤它的左邻。这惹得槽外边站的卢支书和杨加喜忍不住大笑起来了。

卢明昌笑毕说："都是好牛！你们准备怎么办呢？"

杨加喜说："咳！事情就是从牛起的头嘛。牛吆回来，你看一官渠岸的人那份高兴吧。大伙都跑来看，挤了一巷子人。志明站在高处一吼叫：乡亲们！迟早要办社，迟办不如早办，早办不如就办！省得分了牛再合槽，多出几层麻烦来。大伙心一热，一片声同意，就要上黄堡请愿去！志明说：咱把锣鼓家伙敲上！大伙说：敲上就敲上！……嘿嘿，我们少经没见，冒冒失失，卢支书，应当先通过你来。"杨加喜很抱歉地笑着，赔不是。

卢明昌淳朴地笑说："通过我不通过我，根本不是问题。我现时也没批准办社的权。王书记对你们说他有这个权吗？"

"王书记说他也没这个权。这个权限在渭原县委哩……"

"王书记还给你们说些啥？"

"王书记给俺们讲话来!书记说俺们对社会主义有一肚子热心肠,这好得很。他说俺们甭叫脑袋也跟了心肠发热;办社要有计划,有准备!卢支书,俺们看事简单:旁边有灯塔社的样子,俺主任又是建过社的,为啥自己不办,拿眼睛盯着人家办!……"

孙志明在卢支书背后给杨加喜使眼色。意思大约是叫他少说为佳吧?卢明昌没看见使眼色,他是从杨加喜胖脸盘的反应上看出他背后的动静。好嘛!越是这样,卢明昌越要抓紧多问:

"王书记说怎样有计划、有准备呢?"

"嘿嘿,就是说有条件喀!"

"啥条件呢?"

"嘿嘿,三个条件……"

"哪三个条件呢?"

"嘿嘿,我记不清了。"直到现在还能背诵朱子格言的庄稼人,却说记不清刚经过的事。他一边看孙志明,一边吞吞吐吐。杨加喜!精灵鬼!看你讳莫如深笑着的样子吧!卢支书能看透你杨加喜的心肺!什么你都明白,就是不愿意从你嘴里说出关系大的话罢了。

卢明昌不放松。他来的目的就是为了摸清底细。现在,他放弃了杨加喜,转向孙水嘴。

"你记得哪三个条件吗?志明?"

水嘴犹豫了片刻。然后他显出狠心的表情,开始大发起牢骚来:

"头一个条件——常年互助组的基础,俺们承认自己是差。可二一个条件——领导骨干,俺们郭主任比不上梁生宝?还是加喜比不上高增福?和灯塔社一个行政村,俺不会照葫芦画瓢吗?难道梁生宝是丈八高的灯台,照远不照近吗?"

"啊呀!"卢明昌眼盯着孙水嘴放肆的样子,心里头想,"啊呀!小伙子,真个不知天高地厚哪!灯塔社吸收郭振山参加建社委员会,是为了团结他,并不是离了他不行哪!"

"那么王书记说的第三个条件呢?"卢明昌硬憋住气问。

"第三个条件,更不在话下!群众都自愿喀!看见上下河沿办社,眼都像红枣一样!"

卢明昌笑问:"是群众社会主义觉悟提高了自愿吗?怎么加喜刚才说,是你一鼓动,大伙心一热,就到区上申请呢?到底是怎么回事?你两个先把话说一致嘛!"

"算哩!算哩!"总是畅快的杨加喜咧开大嘴巴笑着,"算哩,不说了!志明年轻气盛,慌慌!我不应当跟着他跑到区上去。卢支书,俺们听王书记的话。俺们先办它一年联组,秋收后建社。志明,你再甭性急哩!俗话说,一铁锹挖一眼井,没水干着急。卢支书,你说怪不怪噢?还没一句不灵验的俗话哩!呵呵……"

卢明昌不愿嬉皮笑脸地把话岔开去。他坚持问:

"王书记答应你们秋后办社了吗?"

"没,"杨加喜郑重地说,"王书记劝我们秋后入灯塔社。说全蛤蟆滩团结紧,学窦堡区大王村的样儿,创造模范村。……"

"大伙的意见怎样呢?"

"嘻嘻,大伙现时……"

"大伙说:那得灯塔社办好!"孙水嘴不客气地说,"办不好,俺们为啥要入它?俺官渠岸不会自己另办吗?模范模范,谁给吃饭?"

嗬呀!郭振山的这个"得力助手",仗着郭振山的办事能力,在支部书记面前这样趾高气扬?卢明昌觉得可笑,盯了他一眼,然后笑问两个村干部:

"你们看灯塔社办好办不好?"

孙志明不吭声。杨加喜含蓄地笑说:

"现时看不来。看工作组走后怎样呢……卢支书,到上屋里喝水吧!"

"不哩!我还有些事情要和振山谈。你们这牛的问题,我和振山商量以后再决定。"

卢支书在杨加喜街门口,离开了两个显然不敬重他的村干部。他在转向郭振山家的路上,心中感慨地想起樊乡长,一个人自言自语说:

"樊简单!你简单?事情可不简单哪!这个革命可和土改有些不同。'朝山的不是全为了敬神!'杨加喜是活周瑜。他看见蛤蟆滩贫农互助合作的声势浩大,要比旁的村早合作化。他在全下堡乡,也是最会看大势的人。他寻思:眼看非走这条路不结,与其将来跟上梁生宝和高增福走,不如赶紧把郭振山抬起来吧!我捉摸:他杨加喜准是这心眼。这人在官渠岸群众里头有人跟。孙水嘴没人跟。请愿的事是水嘴鼓动起来的。要是杨加喜不赞成,群众没人去。我敢肯定!就是这!看他轰炸机给我怎么说呀!……"

卢明昌离郭振山的草棚院还有一段路,就听见那土围墙里头传出来震动很大的响声。有一声像劈柴,有一声可像打铁,有一声又像搞什么重东西。到底是干什么呢?这样大的风,快要下雪了。党支书走进支部委员的院子里。嘿呀!兄弟两人在对付那样大一盘树根!振山老大虎头虎脑,两手捉着一把砍进树根的长柄斧头。振海老二使劲抡着镢头,用镢头背捣斧头背。两兄弟都把棉袄脱下放在稻草垛上。这样冷的天,他们只穿着白布衫做活。这情景立刻把卢明昌惹笑了:官渠岸什么事也没!

"啊呀,你两个这样过日子啦?啊?天变了,当心着凉!"卢明昌走到他们跟前诚恳地说。

弟兄俩停住了劈树根。振山老大站直起来,向支部书记笑着。满脸汗珠的振海老二向支书打了招呼,进屋里去了。

郭振山笑说:"我算见你要过来。我今日就连黄堡的集都没上,在家里专等你来!"

"你的脑筋真好使唤!"卢明昌抱怨说,"是这,你为啥不到乡上寻我呢?我忙得连鞋也穿不住,你闲得劈树根哩!"

卢明昌说着,努力观察郭振山大脸盘的表情变化。想不到郭振山猛地勃然大怒,大眼珠在鼓眼泡里瞪得拳头大。

"我办下啥错事要到乡上去投案?啊?"郭振山大声轰炸。

卢明昌吃了一惊。原来事情竟然和原先估计的完全不同吗?

"噢?他们到区上请愿,你也不知道吗?"

"怎不知道?我的魂灵知道嘛!"这回占了理的郭振山在支部书记面前,毫无顾忌说着反话,"我估量你和富泰在乡上说我来。早起打了三个喷嚏。吃了早饭,右眼皮跳,耳朵也热乎乎的。我心思:'哎!叫他们说去!这回有灯塔社干部证明哩。'牛吃回来,他们到区上去,我一直帮助灯塔社划分自留地。你看,不是我的魂灵知道吗?明昌?"

卢明昌看见轰炸机愤怒的大眼珠子,出现了一种新的眼神——相当嘲笑支书的表情。卢明昌根本不计较这个。他知道郭振山眼神变化无穷。他看见过郭振山不稳定的眼睛愤怒、轻视、得意、流泪和求饶。所有这些表现都只有表面的意义,而不能改变他的本性。

卢明昌不在乎地笑说:"甭轰炸我了。振山!谁也没准备冤屈你嘛。出了事情不能问一下情况吗?这么娇性?"

郭振山的大眼珠子又换了眼神——和解的表情。

卢明昌进一步说:"你不知道事情,我信哩。可是同志老哥,我要给你建个议:甭坐了人家的没底轿!"

"你啥意思?明说!"

"你看孙志明和杨加喜好像要抬你……"

"啊呀!"郭振山大脑袋一拐,"明昌!你把我看得还没三尺高嘛。你简直把我看成饼子哩嘛。我就那么容易上人的轿吗?"

卢明昌想起他土改时净得好地,笑了笑说:"好同志老哥!只

527

要你有这党性,最好!你要亲自下手搞哩。甭叫人家把官渠岸联组领到二路上去了。"

"放心,郭振山在党,也不是一年了!"

"好,振山!今日是阳历一月十七号,阴天,刮风,咱俩在你院里说下这话。咱到冬后再看。咱这阵先说到三头牛,你准备怎办吧!"

"早定规了。"

"怎定规的?"

"官渠岸三个互助组,一组一头。牛按原价,一头给一户人包养上,以后原价归社。牛坏了包赔,牛好了有奖赏。"

"好办法!草料和喂牛户的劳动报酬呢?"

"牛工钱也用不了。明昌,你从前是个庄稼人来嘛!夏忙和秋忙,一头牛犁地、套车,要做下多少工哩嘛。用不了的,大伙评议,给喂牛户提几成奖,其余的添到牛价里头,归公伙。"

"好办法!这样公共牛私人养,责任心强。"卢明昌说着,心里想:轰炸机可真个有一套办法。……

谈了一些其他的工作以后,卢明昌在阴云密布的平原上回下堡村了。他在路上一边走,一边思量着官渠岸给他的印象,感慨地想:

"梁生宝!你的担子可不轻啊!你要卖大力气给党挑啊!多少人拿不同眼光盯你,大伙都在等着看你这台戏!……"

第九章

西伯利亚寒流按照气象预报的时间,到达了大关中平原。约莫是多半下午的光景,越过渭河南来的七级老北风,把端着大老碗蹲在村巷里吃饭的庄稼人，统统赶回各自家屋去了。滬河南北两岸的旷野里，狂风凶猛地卷起道路上的尘土，无情地咔嚓咔嚓折断公路两旁树上的细枝。这时在滬河川推着自行车赶路的中共渭原县委副书记杨国华，连窦堡镇也走不到了，别说进县城吧。他赶紧折转，踏着顺风车子，经过滬河流域空寂无人的村巷，原路返回大王村。这时，风力大约达到了八级。乌云在远处的地面上翻滚。进了大王村街巷，杨国华已经望不见滬河南岸的终南山。副书记顺路进大王乡政府去摇城里的电话，线路早已经不通了。杨国华推车回到工作组住的庄稼院，办公室里白天点起了灯工作。他对同志们笑说：

"哈呀！老天发脾气这么厉害？根本不管你有什么要紧事情！灯塔社快要成立，我非到下堡村去一趟不行啊！"

参加大王村工作组的几个年轻干部建议：等天好了，杨书记可以翻过滬河南岸的高原，从大王村直接到下堡村，不必回县城去。

"不行！"杨国华笑说，"灯塔社出问题了。县上昨天打电话来，叫我回去。陶书记要再研究一下……"

天黑时，狂风竟变成了暴风雪。谷粒一般大小的雪粒，啪啦啦地敲打着大王村的庄稼院、瓦房顶和土围墙。白天已经安排过五一社的工作，县委副书记现在身在大王村一间庄稼人小屋，精神上已经在下堡村。他借着石油灯光，从头至尾重新细看一遍灯塔社建社第一阶段和第二阶段的工作报告。看完以后，杨国华在庄稼人小屋脚地两个粮食席囤中间走来走去，系统地、认真地考虑蛤蟆滩的社会形势、基本群众觉悟的程度和骨干力量的强弱。考虑的结果，杨国华对梁生宝、他周围的几个人和拥护他的群众，仍然是有信心的。尽管建社过程中，社外的少数几个村干部有些不满意的表现，但县委副书记还是不放弃他对梁生宝的支持！不过，十多年农村工作都是民主革命时期，杨国华承认自己对社会主义革命缺少经验。他问他自己：我是不是偏信了王佐民呢？王佐民是不是偏信了卢明昌呢?果然是逐级地偏听偏信,最上层的那个领导者是要犯错误的。杨国华想,他早该到下堡村去,拿自己的眼睛看看那里的各种活动……

这样想着,县委副书记发觉外面的暴风不知什么时候停了。好!他明天回到县里,当天就可以到下堡村去了。他从小炕边拿起手电筒,走出门去看,啊呀!鹅毛大雪片纷纷扬扬,非常慷慨地从房檐上头往庄稼院倾倒。好家伙!手电光几乎照不见庄稼院那头的柴垛和街门。

"好好地下!三伏的雨,数九的雪。这一场下得带劲!"杨国华仰头鼓励正在努力下雪的天公说,"照这样实心实意认真下一夜最好。这就帮了我们的大忙!我们宣传老百姓不迷信,可我们从来也不否定天时的作用……"

杨国华独自一个开玩笑。愉快的心情显示灯塔社和梁生宝的问题对他不是那么严重。而这场大雪对春节后冬小麦返青的好处,却使负责互助合作事业的县委副书记,从心眼里头往外舒服。他回到农家小屋,非常满意地上炕睡觉。只是在入睡以前,两个孩子的父亲由于比较冷才想到在县城的小儿女会不会感冒?他们的母亲也下乡了。……

……第二天早晨,杨国华穿好衣裳,第一件事是出去看看雪下了多少。他开门出了小屋,他的眼睛一下子睁不开了。在一片刺眼的白光中,他的上下眼皮固执地往一块纠合。他仅仅能眯缝着眼看,只见天地间是笼笼统统的一片白光。他低下了头去。过了好一阵,重新抬起头来,他才逐渐分清楚哪是雪盖的终南山,哪是湭河南岸的高原,哪是土墙外其他庄稼院的房顶和庭树。嗬哟!下了这样厚的一场雪!院里头他面前的一棵刺槐,树枝都被雪压弯了。赶紧!扫雪归田——这是当前的一件紧要事情。县委副书记杨国华相信所有的区这回都行动起来。群众是刚刚被总路线的宣传动员起来的……

早饭以后,大王村"五一"农业生产合作社的全体男女老少,连工作组同志都出动扫雪归田。杨国华起身回县城去。他不骑自行车,也不带行李,用绳子结住了棉裤腿,像在陕北当区干部时一样,只背一个装文件的挂包,矫健地扯大步投进了刺眼的茫茫大平原了。

隔着玻璃窗,从院里隐约可以看见戴近视眼镜的县委书记,正在他办公室聚精会神地工作。他左手指头夹着冒烟的香烟,放在办公桌上。他的右手即使不写的时候,也拿着钢笔。这样,他有时候吸一口左手的香烟,有时候用右手的钢笔在文件上画一画,写一写。这位书记睡眠不足和患着慢性胃炎,他的脸色总是苍黄、晦暗、缺乏光气。他每天平均要看五万字的文件——打字印的、刻蜡版印的和笔写的,高高地垒在他办公桌的两边。对于中央和省级的文件,他是那样专心致志阅读,认真地、严肃地考虑着。为了县级各部门的主管干部阅读文件时容易抓住要点,他给他们画着记号、写着眉批。这县城里街上的市声和陇海路渭原车站的火车叫声,不影响这位本县主要掌握政策者安静地工作。尽管他坐久了腰疼,他从来不躺下去批文件。他在这方面的刻苦精神,是众所周知的。

踏雪归来的杨国华站在有一片小竹林的院里,看了一阵,很佩服陶书记这股坐办公室的劲头。副书记没有打破这砖圆门小院的肃静,没有惊扰书记办公。等公务员开了副书记办公室的门,杨国华就悄悄走进自己房里去了。

"陶书记最近还打针吗?"他问公务员。

"打着呢。"

"胃病好些了没?"

"吃药哩!"

"你要记住!"杨国华叮咛公务员,"你每天晚上到时候要催陶书记睡觉。你不催他,他能一直熬到天亮!"

"就是的！我一夜给他端几回洗脸水，意思就是催他休息……"

"端几回？"

"至少三回。有时还发脾气……"

杨国华笑了笑，内心颇为惋惜。公务员拿着副书记的脸盆走了以后，杨国华坐在沙发上，一边脱下踏泥的鞋袜，换上从陕北寄来一直没穿的"棉窝窝"。洗过脸，公务员给副书记房里生火，杨国华阻止了，说他当时就要下乡，然后就到隔着会议室的陶书记办公室谈话。

"老陶！"杨国华在滴着消雪水的门台上走着，兴奋地叫了一声。

"噢？老杨回来了？"陶书记在屋里头的办公桌上埋头答应。

杨国华揭起棉布门帘走进热烘烘的房里。戴着近视眼镜，穿一身蓝咔叽布棉衣的陶书记，现在放下手里的钢笔，从他的弹簧圈椅里站起来了。相当高大的身躯，走过来同副书记握手，然后两位领导者在沙发里坐下。旁边，大型的钢炭炉子上的水壶发出嗞嗞声。

"你昨天没有回来，我以为你这两天不能回来了。刚下了这么厚一场雪，你怎么走的呢？"陶书记关心地说，脸上显出很文静的首长的表情。

杨国华笑着拍拍他的大腿。他一直按捺不住内心的兴奋，立刻从沙发里站起来，手舞足蹈地说起他路上所得的感慨。

"老陶！你应该出城去看看今天的景致！嗬呀！我们年年冬里发动扫雪归田，哪一年也不像今天这样普遍、热烈！男女老少都出动了，带着铁锹、木锨、扫帚、担笼、簸箕，全到村外的大小路上。真个是'江山如此多娇'！真个是'红装素裹，分外妖娆'！总路线的力量真伟大！"

陶书记听了，高兴得笑眯着眼睛："伟大！嗯！就是伟大！我们党每提出新的任务,都要出现新的局面。抽烟!"

副书记接住了香烟,同书记两人重新在并摆的单人沙发里坐下。从无边的雪原上走来的杨国华,摘了棉帽,光着他体育教员似的平头。公务员进来从暖瓶里给两位领导者倒了两杯茶水。书记站起从玻璃柜里取出他喜欢的咖啡糖,款待下乡归来的副书记。杨国华不客气地拣起一块,剥了纸包皮,投进嘴里。好热!房里的钢炭炉离沙发太近,杨国华索性解开棉袄上所有的扣子,敞开他穿毛衣的怀来。

有滋有味地嚼了一块糖,喝了几口茶,杨国华就抓紧时间先汇报大王村的工作。四个社的牲口全部合了槽。联社委员选出来了。章程也通过了。只有土地和劳力的分配比例,章程上暂时没具体规定。原则上规定劳力比土地的分配比例要大,具体的将来看产量高低再定。产量越高,劳力分配的比例也相应地提高。总目标是做到户户社员都能增加收入。这看起来是个经济问题,实际上是阶级路线问题。杨国华在大王村费了那么多的时间和脑筋,想不到现在谈着谈着,发现陶书记竟然脸板得挺平,没有一点反应。他似乎是听不明白,又似乎是没兴趣听。这使杨国华禁不住大吃一惊。极用心地体会上级文件里说些什么,而对下面发生些什么无心细问,掌握政策的人这种领导作风,使杨国华不止一次为他负责的互助合作运动的发展担心。

笨拙地发了一阵呆以后,杨国华看了看手表。他对陶书记干笑说:

"老陶!谈一谈下堡村的问题吧!我今天下午就到那里去。"

"啊呀!今天下午就去吗?你从大王村跑回来的,到下堡村还有几十里哪。明天去吧!"陶书记认真地劝止。

杨国华努力笑着说:"一天走几十里路算什么?解放战争中间,一天跑过一百几……"

"现在没那么紧急。"

"也不消停!"杨国华说,"王渡区的前进社、九寨区的光明社和三官庙区的红旗社,都开过成立大会了。灯塔社牲口还没合槽。眼看到春节了。"

"嗯,那里的建社工作是落到后边了。"陶书记承认,右手摸着头顶上的长头发,笑着,"当初常委会讨论的时候,你说要给南边沿山的两个区树立一面旗帜。我同意这种想法。现在看起来,那里建社的条件可能还不够成熟。嗯,急了一点。"

"你觉得他们究竟哪些方面差呢?"杨国华注意听陶书记很有分寸的谈话。

陶书记很从容地说:"首先,常年互助只有八户。踏踏实实地认真互助只有一年。粮食统购运动中间,才搞起来联组,马上建社。嗯,你考虑这是不是一个问题?"

"这是第一点,"杨国华不表态地说,"还有呢?"

"骨干力量也不强。"陶书记很冷静地分析,"梁生宝年轻,有股干劲,可是,缺乏锻炼。嗯,副主任倒有三十几岁,听说办法不多,还有农民的执拗。会计嘛,小学刚毕业一年,是个娃子,算盘子上还不会归除。魏奋说,建社过程中,那个行政村的代表主任郭振山倒是起了很大的作用。土改时是先进人物,后来是人民代表,那个同志相当有能力……"

杨国华心里头纳闷:"魏奋在两次汇报会上,为什么不谈这些呢?为什么单独同陶书记谈这些呢?大概是因为我积极主张办这个社,不好意思当我的面谈实际情况吧?其实大可不必!"

"两个人的品质怎么样呢?"杨国华内心平静地问,"魏奋说来没?"

陶书记很公道地说:"品质嘛,基本上都是好同志。郭振山作风更正派。梁生宝解放初期男女关系方面有点问题。说主要是同本村的一个姑娘和一个邻居媳妇，群众里有些议论。嗯，有问题，也不大。年轻人嘛，解放前在秦岭山区躲过兵役，山里头风俗混乱，可能受些影响。说这两年梁生宝的事业心占了压倒优势，这方面没有问题……"

"噢噢！哪方面是有问题呢？"杨国华惊讶地问，真想不到梁生宝有这么一段不好的经历。

陶书记很慎重地说："你去亲自了解一下再说吧。初步看起来，王佐民他们可能是只拿一九五三年一年的表现，看这两个人了。如果真是这样，不好。嗯，不全面。我发现王佐民看问题有些偏激。老杨，你要注意。一个人在一个地方的历史地位，不是一回简单的事情。郭振山一时间认识的模糊，不能否定他的能力、经验和群众威信。梁生宝一时间突出的表现，也不能把他估计高了。有年龄的限制嘛。老杨，你说不是这个道理吗？"

"道理是完全正确的，"杨国华淡淡地笑说，"事实是怎么样，现在还难说。"

"为啥呢？"陶书记惊奇地盯着这个相当厉害的副书记。

"等我到下堡村，在蛤蟆滩看一看再说吧！现在，你说灯塔社怎么办吧?能下马吗？"

"这个问题，也等你去具体了解以后，咱再决定。"陶书记很稳健地说，"总的来说，要是能够说服了群众的话，他们搞一年互助联组再建社，条件就更成熟一点了。那时候，究竟郭振山挂帅好呢，还是梁生宝挂帅好呢?可以看得比现在更明显一点了。嗯，最好是避免一开始就给这个村子埋下分裂的根子。"

"要是不能说服群众呢?老陶，县委已经批准了。社名字也叫出去了。"

"那就只好把这个包袱背起来嘛。你给王佐民说清楚：我们县级试办社站队，本来没有排上黄堡区。他这个胖小伙子硬挤进来了。他们要多出点力,不要依靠县上。好不好?"

"好!"杨国华痛快地说,"很明确!你不给亚梅同志捎什么东西吗?老陶?"

"捎啥呢?她快回来了。"

"情书一封嘛。你写好,我吃过饭来取。或者你叫公务员送过来……"

"算了吧!"陶书记幸福地笑一笑,"在这方面,我也是没有你热情。"

……

杨国华就在县委机关匆匆忙忙吃了一顿,也顾不得回家属院去把儿子和女儿看一看,就在下午两点钟的光景,踏上了县城到黄堡镇的公路。他并不因为自己主张建立灯塔社患得患失。他也不怕负这个责任。在白茫茫的雪原上,徒步跋涉的副书记杨国华满怀着感情,奔向有问题的地方。革命对他是充满感情的事情。他永远不能不凉不热地对待任何人的问题和任何工作的问题。在一路,杨国华脑筋里始终摆不脱这个念头,事情并不像魏奋汇报的那样。

"梁生宝!你到底是一个什么角色呢?"

第十章

雪后的蛤蟆滩变成了茫茫的世界。早晨,厚雪封锁着所有的庄稼院。庄稼人都忙着扫自家院里和门前的积雪。从外面看起来,稻地的住户好像被这场厚雪压得死气沉沉了。只有各处庄稼院的狗跑了出来,在茫野里奔跑,互相追逐,咬仗,在雪地上打滚儿。官渠、翻身渠、团结渠、皂龙渠,和汤河一样冒着热气,在白雪里湍流着黑色的水。

早饭后,经过了扫雪归田的一场热闹,庄稼院和庄稼院之间很快恢复了交通,庄稼人和庄稼人的交往也跟着恢复了。人们变得异乎寻常地好动,生活变得异乎寻常地活跃。每个人都感觉到内心中有一件快活的事情,使自己不能在雪后安安宁宁待在温暖的屋里头。"大寒一场雪,来年好吃麦",这不是唯一的原因。

扫雪以后,全村大多数人——男人、女人、老汉和娃子们,在社的和社外群众,上下河沿的和官渠岸的,喜欢农业社的和不喜欢农业社的,三三五五走过雪地上的黄土小径,来到了冯有义院和郭庆喜院,看看新修成的饲养室。这现在是全村注意的中心。

"听说昨日刮起大风那阵儿,刚刚把槽盘就!"

"就是!真个巧!自灯塔社动工修建饲养室,总是阳烫烫的好天气。要是早些日子变天,就怕冻得连泥巴也按不到墙上去。"

"着!时来运到。该着梁主任脸上有光。"

"对着哩!人家梁生宝就是有福之人喀。自到郭县买稻种起,谋啥啥准,做啥啥应。睡觉梦见周公,走路遇见财神……"

"说的啥话!"

"那么你说:为啥专等着人家修好饲养室才变天呢?这不是运气好是啥?"

"旁人看见是运气好,当事人可费了心思哩。……"

人们在一条扫开雪的小路上走着,这样谈叙着。而在另一条小路上走着的人们,谈叙着另外的话:

"灯塔社几时牲口合槽哩?日子看定了没?"

"看啥日子呢?新历书上早就没黄道吉日了。听说饲养室里头一谋置好,就合槽呀!"

"说是灯塔社成立那天,县长要来主事。下了这场厚雪,就看来得了不?……"

"来呀!他县长本人不来,也要来个大员!不小的事嘛!"

各条路上的庄稼人们谈叙着,来到饲养室院里。这在蛤蟆滩庄稼人的生活里,是这样重大的事件,以至于人们等不得合槽,就来参观空饲养室。从半上午到半下午的这个时间里头,全村人川流不息地从准备牲口进出的前门进了饲养室,又从准备起粪和垫土走的后门出去了。人们看看房顶、看看墙壁,又看看脚地,好像这是什么新奇建筑;而其实木料、砖瓦、土坯和泥巴,同蛤蟆滩所有的房屋一般无二。人们用手摸摸泥墙,看干得怎样;用手摇摇槽外头拴牲口的木橛,看结实不结实;伸开胳膊量量每个槽的长短,看统共能站多少牲口。有人还向社干部们提出这样那样的建议。……

梁生宝、高增福、冯有万、杨大海,还有四个生产组长和两个饲养员,在两队的饲养室整整忙乱了一天。世界上一切的琐碎事务,不管它有多大的伟大意义,事务本身仍然是很琐碎的。两个主任领导大伙,把早先折了价的大农具——犁杖、耙、耱,在饲养室外檐墙上挂起来了。他们从附近的社员家里收集到谷草和麦草,安排劳力在草房外面铡起来。注意!草越铡碎,牲口越喜爱吃!人们把给牲口拌草用的水缸搬来了,安置在槽头前边。恐怕新泥的槽座子受冻以后,泥皮脱落下来,他们在两个饲养室都烧了火堆,保持着室内不冻的温度。人们带着一种难以用庄稼人日常用语表明的心情,荣幸地做着这些事情。梁生宝很明显地看出来:大伙感觉到这是今生难忘的时刻。你看!许多人抢着参加布置饲养室的工作。由于人多了碍事,梁生宝好不容易劝说许多插不上手的人不要挤到跟前。

整整忙了一天,蛤蟆滩的庄稼院点起灯的时候,所有的社干部和做活的社员,才各回各家了。冯有义院里只留下了三个人——两个主任和一个饲养员任老四。

梁生宝在饲养室门台阶上拍打着衣裳上的尘土,对大伙说:
"回吧!啥也看不见做了。咱们明天再来吧!"

"对!老四!你先回,"高增福从饲养室走出来说,"我和主任有几句要紧话谈叙……"

任老四从草房出来,关了门,咧嘴哈哈大笑。

"哈哈!咱两个正好是一个心思!我也是等着和主任一块回家,有几句要紧话和他谈叙。"

梁生宝说任老四:"那么你先说吧!说毕你先走。增福和我谈叙的话长,你等不得。"

于是三个人和冯有义打过招呼,离开了昏暗的饲养室院落,来到比较明亮的土场上。这土场已经不是土场。近两日社员们担来了一堆垫圈土,现在已经是一座小小的雪堆。黄昏中,千家万户冬天烧炕的柴烟,弥漫在汤河两岸。在严寒的时候,庄稼人看见炊烟就能感觉到温暖。三个人走了一段路,离开了土场和附近的庄稼院。他们到了大路边,现在没有人能听清他们说什么话了。水蛇腰老汉神秘地开腔说:

"唉!我说这话,你两个保险听不进耳朵里去。保险!"

高增福诚恳地说:"你说!老四。你放大胆说!是好的意见,咱农业社没个不接受的理。民主管理是咱章程上定的。"

任老四又一唱三叹说:"唉唉!咱灯塔社样样事办得都顺人心,只有一样事,在多少人心里结起一块疙瘩。"

"啥事情?啊?"严肃的副主任看得十分严重。

年轻的主任忍不住笑:"老四叔!你怎么学得和死了的卢秀才一样,斯斯文文起来了?你快回家歇息去吧!你们几个老年人肚里的不是疙瘩。我知道那是气泡。用不了多少日子,它自消自散呀。"

"啥事情?"高增福迷惑地问,"你叫老四说嘛!"

梁生宝说:"甭说了。说出去给咱灯塔社丢人。他们要看个黄道吉日给牲口合槽。增福,你同意吗?"

"啊啊?"高增福张大了嘴巴,仰头朝着出了几颗星星的蓝天

539

笑,"我这几天忙忙乱乱,这事一点也不知情。"

梁生宝对任老四直率地说:"你快回家去吧!再甭提这层事了,好不好?你给有万说这话,你两个能吵起来。他说:'谁嫌不看日子牲口合槽,谁甭把牲口牵来。甭入社了!桂花他爸嫌不看日子,他甭当饲养员好哩!'有万说:'相信共产党就甭相信神,相信神就甭相信共产党好哩!'"

"有万这话也说得太绝!"高增福不同意地说。

任老四水蛇腰一转,对着和自己意见比较接近的副主任,说:"对呀!庄稼人入的是农业社嘛!不是入的共产党嘛!人家把一家人的命根子交给咱们,为了过好光景,不是图热闹!你们能不体谅人家的心情儿吗?"

高增福的瘦长脸表现出能理解任老四的好心肠。

梁生宝问:"全社到底有多少人要看日子呢,四叔?"

任老四一个一个扳倒弯曲的指头,很有理由地说:"头一个就是社主任他爹!还有生产队长他丈母娘!还有生禄一家子,庆喜一家子。还有冯有义……"

"还有一队饲养员任老四呢!"梁生宝开玩笑说。

"嗯!"任老四不好意思地承认,"我也算一个……"

梁生宝说:"算了!算了!四叔,再甭说哩!俺爹有这心思,他为啥不敢给他儿说,偏偏求你传话呢?你是迷信代表嘛!你记得吧?咱两个进山,走在路上,你见一庙,进去磕一回头。你自己说说,你磕那么多头有啥用来?还不是越磕头越穷吗?你没给毛主席磕一个头,又分农具又分地!碰见迷信老人要解释哩!甭给他们当代表嘛。"

几句话说得这个旧社会敬神已经成了习惯的人一个词儿也没有了。水蛇腰一晃一晃,在黄昏中的雪地小路上干咳着,独自一个人回家去了。留下来的副主任用佩服的眼光,使大劲盯着比他年轻的主任。啊呀!话不在多,要句句说到节骨眼上!

高增福没有自信地说:"其实我要和你谈叙的话,你听起来,也许酸不酸,咸不咸哩。……"

"你不说没味道的话!"梁生宝肯定,对副主任十分尊重。

高增福考虑了一下说:"官渠岸敲锣打鼓申请办社,怎么个事情?这两天我总想问你,总也没个空儿。"

"这层事一点儿也没往我心里头去!"梁生宝平淡地说。

"连一下下也没思量吗?听见就像没听见一样吗?"

"嗯,连一下下也没思量。你想嘛!这两天咱们讨论副业生产计划哩,思量事情思量得人脑子热烘烘的,哪里还有工夫思量社外的事情?只要能行,叫官渠岸办人家的农业社。"

增福不快活地说:"我不行。就像饭里吃出老鼠屎一样,我发呕,蛮想吐,吐不出来。郭振山是故意和咱们唱对台戏!"

"快不敢这样想!"生宝连忙劝说充满实干精神但多少有点狭隘的副主任,"快不敢这样想!我的天!咱们刚刚办社,有一河滩两座山那么多的事情,等着咱做哩。有些事情咱能料到,有些事情咱料不到;稍一差错,影响就蛮大。这是新事情,你不看连工作组都没经验吗?魏组长一回又一回跑到黄堡区上打电话,请示县上。"

"是哩。你说得对!"增福很难受地同意,"可是有些话,我听了肚里可不舒服。"

"你听见些啥话?我怎么一句也没听见呢?"

虽然晚上旷野里没人,高增福还是低低说:

"昨日黑间,增荣俺哥跑来给我悄悄说,官渠岸有个大中农私下讥笑咱俩。说咱俩走的这条路对,只怕咱俩脚歪,走不端正。他说:上下河沿的穷鬼们解放以前给地主和富农干活儿,受人家的支使。解放以后才分到了地,也是小家小户小庄稼活儿。一下闹这么大摊子,等着看笑话吧!你看,这不是瞧不起咱们吗?"

"不是瞧不起咱俩!是瞧不起贫雇农!"生宝不生气,他要引导副主任把话说尽,"你还听说些啥话呢?"

增福这回可不同意了。他说:"不!就是瞧不起咱俩!你知道是谁说的吗?杨加喜!他说,振山老大捏住半个嘴巴,用半个嘴巴支使,也能把农业社办好!"

梁生宝仰起包头巾的头,对着星星更多起来的蓝天,大声地笑了。他笑毕,又严肃起来,对副主任情长意深地解释。

"增福!反话有时候要正听。我心思杨加喜这些话对咱们有好处。咱们的社才创办。红没见红,黑没见黑,人家就说咱俩能行吗?秋后,灯塔社真正丰产了,户户社员真正增加了收入,那时间,人家还说咱俩不行,那才是对咱俩有意见。现时,人家说这话,对咱俩有好处……"

"有啥好处?说得一部分社员心慌!"增福痛恨地说,"这才是杨加喜的用意。"

"我不怕!谁心慌谁甭入社。我给你说个比方。"生宝回忆着,然后笑说,"十九岁那年,我给河那岸吕老二熬长工。有一天,我们在北原上吕家坟锄地哩。大伙都瞌睡了。工头老李为了把大伙的瞌睡岔过去,给大伙说了个故事,我至今日还记得一清二楚。有一个地方有两个书生去进考。一个书生才大,地方上的人都说他一定能考中。还有一个书生才小,乡亲们都说他是白花路费。才小的书生听了,只怕自己考不中,处处用心,时刻记着乡亲们说自己不行。人家考中了。"

"才大的书生呢?没考中。"增福明白道理了,接嘴说,"我也听过这个故事。"

生宝笑说:"不对。我听吕老二的工头说的是,才大的书生根本没考。"

"啊?那是为啥?"增福惊奇地瞪大了眼睛。

生宝不慌不忙笑说:"大伙都吹他能行。他自以为和中了考一样,一路上游山玩景。临到京城的那两天,下雨了,误了考场了。"

增福两手使劲一拍两个大腿,三十几岁的严肃庄稼人,竟然跳了一跳,然后天真地嘿嘿笑起来了。官渠岸的大中农杨加喜轻视使副主任不快活的现象,生宝再也看不见了。

生宝进一步诚恳地劝说:"增福!万事开头难嘛。这两天我的心思和开支部大会那两天,大不一样了。你看出了没,增福?"

"是哩,"增福同情地承认,"挺费脑筋。睡不够觉。你消瘦了。头发太长了,该剃了呀!你吃饭怎样呢?"

生宝一只手摸摸他没工夫剃的长头发,说:

"睡得多吃得多。睡得少吃得少。这是定规的。不要紧。年轻人少睡点觉,多吃点苦,能行!只有一样,现时我还不行……"

"哪一样呢?"

"增福,"生宝充满感情地要求,"这个话,你任谁也甭给说。连有万也甭给他说!"

"不能说的话,任谁拿铁棍把我的牙撬开,也掏不去一句!"增福非常严肃地保证。

生宝这才准备对他最亲密的助手,打开他内心最深处的秘密。他转脸看看,南北两边的牛车路上都没人。他开始说:

"我有时候觉得心里头沉沉的。为啥?是不是杨加喜和孙志明嚷叫着要办社吓的?不是!一百个不是!光咱俩说话:他们办不好社。他们心眼不正,明白人都能看了出来哩。我觉得心里沉沉的,是经过两条道路的教育,四评、选干、订计划、讨论社章,我越来越明白:啊呀!办社可不简单呀!上有毛主席的指示:只许办好,不许办坏。下有社员们的思想问题儿、生活问题儿。当初,建社的开头,我看得没这么清楚。我光看见革命,没看见复杂。增福同志,咱俩的行李可不轻啊!我有时候思量:我能行吗?区委和县委对我这么信任,我可是不敢粗心大意啊!"

副主任深深地受了感动,在黑暗中把脸凑到主任脸前细看他的神情。

"啊呀!你有这心思,我可是一点也看不出来。你这么思量,对!应该!"高增福十分钦佩。

年轻而有志气的生宝满怀深情地对伙伴说:"咱俩现时站在好汉台上了。不能光想自己能干!要想想自己有不够的地方,虚心能得到大伙的帮助。有一天,我在黄堡街上给咱社里买钉子。有人说:'这是梁生宝。'好几个人问:'哪个是梁生宝?'一群人围上来看灯塔社主任,看得我蛮不好意思。我拘束了,差一点连票子也不会数了。我掂着个红脸,拿了钉子就走。啊呀!我这才懂得,汤河上下这两个区创办头一个农业社,灯塔社名声真大呀。我可得小心谨慎办啦。远处的庄稼人不清知我,以为我这个农业社主任了不起。咱蛤蟆滩的庄稼人清知我哪一年不穿开裆裤了,清知我不行。你说不是这个理吗,增福同志?"

高增福好像不认识梁生宝一样,瞪大了眼,盯着他那白头巾下边非常坦率的脸。高增福好像完全不了解梁生宝一样,用研究的眼光努力从他年轻人的脸神上寻找更多的意思。

高增福恍然大悟地说:"哎!你这心思,保险给魏组长看出来了。要不他怎么能试探我的口气呢?"

"老魏怎么问你来?"

"他拐弯抹角说,一个啥县试办农业社,思想教育阶段毕了,停住了。说条件不够,怕把农业社的名誉闹坏,决定再准备一年,再办……"

"老魏可不是好心!"梁生宝非常肯定地说,"你思量嘛!毛主席指示试办农业社,不是给我梁生宝和你高增福试办。往小说,是给南山根儿这两个区试办；往大说，还是给全中国合作化试办哩。他是建社工作组长，怕负责任，见天跑黄堡去打电话请示。他又不是大中农，不耐心帮助，净挑咱的错儿。我给他一说我的心思，他再一字不提这号话了。"

"你怎么说的?"

"我说：灯塔社要是不办，我梁生宝也活得没一点意思了。不是我好胜，也不是我好面子。自决定办灯塔社，除过互助合作，我啥话也听不进耳朵里去了嘛!我走在路上，听人家一边走路一边谈叙：某某人给他儿订下媳妇了；某某人的婆娘养下小子了；某某人的有奖储蓄中奖了；南瓜和小米煮在一块好吃……我心里头想：啊呀!这伙人怎么活得这么乏味!这么俗气!我紧走几步，把他们丢在后边。我不愿和他们一块走路。要是我在路上听见人们谈叙怎样把互助组办好，怎样领导互助联组，怎样准备办社……我看见这些不认识的人可亲爱哩。我由不得走慢点，听听他们谈叙；要是他们有不得法的，我还由不得插嘴，给他们建个议。我就是这号货嘛。拿起来就放不下，一条路跑到黑!我给老魏说：县上要是决定停办灯塔社，我不服从!"

高增福使着劲听着。他感动得声音颤抖着，说：

"我知道你的性气了。你也知道我的性气，死，我也情愿跟你在一块办这个社。就是这话!等他县上的首长来了再说吧!现时咱们回家。当心，野地里冷，咱说得时间长了，你要着凉。"

但是梁生宝意犹未尽，话还没有说完。他补充说道：

"增福，千言万语，最要紧的是一句话——甭骄傲，甭任性，甭大意……"

"嗯!对!"

"不光咱俩要这样，要叫他有万和大海也这样!"

"对!对!回吧!明日见……"

夜，完全黑严了。生宝独自一个人在回家的路上走着。

他想着，高增福是好人手，要是怎样能把冯有万的性气改变好，别那么任性，灯塔社就更好办了。一个人办事多用些方式方法，少动些态度，这中间该差别多么大啊！什么时候要有机会，他要和有万照这样谈叙一回。……

咦！什么人在牛车路上向南跑来了？什么人？跑得那样急！坏人吗？官渠岸的什么人去偷听工作组谈话吗？

"啥人！站住！"梁生宝在黑夜震天动地吼叫。

那人没命地继续跑着。黑影子越来越大了。梁生宝连忙到路旁的稻地里，抓起两把雪，准备掼到那人脸上去，使那人先睁不开眼睛，再和他周旋。前民兵队长摆好了投雪的姿势，重新警告：

"啥人！甭跑哩！"

"主……任！快……"任老四的声音。

梁生宝抛掉了两手的雪，急忙向他走去。"出了什么事呢？"

"大事！……大事！……"任老四气喘吁吁地说。

"啥事？谁家？啊？……"

"卢支书……叫魏组长……到乡政府……去了！"

"去做啥？"

"县委……杨书记……来哩！"

梁生宝浑身上下烘地热起来了。

第十一章

在终南山下汤河边雪盖的下堡村，冬夜寒冷而平静。杨国华坐在大庙院的乡政府烧着木炭火盆的一个房间。他把黄堡区委书记王佐民和下堡乡支部书记卢明昌都叫来了，一块听灯塔社建社工作组长魏奋的汇报。县委副书记知道怎么工作。他要县委派出的这个干部畅所欲言，摆出他对一些人和事的看法。他说的有什么不符合事实，也不要紧。这两位基层领导同志会采取同志的态度，当面帮助他辨明是非曲直。杨国华说，他相信大家到这里只有一个目的，就是把刚开头的社会主义革命工作做好。杨国华这样说的时候，他看见在两位基层领导同志面前，魏奋戴近视眼镜的脸已经通红了。今天下午，在到下堡村来的这段公路上步行着，副书记还心思过，他到这里恐怕要熬一个通夜。他没有想到，陶书记认为那么严重的王佐民和魏奋的分歧，实际是不存在的。

县委农村工作部的干事魏奋说：他最近一次从县城回下堡村以后，韩培生找他深夜长谈过一回。他才知道：在苦难中长大的梁生宝是个内涵很深厚的人，这小伙的才能和德性是轻易不外露的。在建社委员会上处理具体问题的时候，梁生宝事事处处让郭振山说；郭振山说对了，梁生宝就不说了。魏奋曾经误以为这个年轻人没主见，太不行了；而韩培生说不是这样，生宝是有意识地团结郭振山；因为按照组织上的决定，他们将来要在一块办社。杨国华看见魏奋这样说明以后，王佐民眼里的敌意一下子消失了。汇报人承认自己错了，灯塔社应该上马。……

当大伙商定第二天牲口合槽的时候，已经是夜里十二点钟了。王佐民和魏奋各回各自工作的地方去了。卢明昌的家在本村，让出床铺给县委副书记用……

杨国华关了房门，就上了下堡乡支部书记的床。他脱了衣裳，把大衣盖在被窝上头。他也顾不得看一眼自己盖着什么被窝，就吹熄玻璃罩石油灯。啊呀！骑惯自行车了，才步行了七十五里，就感觉到脚腕这么酸疼，两腿这么沉重。睡下来可真舒服呀！但他的头脑当下还是清醒的。他闭上眼睛以后，此刻远在县城那个圆门小院的陶书记，仿佛就在他的眼前，仿佛他就在陶书记烧着钢炭炉子的办公室里似的。

"……王佐民他们可能是只拿一九五三年一年的表现,看这两个人了。如果真是这样,不好。嗯,不全面。我发现王佐民看问题有些偏激。老杨,你要注意。一个人在一个地方的历史地位,不是一回简单的事情。郭振山一时间认识的模糊,不能否定他的能力、经验和群众威信。梁生宝一时间突出的表现,也不能把他估计高了。……"

陶书记说这些话的时候,面部是那么文静,声调是那么和蔼。活活的一个循循善诱的领导者。但刚刚接触到一点实际,他的这种优美的风度,就使得黑暗中睡在别人床上的杨国华好笑。说的是王佐民不全面,魏奋全面;说是杨国华要注意,不要偏听偏信,他陶宽不偏听偏信。县委副书记又仔细一想,就不是觉得书记可笑了,而是很担心这位领导同志在这场势将席卷全国的伟大革命斗争中会扮演一个什么角色。精神明明被成年累月所阅读的那堆集如山、包罗万象的文件淹埋了,模糊了主攻方向,陶书记的神气还好像他在稳健地掌握着渭原县的舵哩。真叫人哭笑不得!

杨国华既然不需要为反复考虑灯塔社的问题伤脑筋了,疲劳很快统治了他的全身。头刚挨了枕头,他渐渐就迷糊起来了……

他醒来再睁开眼睛的时候,下堡乡党支书的房间已经大亮了。他听见村街上叫卖豆芽和豆腐的声音。

他起来洗了脸,就穿上大衣。到蛤蟆滩去!支书、乡长和文书一致留他吃早饭。不!他甚至于不要卢明昌陪他到灯塔社去。他把棉制帽耳遮放下来,两手装在大衣口袋里。

"我是专为灯塔社的问题来的。昨晚上我没直接到灯塔社去,是因为有些问题在那里谈不方便。现在问题已经谈清楚,我就该到我工作的地方去了。你们只管做你们安排好的工作。快过旧历年了,哪一项工作都不能耽搁,你们不要陪伴我。……"

几个农民出身的乡干部没得话说,只是钦佩县委副书记很会替下级着想。他们全体恭敬地送杨书记离开那有几棵古柏的乡政府院子。

在大庙前头的公路上,棉袄上头罩着灰布单制服的卢支书,伸出胳膊给杨书记指路。杨国华目光炯炯地看着汤河南岸白雪皑皑的下河沿。大车路西边那座草棚院,就是梁生宝家吗?好!他现在朝着汤河北岸雪盖的菜园南边分路的地方,大步走开了。

杨国华在菜园雪地上一个生铁水车附近,拐上过汤河的人行小路。再没有岔道了,他开始想起他现在要看见的梁生宝,本县的农业社主任里头最年轻的一个。他很高兴他马上能够看见这个人。

他在沿河边的雪地小路上走着,心里头想:啊啊!人,各有不同的条件——年龄大小、文化高低、经历多少。但一个人有没有高尚的奋斗目标,却不受这些条件限制。奋斗目标越是高尚的人,越能坚忍不拔,越能不露锋芒,越经得起风吹雨打。杨国华相信梁生宝是有培养前途的。一个年轻庄稼人嘛,一心一意要在他村里开创一番新事业。他遇到了并不是郭振山一个人的压力,但他丝毫不和哪个个人计较,而是一眼盯着他的目标。不要看见现时是嫩树苗,十年以后,可能是一棵大树!杨国华想:我今后要多到下堡村来。的确!这个社的条件暂时是差一些:社穷,主任年轻……

杨国华现在走到冰雪河道上,有兴致观赏严冬冒气的河水。这大概就是叫做汤河的原因吧?他过了独木桥,迎面大步走来一个高大魁伟的庄稼人,头戴毡帽,两个大鼻孔里喷着两股热气。一看不认识,大概是个行路人,杨国华就不注意他了,继续考虑灯塔社穷和梁生宝年轻。……

"这个社的条件暂时虽然比较差一些,可是只要主要领导骨干不错,改变面貌也不难!"

"杨书记!你来哩?昨黑间睡得怎样?冷不冷?"那行路的庄稼人走近杨国华时这样问候,满脸堆起了从心里爱戴首长的笑容。原来装在袖筒里的那两只大手,现在拿出来了。劳动锻炼得两只粗壮胳膊,垂在两边。

杨国华惊奇地看着这个外表不凡的人。他心里头纳闷:这个冰天雪地大清早走路的庄稼人是谁呢?渭原县有几十万庄稼人认得县委副书记。但他能认得的很少。他正要说几句党的领导人通常对人民群众说的那类亲切话,那高大庄稼人不等他开言,落落大方地自我介绍起来了。

"我叫郭振山。杨书记!嘿嘿!今春开县人代会时,你还和我说过话。你问我小麦返青到拔节要多少天。我说要一个节气。你记得吧?就在咱县府大礼堂前头的场子上,在一棵洋槐树旁边。你记不得了?你接谈的人太多了。嘿嘿……"

啊!这就是郭振山!杨国华从大衣口袋里掏出手来,在冰雪河道上同志式地握着郭振山粗大的庄稼人手。这手和他那高大的体魄、和他那个性强也是相称的。杨国华不由得从上到下反复多看了郭振山几眼。看起来,的确是个引人注目的人物!

直至郭振山折转来和县委副书记一块走的时候,杨国华才明白了这是特意到乡政府去迎接他的,不是到下堡村去办事……

"我的天!"郭振山在县委副书记身后走着,表现出非常感动地说,"寒冬腊月,冰天雪地,杨书记不嫌辛苦,来到俺下堡村。咳!真个是!党为人民把啥心都操到了。昨黑间听说杨书记到了下堡村,要到蛤蟆滩来,全村的草棚屋都睡得迟!"

"做什么呢?"杨国华不安地问。

郭振山畅快地说:"尽谈叙县书记要来。全村人觉得光荣!"

"真是这样吗?"杨国华更加不安了。

"你看!在咱组织面前,我还能撒谎吗?俺这蛤蟆滩是个穷地场啊!都是解放前的穷苦人,对咱党特别有感情儿!"

"这个我相信!"杨国华调转戴棉制帽的头,看看郭振山热情的样子,然后一边走一边很惋惜地说,"从另一方面说,可不是好现象哇!振山同志!"

"为啥呢!"

"县上领导同志到你们这个地方来得太少。我四九年就到了渭原县,刚才过那个独木桥是头一回。所以全村人议论,是对我的批判。"

"杨书记!"走在后头的郭振山赶紧辩解,"首长太克己了!全县几百个村子哩嘛,杨书记在渭原县再领导五年工作,能把全县个个村子都走遍吗?"

杨国华心里头想:不错!这人确实是脑筋灵敏、有辩才。

"不过互助合作方面突出的村子,我应该走遍。"杨国华很认真、很实际地对这个村干部解释,愉快地笑着。

他们走上雪盖的稻地岸上了。走过了汤河的护堤白杨树林,就再没有什么遮眼的了。整个蛤蟆滩的草棚院和草棚屋,一座座地摆在杨国华眼前的雪野上。代表主任紧走两步赶上来,伸手指着说:

"杨书记,你看噢!从西面渠岸那座草棚院往东,过了这车路,再往东,到了街门前有棵大皂角树的那座草棚院,你看见了吧?这是下河沿,就是灯塔社的一队。皂角树院往东,一直到河堤边那个草棚屋,那是上河沿,就是灯塔村的二队。上下河沿统共有四十七户人家。二十八户入了社。有五户还要入哩,委员会把门关了。我的天!这是试办社嘛,县上指示不能超出三十户,我们能不遵吗?生宝同志怎样说,他们也不听。魏组长叫我去劝说,他们才答应下一回再入。……"

杨国华转眼看着静静地散布在雪地上的庄稼院。严冬的早晨,外面没有一个人,他听了郭振山这样的介绍,连连地点头称赞。

551

"好!很好!你们做得对头!其实不是县上的指示,这是党中央的指示。社要办好,开头要小……"

"对!对!对对!"郭振山点头弯腰说,继续介绍,"南面那一排挨得紧凑的庄稼院,是官渠岸,五十二户人家。除过一户富农和三户单干,四十八户整顿成三个常年互助组。俺们联了组,准备办社条件哩!杨书记,你看见西头那座砖墙瓦房的四合院了吧?看见了?那就是富农姚士杰。嘿!反动家伙!狼心狗肺!不是人!他恨不得把我这个共产党员的骨头砸稀碎,上到他地里头去!嘿!他不敢,不是不想!实在话!"

杨国华看了看郭振山显出的战士一般的气概。他继续说:

"东头那座土墙瓦房的四合院那是大中农郭世富。土地、劳力、牲口,三强硬!嘿!实力比姚士杰还厚!杨书记,皆因有这两户反动顽固堡垒,官渠岸的互助合作总是比上下河沿难……"

杨国华相信这话。村里某条巷子有三户两户富农或富裕中农,那里的互助合作运动,总要受他们一点干扰。县委副书记很诚恳地对郭振山说:

"你可以把条件准备充分一点。不要说一个区、一个乡,就是一个村子,东头和西头,情况有所不同。党绝不一律要求所有的同志。办农业社这才开头,有能耐,来得及给党和人民工作。"

郭振山听了,高兴地咧大嘴笑了。

"明白,明白。我就是这番打算!"郭振山非常鼓舞地说,"人要量身子裁衣,按肚量吃饭哩。人不能穿人家的衣裳,看人家吃几碗自己也吃几碗。杨书记,听说要办灯塔社,开头我着急来。随后我想开了:反正也落后不了几年……杨书记放心,甭过于挂心我们蛤蟆滩的事。经过这回总路线的教育,我再也不会对互助合作急慢哩。我的天!常到县里听各位首长同志讲话,能这个耳朵听进去、那个耳朵溜出去吗?不能!郭振山不是那号榆木脑袋,连个东南西北也分不清楚……"

说到这里,他们已经走到梁生宝草棚院前边的土场上了。杨国华站住,看看郭振山。

庄稼人粗糙的大脸上,显出要干一番伟大事业的狠心。根据昨晚上大家所谈的情况,杨国华觉得:这个同志有土改的历史和办事的能力,用长一点时间,还是有希望教育成好的领导人。一个不识字的庄稼人嘛,精神上有不少旧意识的负担,怎么能拿最先进的觉悟水平要求他呢?郭振山给杨国华一种强烈的印象:他对党还是有感情的,对敌人很恨。杨国华想:只要不把他当做贯彻某种错误做法的"英雄"使用,或者相反的把他当做一个坏蛋过分地整,这个同志在下堡乡会是有用的人……

"好嘛!"杨国华语重心长地勉励说,"振山同志,方向一定要搞对头。方向错了,无论你有多大能耐,使不在正经地方嘛……"

现在,两人走进了梁生宝家矮小的街门。啊!草棚院是这样的安静。大清早,全家人就到欢喜院里去开社员小组会去了。兴奋的郭振山叫:"生宝!"没有人应声。郭振山又叫:"老魏!魏组长!"还是没有人应声。郭振山叫:"三婶子!"一个头发灰白、满面皱纹的善良老婆婆,手里拿着拨火棍,在东边破旧的草棚屋里开了板门。她出来站在门台阶上,看见不止郭振山一个人,她这才紧张起来了。

"啊呀!这是咱的杨书记吗?郭主任!"

"那么你当成是谁呢?"郭振山因为陪同"县书记"来,非常荣幸地笑着,转身介绍说,"杨书记,这,咱生宝同志的老母亲……"

"老人家壮实啊!"杨国华热情地问候,高兴地笑着。

生宝他妈被"县书记"惊人的没有架子,弄得手脚无措了。她手里的拨火棍,不知往哪里搁是好。最后她还是忙乱地把它糊糊涂涂丢在门台上,好像她再也不需要这东西了。郭振山揭起白布门帘，杨国华走进西草棚屋。老婆婆跟在郭振山后边进来了。

"生宝天不亮就到饲养室去了，"生宝的母亲对客人殷勤地说，"魏组长也到上河沿二队饲养室去了。今日牲口合槽，说还有些事务没办治好。杨书记等一下，他们一刻儿就回来吃饭。郭主任！你去告诉他们杨书记来了，我去取暖水瓶。刚刚做饭时灌下的开水……"

郭振山告诉生宝去了。杨国华独自一个人，转眼看看生宝的单身汉庄稼人简陋的住室。四壁粗泥墙，大幅的毛主席像，几串红辣椒。再什么也没有了。生宝他妈进来给"县书记"倒水，他说他不喝水。他又出来到院里浏览。他对这个院子兴趣极大。他看见两边的草棚屋檐，垂着秋后新苫的稻草，上面的积雪还没消。那三间房基大的空地上，有棵大榆树。树身周围，从地面到树丫，编了一圈金黄色的玉米棒子。杨国华一进院时，就被这鲜艳夺目的颜色吸引住了。榆树两边，是稻草垛、谷草垛和玉米秆子。这庄稼院的丰年景象，大大地鼓舞了杨国华。他笑着想：等着看吧！合作化以后，用不到几年，庄稼院也不会是这样零落破烂了……

现在，杨国华走到西边草棚屋后边来。在一个小草棚棚门前，他听见里头有牲口吃料的声音和人说话的声音。他走到板门外面，把一只眼睛对准虚掩的门缝，歪起戴棉制帽的头，往里头瞅。啊！是一个戴毡帽的老汉，一手拿着玉米棒子，另一手掰着玉米粒儿，往槽里头撒着。这老汉对着咔吧咔吧嚼料的老白马说话。杨国华想："一定是生宝同志的父亲！"

"吃吧！吃吧！你在咱家只吃这一顿啰。今日，你就要到社里的马号里去啰。你在我梁三老汉家里干的活重，吃的料少，那二年我缺粮，不是舍不得给你吃。今年我不缺粮了，大伙儿可要走社会的路。你在我这里站不成了。吃吧！吃吧！你在咱家只吃这一顿啰！……"

多有意思！杨国华在板门外头想，梁生宝的父亲这样深情厚意和牲口话别！你看老汉的注意力多么集中吧，连院里来了人都没听见。杨国华对老汉向白马告别有兴趣，故意不惊动他，想继续听。

不知不觉，郭振山笑嘻嘻地走来了。杨国华只好离开了板门口，让郭振山先和老汉说话。

"梁三叔！我还当成你一早出去拾粪不在家。你看，杨书记来了！"

梁三老汉穿着今年冬天新缝的棉衣，转过身来，脸上带着不相信的神情，手里继续掰着玉米粒儿，走出马棚外头来。当他看见稻草垛旁边果真站着穿狐皮领大氅的"县书记"时，老汉的脸色一下子震惊了。你看他眼睛睁了多圆，纷乱胡子嘴巴张了多大吧！杨国华不等郭振山介绍，走过来和灯塔社主任的老父亲招呼。

"老人家，多大年纪啦？"

梁三老汉却不答话。他完全蒙了，用力气瞪眼盯着"县书记"。老皱脸上的表情现在由震惊渐渐变成多么感慨的样子啊。杨国华知道年老的庄稼人脑筋不够灵活，情景的变换太突然了，一时转不过弯儿来，听不清话。他重新亲切地问候：

"老人家，今年有七十没有啊？"

但是梁三老汉固执地按他自己的心思说话。

"想不到！想不到！真个想不到！魏组长和俺主任商量：吃过早饭，日头爷出来，天暖和了，才过河请书记呀，想不到你这早……"

梁三老汉说着，用手扯住袖口，揩一揩含泪的眼睛。他重新那么仔细地看着书记狐皮领上边的笑脸。

郭振山笑说："走吧！咱们进屋里谈叙，外头冻脚……"

他们进了西草棚屋里。杨国华在魏奋的床铺边坐了下来。郭振山倒了一碗开水，双手递到他面前。杨国华接住，把水放在条桌上，然后亲切地问最后进屋的老汉：

555

"老人家,你六十几岁了?"

梁三老汉的脑筋这回清醒了,非常亲切地用手指做了个六十四的数,然后就向郭振山解释误会说:

"郭主任!你听见我给牲口说啥了吧?你甭心思我舍不得老白马。你甭心思:走社会的路,主任他爹不高兴!你可甭安这样的心思!梁三老汉一辈子没虚情假意。咱们当着书记的面说话,这回办社,我老汉可是痛痛快快,没一点儿含糊。我心里毛乱,皆因老白马今日要进社,几十年养活牲口的事儿,一下子全堵到心口上来了。"

郭振山大笑:"是这样的话,你甭多心哩!旧社会的事儿,你也甭思量它哩。思量起来,没个不叫人难受的……"

"可是到时候不由自己嘛,"梁三老汉不好意思地要求,"书记,甭笑话俺土百姓……"

杨国华对梁生宝的父亲发生了浓厚的兴趣。他诚恳地说:

"老年人总是忘不了从前受过的艰难。很好嘛!怎么能笑话呢?都是些什么事情堵到你老人家心上头了呢?"

"说起来话长……"梁三老汉摇摇头,然后殷勤地笑说,"书记喝水!喝一碗水,身上暖和了。我把手里这把玉米丢在槽里,咱慢慢谈叙……"

梁三老汉出去了。郭振山趁这个空子说:他刚才叫过路的人捎话给梁生宝,现在他要亲自去找他们。

"不,不要去找他们。"杨国华阻止说,"让他们从从容容准备牲口合槽的事去。你也去办你的事吧!好不好?我和生宝同志的父亲说闲话……"

郭振山走后不久,杨国华听见老汉在院里用一家之主的声调吩咐:

"给书记做上饭!"

"做上了!"梁生宝的母亲在对面的草棚屋里快活地回答。

接着,梁三老汉推开杨国华所在的草棚屋板门进来了。一只手里端着一个小簸箕,里头放着几个玉米棒子。老汉用另一只手把身后的板门闭上,走到杨书记跟前,很认真、很严肃地开始说:

"牛王爷、马王爷,是庄稼人的财神爷。书记!庄稼人种地,全仗着高脚牲口!实在!谁没牛没马,谁就得给人家当牛当马。就是这话!"

"对!很对!"杨国华两手捧着水碗,非常同意老汉的观点,"旧社会确实是这样……"

看见"县书记"和自己的看法一致,梁三老汉十分满意,在脚地蹲下来。老汉把小簸箕放在脚地上,说话不耽搁做活,一边用粗硬手指掰玉米粒儿,一边开始给"县书记"诉说什么事情堵在他心口上头。杨国华把水碗放在桌上,弯下腰去,也从小簸箕里拣起一个金黄玉米棒子要掰。

"使不得!使不得!"梁三老汉扯住大衣袖子央求,"书记!你喝水吧!"

"我不渴,也不冷,一心要听你说。"杨国华笑着说,不给老汉玉米棒子。

梁三老汉看见"县书记"决心帮助他掰玉米粒儿,只好同意了。共同劳动使老汉在大干部面前的拘束,也一下子减去了一多半。他高兴地重新蹲下,开始掰玉米粒儿,一边从他幼年时他爷喂养过一头小黑牛开始,一个也不遗漏地谈叙着他爹、他自己和梁生宝三代喂养过的牛。每一头牛的大小、毛色,值多少钱,按当时的市价折合多少大米;每一头牛拽犁怎样、拽水车怎样,后来怎样卖掉了,或者怎样死掉了。老汉特别着重谈叙他爹的一头黄母牛在民国二年被土匪抢走的情形,他自己死过两头牛的情形。谈叙到梁生宝被拉壮丁,他为了赎买儿子,到黄堡镇上去卖儿子心爱的大黄牛,老汉停住了掰玉米粒儿,两只粗硬的手颤抖着,帮助他表达心中的痛苦。当谈叙到这草棚院最后一次不喂养牲口的可怜光景时,老汉就不得不用新棉袄的袖口揩他忍不住的眼泪了。

杨国华多么感动!庄稼人对牲口看重,他是知道的。但像梁生宝的父亲这样动感情地叙述他养牲口的历史,在整个创办农业社的过程中,他还是第一次碰到。

"老人家!"杨国华安慰梁三老汉说,"这回你草棚院不喂养牲口,可不会过可怜光景了。绝对不会的!建社的两条道路学习,你参加了吗?"杨国华想了解一下这里的思想教育工作做得怎样。

"参加了。"老汉声音有点哽咽地说。

"你相信工作同志的话吗?"

"相信。相信。可是要到那个天地,要共产党领导好哩。就是这话!我不会拐弯抹角说话。"老汉说着,用那双小眼睛察看着"县书记"是不是见怪他直言。

杨国华感到很有趣地笑了,问:

"你看共产党能领导好吗?"

老汉嘴上使着劲儿说:"你书记要勤来俺这个地方呢!……"

梁三老汉看样子还要详细谈论,梁生宝和魏奋回来了。梁生宝在魏奋后头,进了草棚屋。他两手拉住杨书记的一只手握着。那个高兴啊!那个亲热啊!因为杨书记来而连夜剃了头的梁生宝,现在眉飞眼笑,满脸闪光,却说不出一句话来。

第十二章

大雪以后的头一个晴天,太阳从东原那边升起来,汤河两岸的一片雪地到处反射着刺眼的阳光。庄稼人们只好眯缝着眼睛走过雪地上扫开的小路。吃过早饭以后，别说蛤蟆滩本村，就是汤河北岸的大十字、王家桥、郭家河、马家堡和葛家堡，也是村村都有三五成群的人过汤河来，走向吸引人的蛤蟆滩。灯塔社牲口合槽，由于县委副书记的来临，在这一带的庄稼人的心目中升了级。听吧！早饭后不久，蛤蟆滩就响起了阵阵的锣鼓声——这是革命高涨时期农村里显示先进和光荣的乐队。谁都以为这是灯塔社在敲打，仔细一听，才知道来自南边的官渠岸。还是先前到区上请求办社的杨加喜和孙志明，领着几个官渠岸的群众在敲打。他们本来不准备对灯塔社的牲口合槽表现热情，郭振山早晨迎接杨书记以后，回去临时发动大家到灯塔社去祝贺。许多人都明白这锣鼓是敲给杨书记听的。

刚刚吃罢饭，梁三老汉的小小草棚院就接二连三地来了许多人。工作组的女同志王亚梅、黄堡区委参加工作组的牛刚、驻社干部韩培生，都到梁生宝的这间小草棚屋，同杨书记握手。看人家有说有笑，亲如一家人的样子吧！梁三老汉的小眼睛看见草棚屋脚地，没有他蹲的合适的地方，而且穿制服的干部们到一块，说的话他听不大懂，他就本本色色，自动悄悄退出小屋，让人家姓共的一家子团聚去吧！

老汉出得门槛，正碰见清瘦的增福、彪壮的有万、红脸的大海和留偏分头的欢喜，进了小院。一个个满面笑容、喜形于色，来向杨书记表示欢迎和尊敬。梁三老汉是非常荣幸的主人，笑嘻嘻地亲自揭起白布门帘，让这几个和生宝特别亲近的社干部进屋里去见杨书记。梁三老汉然后下了门台阶，走向敞开的街门。雪后的强光使老汉眯缝起眼睛，见街门外的土场上，还有几个男人伸头探脑，朝院里头看。他们现在畏畏缩缩，不敢像平时一样直身大步进梁三老汉庄稼院来。他走出街门，见是左近的几个社员，还有几个大十字和葛家堡的庄稼人，也守候在土场上，想要看看杨书记是怎样一个人。

"啊啊!"梁三老汉诚实地说,"要不是草棚屋太挤,你们进咱屋里去见书记。依我看,和书记谈叙谈叙,也能办到哩。书记没一点点官架子,帮我掰了一早玉米粒儿。硬叫我给他细说俺人老三辈子喂养牲口的过场。人家不嫌我说的烦絮,用心往耳朵里头听哩。看样子对咱庄稼人的事情顶明白。嘿嘿!我心里思量:怪不到俺主任胆子蛮大,敢创办社,有这高人指教哩嘛!……"

　　说话间,一大帮工作组干部和社干部跟着穿皮领大氅的杨书记,从草棚院出来了。杨书记用笑脸环视聚集在土场上的所有庄稼人,然后和梁三老汉打了招呼,才同梁生宝和魏组长并着肩,走上扫开雪的牛车路上。一长溜人在一片晶亮闪光的雪地中间向南走去了。在社主任的街门外等着杨书记的庄稼人,在干部们后头也向南走了。锣鼓声现在已经不在官渠岸,而在第一生产队饲养室外面的土场上敲打。

　　梁三老汉现在一个人留在他家门外。他用一只手齐眉毛遮着阳光,朝整个上下河沿大雪地里所有的庄稼院瞭望,心情格外舒畅。多少日子以来,他就在精神上准备着,老白马最后离开他草棚院时,忍受一次难过。他不敢说他是不是会流泪。早晨起来,这种预料到的难过,眼看着逼近了,心胸开始异常郁闷起来。这位"县书记"大清早就来,态度是这样令人愿意亲近,信任地和他谈叙,彻底地改换了他的心情。

　　老汉回到重新安静下来的草棚院。他推门进了院子东边的旧草棚屋。主任他妈正在刷锅。由于招待了贵客,她显得格外兴奋和带劲儿。老汉走到老婆跟前,笑嘻嘻地说:

　　"唔!今日是个吉庆日子……"

　　"你怎知道?"老婆在锅里刷着碗问,"你又不会掐算。"

　　梁三老汉肯定地说:"我不会掐算。可我知道今天是吉庆日子。为啥呢?日头还没出来,喜鹊就在咱树上叫,跟着书记就到了咱屋里。你说不是吉庆日子是啥?你说!"

主任他妈笑了笑,姑且同意了这种牵强的解释。她只求老汉不要打搅她洗碗,不要耽搁她去参加牲口合槽。"我今辈子只这一回……"

"我这阵把话给你明说吧!"梁三老汉权威地说,"几千年就咱们赶上这回事。怎么能说你一个人只这一回?我一睡着就迷迷糊糊。是梦?不是梦!不是梦?是梦!"

"啊!"主任他妈吃惊地瞪大了眼睛,"你又是这样?"

梁三老汉嘿嘿笑说:"你不要告诉旁人。你说出去人家要笑主任他爹。我一做梦就听见人家说大伙把地界打破,把水渠改了,把牲口拴到大槽上去合伙喂,是蛤蟆滩的庄稼人在耍闹,并不是真的。可是我醒来看见:这全是真的。工作组也罢,社干部也罢,社员们也罢,个个人都顶认真地办社哩。我有时间由不得一个人思量:唉!这号事为啥不到旁的村试办去呢?就算上一级一定要在咱下堡乡试办吧,为啥不叫大能人郭振山在官渠岸试办呢?振山老大滑头!"

"你真个给主任丢人!"生宝他妈责备地说,"你这忽二忽三的毛病,啥时才能好呢?"

"嘻嘻!"梁三老汉不在乎地笑笑,说,"这是今日以前。现时县书记大雪地里亲自来参加牲口合槽,共产党从上到下,对这事这样认真,没含糊!"

梁三老汉对牲口合槽看不看皇历的问题,现在也不那么重视了。他断定今天是个"黄道"日子,有紫微星下界。他想:即便没紫微星下界,共产党书记下了乡,不是一样吗?嘿!官渠岸什么人传出来的流言,说梁生宝试办社不如郭振山试办社?这回,他亲眼看见郭振山在书记面前和在庄稼人面前,完全是两个神气。郭振山在他心目中的地位一下子低了。梁三老汉看见他儿子在书记面前,完全和平素在庄稼人面前一样，老汉从心里头往外舒服。好！主任！你不管在啥人面前，你都要本本色色，千万甭在庄稼人面前拿板弄势，又在大人物面前殷勤虚溜。梁三老汉小眼睛密切注意地观察过：书记看见他儿子明显的比看见郭振山喜欢。他心中是多么高兴啊！……

梁三老汉在草棚屋脚地坚决走了一圈，才压下去他心中蠢蠢欲动的念头。他决定暂时不把他新发现的秘密告诉老婆。精神振奋的老汉坚决地开了板门，横过了土院子，进了西边拐角的马棚里。好！老白马把书记和他合伙掰下的玉米粒儿啃完啦！他摸摸老白马的脑门，亲热地笑说：

"吃饱不想家！你这就要走啰。一早一晚，我到饲养室来看你。你到社里受不了欺，任老四心肠好着哩……"

过了不久，上下河沿中间王生茂草棚院外头皂角树上挂的大铜铃，给什么人拉响了。这时候，梁三老汉已经在院子里饮了老白马，扫了马身上。连马蹄两侧的粪污，他都扫得干干净净。听见了大铜铃声，老汉给屋里的老婆招呼了一声，生宝他妈出来把红布拴在马笼头上，老汉就庄严地牵着老白马出了街门。真像给哪个庄稼院的小伙子娶亲，他去给新娘子吆轿车一样。

在街门外扫开雪的土场上，梁三老汉站住了。欢喜他妈牵着也是打扮起来的小黄牛，从她家的草棚院出来。拴拴媳妇素芳在后头吆牛。嚄！小黄牛角上的红布结成一朵花的样子，比仅仅把红布头垂在白马两个耳朵旁好看。梁三老汉心中一喜，就决定等着邻人过来，一起牵着牲口去合槽。经过两条道路的教育，特别是直杠老汉的葬事以后，梁三老汉有了新的认识，已经不鄙弃素芳了。

"呵呵！"老汉笑眯了眼，"你把牛打扮成这样，是给欢喜娶亲吗？"

四十几岁的大脚女人今天棉袄外头罩了件干净的蓝布衫。她说：

"欢喜还早,主任快了。前些天对象到咱这里来过,你没见吗?"

梁三老汉如实地说:"听说来过。我不知道嘛……"

这样的说笑,只能使人高兴。梁三老汉也不客气,牵着他的老白马领先走上了牛车路。妇女生产队长牵着她的牛跟在后边。头上还给死去的阿公戴着白孝帽的素芳,走在最后边。

"梁三叔!生禄也来了。"素芳高兴地喊叫。

欢喜他妈朝前边说:"等一等,梁三哥!咱这几家邻居一块走吧。"

梁三老汉站住,扭转戴毡帽的头,看看牵着大黑马的梁生禄。他想:应该等着一块走!

生禄噙着烟袋锅,很平淡、很随便地牵着马走来。他脸上的表情既不显得高兴,也不显得低沉。走到跟前,天上的阳光和地上的雪光对照中,梁三老汉仔细一盯侄儿,才看出稍微有点脸红。可能还是为夏天退互助组害羞吧?

现在几家老邻居一起去送牲口合槽。欢喜他妈关心地问:

"生禄,好久不见你伯出来了呢?"

梁生禄一手扯着缰绳,另一手拿出嘴里的烟袋锅,吞吞吐吐说:

"他肚子不好有日子了。……"

以前经常到梁生禄草棚院串门的素芳,很熟悉梁大老汉。

"啊!三嫂!"素芳感叹地说,"你不知道!人老了,性子越来越拗了。他们心里钻住一点,九牛二虎拽不过来。俺梁大叔自办社起,吃得越来越少,可肚皮越来越胀,也不请医生看。……"

女生产队长接这个话头,毫不含糊地对梁生禄说:

"生禄!可要叫媳妇们好好侍奉汤水。你伯上年纪了!"

梁三老汉走在最前头,一声没吭。欢喜他妈现在是社干部,听

563

拴拴媳妇一说，表现出对社员的关心。梁三老汉一辈子耿直成性，从来不虚情假意地说话。他想：什么肚子不好？蛤蟆滩除了郭世富，现在添了个闹假病的人。梁三老汉最清楚他的亲哥。夏季白天给黑马在水渠里洗澡，夜里蹲在土场上成半夜地给黑马扇扇子、赶蚊子的。现在，办起农业社，黑马要去合槽，他哥连街门口也没送出来。……

冯有义草棚院左边的社员们，早已把牲口牵到积了大堆垫圈土的场上了。土场南边，在两棵刺槐树中间，拉开一条长绳。马、牛、驴和骡子，一个挨着一个，拴在这条长绳上。人们说要等到下午喂草的时候，才把牲口拴进饲养室里去呢。说上河沿郭庆喜草棚院二队饲养室那里，也是这样。不是在别的地方，而是在王生茂草棚院外面皂角树上挂铜铃的大场上，杨加喜和孙志明领着官渠岸的几个群众敲锣打鼓。那一带现在是蛤蟆滩的政治中心——副主任高增福暂住在生茂院里，而隔壁铁锁王三院里就是灯塔社办公室。

从下堡村过河来赶热闹的人们，由一队的饲养室再到二队的饲养室；从黄堡镇过河来赶热闹的人们，由二队的饲养室再到一队的饲养室。当然人们不只是看饲养室，爱慕地用手摸摸新盘的槽，而且非常用心地细看挂在饲养室前檐墙外面的犁杖，数着犁杖的数目。放草的房子和保管室，也有川流不息的外村人，从不糊纸的窗格子中间，往里头狠瞅，好像切碎的干草、折价归公的水车、木齿耙、旱地耱……等等，都是哪一国的稀罕物件似的。甚至场上大堆垫圈土还不够半年用的，是多么新鲜而有趣啊。至于拴在刺槐树中间的一排牲口旁边，簇拥的庄稼人就更多了。人们询问饲养员每头牲口的价款，询问社员们耕畜投资的比例和归还投资的期限，没有牲口怎么交耕畜投资？交不起怎么办？……等等。

梁三老汉牵着老白马来到冯有义草棚院外面的场上了。饲养员任老四大舌头嘴里溅着唾沫星子，正在向外村庄稼人回答问题。

看见主任他爹来了，任老四停住了口，水蛇腰一晃一晃，分开簇拥在周围的人群，笑哈哈地接住梁三老汉手里的缰绳。至于欢喜他妈和梁生禄牵来的牲口，饲养员用长胳膊一指，让他们自己拴到刺槐树中间的麻绳上去。受人尊敬的梁三老汉被空前的热烈情景鼓舞起来，早已摆脱了他哥不送牲口合槽的不畅快的心情。现在他站在人群里头，喜得闭不上胡子嘴巴。他很想说几句在这种场合适当的话，但他不知道说什么好。不是他缺乏机智，而是他的老脑筋对于这刚刚开头的新生活，还不是那么适应哩！

任老四可是大变了呀！一早剃了头发和胡子，亮光脑袋上包着新头巾。嘿！腰带早不是一年前的稻草绳了。梁三老汉奇怪：他啥时新扯的蓝布腰带呢。新的装束，新的心情，要办新的事情。哟哟！任老四简直变成一个新人了嘛！社里照顾到他的小孩多、劳动力少，把饲养员的职务分配给他，好把他那群娃子喂大。这样他满年四季，不管天阴下雨，见天都有一个劳动日。你看他那个荣耀和高兴的劲头吧。梁三老汉身边有一个郭家河西头的庄稼人，开玩笑地问任老四：

"你捞到这好的差事，过年春天，俺郭家河要包打土坯，可寻谁去呀？"

任老四张大嘴巴，仰天朝着皑皑的终南山，和庄稼人们一起哈哈大笑。他把主任家的老白马拴住以后，也顾不得招呼欢喜他妈和梁生禄了，就开始严肃起来，继续回答一个打断了的重要问题：

"今天上槽的牲口不多，这是怎么回事呢？太小的牲口和太老的牲口，不能干多少活，俺社里不收。让社员们自家喂养去。新办的农业社嘛，底子不厚，供养得起空闲的牲口吗？社员们嫌麻烦的，不愿意自家喂养，又怎办呢？所以牵到集市上卖了。没有精壮牲口的社员，可要把卖得钱交耕畜投资。社里开春好买牲口呀。就是这话！到那时节，俺灯塔社犁地、套车、拽磨子和套碾子的牲口，就全有了。驻社干部老韩说，眼前我就是拖拉机站长！"

好！说得一清二楚！梁三老汉一点也没料到：仅仅个把月的办社活动中，任老四就学了这篇嘴才。梁三老汉舌根发痒，现在想说几句话。他指着新近和他接近起来的任老四，向着村外庄稼人们赞扬：

"俺饲养员的小黑牛卖得六十元，人家硬要如数交到社里……"

任老四怕他继续说爱社如家，打断他的话，对参观的庄稼人解释说：

"我那小黑牛犁地不行，拽水车可行哩。大家嫌它本事不全，叫我卖了去！我心思：也好！咱当饲养员，槽上没自家的牲口也好，省得社员们说咱偏心眼子……"

这个贫农的心地是这样忠厚、善良和正直，引得所有参观的庄稼人都用好感的眼光看他。下堡村谁都知道，就是这样的好劳动人吞糠咽菜多半辈子。现在，他们开始创办农业社，首先是要多打粮食的。更多的意思庄稼人嘴笨，说不好。

一个包头巾的彪壮庄稼人，唉唉感叹着，然后说：

"单干户没牲口的，牲口不硬棒的，不是犁得粗糙，就是种得粗糙。怎能多打粮食？"

"就种不在准时节上嘛，"一个山羊胡子的干瘦老汉接嘴说，"总是太晚，总是等人家有牲口的自己种完……"

梁三老汉心里想：这两个庄稼人内行。不料这时候，官渠岸李铁蛋的老娘叱叱咤咤，大声叫唤：

"好我的乡亲们啦！你们只知道外头人的事，不知道没牲口了，屋里人有多难。推磨子、推碾子，走肿了女人的脚腕！借邻居的牲口吧，唉，一天要三问安，讨人家喜欢；路上碰见，离着几丈远，就得给人家笑脸。"

梁三老汉胡子嘴巴使着劲儿听着，两只小眼睛狠狠地盯住这个老婆子。一股热力儿从这个多疑的、不坚定的守旧老汉心中，猛烈地冲了上来。啊!这老婆子说话真叫他心动弹!年轻人们说：楼上楼下，电灯电话，点灯不用油，犁地不用牛，是幸福生活；老年人说，牲口合槽，就是幸福生活了。他梁三老汉深深地同情铁蛋他妈。

"甭着急!铁蛋他妈!"梁三老汉安慰说，"盼着俺灯塔社试办成吧!前有车，后有辙，就是这话!你们官渠岸的贫苦农要享幸福，也快……"

说得老婆子挺高兴。梁三老汉很愉快地离开了正式不属于他的老白马。解放前，最后一回卖掉黄牛赎梁生宝，梁三老汉用手指抹了多少眼泪珠，倒看了多少回才离开牲口市场。他现在居然一眼也不倒看，仿佛一个大人物，脚步带劲地绕过大堆垫圈土，在人丛中进了一队饲养室院里头。

冯有义戴着走亲戚的瓜壳帽，站在当院当讲解员回答人们关于农具和草料方面的问题。梁三老汉侧起耳朵听见说："凡是要牲口拽的大农具，都折价入社了；凡是社员手捏把子的小农具，都由私人置买、私人保管。初办起社，草料都得社员们按劳动力和土地多少投资……"

"等夏收和秋收了，俺们就能把牲口的草料先留下，再分配。"有义很实在地有一说一，许多外村庄稼人都非常有兴趣，点着头。

"有义说得一字不差。"梁三老汉心里喜欢他。由于院里的人多，正说话的冯有义没有看见主任他爹。梁三老汉决定不去打扰人家了，就向新修的饲养室门口走去。

啊呀!饲养室门上还贴了红腾腾的对联!真个是办喜事哩!

下堡小学戴眼镜的那个教员站在门台阶下边大声念道："互助合作力量大，集体生产好处多——光芒万丈!"

"对联编得好!"下堡小学校长很欣赏地评论说，"字也写得不错!工作组哪个同志写得这手好字呢?……"

一切都是这样令人满意、令人畅快!梁三老汉一个大字不识,不懂得字写得好坏。戴着毡帽的老汉就站在门外头仔细看看对联贴得端正不端正。然后他才笑嘻嘻走进饲养室里头。这是老白马今天开始新生活的地方,也是梁三老汉今后常来的地方!

这样多的外村庄稼人站在槽帮外边,梁三老汉只得从一长排庄稼人背后侧身走过去。和头一天官渠岸的人来看时一样,外村人们也在谈论这个饲养室能拴多少牲口,夜里牲口是不是能卧下的问题。布腰带里插着烟袋锅的郭锁,在这里给大伙解说:

"这个槽上拴三条牛,那个槽上拴四条驴,靠北边的那个槽上拴两匹马和一匹小骡子。副业上的牲口不在这里头拴。好玄!牲口干一天活,夜里卧不下还行吗?"

梁三老汉听说老白马将来站的地方靠边,很满意。只是老白马和生禄家的大黑马拴在一个槽上,他对这点颇有顾虑。老白马口大了,嚼料慢,和年轻的大黑马在一块,吃亏。……

"唔!我回头来看牲口的时光,叫老四把大黑马的缰绳拴短一点;要不,料都叫它吃了。"梁三老汉独自思量着这事,也不顾得听外村庄稼人再议论些什么了。他不喜欢生禄父子,但他对他家的大黑马一直是羡慕的。多么彪壮的大黑马呀!你现在是农业社的啰!

这真是使人称心的事。从早晨开始,梁三老汉在欢乐的气氛中高涨起来的情绪,不仅没有低落,而且继续高涨。他现在带着老家长的那种心情,揭开准备饮牲口的水缸盖看看。缸里已经盛满了水,他很满意。然后他经过人们背后,出了饲养室后门。

我的天!梁三老汉抬起双手齐眉毛遮住阳光一看,呀呀!上河沿雪地里扫开的路上,从黄堡镇那边三三五五过来的人们,像上集一样向蛤蟆滩走来了。看起来,从外乡来参观的人要比下堡村来参观的人要多呢!黄堡区的第一个农业社名声竟然这样大,吸引来东原上和山口上的庄稼人，梁三老汉刚才在饲养室里头也想象不到。

王生茂和铁锁王三两家草棚院外头的土场上，聚集了大群的人。锣鼓在那场上打得更起劲，好像不止一套锣鼓。成百的男娃和女娃，被锣鼓声紧紧地吸引在周围。铁锁王三的街门口，这个人出来，那个人进去。街门两边的土围墙上，好像贴出什么告示，多少人在那里往墙上看哩。

梁三老汉朝那里望了一阵，把双手从眉毛上头放了下来。他决定先到二队饲养室看看，然后再到办公处去。于是他选择了通向郭庆喜院的一条沿水渠的直路走了。

过了"腊八"，进入腊月中旬，冬季的白天就渐渐长了。太阳从东原那边升到蛤蟆滩上空的时候，地面上的积雪已经开始消融起来。斜坡的雪水从积雪下边流到扫过雪的土路上，在路面低洼的地方汇集成一道道细流，还来不及流多远就渗进干土里去了。

约莫到了响午光景，中共黄堡区委通知过的几个乡，党支部书记和重点互助组长，陆续都来到蛤蟆滩，祝贺灯塔社成立。也可以说区委书记王佐民想通过现场参观，激励各乡党支书和重点互助组长们对这方面的热情。而事情到了在这光荣事业的前进道路上有进取心的黄堡乡、冯店乡、刘村乡、上堡乡、河西乡和章村乡的党支书们那里，他们就不是只带一个重点互助组长，而是带来几个互助组长。这就更加渲染了灯塔社成立的热烈气氛。

外乡客人从王家桥、黄堡桥和官渠桥过来，都被锣鼓声引导到铁锁王三的草棚院来了。所有的社干部和一部分社员，都在这院里接待客人。梁生宝和高增福两只手不断地同客人们的两只手互相握住，然后感激地接受客人带来的礼物———一副挂在屋墙上的中堂对联。扫净的土院里摆着几张条桌和几条板凳。方桌上放着一些庄稼人用的粗瓷饭碗。冯有万和杨大海热情地把盛在饭盆里的开水，用

569

勺子舀在饭碗里，双手端到客人面前。工作组干部把接到的所有中堂对联，立刻挂在街门外两边的土墙上去，让庄稼人参观。隔壁生茂和增福同住的院里，两个妇女队长欢喜他妈和福蛋媳妇，领着几个女社员给客人们烧开水哩。

终于，几个骑自行车的人影闪过了黄堡大桥。自行车队向人群拥挤的土场上飞来，前头是区委书记王佐民，他后头有黄堡区供销合作社主任和几个区干部。区委书记喜气洋洋下了自行车。韩培生前去接住他的车子，说杨书记在办公室里，他就直端朝那里大踏步走去了。

"我昨晚上回去就给陶书记挂通了电话。"王佐民站在办公室脚地，一只手摘下棉制帽，另一只手用手帕揩着头上的汗水，同时向杨书记汇报。"我把这里的实际情况和你的意见谈了一下，陶书记同意。半夜前后，我就派出人给各乡通知。……"

坐在韩培生床边的杨书记满意地笑了笑，问："图章呢？"

"带来了！"王佐民从棉衣口袋里掏出一个长图章和一个圆图章，递给了杨书记。

杨书记看了看，又笑了笑，交给陪着他的魏奋和郭振山看。

他们在草棚屋办公室说话的时候，梁生宝和高增福在院里接受区级各单位刚到的礼物。供销合作社、银行营业所和卫生所送来三面闪闪发光的锦旗，每面都用缝纫机扎了一些黑条绒绒字，表达人们对于本区第一个农业社的诞生的热情。

从上河沿二队饲养室转过来的梁三老汉，现在变成了一个纯粹的大傻瓜。他无论在人群拥挤的土场上，还是在王三草棚院里，都是目瞪口呆，不知道这一切是怎样发生的。他先前以为土地已经打成一片，水渠也挖通了，大农具早收到一块，只剩下牲口合槽，就算成立了。铺排得这样隆重，是梁三老汉直到此刻亲眼看见以前，连一点也梦想不到的。现在他才明白：主任和魏组长一早就到了办公室，就是准备接待这样多的客人。唉！梁三老汉没这种眼光，他们谁也没工夫告诉他。

在整个创办社的这些日子，梁三老汉只要有机会和儿子单独谈几句话，他就要叮咛他：把土地和劳力的等级评公道！把牲口和农具的价款折公平！梁三老汉对农业社的这方面最担心。他知道一个家庭弟兄妯娌多了，怎样闹事。他不知道农业社和任何家庭没有一丝一毫相似之处。因此，在灯塔社创办的时候，他碰见所有的社员都眉开眼笑，人人都带着荣耀和自豪的表情，而他自己有时还独自一个人发愁。唉！发愁了一辈子，已经成了性格。只有今天这种气氛使梁三老汉心胸大大地敞开了。他向每个和主任他爹招呼的人咧嘴笑着，生平第一次对这隆重的场面感到骄傲。他的衰老的躯体有了新的精力，一种新的精神也在他身上成长起来了。他从场里走到院里，又从院里走到场里，他简直不能有一刻待着。他要看看官渠岸哪些庄稼人来了，哪些庄稼人没来。到今天还有人不信服他儿子吗？他看见马亲家孙兴发和草阁王郭振云两个人，在去饲养室的路上。随后他看见郭世富兄弟三个和上中学的永茂都在人群中走来走去，东看西看。全村只有姚士杰一家子，没一个人露面。

梁三老汉在办公处街门西边的土围墙前边，被各乡送的中堂对联吸引住了。这时候，生宝和增福两人抬了一张条桌，出了街门。接着，冯有万、杨大海和韩培生，还有欢喜，每人搬出一条板凳来。梁三老汉听说要开会，要求客人们在东边，社员们在西边，都在土场上站好。他听见增福到隔壁街门口叫那院里集中的女社员都来。这时间，土场上蹲着和站着谈叙的人们纷纷到自己应站的一边去。梁三老汉直至人们差不多集合好的时候，他才从大伙旁边绕到全体社员后头。郭庆喜、生茂和铁锁几个人非拉主任他爹到前头去站着。梁三老汉不得已，只好到前头男社员们站的地方。他刚刚站到那里，杨书记、王书记、魏组长、卢支书和郭振山，一个接一个出了办公处街门。虽然有几条板凳,可是杨书记不坐;他不坐,就连一个人也没有坐的了。

魏组长宣布灯塔社成立大会开始了。土场上响起了震天动地的爆竹声。梁三老汉迟钝的感觉怎么也跟不上来。他竟然不知道拍那两只被农具磨硬的手掌。他只是兴奋地左顾右盼,看大伙鼓掌。当魏组长请黄堡区委和区公所的代表颁发印记的时候,庄稼人再一次鼓掌的时候,梁三老汉拍手了。他两只小眼睛密切地注视着:一块长方图章和一块椭圆图章从区委书记王佐民两手,严肃地放在梁生宝恭敬地伸出来的两手里。

一个县的沿山地区创办一个小小的农业社,竟然办得这样隆重,这样庄严,是不是过分呢?不!当你仔细一思量:这个小小的农业社,它的成功和失败,它的顺利和挫折,它的整个发展的经验和教训,不仅属于蛤蟆滩这几十户庄稼人,也不仅仅属于这个沿山地区和这个县的时候,你就觉得这样做是恰当的。在不太久远的将来,这个运动将席卷全中国。开创的工作认真、严肃是十分必要的。

当组长请县委副书记讲话的时候,开头不坐板凳的杨国华,现在披着他的狐皮领大氅,健步登上了板凳。这位副书记含笑伸出两手平息了掌声。满场的庄稼人群静悄悄的,准备倾听一篇精彩的讲话;但是这位副书记首先声明他只讲两分钟,他说这是不适宜于讲长话的场合。他说大家来看新事物的诞生,而时间又是不长的。他不能侵占大家宝贵的时间。他只向听众宣布一点:中共渭原县委将严格遵照党中央和毛主席的决定办事,就是"典型示范"四个字。说通俗一点,就是那句著名的话:群众自己教育自己。虽然共产党认为社会主义是最好的生活道路,但是共产党决不把它强加给任何一个庄稼人。

"啊呀呀!"梁三老汉听了这几句话,惊叹他活着竟能赶上这样好的世事,"真个入情入理!"

梁三老汉听见站在社员前头的驻社干部韩培生说,灯塔社从今早晨起到开这个大会,所有的活动都是杨书记昨晚上来以后安排的。直至刚才开大会以前,他一直在办公处的屋里检查、纠正和亲自帮助一些活动。

杨书记讲话以后,梁生宝代表全体当选的社干部,向各级领导人、来宾和社员们保证:要按社章办事,要对得起上级和社员对他们的信任。他最后感谢大家的祝贺。简单的几句话,意思很周到。梁三老汉听着,独自一个人笑:"怕是县书记教的……"

散会以后,梁三老汉情绪更加高涨了,根本不觉得疲倦。他跟外乡客人们一块,又到了冯有义草棚院里。他现在有了一种新的有信心的心情。他在人丛中走着,努力直起腰杆,显得罗锅背比先前也小了。两队饲养室外头上午已经拴在土场的牲口,下午要合槽了。梁三老汉没忘记看生禄家的大黑马是不是把嘴伸到老白马这边来,不让老白马吃料。……

不看倒还罢了。一看,梁三老汉整天振奋的精神,一下子没劲了。好像有人照背脊给他一拳,他感到阵阵的心痛。刚才他还看见大黑马用的是那条皮缰绳,今天换成旧麻缰绳了。啊呀!皮笼头也换成旧笼头了!别人家给牲口头上戴上红布、红花,梁大老汉和梁生禄像卖牲口一样换缰绳和笼头!

梁三老汉在回家的路上,独自一个走着,羞耻地回忆起他哥和他分家时一根柴禾也要争的情景……

第十三章

杨国华在灯塔社度过了兴高采烈的一天,甚至于他去年创办五一社的时候都没有见过。这蛤蟆滩是全县最贫穷的庄稼人聚居的地方,这里的贫雇农群众盼"走社会"的心情迫切,真使他感动。他很想在灯塔社多停两天,可惜时间不允许。王渡区的前进社、九寨区的光明社和三官庙区的红旗社,最近都成立了。他们都要他给安排汇报的时间。他亲自抓重点五一社;工作组回县以前,他还要去大王村一趟,和已经有一年办社经验的社干部共同研究解决几个具体问题。当然,创办农业社的工作务必在春节前完成。春节的假期一过,就该筹备召集新的年度全县第一次互助合作会议了。他仔细一想,可不是呢,竟连一天也不能在这里多停留。那么,就用最后这个晚上的时间,同工作组的全体同志谈一谈吧。陶书记的爱人单独悄悄告诉他,灯塔社在兴奋热烈的气氛中,还是有些令人不安的预兆在暗中蠕动。这样他更加需要听听大伙的意见了。

"还像昨天那样,大伙都到下堡乡政府去谈吧,免得灯塔社的群众听见传开去。好不好?"王亚梅有点神秘地问。

"好。"杨国华同意,虽然他并不觉得会有什么严重问题。

庄稼人晚饭以后,夜幕早已经降临到蛤蟆滩稻地的草棚院了。梁生宝和他的二位热情的老人,在草棚院送"县书记"出街门。直至杨国华肯定地答应不久以后就来,梁三老汉的两只手才放脱他的一只手。他同魏奋和王亚梅走向汤河对岸烧炕的柴烟弥漫的下堡村。梁生宝则独自一个人走雪地里的小路向南去了。他要告诉另外两个工作组的同志牛刚和韩培生,叫他们随后就去。

手电光照着路,三个县干部顺利地走过冰雪覆盖的汤河滩,来到下堡村当中那个大庙院的乡政府。他们受到卢支书、樊乡长和小文书的热情接待。三个基层干部慷慨地往火盆里加满了他们平素节约下的木炭,端到院里,用折叠的报纸煽旺了火,又端进屋里来,放在砖铺的脚地当中招待贵客。然后,三个主人都来告别,急急忙忙到各村参加什么会去了。

把狐皮领棉大衣脱下放在卢支书的床上,杨国华拉了一把椅子,坐在火盆旁边。魏奋和王亚梅在支书的办公桌两边,对着玻璃罩石油灯,翻看由于下雪晚来一天的报纸。县委副书记一看手表,嘿!已经晚上八点钟了。

"烤火!烤火!"杨国华抓紧时间说,"报纸你们明早在学习的时间去看吧。"

说是烤火,他其实就是要谈话。一整天,杨国华注意看魏奋的神情,始终不自然。这个戴近视眼镜的学生模样的干部同他说话的时候,脸总是红的;而他侧面看见的时候,确实有点灰,好像丢了什么东西,一直没找见。说了错话,做了错事,又爱面子,竟表现得这样患得患失啊!杨国华一直想同魏奋单独谈谈,叫他不要这么没出息,但一直没有适当的场合和时间。现在,牛刚和韩培生还没来,他就抓紧空隙,尽管有王亚梅在场,他只好谈了。

"魏奋同志!"杨国华两脚踩着火盆的木架子两角,用火筷子拨弄着炭火,亲切地问道,"你今年二十几岁?"

"二十五。"魏奋说,胆怯地在火盆对面板凳上坐下来。

"参加革命几年了?"杨国华又问。

"四九年刚解放参加的。"

"你在基层工作了几年?"

"杨书记,你知道吧……"魏奋开始有点奇怪地说,"我没在基层工作过嘛。渭原县干训班毕业以后,就留在干训班工作。干训班结束以后,分配在县政府建设科。去年调到县委农村工作部。……"

王亚梅忍不住笑,手里拿着卷起的报纸,推了一下组长穿棉袄的肩膀,叫他不要说了。"杨书记四九年第一批到咱县的,还不知道你这几年的经历吗?"

陶宽同志的这位挺精明的爱人,同魏奋一条板凳上坐下来，说：

"杨书记，你要谈什么，就直说吧!"

杨国华笑了笑，手里拿着火筷子说：

"我就是想拿事实说明：魏奋同志很聪明，自从参加革命，一直受到重用。是不是这样?"

自己做错了事，还说什么呢?魏奋两只手掌在穿棉裤的膝盖上边，互相搓着、搓着，显得很局促。王亚梅说：

"是的，是的。老魏虽然调到农村工作部，实际就是咱县委的笔杆子。他这回下来当组长，完全是没精神准备的。他原来留在县上听各区的电话汇报，给地委写统购粮食的工作报告。因为县上的干部都下完了，灯塔社又要上马，最后把他也挤下来了。杨书记，听说是你叫挤的嘛……"

"是哩，"杨国华笑着承认，实际他全知道。他说："这样做没错。创办一个农业社，主要看本身的条件，工作组强弱固然有影响，但不是根本问题。搞社会主义革命，现在谁是内行?这是个新工作，应该说，我们大家都在向群众学习哩。"

"对!对!"王亚梅非常同意，"尽管我们的工作做得不好，灯塔社肯定是能办好的。你看今天那个热烈情景嘛。简直难以想象!"

"也不能笼统地说你们工作没做好。"杨国华实事求是地说明。"魏奋同志，你的错误，是有客观原因的。我们党有个老规程：只要不是故意捣鬼，错了也是好同志。接受教训嘛，在实践里头提高嘛。比你魏奋聪明的人，没实践经验也不行呀!你这回体会到在现场具体指导，比你在县上坐办公室看材料写报告，要难办得多吧?体会到了?这就是大进步嘛。一个革命者首先要迈出去这一步。就是说，要会干革命，不光会写、会说革命。有些同志硬是几十年都迈不出这一步……"

杨国华看见眼睛特别灵活的王亚梅,听了最后这句话,注意地盯了他一眼。这样,他就不发挥这个意思了,免得她回到县上同爱人说,似乎副书记在下边同干部谈话中影射书记不深入实际。杨国华不愿意造成背后说人的印象。他转而谈魏奋的具体错误,就是对梁生宝和郭振山两个人看法的问题。

强调实际工作的复杂性,强调不过早地给任何同志做结论,这是杨国华对待干部问题一贯坚持的精神。他曾经亲眼见过有些领导人只凭一时的印象和需要,重用花言巧语而言行不一的干部,令人寒心地不信任不露锋芒而对党忠心耿耿的同志,给革命造成多少损失。杨国华想:做领导人多年的人还办这种蠢事,何况魏奋一个年轻人,头一回领导工作组创办农业社呢?所以,他原谅魏奋不信任梁生宝而重视了郭振山。这是合乎情理的,一点也不奇怪,更不愚蠢。

"你的主要问题不在看法是不是准确。"杨国华进一步帮助同志,"你的主要问题是你不懂得尊重党的组织。你不要大惊小怪,听我细说嘛。你是县委派来的工作组长,你可以有自己的见解。但是你要先向下堡乡党支部和黄堡区委谈你的看法,他们对蛤蟆滩的人事有历史的和全面的了解。你很谦虚地向他们汇报,他们也许能改变你的看法。你也可以不同意他们,因为不能保证他们没有宗派主义和片面性。那时,你再找县委书记,坚持真理,把问题彻底搞清楚。可惜现在不是这样。现在是你越过了两级组织,直接找县委书记,目的是想推翻黄堡区委的决议。你知道吗,创办灯塔社,决定梁生宝当社主任,这都是黄堡区委表决通过的决议。这个决议可不可以推翻呢?也可以推翻。或者是经过黄堡区委重新讨论,撤销这个决议,或者是渭原县委讨论通过一个决议,认为黄堡区委原来的决议是错误的,就是说:蛤蟆滩不存在创办农业社的条件。可是你呢?你以为陶书记,或者我杨国华,个人决定,就可以推翻黄堡区委的决议。魏奋同志，任何党员都得按党章办事。领导人违反党章，独断专权，在党内实行家长制，不光犯错误，还要把我们党的风气弄坏！你想到这一点了吗？"

杨国华谈这个严肃的问题，故意使语气和表情都很温和。他甚至于含着笑谈着。

但是王亚梅深为震动地惊叹起来了。"啊啊！怪不到昨天下午黄堡区上来人通知老魏，叫他昨晚上去开会，说法和平常不一样……"

"区上是怎么通知的？"杨国华笑问。

"他们说叫老魏去向黄堡区委和下堡乡党支部汇报工作；说杨书记也来听汇报哪……好像，好像……"

"好像怎么样呢？"

"好像有点不顺耳。要是平常，一定是通知老魏向杨书记汇报工作，黄堡区委和下堡乡党支部也来人听汇报。"

"是我叫县委办公室打电话给黄堡区委那么说的。"杨国华问，"这个说法对不对呢？"

王亚梅感慨地说："按杨书记刚才那样分析，当然是向当地党组织汇报对啦。可是，杨书记，一般的眼睛都是只看见上级领导人，不习惯尊重当地党组织。像你这样做工作，我们还没见过。所以工作组同志昨天下午都说要打一场官司了。老魏自己说，他这回可能犯下大错误。可是他不是有意的，杨书记。"

杨国华看看魏奋。小伙子虽然脸还红着，但那近视镜片后面羞怯的眼神消失了。由于杨国华谈话时表现出对他谅解和关怀，尽管问题严重，魏奋的眼神里还是出现了一种新的表情——对批评他的人感激。

"党性！党性！"魏奋感慨不尽地连声说，"杨书记！你这回给我上了生动的一课。我今辈子也忘不了的。我以前总是以为听党的领导人话就是有党性。"

"不管领导人对不对吗?"

"我以为领导人总是对的。"

"那么你写东西,领导人叫怎么写,你就怎么写,没一点自己的思想吗?"

魏奋很不好意思。但他迟疑了片刻,还是鼓足了勇气:"差不多是这样,就是这样……"

杨国华笑了。他听说过,魏奋上中学的时候叫魏福明,参加革命的时候改为魏奋,意思是要为革命奋斗一番。可是近来县上有人叫他魏奉了,甚至简直叫他魏奉命,挖苦他,对他没做过实际工作,很快地被提拔重用有意见。杨国华听到过这个情况,当县上派不出人来创办灯塔社的时候,他就坚持把魏奋挤出来下乡。现在他亲切地笑着对魏奋说:

"你要真正把这当成生动的一课,你才能真正为革命奋斗一番。"

说得王亚梅和魏奋都笑了。本来可能是一次使人感到别扭的谈话,现在杨国华看见他们听了他的批评,还是很高兴的。

这时候,院里响起了脚步声。接着,推开门进来了高大个子韩培生和敦敦个子牛刚。留着头发的两个人都不戴帽子,带着一股冷空气进门,就用手解各自包耳朵的围巾。王亚梅挪动板凳让出地方,魏奋把卢支书接待客人的另一条板凳也拿来放在火盆旁边,但两个人不忙坐,先争着谈叙灯塔社的热烈情景。

"啊呀!"韩培生说,"你们可没看见,好戏在后头哩。到吃晚饭的时候,两队饲养室槽前头可站满了女社员。她们做好饭,才有工夫来看看新合槽的牛、马、驴和骡子吃草。女人们刚刚回家吃饭去了,娃儿们可端着碗来,站在槽前边吃饭。小家伙们手拿着筷子指着说:他家的驴,你家的牛,而今都是咱社里的了。大人和小

579

娃们都对刚刚成了集体的牲口那么有感情。"

"群众的热情真正叫人感动，"牛刚接着说，"你们知道吗？梁生宝和高增福，今晚上都要和饲养员一块睡觉。两个生产队长冯有万和杨大海也争着要在饲养室睡。可是，他们争不过主任。两个主任都是光棍汉……"

说得大伙都嘻嘻哈哈笑了起来。

当五个人说笑着重新在火盆周围坐好的时候，杨国华仔细看看新来的两个工作组成员——黄堡区公所的生产助理员牛刚和准备将来做灯塔社的驻社干部韩培生。杨国华听魏奋说过，牛刚这回帮助灯塔社抓生产和订生产计划，韩培生则分管建社的"四评"（评土地、劳力、牲畜和农具），并且帮助小会计欢喜建账。杨国华知道他们的工作是多么琐碎、繁重，现在他们的情绪是这样愉快兴奋，这使他十分高兴。他问他们：

"你们两位说，端着碗在饲养室吃饭的娃们长成小伙子的时候，咱们能把现在的老牛和毛驴换成拖拉机吗？"

韩培生说："有这样好的群众，有党的正确领导，大约二三十年的时间，可以办到！"

牛刚甚至于认为不需要二十年。杨国华拍着这位敦敦个子穿黑棉袄的肩膀，笑着说：

"同志！你可要分清楚啊！在一部分先进地方，譬如说试办社，那可能要快些。但是在整个农村用机器代替牲口，这可是改变社会结构的大事啊！在中国这样一个农业大国，起这个变化，这是人类历史的大事！"

杨国华转向初次参加创办农业社的两个县干部，要他们充分认识这个工作的艰巨性，说：

"需要我们大胆而又谨慎，做几十年实际工作，来改变中国的整个政治、经济结构。准备好今后大部分时间下乡吧！"

说得魏奋和王亚梅都认真地思索起来。杨国华看手表时，已经九点过了。他叫他们抓紧谈具体问题吧。

魏奋叫熟悉蛤蟆滩情况的韩培生先谈谈一队社员白占魁最近令人怀疑的异常表现。为了要使县委副书记重视这个前国民党兵痞的流氓破坏性，工作组长要韩培生从头至尾叙述一遍白占魁许多不正当的表现——这个抗日战争初期驻在黄堡镇的前国民党军大车连的副班长，是怎样在部队开拔的时候来到蛤蟆滩，和不正道的妇女李翠娥过在一起的；土地改革的时候，白占魁又怎样表现出来一种疯狂的积极性，动手就打地主和富农；复查土改的时候，这个家伙怎样要求把富农姚士杰和富裕中农郭世富统统划成地主，想要分掉他们的土地和浮财⋯⋯

"这不是故意破坏吗？"杨国华听得生气。

"不是，杨书记。"韩培生说，"这人就是这个思想。这就是他的本性。他可是真积极，不是假装的。他防地主转移财产，自动站岗放哨。开会时打锣叫人，他可吃苦耐劳，手冻烂了，不去黄堡上药包扎，豁出命来干呢。"

"他是为什么？"杨国华奇怪得很。

韩培生笑着说："他就是一个心思，想当干部。这回没当上干部，下回来了新的工作，他还要拼一回命。他不死心，也不泄气⋯⋯"

"他给谁说出过这个意思吗？"杨国华问。

"没，"韩培生说，"这全都是从他前后的行动里表现出来。这回的表现最明显。"

于是，韩培生就从白占魁参加梁生宝互助组说起。白占魁对他在别人纷纷退组，梁生宝互助组正闹垮台危机的时候要求入组，特别自豪。他经常对人说庄稼人目光短浅，似乎他这个前国民党兵痞倒是有远见的。他入组以后，在劳动方面又很卖力气。他最听梁生宝的话，叫白占魁干什么，比谁都积极。对高增福虽然有意见，他也不顶撞，表现得相当克制。办社的时候，白占魁那个热心，就是贫雇农也比不上。任老四卖了小黑牛，建社委员会考虑到他家贫，没有让他把全部价款交社里做耕畜投资。白占魁没养牲口，自动卖了肥猪，所得价款一分不留，大喊大叫地如数交给社里。在打破地界，挖通水渠的那天，别人都穿着鞋袜站在渠沿上做活，只有白占魁脱了鞋袜，严冬腊月，赤脚站在水渠里挖泥。挖完了，他的两只脚已经通红，浑身还直打哆嗦……

"有这个必要吗?"杨国华笑问。

"要是有这个必要，还说啥呢?"韩培生轻视地说。

王亚梅特别厌恶白占魁，说："样样事比别人做得过头，处处要突出自己。"

"反正只要白占魁在场，他就要引人注意，表示他最革命。"牛刚补充说。

杨国华考虑到中国农村社会的复杂，觉得这家伙是有一定的代表性。"群众对他的态度怎样呢?魏奋同志?"

魏奋说："群众当然不喜欢他。不过成天在一块，习以为常，也不像我们工作组讨厌他。譬如那天挖水渠的时候，我在场。他是脱了鞋袜，赤脚下水去挖。这样做活，当然是得劲一点。不过因为活儿不多，本来不需要这样，所以群众就没有人学他的样儿。有人笑他。他挖泥的时候，一边做活，一边大声地嚷叫：'走社会的道路，浑身是热的，不怕冷。'后来有人告诉我，他那样喊叫，就是给我听的，叫我注意他脱鞋袜做活……"

杨国华听得也厌烦起来，"国民党兵痞居然冒充英雄。现在他搞什么名堂呢?"

韩培生说："选举的那天，宣布候选人名单的时候，白占魁瞪大了两眼注意听。一直没听见念他的名字，他的脸一下子煞煞白了。"

"有什么行动表现吗?"

"有,"韩培生说,"选举社主任的时候,通过梁生宝,白占魁举手来;通过高增福,他不举手。有人提醒他,他也不举。这个家伙!"

"这是什么意思呢?"

"因为去年春天搞活跃借贷的时候,高增福曾经和白占魁吵过一架。以后白占魁申请入互助组的时候,高增福又不愿意吸收他。所以,他大约认为:他这回当不上干部,全是高增福戳他的底。当天散会的时候,白占魁脸上的气色是很恨人的。"

"嗯,嗯,嗯……"杨国华一边听着,一边点头,"这家伙是要防着点……"

王亚梅说:"昨天下午,白占魁和郭锁儿两个人在一队饲养室院里铡草。白占魁唱了两句秦腔——老牛力尽刀尖死,韩信为国不到头。郭锁问他唱什么,他说韩信替刘邦打得天下,刘邦怕韩信比他能干,把韩信骗到长安杀了。……"

"这家伙!真有问题!"杨国华现在认识到他们向他汇报这个情况的严重性了。他问:"你们估计他会搞什么名堂?"

魏奋汇报:工作组交谈了一下,认为最大的可能性是和高增福个人闹别扭,闹到什么程度,很难说,不过估计不至于敢行凶。但是牛刚和韩培生,特别是牛刚,则认为破坏农业社的可能性也是很大的,甚至更大些。白占魁这家伙能有什么原则!他拼命地表现他是个积极分子,可是一旦咱公家填不满他的欲壑,他就向阶级敌人那边倾倒了。韩培生叙述:去年春天活跃借贷未成,白占魁和高增福吵了一架,就向富农姚士杰借了二斗大米,至今颗粒未还……

"永远不会还!"牛刚大声断定,"姚士杰也不会要。姚士杰是傻瓜吗?他喜欢新社会吗?他想破坏灯塔社,他能直接上手吗?他当然要假手别人。他找谁去呢?嘿!"

这个敦敦个子胖胖脸一本正经,有板有眼,句句话铮铮有力,说得所有的人都表现出只能同意他。整个冬季专门领导创办农业社的县委副书记,现在激愤地站了起来。杨国华想:今晚上的谈话,他以批评工作组长开始,现在他要以表扬工作组结束了。

杨国华站起来指着魏奋说:

"你回去写个材料!这个问题要向其他几个建社工作组通报。他们也要提高革命警惕性。同志们!国民党统治中国二十几年,他们的政府和军队残余部分虽然逃到台湾岛上去了,大陆上的几亿人口里头,不是有千百万他们的残渣余孽吗?人民要走社会主义道路,不能不让他们也一起走吧?可是他们不会像人民那样认真走的,他们总是会搞些不三不四的名堂。这样,咱们就不能不分出一部分心来,提防他们搞鬼。"

杨国华说毕,坐下来时问魏奋和王亚梅:

"这个问题,你们和社干部交谈过吗?"

"交谈过。可是,"魏奋脸上显出不大好意思说的神气。"可是,可是,"他又转向王亚梅同志,"怎么说呢?"

"你就按实际说!"王亚梅鼓励魏奋。

于是魏奋如实地汇报:"梁生宝同志不重视这个问题,他轻视地笑……"

"他为什么这样呢?"杨国华可真是不理解了。

王亚梅说:"这个同志虽然觉悟比较一般的水平高点儿,可他还是个庄稼人。我们认为他满年四季差不多天天看见白占魁,所以没有我们工作组同志看得清楚……"

"熟视无睹!"杨国华说。

"对!对!就是这样!"全体工作组同志说。

但杨国华还是想不通梁生宝的表现。他内心深深地为这个他认为优秀的互助合作带头人惋惜。他又问魏奋：

"梁生宝同志没说具体的意见吗？"

刚刚受到批评的魏奋不说话。他看王亚梅。

王亚梅说："梁生宝好像对我们有了气。他说得难听。"

"他怎么说？"

"他说：你们要是说白占魁是个危险分子，还不如说我梁生宝是个危险分子。只要我梁生宝不和白占魁往一条板凳上坐，拍肩膀拉手，称兄道弟，把他拉到灯塔社管理委员会里来，把咱的高增福同志排挤出去，那白占魁再过二十年还是个普通社员。蝎子的尾巴，有点毒水，也不多！增福和有万，睁一只眼闭一只眼睡觉哩！"

杨国华听着听着，目瞪口呆起来。他想起毛主席从前的一句著名的教导：

"群众是真正的英雄，而我们自己则往往是幼稚可笑的。"

第二部

下 卷

第十四章

　　过了"大寒",进入阴历腊月的下半月,汤河流域的大庄稼院都比小庄稼户早几天开始准备过春节。但蛤蟆滩的富农姚士杰今年可陷入了粮食统购和灯塔社建立给他带来的重重苦恼,简直没一点心思过光景了。自把统购粮从他那四合院的前楼上装走以后,他就一直什么农活和家务活都懒得做。

　　姚士杰咽不下去郭振山这口气!在统购粮入仓后的那几天,他憋着这口气,跑遍了黄堡周围十里以内的大村庄。他向亲友和熟人打听:有没有一户富农交售三十石粮食的。没有!所有的大户人家都像郭世富那样,只交售二十石左右余粮。富农多加几石陈粮,也不过二十五石左右罢了。既然证实了郭振山不按国家的政策办事,借公事报私仇,硬挖他十五石陈粮,姚士杰就要决心控告郭振山不给他一家人留下足够的口粮了。他叫婆娘保留着前楼上只剩下几个空席囤的现场,准备着将来公家派人到四合院检查!

　　"郭大!"姚士杰在心里头臭骂他的仇人,"你小子狠心?老子不吃你这一套!咱俩没完。等着瞧!"

　　这回说啥也要和郭振山见个高低,叫他知道姓姚的就是富农,也不能任他轰炸机随便欺负。解放这几年许多事实证明,共产党只有一点好处:各级政府从来不袒护违反国策的人。姚士杰有信心站在黄堡区上面对郭振山说理。那天下午,当姚士杰从黄堡前街到区公署所在的后街时,偶然碰见了杨加喜。这两个小时候下堡村卢秀才书馆的同学,平素在蛤蟆滩村里碰见,总是打个招呼就各走各的路了。但现在是在黄堡后街,滑头的油嘴转脸看看左近没有熟人,愿意和富农站在一块说几句话。正好!姚士杰想把控告郭振山的理由摆一摆,看看这个活周瑜怎么说。但是,姚士杰还没有来得及开口,杨加喜先告诉他:皂龙渠那边从前下堡村地主吕老二的稻地,土改中分给蛤蟆滩的贫雇农时划分成许多小块,现在办起农业社,重新又连片了。减少了塄坎和小支渠占地,地块比以前还大了。姚士杰在皂龙渠一条支渠口上的二亩稻地,现在到了农业社的大片稻地中间,那条支渠向南移了。油嘴问姚士杰知道不……

姚士杰听着听着,早已脑子热烘烘地沉重起来。一霎时,他眼前一片灰。他想说句什么,怎么也说不出来,只是干瞪着两眼发呆。等他脑子渐渐转过弯儿来,想问一下细情的时候,自负的杨加喜已经离开他走了。只给他留下那个胖大脸盘一贯嘲笑人的印象。他喊叫:"加喜!加喜!"油嘴连头也不回,只在几步以外边走边说:"你自个儿看去嘛!"这个家伙就这样不尊重他。去他妈的!

穿着一身汤河流域的富农普遍穿的那号黑市布棉衣,腰里结着很粗的蓝布腰带,脚腕上用扁带扎着裤管,现在姚士杰孤独地站在黄堡街上,感到他心里头好毛躁呀!他该到哪里去?做什么呢?根本用不着仔细思量,事情已经明摆在他面前:农业社成了他的地邻。来年插秧的季节,汤河水枯的时候,他在皂龙渠的那二亩稻地,就甭想轮到他灌自流水了。他要是还想务劳水稻,他就得自己掘井,安装新式水车。专为那二亩稻地,这样做算过账吗?

"高二!你小子从官渠岸搬到上河沿去,当了灯塔社的副主任,就干出这一手来整老子吗?"姚士杰在心里骂他从前的长工高增福。

现在,姚士杰哪里还有心思为了多交售几石统购粮到区上去控告郭振山呢?既然灯塔社有将近三十户社员,他的地同社里的地搭界的,恐怕不止皂龙渠这一处吧?况且随着农业社的扩大,恐怕将来他的每一块地都要和农业社的地搭界吧。多交售几石统购粮算什么呢?这才是他真正的苦恼,无穷的苦恼。他爸好不容易给他传下来的这富农家业,眼看要完蛋在他手上了!

在黄堡街上灰溜溜地站着,站着,站着,姚士杰终于还是独自一个人走进他最经常去的那个饭馆。前几回,他往周围各大村庄跑得饿了,每顿饭都要喝酒,直喝到有了酒意,就吃饱回家了。这回他不吃饭,整个下午的时光消磨在饭馆里,直至点着灯,他还不走。他面前的饭桌上已经摆了四个二两的白瓷酒壶,他还要喝。硬是饭馆掌柜好言相劝,他才起身回家。他刚过了黄堡大桥,就醉倒在路上了。老天爷支使郭世富搭救他,要是黄昏时山口上出来觅食的狼伸鼻子嗅到在野地上的醉汉呢?多危险!

头疼。不想吃饭。浑身没一点劲儿。姚士杰好像大病一场。他睡了好几天,总算渐渐好起来了。

他好起来了,但他整天整天不出四合院的街门。他爸死后的那个时候,他就是这神气。整天蹲在正房西屋的砖脚地上,一个劲儿地吸水烟。吸罢水烟,他甚至连院里的家务活儿也懒得做,大白天,脱了鞋上炕,伸展了腿睡觉。

婆娘发愁地掀他起来,规劝他做活儿。

"刀伤斧伤,也有好的时光嘛!粮食拉走这么些日子了,你也该想开了。半月以前你起出来那么大一堆粪,这阵你不往地里拉,等谁替你拉吗?"

"不忙!"已经躺倒了的姚士杰灰心丧气地说,"你忙啥?"

"还不忙?"婆娘苦笑着,"你从前常说:十一月上粪上金哩,腊月上粪上银哩,正月上粪哄人哩。这而今都腊月啥时候了?全村就咱一家麦地没上粪。你知道不?"

姚士杰听见婆娘学他从前过光景时说的话,心里觉得真个好笑。他赌着气说:

"咱就是不上粪喀!地里打得粮够咱吃!你是不是明年还想多卖些统购粮,支援工业化?"

婆娘深深地叹口气,没心思说笑,摇了摇头。过了一阵,婆娘还是不放松,问躺倒的男人:

"那么,场院那堆粪,你预备怎么办呢?"

"留到明年春上铺秧田呀!"

"到那时光,马房里又积下粪……"

"积不下了!"姚士杰斩钉截铁地说,"过了正月十五,我就卖红马。"

"这又是为啥?"婆娘吃惊地瞪大两眼。

"为啥?"姚士杰这回坐了起来,事关重要,他得给婆娘细说情由,"既然不要多打粮食,地犁那么深做啥嘛!买个老牛,划破地皮种进去就对了。你这该明白了吧?"

"明白了。你这个啊,真正狠心!只是拽碾子拽磨,使惯了快马,使慢牛急死人。"

"你思量思量:光为了做碾磨活快,留着大红马吗?这不是给农业社留着吗?"

婆娘迷惑地说:"这我又不明白了。不是眼时不让地主、富农入农业社吗?它怎么能收咱的马呢?"

"笨蛋!全村的庄稼人都入了农业社呢?"

"不是说要十五年的时光,全村才能都入农业社吗?"

"谁告诉你的?"

"工作组在大会上讲的!你也去听会来。你没去吗?"

"啊呀!"姚士杰惊叹着婆娘的头脑简单,"那说的是全国!不是全村!好我的娃他妈哩!要是一村一村地说,并不要十五年。你再甭糊涂哩!"

"那么要多少年?"

"给你打个比方说吧!赵村要十五年,竹园村只要十二年,下堡村只要十年。咱蛤蟆滩,我看只要二年。顶多三年!你看着吧!连

591

一户也剩不下……"

"有那么快吗?"

"怎么没?上下河沿那伙穷鬼,一家一户没法过日子,今年就都往社里头挤哩。皆因试办社,上头规定不让超出三十户,只好等明年。"

"咱住的这官渠岸,总该多要几年吧?"

"一样!"姚士杰断然说,"杨加喜那家伙,好滑头!要是等官渠岸的贫雇农明年都入了灯塔社,他以后再入社,就得在梁生宝和高增福手下活人了。人家先把郭振山抬起来,和灯塔社唱对台戏。要是灯塔社试办成了,咱村明年就是两个社。你说咱这光景怎么过?你说!"

他说得婆娘可真慌了,脸煞白,张着口,说不出话来。

和婆娘说着说着,姚士杰又心烦起来。他不睡觉了。他下了砖脚地,穿上鞋。他到竖柜上取了水烟袋,点燃了火纸。然后,他蹲在砖脚地又吸起水烟来……

姚士杰吸了一袋水烟,装第二袋的时候,他仰头看见婆娘却在炕上躺倒了,扯住袖口揩眼泪。姚士杰只好站起来,走近炕边,反转劝女人:

"你这是做啥?"

"怎么活人呀?"婆娘哽咽着喃喃说,"老的老,小的小,这家人靠劳动怎么活人呀!还不就指望咱俩劳动吗?"

"在哪里劳动?"

"农业社呗!还能在哪里呢?"

"把你美的!"

"那么在哪里劳动呢?"

"看这样事,共产党学不学苏联吧。"姚士杰说,"要是也学老大哥,可就苦了咱们了……"

"怎么?嗯?"婆娘连忙在炕边坐起来。

姚士杰说:"和土改时对地主一样:扫地出门!不过土改时还给地主分一份。农业社不收富农,带上随身用的东西移民!"

"那哪里去呢?"

"比方说:这帮去黑龙江,那帮去新疆。"

"能吗?"婆娘不相信,"太不近人情了!你听谁说的?"

"冯店咱妹夫他哥。"

"他怎么知道外国的事?"

"人家旧社会念过高中。人家把写着这事的书掰开,指给我看……"

"我的天呀!……"

"你甭放大声哭嘛!"姚士杰制止婆娘,"没给你说,这看共产党学不学苏联,还不一定。再说,灯塔社也不一定能试办成。"

"你怎么知道?"婆娘瞪大了眼问。

姚士杰说:"总有人不让他们试办成……"

"谁?"

"你问那么细做啥?"

"你告诉我,我不给人家说。你叫我也高兴高兴嘛!看这些天把人愁成啥了!"

"告诉你!"姚士杰拿火纸的手指自己。

婆娘坐在炕边,两手一拍,一俯又一仰地说:

"我这回算是服气你了。你不是躺倒不过光景。你谋着大事哩!想好办法了吗?"

"想好一个了。还有一个,暂时……"

"使劲想!使劲想!甭让他们试办成!"

事实很快地表明了中共渭原县委副书记杨国华的设想是实事求

是的。不是因为梁生宝和高增福特别热心,也不是因为这二十几户社员生产特别困难,更不是因为中共黄堡区委书记王佐民坚持,而是人类社会最大的一次革命,要在终南山下汤河流域这个偏僻的角落试点。因陋就简,毫不铺张,可以说完全是农民方式的灯塔社成立大会,把一种崭新的生活十分逼真地摆在消息闭塞的几万庄稼人面前了。请选择你走哪条生活道路!

灯塔社成立后头一个黄堡集日,赶集的路上和集市上,庄稼人说的都是这事。汤河下游的庄稼人绕道走蛤蟆滩稻地小路,为的是亲眼看看农业社是什么样子。眼见为实,耳听为虚嘛!就是汤河上游的庄稼人,听说农业社离镇还不到五里路,也有人专程去看。最令人感动的是山里头白杨岔的一个庄稼人,出山来卖喂牲口用的草筛,听说办社的就是春天捎扫帚来来回回在白杨岔歇脚吃饭的那伙人,他不卖草筛了,亲自过汤河到蛤蟆滩找他的朋友高增福,将草筛作为礼物送给农业社。

姚士杰这个集日也出了他的四合院,来到黄堡镇上。不是个把月以来的那个姚士杰啰!脸上再也看不出惊慌、愤恨、倒霉的样子。在灯塔社成立大会以前,在庄稼人们不知不觉中,姚士杰已经渡过了第一次危机。甚至那黑夜醉倒在路上的事,全世界只有郭世富一人知道,姚士杰自己连婆娘都没有告诉。紧接着灯塔社成立的第二天晚上,姚士杰趁着男社员开会、白占魁不在家的空隙,他溜到他们独立的草棚屋后窗口,叫出李翠娥来,告诉她怎样引诱高增福,把他搞得臭臭的,也许白占魁能把他打个半死,谁再也不要妄想在蛤蟆滩试办农业社!办了这件事,姚士杰现在脸上重新出现了沉着、从容、不在乎的神气。他到镇上来,挑着两个空竹篮。他每年办年货的头一回,总是一次买够敬佛教的老娘全年烧的香。

姚士杰进了堡子南门,远远望见十字街那面人们都往北街挤。有什么好看的呢?他伸手捏住肩膀挑的两个一前一后的竹篮,也向北街挤去。啊!原来是黄堡小学校门外南北两处院墙上写着灯塔社章程!

许多人在看。有的人还抄写。有的人在给别人讲解。姚士杰能看,他从第一条看到第三十四条。有些他看了两遍,有些他看了三遍。他特别注意社员退社时已经连片的土地怎么办。章程上说在其他处给划同等土地。谁能知道,富农分散在连片土地中间的会不会这么办呢?姚士杰想到他在皂龙渠的那二亩稻地。

不看倒还糊里糊涂,一看就像对自己的十个指头一样清楚,姚士杰在心里连声惊呼:

"妈呀!妈呀!"他想:章程规定得这么仔细!这么合理!只要按章程办理,没有试办不成的!他想:只把高增福搞臭不够劲儿。恐怕要对社里的牲口下手吧?……

第十五章

在铁锁王三草棚院灯塔社办公室里,梁生宝主持了工作组走后的第一次社务管理委员会。有人主张农业社春节只放两天假,生宝坚持按乡俗,从阴历腊月二十三起让社员们准备自家过春节的事去,到正月初六再开始社里的农业和副业活路。社会主义是千年万辈子的事业,刚开头哪能一步登天?他们还决定了春节以前社员们磨面和碾米使用牲口的办法,春节期间干部轮流替换饲养员的办法……散会以后,高增福和杨大海到二队传达去了。梁生宝和冯有万来到冯有义院的一队饲养室。

两个人刚走进冯有义草棚院的街门,饲养员任老四哈哈大笑,嘴里溅着唾沫星子对梁生宝说:

"主任!你看洋不洋噢?今日来了个庄稼人,参观咱的饲养室,可细详哩,个个槽里抓起一把碎草细盯!我说:你盯那么细详做啥?莫非农业社喂牲口的草,也和你们单干庄稼人两样不成?……"

"那人说啥呢?"梁生宝问,感到很新鲜。

"那人给我一说,脸腾地红了。说咱农业社喂牲口的草铡得比单干庄稼人都碎。"任老四很有气概地笑着,明显地表现出他荣任着汤河流域第一个农业社的第一任饲养员,是多么值得自豪的历史性事件!

梁生宝觉得不对:为什么朝个个槽里都伸手呢?庄稼人细盯一下农业社的碎草,也可以嘛,可是问他一下,为什么脸红呢?两种表现凑一块,叫人好不放心。

"哪个村的人?"梁生宝很重视这件事。

任老四张大口笑:"哈哈!这话你可把我问住了。自从咱社牲口合了槽,近处远处多少人来参观过?我忙得有工夫问人家都是哪个村的人吗?"

"特样的人应该注意一下。实在!"梁生宝很严肃地说,"你看见那个该是十成庄稼人吧?"

"就是喀!十成庄稼人!"汉大心粗的任老四大声保证,多少有点不耐烦。他提着白杨岔人赠送的草筛,进草房里去了。

一直在旁边笑眯眯地盯着主任盘问饲养员的生产队长,现在才惊讶地开了腔。

"啊呀!"有万说,"没想到你有这么多心眼……"

"这不是多余的心眼!"梁生宝很认真地说,"万,害人之心不可有,防人之心不可无。农业社有眼睛看不见的敌人……"

"这话我信!可是你在旁的事上,太缺少心眼。"

"我在啥事上缺少心眼?你提出来,我克服!"

"人家在俺屋里等着你呢!你到底有心思和人家见面不?"

梁生宝笑了,用眼睛制止有万,不让他当着任老四开玩笑。最近参观饲养室的许多庄稼人,的确有看得很细致的;饲养员和生产队长都不怀疑,梁生宝现在只好希望那个庄稼人不是放毒的破坏分子。他不再细问任老四了。他也不能责备饲养员没问清那人是哪个村的。饲养员确实忙不过来。这回如果有责任,那就只能怪社主任本人,没想到派专人在参观者多的时候到饲养院帮忙。

任老四给牲口筛了草以后,梁生宝和冯有万在院子里详细告诉饲养员春节以前社员私人使用牲口的办法。然后两个好朋友出了街门,向土场边有条水渠绕过的草棚院走去了。从竹园村来的刘淑良,在那里等候着同梁生宝见面。工作组刚走,热心的介绍人就打发金姐娃去把女方找来。

梦想不到这样快在蛤蟆滩办起农业社!梁生宝狠狠地忙碌了一个来月,现在,终于有工夫办私事了。不光是介绍人热心,生宝的二老也催得紧。梁三老汉性子急,甚至于侈想着过春节的时候,能看见儿媳妇坐在生宝的炕上呢。老汉直截了当向儿子宣布:竹园村的这女人合乎他的心思——个子高、身体结实、劳动好。持家过日子的媳妇,就要挑这号实心疙瘩;大学生离婚下的,庄稼人嫌吗?……

生宝刚开始向有万草棚院走,就想起他爹这几句话。他忍不住独自在心里头笑。在他想来,事情当然不像他爹所想的那样简单。他在和刘淑良见面以前,对谁什么话也没说过。

马上要和新对象见面了!婚姻问题几经波折的梁生宝,心中不由得有点感慨起来。离开了蛤蟆滩半年的旧对象,身影和面貌很自然地浮现在生宝脑海中。但生宝是意志力很强的人。他还有足够的理智,使自己不再为那个聪明而幼稚、好心肠而世故的改霞浪费一分心思。现实地考虑每个时期眼前的事情,是梁生宝的生活本能。

有万和生宝一边走一边开玩笑,说:"看你这身穿戴!怎么也不罩一身新衣裳?"

597

有万叫生宝在田间塄坎的小路上站住。他自己绕到前边,面对面地,很认真地从头上包的羊肚子手巾、身上穿的黑市布棉袄、蓝布腰带,到脚上穿的庄稼人白布袜子黑布鞋,仔细看了生宝一遍,然后竖起一个大拇指头来,说:

"好漂亮的小伙!就是随身衣裳,敢保她刘淑良想你想得睡不着觉!"

生宝老老实实站在那里,这才知道有万拿他开心。他上牙咬住下嘴唇,伸手去抓有万。有万早闪到路旁融化过雪而泥泞的田地里。小伙子仍然挤眉弄眼地笑着,准备自卫。

"那么肮脏的嘴巴,你怎么吃饭?"生宝笑骂,"你以为女人寻男人,全是为了那一样事吗?"

"为好几样事!可是长相也挺要紧的。为啥人都不爱麻子脸呢……"

"呸!……"

梁生宝很不喜欢地唾了一口,头前走了。冯有万从田地里回到小路上来,笑眯眯地跟在主任后边。他们过了水渠,到了有万草棚院街门前的土场上,有万叫生宝不要把开玩笑当成实话。社会上早就流行着找对象"不看穿、不看戴,单看男方人实在"的话。

"再说,这而今根本不是人家要看你。"有万对生宝说,"人家见过你。这而今是人家叫你看她对眼不对眼。人家才一回二回到咱蛤蟆滩来。说实在话吧,要是人家要看你,那就得我陪你到竹园村去了。做啥都论谁寻谁!……"

"行哩!行哩!甭瞎拍嘴哩!"生宝在前边走着,不喜听这些话。他感觉到他这个知心朋友,在婚姻问题上可同他有很大距离。什么"对眼不对眼",什么"谁寻谁",听起来有点做买卖的味道。曾经同改霞有过男女间自自然然发生的感情,所以生宝现在感觉到有万的话很不舒服。

他们走进了草棚院。有万干咳嗽了一声。这是给屋里等着他们的人打招呼哩。现在,有万推开草棚屋的板门,让生宝先进。

生宝一只脚踏进屋里,就见一个上身穿蓝、下身穿黑、坐在炕沿上的长方脸盘女人,溜下了脚地。生宝看见女方羞得满脸通红,他就不好意思细看人样了。他只见女方两手捏着自己的蓝布罩衫前襟,兴奋地站在脚地上,等待着把她介绍给梁生宝。

"主任,这是俺侄女。俺淑良和你一样,也是对互助组热心。听说咱这里办了社,她跑来看哩。"老婆婆一本正经地打着官腔,但她闺女和女婿却用嬉笑的眼光看着生宝。

生宝支支吾吾答应着,脸通红了。农业社主任进屋以前还打定主意不让自己脸红,现在给有万和金姐娃看红了。本来在心里还准备好一两句见面话来,脸这一红,连半句也想不起了,只好笨头笨脑地站在那里,显得比女方还拘谨些。

有万在这里倒很文明,挺灵活地说:"淑良姐,你坐在炕上。生宝,咱俩坐在这板凳上。坐下吧,立客难待。坐下!都坐下!"

想不到有万在这种场合真有一套!生宝在板凳上坐下了,立刻觉得比站着自在了许多,手脚都自如了。随后他感觉到脸上的烧也渐渐退了,不像刚才那么拘谨。

现在,生宝看见女方已经重新坐在炕沿上。这回他看清楚了:是一个二十几岁的劳动妇女,前额宽阔的长方脸盘,浓眉大眼,显得精明能干。生宝再看她托在木炕沿上的两手和踏在脚地上的两脚,的确比一般只从事家务劳动的妇女要大。生宝看见她那手指头比较粗壮,心里就明白这是田地里劳动锻炼的结果。骨骼几乎同他一样高大,猛一看似乎有点消瘦,仔细看却是十分强壮。

生宝这样细看女方时,他发现人家的脸又羞红了。他不好意思地转移开眼睛,掏出他那个一巴掌长的短烟锅,准备抽烟。

但是女方脸红是脸红,眼睛却一直没有离开过生宝。这女人竟然这样大方,那双有主意的、胆大的眼睛,一个劲地认真细看生宝,好像看不够似的。生宝听说有些闺女同对象见面,低下头去,不敢抬起眼皮来;这个离了婚的女人,现在两手托着炕沿,公然等待着对象同她说话哩。

生宝不知道和这个初次见面的女人说什么好。他手用短烟锅在烟布袋里头挖着,脑子使劲地加紧想着。他越是想很快说出几句什么话,越是想不出适当的词句。

往灶火里添着柴的有万丈母娘,给生宝递过来一根着火的柴枝。这可以节省一根火柴,生宝连忙站起来,从烟布袋里急急忙忙抽出没有装满的烟锅,赶紧接住柴枝,噗噗地吸着了烟。

生宝把着火的柴枝投进灶火里去,重新在板凳上坐下来,彬彬有礼地面对着眼前的这个对象。这时他真发愁了:和这个女人没见过面嘛,说几句什么话呢?想不到以这种生硬方式和对象见面,叫人这么难为情呀!

生宝感觉到坐在他身旁的有万和在案板前边擀面的金姐娃,狠狠地注意盯他脸上的表情。这两口子准是察看女方在他心目中的反映,看他喜爱不喜爱。不管怎样,他能在介绍过以后不同女方说几句话吗?

好!有万丈母娘能行!随机应变地打破了使大伙尴尬的沉默。老婆婆坐在烧火的小板凳上,笑着问她侄女:

"淑良,你看俺社里的饲养室好吗?"

刘淑良把诚恳的脸从梁生宝转向她堂姑,很庄重地说:

"好,姑!就是地方小一点……"

生宝现在有题目了。他停止了吸旱烟,用右手大拇指头按一按冒烟的烟锅,顺着女方这话头,说:

"地方就是小。可是,黑间牲口都能卧下哩。"

"就是夏天是不是……"女方很大方地转脸重新对着梁生宝。

却不愿意直言。

有万问:"淑良姐是说夏天太热不是?"

"嗯。"刘淑良点头,眼盯着生宝,好像判断他是否同意。

生宝心下不胜惊讶:啊呀!这女人是懂得不少庄稼行的事哩嘛。还很会用脑筋,说话也满得体。生宝吸了几口旱烟,这样想了想,然后不是对着刘淑良一个人,而是对着大伙,以说闲话的口气说道:

"夏天黑间,牲口是热。到那时,咱们把一部分牲口拴在街门外的土场上。下雨天,土场上不能拴牲口,可饲养室里头也不太热。"生宝说得很坦白,一点也不觉得农业社用这种穷办法不体面,创业总是要受些艰难。

有万在他身旁还给竹园村的女青年团员解释:

"淑良姐,甭笑话。俺蛤蟆滩贫雇农多,社员都没现成大房子,好腾出来做饲养室。初建的穷社,新盖又没力量。穷凑合一年吧。只要俺稻麦两熟试验成功了,明年你再看吧。主任,明年一队说啥也得先盖三间……"

尽管刘淑良很注意地看着生宝,生宝也只得不同意有万。

"明年的事情,现时还说不准。就是大丰收了,也得看情形办事。你就忘记了吗?上级指示:订计划要把社员增加收入放在第一,公共积累其次。盖房忙啥?有钱要先尽生产上用哩。"生宝很坚定地说明。

话不在多,要紧处只几句就显出人的见识高低。女方听了灯塔社主任和生产队长的这几句谈话,她那非常诚实的脸上,立刻流露出倾心爱慕生宝的表情了。

这时烧火的有万丈母娘重新提起建社初期一度议论纷纭的问题——分户喂养牲口是不是更合算?老婆婆相当动感情地坦白:自从她家的牛牵到大槽上以后,就感觉到草棚院空洞洞的,怪不习惯。她说：有时候她半夜醒来了，听不见外边牛棚里牛嚼草的声音，她就好大工夫再睡不着，觉得生活空虚。她明知道牛在有义草棚院的饲养室里，明知道任老四是很可靠的饲养员，她就是睡不着觉。她承认她没出息……

在案板那里擀面的金姐娃，一边做活，一边笑着接下去说：二队队长杨大海的女人更叫人笑，想牛想得肚子疼，半夜哭鼻子。有万说大海的女人有肚疼的老病，金姐娃还坚持：自从牲口合槽以后，大海婆娘肚子疼病加重了。

母女两人还要举出一些其他女人和老汉如何不习惯新生活的例子，有万不客气地阻止她们拿这些不先进的事例在外人面前说闲话。

"用不了半年就习惯了！半年以后，牲口分户喂养又不习惯了！"有万十分肯定地说，很讨厌地盯了金姐娃一眼。

生宝很赏识有万这个高见。他也是牲口合槽派。为了这个，他准备克服无论什么困难，而绝不向旧习惯退让。他一时来了劲儿，忘了这是同对象见面的场合，对有万丈母娘和金姐娃发议论说：

"现时，大伙只是牲口合槽不习惯。日后，大伙不习惯的事多哩。等到对农业社的啥都习惯了，蛤蟆滩的风俗也就变了。总有大伙不习惯单干的一天，那时间，谁拿大炮也打不散咱农业社了。"

生宝说毕，母女俩表现出非常信服主任的笑容。刘淑良一直坐在炕沿上有兴趣地听着，谁说话她看谁，并且努力保持着很得体的笑容。

现在，有万丈母娘烧开锅了。木锅盖周围，到处冒气了。金姐娃的面也擀对了。小媳妇拿起菜刀，准备切面条。

生宝站了起来。有万捉住他的一只胳膊。老婆婆连忙从烧火的小凳上站起来，挡住主任的去路。

"你这是做啥？"有万不客气地留客。

老婆婆很不乐意地说:"把你怕成这样!又不是吃酒喝肉,吃一顿家常便饭,拉不下亏欠。主任!"

金姐娃手里拿着准备切面的菜刀,跑过来笑着对生宝说:

"主任,你就在俺屋里吃一顿饭吧。看把俺妈急得:喝酒吃肉也说反了。"

生宝有点怀疑:让他和女方在一块吃饭,是不是有万一家人有意安排的呢?意思是好意思,可是这样说亲可太性急了。双方都是当干部的人嘛!谁受得了这种直截了当、生拉硬扯的办法呢?

"我有事情,不能在这里多耽搁。"生宝站在他们全家包围中,不慌不忙,但很坚定地解释。他瞥见女方这时也是很不好意思地站在那里。

有万和丈母娘同声问:"有啥急事?说对了让你走……"

生宝很正经地说:"卢支书通知,乡上今黑间开会哩。叫党支部各委员天黑以前在乡政府聚齐,商量个事情。"

有万说:"我不信!就是有事,你也不是支委嘛!"

生宝说:"我现时是支委了……"

有万一家人不再留客了。相反,全都表现出十分感动的样子。梁生宝现在已经是下堡乡各项工作的决策人之一了。

"主任太忙了,身不闲来心不闲!"有万丈母娘对侄女夸耀。

包头巾的梁生宝最后转过脸去,向剪发头的刘淑良做了一下告别的表情,就开门出了草棚屋。有万送他出了草棚院的街门。

太阳已经落了,余晖反照着汤河两岸冬天的原野。这是天黑前一刹那灿烂的时刻,山、水、田、狗、牛、羊,都给晚霞照映上了一抹轻轻的褐黄色。

走到街门外土场上那半个麦草垛附近,有万挡住了生宝。

"怎样?你这阵给我说心里的话!"

生宝站住笑着,思量着:怎样给有万说明女方给他的印象呢?

603

几句话说不明白。女方给他的印象既不是简单的"满意",又不能说"不满意"。

"快说吧!"有万办好事心切,催促着。

生宝收敛了笑容,脸色严肃起来。他开始开诚布公地对有万说:

"女人是好女人。嗯,庄重、精明、说话蛮有分寸……"

"是这话就好!你两个赶过年就结婚嘛!"有万畅快极了,喜得闭不上嘴。

"为啥这么着急呢?"生宝不同意地说,"你等我把话说完……"

"怎?"有万惊奇起来,"既然看对眼了,不结婚等啥呢?"

生宝很恳切地说:"甭着急,万。只见了一面就结婚,太急促了。等我俩来往上几回再……"

"唉唉!"有万大失所望地转开脸去,朝着黄堡镇方向非常惋惜地叹息着,"唉唉!你这个人呀……"

"我这个人怎样?"生宝笑问。

"你这个人,样样事都实在,就是这样事不实在!"

"我怎样不实在?"

"一个庄稼汉嘛,黑脊背、泥腿子寻对象嘛,还有来往的啥?自己一不是下堡小学的教员,二不是黄堡区上的干部,自己倒有啥机会恋爱?以前自己忙互助组,这时又试办上农业社。上集都没工夫办一点私事嘛,倒想和外村的什么女人恋爱?出洋相!"

有万不客气地说毕,扭头望着终南山白皑皑的雪峰,表现出他对生宝这一点特别不满意,嗤之以鼻!

生宝既不因同志的批评脸红,也不因好朋友不满意生气。包头巾的生宝脸上,显出一种有信心的神情。他心里头有主意地笑着。他怎么对有万说呢?他看出刘淑良庄稼活是内行。互助合作的历史很短的蛤蟆滩,还没来得及培养出一个妇女带头人。竹园村和范村的土壤里生长起来的这个刘淑良,只要她一到灯塔社,肯定是大伙拥护的妇女带头人。肯定!这样好倒是好,只是农业社刚刚成立,主任找了个对象结婚,可不能马上就是社里的女领导。将来大伙都熟了,男主任和女主任在一家里,也不好办。社员们难得全都理解,就是社员们充分理解,官渠岸的群众怎么看呢?下堡村的群众怎么看呢?这个事他现在给有万说不清楚。他和女方见了面,才能想到这个。他初步思量,他恐怕要先同乡和区的领导谈好,才能办这事吧?现在,他只含含糊糊对有万说:

"你回去招呼人家吃饭吧!"

"吃饭有人招呼哩!"有万不乐意地瓮声瓮气顶他。

生宝又说:"我要去开会。这事咱缓后再谈叙。"

"人家明早要回去!俺给人家倒是说你喜愿还是说不喜愿?"

"就说等过了年,从从容容……"

"年前不能结婚?"

"不能。过年以后不忙,叫我们来往来往。有些话我两个当面直接谈好些……"

"不相信俺的话?"

"你这是说的啥?我这么着急结婚,不叫人家笑话吗?……"

有万不高兴地离开了生宝,返回他草棚院去了。生宝跳过土场外边的水渠,从一条捷径路上向下堡村走去。

晚照给大地涂抹的那一点褐黄色,这时早已熄灭了。汤河两岸呈现出黄昏前的灰暗和寒冷。汤河北岸的下堡村,从瓦房和草棚屋升起的做晚饭的烟柱,现在在村庄上空汇集到一块,用肉眼看来,同平原南边终南山上雪盖的森林一般高了。

生宝向汤河上的独木桥走着,惋惜着热心帮助自己解决婚姻问题的有万想得太简单了。生宝相信他将来当面直接告诉刘淑良有这个问题,她会十分明白的。可惜他和她今天没有单独说话的机会。他希望她不要因为他没留下来吃饭而有不好的想法。

生宝心里很自然地想起：改霞倒是蛤蟆滩的土壤里生长起来的。要是生宝和改霞结婚，同时都当一个农业社的领导，也不需要顾虑远近的人有什么非议。但是改霞后来终于还是进了工厂，生宝至今对她摸不着深浅。当他从终南山里回来，改霞恨不得当时就要同他结婚。那好像是同谁赌气，绝不是正常、冷静的样子。改霞为什么这样反复无常呢？生宝连一点也不摸底。

生宝在路上回想起五月间那天黑夜的情景。当时改霞对他那么亲热，以至于他感到太突然了。他没有一点那么亲热的精神准备。噢！要不是当时互助组的人们全在冯有义草棚院等着他开会，改霞那晚上也许会把什么根根由由全告诉他。但他当时的全部注意力都在互助组的事上。他想：改霞既然这样，她往后会寻他谈的。没料到这个自负的闺女竟然再没有寻他，就到城市去进工厂了。

生宝现在向汤河走着，一边走一边在心里问他自己：

"我是不是该寻改霞谈呢？她思想有了疙瘩，全靠郭振山同志给她解。我是不是不该净等着她寻我呢？"

生宝走到一块三角形烂浆稻地边小路上的时候，第一次这样认真地在心里头暗自检查他同改霞的关系。

"不能！"生宝毫不后悔地对自己说，"我不能寻她改霞谈。她和我接近过，可她和郭振山同志更接近嘛。土改的时候，有人说我和改霞的闲话，郭振山同志批评过我嘛。改霞解除婚约以后，郭振山同志对她抓得更紧了。我梁生宝不能为了男女问题，叫郭振山同志说长道短。她改霞没主意，就拉倒算了。我做得对着哩。"

"主任！主任！"生宝走到河岸的草路上听见有万在后边吼叫他。

"出了什么事呢？"生宝心里头一怔，返身站着等有万。

有万走到生宝跟前审问："你这阵给我老实交代！你为什么要拿推辞话应付我们？"

"我说的真心实话呀!"生宝诚恳地说,十分奇怪。

"你没说真话!你不喜愿就说不喜愿。淑良和俺是亲戚,咱俩相好,甭来这一套!"

"你怎么想起跑来问这话呢?"生宝还是莫名其妙。

有万说:"俺金姐娃对我说,改霞写回来家信,说过年要回来看她妈。又说是她妈见你当了社主任,写信叫闺女回来和你……"

"胡拉乱扯!"生宝不高兴地说,"我连改霞过年要回来的一点味儿也没嗅见!"

"谁知道呢?谁知道你两个在土改的时候……"

"胡说白道!"生宝挺严肃地骂有万,"等我从乡上回来,今黑间就告诉你这事我想怎么办。你老是这么毛躁,咱办啥农业社呢?"

"那么,改霞过几天回来,你们会不会……"

"不会!"生宝断然肯定地说,"你也不想一想:人家已经到工厂了,正学着手艺哩,怎能返回来跟我种地呢?"

"哼哼!"有万见生宝的态度挺明确,现在他又在鼻孔冷笑改霞,"她拿啥和刘淑良比呢?只不过人长得秀气一点就是了。思想可不见其怎样!她这回穿上了灯心绒裤子、红皮鞋回来,我连招呼也不招呼她。蛤蟆滩搁不下她!"

生宝朝着总是激烈的有万笑了笑,没说什么话,从河岸下了沙土和石子的河滩,去下堡乡党支部办公室了。

第十六章

过了腊月二十三,蛤蟆滩全是准备过年的气象。这家碾大米,那家磨白面;这家做米酒,那家蒸年馍;这家扫房子,那家贴窗花；这家杀猪，那家买肉……社里社外，家家户户都忙活了。

腊月二十四，一个风和日暖的好日子，庄稼人吃过早饭不久，官渠岸就爆发出刺耳的猪叫声。两个强壮的庄稼人金旺盛和李铁蛋到互助联组的猪圈里把猪抓住，猪就开始拼命地嘶声尖叫。他们一人抓着一只猪后腿，把猪倒拖出猪圈，拖过土场，然后推到宰猪桌子上去，直至全部带泡沫的鲜血从猪脖子上淌进瓦盆里，震动全村的尖叫声才渐渐地停息下来。

这时候，已经不只是官渠岸的庄稼人，更远的上河沿的庄稼人，特别是那赶热闹的儿童们，都到土神庙对面这土场上聚集起来了。小学校这操场是全村的公共广场。郭振山、杨加喜和孙志明选择这里杀他们互助联组豆腐房喂的肥猪。

郭振山现在像个老当家人，手里拿着旱烟锅，指着联组的猪圈，吩咐金旺盛和李铁蛋：

"再把那个白蹄儿拉出来宰了！"

旺盛和铁蛋向猪圈走去。又是一阵尖锐刺耳的猪叫声。直至这个白蹄猪也淌完了带泡沫的鲜血。

这时候联组长郭振山看见：围着的人群每个人脸上都显出惊讶的神情。啊呀！这两个猪，钱不少啊！郭振山从他们的神情上看出，人们对联组的冬季副业生产相当满意。他就是这个意思。要拿这回杀猪吸引庄稼人们对互助联组注意，不要只看见灯塔社牲口合槽。郭振山，决心要人们看见联组的经营管理水平比灯塔社高！他现在像一个真正的英雄那样，用他手里的旱烟锅又指着猪圈，又权威地吩咐金旺盛和李铁蛋：

"把那个白脑心儿也拉来宰了！"

孙水嘴提醒说："昨儿黑间组长联席会上，你说留一个肥猪，黄堡二月八过骡马大会再杀。"

"不等了！"郭振山临时改变了主意，"猪肉已经长就了。一

608

回杀得卖了,省麻烦!"

联组会计孙水嘴看着另一个领导人——联组的副组长杨加喜这时抿着嘴笑。显然,杨加喜很容易摸着郭振山想扩大影响的心理,就大声痛快地同意说:

"杀!多喂个把月,也长不了多少肉!正月里喂不好的话,还要掉膘……"

不一刻工夫,猪圈里的最后一个肥猪,也将四条腿伸直,倒在土场上了。

好!一回杀倒三头肥猪!郭振山就是要轰动一下小小的官渠岸。以往过阴历年时,只有姚士杰和郭世富两家喂起肥猪的粮户,一家杀一个猪。一部分猪肉他们过年吃了,一部分零卖给本村喂不起肥猪的农户。一般庄稼人哪有粮食喂肥猪?都是将小猪喂成壮猪,就赶到黄堡镇粮站的猪场卖了,到过阴历年时再买几斤肉,全家大小油一油嘴罢了。现在,郭振山要拿这个壮举,使许多在场上看杀猪的庄稼人明白:互助联组这一大家人,杀三个肥猪,过年自己吃!叫姚士杰和郭世富看看!

一大群顽童围上来抢着拔猪鬃。一个男娃子因为使劲太猛了,被猪鬃勒破了手指,疼得流眼泪了。

轰炸机仰头向着蓝天大声吼叫:"看!看!看你们抢的啥?拔那几根猪鬃有啥用呢嘛?快给我滚!到一边耍去!快滚!"

娃子们听话的离远了点,胆大的依然留在旁边,等着看开膛。

下堡村的杀猪把式现在开始在每个死猪的两个后蹄上割开了两个口子。他把他带来的那条铁棍伸进去,很内行地向猪身上的各个方向捅着。旺盛和铁蛋嘴对准开的口子,用力给死猪吹气,脸涨得通红。两个人用庄稼人碗大的拳头,捶着死猪的两肋和腹部。死猪渐渐地鼓胀起来了。

郭振山全神贯注地指导着这一切活动。他对旺盛和铁蛋说:

"甭逞二百五了！还是取打气管子去吧。费牛劲，又吹不好。甭拿嘴吹啦！旺盛！能机械化，为啥用土办法？哎，傻瓜……"

孙水嘴自己去郭世富家取打气管子来，自己打过气，又用麻绳子结扎打过气的死猪腿。郭振山说：

"志明！扎紧一点，省的过一刻儿慢跑气……"

高增荣从豆腐坊草棚屋门口大声说，开水已经烧好了。郭振山对两个站在他身边的娃子说：

"腊腊和胜利！你两个到西四合院去，把磅秤给咱推来。"

"俺小娃儿，人家能给吗？"腊腊有点犹豫。

郭振山说："你说互助联组要称猪，他富农敢不给用？"

"走！咱就说郭主任叫咱去的！"胜利年岁大点，更懂事。

两个娃子向西四合院跑去了。留下来看杀猪的庄稼人们，都拿佩服的眼光看看下堡乡五村的行政主任兼官渠岸互助联组的大组长。郭振山很得意。他藐视富农，故意打发两个娃子去西四合院推磅秤。他想：互助联组使一下郭世富和姚士杰的气管子和磅秤算什么？他们的车马，不久将折价归郭振山领导的农业社呢！

庄稼人们见郭振山很神气，七嘴八舌地奉承起来，特别是郭振山临时互助组的老成员金兴盛和金旺盛弟兄。

"姚士杰、郭世富两家，年年是腊月二十七、二十八杀猪。今年咱互助联组一过二十三就杀……"

"村里人都买了联组的猪肉，看他们的猪肉卖给谁去！"

"郭主任会计划。在他们头前两天杀猪，把他们的生意给抢光！"

郭振山听着这些奉承话，心里头可高兴啦。哼！群众的眼睛雪亮。有眼的都能看见蛤蟆滩谁的能耐大。但群众看事情终究是有局限的。郭振山杀猪更深一层的意思，可惜在场的庄稼人说不出来……

和杨加喜一同给死猪打气的孙水嘴,蹲在地上用麻绳子使劲扎住一个打过气的猪后蹄以后,现在站起来了。

孙水嘴肚里有气地对周围的庄稼人们说:"咱们官渠岸的风水不好,两家富户拖后腿,互助合作走不到人家头前。咱不和这两家自发户斗,叫人家谁和他们斗呢?……"

所有在场的庄稼人都明白这里的"人家"是谁。灯塔农业社的肥猪,都按照产销合同,卖给黄堡供销社去了。那些肥猪早已和供销社零散收购的单干户的生猪一块,被县联社用卡车拉到渭原火车站,运到省城里去了。

"灯塔社虽说办起来了,其实是个穷社!"虽然势利可依然淳朴的庄稼汉金兴盛,感叹创业的艰难,"就好像穷汉过光景一样嘛,总是往前探钱使用哩。要修饲养室,没钱。刚开头办社,就寻到供销社门上去订生猪合同。猪还在槽上喂着,就拿到款子,买修饲养室的材料……"

"他们倒买啥材料来呢?"杨加喜好笑地说,"拆了高增富的草棚,使得的使不得的,全用上去了。不够,又朝旁的社员动员投资。槽板是冯有万给他丈母娘预备下做棺材的板。你知道吗?缺一条檩,走遍社里的渠岸,找到一棵够材料的树。不拿现钱买,好说歹说,动员社员投资。尽拿嘴办社!"

郭振山板着脸听着,不阻止对灯塔社的议论。他同意杨加喜这几句话。实话!金兴盛看见自己说的不合领导人的心思,赶紧加添奉承的话说:

"就是的!加喜说得对。咱们官渠岸联了组,买了三个大牛。他们扯旗放炮办社,连一个牲口也没买……"

"咱经济条件好,可政治条件差呀!"杨加喜学着区干部说服他们不要办社的语调,讽讽刺刺地说。

孙水嘴猛然站了起来。他冲过去和杨加喜吵架,愤怒地质问:

611

"咱组政治条件差?咱和富农斗!咱杀了联组的肥猪在本村卖了,不让农户买富农的猪肉!加喜!你当联组的副帅,你怎么怀里揣个牛角,朝自己顶呢?你?……"

孙水嘴吵虚架,惹得一群围看杀猪的庄稼人大笑。

郭振山看见他的两个助手攻击灯塔社,太露骨了。他不得不说几句话,表明他的共产党员的态度,说:

"你两个怎么肚量这么小呢?能装三碗大米饭,装不下一口气!咱互助合作走不在前头,怪人家做啥呢?上马路拾粪,也得看谁起得早。再说,咱这阵已经联了组,准备办社的条件。合作社和互助联组,上不差一,下不差二。咱又不是落得很远。黄牛黑角,黑牛黄角,哪个能犁地,到晌午头儿再看!甭看刚到地头有股猛劲!"

郭振山说着说着,越说越心不对口了。开头,他的话还和他对卢支书说过的一致,有自我批评的意思。随后,他不由自己,克制不住他不服气梁生宝的心思。他心里头明明白白:他不应该在庄稼人面前吐露出他的这种真实的心情儿,但是他就是忍不住。他并不是一个头脑糊糊涂涂的人。他只说出这样的一句,立刻就生硬地把话头转到杀猪的事上去。

"嘿嘿,灯塔社把生猪卖给供销社,联组杀了肥猪在村里卖肉,都一样嘛。全卖给人民吃了!灯塔社有困难,订合同卖生猪,做得对。咱渠岸不困难,杀了肥猪和自发户斗争一下,也应该!……"

郭振山很满意孙志明这样解释"斗争"。但他的嘴说出这几句话,总觉得不对味道。他连忙看看引起了什么样的反响。果然,人群里头有两个灯塔社社员,不以为然地互相笑了笑,其中一个对另一个说:

"咱社不是不和富农斗争呀!咱把猪卖给供销社,把猪吆走的那天,有人提说留两个杀的在村里卖,主任不让。主任说:叫供销社杀的卖肉,他们专门做生意,农业社不做生意……"

郭振山有胡楂的大脸盘,腾地红了起来。但是,他努力克制着自己,不让满肚的气显在脸上。

"志明,你甭在这里帮忙了。"郭振山使劲装得心平气和的样子,说,"你到学校里去取锣。告诉村内各户:谁家过年要肉,割来!和供销社的价钱一样,比私人卖的便宜!你说这几句。嗯,不来割的,不给门上送!"

"上下河沿去不去呢?"孙水嘴问。

"没给你说村内各户吗?"郭振山对孙水嘴生气,"下河沿的那儿家,都给通知到……"

第十七章

郭振山互助联组的三头肥猪,统共杀了二百三十多斤肉。到晌午光景,官渠岸、上河沿和下河沿,约莫有五十多户人家,来到土神庙前边这土场割了肉。有割三斤的,有割五斤的,最多的割了十来斤。杨加喜捉的秤,孙志明收的钱、记的账。晌午以后不久,他们就连头、蹄、肚、肠、心、肺,都处理完毕了。郭振山办完这事,有股胜利者的傲气。他在心里头对梁生宝说:"你农业社不做生意?我互助组做一回给你看看!"

联组的三个领导人最后离开杀猪的土场。这时候,忙乱了半天的郭振山,才想起改霞她妈好像没有来割肉。没有!他问,杨加喜和孙水嘴都说没见。

"为啥呢?"郭振山独自个儿在脑子里捉摸,"改霞过几天要回来呀。她妈连点猪肉也不割吗?不能不割肉吧?准定有旁的啥缘故!"

"是没现钱不好意思伸手呢?还是肚里头对我郭振山没好气呢?唉!唯有这号女人,心眼比针眼还小!一个麻钱的事搁在心上头,一辈子也过不去!"

都说改霞她妈后悔不该让改霞出远门去工厂。都说改霞这回探家,她妈就会不让她再走了。村内的种种传说,使郭振山不安。尽管老婆儿对他不像从前那样尊敬,他还是有必要亲自到柿树院去摸摸底,看看到底是怎么回事情。改霞几天之内就回来了。这不是和他没关系的事呀……

郭振山提着一个猪头,从土神庙对过的土场上回家去。不!他不回家去了。他直接到柿树院去!这个猪头九斤重,他按公道的惯例折四斤半肉钱买下来的。要是改霞她妈愿意要,干脆!他就原价让给老婆儿吧!他想:这样比空手去好说话些。

郭振山提脚踏进柿树院的街门里。啊啊!尽管是斜对门邻居,尽管他动员改霞支援工业化的那阵子,常来串门儿,只有半年多的时间他没来过,郭振山现在感到院里的柿树、草垛,简直生疏得很。他心情上涌起一股进了不相好的邻居院里的那种不愉快感觉,但他不得不来。

"徐大婶!"郭振山朝草棚屋窗户干巴巴地叫了一声。

不像从前一样啰!屋里没有立刻答声。看这老婆儿多别扭!

"徐大婶在家吗?"郭振山又咧嘴问,颧骨上的肌肉颤抖着。

屋里不大痛快的声音:"嗯——啊……"

郭振山很不乐意地踏上门阶,推开门板,勉强进了屋里。

改霞她妈坐在炕上。老婆儿没下炕来,只拿嘴让座。那双眼睛连看也不看郭振山手里提着什么。好像郭振山亏了她的心,骗了她的钱似的。

郭振山把猪头放在脚地上,努力强笑着说:

"咱联组今日杀猪,你老怎没来割肉呢?"

"俺屋里没人吃肉……"老婆儿愁容满面,感叹说。

"不是说改霞妹子过年要回来吗?"郭振山讨好地问,"我听说你老高兴得很嘛,又做米酒,又蒸花馍,又扫房子,又贴年画。一渠岸都说你准备欢欢喜喜和闺女团圆。怎?你怎忧愁成这样?啊?……"

老婆儿拿起衣襟,揩了揩眼眶里的泪水。郭振山更加纳闷:这又是为什么呢?不开通的老婆儿!

"你老甭着急嘛,大婶!"郭振山安慰她,"她昨日没回来,今日就回来呀!她今日不回来,明日就回来呀。她打信说回来,还能不回来吗?你老着么大急做啥?我听说改霞妹子过年要回来,给你家留下一个猪头,旁人谁要都没卖。我知道你们女人家吃不下去肥猪肉。这猪头肉不腻人,你娘俩儿过年煮得吃去!嗯!"

郭振山亲切关怀地说,说着已经在脚地蹲下来了。现在,他已经克服了他刚进屋来时那种窘迫的感觉了。

他知道几句讨好的谎话,好比一片膏药,给谁贴上都会觉得舒服。坐在炕上的改霞她妈终于抬起眼睛,看了看放在土脚地上的猪头。但老婆儿什么话也没说。她既不拒绝,也不道谢。她只是长长地嘘了口气。这显示她简直伤心透了,连一句话也说不出来了。

郭振山听他婆娘告诉他:改霞她妈对同巷子的女人们说过,她后悔没让改霞和生宝结婚,后悔把自己守寡守大的闺女放出笼飞走,成年累月地连影子也见不上。郭振山相信改霞她妈的这种心情是实在的。的的确确守寡守大的闺女,这地方一般都是招亲,或者嫁给本村人或邻村人,母女好常见面,互相关照。郭振山没想到改霞她妈尝了半年独自个儿住着一座草棚院的苦楚,竟然伤心到这步田地。他不免吃了一惊。啊呀呀!徐寡妇瘦了呀!好不叫人心软啊……

庄稼人朴素的本性这时在郭振山的精神上觉醒了。他开始有点可怜改霞她妈。眼见过孤单的老婆儿这半年里头，常常地把她大闺女和二闺女的娃子，轮流接到柿树院给她做伴。从老婆儿的心情来说，当然，改霞最好是不去工厂。郭振山用非常温和的话语，一片真心地开导改霞她妈，不能按老婆儿的心情办事啊！

"大婶子。你老是个明白人嘛！自解放到而今，改霞妹子解除婚约，改霞妹子入团，改霞妹子进下堡小学……样样事实，我这笨嘴一说，你老就明理了。事情要想开哩哎，不能白日黑夜往一点上想嘛。怎能说，改霞妹子是飞走的鸟儿呢？她到北京长辛店铁路工厂当学徒，二年期满。等咱省的铁路工厂筹办起来，她就回到西省了。到那时间，她还能不常回家看望你老吗？二年，只有二年，你就等不了吗？"

改霞她妈坐在炕上不做活了，现在两手放在怀里，专门别扭，抬起眼睛，看了看郭振山的大脸盘，她又嘘了一口气。郭振山想：是！老婆儿是有话说不出口。不是没话！

"我说大婶子，"郭振山开始惋惜地安慰，"退一步说，改霞妹子住工厂，对你老也不是没好处，人家二年学徒出来，又有了手艺、又有了文化。人家当了正式工人，每月起码的工资三四十元。人家吃过穿过，还能接济家里。你看河那岸下堡村的职工家属，哪一家不是掀了房上的稻草换瓦顶？哪一家不是雨伞、胶鞋、暖水瓶、花布被子……样样全！眼看就要享福，你不想，可想着改霞妹子在柿树院守着你。在咱农村烧锅做饭好？啊？大婶子？"

改霞她妈终于给问得出了声儿，冷笑了一笑。

郭振山想听听她到底怎样，不打岔，等着她开腔。老婆儿突然间满肚皮怨气，冒出了一句："尽是你拿这套话，把俺娃哄骗走的！"

郭振山猝不及防，受到明目张胆的攻击。他的大脸盘腾地通红了。"哼！这老婆子死顽固老封建！心这么歹毒？怪不得土改那年，她听到有人说梁生宝和改霞几句闲话,就到我郭振山面前一把鼻涕,一把眼泪地告梁生宝!这时,老婆子又看梁生宝比我强,该反过来咬我郭振山了!"郭振山满肚起火,嗓子眼冒烟,眼皮里头发痒,鬓角里的筋嘣嘣跳着。鞋底下的土脚地往下沉,屋墙在动荡。他不由自己的要暴躁起来了。竟然有这样昏头昏脑的老婆子!

但是郭振山忍住了。他一转念:眼时村里的形势对他不算有利。梁生宝已经成长起来了。甚至于有些庄稼人眼里,农业社主任是比互助联组长站得高些。党里头对他虽说还没看绝,可没前两年看重他了。他的威望去年整党时从下堡乡缩小到蛤蟆滩,今年互助合作又从全村缩小到官渠岸一条巷子里,改霞她妈才敢对他这么冷淡,甚至于竟敢用言语冲撞他。他为了几句话,在这时候和这死老婆子闹翻,吵得满村风雨,太不合算。忍吧!忍吧!等他郭振山的互助联组办成丰产的农业社了,那时候,他将和人见高低。好汉不吃眼前亏!

涌到郭振山脸上的热血,现在回到他身体的各部分去了。

郭振山使了很大的劲儿,才在他惨白的脸上装出了笑容,讽刺说:

"大婶子!你老的记性不行了哟!改霞妹子住铁路工厂是卢支书说的,可不是我郭某人说的哎!我郭某人劝说她住国棉三厂来,没成了事实。那回以后,国家嫌招考工人扰乱农村青年人的心思,改成由地方上介绍了。我郭某人还没介绍人住工厂的权柄嘛!"

"不是你一春天来来回回神说,俺娃儿连想也想不起住工厂的事儿!"老婆儿有根有据地反驳。

郭振山笑问:"那么改霞妹子一春天尽想啥事来呢?"

不出郭振山所料,老婆子只看了郭振山一眼,说不出想和生宝结婚的话。

"你为娘的知道闺女想啥事,我一个男共产党员和一个女青年团员,公事公办,长幼又差了二十多岁,哪里知道改霞妹子想啥事呢?她不是把啥心思都对我说呀!"郭振山很有把握地辩论。

老婆子还是说不出话,又不满意地盯了郭振山一眼。

郭振山这回得意地笑了,心里头想:"看!你老婆子说不出口吧?改霞没对我提说过她和生宝的婚姻问题。你也没给我提说过这层事。我没给改霞说过不要她和生宝结婚的话。我给谁也没说过这话!给俺屋里娃他妈也没说过!我没说过破坏旁人婚姻的话。我只是劝说她住工厂,我怕啥?你老婆子心里头这样思量,或者改霞本人心里头这样思量,那是你们自家猜想。要怪我,你们拿得出一句话的证据吗?嘿嘿……我郭振山也不是傻瓜,说话没一点把握!"

郭振山眼看着改霞她妈坐在炕上不高兴的样子,心里头这样想着。他已经摸清了对方的底子——说不出口!他一下子放心了。他非常爽朗地笑着,开始了他所习惯的高谈阔论。

"哈哈!我是春天来来回回劝说过改霞妹子支援工业化。我一片为党为国的好心肠。我一个四十多岁的庄稼人嘛,眼直心实,脑子又不多拐弯儿。我相信国家工业化是第一当紧的事。我走路听人家说:要三十年,才能把咱中国建设成一个工业国家。说到那时候,才能闹农业合作化。谁知道这是些脑筋糊涂的书呆子说的瞎话。直到宣传党的总路线了,我才知道我上了书呆子的当。城市和农村一齐建设,不是先城市后农村。唉!我这死脑筋听瞎话吃了亏。我今年没抓紧咱渠岸的互助组,办社落在后面了,脸上无光。我已经在支部会上坦白反省了。我承认错误。我从今向后心眼放活些,好好办互助合作呀!就是这话!你老看我劝说改霞妹子住工厂,有啥心眼不正的地方吗?你老提说出来,我看合乎我的心情儿不!哈哈!是呀!谁也有想不到、看不到的时候,你老就帮助我洗一回脸嘛!"

几句话说得改霞她妈软了,脸也不那么沉了,难受地回话说:

"大侄儿！不怪你。怪我老糊涂了，不该让改霞走就是了。"

想不到这场争论这样容易地烟消云散。郭振山想："好！她改霞今日或明日回来，无论再去不去长辛店工厂，我郭振山都好说话了。嗯！要是改霞不回工厂去了，和生宝结了婚，一块办他们的灯塔社，我郭振山也不心慌。我郭振山没对她改霞说过一句生宝本人的坏话。她改霞不能在我的好肉上生蛆！就是这话！"

郭振山现在不再劝说老婆儿让改霞过了年回工厂去。双方的心事已经不和，邻居间的感情已经不睦，郭振山努力想几句无关紧要的闲话说一说，然后好走。但是他想不起来，因为这母女俩现在引起他的反感，没有话说。

这回是改霞她妈先开口，难受地说："郭主任，你把猪头拿走……"

"怎?"郭振山开玩笑说，"舍不得钱?这猪头九斤重，才四斤半肉钱。"

"不要……"老婆儿连看也不看东西，坚持地说。

郭振山提议："要不咱两家一劈两半。怎样?"

"我连一个猪耳朵也不要……"

"为啥?给我伤脸?要我难看?"

"不是。我没心思做……"

"赶明日改霞回来，叫她自己做嘛!"

"改霞不能回来了……"老婆儿又拿起襟子揩眼泪。

"啊?"郭振山张大了嘴。

"今日乡邮送来改霞的信，说她不回来了……"

"为啥?嫌花路费?"

"不是……"

"那是为啥?请不脱假?"

"也不是……"

"咱两家真有啥冤仇,你老怎么不信服我?你老就痛痛快快告诉我吧!我帮助你老分解,看到底是怎回事情:为啥说了回来,到时候又来信说不能回来了。"

改霞她妈流着眼泪说:"咱陕西去的学徒全不回家,她想回来,没人结伴嘛……"

"不信!"郭振山大声地说,"那么她原来和谁结伴呢?"

"就是原来结伴的人不回来嘛……"

"啥人?她这回信上要是没说清楚是谁,就是假话!"

"带领她们的组长……"

"男组长?女组长?"

"男——人……"

郭振山张大了有胡楂的嘴巴,仰起头笑。他没好意思笑出声音来。他怕惹得改霞她妈痛哭流涕,不好看。但是他从心眼里舒服,高兴得不知说什么是好。没见过世面的傻寡妇老婆儿啊!你的闺女在工厂里十有八成已经有对象了。人家这阵儿在河北省有了相好的,你还在陕西省等着闺女回来和梁生宝相好呢!真是个榆木脑筋!但是郭振山嘴里笑着劝改霞妈,说:

"大婶子!你甭难受。改霞妹子今年春节不回来,她明年准回来呀!她明年春节不回来,她学徒期满准回来呀!在家千日好,出门一时难!没人结伴,一个女娃子家,路上就是不好行动嘛。你老把心放宽,喜喜欢欢过年。这而今,共产党毛主席领导,无论在哪里,青年人都能学好。改霞妹子又心灵,又是青年团员,拿我这双笨眼,一解放就看出:蛤蟆滩搁不下这人!你老这阵见不上闺女难受,将来有你老畅快的一天。我眼不瞎,能算见这卦。就是这话!你老坐着,我还忙……"

郭振山说着,提起脚地上的猪头,高高兴兴走了。

第十八章

自灯塔社牲口合槽以来，梁三老汉每天一吃过下午饭，准到一队饲养室去了。他到了那里，就帮助饲养员把土场上晒了一天太阳的牲口，牵到槽后边拴好。任老四给所有的槽里都喂上草以后，梁三老汉就以社主任他爹的心情，认真地察看着每头牲口吃草的情形，一边同任老四说些喂养牲口应注意的事情。直到饲养室的马灯点着，挂在槽对面的墙上了，梁三老汉觉得到了该回家去的时候了，他才恋恋不舍地离开了那里。他暗自羡慕任老四这个工作！

有一天，梁三老汉从饲养室回家，正碰见梁生宝从草棚院出来要走。老汉叫住儿子，郑重其事地说：

"主任，你等一忽儿再走。我有几句话，要同你说哩。"

已经出了街门的生宝，跟在继父后头返回草棚院里。

"任老四经管不好咱队的牲口！"梁三老汉心事重重地说，"我不是说他存心不好好经管。我是说他不在行。为啥哩？他汉大心粗，一点也不细心嘛！他家多少年没牲口。他也没给地主家喂养过牲口。经管牲口有多少老经验哩，他都不晓得嘛！"

梁生宝很同意地笑着，然后心平气静地解释说：

"爹，你说的这话是实。社委会也知道哩。俺老四叔虽说缺少经验，可他贫雇农，人忠厚。有万和我经常帮助上，他出不了大错。……"

梁三老汉还不放生宝走，他进一步地试问儿子：

"难道全队寻不出一个比任老四合适的人吗？"

"找不出来了。爹，你不知道，实在寻不出来了。"梁生宝感叹地对继父叙述选择饲养员的经过，"起初提冯有义来。大伙说：饲养室在他院里，叫他当饲养员不合适。后来又提郭锁，倒是有喂牲口的经验，成份也对着哩；可他当了饲养员，他媳妇黑夜独自个儿不敢在草棚屋睡觉。叫彩霞常年寻邻居的闺女做伴,也不是办法。这才……"

"为啥不寻我呢?"梁三老汉非常惋惜地说,"你的眼睛总是看远不看近。我比他们谁都合适嘛。早知道你们社委会有这困难。我自报也要当这饲养员!"

生宝仰起包头巾的头,张大了嘴。他没好意思笑出声音来。

"你笑啥?"梁三老汉并不觉得可笑,很自信地说,"你甭看我年纪大!喂牲口比他任老四强!"

说到这里,老汉突然变成了很难受的神情和语气了,说自从老白马合槽去了以后,他自己在草棚院没有多少事情可做。两只手闲起来,他心里头怪不是味儿。他在自家院里寂寞得蹲不住了,就往饲养室跑。到了那里,看见社里的一帮牲口争着抢着吃草料,他心里头就舒畅、快活,就不想回家来了。……说他就是这样看上任老四的工作的。

"我不是图饲养员工分大,我是图心里头畅快。"梁三老汉实事求是地说,"你这时当社主任,常不在家里。你妈是个不爱说话的人,我成天间没事干,在家里不闷得慌吗?……"

他说得生宝收敛了笑容。他看见生宝严肃认真地思量起来。

"爹,"生宝向他解释说,"你不明白。当饲养员不光是喂牲口,还要给做活人分配牲口,责任大哩。我当社主任,你当饲养员不合适。咱这是社会主义,不是合伙做买卖。社员里头没一个人说不对,咱领导人自己也不能照这样办。是不是?"

"噢,噢,是这样啊?"梁三老汉连连点着戴毡帽的头,他脑子里对农业社是合伙过光景的理解,始终扭不过弯儿来。

生宝继续对继父说:"你对喂牲口有经验、细心。好嘛!你常去帮助饲养员嘛。人家谁也得说好。爹,你注意啊,给牲口喂料的时候,你甭动手。人家饲养员知道哪个牲口喂多少。"

"对，对，"梁三老汉非常赞成，"叫人家饲养员喂料！"

这次谈话以后，梁三老汉到一队饲养室去得更勤了。他不仅帮助任老四把牲口从土场牵进牲口棚里，还帮助扫槽，筛草。他告诉任老四：不要喂了草就不管了，要注意每个牲口吃草的情形；因为牲口不会说话，有病没病，全从吃草怎样看哩……

但是梁生宝和刘淑良见面的这一天，梁三老汉吃过下午饭连一点到饲养室去看看的心思也没有了。

嘿，梁三老汉眼看就要娶儿媳妇了嘛！

嘿，这草棚院眼看就要重新有生气嘛！

梁三老汉兴奋起来了。他比去同对象见面的他儿子还要兴奋。当生宝吃过饭走后老伴向他透露了这事的时候，他喜得胡子嘴张大了，多大工夫合不上。有一股眼看不见、手提不住的舒服感觉，就在这当儿，从他头脑里扩散到他穿着新棉衣的衰老身体的每个部位去了。啊呀呀！终于盼望到这一天了！

老汉从屋子里匆忙地走到院子里去。他觉得有什么事情好像应该马上就做。他站在院子里不知道他这时到底要做什么。他又从院子里匆忙地返回屋子里。他觉得有许多很要紧的话，要同生宝他妈说。他站在屋子里，又不知道从哪里说起了。

那老皱脸上只是从心里头往外高兴的笑容。这笑容是那样的确定，梁三老汉现在丝毫也不怀疑儿子和对象见面的结果——喜事临门了！

大喜啊！大喜啊！庄稼人娶媳妇——还有比这大的喜事吗？

梁三老汉简直想跑到冯有万草棚院去，亲眼看看他未来的儿媳妇长得啥样——贤良不贤良，温和不温和……但是，公公跑去看还没成亲的儿媳妇，这成什么体统呢？这是在范村当过互助组长的一个二十几岁的女青年团员，不是十几年前他从终南山里给宝娃领回来的那个十一岁的童养媳妇。

想到了这点差别,梁三老汉就从刚才那种突如其来的、难以抑制的极度兴奋中,渐渐地冷静下来了。吃毕饭正在收拾碗筷的生宝他妈笑说,主任等开过社务委员会才去同对象见面,而不是从家里出去直接就到冯有万草棚院去了。梁三老汉听说是这样,六十几岁的老人就像十几岁的少年一样,出去站在草棚院外边的土场上向南望着,要看生宝什么时候进冯家秘密的草棚院里去。

"去了!"当他看见生宝去了的时候,他匆忙跑回到草棚屋里,欣喜万状地对刷毕了锅的生宝他妈说,"去了!和有万一块去了!……"

这样说着,梁三老汉头脑里立刻出现了这个草棚院的一片新景象——一个聪明、能干、孝敬的媳妇,代替了头发霜白的生宝他妈,烧锅、做饭、喂猪、扫地。他当公公的在脚地的小矮凳上坐下来了,媳妇立刻盛了一碗热气腾腾的饭,双手端来恭敬地放在他这公公面前的饭桌上。而且,梁三老汉一双快活的小眼睛,仿佛已经看见至少一年以后才能出现的又胖又精的小孙孙。小东西会给这草棚院的生活增添多少欢乐的气象啊!……

他把他脑子里已经发生的这草棚院的变化,如实地告诉了老伴。

"你看我说得对不?"他最后相当自得地问生宝他妈。

生宝他妈在脚地重新烧锅,准备蒸过春节待客用的做酒米。梁三老汉说到这里,突然叫她暂时不要蒸了,等主任同对象见过面以后,要是亲事能成,就把结婚时用的做酒米,一齐蒸上。

"我不爱听你的,"一直忍不住想笑的生宝他妈,现在笑了,"你这人怎是这样!土改的那年,你说你梦见咱的草棚院变成瓦房院了,咱家成了富裕中农了。可是,刚过了三年,怎样呢?不是连地带牲口,都入了社吗?这阵儿,生宝刚去同人家见面,你就说结婚以后的事情,亲事保险能成吗?……"

"怎?"梁三老汉听了老伴这话,大吃一惊,"难道没心思和人家结婚,就同人家见面吗?"

生宝他妈笑了笑,不说什么。梁三老汉生气了。这娘俩又在这件事上捣什么鬼,瞒着他,不同他商量。一定是这样!

"亲事为啥不成?"他变得激动起来,大声嚷着,"工作人一走,我就催主任到竹园村去。还没等他去哩,人家二次到咱这里来同他见面。还有这好的事吗?不花一个钱!不要衣裳,不要鞋!人家寻到门上要跟咱……"

于是,生宝他妈在草棚屋脚地上拉风箱烧锅,梁三老汉就站在她旁边,向她叙述解放前的旧社会里穷庄稼人订个媳妇多么不容易。

"你知道刚刚死了的直杠王瞎子娶拴拴他妈花了多少吗?"梁三老汉弯下腰去,伸出两个粗糙弯曲的指头,偷偷说,"三百块银洋!任老四娶桂花她妈,我的天,三百!为了挣这三百块钱,把任老四的腰都累成弯弓了。远处的样子,咱就甭说了。"

梁三老汉站直起来,感叹地在草棚屋脚地连连地摇头。他回忆起过去的时代,仍然不寒而栗!

"生宝他妈,"老汉非常庆幸地说,"这而今新社会,咱的生宝站到人前头了。娶媳妇不要花钱,还挑三拣四吗?"

生宝他妈往灶火里添了一把柴,拉着风箱。她既不反对,也不赞成地笑了笑。她笑得那么轻淡,好像为娘的人对儿子的亲事倒不热心。

梁三老汉奇怪起来,怀疑起来了。

"怎?"他急切地问,"你嫌这是人家离婚下的吗?"

"不是……"

"你嫌她针线活上不行吗?"

"不是……"

"你倒要个啥样的儿媳妇才如意？"梁三老汉又生了气，"你看上徐寡妇那个飘风浪荡的三女子，我还看不上呢！倒贴上二百，看我要那号儿媳妇不？"

梁三老汉火气很大，使劲儿开了草棚屋的板门，准备上饲养室去。和这号糊涂妇道说不成话！一家人为了一个媳妇，意见竟然这样不一致，使得老汉很不痛快。家里一不痛快，老汉就想往外头去，甚至于不想回家吃饭、睡觉。娘母子都一样，没一点庄稼人的本分！

"生宝他爹，你甭走啦。"老婆停住了拉风箱，不得已地叫住了他。

梁三老汉返回草棚屋里，但他身后的板门仍然开着，话不对头，他还要走。

"你把门闭上……"

梁三老汉看见老伴和他说话的样子很认真，把门闭上了。

"你的嘴甭乱嚷嚷！"生宝他妈稍微犹豫了一下，才低低地说，"我怕这女人不生养哩。金姐娃她妈说她小产过一个，以后就再没和男人在一块。我怕这女人常在田里做活，常下稻地的水里去，身子是不是受了病……"

梁三老汉听着听着，他的黄胡子嘴巴张大了。他的小眼睛瞪起来了：

"介绍人没说怎样……"

"金姐娃她妈说没受病。可是我疑心。因此上，我就对这亲事不热心。咱等生宝见过面再说。"

梁三老汉仰起了头，朝着被烟熏黑的房顶，思量起来。对！对！事情确实应当朝这样谋算。只有生宝他妈能谋算到这方面，他自己十年也想不到这层事。

"那么你为啥不叫主任甭去见面？"老汉又问。

生宝他妈说:"有这个疑心,也不能说人家身上一定有病。只要生宝对心思,哪怕等过了门,咱给她治病哩。再说,人家有万一家人一片热心介绍,生宝不去见面,叫人家说生宝眼高。……"

"对!对!对!就是这话!"梁三老汉连连点头同意,并且用那双诚实的小眼睛,很佩服地看着他这老伴。

梁三老汉现在对这亲事也不热心了。尽管天已经快黑了,他还是要到一队饲养室去看看。不看一回,他黑夜连觉也睡不着。

现在,草棚院里只剩下生宝他妈独自个儿了。草棚院这样的寂静,只有老婆婆自己拉风箱的声音,呱嗒呱嗒地响着。鸡已经聚集在鸡窝口上,准备进窝。母猪在老白马合槽以前,早已经叫主任吆到社里的豆腐坊去,作价归社了。她想买个小猪,还没买下哩。所以,这个草棚院与其说是庄稼院,还不如说暂时成了干部招待所了。工作组在的时候,白日黑间人来人往,简直就是办公处。工作组走了,连主任和主任他爹都常不在家。爱跑你们跑去,老婆婆独自个儿给你们看家,做饭给你们吃!……

生宝他妈觉得草棚院的这一切变化,都是理所当然的。这固然不是她早就希望的,但发生了的变化却完全合她的心思。她儿子日夜为之奔忙的事情,想不到她还赶上了办社。她在六十岁以后,越活越有劲儿了。她总觉得她身上好像有许多力气没出哩,并不觉得家务操劳是一种负担。

自生宝他妈带着宝娃从渭北逃生到这里,二十几年漫长的岁月过去了。当年她曾白日黑间为儿子操着心。她怕儿子没个严厉的生父管教,学不正经。儿子的堕落是为娘老年最大的不幸。这样的例子她看见的无数,她什么时候想起来这点,什么时候胆战心惊。她在宝娃小的时候,就不让他赌钱;拾到的东西还给东西的主人,找不见主人就交给大人;和女娃们一块玩耍的时候,不许有下流的话

627

语和举动，要不妈就不喜爱了。宝娃羽毛丰满了，展翅飞到世面上去了，她还习惯地重复对宝娃的母教，常常引起小庄稼人的反感，被认为是娘不信任儿子。现在想起这些往事，灯塔社主任他妈独自一个人笑。当她看见儿子同杨书记、王书记和卢支书在一起说话的时候，他们彼此间是那样诚恳、信任和互相尊重，她还要为儿子操心什么事情呢？只有婆媳妇这一件事了。

"当了主任事情多，更分不出心思来多思量这事了。旁的我倒不怕，只怕他碰不上好对象，结了婚在一块过日子不合心。"生宝他妈在老汉走后，独自个儿拉着风箱自言自语。

她相信金姐娃她妈的话，相信刘淑良是个好女人。她只有一点觉着不称心，就是怕刘淑良有妇女病。但是，世上有多少十全十美的事情呢？她想：只要生宝见面以后心里满意，家里已经不像解放以前那么困难了，结了婚再给刘淑良治病。介绍人说前几年小产过，那就是小产过。金姐娃她妈怎么会哄骗人呢？她不会的！

这样想着，生宝他妈心里十分平静地拉着风箱烧锅。锅烧开了，老婆婆站起来了。她揭开锅盖，将早已准备好的蒸箔放在锅里的开水上头。她往箔上铺上笼布，然后将淘洗好的软大米，倒在笼布上摊开，重新盖上了锅。

草棚屋里开始有点昏暗起来，一定是日头已经落了。老婆婆有经验，这时候鸡全进窝了。她出去到草棚院里关了鸡窝，然后才回到草棚屋里坐下来重新烧锅。生活无论怎样琐碎，对于生宝他妈来说都是特别重视的。她从来没有一次忘了关鸡窝，或者忘了喂猪。

她坐下来重新拉风箱。她想起跟女婿远在吉林省的女儿秀兰来了。

"快过年了，怎么还不来信呢？人家过年回来探家哩，你连一道信也不写吗？死心眼的闺女！和你爹一样的心性！上个月来的那一道信只提了一句：东北天气冷得厉害。到底怎样冷呢？你也不说个明白。叫人挂心!在暖和地方长大的人,头一年到了冷冻地方过冬,手脚都冻坏了吧?嘿嘿!就是冻坏了,我知道信上也不会写。我不管你了,好坏和杨明山在一块哩,不是你独独一个人……"

生宝他妈总是这样,无论想起什么使她不安的事,她能想出去,也能想回来。她从来也没有想得吃不下去饭、睡不着觉的时候。几十年艰难生活给了她这个本领。

"三老婆!天黑了还烧锅做啥呢?"草棚院里的声音,是相好邻居欢喜他妈进了街门。

"来嘛,串来嘛。"生宝他妈欢迎串门的人,说,"我烧锅蒸二斤做酒米……"

欢喜他妈掀开屋门进来了。生宝他妈伸手从炉灶里取了一根着火的柴枝,递给欢喜他妈,让她把搁在泥巴墙壁上的石油灯壶点着了。屋子里一下子亮了许多,主人看见客人脸上带着快活的表情。

欢喜他妈搭坐炕边,那双田间劳动过的半大脚站在脚地,面对着生宝他妈从心里往外地乐哩。

"你笑啥呢?"生宝他妈继续拉着风箱,有点怀疑地问。

欢喜他妈高兴得合不上嘴说:"你家过年从来也不做酒嘛,怎么今年蒸起酒米来了呢?"

"今年办了社。生宝说正月里区上、县上的工作人一定要来,叫我做上二斤米的酒。"

"是这么回事吗?"

"那么你说是为啥呢?"

"不是准备给主任办喜事吗?"

"和谁结婚呢?"

"甭瞒我们邻居了!三嫂子!连上河沿和官渠岸的人,都在私下谈叙哩,你瞒着邻居做啥呢?"

生宝他妈听说名声已经在全村传开了,只好照实说:

"不是，欢喜他妈，亲事还没一定哩。今儿才见头一面嘛，怎能准备结婚呢？"

欢喜他妈那双同欢喜一模一样的杏核眼，惊奇地瞪了起来，说：

"噢噢！噢！原来是这么回事。主任今儿穿得整整齐齐，是和竹园村的对象见面？"

"那么你当成是和哪里的对象见面呢？"

欢喜他妈两手一拍两只膝盖，失笑了，说：

"你看人的嘴巴有准儿吗？三嫂子！全说这两三天里头，改霞要回来了。说改霞她妈等改霞回来，就不让她再到工厂里去了。……"

"为啥呢？"生宝他妈拉着风箱笑问。

"叫改霞和主任结婚哩嘛！"欢喜他妈说真事一样，有根有据地说，"你还不知道吗？咱村里办起灯塔社以后，改霞她妈对主任的看法大变了。写信说她想念闺女想念得不行，叫改霞过年无论怎样回来。改霞回信说，她过了腊月二十三就回来呀。……"

生宝他妈听了这些，丝毫也不感兴趣，只淡淡地说：

"一点也不知道……人家屋里的事情，我们怎能知道呢？"

"你不知道，我相信哩。主任也不知道吗？"

"我看他也不知道。他今日准备和竹园村的对象见面，挺认真嘛。要是他对这亲事没心思，我还看不出来吗？"

"真个碰得巧！"欢喜他妈感慨地说，"今日社委会开会，大伙见主任穿得整整齐齐，还以为是因为改霞快回来了。谁想到他还是和竹园村的对象见面！"

"村里人对生宝和改霞的事为啥这样挂心呢？"生宝他妈有点奇怪地问。

欢喜他妈满是深刻的皱纹组成的一脸诚实相，诚恳地说：

"大伙都心思主任和改霞的好亲事没成，怪可惜。竹园村这个对象是范村离婚下的，大伙都心思……"

"都心思怎样呢?"

"都心思……怎么说呢?反正是不称心呗!"

生宝他妈拉着风箱，忍不住笑。她还不知道邻居们和村里人，对她儿子的婚姻问题有这样的看法。

"不对，欢喜他妈。"生宝他妈认真地解释说，"不能光听说离婚下的，就心思女方不好，不兴是男方不好。才离婚吗?金姐娃她妈给我备细谈叙来，这个对象比改霞合婚。改霞和生宝才不合婚哩……"

"三嫂子，你还迷信吗?"

"不是迷信。改霞这阵就是回来，和生宝结婚的门儿没了。外人不摸底儿，我清楚着哩!"于是生宝他妈拉着风箱，把她的心情如实告诉相好邻居，说，"春天，还是改霞刚刚解除婚约的时光，秀兰低对我说过：改霞对生宝有意思。我当时觉着：生宝和改霞一个村里长大，一块参加土改，一个党员，一个团员，要是果真这样，也是好亲事嘛。从那时起，我就注意上他们两方面的言谈、举动和行事了。有时间，我看着好像是那么回事。有时间，我看着不像是那么回事。改霞进城考了一回工厂以后，我就越看越不是那么回事了。从那时以后，我看着俺生宝反正是没一点意思了。他一心要办好互助合作，这是大伙都能看出来的。……"

"哎，三嫂子。"欢喜他妈听到这里，插进来笑说，"这个你可没外人摸底儿呀!改霞头一回考罢工厂，主任从山里头回来，有一黑间，互助组在有义草棚院开会。欢喜跟主任一块去的时候，碰见改霞在路上等着主任。俺欢娃眼活，看见是这码事，头前走了，留下主任和改霞说了一阵话。你摸这个底吗?"

"我不知道……"

631

"就是呀!"欢喜他妈有信心、有希望地说,"你不知道的事儿还多!主任和改霞的关系深远着哩,只是人们平时嘴里不说就是了!"

生宝他妈含糊地笑了笑,开始有点动摇了。但她想了想,又坚定了。她反问道:

"既是这样,改霞为啥后来又进了工厂呢?"

"可不呢?"欢喜他妈也奇怪,"大伙就是摸不清这个底儿,因此上觉得怪可惜的。难道这婚姻里头还有人搅吗?……"

"不会的!"生宝他妈坚决地说,"不会的!谁为啥要搅这婚姻呢?没来由的事嘛!"

现在,老婆婆看见锅盖周围的汽儿,已经冒圆了,她停住了烧锅,站起来掀开锅盖。酒米已经蒸到八成熟了。欢喜他妈帮助她把笼布提出来,把酒米倒在案板上晾起来。……

第二天早晨,还在蛤蟆滩的庄稼人吃早饭以前,人们就看见有万家的女客经过官渠岸的街巷,向竹园村方向走了。女人脸上的表情是严肃的。看出来和梁生宝的见面,没有给她快乐。不过,从那红光满面的脸上,也看不出败兴的样子。有万丈母娘是给她怎么说的呢——是只告诉她生宝要等过年以后再说呢?还是把改霞过年要回来的话告诉她了呢?

第十九章

人有两种痛苦:身上生疮害病,是比较容易忍受的,也是比较容易医治的;唯有心病,难以忍受,也难以医治。如果这种心病是可以对邻人诉说的,能够从邻人那里得到安慰和解劝,倒也罢了。最糟糕的是不好对邻人诉说,得不到邻人的安慰和解劝,那么,这种心病就更难于忍受了，更难于医治了。

梁大老汉自灯塔社建社工作开始以来，就没出过街门了。他大儿子梁生禄和大儿媳妇、二儿媳妇对邻人们说：老人肚里头有了病。其实老汉只是本心不喜欢农业社，而又不能不入社，心里头难受。

梁大老汉无论是坐在热乎乎的炕头，或是蹲在草棚屋檐下晒太阳，他努力使自己想别的事情，他的心思却总是离不开他自己创业的历史。

他总是想起他和三兄弟分家以后，自己卖豆腐的困苦光景。那时候，从后半响起，他就在自己住的草棚屋脚地，拽着豆腐磨子转圈圈，直转到点上灯以后，那时候，要是他能够买得起一头最小最小的毛驴，多好呢？何至于自己当毛驴拽磨子，累得腰腿疼。他脚掌上还走起一个又一个水泡。吃过晚饭以后，他脱下了上衣。他不是上炕睡觉呀！他是用赤裸裸的胳膊，去揉那装豆渣的布口袋呀！直揉到半夜以后，生禄他妈烧开了锅，他自己将一锅豆腐做好了，两口子这才能上炕。他只能睡时间很短很短的一觉。天麻麻亮了，他就起来了。他挑着豆腐担子过了汤河，赶紧到下堡村里去。夜长夜短，天热天冷，刮风下雨，没一天早晨，下堡村的人看不见他豆腐客梁大。他那熟练的叫卖声，从东到西叫过去。卖完豆腐了，他赶紧回到家，匆匆忙忙吃早饭，匆匆忙忙带着农具下地。他头也不抬地做活，做到响午时光，汗流浃背地回到家里。从后半响起，他又磨豆腐了。这中年时的劳苦生活在他老年入了农业社以后回想起来，竟是这样清晰！

梁大当时曾梦想：要是有一头最小最小的毛驴，哪怕是一头瞎眼毛驴也好，他儿子生禄长大就不像他一样拽磨子了。

一个秋天早晨，他给经常的顾主杨大剥皮送豆腐的时候，大财东在院子里刚打毕了拳，端个细瓷杯品茶，叫住了他。

"豆腐客!梁大!"

梁大匆匆出街门的时候,转过身来,恭敬地笑着,等财东说话。

"我爱个四川小走马,咱关中买不到,要到汉中府去买。梁大,你愿意给我跑这趟吗?嗯,这而今收了秋,田地里没啥牵挂。你跑这趟,我亏负不了你,总要比你卖豆腐强十倍哩!我看见你心灵眼活,人也诚实,不像你老三那号跑山的笨蛋,只配割得卖柴。我想扶你一把。"杨大剥皮说着,红胖脸上显出了恩德主人的神情。

梁大听了这话,有点不相信自己的耳朵。他睁大了眼睛,盯着杨大剥皮,迷迷糊糊说:"好我的大财东哩,你甭拿我开心。你有多少亲朋贵友,怎看上我这个穷豆腐客给你办事?……"

杨大剥皮很严肃地说:"梁大!你不知情。这而今终南山里路紧,有劫路的土匪。你一身穷打扮,模样又是地道的老实头下苦人,你在路上不显眼。"

梁大一听说路紧,有劫路的土匪,他心里头就抖索了一下。我的天!这是有性命危险的事呀!但是他怎么好意思当面一句话回绝呢?他抓着头皮作难。

杨大剥皮劝说:"梁大!你是个明白人,甭把好差事耽搁哩。指望你卖豆腐,你儿孙手上也甭想创业!你仔细思量去!"

"好。让我思量思量再……"

"思量好了你说话!啊!早去早回,甭等天冻了,走路、歇店都受罪。就是这话!记准了吗?"

梁大当日卖完豆腐回到家里,他给生禄他妈说了这话。婆娘连理也没理他,好像她根本没听见一样。

当夜,做好第二天卖的豆腐,两口子睡在炕上了。梁大腰腿疼起来,又想起杨大剥皮的话。他对生禄他妈重新提起财东叫他去

汉中府买马的事。这回婆娘生气了,一翻身把脊背给他,恨得咬住牙说:

"你活够了吗?你活得不耐烦了?你不会在墙上几头碰死吗?死在咱家里好些,逢年过节,生禄还能在你的骨头跟前烧纸磕头。你把骨头送到汉中府去,谁能寻上你的尸首在哪里呢?"

再不能比这话难听了。梁大只好收了心,一心一意做豆腐。

过了三五日,梁大给杨大剥皮送豆腐的时候,大财东又在院里叫他,问:

"豆腐客!梁大!你思量好了没?"

"唉!"梁大深深地叹口气,抱愧地说,"好我的大财东哩,你另寻人去!我怕给你办不好事情。我挣不了你的大钱。我又认不得马好马坏。我买回来不合你的心,怎办?"

"不是叫你买马哎!蠢汉!有个亲戚在汉中府做官,给我买马哩。叫你去把马给我寻回来……"财东嘲笑地说。

梁大听了这话,心里又想起磨豆腐的劳累,但是他嘴里还是说:

"不!我不去!随身带着大笔款子,太凶险了。土匪把你的款子抢去,你还是财东。土匪把我结果了,我的两个小子没爹,怎么能长大呢?"

杨大剥皮仰起头,朝着秋天早晨蔚蓝的高空大笑起来。

"哈哈!蠢汉!"财东连声耻笑,"这而今不是清朝,动不动背着碎银子上路。俺亲戚在汉中府垫了马钱,你带回来信,我把马钱如数交给他家里了。你随身带大笔款子做啥嘛?啊?"

梁大听了这话,心里头想起比他卖豆腐强十倍的话。但是他嘴里还是说:

"不!我不去!我把马给你寻回来倒也罢了。要是路上遇了土匪,把好马给你劫走呢?我回来白挣你的脚钱,我过意不去。我还

635

是给你送豆腐吧!买主卖主,两不伤情……"

杨大剥皮生了气,一只白胖手连连摆着,鄙视地说:

"去去去!快卖你的豆腐去!我另寻人!我不就是为了你一身穷汉打扮,模样又是老实头下苦人,土匪顶多把马劫走,不会伤你。你不领我的情,拉倒!"

梁大听了这话,心里头想起财东帮助他创业的话。但是他嘴里还是没敢答应。他怪不好意思地从财东院里出来,灰溜溜地去卖豆腐了。

现在,梁大怎样也抵抗不住杨大财东的引诱了。他虽然不好意思问明财东给他挣多少钱,但他相信:总比他卖豆腐强得多。唉唉!财东还耻笑他胆小,不敢到汉中府去。他再到财东院里去送豆腐,他感到脸上发烧,怪难为情。……

这回他先不给生禄他妈说。他卖完豆腐,到下堡村大十字街的小铺,买了一份敬神的香表。他挑着空豆腐担子,先到汤河边去洗了手,然后来到下堡村大庙里头。他放下空豆腐担子,先去撞钟,然后走进正殿。他插了香,烧了表,磕了头,然后跪在那里眼巴巴望着泥塑的神像。

"玉皇大帝,十分万灵神位!凡人姓梁,弟兄三个。老二少亡了。凡人和老三跟着俺爹,从西梁村逃荒,落脚到这下堡村蛤蟆滩为民。老人去世以后,弟兄分居。三兄弟跑山割柴,凡人做豆腐卖哩。光景都过得十分苦情。而今下堡村杨大财东叫凡人去汉中府给他拉马。皆因路紧,有劫路的土匪,凡人担不起凶险。玉皇大帝神灵,给凡人做主!……"

梁大跪着,合手祷告完毕。他拿起卦,双手放到卦盘上去。一卦下去,低头一看,是熟悉的"上上大吉"四个字。

梁大喜笑颜开地挑着空豆腐担子,眼明脚轻,过了汤河,回到家里了。

他当日就没有再磨豆腐。他把杨大剥皮所说的情由，把他在下堡村大庙讨卦的情由，都对生禄他妈说了。他叫她给他收拾鞋袜，他要上路了。生禄他妈见他这回主意铁硬，又相信玉皇大帝，只得流着眼泪给他收拾行李。过了三天，他就起身到汉中府去了。

直至梁大从下堡村杨大剥皮家里站起要走的那一刻儿，财东才把他叫住，用手遮着酒气冲冲的嘴巴，对准他的耳朵说：

"你这回到汉中府去不是买马……"

"那么是做啥呢？"

"是给我往回背三百二十两大烟土！"

"啊？"梁大吃了一惊，张大嘴巴，瞪起眼睛，退了一步。

杨大剥皮笑说："看你！甭慌！啥事也没！你路上走慢一点，吃差一点。你穷衣裳，穷身子，穷吃用，没人理你。只有这个法子，才能把货运回来。旁的什么法子，我都把货损失了！你回来以后，黑间进村。你把货交给我，你第二天在村里露面。你对人说：土匪把马劫走了！一句话就完了……"

梁大迟疑起来。他想不去了。他把已经背起的破棉被，放在脚地上。

杨大剥皮笑问："你这是做啥？"

梁大脸煞煞白，说："我没那份胆量，你另寻人吧！"

杨大剥皮说："这样好不好？你去。要是去的路上有人注意你，你到汉中府以后，就甭背货了。空回来！脚钱照样给你！你看这好不好！总要你放心回程平安，才背货！"

梁大想想，觉得也是理。他害怕，人家也不给他背货。

"要是背回来货，你给我多少脚钱呢？"梁大这回可要争一争，"这可不是寻马，你利大，我凶险大……"

杨大剥皮早已考虑好了的样子，伸出一只白胖手来，痛痛快快用手指做出两个码子———一和六。

"才十六块钱?我不去!"梁大坚决地说。

"一百六十块钱!蠢汉!"杨大剥皮嘲笑说,"你回来原封不动把三百二十两黑货交给我。我每两给你五角钱!你能买十亩地,看你还用受穷吗?"

梁大听了这话,狠着心起身了。

……

约莫费了个把月时光,梁大日行夜宿,提心吊胆地从汉中府回到了下堡村。他在破棉被包着的枕头儿里头,带回来杨大剥皮的三百二十两黑货。他自己果然得了一百六十块钱。他果然在当年冬天买下十亩地。第二年,他就只在农闲时卖豆腐了。第二年冬天,杨大剥皮又叫他到汉中府去"买马"。他回来又给自己买下八亩地和一头牛。第三年,梁大就再也不当豆腐客了,他变成了下河沿的首户庄稼人。第三年冬天,杨大剥皮还叫他去汉中府,他再也不愿意去冒险了。

"我的衣裳和模样变了,"他向杨大剥皮解释说,"装穷人怕装不像……"

梁大在接着的十几年时光里,因了生禄学成一个好庄稼汉,他保住了他置的田地,买下马,套起车,光景过得有耕有读。二儿子生荣解放那年高中毕业,没考大学,住了解放军的军政学校。毕业以后,分配在兰州军区的部队里头当军官。梁大老汉经常想:他生荣是蛤蟆滩地位最高、最有学识的共产党员。"郭振山和梁生宝算得了老几呢?哼!"秃顶老汉根本不把他的穷邻居任老四和欢喜母子看在眼里。他经常当面揶揄他们,说他们沾了他生荣的光,才翻身了。老汉在庄稼人面前摆出了红老太爷神气,谁敢提他给杨大剥皮"买马"的那个关系?

梁生禄很贪心地经营着这份富裕的家业。梁大老汉早在心里把全部土地,分成均等的两份。老汉在渠岸和地边上栽树的时候,也很注意不破坏这种均等。他当老人，对两个儿子要心公。他不愿意因他偏心，在他死后，两个儿子为争家业吵嘴，给他丢脸。他常常教训梁生禄说：

"生禄！你兄弟在外头干事，不贪家业。我而今活着，是个公道老儿。我死后啥也带不走的。这全是你弟兄两个的家业。你不能占你兄弟的一分地、一棵树！你甭看你兄弟从小念书，出了学校干事，没和你一块做活。他没沾你的光！你两个都沾我老汉的光！嗯！"

直至梁生宝、冯有万和欢喜去县里学习办社的那天，梁大老汉还对生禄说过这话。他要把家业传给子孙，他兄弟的养子梁生宝却热心互助合作，谋着把他的这份家业"充公"。他曾经料定梁生宝是白费劲，不得成功。没想到小伙子竟然能从县里搬来一个工作组。

听说要来个工作组办社，梁大老汉腿都软了。他叫生禄赶紧到章村去。傍晚的时候，生禄就把章村他姐夫———一个识字的富裕中农寻来了。当晚，他们就给共产党员梁生荣寄了信，告诉村里要试办农业社，问他是不是可以先不入社。

头一年修通了西安到兰州的铁路，回信不几天就到下堡村大十字的邮政代办所了。生禄把信拿回来，就跑到章村去寻他姐夫。不识字的梁大老汉独自在家拿着信，两手发抖，就像十几年前在下堡村大庙里讨卦两手发抖一样。

天呀！生荣是他心目中的大人物，现在决定着他一家人入社不入社的命运。梁生宝算什么？梁生宝听卢支书的话办事，而生荣前年回家时，卢支书专意登门来看望。

生荣是梁大老汉最信服的人。还是中学生的时候，生荣曾经偷偷地对他说："爸，国民党要垮台……"说过不到一年，国民党果然垮台了。现在，无论谁个把农业社说得天花乱坠，梁大老汉都不相信，只等他的亲生骨肉一句话！他相信他生荣的信里，一定说明农业社能不能办成功。梁大老汉从心里佩服他儿子。他的穷邻居们知道什么呢？他的邻居们是些没学识、没眼光的穷庄稼人。拿梁大老汉的眼光看起来：共产党是真搞社会主义，而穷庄稼人喊叫办社，只不过是谋着富裕中农的田地和车马罢了。

章村的女婿来了。全家的男人和女人都聚集在老人的草棚里来，静悄悄地听着念信。

梁生禄听着听着，脸通红了。连鬓角里头发中间的那片秃也红了。梁大老汉听着听着，老皱脸却渐渐白了，到后来煞煞白了。秃了顶的脑袋垂着斑白胡子，木愣愣地站在全家人面前。他从心里到外头，全身都凉了。

梁生荣完全站在梁生宝一边！这两个叔伯兄弟走一条路！

　　父亲大人：

　　来信收到了。知道生宝哥领导咱村上下河沿试办农业社，男是十二万分高兴！互助合作是新社会的潮流，无论谁也阻挡不住。不管个人进步不进步，将来每家农户都要走这条路。当然，早走的光荣。迟走的，剩下少数人单干，没前途，没办法了，将来还是非入社不行的。望大人和胞兄切勿犹豫，坚决入社，并协助生宝哥把社办好，为要。千万！千万！

　　男最近从青海省出差回来，身体很好，饮食较前增加，望大人和胞兄勿念。我们部队也正在学习总路线，男不愿请假，耽搁学习，所以春节不能回家。男以后争取时间回家看望大人……

那些关于生荣最近从青海省出差回来的话，关于生荣饮食增加的话，曾经多么能够激起梁大老汉的欣喜啊！但是现在，老汉根本没有把这几句话听进耳朵里去。只有关于农业社的那几句话，好像一个生硬的物件一样，猛力地嵌进他的老脑筋里。他的脑筋感觉到鼓鼓胀胀的，其他的什么事也顾不得想了。

"重念一遍！"梁大老汉对章村的女婿说。章村的女婿从头至尾又念着信。梁大老汉歪着脖子，注意听着。虽然生荣的信写得那么明白、恳切，但他还是对章村的女婿说：

"你再念一遍……"

当第三遍念信的时候，梁生禄在草棚屋的脚地蹲下去了。三十多岁的庄稼人两肘支着膝盖，两手捧着他包头巾的脑袋，抬不起头来。梁大老汉一下子冒了火，气呼呼地说：

"入社！生禄！听你兄弟的，入社！咱生荣知道国家大事，你知道啥？我是创业人。我还活着，我说的算！嗯！……"

一向在邻居面前摆出"红老太爷"神气的梁大老汉坚决地宣布，没一点含糊。蹲在地上的生禄站起来了，红着脸，什么话也没说，只是长长地叹了口气，表示无可奈何的服从。

从此，梁大老汉再也不想将来的事情了。曾经在心目中把所有的田地分成均等的两份，在渠岸和地边栽树时也注意着不破坏这种均等，现在全都是他白操心了。农业社要接管一切折价入社的产业。让生禄和农业社打交道去！他自己老了，没有多少年头活了。他只有从回忆过去卖豆腐的穷光景中，得到安慰。……

"现时总比那时候强！"梁大老汉这样想，"就凭我从小卖豆腐的可怜，他邻居们也不能苛待我。他们总要让我吃饱穿暖！嗯！……"

至于他曾给地主杨大剥皮"买马"的事，现在对他完全变成滑稽可笑的事了。他连想也不愿意想这层事。

……在"四评"的那几天，生禄每天回家，总是红着脸告诉老人：哪块地评了几等几级；哪棵树折了多少价；哪件农具折了多少价；马评了多少钱……梁大老汉总是这样回答：

"算了，生禄！甭给我说这些了。我听不进去。多了少了，就那么回事！一份家业都入了社了，争那点价算啥嘛？"

梁大老汉说这些话时，已经完全变了性气。仅仅在半年以前，他为稻秧子和欢喜母子闹事，他是多固执、逞强。现在他是多么随和、好说话，表现出一个快死的老人的善良。

梁大老汉软囊囊的眼皮包着失掉光彩的眼睛，带着泪水，觉察出生禄不喜欢听他这些话。他想：生禄是不情愿入社，老是脸红着，说不出口。他开始对生禄反感了。他想起梁生宝互助组办社以前，是生禄叫他出面，借口稻秧子的事和欢喜母子闹的；是生禄叫他出面，借口拴拴退组，他家也跟着退组的。生禄对邻居们说：老人上了年纪，糊涂了，不愿意互助；他是儿子，没有办法。现在，梁大老汉多么懊悔啊！他简直不好意思看见欢喜母子和生宝！他干脆不出街门算了！

老邻居拴拴他爸的死，在梁大老汉心里头引起十分凄凉、十分悲怆的感想！他很自然地想到自己在世上能活多长时间。他要章村的女婿在给生荣的信上，结尾添上一句："为父上了年纪，日夜想念儿，望儿春节回家见面……"但是生荣回信说部队学习党的总路线，他不愿请假，推说以后回来。梁大老汉说什么也等不得"以后"。这是一句遥遥无期的口愿。

他想："罢罢罢！过了旧年，天暖和了，我和你媳妇坐火车到甘肃去！……"

灯塔社成立了，梁大老汉没什么操心的事了。田地、树木、牲畜、农具……世上的一切财富都与自己没什么关系了。既然所有的这些都归了农业社管，他何必劳神呢？王二直杠死了，梁大老汉却还贪恋这个世界，他有个好儿子，比挣下家业强——生荣在他心里头，比以往任何时候都更亲爱。

梁大老汉现在只有一个念头：快过年吧！他要一过春节就走。

生禄要他过了正月,至少过了灯节……

旧历年的正月初一,是个天气晴朗的日子。因为初二就"立春",气候也明显地温暖起来了。

早晨,黎明以前,不知下堡村谁家第一声响了爆竹,接着汤河南北的庄稼院此起彼落,噼噼啪啪,直响到天亮。天亮以后,黄堡镇、下堡村、赵村和竹园村——这些蛤蟆滩周围的大村堡,和庄稼院稀稀落落的蛤蟆滩一样,反而安静下来了。直至一轮红日从黄堡东原升起,照彻了汤河两岸,庄稼人们才家家户户都吃毕饺子了。这时候,汤河两岸各村到处响起了锣鼓声,渲染出一种欢乐的过节气象。

按照乡俗,初一不走亲戚,只是村内同族的少辈给老辈拜年。当梁生禄给他三叔和三婶拜年去了以后,梁大老汉就准备着梁生宝来给他拜年。

打扫得干净的炕席上摆着小炕桌。小炕桌上摆着茶壶、茶碗,还有一盒完全是为了应酬而买的香烟。阳光照在小炕前边的窗纸上,映得满炕通亮。事情本来就是很严肃的,今年因为梁生宝当了农业社主任,两家的关系起了根本的变化,就更加严肃了。当双方心思不合的时候,这种场合的礼节性更强!

梁大老汉穿着过节衣裳,赤着秃顶的光头,捋着斑白长胡子坐在炕头。他盼着梁生宝快来,说几句应酬话就走。他等着把小炕桌搬去,伸开胳膊和腿睡觉。大年夜里,他思念生荣,没睡好觉。他刚刚吃了一碗饺子,就感觉到头昏昏沉沉起来了。

但梁生宝迟迟不来。秃顶老汉渐渐烦躁起来,疑心梁生宝当了农业社主任,莫非架子大起来了?他后悔不该让生禄先给他三叔拜年,应该等生宝先给他拜过年,生禄再去。……

在内心中始终有一种对梁生宝的反感和轻视,梁大老汉这时恼

643

恨起来了。

"野种子!不是俺老三的骨血,是渭北一个什么庄稼人的后代,在民国十八年的灾荒年月,一股风把他刮到蛤蟆滩来生了根!"

梁大老汉这样想着,更生了气。他简直想叫两个媳妇把小炕桌搬走,他要睡觉。……

突然间,传来了梁生宝在院子里和两个媳妇说话的声音,接着掀开板门进了草棚屋。

"伯!过年好吧?"生宝喜笑颜开地问候,一身过年穿戴。

梁大老汉看着生宝庄重的装束和相好的神情,然后老气横秋地说:

"好!你也好!坐在炕上,吃烟!"

梁生宝坐在炕边,两腿垂在炕壁外边。他从小炕桌上拿纸烟。生禄家取来暖水瓶,冲茶。梁生宝一边吃烟,一边解释:

"我昨黑间在饲养室睡的,今早起等俺老四叔吃了饺子,才把我换回来。因此给伯拜年来迟了……"

梁大老汉没吭声,一只衰老的手捋着斑白胡子。生禄家给生宝倒着茶,说:

"为啥不叫有义就近喂一夜牲口呢?"

"干部替换饲养员,这是社务委员会的决议,不是不相信旁人。再一方面,也是个责任问题儿!眼时咱社里只有这么点家当,就得精心管理。……伯!等过了年,天暖和了,你到咱饲养室看看。一排排牲口吃起草来,真个叫人爱!"

梁大老汉抬眼看看生宝喜气洋洋的样子,心里想:"你自然高兴喀!人家的家业全归你管了嘛!"但是他嘴里没兴趣地说:

"世事成了你们年轻人的啰。你们好好办去吧!我老了,不行啰。嗯!"

几句话说得生宝明朗的脸色一下子沉了,拿起茶碗来喝着,思量着什么。这正是梁大老汉的目的。他知道这个对农业社着了迷的小伙子,一定要和他谈叙农业社的事情。他不爱听这些事情!他宁愿和他说些家务事,儿女情!

"宝娃!"梁大老汉在生宝喝茶的时候教训说,"人是过一年,长一岁……你明白这个意思吗?啊?"

"我……明白。"生宝放下茶碗,迷惑地说。

"你兴许不明白!"梁大老汉倚老卖老地说,"今日是大年初一,你来给伯拜年。伯告诉你吧!人过了三十,就不好定亲啰。你思量思量……"

梁生宝张大了口,恍然大悟地笑了。可以看出:他明白他伯不喜愿谈叙农业社,而把话岔到这里来了。

"伯!"生宝诚恳地说,"过了年,我在意这事呀!"

"嗯!对!嗯! 有对象了吗?"

坐在脚地板凳上的生禄家代替生宝说:

"人家给他介绍竹园村的一个女人,是从范村离婚回去的。年前才见了面……"

"人有娃子没?多大年纪?"梁大老汉表示关心。

生宝在生禄家嫂子面前不好意思地说:

"没,独独一个。过年虚岁二十五……"

"抓紧!"梁大老汉忠告,"抓紧甭三心二意!嗯!"

生宝表示他准备趁过旧年以后这几天不忙,调查调查这个对象再说。这时梁大老汉张大口,打了个长长的呵欠,显示他疲劳极了,用挂在纽扣上的手帕,揩着打呵欠时流出来的眼泪。生禄家在旁边解释说:

"俺爸大年夜里没睡好……"

生宝就告辞走了。

645

第二十章

春荒的时候,人们总觉得日子过得好慢好慢;而春节——庄稼人不做活,吃好的,从早到晚在一块热闹……人们不觉得一天又一天过去了。"破五"一过,庄稼人劳苦的一年就开始了。

梁生宝过这回春节可一点也没清闲。他不光替换饲养员喂牲口,而且出了他没预料到的事情。从正月初二庄稼人开始走亲戚的那天起,下堡村百十来户人家来了数百家亲戚,听说这里河南稻地里办起了农业社,都跑来参观新鲜事物。梁生宝曾想到春节时蛤蟆滩的亲戚会来参观,但没想到下堡村的亲戚陆陆续续来的人,竟比社成立的时候还多。大部分是十里以外的远路亲戚,其中暂时没试办社的峪口区的庄稼佬看见什么都打听。真是忙死人!

生宝只好照灯塔社成立时工作组的办法,要求所有的社干部这几天里头都别走亲戚了。大伙分组待在两队的饲养室院里,向参观的庄稼人解释事情,回答人们提出来的关于处理土地、牲口、农具、树木和记工分配的具体问题。生宝知道这是试办社对周围农村所负的一种义不容辞的责任。他要求社干部们对待参观的亲戚们态度要谦虚,不能有丝毫傲慢,老大神气。同时他又低声告诉大伙:眼睛放灵活一点,注意坏人混杂进来破坏。……

生宝这回把会计任志光也拉出来参加了解答工作。自建社以来,复杂、琐碎而又是生疏的农业社账目,把一个一贯爱跑的活泼少年,个把月时光就变成了大人,钻在屋子里不出来了。志光按照韩培生和牛刚教给他的方法在建账。他很费劲地把那些临时记在一张一张货单上的各户土地、牲口、农具、树木的数量等级和价目,一笔一笔抄写到社员分户明细账上去。春节前,小伙子右手的中指头已经被水笔磨起了水泡,叫他妈给他用布条裹起来他继续抄哩。生宝曾问:让培生和牛刚都帮助会计写,不是很快就可以建起账吗?可是志光一定要留下来,他一个人慢慢一笔一笔亲自抄,说他要磨炼他当会计的写算本领、细心和耐心。于是好强的小学毕业生废寝忘食、起早贪黑地写着、算着、拨着算盘珠,竟连正月初一也没出来在村里玩玩。生宝嫌志光坐太久了,叫他出来做点别的事儿,也算休息了一下脑筋吧。

就这样,春节的几天在兴奋和忙碌中不知不觉过去。生宝唯一的收获是吃得比平素好,脸上比建社时丰满、光滑些。

他原来打算趁去北杨村向秀兰公婆回礼的便,顺路去竹园村亲眼看看刘淑良娘家的情形,到时候也没去成。秀兰的阿公正月初二来看了两个老亲家,生宝他爹正月初三到北杨村去回了礼。生宝初二连给客人斟杯米酒的时间也腾不出来,只是在秀兰的阿公参观饲养室的时候和亲戚见了一面。他看得出来,秀兰的阿公明白他是真忙,并不是当了社主任,冷待亲戚。

正月初六,灯塔农业社主任梁生宝就要和官渠岸互助联组长郭振山一同进城去,参加一年一度的全县互助合作积极分子代表会去了。初五黑夜,生宝赶紧在铁锁王三草棚院的办公室里召开社务管理委员会,安排下一段的农副业生产——旱地冬小麦地里除草,松土保墒;稻地里复种小麦的地里打碎土块,拾去稻根,为开始春灌、追肥做准备;豆腐坊的工作照旧不变,只是卖豆腐的有个别不太老实、不称职的人,调换了一下。最后,生宝宣布他不在的时候,由副主任高增福经管一切。……

散会以后,所有的社务委员都忙着安排第二天的活路去了。办公室里只留下主任和副主任。生宝看见增福消瘦的脸挺沉,眼神深思默想盯着他,好像有什么话要在临别时说,又好像说不出口来。生宝看见增福的这种表情,想起他解放前有一回和任老四一同进山,桂花她妈这样恋恋不舍地盯过任老四。共同的意志和共同的命运把两个单身汉庄稼人结合起来过光景,竟然产生了夫妻一般的深情厚意。这使得梁生宝由不得想笑。

"咱俩也散吧,"生宝忍住笑说,"才娃睡了?还是在生茂屋里等着你回去呢?"

增福说:"早睡哩。这而今不是一年前的才娃了。再也不要我抱着出来开会了。嘿!穷娃懂事早,听话。官渠岸我原来那草棚独家,没院墙。我搬到生茂草棚院后,有院墙、有街门,又有同院邻居。我刚搬来的时候,生茂嫂子还帮我照看过一下娃。以后熟惯了,娃就不害怕了。嘿,俺才才多大一点人,自个儿抻被子,自个儿脱衣裳。他睡了还叫我走的时候别忘了吹灯。你看可亲不可亲?"

"真个可亲!"生宝喜欢极了,"这么说,你这回搬过来入了社,还把娃的拖累也解脱了。这就好,好得很哩。过两年咱社有办法了,得给你先投资,把你的草棚先盖起来……"

"主任看你说这啥话!只要生茂不嫌我,你甭恬着给我盖草棚屋。"增福不客气地打断生宝,拍拍胸口大声激动地说,"我连这颗心都入了社哩,一个草棚屋算啥?只要咱们把社办好,我这辈子不盖草棚屋也是畅快的。要是社办不好,嘿……"

"怎样呢?"

"我在这蛤蟆滩也站不成……"

"回官渠岸呀?"

"我领着才娃革命呀!到哪个工地给工人老大哥做饭去呀!"

生宝张开嘴,仰起头笑。笑毕,他一想:副主任突然对他说出这番话来,恐怕不是没有缘故吧?可是为什么呢?"噢,看他忧虑成那样,八成是我要进城,他孤单了。对,他独独领导,当然觉得担子重……"想到这点,生宝笑着安慰副主任说:

"增福,你放心。我进城的这些天,咱社里大约不会出啥事情。即使有事你和有万、大海商量着办。事情再大了,你不会把社务委员都叫到一块讨论吗?你甭熬煎。十天半月以后,我回来的时候,培生和牛刚同志就全来了。那时咱们就要热火朝天积肥了。"

生宝热烈地鼓着劲,充满了乐观气概。但副主任的消瘦脸上仍不轻松愉快,虽然露出一点勉强的笑容,还是显着内心相当不安,不说话。

"你还有啥顾虑吗?"生宝开始重视起副主任的情绪了,"或者,你看见咱社啥事不如意吗?或者你觉得有万和大海对你不尊重吗?你说出来,趁我还没走哩,咱想办法解决……"

好了!现在增福抬起眼睛,看看生宝的脸色,他好像考虑着每一个词句似的慢慢吞吞地开口说:

"主任,你明日高高兴兴进城去开会,我不该给你说这些话,叫你听了不高兴……"

"啥话?难道又是官渠岸有人说咱办不好社吗?"

"就是的,"副主任非常难受,"增荣俺哥告诉我,这回说的人可多呀。话更重!"

"啥话?给我说一下,我看重不重。"

"你甭伤气。"

"哎呀!看你说的!群众议论一下,我能躺倒吗?"

高增福到说的时候脸色更黑了,学着别人的腔调告诉生宝:

"甭看灯塔社名气大,眼时参观的人多,怕只是不到半年的寿命!要是过了这个夏季不垮台,把我的嘴巴打肿……"

"哈呀!"生宝惊奇地大笑起来,"谁说得这么有把握?啊?就好像灯塔社的命运在他手心里!难道官渠岸有人想硬把灯塔社咒垮吗?增福,这话是谁说的?"

"俺哥听见孙水嘴说来。他说:说咱难过夏的人可多哩。"

生宝一听这话的来源,就不重视地笑了。

"主任,"增福见他不重视,非常苦恼,说,"他们说得蛮有道理，所以一般都信哩。"

"啥道理呢？"

"说咱社的饲养室小，牲口挤。说天气暖了，光里头的臭味就能把瘦弱牲口熏死。说好牲口也能给熏得不爱吃草了。我也觉得这话有道理。为啥呢？咱饲养室里要站八九个牲口，单干户一个草棚里才站一个牲口。"

"嗯，气味是不大好，"生宝同意，脸色阴沉下来，"还说啥呢？"

"说大牲口眼时是农业社的根基。说牲口饲养不好，就想把农业社办好，简直是做梦！主任，你说孙水嘴的眼光能看到这点吗？看不到吧？是有高人指教他哩吧？"

生宝听毕，仔细想了想，是哩。是要有经验的庄稼人，才能对经管牲口思量得这么详细，这么周到。对！拿牲口喂得好坏断定农业社办好办不好，也合乎情理。生宝问副主任：

"增福，依你眼光看看，这个高人是谁呢？"

"那还要问吗？"高增福痛心地说，"水嘴最听谁说？我难受就难受这。我寻思：啊！振山同志，你刚解放就入党嘛！土改时过五关斩六将，又不是不懂道理。组织上为了团结你，你没入社也叫你当建社委员，帮助出主意。你这阵看到俺社的缺点了，不给俺指点叫俺注意，可叫你的人在村里乱说！泄俺灯塔社的气，于你有啥好处呢？"

"不对吧？"生宝摇了摇头，很怀疑地批评副主任，"好老哥哩，我不同意你这样思量。振山同志哪能像这样行事呢？我不信，我坚决不信。我看他在建社中间倒是真用脑筋帮助咱出主意哩……"

"那是有工作组在哩。他要显示他比你能干！"

"唉，"生宝惋惜地叹了口气，"老哥啊！咱可不能这样心窄啊。咱们还是看宽一点好。你说要不是振山同志告诉孙水嘴的呢？

咱们不是屈枉了自己的同志了吗？"

"那么你说官渠岸还有谁呢？除了他……"

生宝说："官渠岸三大能人哩嘛。除了他，还有姚士杰和郭世富哩嘛。这点眼光，我看他两个都有哩。他们是一个狐狸一个狼，虽说不多和咱见面，你能说他们不'关心'咱们的事情吗？孙水嘴这家伙不懂深浅，管哪里出炉的饼，他得了就贩。你想真是振山同志的话，他才不叫水嘴乱说呢。我敢打赌，不会！"

生宝坚决不信的态度和他肯定的分析，使副主任的消瘦脸上有了比较愉快的笑容，但还是显出内心有相当的保留。生宝知道他的副主任有许多长处：立场坚定、大公无私、实干苦干；只是这庄稼人的狭隘和执拗，可是增福同志的大毛病。生宝对这点深深地惋惜，因为对人抱成见和干大事业是不相称的。他下决心进一步苦口婆心地说服副主任：

"增福，你说群众议论一下咱们，有啥关系呢？你何必搁在心上呢？我知道你原来是官渠岸人，为了办社，你把官渠岸的草棚屋拆了，给咱们盖饲养室。你自己到蛤蟆滩来借人家的草棚屋住。你把农业社当自己的性命哩。你特别听不得官渠岸人说农业社一句不好听的话。你这个心情儿，我能想来。可是，增福，话得说回来：不怕人家说坏，单怕自己做坏。他们说咱社饲养室暖季气味大，是有点问题儿。这只不过是咱们忙忙乱乱，没旁观的人看得清楚罢了。真正到暖季来了，咱们还看不出这一点问题吗？咱们眼看把瘦弱牲口熏死吗？咱们眼看着把好牲口熏得不爱吃草吗？到时候，咱们想不出一点办法了吗？"

"想啥办法呢？"高增福说，"这两天我全为这个着急。我听说，陕北和山西，都是敞棚牲口圈。咱们能不能把饲养室的前檐墙拆了呢？……"

"敞棚饲养室？"生宝问。他仰起头想了想说，"唔，气味倒

651

是好些,就是……"

"就是冬季太冷,咱关中地方的牲口没冻惯。"增福惋惜着。

"不光冬季太冷,"生宝笑着说,"夏季太阳晒的时候,敞棚饲养室也太热呀。墙和门窗不光挡冷,更要紧的是挡热。增福,你想想:夏季晌午前后,太阳像火烧一样,咱们赶紧把门窗关了,屋里霎时就凉快一些,这是啥道理呢?"

"那怎么办?"增福又发愁起来,"又怕外头热,又怕里头气味大,左不行右不行……"

生宝仰头朝着草棚屋顶,用脑筋想着。他想天冷天热,是不由人的。嗯,人除了防备,再没一点办法。可是饲养室里头的气味,是从牲口的粪尿来的呀,不是气候呀……

"有办法哩!有办法哩!"生宝高兴地伸出两只手来。

增福瞪眼盯着,等着他说。

生宝畅快得大笑起来,像原始人发现了石器。"哈哈!官渠岸哪个能人想出的这个难题?增福!到了春季,天气一暖,咱们不会勤起粪吗?咱们是农业社呀。咱们劳力多,有工分呀,咱们为啥要像他们单干户那样,等牲口粪堆满了圈才起呢?牲口粪起了,饲养室的气味不就小了吗?增福,这么说,咱们得定个规程:春秋两季三天两天起一次粪,夏季要见天起一次粪。叫它饲养室气味再大!"农业社主任嘴巴上使着劲儿,显出一种志在必成的气概。

增福聚精会神听着。消瘦脸上先是惊讶,随后高兴起来了。副主任响亮地在自己的光头上拍了一掌,嘲笑自己说:

"榆木脑筋!人家拿单干户的眼光看农业社的事哩。你这么容易叫人家唬住,忘记自家的优越性哩!"

生宝见副主任情绪好了,高兴地解释说:

"不光你没想到,开头我也惑住了。"生宝趁这个机会劝说增福,"往后你再听见官渠岸有谁说啥,你上下、前后、左右地思量。你甫一听说咱社不好的话,心里有些发毛躁。其实这回这话对咱们有好处哩……"

"不等牲口受不了气味,咱们就想出办法了。"增福庆幸地说,情绪更好起来了。

"就是的!"生宝满意地笑着,更进一步提议,"我这回到城里开会,看县上能给咱多少贷款。要是数目不小,咱们到阴历二月把瘦弱牲口卖了,添点价款,买强壮牲口。到底强壮的大牲口好经喂、好使唤,饲养室也不那么挤嘛。你说对不对?"

"对啊!好主意!"增福听得眉飞眼笑,高兴地叫着,"就这么办!你到城里求杨书记多给咱穷社批一点贷款好不好!家里的事情,你就放心。好,时光不早,你明日要进城,咱们早点睡!"高增福现在简直换了一个人。

两个主任高高兴兴地分别了。第二天早饭后,梁生宝和郭振山背了自己的铺盖,一同进城去了。

主任走后,高增福对灯塔社的一切事情加倍地操心。工作组曾经讲过话:社员要以社为家。高增福想:"咱不是以社为家。咱是以社为命!主任说得对。主任最能摸着我的心底。拆了自家的草棚屋盖饲养室,我爷俩住在这生茂从前喂牛的草棚里来入社,我活在世上还图啥呢?就是要把灯塔社办好嘛!"

增福学生宝的样子,每天一早一晚到两个饲养室和一个豆腐坊看看:发生了什么事情没?他一到饲养室不是帮助扫院,就是帮助给牲口添草;一到豆腐坊,不是帮助往灶火里添柴,就是帮助往锅里头添水。他觉得这样做很随便、很自然。像郭振山那样摆出高人一等的神气巡视做活,即使有能耐高增福也不爱,何况他自知无能。他倒是爱梁生宝沉住气,有点领导人那股稳重劲;可惜他暂时还办不到。他帮助做活的时候,由不得随时同饲养上和副业上的人说些他所想起的话。他想起什么好主意就由不得说出来。他深深地惋惜自己肚里搁不住事儿。

主任进城以后的第三天,高增福提了帮助任老四修理好的牛套绳,到一队饲养室去。社员白占魁迎面走来了。前国民党军下士灰暗的细长脸上,拧眉瞪眼,噘嘴吊脸,好像又是刚刚和他婆娘李翠娥闹了仗出来似的。高增福自从当了农业社的副主任,完全不记去年春天活跃借贷时两人在学校里吵过的那回了。他本着团结一切社员的精神,主动和白占魁打招呼。主任说得对!要改造这号人,不同他说话是不成的!

"占魁,你到哪里去呀?"副主任关心地问。

白占魁却不答话,吸了口廉价的黑色烟卷,继续走他的路。

"占魁,你这是为啥着气呢?"副主任笑嘻嘻地问。

白占魁更不答话了。他神气地在稻地小路上从高增福身边过去了。增福隐隐约约看见白占魁临走过他身边的时候,似乎轻视地扁了扁嘴。增福这下明白了:"噢!白占魁不是和他婆娘有气,这还是和我有气哩。为啥呢?"

要是一年以前的高增福,哼!不把白占魁叫住质问他几句才怪呢。现在,高增福已经在梁生宝互助组磨炼过一年,已经是灯塔农业社的副主任了,他不同这号小人计较了。白占魁为了自己没有能当上社干部,竟能唱出"老牛力尽刀尖死,韩信为国不到头"的秦腔发牢骚,高增福听了简直发呕,唾了几口酸水。

高增福这样思量着,提着牛套绳继续向一队饲养室走去。他只是更觉得改造白占魁太难了,全看主任哩!

高增福提着牛套绳走着,想起建社过程中的一件事情。选举他当副主任的时候,全社只有白占魁一个人没举手。增福在稻地塄坎的小路上站住了。先不到一队饲养室去了。先去问问有万,看看生产队长知道不知道白占魁为什么和他这样别扭。嗯!这是一条毒蛇。得加小心,防备他咬人!

副主任提着牛套绳,来到一队的草棚院里。有万正在院里劈柴哩。增福把刚才白占魁异常的态度说了说。有万一只脚踩着废木料,一只手提斧头,脸朝天笑出声音来了。

"不是人!你也甭理他算了!"有万笑毕了说。

增福迷惑地说:"到底是为啥呢?看情形你知道。"

"我知道!"有万很痛快,毫不隐讳地说,"咱们这次社委会不是调换卖豆腐的人来吗?"

"调换来。可这与白占魁没啥关系呀!这回社委会上谁也没说他什么。好赖没人提起他呀!"

"就是因为没人提起他嘛!"有万忍不住笑,"占魁问我:他没当干部的资格,连卖豆腐的资格也没吗?他老白只有到饲养室起粪的资格!你看可笑不可笑?还口口声声老白!"

增福一点不笑。他发呕。他没想到白占魁竟是为了这个。他气得呼哧呼哧喘气。

"咱们能叫他这号人卖豆腐吗?有万,社员们能放心他吗?"

"当然不放心!"有万不重视地笑说,"你也甭着气。这正好证明他白占魁想当干部的心眼不正!咱社里再没人,也不能叫一个老兵痞出去卖豆腐呀!见天的往他口袋里漏点钱,还坏咱灯塔社的名誉……"

增福不明白地问:"他没卖上豆腐,为啥和我别扭呢?"

有万笑着说:"他当成主任看得起他,就是你副主任不喜愿他,所以……"

"我得找他谈一回!"增福有点感到不安了。

"你甭和他谈!"有万诚恳地建议,"等主任回来和他谈去。增福,我说他不理你,你也甭在乎。他!他不敢寻你的事咯,他调皮捣蛋,有我哩!你和他隔一层,叫我来管他。他上天呀!我问他:

'通过社章,你白占魁举手来没?'他说:'我为啥不举手?难道我老白不是社员吗?'我说:'好!社章里头规定社员要服从分配,你而今愿意做啥就要做啥。'他没话了。你看,这是个赖皮吧?你是个社的领导,甭和他吵闹……"

对!高增福接受了一队队长的建议,提着牛套绳向一队的饲养室走去了。他很佩服有万总是放开肚皮吃饭,伸直了胳膊和腿睡觉,什么事情都满不在乎的神气。有万当这生产队长,看起来一点不吃力;高增福感觉自己当副主任很吃力。特别是主任不在的这几天。要不是有万比他年轻,到时候有股火性由不得他要发作,真该让有万担任副主任的职务才合适。他才不像白占魁那样削尖了头钻,一心只想当干部哩。官渠岸有人说:"高增福在官渠岸的互助组垮完了,剩下个光杆的组长,跑到蛤蟆滩去还当了农业社的副主任。要是他还在官渠岸,有郭振山、杨加喜、孙志明几把手,怎么着也显不着他吧?"这些流言蜚语是当着高增荣说的。高增福听到这些欺负人的话只是寒心,并没给其他人说。他自己知道他是为了什么就对了……

沿路这样想着,高增福提着牛套绳走进冯有义的院里。他一边把牛套绳挂在饲养室前檐墙上,一边亲切地说:

"老四,牛套绳给你挂在墙上了。"

"好好好!给咱挂在原地方,"老四在饲养室里头感激地说,"你甭走了,我和你有话。"

"我不走的,"增福说着,走进饲养室里头去,看见任老四使劲儿给一槽牛抖麸子。增福照例问:"今日牲口都好?"

"好,"任老四的大舌头嘴说,"牲口都好,人不好!"

"怎么?你有病哩?"增福连忙说,"要是不行,你回屋里歇去,叫我替换你喂一夜……"

任老四溅着唾沫星子说:"不是我不好,旁人不好!"

"你屋里谁病了?桂花她妈?"

"不是。等一会儿,我给你细说。"

老四抖毕了牛草,沮丧地在槽边上把木棒棒敲净。高增福从他的动静看到他很难受,心里头就感到发生了什么事儿。

老四把木棒棒挂在槽前的柱子上,然后把气色很难受的脸转了过来,灰溜溜地说:

"梁生禄不好!"

"怎样?"

"两回哩!"任老四伸出两个指头来。

增福问:"今日一天到饲养室来过两回吗?"

"哼!趁我不在这饲养室的空子,挖料给大黑马偏吃了两回!"

增福惊奇地张了口,瞪大了两眼,看看靠边一个槽上拴的两匹马——从前是梁生禄的大黑马和从前是主任的独眼老白马,一个是滚圆溜胖,一个是瘦骨嶙峋。

任老四溅着唾沫星子,鄙弃地对副主任详细报告说:

"头一回是昨日后半晌,我到外边去牵牲口。生禄给从前是他的大黑马添料,他走后我才看出来。我看见大黑马这半面料多,老白马那边面料少。同一个槽嘛,这不是怪事儿?我寻思:保险是梁生禄把老白马的料刨到大黑马这边了。我一看料斗子,有两只手挖下的一个坑。我思量:头一回,算啦!自己又没亲眼看见人家。你昨日来,我就没给你说。自己一肚子装了。想不到他今日后晌又来了。这回我可就看清了。这回我故意到草棚里去取草。我故意在草棚里朝饲养室看哩。我看他怎样……"

"他怎样?"

"外甥提灯笼——照旧(舅)。"

"你没问他吗?"

任老四红了脸,惭愧地低下头去:"我没好意思……"

"为啥不问一下呢?"增福着急地说,"你问清楚,把事情搁实,咱好批评他嘛!"

"不好意思,"任老四嘴讷地说,大舌头在他嘴里更僵了,"我实在不好意思。老邻居嘛!从前我不去借人家的牲口,就去借人家的农具。我怎也拉不下那个脸……再说,增福,他是梁生荣的亲哥,咱主任的叔伯哥,我实在不愿伤这两个党员的脸……"

高增福看见任老四脸更红得厉害了,他不再追究饲养员的责任了。任老四的心情,人和人的各种关系,增福都能理解,而且愿意体谅。他现在只和饲养员捉摸梁生禄为什么会有这号反常的行为。

"老四,你看生禄是不是和大黑马情太深……?"

"不是!"任老四断然否定,"不是!主任他爹才是和老白马情深。人家拿自己的玉米来喂哩。我没见生禄拿过一回……"

"你看他是不是对大黑马和老白马一样吃料有意见呢?"

"看不来!"任老四难受地摇摇头,"牲口都折价归了社,不是私人的了。我不信生禄这样糊涂……"

"那么你看他是不是暗里打退社的主意,把大黑马还当自家的呢?"

"不能吧?"任老四怀疑说,"互助组,他说一声就退了。退农业社可没那么容易……"

当下两个人捉摸不出生禄的思想。高增福感觉到主任才走了两天,梁生禄就这样放肆,肯定也是眼里没他高增福了。他决定明天亲自在这饲养室等着,看生禄还来挖料给大黑马喂不!

第二十一章

梁生禄过春节的几天,几乎见天都走亲戚。初二他到赵村他舅家去了。初三他到冯店他丈人家去了。初四他到章村他姐家去了。只要走出蛤蟆滩地界，他就好像到了另一个天地，立刻感到浑身都畅快些。他在亲戚家里喝些米酒，说些农业社的闲话，傍晚时回到家里，再喝些稀饭，就上炕躺下，让娃子在他身上骑马。

"咚咚喳，咚咚喳，
我儿骑马上舅家。
舅舅抱，外爷亲，
我儿长大你做啥——"

梁生禄口念着这段童谣，和他的娃子玩耍。他院里拴的大黑马已经拴在社里的饲养室里了，一点也不懂马的任老四经管着。梁生禄的二十几亩庄稼，现在也是人家生宝、增福、有万他们操心的事了。他在自家草棚院里还有什么事可操劳呢？脑子里还有什么事可谋划呢？他爸又烦他，不愿意听他多说话，只等天一暖和就到甘肃他兄弟生荣那里去了。他不和他的娃子耍做什么呢？他想："啥都入了社，婆娘娃子仍旧是自己的！"

初五没什么亲戚可走了。梁生禄到哪里去消磨这一天无聊的时光呢？

许多社员没事就爱往社办公室跑。他们还爱到饲养室去看牲口，爱到豆腐坊去看猪。谁爱去谁去！梁生禄反正不会爱到这些地方去。有什么意思呢？还不是一群牲口挤成一堆吗？还不是生宝家入了社的老母猪下了一帮帮猪娃子吗？谁没见过！梁生禄吃过早饭出了街门，径直朝官渠岸土神庙前头的"闲话站"走去了。那里从早到晚都有庄稼人说闲话，他去了不一定要和谁打招呼，他走的时候也不需要向谁告辞，很随便！嗯！好去处！

奇怪！在官渠岸的闲人们中间蹲下来，他也感觉到比和灯塔社的社员们在一块做活畅快。他看见这里的中农们比他叔伯兄弟生

659

宝、邻居任老四和欢喜亲近。特别是郭世富。哼,在宣传总路线以后还不入互助组,真是个有主意的人。世富老大问讯生禄他爸肚疼病好了没,问讯他兄弟生荣过年回家来没,问讯该走的亲戚都走过了吗?……等等。发家致富的能人!说话的态度那么亲切,以至于梁生禄心里不禁暗暗惋惜:"唉唉,高增福为入社把家从官渠岸搬到蛤蟆滩了,我梁生禄不愿入社,我能把家从蛤蟆滩搬到这官渠岸来就好了。"生禄甚至于感觉到:这整个官渠岸的庄稼人,都比蛤蟆滩的贫雇农务实、稳重、厚道。

农业社的社员梁生禄来到官渠岸土神庙前头,引起闲人们又谈到灯塔社。人们说两个饲养室的空气都不好。庄稼人们你一言他一语议论:冯有义院的饲养室气味更大,牲口不爱吃草,有些老牛看起来已经比合槽的时候明显地瘦了。大伙说:灯塔社的人们也许是走社会主义道路的心正热,也许是忙着接待川流不息参观的人,总之是还没有发觉这一点。……

梁生禄听着听着心发慌了。首先涌上心头的不是社里的问题,而是他的大黑马。

"你们看我那马瘦了没?"他连忙问。

所有在土神庙前头的闲人们都笑了。笑得梁生禄脸通红。他觉得热乎乎地发烧。他问得太急了,无形中暴露出他只关心他的大黑马;而严格地说来,已经不能算是他的牲口了。官渠岸的庄稼人们只笑了笑。人们七嘴八舌地议论:

"要是那么好的大黑马瘦了,旁的牲口就死完了。"

"真个!旁的一槽牲口合起来,也不值那一个黑马!"

"你放心吧!"郭世富蹲在梁生禄旁边,低低说:"我细看来,大黑马没瘦!我看,它和你三叔的老白马在一个槽上,多少还能占些便宜。为啥呢?抢料老白马抢不过它。嘿嘿……"

梁生禄脸不红了。他甚至于感到相当地满意。只要他的牲口平安无事，旁人的老牛、小驴、瘦马，管他娘!死了能值几个钱?真是!一槽牲口合起来，也不值他的一个黑马!建社以来梁生禄一直努力克制着他在互助组时期的优越感，现在又被官渠岸闲人们鼓动起来了。他肚里的那股不服气和不甘心的气儿，又憋得鼓鼓了。他想：明摆着他在灯塔社有举足轻重的影响，他为什么总像建社时期那样胆小怕事呢?难道富裕中农比贫雇农低一辈吗?他不服!

初六，社主任进城开会去了以后，梁生禄就没参加社里的劳动。他并且接连两天到饲养室给他的大黑马偏吃了料。第三天，高增福在一队饲养室等着，他没有去。不是他街门外看见了高增福，不敢进院里去。不是的!是他和世富大叔约好了，叔侄两个一块到峪口镇逛集去，听说那里唱戏。

吃过早饭后，梁生禄来到官渠岸小巷口。世富老大早已衣冠整洁，手里提着长烟锅，在那里等着他。

"生禄，"世富老大非常亲切，笑说，"今日好天气。你们社里做开活了，你还顾得逛集去吗?"

梁生禄上前来恭敬地在前辈庄稼人后边走着，气愤愤地说：

"我不指望靠他妈的工分儿分粮喀!够吃就行哩，还想发财吗?"

郭世富眯缝起眼睛，赞成地一笑。

"你的地多，地等又高。你靠地股分粮，能过日子。"世富老大说，但他又关心地问，"可你不给社里做活，时长了，社干部让你吗?"

"他们为啥不让?叫那伙穷鬼们多挣些工分，正合乎贫雇农路线!我十天不做活，队长也不会寻我。"

郭世富表示明白了，一笑。他又担心地说："你还是小心些，生禄。甭做活儿太少。你做活儿太少了，社干部日后也许会说你拿土地入股，剥削贫雇农哩。"

661

"嫌我剥削,把我开除出社好哩!"生禄越说越有气。

"那么你当初为啥要入社呢,该没强迫你吧?"世富老大非常有兴趣地探问。他拿最亲切的眼光盯着生禄气恨恨的样子。

"唉——"生禄长叹了一声,灰溜溜地低下头去,"世富大叔,你不知情。等咱出了这官渠岸巷子,我给你细说根由……"

他们出了官渠岸巷子,走上了经过竹园村通向峪口镇的牛车路。终南山的皑皑积雪,仍然一直白到山脚。但这是立春以后,平原上的冬小麦、越冬豌豆和油菜,在温暖的阳光下,已经呈现出初春的绿色,准备返青了。坟场、地边和路旁的耐寒野草——蒲公英、白蒿、猪耳草、迎春花……却已经开始茁壮了。道路两旁远近各村,都有一些动手早的互助组,在冬小麦地里锄草了。

看见这春回大地的景象,梁生禄想起自己的土地、牲口和大农具都不属于自己了,又是一阵心疼。

他们在路上边走边眺望了一阵野景,说了几句关于天气的闲话,在经过姚家坟园附近的时候,梁生禄开始从头至尾对世富老大叙述他去冬入社的经过——他兄弟生荣怎样来信叫入社;他自己怎样不情愿入社;他爸怎样只信服他兄弟,而不理他的;他心中怎样想和兄弟分家,只因为老人在世,说不出口……生禄谈叙起这些伤脑筋的事,他两鬓的头皮就疼起来了。

"世富大叔,你该知道俺爸的脾气吧?要是顺他的意,我说啥他听啥。要是不顺他的意哩,他连看也不喜看我一眼。"生禄最后灰心丧气地说。

世富老大听着,连连点着毡帽底下两鬓斑白的头,表示他最能理解生禄这苦恼。

"你爸的脾气我知道……"世富老大在前边走着,亲切地说。

"你说我该怎办呢?"生禄跟在后边迫切地领教,"我就在社里听天由命混日子呢?还是……我今日和你来逛集,不是为逛集,确实是为领你的教。"

"你想怎样?"世富老大挺有涵养地问,"你先说说你想怎样?"

"我想……"

"你说!你甭怕我漏话!话到我耳朵里,没出去的!"

"我说,你甭笑话……"

"哎哎!"世富老大非常体贴地说,"你侄儿到这个困难处了,老叔还笑话你可怜吗?凡人都有个不吉利的时候嘛!"

梁生禄鼓起了勇气,嘴巴上使了好大的劲儿,开始说:

"我想和俺兄弟分家!嗯!分了家,他俺爸和生荣媳妇拿一份家业,入他们的社。我拿我的一份出社。我也不在他妈的下河沿住了。我把俺婆娘和俺娃搬到你们官渠岸,今春上我就盖两间草棚屋。你看行吗?"

世富老大听了,吃惊地瞪起两眼。他在牛车路上折转身站住了。

"不行!不行!生禄,你为啥这样蛮干呢?"

"怎么?世人要笑话我不孝敬老人吗?"

"不光世人笑话你不孝敬老人哎。你搬家也不是个办法呀。"世富老大现在和生禄在牛车路上并排走着,诚心诚意解劝说:"生禄,你听我说,人家高增福家里有多少东西?你梁生禄家里该是七长八短、七高八低一大堆吧?你从一个草棚院搬到一个草棚屋里,怎塞得下嘛?二则,人家高增福为入社搬家,一大帮社员帮着他;你梁生禄为退社搬家,有谁心想帮个忙,好意思出头吗?你仔细思量思量吧!"

生禄仔细一想:果然有道理!他在生气的时候胡思乱想。他这是心中急躁,说气话,实际是办不到的。要是真正要出头露面分家和退社,他自己也没有这份勇气。

663

"好世富大叔哩,"生禄现在换了诉苦的语调了,沉吟着,"你是没亲自尝一尝农业社的滋味。自家的田地、牲口、农具归人家社干部管,这算啥呢?人也归人家社干部管呀!我得归有万管,俺婆娘得归欢喜他妈管。要是不服管呢,就是兵不认将,犯了社章哩。你说,咱有好田好地,好马好车的庄稼户儿,怎受得惯人家管束呢?受不惯呀!我到社里去做活儿,常是抬不起头。我像劳改所的犯人一样,觉着丢人。我端上银碗讨饭,还看人家的眉高眼低……"

生禄说着,难受得声音都沙哑了。世富老大在前边走着,不知是不忍,还是不敢掉头来看生禄一眼。老汉抬起头去,朝着西边的蓝天嘘了口气,然后摇了摇头。

生禄继续发牢骚:"他生荣入社,只要写一封信就行了。我梁生禄入社,可没那么容易。我得去开会,我得听冯有万的指挥做活。我又不是共产党员,我这是为了啥?他俺爸听生荣的话硬要入社,他又不去做活!他又不去开会!他自建社到而今,连街门也不出。叫我一个人在社里头顶着!哼,他这连蛤蟆滩也不想蹲了……"

"你爸要上哪里去呢?"世富老大惊奇地问。

生禄沮丧地说:"和生荣媳妇一块到甘肃逍遥去!"

"噢,寻生荣去。去看一下?还是常住?"

"能常住就常住!"生禄不满地说,"反正家业都入社了,他们还有啥牵挂吗?"

"噢!噢!难怪你要分家退社。"世富老大似乎现在才明白,"他们都走了,家里全给你掼下……"

"我也走呀!"生禄赌气说。

"你到哪里去呢?"

"我也到甘肃去呀!"

"你到甘肃去做啥?"

"我叫他生荣给我寻个差事!"

"你能干啥差事呢?嘿嘿,庄稼佬儿,一个大字不识!"

"我不会在兰州扫街道吗?……"

世富老大张开胡子嘴巴,朝西边的蓝天苦笑了起来。

"你净胡思乱想!生禄,你净胡思乱想!"世富老大诚恳地忠告,"好侄儿哩!你再甭三心二意,一心一意在屋里等着吧。"

"等啥呢?"

"等农业社试办过一年再看……"

"噢!"生禄一下子有了希望,问,"你说这灯塔社也许办不成功吗?"

"咱不敢说人家办不成功。"世富老大连忙更正,但又吞吞吐吐说,"可是……试办……反正……试办……公家也不是说试办吗?"

"说是试办,可是我听说试办就是开头的意思……"

"你等上半年、一年,再看怎样吧?你没听俺渠岸的人们说社里的牲口瘦了吗?要是牲口倒了,又怎办呢?"

"嗯!嗯!"生禄连连点着头,钦佩地说,"大叔!我像你这样能沉住气,我该少生多少气呀!"

他们到了竹园村。过了竹园村的村街,走上峪口镇附近的牛车路,世富老大劝生禄说服他爸也不要到甘肃去,最好!

"人活六十不远行。"郭世富引用最流行的俗话,教导着生禄怎样留住他爸。

"人活六十不远行。"当天吃过晚饭以后,女人们洗家匙和照顾娃去睡觉去了,梁生禄独自走进他爸住的草棚屋,用世富老大教他的话劝说他爸,"爸,你年纪大了,不宜出门了……"

"不怕！"梁大老汉坐在小炕上，捋着斑白胡子，不耐烦听，"这而今西安到兰州通了火车，才一天一夜就到了。不像我当年跑汉中府，要步行半月二十天。你放心，嗯！"

"我不放心。"生禄在草棚屋脚地蹲下来了，固执地争辩。"爸，你不像你当年跑汉中府年壮力强了。俗话说：在家千日好，出门一时难。你起身，我人在家里，心也跟你走了。……"

"哼哼……"梁大老汉不重视这孝心，鼻孔里讽刺地一笑。

老汉坐在小炕上，垂着软囊囊的上眼皮，怀疑地盯着蹲在脚地的大儿子。他听得出来：生禄的话不是真心诚意，语气里带着虚假，眼神里露出别有用心。老汉下决心不听大儿子的话了。他要听二儿子生荣的话！

"你去吧。我要睡呀……"老汉把枕头从折叠的被儿上拉到炕栏边来，准备脱衣裳了。

但生禄继续在脚地蹲着。他不走，也不站起来。他低下头去了，开始用他粗壮的手指摸着他的鞋帮子了。他在思量什么呢？

秃顶老汉手摸着解棉袄上的布纽扣，眼看着生禄对他去兰州这样不痛快，心里头就冒火。

"你现时有儿有女了，也该替你兄弟思量嘛！"老汉不客气地说，"生荣解放那年正月娶媳妇，五月在学校里参了军。五年了，他才回过一回家。他媳妇过门和他在一块，统共不到个把月。他现时二十六七的人了，还没个娃子哩。这阵啥都入了社，咱家不做庄稼了。我这回说啥也得把媳妇给他送去。你当哥的应该替你兄弟思量一下！"

老汉停止了解棉袄上的布纽扣，激怒了。他掩着棉袄襟子，直言不讳地教训着大儿子。生禄在石油灯光下蹲在脚地上，继续埋头摸他的鞋帮子。他不说话，也不抬起头来。

秃顶老汉看见生禄这阴沉的样子，更加不满地训斥：

"生禄!我送你兄弟媳妇到兰州去,你不痛快吗?嗯?你应该痛快!为啥呢?你兄弟为国为民,办公事一心一意。日后他官大了,你不沾他的光,还能吃他的亏吗?哼!糊涂虫!咱生荣为人忠诚,你也不是不知道嘛。刚参军的头三年没工资,他没朝家里要过一分一厘钱吧?去年了,不,过了年要说前年了,一有了工资,他就常往家里汇钱。那些钱都谁花了呢?你给过生荣媳妇一块钱吗?你!你摸摸心口说:咱生荣待你好赖?……"

生禄头埋得更低了,更加使劲地摸着他的鞋帮子。

秃顶老汉看见生禄理屈的模样,是无言答对。他更振振有词了。他原来是明说二儿子为人忠诚,暗指生禄为人狡猾,现在他干脆直截了当说大儿子不老实。

"头年春上,你说互助组要栽稠稻子,写信要买肥料的钱。生荣一下汇来五十元。你不拿这个钱买肥料。你买了人家在咱场边的地。这地咱只种了一年,就入了社。你说晦气不晦气?啊?真是对不住咱生荣……"

生禄一下子停止了摸鞋帮子。他猛地抬起了头。石油灯光照出他被冤屈的脸痛苦万状。

"爸,"生禄抱屈说,"为老人说话要公正……"

"我怎么不公正?"

"爸,"生禄摸鞋帮子的手指现在摸着他鬓角的那片秃疤,痛苦地说,"那回要钱是我写的信。可买地是咱父子商量买的。这阵成了吃亏事了,成了丢脸事了,你就全给我一个头上堆吗?你常有理!你……我不说了。我……"

三十几岁的壮年庄稼汉,说着竟然像受委屈的娃子一样,哽咽起来了。生禄用手指头抹了眼泪珠,然后又低下头去捏鼻涕,然后使劲摔到土脚地上去。

梁大老汉怔住了,惊奇地瞪大了两眼,不知所措。已经有将近

667

二十年了,他没见过生禄被他说得这样哭过。过去的印象在他的老脑筋里迅速地重演起来——生禄跟他劳动中长大,勤快、务正、听话。最近十几年更出息成一个有计谋、能料理、会处世的富裕户主了。他参加村里的各种会议,同为公私事来找的人接谈……处处都表现出他老子的精神:发家、贪财、好利。梁大老汉想起三年以前他老伴死时,生荣跟部队在甘肃南部山区驻防,生禄拄着哭丧棍,放大声从草棚院一直哭到墓地,眼泪、鼻涕、口水,淌下一路。想到这里,秃顶老汉心软了。他想:人有十个指头,无论碰着哪个指头,都一样疼。

秃顶老汉想着这些,抱歉地笑了笑。他把已经解开的棉袄的布纽扣重新扣起来,不急着睡觉了。他要安慰安慰生禄。

"生禄!算了!"老汉和解地笑说,"是咱父子俩商量了买的地。我老糊涂哩。这句话没说对。嘿嘿……"

"我不是因为你……"生禄也和解地说,哽咽过的声音有点粗哑。

老汉奇怪了:"那么你这是因为啥呢?"

"我……"

"你说!你因为啥?"

"唉!……"

"谁欺负你来?高增福还是有万?"秃顶老汉猜测地说,"农业社把咱的车、马、田地都收走了,还不高看咱一眼吗?"

"高看?"生禄气得脸都青了,"低看咱一眼!啥干部都不要咱当,连个空委员都不给咱。冯有万把我当小伙计指使。我到饲养室去看看咱的黑马,任老四还把我当贼防……"

梁大老汉听了这话,老皱脸一下子变得煞白。二儿子——共产党员梁生荣来信所赞美的农业社,原来这样的对待他哥。

"这不是二次土改吗?"老汉疑虑地说,"这不是把这回土改叫成办社,巧收咱富裕户的车、马、田地吗?"

斑白胡子老汉对于自己相信了的事情,现在有了怀疑。解放前,国民党政府巧立过多少名目,搜刮庄稼人多少财粮,在这个秃了顶的头脑里留下那么深的印象,以至于老汉几乎是本能地对新政府也不是完全没有戒心。

生禄从脚地站起来了。现在,父子俩精神上重新接近了。那刚才是苦痛的脸上现在出现了一丝隐约的笑容。但笑容在石油灯光中只一闪,就变成了相当紧张的神情。

"爸,"生禄走近小炕前,低低说,"快甭说二次土改。"

"为啥?"

"这是反对农业社的话。咱的邻居们听见不得了!"

一听说"邻居",梁大老汉脑筋里立刻站出来生宝和欢喜不相好的形影。为了去年下稻种和退互助组的事,他断定他们和他已经结下了很难解开的冤仇。尽管见了面还是打招呼的,但他们的心里却是不那么尊敬他了。他要离开这蛤蟆滩一个时期,明说把生荣媳妇送到兰州去,实际是不愿意见生宝他们那种胜利者的神气。生禄提起这点,更加坚定了他走的决心!

"唉唉!"生禄后退了两步,重新蹲在原来的地方,愁闷地感叹说,"爸,农业社是好事情。工作组讲的话全对。旁处也有办好的社。就是灯塔社不行!要是能办好,咱把车、马、田地拿出来也甘心……"

梁大老汉不加言,也不问话。他只是听着。他反正要走了。

生禄继续叹气:"唉,灯塔社不行,办不好。他们不按党的政策办事,贫农把持,不团结中农。他们又不会计划,又不会料理。郭庆喜和我会计划、会料理,可不要我们当干部。生荣来信叫我协助生宝把社办好,爸,你说怎么协助呢?我连个社务委员都不是。"

669

梁大老汉不知说什么是好。没主意,他只好眼白眨白眨。人嘴不吃饭不行,不说话行。他干咳了一声。

生禄愁眉不展地蹲在脚地,不满地噘着嘴,又叨咕:

"一群牲口挤在一个屋里,气味真够呛!官渠岸俺世富大叔说:老牲口比合槽时瘦了,壮牲口都不爱吃草了。二月里,春暖花开的时候看吧!牲口一死开了,看灯塔社怎办呀?"

"啊?"梁大老汉听着听着,再也忍不住了,张大斑白胡子嘴巴,慌忙问,"咱的大黑马……"

"我去看来,咱的大黑马眼时没瘦。"

"那么谁家的牲口瘦了呢?"

"冯有义的黄牛,冯有万的黑牛。我看,俺三叔的老白马也像瘦了些。"

梁大老汉点着他秃了顶的头。好像从这个事实里得到什么把柄似的,他不由自己显露出不平的表情。

生禄抬起头,狠狠地注意盯他爸老皱脸上表情的变化。

"爸,"生禄抓紧时机加添说,"官渠岸的人都说灯塔社办不成。人家郭振山准备条件哩,说盖起四椽的大饲养室,才办社。人家还团结中农,准备叫杨加喜当副主任哩。一样的农业社,做法两个样。看架势,灯塔社就是办不成。生宝急急忙忙,一镢头挖了一口井,图名!"

一句句都是那么入耳,那么中听;一句句都从耳孔进入梁大老汉的心头。听起来合情合理,叫人愿意相信。老汉原来是被县上来的工作组唬住了。他没想到工作组迟早要走,不能老是住在这里。至于他三兄弟买的外乡女人带来的那个小子——梁生宝,他从来也没放在眼里。哼!想当英雄,拿人家的田地、牲口、农具胡整!先给生荣写信!

不是生禄要求,而是梁大老汉自己愤愤不平地提出:

"我正月里不走了。我等到二月再看……我们走了，要是社办不成，牲口、田地退回来，你们两口子怎么办呢？"

"爸，就说这话。你早些睡吧！"生禄站起来亲热地、孝敬地说着，离开了他爸的草棚屋。

第二十二章

骑自行车的人们后边带着行李，步行的人们背着铺盖卷儿，几千穿棉制服的农村干部和庄稼人，川流不息地涌向渭原县城。渭河平原上一片翠绿的麦田里，纵横交错的大小道路上，这里三三两两，那里成群结伙，谈笑声和歌唱声此起彼落，到处洋溢着粮食统购运动以后胜利大会师的欢欣鼓舞。

今年的互助合作代表会和县区乡三级干部会同时举行。人们接到的通知说：宣传党在过渡时期的总路线以后，农村出现了新的形势，互助合作现在成了农村的主要工作了。梁生宝同下堡乡的其他互助合作代表郭振山、高增旺、王来荣和郭振华，在支书卢明昌和乡长樊富泰率领下，从远远的终南山下步行到铁路线上的县城里，已经是半下午光景了。城里满城满巷是先报到的庄稼人，棉袄的胸前都荣幸地挂着互助合作代表的红布条。生宝立刻感到一种与过去不同的气氛：去年下堡乡只有他一个互助合作代表，今年就来了五个。

生宝这回进城带着很大的劲头。一方面，他要向其他的农业社主任，特别是向窦堡区大王村五一社主任王宗济同志，好好学习办社的宝贵经验。另一方面，他还想问一问杨书记，要求多给灯塔社批一点贷款，以便他能够在黄堡镇二月初八的骡马大会上，卖掉贫雇农社员入社时带来的老弱牲口，添点价款买强壮牲口。官渠岸闲人们的议论真是适时极了。他们提醒了忙忙乱乱的梁生宝!使他对这件事越思量越明白了。对对,他社里垫圈的时候是一片牲口腿,喂草的时候是一片牲口嘴;而到了上套的时候,你看吧,两个牲口也不抵姚士杰和郭世富他们一个牲口有力气!生宝想:从前穷庄稼人谁买得起强壮牲口呢?也没那么多地,用不着强壮牲口呀!现时办起了社,养活着一帮独家独户时的老牛瘦驴,当然不合算了!生宝一路上就埋头在心里估计着:耕种他社里的土地需要多少强壮牲口?现有的牲口里哪几头必须卖掉?能值多少钱?需要添补多少价款?……这样一宗一宗仔细估计着,以至于郭振山、高增旺、王来荣和郭振华他们一路说笑些什么,生宝连一句也没听进耳朵里去。直到进了县城南门,生宝才抬起了头,被城里这热烈的景象鼓舞起来了。他走了四十里路不觉得疲劳,精神反而感到更加振奋起来了。

县城北门外火车站的汽笛声,西门外面粉厂和轧花厂的高烟囱,以及笼罩在城郊上空的黑煤烟,和生宝前几回进城的印象一模一样。但生宝的心情比从前的任何一回都大不相同了。农业社主任梁生宝没有土改时的民兵连长梁生宝和去年的互助组长梁生宝那么活泼,那么轻松了。

他同郭振山他们跟着卢支书和樊乡长到大会秘书处报到以后,他们五个每人都戴上"互助合作代表"的红布条出来,跟支书和乡长又走了半条街,到了住宿的地方——正在放寒假的渭原中学的宿舍。他们找到黄堡区占的西三斋。下堡乡的人住八号房子。

生宝把铺盖卷儿放在床板上,就性急地去找灯塔社建社工作组的区干部牛刚同志,谈他在进城的路上所想的事情,问他这心思对不对,能不能向县上的领导同志要求多批点贷款……

"要是我这心思不对,我见了杨书记就不提这层事了。咱自力更生!咱陆陆续续调换!你说怎样?"生宝把牛刚从二号房子叫到院子里,热烈地谈完以后这样问,迫切地盯着对方。

牛刚，这个粗壮、高大的庄稼人外形的区干事，在建社过程中始终给生宝一种诚恳、痛快的好印象。现在他用粗大的手指向后拢着他生硬的头发，严肃地考虑了一阵，不肯定地说：

"这问题儿，咱俩再找培生商量一下，好不好？"

"好。吃罢饭等着，我来寻你……"生宝性急地相约，心里头很为他社里牲口不强的事儿不安。

生宝慢腾腾地走回下堡乡的人住的房子。他的心思开始拐弯儿。他从牛刚同志对这事不热心的样子，想到：他建社以后头一回进城就向杨书记要求多贷款，不大好吧？他走进房子，见卢明昌和樊富泰，他们现在已经打开铺盖卷儿，铺好床了，和大伙坐在靠近桌子的两个床边，吸着旱烟。郭振山摸着桌子上头吊的电灯泡儿，对头一回进城开会的高增旺、王来荣和郭振华说："你们注意！这上头可吸不着烟啊！"惹得大伙哄笑了。

生宝打开他自己的铺盖，满怀心思地铺着床，推翻了他一路上仔细估计的一切：不提贷款的事儿了，自力更生！

"二月初八黄堡会上，先卖了两个最不行的老牛。稍微能对付着使用的，叫暂时都喂着，今年增产了再说！"他这样想着，决定吃过晚饭以后找到牛刚的时候，就说明他已经改变了心思。这有什么呢？他不怕牛刚同志笑话他不老练不稳当，忽而东忽而西。经过建社中相处的那些日子，对牛刚和对韩培生一样，什么没有考虑周到的话，他也敢同他商量。

在什么地方挂的一条铁轨给敲得震山响。穿制服的区乡干部和戴红布条的互助合作代表，从各斋的号房里出来，拥满了中学的校院。从东斋里出来的都是女干部和女代表，她们走到校院中间的砖道上，同男干部和男代表们汇合起来，大伙都向后边的食堂院走着。生宝同卢支书并排走在人群里头，支书关心地问：

"生宝，你一路上到而今，总是在思量。啥事搁不下呢？"

"还不是俺社里的那一摊子吗?"生宝在大伙面前笼笼统统地说,"我这阵真正是人在门外心在家……"

"家里不是啥都安顿了吗?"

"安顿了也由不得思量……"

生宝嘴里说着,眼睛无意识地看着牛刚在什么地方。他看见了:约莫隔着十几个人的前头是牛刚头发生硬的光头。噢,老牛同棉袄上罩着蓝布衫的剪发头女人说话,好像很熟的样子。生宝看不见那女人的脸相,只见她的剪发头、长脖项和宽肩膀,觉得她怪熟悉的,好像不久前在什么地方见过。这时牛刚和那女人说着话,已经进了食堂院的砖圆门了。

生宝同卢支书他们大伙一行,走进了黄堡区食堂。忙人吃饭快。他同下堡乡的人一桌子吃饭,见牛刚吃毕饭了,他就跟着走出食堂了。

"牛刚同志,"生宝一出食堂门就说,"你要是有旁的事情,咱们就甭去找老韩哩。我这阵心思变了,决定不提多贷款的事了。"

牛刚瞪圆了眼睛,奇怪地盯着生宝,笑问:

"你思量了一路,刚才吃饭以前还是急得很嘛,怎么一顿饭工夫就……"

"我觉着不对劲儿,"生宝怪不好意思地笑说,"穷,要发动社员尽量儿生产哩嘛。穷不能成了向上边伸手的一个理由。好在我这心思,只对你一个人说过。"

牛刚在校院的砖道上,高兴地拍着生宝的肩膀:

"你这想法对啊!将来全县的社主任在一块讨论经营管理的时候,讨论到贫雇农社员带进来的老弱牲口的问题儿,你看情况,可以的话,再把这当成一个普遍存在的问题提出来,大伙研究。自己单独先向自己熟悉的首长提出来,就是不对劲儿。"

"对!你这一说，我全明白了。"生宝很有感触地说，很满意自己又懂了一点道理，"咱就甭去找老韩哩!"

"你有旁的事儿吗?"

"我没事儿。"

"那么咱们一块走!老韩在县上工作，消息灵通着哩。咱们问问他这会怎么开法，上边有啥新的指示吗?"

"对!我去给卢支书说一声，就来。"

生宝返回食堂里去告诉卢支书的时候，下堡乡的人正在商量晚上怎么过——樊富泰和郭振华要去看电影，郭振山和高增旺要去看秦腔。生宝对大伙解释：他同牛刚寻韩培生商量社里的事情。

生宝二回从食堂里出来，吃毕饭的人更多了。好像到了黄堡镇的市集上一样，互相不认识的男女庄稼人，杂乱地走着。生宝出了食堂院的砖圆门，看见一个上身穿蓝、下身穿黑的剪发头女人，丰满的胸前戴着互助合作代表的红布条，站在砖圆门外头等着什么人。他愣住了。

刘淑良!啊，竟在这里碰见了刘淑良!

生宝不自然地站住，不由自主地红了脸。腊月里在有万的草棚屋见面以后，他决定在春节的几天里到竹园村去，没有去得了，想不到在这里碰见了她。生宝不好意思地嘴一张一张，不知道说什么是好。

刘淑良穿的和在有万草棚屋见面时一样，那前额宽阔的长脸盘却不像那回一样红了。好像他们中间什么事情都不曾有过，好像他们仅仅是一般相识的人。刘淑良脸色很正常地先开口笑问：

"梁生宝同志，你来得早?"

"我后半响才来。你……"

"和你一样。竹园村到城里比你们下堡村还远嘛。"

刘淑良这样落落大方，谈笑自如，生宝就更不好意思了。人家主动地到蛤蟆滩去和他见面,而他却怠慢了人家。忠厚者的一种对不起人的感觉,使生宝更不知说什么是好了。他终于想起刚才开饭的时候,他看见的那个和牛刚走在一块的女人,好像就是眼前这刘淑良。他于是就没话找话问:

"你认得俺区上的牛刚同志吗?"

"从前他在这里上学的时候很熟……"

啊!生宝明白了!一定是刘淑良从前的男人范洪信和牛刚同学!看见刘淑良不大愿意多说这话,生宝不好再问什么了。你听!郭振山在食堂院大声说笑着出来了。生宝就对刘淑良说:

"牛刚同志还在校门口等着我哩,咱们有空儿再……"

"好!"刘淑良前额宽阔的长脸盘上又出现了一下有节制的笑容。这回她脸还略微红了一点,也没问生宝住在哪排号舍。

生宝快步在人群乱杂杂的校院里走着,感到精神异常地兴奋。关于贷款的糊涂想法给他心情上留下的不愉快,立刻被这种兴奋所代替了。刘淑良这回给他的好感,比起头一回见面就更明显了,更强烈了。这女人的性情是比慌慌溜溜的改霞稳重得多,老成得多啊!要像改霞,嘿,他见过面这些日子,既没有给介绍人肯定的答复,对女方本人也没有什么表示,这回见了,还不把脸扭过一边去,装没看见,不理他吗?……

生宝这样想着,很想掉转头看看刘淑良是不是在看他。你听,身后边是郭振山和樊富泰说笑的声音。……

"生宝!你去给卢支书说一声,怎么这大工夫呢?"生宝听见牛刚在人丛中的声音,却还没看见牛刚本人。

生宝仰起头寻找着牛刚的时候,他的肩膀上被谁拍了一巴掌。他扭过头来一看,正是牛刚。

"你在想啥心思?蒙头转向了!"牛刚不理解地问。

生宝对着牛刚眯眯地笑,只不说话。他内心中的兴奋、舒畅和欢喜，不由他自己，这时全部都堆在他忠厚老成的脸上来了。

"有人给你说媳妇吗？这样甜！"牛刚好奇地猜测。

生宝更加高兴了，索性咧开了他那下嘴唇略微厚一点的嘴巴笑了起来。他看见郭振山和樊富泰快到他们跟前，就说：

"走！到街上我给你细说！"

他们出了校门，顺着商店门前的人行道，朝十字街走去。生宝有心趁着这回在城里开会遇见刘淑良的机会，解决他的婚姻问题了。恰好牛刚又认识女方，他就决定把事实毫不隐瞒地告诉牛刚。

"你认识峪口区竹园村的刘淑良吗？"

"认识呀！"牛刚用一只手摸摸他生硬的头发说，"她从前是窦堡区范村的媳妇。她离婚了的男人范洪信和我是县中同班的同学。我上学、回家路过范村，到他家去过不止一回，所以很熟。怎么？有人给你说她吗？"

于是生宝把有万一家子怎样热心地给他说这门亲，他和刘淑良怎样在建社工作组走后见过面，他怎样想在春节的几天里去竹园村而没去成，刚才他去找卢支书说过话出来的时候怎样碰见了她……从头至尾的经过如实地告诉了牛刚。

"好啊！"牛刚粗壮、高大的庄稼人身体在街道上站住了，非常高兴地对生宝说，"好啊！这可是你的个好对象啊！这女人我知道：窦堡区范村乡把她当重点培养哩！那里的党支部千方百计不让她离开，想叫她离婚以后就在范村和谁结婚。她因为范洪信的为人伤了她的感情，坚决不愿留在范村了。你看！她刚刚回到竹园村娘家屋里不到半年，又成了那里的互助合作代表了！"

生宝听牛刚这么一说，开始从心底里热爱刘淑良了。有万丈母娘对刘淑良只了解一方面，所以介绍时强调她从小跟她爸劳动，结婚到范村以后还是劳动，以至于生宝和她见面时，她劳动大了的手脚首先吸引了他的注意，并且给他留下强烈的印象。现在经牛刚介绍了这更重要的另一面,加上她刚才落落大方的大姐风度给生宝的好感,生宝思量:嗯,这定是有心胸的女人。

生宝对牛刚坦白说:"我想趁这回在城里开会的机会……"

"好嘛!"牛刚热情地赞同,"要我给你说话吗?"

"暂时不要,等要的时候……"

"伙计呀!"牛刚亲热地拍拍生宝的肩膀,开玩笑说,"文明一点啊!你现在已经是大伙注意的人啰,甭搞得满城风雨。先甭声张!私下进行妥啦,回去再公开。"

"对对!"生宝严肃地同意,说,"先对他谁也甭漏风!"

"还有,你俩都是有过爱人的人了,在这儿谈的时候,不能影响你们开会、学习!"

"放心!"

他们到了县农业技术站。一打听,韩培生前两天才宣布调到县委农村工作部了。他们折转又朝县委走去。刚走到一个街口拐弯的地方,韩培生满面笑容过来了。

"你到哪里去?"生宝和牛刚同声问。

培生说:"到县中找你们去呀!我现在调到县委做互助合作专职干事了,专门驻社。根据中央的指示,每社配备一个驻社干部。我还在灯塔社。嗯!生宝,给你!"

专职干事从上衣袋里掏出一个本本和一支钢笔,交给生宝。

"这是做啥?"生宝不明白地眨着眼。

培生把本本和钢笔往生宝手里塞着,解释说:

"上回杨书记到灯塔社的时候,还给了我个任务,要教给你学文化。我这个老师怕你不好好学,先买点文具送给你,逼你一家伙!就是这!你看怎样?"

三个被革命工作聚集在一块的同志当街演戏,吸引了许多过往人的眼目。生宝迟疑着,不好意思接受的样子。

"收下吧!"牛刚帮着腔,隐隐乎乎指刘淑良的事说,"现在你学文化,很快就有好伙伴了。"

"对!"韩培生满腔书生气地同意,"咱俩一块学习,我自称老师是和你开玩笑哩!"

生宝努力忍住笑,接受了驻社干部的礼物。

渭原县的县区乡三级干部会和互助合作代表会的头三天,是陶宽书记的报告和讨论这个报告。报告的内容是粮食统购统销和宣传党在过渡时期的总路线以后农村的新形势,党的政策和方针,按照中央指示精神做出的全县互助合作规划,以及为了实现这个规划必须采取的一些组织措施,听了令人感到鼓舞,同时也感到责任重大。

梁生宝坐在几千人的大礼堂里,目不转睛地盯着主席台上穿蓝咔叽布棉制服的陶书记。他集中全部注意力使劲听着,只怕有一句话从他耳边滑过去。生宝虽说不能确切地听懂每一句、每个词语,但是因为说的是他最亲切、最熟悉的身边的事情,所以意思他全能明白。他看见黄堡区王书记、周区长以下所有的区乡干部,只要会记笔记的,都是埋头在本本上写着。他自己尽管有热心的韩培生早先送给他的钢笔和本本,却一点也用不上,只好用脑子记吧。

讨论会是以区为单位分组进行的。早晨是温习报告。区上王书记和周区长根据笔记,分段重讲一遍,为的是使不识字的区乡干部和互助合作代表们懂得更明白一些,印象更深一些。上午和下午,大伙发言。小组讨论会的发言踊跃和积极是空前的。从全区各村进城来的这些穿着四个口袋制服的农村干部和穿着两个口袋衣服的庄稼人,不能仅仅说他们对党的领导完全拥护,不,更确切地说,他们从心里头感激党的领导。几乎人人都感慨地重复着一句话:"我的天!毛主席对人民的事情想得真个周到!"至于更多的道理,系统地分析,却很少人做得到。只有讨论到互助合作规划的时候,人们的话才多起来了。大伙对于一九五四年冬天每乡办一个社、一九五五年冬天每村办一个社的规划，议论纷纷。有些互助联组长等不得冬天，要求夏收以后就允许他们办社。有些重点互助组长根据规划的精神，分析了组内成员的觉悟程度和经济力量，提出了自己办社的时间。所有的人对于眼下还是新奇的、甚至是神秘的农业社，两三年内就要变成普通的现实这一点，充满了热情和欢乐。

在黄堡区的小组讨论上，梁生宝是受到注意的人。他提出灯塔社在一九五四年冬天扩社的时候，向所有积极要求入社的贫农和生产、生活有困难的中农开门；到一九五五年冬天，他要争取上、下河沿的四十七家农户全都能入社。生宝的意思就是说：三年实现合作化！同时，他对郭振山要求官渠岸互助联组在夏收以后提前办社，表示热烈的同情和支持。他希望：他们这个九十九户的行政村，同一年成为汤河上头一个合作化村，并且最好是像窦堡区大王村一样，能够办成一个联社。

生宝的这番表示要同郭振山团结起来，并肩前进的愿望，得到了区委王书记、卢支书和其他大多数区乡干部和互助合作代表的赞成。身体高大的郭振山却不冷不热地咧嘴一笑，说：

"生宝同志，你这是一番好意，只怕我的能力跟不上你哩。再说，咱们明年冬天是不是办联社，也不能由你我两个人说了就算，要由官渠岸的人民和上、下河沿的人民决定。……"

区长周守义和樊乡长，还有几个区干部显露出赞成郭振山的笑容，欣赏地点着头。

参加黄堡区小组讨论会的县干部魏奋和韩培生，显然看出了领导干部中间这种看法上的不一致了。他们拿观察的眼光盯着生宝脸上的反映。

生宝不在乎地咧开他下嘴唇略微厚点的嘴巴笑着。他能揣摸到郭振山的心思：一方面是不服气他，另一方面可能还因为官渠岸富，不情愿和穷灯塔社联合哩。生宝不想说什么过早引起争论的话。他只是笑一笑，看着王佐民和卢明昌。卢支书也看着王书记，显出不满意郭振山的神情。

主持讨论会的区委书记一直在用手摸着丰满的腮帮，显得很不高兴的样子。

"振山同志，"王书记终于很严肃地说，"生宝同志说的是两年以后的事情。而且这是他的希望。嗯，也算一种理想吧。谁也并没有决定！真正到了你们下堡乡五村全村合作化的一天，办不办联社，由谁来决定呢？我说是由党对群众的教育来决定。党对群众的教育工作做好了，群众就愿意。党对群众的教育工作做不好，群众就可能不愿意。共产党员不能笼统地说人民决定！嗯，不能这样说！"王书记加重语气重复了一遍，看着郭振山。

"尾巴主义！"牛刚在旁边低低加了一句。

郭振山有圈脸胡楂的大脸盘全红了。他把烟锅插进烟口袋里去装烟。一直到休会，他再没发言。

这回休会以后吃饭的时候，生宝故意走在郭振山一块，进了食堂挨他坐着，同他说笑。生宝看见卢支书也和郭振山开玩笑，就知道支书和他是一个心眼。他从心里头爱惜振山同志丰富的社会经验，有一套办事能力。什么时候能让振山同志彻底认识自己的错误，同他一心干起来就好了。下堡乡五村的合作化多么需要他们两人的团结啊！

生宝这回到城里开会，受到比前两回加起来还深刻的教育。头一回他和改霞一块来参加土改的青年积极分子会议，心里想着：分得了地主的土地，他就有办法了；生活会好起来，会把童养媳妇的病治好的。他要当好民兵连长，保卫下堡乡人民的新生活。第二回，他当了丰产的互助组长来开互助合作代表会的时候，也只想着：可要搞好生产哩，保证他的几家穷邻居不会重新卖地，准备着将来办农业社。什么时候办农业社呢?他脑子里还是非常模糊的。想不到时间只隔了一年,自己就办起了灯塔社,再过两年,村村都有农业社了。这给他精神上注入了一股新的力量和勇气,使他感到吃饭也香些,睡觉也舒服些,甚至连胸怀也宽广了一些似的。

牛刚把生宝和刘淑良的婚事告诉了韩培生了。培生鼓动生宝抓紧这个见面和谈话都方便的机会。生宝在进城的第四天中午休息的时间,就大模大样地出现在县中学生宿舍东斋女干部和女代表住的院里。

"峪口区竹园村的刘淑良在哪个屋儿住?"他问院里碰见的一个女同志。

女同志看了生宝一眼,指了指东二斋二号房子。

生宝走到东二斋二号房子门口,勇敢地、坚定地大声问:

"峪口区竹园村的刘淑良同志在这里吗?"

"在啦,"是刘淑良的声音,"进来吧……"

生宝推开板门,见屋里有四个女代表。刘淑良捧着一个大碗在喝水,一见到生宝,开始表现出意外的神情,随后在其他三个女代表注目之下脸红了。生宝没有进屋去,只说:

"你出来一下,我给你说句话。"

刘淑良想说什么的样子,却没有说。她犹豫了一下,放下水碗,出来了。她脸还红着。她显得比几天前在食堂院圆门外头见面时倒紧张。生宝摸不来这是为什么。

生宝在当院一棵还没有发芽的槐树跟前站住了。刘淑良低声说:"到那边院子里去……"

生宝跟着刘淑良来到东四斋院里。这里住的不知道是哪个区来的女干部和女代表,根本没一个人认识梁生宝和刘淑良了。生宝从心里头佩服刘淑良的机智和沉着。

"春节的几天想到竹园村去,总是忙得没抽出个空儿。"生宝抱歉地细解释，"不是替换饲养员喂牲口，就是有走亲戚的人到俺社里来参观。好大一个摊子，我撇下一天也不放心嘛……"

刘淑良现在脸不红了。她盯着生宝老老实实说话的样子，忍不住喜欢地笑着，不安地说：

"你叫我出来说什么话，赶短截近说吧！甭绕大弯子了……"

生宝也不是木头木脑的人，一听这话就明白了：刘淑良同房子的那三个女代表，肯定很注意他们说话的时间长短。为了刘淑良回去好应付她的伙伴盘问，生宝就赶短截近说：

"我想和你备细谈叙一回……"

"啥时候呢？"

"听说今黑间专给咱参加会的人演电影。你托个词儿，不去看电影，行不行呢？"

"行。在啥地方谈呢？"

"就在县委农村工作部住的院里。从圆门口往里头数，第四个房子。门前有一棵梧桐树哩。你记住，甭摸错了。"

"那是啥人的房子呢？"刘淑良怀疑地问。

生宝看见她心眼这样机灵，高兴地忍不住笑，说：

"那是俺灯塔社的驻社干部，姓韩，叫韩培生。我这回来和你约会，全是他给我出的主意。你甭忌讳他，人家到时候看电影去呀。我在那里等你……"

"好，就这么吧！"刘淑良同意了，随即转身头前走了，显得相当匆忙，回去必定要对那三个女人撒谎。

生宝望着大方而正经的刘淑良的背影，觉得她真个美。连手和脚都是美的，不仅和她的高身材相调和，而更主要的，和她的内心也相调和着哩。生宝从来没有在他所熟悉的改霞身上，发现这种内外非常调和的美。拿刘淑良一比较，生宝就更明白改霞和他的亲事没有成功的原因了——两个人居住得很近，其实思想和性情却不合！

生宝在从县中学生宿舍的东斋回西斋的路上，很有兴趣地想起：一年以前他想约改霞谈一次的时候，他有那么大的疑虑，一点也不主动。去年五月的那天晚上，他被改霞突如其来的热情迷惑住了。幸而有互助组的人在冯有义院里等着他开会，打散了他们不合适的婚姻；要不他今天怎么还会找刘淑良这样合适对象呢？

第二十三章

和梁生宝约定了谈叙的时间和地点以后，刘淑良回到县中女生宿舍她住的房子里，心里头说不来是什么滋味儿。自从去年秋后离开范村回到竹园村娘家里，她对婚姻问题的想法几经改变。现在，那些情景——重新浮现在她脑里来了。……

她回到竹园村不几天，统购粮食和宣传过渡时期总路线的工作组进村了。她当然要参加村里的各种会议——党员、团员和干部的一揽子会，青年团的会、一般青年的会和妇女的会。她和竹园村的其他党员或团员一块，登门访问过那些思想暂时不通的庄稼人，说服他们不要把余粮卖给商人，要卖给国家，支援工业化。奇怪！在这样激荡着农村的运动中，她始终有一种不安心的感觉——她不是竹园村人。对她出嫁前住过的这个村庄，她仍然是熟悉的；但对这村里的人和事，她可是生疏得很了。她和人家一块走进一个庄稼院，人家能按各户不同的情况说些打动人心的话进行宣传；而她只能说些一般的大道理，显得她这个年岁和身量都很大的人作用很小。她感到难过，想念起在渭河南岸的范村，她可不是这样。不是她骄傲，在范村，她有些办法，也有些威信。

尽管对已经离了婚的中学教员范洪信没感情了，对下雨和下雪的夜里带着伞，在乡政府院里等着她散会一同回家的那个从前的婆婆，她也不怎么想念了；但对自己在那里加入了青年团，做过许多工作的村庄，她却不是那么容易忘记的。她想念培养、教育她的范村乡党支部书记，想念她熟悉的那些村巷里的庄稼人，特别是她互助组的组员。她甚至于想念互助组搞过水稻密植的那块试验田。但她已经不是范村人了。范村乡的党支部书记那么想留下她，鼓动那么多人给她说亲，要她在范村结婚，她还是坚决地离开了范村。在统购粮食运动中，她曾经有点怀疑：她这样做是不是太娃娃脾气了呢？也许她应该在范村挑个合适的对象结了婚吧？

正在这个时候，从前嫁到下堡村蛤蟆滩的堂姑——金姐娃她妈，给她说这梁生宝。好！说的正是时候！梁生宝头一年在县上开的互助合作代表会上向大王村的王宗济应战的时候，她见过的。个子比她略微高一点，人很精明、英俊，想不到他还没媳妇哩。她连忙主动地到蛤蟆滩和梁生宝见面。当时因为灯塔社的建社工作正紧张，她在堂姑家里住了一夜，没和梁生宝见面，而蛤蟆滩和蛤蟆滩的人却代替范村和范村的人，成了她心里头所想念的了。

汤河边的护堤白杨树，稻地中间的草棚院，绕着草棚院流过的渠水，和到堂姑家里来看过她的那些蛤蟆滩的女人，对她比竹园村和竹园村的人更有吸引力。农业生产合作社的成立，稻麦两熟的试验，水稻密植的成功，样样都吸引着她，梁生宝这个对象对她的吸引力越来越大了，她在心里默算着日子，等待着建社以后她姑叫她再到蛤蟆滩去……

妈却不大喜欢她嫁到蛤蟆滩去。妈听了她说的梁生宝的为人、家庭情形，老皱脸沉下去说：

"唉！蛤蟆滩是个穷地方，苦得很啊。蛤蟆叫、蚊子咬，夏天你整夜睡不成觉。当年金姐娃她妈初嫁到那里哭过，说那里的水，人吃了也不好，到老年要得粗脖子病……"

她听了妈的话，忍不住笑，说："妈，我不嫌这些，只要人对

685

就好。"

一天黑夜,她从竹园乡政府开毕会回来,母女俩睡在炕上,吹熄了石油灯以后,妈叹了口气,说:

"线线啊!不是妈有意难为你,皆因你爹死后,我一个寡妇老婆儿,犁不能犁,锄不能锄,有几亩薄地,全仗着你那两个姐夫来做哩。从前你小的时候,就打过招女婿的主意。怪你老子受不了穆家的欺负,硬要寻个念书的人家,才把你嫁到范村去了,害的几方面不如意。而今后悔也来不及了,眼前的事你可要仔细思量哩。你看寻个你可心的男人,进咱门过日子好不好呢?把妈养老送终,也是你娃儿的一番孝心。"

啊!原来是这样!淑良预先连一点也没想到妈会有这心思。这几句话在妈的心里一定思谋了好多日子,才说得这么委婉,这么周全。……

淑良记得:十多年前,她还是个十三四岁的女娃,背后吊着一条辫子,每天帮助爹在田地里牵牛犁地、蓐苗、拾柴禾、收割青草、拣遗落的庄稼穗子的时候,爹曾说过招女婿的话。那时候,世上所有的男人和女人,对她来说,都不过是人;只是其中有一个男人将来要和她一块过日子,因为据隔壁婶婶说,她将来要当婆娘。事情对她就是这样简单。她用自己雪亮闪光的眼睛看见:整个竹园村的所有庄稼院,只要稍微有一点办法的人家,都是一个男人和一个婆娘在一块过光景。男人种地、上集、出公差;婆娘做饭、缝衣、养育娃子。这样看来,她长大一定也得跟一个男人过了。至于哪个男人和她一块过光景合适,她那时候一点也不知道。她的幼小的心灵曾想:爹和妈知道,他们会很细心地替她挑选一个合适的男人的,不用她担心。她听爹和妈的话。所以当时她听妈说爹要给她招个女婿,她就满心情愿了。她想:她到男人家里去过日子,还是男人到她家里来过日子,还不是一样吗?招女婿更好!她可以不离开竹园村,不侍奉婆婆更好。她甚至于天真地对妈说过:"那么就快招吧!他穆家弟兄再欺负爹,咱就有帮手了。不是吗?妈?……"惹得妈笑了。

现在,淑良听妈一提,想起自己这句可笑的话来,仍然忍不住笑。笑毕她说:

"妈!你的脑筋真个古板。你还把我当背后吊一条辫子的那个小闺女哩!你还把世事当解放以前哩!现时土地改革几年了,穷庄稼人好赖都有了几亩地,谁愿意进人家的门呢?再说,我也是青年团员了。我要一个随便啥男人做啥呢?妈,这回我要是到了下堡村,离竹园村可近。我和梁生宝帮你种那几亩地!"她说得妈再没吭声。

她当时对妈说的话少,但她那夜想得很多,头脑很热。

她想:还在范村的时候,人们给她提过亲的那些对象——精明的不忠厚,忠厚的不能干,能干的思想不好。精明、忠厚、能干、思想好的男人,又要没结过婚,这样的对象上哪里去找呢?确实,她要一个随便什么男人做啥呢?或者糊涂、或者狡猾、或者窝囊、或者思想落后,她怎么能有做这号人的媳妇的那种感情呢?要是没有那种感情,而硬要做一个人的媳妇,那简直太寒伧了!她情愿和范洪信痛痛快快地离婚,就是因为她再也没有做范洪信的媳妇的感情了。难道她离了范洪信活不成吗?她不会下地劳动吗?她不会上集买卖东西吗?她不会响应党的号召在村里工作吗?她从范村回到娘家里,就打了这主意——要是没有一个年岁相当、精明、忠厚、能干、思想好的庄稼人,她宁愿一辈子住在竹园村不再结婚。没有想到就在竹园村旁边,蛤蟆滩有个梁生宝!她没有好意思对妈说,但她心里头想:"只要人家梁生宝不嫌我,哪怕我到蛤蟆滩的头一年夏天就叫蚊子吃了,蛤蟆叫得我一夏天睡不成觉,我也心甘情愿……"她这样想的时候,心里甜蜜得很!

但她第二回到蛤蟆滩去和梁生宝见过面以后，她的心凉下来了。她看见梁生宝对这事并不怎么热心。她离开蛤蟆滩回竹园村的时候，介绍人也没给她一句肯定的话，只说等过了春节以后再……她想：这准是一句推辞的话。她恢复了她从范村回到娘家时的心情，打定主意没合适的对象不结婚，哪怕在娘家住一辈子哩！在春节前的几天，她积极地把她娘家那条巷子的两个临时互助组整顿起来，合并成一个常年互助组，大伙选她当互助组长。进城来参加这互助合作代表会的头一天，当看见梁生宝的时候，她既不紧张，也不害羞。她最厌恶女人的自卑。她大大方方地和梁生宝说话，好像她和他中间并没有说过亲的事儿，只是一般地认识而已。想不到开会期间，梁生宝会主动地来找她，约她谈叙。她的心绪怎么能不紊乱一阵呢？……

到了给三级干部和互助合作代表放映电影的晚上了。刘淑良托词头痛，没去看电影，说要早睡。她在房子里听得人们都进了县中的礼堂了。电影的音乐传到学生宿舍里来了。刘淑良从床上起来，用手在襟边把蓝罩衫扯展，就按照告诉她的地点，去找梁生宝了。

不像初次进城的乡下女人，刘淑良对县城的地方不生疏。还是个小闺女，当爹和穆家打官司的时候，她就曾进过城。以后嫁到范村，离县城只有二十几里，她到县中来给范洪信送过几回东西，解放后又来开过几次会。她知道县人民政府和县委在一个大门里头，县委在东边。她胸前戴着互助合作代表的红布条，非常熟悉地走进了水泥大门，然后在庭院的砖道上向东走。

砖道拐弯处的一盏路灯下，站着一个人：梁生宝！

"我怕你寻不上……"

刘淑良高兴地笑笑，很庄重地说：

"那么你在前头引路嘛……"

两人又拐了一个弯儿,进了一个砖圆门的院子。院里只有两个房子的灯亮着,他们进了门前有棵梧桐树的房子。这是个一间房的单身干部宿舍,摆设着一张单人床,一个三斗桌子和两把木椅。脸盆放在一个小方凳上。书籍立在对着玻璃窗的办公桌上。刘淑良在门里头办公桌旁边的木椅上坐下了。梁生宝却不坐办公桌正面的木椅,离远点坐在这房主人的床边上,一只手捏着他那庄稼人的短烟袋锅。

"春节那几天里头,我总想到竹园村来,总也没个闲空儿。"生宝开始解释。

刘淑良一只手搁在办公桌的一角,有点不相信。

"那么我在俺姑家的时候,你怎没说这话呢?"

"当着那些人的面,我……"

"有万跟你出去,你也没给他说嘛。"刘淑良还是不相信,一只手扯扯她罩衫的衣角,看他梁生宝说什么。

生宝咧嘴笑着说:"给有万说和当着那些人的面说,还不是一样吗?金姐娃那嘴,你不知道,嘿!用不了三天,全蛤蟆滩都知道了。"

刘淑良注意地看看生宝:脸色是诚恳的,眼光里也没一点说谎的神气。她相信了,生宝是真心实意的。她是明大理、识大体的女人,决定不把她的错误判断和她第二次从蛤蟆滩回去以后的种种心思告诉生宝。她要显得好像根本没有那种判断和那些心思一样。她不让生宝嫌她有一般女人的小心眼。

刘淑良前额宽阔的脸盘上,现在堆起了比她刚才在外头碰见生宝时更加亲近的笑容。她更加亲切地问:

"两个老人过年好吧?"

"好!"生宝两手放在两个膝盖上,端正地坐在床边,说,"俺爹俺妈都好!俺爹去年还对互助合作没识清,今年强多了。他见天要到饲养室去看一回,再不和俺妈拌嘴闹气了。俺妈也强健,就是年纪大了。她做饭还没啥,针线活儿不行了。她把针举到半空里,半天穿不进线去嘛……"

刘淑良忍不住笑,心里头想:"那几口人的衣裳,我捎带着就做得穿上了。"但她嘴里不这样说。她嘴里只说:

"嗯!就是的!要是秀兰不出门还好些……"

"噢?"生宝惊奇地问,"俺屋的人你全知道吗?"

"全知道,"刘淑良笑着承认,然后满怀好感地问,"秀兰这阵在啥地方呢?"

"还在吉林省哩。"

"春节没回来?……"

"没。说她在那里闲不惯,想回家来参加生产哩。"

"秀兰的思想真个好!"刘淑良夸奖说,"俺姑和金姐娃告诉我,她女婿在朝鲜前线的时候,脸上受了烧伤。她婆婆想念得病了,还怕秀兰解除婚约。秀兰就退了学,还没结婚就住到婆家去了。"

"就是的,"生宝笑着点头,"她娘俩啥都给你说……"

刘淑良笑着说:"俺姑和金姐娃还告诉我,秀兰的一个同学叫改霞,就没秀兰那么老实。说听了这个人的话是一个样儿,听了那个人的话又是另一样儿,慌慌溜溜……"

"就是的,"生宝点头,略微有点不自然地笑笑说,"她娘俩还给你说些啥来,你全说出来,我看说得对不?"

"再没说啥,"刘淑良诚实地说,"她们说得对吗?"

"对!"生宝现在很自然地笑着,很坦然地评论,"那个闺女不能和俺秀兰比!她不是在艰难里长大的,就没受过俺家受的那号剥削和压迫嘛。她爸死的时候留下了几亩地,两个姐夫给种着。娘俩关起街门过小家子光景,寡妇老婆还挺娇惯小闺女的,也不像你从小就跟大人在地里头干活嘛!"

刘淑良注意听着生宝的议论。这些话对她是这样明白、亲切,她立刻感觉到她和他在精神上比刚才更加近了一些。她的这种感觉用不着什么甜言蜜语来表达。她从生宝看她的眼神上就看出:生宝对她也有同样的感觉。她们彼此间会心地一笑,就表达了这种感情。

生宝高兴地说:"这回开的这学习大会真好!"

刘淑良说:"就是好!听见陶书记的全县规划,真叫人高兴。没想到这么快!我们范村的那个互助组,听说他们今年冬里就要办社。竹园村的这个互助组差,才整顿起来……"

"噢,你这么积极?"生宝不理解地问,"你是不是就在竹园村当了互助组长了?"

刘淑良看着生宝迷惑的神气,忍不住笑。

"唔,当了互助组长了。"刘淑良忍住笑回答。她心里头想,"俺姑说他老实,他也真个老实。我不当互助组长,怎能当互助合作代表呢?你看他这个老实相吧,真逗人……"

生宝带着满脸的老实相说:"咱灯塔社今年冬里扩社的时候,就要吸收所有要求入社的贫农。生活和生产有困难的中农要求的话,也要收。明年冬里扩社的时候,我思量:上、下河沿的四十七家农户,就全能入社。……"

"三年合作化?"刘淑良惊讶地问。

"唔!"生宝有信心地说,"不光是这!俺还想在明后冬里和官渠岸联社哩,就像窦堡区的大王村现时办的那样。你看怎样?"

刘淑良喜欢地笑一笑,一只手摸着韩培生办公桌的一角,不知道说什么好。她明白生宝说这些话的意思。他居然用一家人的口气,征求她的意见了。

刘淑良心里头接受了生宝的这种态度,嘴里却不好意思说什么意见。

生宝看看她的神情，继续说起灯塔社的具体情况——旧社会受尽了剥削和压迫的穷庄稼人，土地改革以后生活和生产还如何困难；人们要求入社的热情如何高；入了社的穷庄稼人生产如何积极，对社如何关心；社干部克服困难的决心如何大，举出了副主任高增福的例子。

刘淑良聚精会神地听着。生宝和对象见面不谈他家里的情形，全谈的是农业社，充分表现出他以社为家的精神。刘淑良心里喜欢地听着，以至于忘记了她要掌握出来的时间。

"我要走了，"她说，"看电影的人散以前，我应该在屋里。要么人家要问我上哪里去了……"

生宝思量了一下，同意了，很腼腆地问：

"我看咱这事情，你要是没意见了，咱就简简单单……"

刘淑良站起来，不好意思地笑一笑，说：

"那么还敲锣、打鼓、坐轿呀？"

"你说啥时办合适呢？"生宝进一步问。

刘淑良笑说："你甭急嘛！我开毕会回去和俺妈商量一下，咱再见话。"

"怎么见话呢？"

"你告诉有万，叫金姐娃到竹园村来。"刘淑良说着，开了房门。生宝跟在她后边，送她出了砖圆门。

第二十四章

梁生宝到县里开会去了以后，高增福兢兢业业料理着灯塔社的日常事务。旱田冬小麦地里锄草松土，稻田复种小麦地里打土块、拾稻根……这些农活儿，男女社员们组成的几个生产组分地段劳动,按地亩包工,全上地了。

往年,汤河流域的庄稼人都是过了灯节才上地。今年灯塔社过了"破五"就出动,提早了十天,开了宣传总路线以后的新风气。同村的郭振山互助联组不甘落后,正月初七,杨加喜和孙志明就匆忙地督促各组也上地。接着,在初八和初九,河对岸的高增旺互助组、王来荣互助组和郭振华互助组,一排一溜的庄稼人都学农业社的样儿,陆续出现在北原上和汤河南岸的麦地里了。社员们人人高兴!

但是不久,发生了叫人不高兴的事儿。春节那几天还只是官渠岸几个中农私下议论灯塔社的草棚饲养室太小,气味不好,到了锄麦地的这几天,终于成了人们在劳动中公开谈论的话题了。话是一股风,大伙儿传播起来很快。灯塔社的社员们开始表现出不安。饲养员向副主任报告:已经有不少人悄悄地抽空儿到饲养室,看牲口是不是果真瘦了,或者瘦了多少。杨加喜和孙水嘴到处向人们大声地庆幸说:"多亏郭主任有计划!俺官渠岸联组秋后先盖四椽的大瓦房。俺有了好饲养室,冬里再转社。俺稳稳妥妥!"这些话无形中助长了社员们的不安情绪,给人们造成一种印象:似乎郭振山比梁生宝看得远、拿得稳、有办法……

小心谨慎的高增福,赶紧同两个生产队长冯有万和杨大海商量。他们召集了一次社员大会,把主任去县里开会以前说过的两件事先宣布了。头一件是勤起圈粪。饲养室的空气就会好些。第二件事是到阴历二月初八黄堡镇骡马大会的时候,准备卖掉一些建社时接收的老弱牲口,新买几头精壮的大牲口;这样减少了头数,既好使用又省草料……高增福甚至于过早地向社员们漏话说:"为了调换牲口,主任这回在县上有可能要求到一笔贷款哩。"社员们知道了领导人原来是心里有数的,情绪就都稳定了。

只有一队社员白占魁例外。他听了高增福的解释以后,鼻孔里冷笑了几声。他轻视得连看也不喜看副主任一眼。大伙高高兴兴议论着离开会场的时候，他别别扭扭，一句话也没说。

回到自己的草棚屋里，白占魁站在潮湿的土脚地上，才向坐在炕边对着窗台上的镜子拢头的婆娘，愤恨地臭骂：

"高增福是啥东西？凭啥当农业社的副主任？论讲话是叫花子卖米，没几声（升）就完了。论办事，他没能力！看梁生宝才不在几天，把他紧忙成啥哩，恨不得趴在地上给社员们磕头！"

李翠娥把嘴唇噙的头发夹子插进辫根里去，笑问：

"社里又为啥事开会？把你气得……"

白占魁划火柴点着他耳朵上夹的半截黑卷烟，蹲在脚地吸着，嘲笑地说：

"干部办错了事儿。翠娥！当初建社的时候，他们就应该听我的话，捏住郭庆喜和梁生禄的脖子，叫这两家大中农多投资，给每队盖一座高瓦房做饲养室。干部们傻瓜，不这样办，可显能地收拾起两个又低又小的草棚屋，还说这是勤俭创业哩。好！现时人人都看清了：饲养室小，牲口多，气味不好！看他干部们这阵儿怎么办呀？哼！不要我老白当干部？看他们这回怎下场？"他说着，看见李翠娥在镜子里头的脸眯着眼笑。

白占魁在幸灾乐祸的心情中感到舒服。他认定社干部们计划不周，做错了事情，现在正被动。他告诉他婆娘：高增福的解释，他听起来，纯粹是向大伙求饶，既掩盖错误，又笼络人心，哄骗社员对干部们的信任不要动摇。白占魁看见高增福领导很吃力，这是他整高增福的大好机会；错过这个机会，等梁生宝回来就迟了。

白占魁对坐在炕上的风骚婆娘商量说：

"翠娥！高增福把咱们欺压住了。我当不成干部，全是他小子在社里头使坏。我这回想给他小子一点难看！"

李翠娥，三十几岁仍然像个大姑娘、小媳妇一样，背着两条长辫儿，不正经地笑着，问：

"你怎么给他难看呢？"

"我有办法，你甭劳神！"白占魁吹大牛说，"他小子这阵儿正作难，我找碴儿和他小子闹呀。他小子不敢像从前那样硬，保险！"

"你闹就能当干部吗？"

"我丢他的人。我叫他当副主任也没威信。我出了头，他小子再也欺负不住咱们了。"

"啊呀！"李翠娥有点怀疑，"你当心事情闹大……"

白占魁把少半截黑卷烟头儿往短烟锅里使劲塞着，咬牙切齿对婆娘说：

"你放心！我的主意铁硬，这回我不饶高增福。他小子是给人家做活长大的人，不是料理事情的材料，可现时当着副主任。我是当过班长的人，根本没做过庄稼活儿，我会料理事情，可他小子叫我只做笨活儿，连卖豆腐都不让我去，我受不了他小子这口气！"

"你当班长是在国民党军队里呀！"李翠娥忍不住笑着，"你要是在解放军里当过班长，那好哩——咱俩儿都能当干部！"

白占魁一听婆娘提起这事，他就恼火起来。

"我当班长是在国民党军队里，怎样？解放前，老子吆大车的，没杀过人！没放过火！解放后，老子斗恶霸，斗地主，不比他们哪个穷庄稼人勇猛？中央人民政府里头，以前国民党军队的将官有的是！"

"那是在北京。这是在蛤蟆滩呀！"

"所以说：在这小地方，咱叫小鬼就欺压住了。我这回绝不宽容他高增福！"

"你当心人家说你反社！"

"甭吓唬小娃哩！"白占魁龇牙咧嘴反驳他婆娘，"一来我没说过农业社不好。二来,我也不说梁生宝、冯有万和杨大海他们不好。我光咬住他高增福不放,看他小子把我怎样?他小子在官渠岸敌不过姚士杰的手腕,自己的互助组败散了,跑到咱蛤蟆滩来,可当农业社副主任。他小子本领不强,我不怕他!"

"算了!算了!"李翠娥直截了当嘲笑,"我知道你那点厉害。你就在咱屋里厉害一阵算了,你出去可甭这样胡咒乱骂。高增福现时入党了,你知道吗?"

"我知道!"

"你知道人家现时是以社为家的红人儿,社员们都叫好。你和人家闹,当心社员们不答应你……"

白占魁听他婆娘说的这点倒是有些道理。经这一提醒,一些平素模模糊糊的印象,好像在白占魁头脑里更加注意了。高增福自入党以来,办事的确不像从前那么急躁。对人的态度也和气多了,不像从前那么面冷。碰见社员,高增福总是先打招呼,问长问短,甚至于碰见白占魁自己,也不例外。这些印象使白占魁不能不在意他婆娘的话。

"那么就叫高增福老欺压咱吗?"白占魁反问他婆娘,"我这辈子也甭想当干部吗?……"

李翠娥笑说:"你和他硬闹,更当不上干部。"

"你说我该怎样呢?"

"你和他相好嘛。"

"噢?叫我巴结高增福吗?办不到!"

"你也甭巴结他。你先听他的话,学乖,老实干活儿……"

白占魁嘴一扁,鼻孔里轻蔑地一响:"哼!……"

"你试一试。"婆娘认真地劝说。

"不!太窝囊哩!他小子从前是姚士杰的长工,这阵儿神气得很。我就是不愿对他小子低三下四……"

"你还把人家当成四合院旁边草棚屋住的那高二吗?人家现时住在生茂院里了,当着农业社的副主任,和咱成了离不远的邻居。你死记着旧仇,不和人家相好,碰见人家立眉瞪眼,还想当干部吗?梦里当去!"

　　婆娘这话倒是挺有些见识。白占魁有大小事情,都要和她商量,叫她拿主意。但现在,婆娘说到高增福时挺亲切的口气,引起了白占魁的反感。他疑心地看看这个风骚婆娘,是不是她新近又对高增福有意思了呢?高增福现在代替解放前的姚士杰,站在蛤蟆滩的好汉台上了。白占魁和李翠娥住的草棚屋,的确就在高增福借住的王生茂草棚院后头,两家只隔着五十来步稻地小路。白占魁想:"这小子打光棍已经几年了。去年互助组丰收,现时吃的不愁,人也不像在官渠岸住的那时又黑又瘦、愁眉苦脸的模样了。"想到高增福现在拿着权,入了党,棉衣裳也换得崭新,简直变成了另外一个人了,白占魁又眼红又恼恨。他比喝了一大碗陈醋,还要难受。

　　他独自思谋了一阵,然后看也不看婆娘一眼,低着头瓮声瓮气地说:

　　"你甭胡出主意!我不和他小子相好……"

　　恰好在第二天上午,白占魁和另外两个社员在饲养室里起粪,听见院子里冯有万的声音对任老四说,豆腐坊在黄堡镇粮站买下五百斤黄豆,得套社里唯一的那辆从前属于梁生禄的铁轮大车,要饲养员指派一头牲口去拉。

　　大舌头任老四的声音:

　　"那还是套生禄家的大黑马……"

　　白占魁一听见这话,就在饲养室里头大声嚷叫:

　　"让我去吆车,有万!"说着丢下铁锹就往院子里跑。

　　他出来一看:不只是冯有万和任老四两个,他的仇人高增福也在院子里站着。想不到会三对面僵起来,现在白占魁想退回去也不好退了。他想：硬着头皮闯这一回，看他高增福怎么样吧！想到他婆娘从前和他一样臭骂高增福，现在有了和这新邻居相好的意思，白占魁看见副主任衣裳穿得比从前新，肚里也有气。

他把铁青脸吊下来，等待着有万的回答。他摆出一种很强硬的架势，准备当着副主任的面和队长冲突。

他想："我当不上干部，卖不上豆腐，连大车也不能吆吗？只有在饲养室里起粪的时候，就一定派我吗？"

他思谋好这些词儿，等有万一拒绝他，他冲口就说出来。他准备着最坏的情况——出社！

他看见队长很作难地看着副主任，眼光里的意思好像说：

"这家伙因没叫他卖豆腐就一肚子气。这回不叫他去吆车，恐怕他更……"

副主任也很作难地看着队长，眼光里的意思好像说：

"罢罢罢！这回叫他吆车去吧。……"

高增福很勉强地对冯有万点了点头，冯有万命令白占魁说："你和老四一块套车去！有义在黄堡粮站等着你，装了车，你们一块回来！"

"是！"白占魁滑稽地立正，然后欢溜溜地跑出街门外去，从土场上牵牲口套车。

白占魁给这次冒险的成功陶醉了。他感到自己套车的动作轻飘飘的，有点像过春节时喝了两碗米酒的那种感觉。他心目中铁硬的汉子软了，他浑身都是舒服的。他想："只要你高增福肯向我老白让步，咱两家慢慢变成相好的邻居，也能行嘛。"白占魁知道他婆娘的底细，对她的行为并不认真。

一九四二年，当驻在黄堡镇的国民党军向山西中条山开拔，李翠娥把他隐藏下来的时候，她的本夫被姚士杰暗中勾引的国民党军拉了壮丁。两年以后本夫没有音信，姚士杰督促他们请了一桌客，成了正式夫妻,他还发现姚士杰还继续到他草棚屋去哩。这新邻居高增福,只要不和他作对,肯向他让步,副主任常到他草棚屋串门儿,欢迎!……

白占魁就是这样的心思,吆着空车到黄堡镇的。一路上他坐着车辕,喜得闭不上嘴。

在黄堡镇粮站装了黄豆以后,老实头冯有义说:

"占魁,你等一阵儿,我到街上办点事,完了咱一块回。"

白占魁听也没注意听冯有义说什么,他吆着车就走了。在黄堡街道上,他碰见姚士杰迎面走过来,满脸堆起笑来,向他拱手道贺,开玩笑说:

"老白!恭喜!恭喜!又当车老板啦?"

"嗯!"白占魁神气地点头,坐在车辕上没有下车。

姚士杰竖起大拇指头摇晃着,一脸奸诈地嘲笑说:

"好好干,老白,等你社里拴起胶轮车,你就出去吆车拉脚了。到那时,嗯,才有油水哩……"

"一步一步来嘛!"白占魁在车辕上得意地说,"社会主义的光明大道儿,就是越来越宽咯。你放心,去年春荒,我不是吃了你二斗白米吗?我迟早要还你!"

白占魁脸上摆出将来有办法的神气给姚士杰看。姚士杰的话提醒了他:社里将来有了胶轮车,他就真是车老板了。他现在比他吆空车来镇上的时候,更加高兴了。

拉着五百斤黄豆回蛤蟆滩的路上,白占魁不断地在空中打响鞭,唱着不合调的秦腔。过黄堡大桥上坡的时候,他仍然坐在车辕上没有下来。他想:这样好的大黑马,有的是力气。过了大桥以后,车吆得很快。他要给社干部们显示一下:他办事多麻利,赶响午饭时就回到社里。

高增福和冯有万一块到一队饲养室派出车以后,两个人就分头到两个生产队里去锄麦地了。

高增福心里头别扭。白占魁横眉立眼,凶狠狠地要去赶车;而自己息事宁人,让了步。他感到怪不安的。这样做违反了他平素一贯的谨慎。他想:白占魁大约不至于损坏牲口吧?唉,就是吆车时不爱护牲口,自己是农业社的领导人嘛,对这号调皮捣蛋鬼迁就,也是不应该的。

高增福很后悔:当白占魁从饲养室跑出来要去吆车的时候,他应该说自己上黄堡镇拉黄豆去。但是白占魁来得太突然,他完全愣住了。自己头脑不够灵活,不能随机应变。他深深地感到自己的能耐欠缺,当这领导人很吃力。

他在外表上尽量表现得没有什么,他在内心中却很紧张,盼着主任快回来。

"这回有义和白占魁一块拉黄豆,大约不会出岔子吧?"高增福这样宽慰自己,"下回说啥也不让这小子吆车,派这号人出去,我心都跟走了。……"

高增福一边走一边想,从郭庆喜草棚院旁边的大路拐弯,走上了到皂龙渠一带的田间小路。

他看见二队的男劳力聚集在上河沿那段麦地边,有的蹲着吸旱烟,有的站在那里望着他,他们为什么不劳动呢?出了什么事情呢?高增福看见离他们五百步以外,二队的女劳力在妇女队长廖树芬带领下,打稻地的土块和拾稻根,早干得挺起劲了。

他赶紧走到男劳力聚集的地边。生产队长杨大海红着脸说:

"增福,大伙都不锄这段地。你来了好,看怎办吧!"

"为啥呢?"高增福不明白地眨着眼睛。

大海说:"这是福蛋兄弟租种黄堡铁匠张师的二亩地。你看!麦苗长得这样差,又稀又黄,就像河滩上的爬地草似的!大伙都不愿锄,都嫌劳力白费,打得粮食还不够交租。……"

高增福转眼看看：的确是大海说的样子，麦苗很差。不能怪苗稀，土质带沙，又没上底粪，苗稠也不行呀！副主任知道建社时决定跛子这二亩租地和他自己的地一块入社，由社里统一经营，当时就有人不情愿。他没想到现在一看庄稼竟差到这步田地。

他征求铁锁王三的意见，王三不说话。他征求郭庆喜的意见，铁人也不说话。他又征求他的房东王生茂的意见，生茂看了跛子一眼，也不好意思说什么。大伙儿都别别扭扭，高增福也不再继续征求旁人的意见了。

他问生产队长："那么，大海，你说怎办呢？"

"大伙都不说，我说！"心直口快的杨大海毫不推诿，"增福！大伙的意思是咱社不租这地，叫福蛋兄弟自己收了这季，退了地去！大伙说，是不是这个意思？"

大伙都笑着，表示就是这个意思。

跛子福蛋背着大伙，面对汤河站着，现在转过身来赌气说：

"好！大伙到旁的地里锄去，我在这地里锄。我自己的地，你们也甭锄哩。"

"怎么？单干呀？"高增福问。

"嗯。"跛子朝不远处稻地里的妇女组吼叫，"树芬！过来给咱家锄地吧！"

纠纷愈演愈烈。高增福看见妇女组都埋头干活儿，廖树芬没听见叫她。在跛子还要叫二声以前，高增福截住说：

"福蛋兄弟！你这火性也太大了。你还没见我的话哩，当下就要退社！你就把树芬叫过来吧，人家当干部的人，不一定和你一个心思嘛。"高增福的意思是批评跛子比他女人落后。

几句说得福蛋不再叫婆娘了，重新背着大伙，面对汤河站着。

高增福又对大伙说："我看咱们还是把这段地锄了吧。为啥呢？订生产计划的时候，主任把这二亩地算在旱地改稻地的数里了。夏季的麦苗是不好,秋季的稻子就能丰收。咱们给铁匠张师交旱地租子种水地,这不合算吗?咱们蛤蟆滩的贫雇农地少,分得地不够种,有劳力没地方用,怎么能退租地呢?"

他说得大伙的脸色都豁然开朗了。红脸杨大海脸更红了,说:

"噢噢,增福说起这些,我才想起来了。委员会商量这二亩地的时候,主任是说过不能光看这季,要看下一季。噢,说过,我想起来了。他还说,福蛋两口子种这租地,是靠天吃饭哩;到咱农业社手里,人多力强,大伙出几身汗,这地就能变成好稻地。主任说过这话,只怪我记性差,没给你们交代清楚。咱们快动手锄吧!福蛋兄弟,你也甭三心二意!"

大伙摆成一排开始锄麦地的时候,高增福一边锄地,一边感慨地想:他身边的这些社员还是庄稼人的眼光。他自己在研究社务的时候,总是感到自己缺少社会主义的观点;二队的这些社员就更差,只盯住鼻尖上的蝇头小利,不能把眼光放远一点。他想:要把庄稼人的思想都教育好,要做多少事情啊!

"二队的社员没办过互助组,没锻炼,思想比一队的社员差,动不动就拿退社来闹气,真像娃们一般见识。唔,等老韩和主任回来,我要叫他们多到二队来……"高增福这样想。他怕因为自己能力不够,失误了大事,并不是他做工作怕负责任。

接连碰了两件不顺心的事情,高增福整个上午都是闷闷不乐的。干活儿不久,铁锁王三、王生茂和跛子福蛋他们,就忘了刚才闹过的别扭,开始说古道今了。杨大海和郭庆喜挨伴儿锄地,谈叙的是二队饲养室起粪的方法。高增福重新想起打断了的心思:白占魁吆车到黄堡拉黄豆去了,他不放心这家伙……

整个上午,高增福都被这个不安的心思纠缠住了。他手锄着地,脑子里却出现了白占魁的狰狞面目,上牙齿咬着下嘴唇毒打黑马。为什么要打牲口呢?黑马被生禄父子调教得很老实嘛。高增福想：白占魁不至于坏到无缘无故就打牲口吧?除非这家伙一肚子怨气,抓住这个机会在牲口身上出。

高增福开始不断地望着从官渠岸到黄堡的大车路。和大伙一块向南锄地的时候,他抬起头望着;和大伙一块向北锄地的时候,他扭过头望着。他心里盼着:这回平安无事,下回说什么也不让这家伙吆车去了。兵痞!二流子!不成东西!

终于,在临近晌午的时候,离皂龙渠约莫二里以南的大车路上,在树木、草屋和田坎的那边,出现了黑马拉着的一辆铁轮大车。高增福用一只手齐眉毛遮着阳光眯细眼远眺:是哩!坐在车辕上的是白占魁。怎么不见去买黄豆的冯有义呢?有万告诉了白占魁要两个人一块回来呀!

"不见冯有义就不见吧!"高增福比较放心了些,就想,"按时回来了就好,没出岔子就不细追究了……"

晌午,田间劳动的男女劳力都收工了。妇女组收工早。她们要先回家去做晌午饭。高增福坚持和男社员一齐收工,还不赶紧回家去做饭。他先到一队饲养室去看大黑马,问饲养员牲口回来的情形。

任老四大舌头嘴巴里溅出唾沫星子,大声笑说:

"没啥!牲口出了点汗,走得快了点儿,就是这……"

"牲口背上有鞭子打下的印儿没?"高增福低声问。

"没!"任老四大声说,忍不住笑他,"你和主任一样,真个细心。他白占魁也是人嘛,五里阳光大路,拉几百斤黄豆,他能乱打牲口吗?"

高增福非常谨慎,非常认真地向饲养员解释细心的必要性。

"咱社里贫雇农多,牲口不强。只这个黑马好,又怀着骡驹,得加小心啊。"

说毕,他进了饲养室门,亲眼看见大黑马和老白马在一个槽里

703

吃草，他才完全放心了。

他回家做晌午饭去，路上碰见白占魁从豆腐坊回家。

"有义在街上还有事哩，我独独把车吆回来了。"白占魁好久以来第一次同高增福开始说话，好像表示愿意和解，又像在领导人面前显能，似乎以后还想吆车的样子。

高增福不喜欢地在嘴角上一笑，应付说："噢，吆回来就对哩。"他心里头警惕地想："你怎样显能，下回也不要你吆车了。你再能行的把式，也不是农业社的人才……"

高增福回到王生茂草棚院。他的才娃和生茂的娃子在院里耍，看见他回来，喊叫饿了。

"爸这就给咱做饭！"高增福摸摸才娃的小脑袋说，到后墙根去取柴。

隔着土墙和墙外空地，白占魁的婆娘李翠娥在她草棚屋前边，骚情地朝高增福说话：

"旁人家的饭都做好了，你才取柴？"

高增福装没听见，弯下腰去抱柴。他心里头想："这两口子真是一对！多少日子见了我像仇人一样，今日让白占魁吆了一回车，两口子就都寻着和我说话。这婆娘太下流，我不理她！"

他抱了柴，直起腰来。李翠娥在墙那边又笑又说：

"哟哟！才娃他爸，你比女人还能行！烧那么点柴，够做一顿饭吗？哪天我还要来学你这本事呢！"

高增福一声也没响，羞得满脸发烧，感觉到浑身肉麻。

"算了吧！你甭想和我拉关系啦！我高增福不是那号人。"他这样想着，生气地抱着柴进了草棚屋。

……

就在当天后半晌，官渠岸传开了白占魁吆车的笑话：人坐在车辕上唱戏，过大桥上坡也没下车。这是春节以来最新的可以供人们谈笑的村内新闻，紧接着关于灯塔社饲养室小，气味对牲口不好的议论。这新闻就更加引起庄稼人的注意，不仅在官渠岸家喻户晓了，到黄昏时，灯塔社的大部分社员都知道了。晚饭以后，家住在官渠岸的高增荣把官渠岸人们的议论，如实地告诉了他兄弟高增福。

有人说："到底是农业社有优越性儿，入社就能坐车唱戏！"

有人说："白占魁刚入社就过社会主义的幸福生活！"

有人说："白占魁以前吆国民党军队的官车，现时吆农业社的官车。吆官车的人，谁心疼牲口呢？"

在所有议论的人们中间，高增荣说最有影响的，在官渠岸东头是郭世富和虎头老二，在西头是杨加喜和孙水嘴。

郭世富连声地叹着气，说："唉唉！从前梁生禄套车到官渠岸南头拉垫圈的干土，平路空车也不坐。为啥呢？人家让牲口省点气力，自己拿着鞭子在车旁边走哩！……"

爱养好马的虎头老二同情梁生禄说："可怜的梁生禄！现时眼看牲口在社里给人家胡弄哩！我看见这样，一万年也不入农业社！"

杨加喜风言风语说："梁生宝快回来了。看梁主任的吧！这高主任是把白占魁管不下……"

孙水嘴更加轻蔑地说："梁主任也是丈八高的灯塔，照远不照近。黄堡区和峪口区名声大，到社里看看吧！啥牲口？啥领导人？"

高增福听了这些话，气得脸色煞白，心都抽搐着。他当下找有万和大海商量，要召集社员大会批评白占魁不爱护集体的牲口，败坏了灯塔社的名声。但是当天黑夜来不及了。还要准备准备，决定第二天黑夜开会。这还了得！

第二十五章

　　梁大老汉晚饭后做好了睡觉的一切准备，连袜子也脱得放在一边了。他还不脱衣裳，赤脚坐在铺好的褥子上。一盏半明不黑的石油灯，陪伴他等待着他大儿子生禄进他草棚屋来。

　　自从那晚上生禄回家来说官渠岸的人们开始议论灯塔社可能试办不成功以来，梁大老汉每天晚上都这样等着儿子告诉他一些灯塔社的消息，他才脱衣裳睡觉。他希望知道灯塔社已经瘦了的牲口是不是快死了，有没有新发现什么牲口这两天看起来也瘦了。要是社里没什么新闻，仅仅是加喜和水嘴嘲笑灯塔社贫困，或者郭世富观察灯塔社的一点看法，梁大老汉也喜欢听听；即使是重复说过的话，他也有兴趣，不厌烦。

　　秃顶老汉自己也笑自己：他的心情前后简直是两个人。冬天建社的时候，生禄每天晚上回家来也是要对他说一说社里"四评"的情形；但他心里厌烦，一句也听不进耳朵里去，只想着快过春节吧，他好早点离开蛤蟆滩这个使他不舒畅的地方。现在，他决定正月不去甘肃了，等阴历二月再说，要是灯塔社垮台了的话，他就根本不去了。家里的生产要紧！有了这种心情，他反而对社里的事情关心起来了。要是晚饭后生禄迟迟不进他草棚屋来，他就要大声吼叫儿媳妇，问生禄哪里去了。

　　他决定暂时不走，当然是专等着灯塔社垮台。他希望生禄带回来社里的消息一天比一天更接近垮台。他要亲眼看看梁生宝和高增福这帮人的笑话。嘿嘿，灯塔社再也办不下去的时候，看蛤蟆滩这几个英雄怎样难堪地把土地、牲口和农具归还给各户原主吧。当归还他家的黑马和大车时，梁大老汉要说几句挖苦娃子们的话。一定要说，非说不可。谁叫他们急急忙忙办社，给他好难堪，弄得他几个月不好意思出他草棚院的街门！现在他看终有一天是他们难堪的时候,他等着这一天呢!

但梁大老汉心里头也很矛盾。灯塔社办不下去的时候,让大部分牲口都瘦下去,让好几头牲口死掉,可千万别让他家的大黑马出一点差错。让它还是原来的样子回到他草棚院里吧!他谢天谢地。黑马肚里还怀着骡驹呢!天哪!这件事使他日夜放不下心。……

终于,他听见院子里熟悉的脚步声。板门被推开了,生禄走进草棚屋。儿子不高兴地皱着眉头,站在脚地上。

"社里今日出了啥事吗?"梁大老汉问,预感到有点不吉利。

"白占魁今日套咱的黑马到黄堡粮站,给社里的豆腐坊拉黄豆。装了满满一车黄豆,他还坐在车上唱戏……"

"嗯啊!世上还有这号鬼子孙!"梁大老汉吃惊地瞪起眼睛。

生禄继续说:"有人看见他上黄堡桥头的坡,也不下车,还硬打得叫黑马拼命往上拽哩!"

听了这句话,一股怒火从梁大老汉胸中腾地冒了起来,秃顶脑袋顿时热烘烘的,旁边的石油灯跳动着。怎样能料想到呢?事情果然朝他所担心的这方面出来了。在他的心目中,问题很简单:已经不是白占魁不爱护农业社的集体财产,已经是白占魁糟蹋了他家的牲口。他胸口被白占魁戳了一刀,现在心疼得颤抖起来。

"白占魁,你小子狼心狗肺!"他咬着牙朝窗户臭骂,真想用他炕栏边斜立的长棍打那二流子的屁股。

生禄解劝他爸:"你也甭生那么大气。这而今整个的官渠岸都嚷成一片,都说农业社乱七八糟,办不成样子,咱先甭做声儿。听说明日黑夜专为白占魁这事开社员大会,看高增福和冯有万他们怎办,咱再说话。农业社眼时还没散,牲口眼时还算社里的……"

梁大老汉心里多么不平!但生禄说得有道理,他只好忍耐。没有办法的时候,他就一个劲儿捋他的斑白胡子。

父子俩心里都不畅快,在一块没什么话好说。生禄在脚地站了一忽儿，就回他和婆娘、娃子们住的草棚屋去了。梁大老汉自己长长地叹了口气，仰头朝着远在甘肃的二儿子感慨地说：

"生荣啊!生荣!你只知道国事，不知道咱蛤蟆滩的村事嘛。共产党的主义虽好，可蛤蟆滩没好办事人啊!"

他说毕，难受地咽了口唾沫，才脱了衣裳，吹熄灯，钻进被窝里睡了。

屋子里是黑暗的。窗纸上一点模模糊糊的微光，隐隐约约映出了熟悉的炉台、水缸、碗柜、炕栏和炕栏边斜立着他那根长棍的轮廓。他心里头是明亮的，如同早晨一样清清醒醒，没有瞌睡。他不管怎样闭紧眼睛，脑筋总是不停止想到白天被白占魁糟蹋过、这时候拴在农业社饲养室的黑马。

梁大老汉伤心地回想入社以前，他为这黑马劳过多少神。他满年四季，总是起鸡啼，睡半夜地给牲口添草、上料。

"咴咴咴……"黑马像现在这样的夜里准会亲切地呼草。

梁大老汉也像现在这样，醒着躺在这炕上。他听见黑马呼唤，就赶紧起来下炕去添草。他甚至于顾不得穿上袜子，用赤脚在炕栏下边的脚地上探索到两只鞋，就出去了，不管外边下雨、下雪，或者刮着暴风。……

梁大老汉的筋骨已经干枯了。变天的时候和着气的时候，他睡不一忽儿，就压得下边的胳膊和腿酸疼。他翻了翻身，试着看睡着睡不着。

睡不着!翻过身以后，他又想起伏天的黑夜。啊啊!蓝天上布满了繁星，蛤蟆滩的庄稼人家家户户都在街门外的土场上睡，他曾经把黑马也从草棚里牵到土场上喂。让它在凉快的地方吃草吧!在没有风的时候，他手里拿把扇子，不给自己扇凉，却跑去帮助黑马赶蚊子。嘿!稻地边蚊子真多，黑马自己的尾巴简直对付不过来。他一边赶蚊子，一边叫生禄去点燃熏蚊子的艾草绳来。要快!越快越好!牲口和人一样怕蚊子叮。

现在,梁大老汉叹了口气,又仰天睡了。他回想冬天的早晨。他三兄弟天不亮起来出去拾粪的时候,他听见那边街门响,也就起身。他出了街门看见生宝他爹过汤河到公路上去了,他自己不过汤河,向南去到旷野的庄稼人路上遛马。有时候,他向南走到了赵村的村口;有时候,他向西南走到了竹园村的村口;有时候,他向东南走到了黄堡桥头。他碰见熟悉的庄稼人曾取笑他:

"豆腐客!你真洋!你这是训练骑兵马吗?"

"哼!你们懂个啥?"梁大老汉嗤之以鼻,不屑回答不懂道理的庄稼人无理的话。他那时候心里只想:整整一个冬季,牲口很少做活儿,遛一遛血脉流通,爱吃草。人家世富老大有钱买胶轮车,让世华老三在农闲拉脚;姚士杰的大红马整个农闲时不是碾米,就是磨面。梁大老汉既买不起胶轮车,又没那么多粮食加工,他就仿效黄堡镇驻过的国民党军队,每天早晨牵出去遛马。

他现在回想起来,他从前把黑马简直当神敬奉。迷信的庄稼人不是说牲口是马王爷吗?不!他这牲口还兼着他的财神爷哩。黑马给他犁地、拽车、生骡驹。它每年给他增加几倍于它本身价值的财富。在夏忙和秋忙的时节,黑马把收割倒的庄稼拉到场上,又要犁地,又要碾场。梁大老汉慷慨地给黑马灌鸡蛋和白糖,而他自己一辈子也没尝过糖什么味道,他想大约和盐差不多。

"要不是办农业社,你白占魁能套我的黑马吆车吗?"梁大老汉愤愤不平地想。

思来想去,他渐渐感到秃顶脑袋有点沉重起来了。后来,不知到了什么时候,他开始迷迷糊糊起来。他似乎是睡着了,又像醒着,有躺在褥子上的感觉。说醒着吧,他又神志不清,脑子里总是:黑马——白占魁——农业社,农业社——白占魁——黑马,翻来覆去地兜圈子,直兜得他秃顶脑袋疼了起来。

鸡啼声把他从这种似梦非梦、似醒非醒的迷惑状态中唤起来。他睁眼一看，嘿，天亮了！他坐起来就穿衣裳。

他把衣裳穿得整整齐齐，就下炕。他拄着他的长棍，开了草棚屋的板门。他出到院里一看：啊！满天星光，阴历正月的下弦月还在西边的章村上空哩！

在早春寒冷的院里，他呆立了一阵，犹豫着。他终于还是决定不等天亮把生禄叫起来，商量一下怎办。

"生禄！"他朝大儿子住的草棚屋喊叫。没有答声。

他喊叫了第二声，听见生禄婆娘醒来，推醒了她男人。

"爸，你起这么早做啥？"生禄在草棚屋里迷愣愣地问。

梁大老汉气恨恨地说："你起来！我有话和你说！"说毕，返回他自己屋里，好像他生儿子的气似的。

他点着了石油灯，不上炕去。他站在脚地里等着生禄。

"啥话？不等天亮了起来说呢？"生禄惊慌地推开板门，一边说一边走进他爸屋里。整个的气氛给人一种紧急感，要出事了！

"我要寻他白占魁去！"秃顶老汉气势汹汹地说。

"你寻白占魁做啥？"生禄苦笑，"你的脾气你管不了？"

"我要先照屁股敲他白占魁几棍再说！"

"白占魁是个社员。你和他……"

"我打白占魁的屁股，伤社干部的脸！"

"好我的爸哩！"生禄苦口相劝，"你怎么这样糊涂呢？简直是老糊涂哩。人常说：经一事，长一智。你为了给秧田下稻种和欢喜闹那回，你忘记了吗？这而今咱正有理，你一打人，咱又没理了。咱在高岸上看热闹多好！你为啥要自己下水呢？"

生禄说起给秧田下稻种的事，秃顶老汉有点醒悟到任性不好。但他还是憋着气说：

"我忍耐不住！……"

"只有今日这一天,你也忍耐不住吗?今黑夜为白占魁吆车开社员大会,要是社干部办事不合咱的意,咱再出头露面,也不迟。"

生禄从他爸手里夺去长棍,放在一边,又催促他爸脱了鞋。他扶他爸上了炕。

"这回的事我出面,不要你老人说话。"生禄进一步规劝他爸,"你千万甭闹事。这回咱也不退社,一来社主任是俺三叔家的人,二来生荣在军队里是共产党员。咱只能等他们自己散伙,把田地、黑马、大车给咱还回来,咱不能退社。"

梁大老汉一句话也不说,只是连连摇着秃顶脑袋。

一早晨没话,早饭后,生禄照例不去做社里的活儿,到官渠岸继续听社外群众对灯塔社的议论。梁大老汉想睡一大觉,克服他翻腾了一夜所造成的身心疲困。但是他在小炕上躺了很长时间,怎么也睡不着。他索性起来,不睡了!看来,在灯塔社垮台以前,在黑马回到他草棚院以前,他是不会睡一个安然觉的。

他出来在草棚院站着,呆看了一阵空马棚,觉得更难受。他赶紧出了街门,站在土场上。现在他看见汤河南岸的上下河沿,这里一组那里一组,是灯塔社的男女社员在地里劳动。有的组在旱地里锄冬小麦地,有的在稻地的夏种小麦地里打土块和拾稻根。一队妇女组劳动的地方离他最近,可以看清楚哪个是欢喜他妈、任老四婆娘、拴拴媳妇素芳、郭锁媳妇彩霞。嘿!生宝她妈六十多岁了,也上地劳动。当然,她儿子当着社主任,她一定满意农业社了。

梁大老汉看见这番情景,心中怪不是味道。他想这些庄稼户男女都是轻易信任梁生宝和高增福,跟着他们胡弄,现在连农业社的根基已经动摇也不知道,真够愚笨了。

他回到草棚院里,空马棚立刻对准他。他又出了街门,站在土场上。这回他看见了——远远的冯有义街门外的土场上,隐隐约约似乎是一帮牲口：红牛、黑牛、白马、黑马、黄牛和灰驴。

不看见还罢了，一看见了牲口，梁大老汉想他的黑马的心思，就再也放不下了。他第一次想到社里的饲养室去看看。不！管他农业社什么时候散伙哩，他先把他的黑马牵回来用一用再说。用毕，让生禄或媳妇牵回饲养室去！主意已经定了！好主意！

他回到草棚院，对生禄媳妇说：

"你去把碾子扫净，再去灌三斗稻子！"

"做啥？"生禄媳妇被三个娃子缠得昏头昏脑问。

"还要问吗？碾米！"

"爸，刚过年，咱还有米哩。再说，我今日顾不上……"

"我碾！我闲得心慌。我得做点活儿。"

"咱昨日没给饲养室招呼呀……"

"牲口全在场里吊着，没招呼也牵得来。"

"可社里的规矩是头一天招呼……"

"我去牵，看他任老四给不给！"

梁大老汉倚老卖老说着，拄着他的长棍起身了。要是生荣媳妇在家，一定会劝说阿公；但她春节后走娘家和爹妈辞别，说定动身去甘肃的前两天才回来。生禄媳妇脑子少拐几个弯儿，只疑惑了一下，没有劝阿公不要牵黑马去。

土场边几棵洋槐树中间拉着粗麻绳，一边拴着几头牛，另一边拴着几头驴。在初春暖烫烫的阳光下，任老四一个接一个地给牲口刮刷皮毛。有几头牲口黑夜爱卧圈，挺脏。饲养员总是先给要出勤的牲口梳洗打扮。要是没有出勤的，他总是先把大黑马收拾干净，另拴在一边的木桩上，然后才开始刮刷牛和驴。黑马的地位在灯塔社的饲养室也是很高的，饲养员优待这头牲口。

任老四正在给原先是冯有义的老黄牛刮毛的时候，听见背后大黑马咴咴地叫唤。他扭头一看：啊!梁大老汉拄着长棍走来了，真个是好马认主!

"梁大哥!"任老四嘴里溅着唾沫星子说，"你是喜客!咱灯塔社牲口合槽，你这还是头一回到咱饲养室来。你老哥喂马有经验，给兄弟教些办法，把咱社里的牲口喂好。"

任老四是诚恳地真心实意求教。他说这几句话的时候很和气，笑脸相待，并且停止了刮刷牲口，迎向前去。但是他看见梁大老汉软皮囊似的老皱脸却始终吊着，听了他的话也没一丝笑容。

"我来牵牲口。"秃顶老汉阴沉沉地说，瓮声瓮气。

任老四立刻觉得不对劲。昨天出了白占魁吆车的事，官渠岸的中农们和几个别有用心的人，正在尽量夸大这件事的性质，煽风点火。饲养员很自然地联想起来，提高了警惕。可别再出事!

"你要牲口做啥?"饲养员警觉地问，盯住老汉的脸色。

"套碾子喀。"老汉挺神气地说。

"几斗?"

"三斗。"

饲养员考虑起来。他感到有点作难。社务委员会规定社员做碾磨活儿，都得头一天通知饲养室。这老汉却不遵守。到底是给呢?还是不给呢?给吧?他不严格按规定办事，开了恶例，会给他惹出多少麻烦。谁办公事都得有点原则性儿。不给吧?老汉这么大年纪了，头一回来牵牲口，他实在不好意思伤老邻居的脸。怎么办呢?

任老四一想到这老汉是共产党员梁生荣他爸，而且听说老汉很快就要到甘肃找生荣去了，他就倾向于灵活性儿。他看见老汉斑白胡子多长，又想：他别的社员也未必有人看这老汉的样子。他就溅着唾沫星子说：

"罢罢罢!梁大哥!你兄弟把话给老哥说在明处：本来嘛，头一天没通知，不能给你牲口。可是，老哥这是头一回，下回再这样可不行哩。"

任老四说着,指着原先是冯有万的小黑牛:"牵去吧!"

秃顶老汉脖子一直,两只血红的眼睛凶狠地瞪了起来。

"我嫌牛慢!"

"不要牛,给你驴。"任老四耐着性子迁就,仍然温和地说。

梁大老汉腰杆一挺:"给我黑马!我使唤不惯瞎猫死老鼠!"

饲养员现在完全看清楚了,这不是正常地要牲口啊!这多半是出了白占魁吆车的事以后,借机寻衅哩。任老四再也忍耐不住,脸变了。他两鬓发热,眼看就要冒火了。话已到了舌尖,他又使劲咽了回去。不!不和这个棺材瓢子一般见识!他仍然好言相劝:

"梁大哥!你听我给你细说情由。委员会规定:无论哪家社员做碾磨活儿,都不给黑马。为啥哩?皆因黑马是只做社里的集体活儿——套车、犁地、不做社员私人的活儿。我给了你,旁的社员也来要,我说啥呢?大伙都图快,都想要黑马做碾磨活儿,不得把它累得蛋吗?梁大哥,你知道:黑马还怀着驹哩!"

任老四手里拿着牲口刮子,做着手势,嘴里溅着唾沫星子,振振有词地说一片大道理。……

谁知梁大老汉就抓住这句话,怒气冲冲质问他:

"白占魁拉了一车黄豆,还坐在车上唱戏,把牲口累不蛋?我套一下碾子,就把牲口累得蛋哩?你这是讲的哪一国的理?啊?"

任老四眼眨了几眨,没有现成词儿。他赶紧想着拿什么话抵挡老汉。他想起了,这是农业社的理;但老汉不等他说话,又走上前一步,逼问:

"俺的牲口闲着站在这里,自家用一下也不行?啊?"

"这现时不是你的牲口了!"任老四这回真冒了火,不客气地说。

"那么是你任老四的牲口?"

"也不是我的。是农业社的!我讲的是农业社的理,你不服气?"任老四补充说,气得涨红了脸。他失去了任何忍耐心,也把腰杆挺起来,把唾沫星子溅到他梁大老汉的脸上去。

秃顶老汉咬牙切齿地说:"啊呀!想不到你而今变得这么厉害!办社以前,你常在俺碾子和磨上碾米、磨面。你不光借俺的牲口,连笸箩和簸箕也用俺的!才办起社几天,你当了个管牲口的,就这么不讲情面!要是你管人,俺一家子还有活路吗?"

梁大老汉怒气冲天,动手就去解黑马的小缰绳。

"你牵去套!嗯!你敢?你……"任老四气得脸煞煞白,说不出话来,下嘴唇颤抖着。

梁大老汉一边解马缰,一边说:"我不套哩!俺自家连一回也套不成的话,农业社也套不成!我牵到黄堡卖去!你任老四不是卖了小牛,给农业社交钱吗?"说着,解开缰绳就牵着向黄堡走去了。

任老四独自一个人站在土场上,气得拿牲口刮子的手直抖嗦。他是去抢夺黑马的缰绳呢?还是大声吼叫在地里劳动的冯有万呢?不!不!他独自一个人很吃力地思来想去,得出结果:不能这样闹。昨天才出了白占魁吆车的事,今天又演这出意料不到的丑角戏,他把社里社外的人都招惹来看热闹,岂不败坏灯塔社的名声吗?

他想:"秃老汉是赌气,谅他也不敢真卖社里的牲口。甭看他气冲冲地牵走了,过一忽儿,他要是自己不牵来,也得让生禄送来。我不把他当回事,看他怎样!就是这番主意!"

任老四继续刮刷老黄牛。事情一想开,他反而不那么着气了。越觉得梁大老汉的行为太可笑、太糊涂,他越认定不值得大喊大叫。他一边刮刷黄牛,一边在脑子里想:也许这时已经有人在路上碰见老汉了,正在解劝老汉把黑马送回来呢;也许路上碰见的什么人告诉了生禄,生禄正在去黄堡的路上追赶他爸,一忽儿会把黑马送回来的。放心!

任老四不着急。他把所有的牛和驴都收拾干净以后,就进饲养室去起圈。社务委员会已经决定：派农业劳动力把牲口在春节以来踏的粪起出以后，再不等积厚了粪再派人起圈了，而改由饲养员本人每天把头一天黑夜积的粪起出去。粪不多，活儿不重，占时间也不长。任老四对这个改变满心畅快。只要饲养室干净，空气好点，牲口健壮，当饲养员的多做点活儿，又有什么呢？

今天是实行新办法的头一天。任老四嘴里噙着烟锅，手里拿着铁锹，一边吸旱烟，一边往担笼里掘粪。他满意地想：这个办法准好。那些笑灯塔社穷的人，等着灯塔社死牲口呢。现在看他们再挑出什么新弊病来！

"任四叔，俺爸到这里牵牲口来了，怎么不见影儿呢？"一个女人不安的声音。任老四抬起头来，见生禄婆娘站在饲养室门槛外边的石台阶上，满脸惊慌。

任老四的左手从嘴里拿出短烟锅，指黄堡的方向冷淡地说：
"叫生禄到街上去寻你爸吧！"
"他到街上做啥去了呢？"
"他要牵黑马去套碾子，我不给，他就赌气牵到黄堡卖去了。就是这！"

生禄婆娘一听，登时急得脸通红。她顾不得再问详情了，折转身下了台阶，就冲出街门去了。

任老四独自一个人站在饲养室里头笑。让生禄给他爸说好话去吧！旁人谁要是给老汉好脸相待，老汉还以为是怕他哩。任老四本来牢记着自己从前经常借用这家富裕中农邻居的牲口和家具，他对他们的态度始终好。甚至于生禄曾经接连两次到饲养室来挖社里的料给黑马偏吃，任老四也不好意思当面干涉。他痛苦地忍受着不忠于职责的惭愧，把这件事报告了副主任。今天梁大老汉竟把贫农邻居办社以前借过他家黑马的情谊，当陈账讨起来了，任老四一下子对他们全家人都反感了。连在那个家里不管事的生禄婆娘，他也不喜愿和她多说一句话。

他把烟锅塞到嘴巴里,继续用铁锹往担笼里掘粪。生禄婆娘这一来,他更加放心了。等着看生禄怎样红着脸把牲口送来吧!任老四这回还要数说生禄几句——"你爸演得这出丑儿戏,是给在解放军里的生荣丢人!哇!……"

"你爸的行事和你家街门口的光荣牌不相称!"他甚至想不客气地这样说。他没有恶意。他实在是为了老邻居好。

把头一天黑夜踏下的牲口粪都担出去了,任老四又担了两担干土,撒在饲养室粪坑的后半部分。他把干土预先撒好,目的是让它吸收牲口的尿。这样比事后垫土更干净,也不因为每天起圈影响积肥。这件事办得使他满意。他忘记了梁大老汉使他生气。他在饲养室里劳动着,心情一直不坏。

他又给饲养室的水缸里担满了水,最后把槽也扫干净了。他到院里仰头朝天看看!日头已经到了蓝天的当中。他想起生禄为什么还不把黑马牵来呢?他不相信生禄又是让他爸出面闹事,他自己故意躲在一边不管。生禄不至于重演去年给秧田里下稻种的戏吧?

任老四现在有点不安起来。他站在拴牲口的土场上,右手齐眉毛遮住阳光,伸长脖子朝黄堡去的路上望着。

终于在那边,在一个独立草棚屋旁边的路上,一个人牵着黑马走来了。任老四仔细眺望:那人不像生禄。是谁呢?挺胸阔步地走着。……

"有万!"任老四最后看清楚了,心里不由得一怔。怎么不是生禄,而是有万把牲口牵回来了呢?事情一定不像他所预料的那样简单。他开始怀疑:他今天做得有什么不对吗?……

生产队长牵着黑马一走到饲养室外边的土场上,就不满地瞪着饲养员,说:

"你太不负责任哩!人家把社里的牲口牵去卖,你也不来给我说一声!"

"我思量他……他……那么你是怎么知道的呢?"任老四前言不接后语地问。

有万把黑马牵到拴马桩那里,生气地说:

"我怎么不知道?生禄婆娘到官渠岸去寻生禄,嚷叫得全村都知道了!"

"哎!哎!"任老四用右手在自己包头巾的头上拍了两巴掌,悔恨自己汉大心粗。他忘记告诉生禄婆娘去寻生禄的时候不要嚷叫;他家丢人事小,败坏了灯塔社的名声事大。任老四由于自己的过失而感到难过,很愧悔地问生产队长:"你在哪里追上秃顶老汉?"

有万已经把黑马拴住了,转身气恨恨地说:

"我在地里一听说,丢下锄就往黄堡跑。我到了大桥打听,说老汉牵着马进了街了。我就直端进街,果然,老汉牵着马正在街上走哩。我追上他,就夺缰绳。老汉死不放手,还朝我瞪眼哩。我轻轻推了他一下,他放开缰绳就往街道上倒。真个赖!"

"这个死老汉!"任老四鄙弃地说,"他讹你,你怎办呢?"

"我管他呢!我牵了马就往回走!"有万理直气壮,"我过了大桥了,才碰见生禄急急慌慌跑去。他问我话,我没理!"

任老四听了生产队长的话,说不出他心里的难受。他本心为了不扩大影响,现在影响更扩大了。应该是他和老汉在这土场上演的一出戏来,让有万和老汉在黄堡街道上演了。

任老四在土场上蹲下去,两手抱住头难受。

第二十六章

高增福早饭后到了下堡村。卢支书和樊乡长都到县上开三级干部会去了，增福恳切地请乡政府文书晚上过河到蛤蟆滩，参加批评白占魁的社员大会，帮助掌握一下会场，一方面防那家伙不低头认错，另一方面也怕社员们吵闹起来。这位小心谨慎的农业社副主任从乡政府出来，碰见汤河下游各村的庄稼人经过这里到黄堡去上集，他想起给社里的两个饲养室买两根扁担和两对笼子，让饲养员们起粪好用。本来小农具都是由做活的社员自带，现在决定不另派劳力起粪了，社里总不能让饲养员常用自家的担笼吧？迟早要买，费钱也不多——高增福这样想着，就投入了上集的人流。他做什么都爱痛快，不愿拖拖拉拉。

一进黄堡镇，他就离开上集的人流，走进前街北头供销合作社的生产门市部了。一向是仔细过日子的穷庄稼人，现在给社里当家，像给自家置买东西一样，费了好半天时间，忘记了一切，埋头在一大堆扁担和笼子里头挑来拣去，选择最结实、最端正的。他挑好了所需要的货，去交钱和开发票。咦！营业员们正在谈论灯塔社的事情。他不由得一怔。又出了什么事情呢？

原来说的是冯有万把黑马夺走以后，梁大老汉倒在黄堡前街南头，围看他的庄稼人和买卖人霎时间从四面八方跑来，里三层外三层地拥挤上去，跷起脚尖，探头往里头看。每个人都向身边的人打问出了什么事情，十有八九都说不上情由。后来围看的人群里有一个下堡乡蛤蟆滩人说：夺走马的是灯塔社的生产队长，倒在街道上的是原先的马主家；大儿子把马入了社，他爸不情愿；二儿子在解放军里当军官，所以这老汉敢闹事……等等。围看的人群纷纷议论开了。梁大老汉倒在街道上，看样子正打主意，这最后一句话恰好提醒了他。他腾地站了起来，拄着长棍，就往后街的黄堡区公所走去。老汉身后跟了一大群人。他大儿子从蛤蟆滩跑来寻他的时候，老汉已经进了区公所的大院落。挂着区委和区公所两个牌子的大门被看热闹的人挤得水泄不通。

高增福听到这里,头脑一下子涨大起来。他登时觉得脑子里头木愣愣的。他焦急地问:"老汉怎么把黑马牵来的?"营业员不知道。他问:"老汉把黑马牵到黄堡镇来做啥呢?"营业员也不知道。他又问:"人群里头那个蛤蟆滩人是谁?"营业员不认识,只说是个中等个子,很敦实,方形脸胖胖。"右眼上眼皮有块疤痕没?"营业员说没注意看。高增福最后灰心丧气地问:"那个蛤蟆滩人也没解劝梁大老汉几句?"营业员说没有,看样子对老汉闹事还蛮高兴哩。高增福明白了,估摸那人八成是姚士杰。他赶紧付了担笼钱,匆匆忙忙叠起了发票,装进棉衣口袋里,带着两副担笼就往区公所跑。

他到了区公所,梁大老汉已经不在那里了,看热闹的人也早散了。他这才想起区委书记王佐民以下所有的区干部这时都在县上参加三级干部会和互助合作代表会哩。区上的前后院落空寂无人,静悄悄的,有几只麻雀在还没有发芽的洋槐上叫唤。高增福把两副担笼放在一进街门的大院落里,长叹一口气。从一个房门里走出来一个区上留守的同志。高增福上前去说明自己是什么人,问梁大老汉的去向,这才知道是梁生禄把他爸寻回去了。留守的同志把梁大老汉所说的经过情形简单地告诉了高增福,先批评农业社不应该派二流子吆车,说发生了事情以后,生产队长追到集上来推倒军属老汉,更是错误的,影响最坏……高增福听着,瘦削脸一阵红,一阵白,一阵青,鼻尖上冒出了一粒粒细碎的汗珠。他痴呆呆地站在院里,直至区上留守的同志叫他赶紧回去控制局势不要发展,他才困难地弯下腰去,挑起他给社里买的担笼,情绪低落地走出区上的街门。

嘿!他沿街碰见几乎所有的人——在一块走着,或者在一块站着,都在说灯塔社的这事。庄稼人们还改不了乡村里几千年古老的习气,不由得要按照所知道的情由评论张长李短。高增福听见有些

720

人说：军属老汉也有些过错，不应该非要原先是自家的牲口套碾子不行；有些人则说：饲养员坚持农业社订下的制度应该，不过态度要是好些，也许军属老汉不至于把原先是自家的牲口牵到镇上来卖；有些人说：生产队长是个愣小伙子，不该把军属老汉推倒；有些人则说：一个人打官司永不输，不能只按军属老汉说的评理……庄稼人们一传十、十传百地叙述着这事，争论着道理。高增福从后街走到前街，所听到的传说就有了发展。有人甚至于说：生产队长把军属老汉戳了两拳头……

高增福挑着给社里买的担笼听着，低下头深深地叹气，为有万的火暴性子惋惜。春节以前，灯塔社扯旗放炮成立，谁料想过了春节才十几天，街谈巷议的已经不是首创者的光荣了。令人难受的是：今天到这里上集的有些不喜欢农业社的人会把这事有声有色、加油添醋地传遍黄堡全区的每个村庄。他忽然听见什么人喊叫："高主任！"

他扭头一看，从茶铺门前跑过来他从前熬长工的主家，正是"中等个子，很敦实，方形脸胖胖"。就是他！

"你在哪里来？高主任，你社里闹事，你还不知道吗？"姚士杰脸带讽刺地笑着，幸灾乐祸的样子。

高增福瞪起仇恨的眼睛，直直地盯住富农阴险的面孔。

姚士杰见增福还不示弱，忙改变了神气又说："嘿嘿，其实也没啥。梁大老汉动不动发疯。外村人不知情，咱滩里都晓得喀……"

高增福霎时满肚子冒火：好恶毒的富农！在背后煽风点火，在他面前洗清卖白。他简直想掼下担笼，扑过去扇这个家伙两耳光。但他的理智终于控制住他激动的感情。他不像有万那样任性。因为急于回蛤蟆滩去，他只咬牙切齿，铁面无情警告说：

"姚士杰！你放规规矩矩！俺社里的事，没你说话的权——

721

利!"说毕,又瞪了姚士杰一眼,才忙扯腿走了。

他人在路上走着,心早已先回蛤蟆滩去了。社里这时闹成什么样子了,他简直不敢想象。是不是会有社员因此对办社的信心动摇呢?是不是郭庆喜见梁大老汉这一闹,也想把自家的骡子从饲养室牵回家去呢?因为没见冯有万和任老四的话,不知道梁大老汉这事的底细,高增福心里头很不踏实。主任和驻社干部到县里开会不长时间,社里头竟乱到这步田地,高增福留在家里负责,深深感到惭愧,惭愧!

他一路上闷着头走路,只看着面前的一小块路面。整个关中平原上空是蓝天,仍然有积雪的终南山峰峦和汤河两岸翠绿的麦田,这么广阔壮丽的山川都不能使这位伤心的农业社副主任抬起头来。他只顾一边在脚底下飞快地赶路,一边在心里头悔恨自己:在白占魁要去吆车的时候,他为什么息事宁人,含含糊糊同意呢?在群众议论白占魁不爱护牲口的时候,他为什么不当天晚上就开会批评呢?他想:要是这两次他大胆一点,也许出不了梁大老汉这事呢。

高增福想到这里,终于找到了他的病在哪里。为什么在办社以前他能对白占魁铁面无情,而在办社以后,自己又在了党,却变得顾虑重重呢?毛主席要求试办农业社只许办好,不许办坏是应该的;是他自己不强,所以处处怕影响不好,才束手束脚。他一路上总摆不脱一个念头:要是主任在家,准不会出这大事情。一种对不起生宝的感觉,使他感到好像心胸往一块收缩。

"怎么到这时才回来呢?"一个年轻人的声音,把高增福从沉思默想中唤了醒来。

他抬起头:原来是社会计任志光到村外的路上来寻他。志光也是愁容满面,两道眉拧到一块了。小伙子去年还是个活活泼泼的娃子,办社以来,日以继夜的趴桌子建账,把人熬消瘦了。增福对志光有一种亲兄弟般的感情,心里想:等各项账目都抄写好以后,你参加劳动，再甭熬夜了。

"我买好担笼，听说梁大老汉闹事，又到区上去了一回。"高增福情绪不高地回答，"梁大老汉回来以后再没闹吧？"

"他还想怎样！"志光愤恨地说，"除过到黄堡去败坏咱社的名声，他还能做啥？把担笼让我拿一副……"

高增福给了志光一副担笼，难受地说："唉！自建社以来，咱没见老汉的面，猛不防他来这一下。太突然了！"

"疯子！"志光挑着一副空担笼，恨得咬牙说，"来了那股劲儿不由他，过了那股劲儿又软成一摊，总是叫生禄出来说好话！"

"怎样呢？"增福听说事态不至于扩大，喜出望外地问，"生禄给谁说好话呢？"

"梁三叔。"

"主任他爹？"

"就是的，你听我细说情由。"志光从头至尾谈叙邻居老人的情形，说，"你不知道，自听说白占魁吆车不爱护牲口，梁三叔气得嘴唇都白了，连一句话也说不出来。你记得：是主任当初坚决要吸收白占魁入互助组的吧？"

"记得。大伙全不想要，确实只他一个人……"

"对。老汉就为了这个，说主任做错了事，他羞愧难见社员的面，连街门也不出了。他平素一吃饭就到饲养室给俺四叔帮忙，昨日吃了晚饭，今日吃了早饭，都没去。刚才听说他大哥卖马的事，老汉一下子冒了火，跑到生禄家街门外的土场上，跳着吼叫：'我儿办社你捣乱！俺又没强迫你家入社？你要是不情愿，你家甭入嘛！为啥要到社里头来给俺胡搅？'又说：'你把生宝不当侄儿，我也不把你当哥了！这回咱弟兄撕破面皮干。我绝不容情你！你儿也在党。我到甘肃寻生荣去呀！'梁大老汉在草棚屋里一声也不吭，生禄和他婆娘出来给梁三叔说好话。"

723

"死老汉光坏咱社的名声!"增福鄙弃地说,发呕地往路旁吐了口唾沫。

两个人回到蛤蟆滩。各个草棚院街门外的土场上,这里一簇人,那里又一簇人,都端着饭碗,说社里发生的事情。增福叫志光把一副担笼拿到二队饲养室去,他自己拿一副到一队饲养室。

惭愧的任老四嘴里溅着大点大点的唾沫星子,把梁大老汉到饲养室要牲口的经过情形,从头至尾对副主任说了一遍。刚刚说到有万批评他不该让梁大老汉牵走黑马,有万和志光也到饲养室来了。

愤怒的有万谈叙他在黄堡街上夺马的情形,激动得脸通红。他赌神发咒说他并没有把梁大老汉推倒。他仅仅掀开老汉扯缰绳的一只手,老汉就自己倒在街道上了。他以为老汉只是耍赖皮,所以不理他,只管把马牵回来了,根本没想到他会闹到区上去。……

高增福相信有万的话;因为志光说梁大老汉软了,就证明他没理。增福听了老四和有万所说的全部经过,事情并不像他在黄堡镇上听说的那样一塌糊涂,不可收拾,他心里登时踏实了许多。在路上还沉重的头脑,现在他感到减轻了重量,浑身也轻快了些,有了一点肚子饿的感觉。他对办社以来最亲近的这三个伙伴鼓劲儿说:

"天塌不下来!咱各自回家吃了饭再说!"

各个草棚院外边土场上三人一簇儿,五人一簇儿吃饭的社员们,饭后陆陆续续都到铁锁王三草棚院来了。人们本来是到王生茂草棚院看副主任怎样办的,生茂端着饭碗站在街门外对每个想进院的社员说增福才在做饭,劝大伙不要打搅,"当干部的和大伙一样肚子饿",人们这才统到隔墙社办公室的院里去了。

好心肠的生茂嫂子帮助急忙的房客擀着面。增福自己蹲在脚地烧锅。通过敞开的板门,可以听见隔着只有三板高的土墙那边院里,社员们大声议论着眼前这事情。每个人的声音都听得清楚,虽然是一队出了事情,二队的社员们也同样激动。

增福一边往灶火里添柴,一边仔细倾听社员们吵些什么。

人们的看法和喧哗声一样杂乱。听!怪白占魁吆车不爱护牲口的有;怪社干部不该派白占魁吆车的有;怪梁大老汉借口闹事的有;怪任老四当时不该让牵走黑马的有;怪有万没找生禄而直接跑到镇上夺马的有;甚至于埋怨生宝当初不该吸收二流子入互助组的仍然有……这使得增福想起:谁家打破了缸的时候,你听去吧,全家人都在七嘴八舌头,给所有与打破缸有关的人都能论到或多或少、或大或小的过错。可是打破缸的根本起因是什么呢?却常常是多数人不能一言说准的。增福考虑着:社里出的这乱子,怎样向社员们解释最好呢?

锅里的水烧开了。生茂嫂子帮助擀好了面,就回自己草棚屋吃饭去了。增福也没想起说句感谢的话,就下好了面,给忍饥挨饿的才娃先盛起一碗,然后给自己也盛起一碗。父子俩正在一块吃饭的时候,住在官渠岸的他哥增荣来了。

"你看你!在官渠岸住得安安宁宁嘛,你可把好好的草棚屋拆了,搬到这里来办社!而今弄成这个样子,看社散了你怎回官渠岸呢!"增荣站在敞开的板门外头,焦急地责备蹲在板门里头脚地吃饭的兄弟。

埋头吃饭的增福抬头一看:嘿!他哥满脸惊慌失措。外貌和他很相像的眉眼间,皱起一堆愁纹,好像焦急得简直要哭的样子。尽管增福懂得他哥对他是一番好心好意,并且记得自从办社以来,他哥常把官渠岸人们对灯塔社的议论及时跑来告诉他的好处;但现在正当他心里既忙且乱、既急且躁的时候,他哥这种胆小怕事鬼的惊慌失措,又引起他的反感。他像去年春荒中他哥决定退出他的互助组和富农搭犋种地时一样厌恶他哥。

"谁说社要散了?"增福不高兴地说,也不站起来,甚至连头也不抬,继续吃饭。

增荣不管兄弟高兴不高兴,走进屋里来了,恨不得掏出心来。

"你怎是这么个犟脖项呢?你到官渠岸听去嘛。一大群人,一片声,都说社要散了。难道是一个人两个人这么说吗?众人是圣人!"

啊啊!这里在铁锁王三院里聚集着一大群社员,那里在官渠岸也聚集着一大群社外群众。终南山下汤河边的这第一个农业社,现在遇到了成立以来的头一次风浪。这时增福比什么时候都清楚地想到:社里的每一个困难和问题,社外随时都有人在议论,这些不利的影响,也是一股不小的力量,并不只是姚士杰或者再加上郭世富一两个人啊!

增福这么一思量,反又对他哥的紧张心情有点原谅了。他把筷子从汤面条的碗里拿出,站了起来,问他哥:

"官渠岸人们又怎么说呢?"

"说你们鸡毛飞不上天,穷鬼办不成社喀!"

"谁说的?"

"几个中农都这么明说哩。"

"郭世富在里头吧?"

"在哩。世富老大倒啥话也没说,就是笑笑,看起来心里也是这个意思喀。杨加喜和孙志明说了几句话,人们一片声说对……"

"说的啥话?"

"你听!你们灯塔社两顷多地哩。要是梁生禄的马和郭庆喜的骡子老出麻烦,尽剩些蚂蚱驴和骨头架子牛了,看你们怎犁得过嘛。我说人家说得不对吗?你还嫌我说哩?在官渠岸住得安安宁宁嘛,你可把好好的草棚屋拆了,搬到这里来办社!而今弄……"

"行了!行了!你快回去吧!"增福又厌恶起来,"好我的哥哩!那面院里多少社员等着我,你让我赶紧吃饭……"

他哥生气地走了。增福重新听见隔墙院里嗡嗡的喧哗声。现在，他连谁的声音也听不清楚了。只这一霎时的工夫，社办公室院里大约已经被社员们挤满了。在那一片嘈杂的喧哗声中，分明还有妇女们和娃子们的声音——有的叹息着，有的怨恨着，还有的咒骂着……

增福用筷子匆匆地往嘴里扒了两碗汤面条，肚子不那么饿了。他既没有工夫，也没有心情填饱肚子。他叮嘱才娃慢慢吃饱，自己放下碗筷，用手掌揩揩嘴巴就走。事不宜迟！

他走进社办公室院里，满院的人群立刻转向了他。增福一见他们，就想起建社时这些人争着入社的情景；想起工作组进行两条道路教育中他们回忆解放前所受的剥削和压迫，扯袖口揩眼泪的情景；想起讨论解放后社会的发展和前途眉开眼笑的情景；想起社里给稻地复种的冬小麦施追肥、修建饲养室和平整土地的集体劳动中，这些男女老少劳动热情高涨的情景……增福想起这些情景，禁不住惭愧，瘦削的脸腾地通红了。

"我对不住大伙！主任不在家，我把事情办不好。我稍微心软了一下，让白占魁吆了一回车，就惹出这乱子……"增福声音有点喑哑地说着，非常诚恳，非常坦白，非常难受。

他的话还没落音，梁三老汉首先大声嚷说："不全怪他，事情是白占魁惹起来的。"人们一片声同意，叫副主任甭不好意思。增福环视一下全院。嘿！几乎全体社员都关心社。下河沿的主任她妈，拴拴的媳妇赵素芳也来了。甚至于连上河沿的郭庆喜他爸，也垂着一把白胡子站在主任他爹身旁。只有白占魁和李翠娥两口子，梁大老汉和梁生禄夫妻一家子，一个也没在场。

愤怒的人群纷纷喊叫要当下开会，不再等黑夜。高增福要社务委员们出来，大伙在街门外商量一下。

有万、大海、欢喜母子、有义和廖树芬，从各自所在的地方分开人群，一个个挤出了街门，来到土场上。梁三老汉虽不是社务委员，也挤出来了，老皱脸上表现出他比谁也激动的神气。

大伙告诉增福：经过这一阵喧哗、争执和辩理，社员们的怨言倒大多数集中在白占魁身上了。至于梁大老汉，蛤蟆滩人谁不知道他是一堆麦柴火呢？忽地一下烧着了，只一霎时就熄灭了。何况秃顶老汉闹事是有情由的，谁都知道他从前把黑马当宝贝看哩。所以大伙也没人和这个棺材瓢子较量。在喧哗中，有些社员要追究梁生禄和他爸闹事的关系，说他入社时总是勉强的神气，春节后更不给社里劳动了，看来他爸闹事绝不能和他没有关系的。

"着！全是生禄在暗里使坏！他爸出头，他当好人！"梁三老汉气得老皱脸煞白，"这下抓到痛处哩……"

有万说："我去叫生禄来开会！"

志光说："对！叫他来，问他！"

志光她妈说："甭忙，叫增福思量怎办好……"

增福问杨大海和廖树芬的意见。二队的这两个男女队长却觉得生禄这人不像白占魁简单，还是等主任和驻社干部回来再说吧。增福也正这样思量：按入社的土地、牲口和大车，生禄是富裕中农；但另一方面，他兄弟是现役军人、共产党员，写信来叫他入社。增福也觉得自己拿不准这个分寸，就同意说：

"对！生禄的事等主任他们回来再说。咱今日光批评他白占魁。万，你去把人叫来！"

"叫不叫生禄呢？"志光问。

"叫。你去叫。会，他还是要参加！"增福说时，看看大伙，委员们都同意。

有万和志光分头去叫人，其余的委员们都回到社办公室院里。听说要开会了，男社员们都在院里各自找个地点蹲下来。女社员们大多数在铁锁王三草棚屋外边，背靠前檐墙立满了整个门台阶儿，还有些老婆儿在铁锁王三屋里头,通过敞开的门窗,可以看到她们。社员们在院里互相谈说,像白占魁这号二流子货,就得美美地整一顿,要不他以后还不知会做出什么坏事来呢。梁三老汉说,这小子今日要是强辩,就叫他滚出社去!

增福刚刚向社员们宣布了社务委员们的意见,街门口进来了志光和生禄。生禄满脸通红,一直红到棉袄领口外面的脖颈,连他鬓角上那片秃疤都是红的。他在满院针刺一般的目光盯射下,连眼皮也不敢抬,在街门右边的角落里身子一蜷曲就蹲下去了。他蹲下去再也没抬起头来,拣起一根碎柴棍在地上画道道儿。

接着有万把白占魁叫来了。白占魁显然已经知道全蛤蟆滩对他吆车不爱护牲口的议论和梁大老汉闹事以后社员们对他的愤恨了。他在有万后头走进街门,像罪犯一样,灰暗的脸现在灰白了。他那深眼眶里转动的两个眼珠子,再也没有前些日子盯副主任时的凶光了。他眼见满院一片恼怒的脸,他的脸一下惨白了。他低头寻找着空隙,连忙在街门左边的角落里蹲下。他的两眼一再偷瞟着站在办公室草棚屋檐下的高增福。

院里一片肃静。高增福咬得牙响,说:

"白占魁,你把你昨日前半晌吆车的情形,给大伙说一说!"

白占魁站了起来,把头巾扯下,拿在手里,然后立正。

"我和有义在粮站装了车。嗯,我们装了车。有义在街上办事,我先回来。嗯,我心思只拉五百斤黄豆,不重,就坐在辕上了……"

"过大桥上坡下车来没?"铁锁王三大声喊叫。

白占魁两颊苍白的肌肉跳动了几下,两眼看着正前方说:

"我心思车装得不重……"

"铁轮车,一个牲口拉,又是乡下的草路,五百斤够重哩。白占魁!你甭当成这是国民党军队的大车连;胶轮车,三个牲口拉,在碎石子公路上遛，你在车上睡觉！"红脸杨大海说。

白占魁没话说，只眨了几眨眼皮，咽了口唾沫水。

"我错了……"声音很低很低，远处的社员只从嘴形看见。

有万站在白占魁旁边，指住鼻子问："叫你和有义一块吆车回来，你为啥不等有义？"

"你使的啥坏心眼？说！"草棚屋檐下一个女人的声音，大伙回头看时，是志光她妈。

白占魁打了个寒颤，手里拿的头巾明显地一哆嗦。他大约知道梁大老汉把事闹了多大，一点也不敢嘴硬。他眼里露出了怕被冤屈的恐惧，又偷瞟了副主任一眼，用想哭的声调说：

"我没等有义……是我的错……可我没坏心眼……"

"你没坏心眼，你为啥不等他一块回来呢？"高增福怒不可遏，学着工作组主持会的样子问大伙，"到而今，他还不老实。大伙说行不行？"

"不行！"大伙异口同声地喊叫。

见满院的社员个个都是气愤愤的，白占魁大约看出这回不老实是过不去了。但他还是吞吞吐吐，说不出口。

"我还是以前那心思……"

"以前的啥心思？"大个子生茂不放松地盯住问。

白占魁只好说出了实话："我光是想当干部。嗯……我不等有义，老是想露一手，给大伙看我办事麻利……"

于是大伙纷纷批评白占魁这想当干部的思想。有人说白占魁当初入互助组就不是有了社会主义思想，还是为当干部，和他土改时疯狂地积极是一模一样。有人说白占魁想当干部是为了掌权，好掐大伙的脖子。也有人说白占魁不爱劳动，当干部是想使唤旁人，自己少做些活儿，多拿工分。另一些人则说白占魁这两种心思可能都有：他没当上干部，卖豆腐的事儿也不嫌，挑着豆腐担子走街转巷轻省，瞅空子还能给自己腰里揣点零花……等等。人们说到白占魁的疼处了。他两眼看正前方的那套国民党军队当兵的姿势，现在再也支持不下去了。他低下头去，没脸看人。

高增福大声地喝问白占魁："大伙说得这些，是实？是虚？你承认不？"

"承认……我改错……从今往后，我当老实社员……队长叫我做啥，我做啥……"

院外头发出一阵笑声。高增福这时才看见：不知在什么时候，上下河沿和官渠岸的社外群众，顺着土墙站满了一圈，朝院里头盯。增福仔细一看，他哥增荣告诉他的那些说灯塔社要散的人，全在三板高的土墙外边；有的看见半个脸，有的只看个毡帽或头巾。增福在白占魁承认错误以后，来了股劲儿，胜利地宣布：

"今日的社员大会，开得好！有些人说，咱们的灯塔社快散了。大伙看，咱们是散？还是不散？"

"棒打也不散！"

"怎样也得把社办好！"

"娶个新媳妇，头一年还不习惯哩！慢说二十几户人办社！出一点事儿，就散社吗？"

社员们纷纷表示着决心，一看就是故意说给墙外的某些人听。梁三老汉站在社办公室草棚屋檐下，看见社员们这样一心的劲头，感动得老眼又流出泪来了。原来蹲在院里的梁生禄，现在站起来了。他的脸仍然和进这院时一样红，甚至更红了。

"我说几句话，好不好？"他红着脸问副主任说。

高增福对这个"特别社员"板起他瘦削的脸，按社务委员们商量的意见，说：

"你家的事影响大，等主任回来再……"

第二十七章

　　县委会议室是个三间大的统房，坐北朝南，在冬季和春季晴朗的日子里，从早到晚，阳光照得满房子通亮。房子里四壁石灰墙洁白。东西墙的上端是两排国际和国内共产主义领袖的巨幅像，南北墙都有大窗子。砖铺的脚地上，中间摆着一张宽大的长方形会议桌，四周围全是木椅，现在坐着本县的十个农业社主任、县委农村工作部长、县政府农林局长和会议的主持人杨国华自己。四壁靠墙，木椅和茶几间隔摆着，各农业社的驻社干部和县上有关部门被指定参加这个会的一些同志坐满了一圈。在这次三级干部会和互助合作代表会期间，每天早晨和晚间，各区和县级各部门的领导同志在这会议室向县委书记陶宽同志汇报情况和研究问题。大会进入小组讨论互助合作的实际问题以后，每天上午和下午，杨国华就在这会议室召集全县的农业社主任开小会，讨论农业社的经营管理。

　　农业社的事情，对于这次参加两个大会的几千人，目前还处在神秘阶段。杨国华知道：小组讨论分了十几摊子，人们最注意这个会议室。他听各区的汇报说，参加三级干部会的区乡干部已经感觉到一场震天动地的革命风暴即将到来了，心情有点像进行过战斗动员。参加互助合作代表会的互助组长们则更是跃跃欲试，恨不得散会回去就办农业社。杨国华在这个小会一开始，就把汇报会上听到的这个情况，告诉了农业社主任们和驻社干部们。

　　"我们现在是这两支队伍的尖兵。"他笑着对大家说，"我们要用火里不怕烧、水里不怕沉的精神，走出这条路！"

　　所有的社主任和驻社干部都表现出严肃、认真、动脑筋思考的态度。杨国华对这个尖兵班子是满意的。在他的右手旁边，在会议桌的北边最先一个位子上，坐着社主任里头的老大哥、五一社主任王宗济。到底试办过一年农业社了，现在已经是大王村联社的主任，你看他操劳过度的消瘦脸色显得特别沉着、老练。在会议桌的南边最末一个位子上，坐着社主任里头的小兄弟、灯塔社主任梁生宝。小伙子虽然还不到三十岁，却和他们四十岁上下的社主任们一样能干。你看他那双眼睛闪闪发出诚实和智慧的光芒。尽管这时正在隔壁办公室看文件的陶宽同志始终对试办灯塔社有怀疑，对梁生宝这个人也有保留；但杨国华相信他有培养前途，从心眼里喜欢这个终南山下的青年人。听说梁生宝到城里的这几天，碰巧遇见了也是南山根儿来的一个女青年，解决了婚姻问题，杨国华更加高兴地多看了梁生宝几眼。

　　会议的头一天上午，杨国华讲了建社工作的总结报告。全县共有三百六十二户、二千一百三十五人入了农业社。入社的土地有二千八百五十三亩半，牲口有一百六十九头，大部分是老弱牛驴，大车只有十四辆，其中三辆是胶轮的，十一辆还是古老的铁轮车呢。杨国华翻着写好的稿子，找出这几个用红铅笔画出的数目字，向大家说明这批农业社的特点：穷，户多、人多、劳力也多；但是土地少、牲口少、车辆更少。他分析了这三多三少的原因，说这回入社的农户绝大多数是土地改革以后才翻身的雇农和贫农，少数是生活和生产有困难的中农。他说土地多、牲口强、有车辆的富裕中农只有十几户，出于各种动机和不得已的原因入了社，指出灯塔社的梁生禄就是活生生的例子。杨国华向大家说明这些情况，但他一点也不为这个忧虑；反而因为从总的情况归纳中发现了真理。他兴致勃勃，断然地把"贫穷"说成是党的基本群众给农业社带来的最宝贵的"精神投资"。他相信社员们在几年里头就会用劳动创造出比少数富裕中农更多的物质财富。于是他用一个上午大部分时间细谈农业社的政治思想工作、财务管理、劳动组织、冬季生产中表现出来些什么优越性和目前需要解决哪些问题。

　　从头一天下午起，各农业社主任就开始介绍经营管理的经验了。窦堡区五一联社主任王宗济介绍他村四个小社怎样组织男、女、老、弱劳力,怎样安排农业、副业、修渠、植树,克服窝工浪费和盲乱现象。王渡区的前进社主任叶正兴介绍他社怎样按照做活的数量和质量评工,克服了平均主义;怎样发给社员们工票,三天或五天记一次分,减少了会计的麻烦。九寨区的光明社主任何守业介绍他社怎样发挥妇女的劳动积极性,把一百多亩冬小麦地锄草的任务交给了她们,顶替出男劳动力打井、整地、修渠……社主任们一个接着一个踊跃地发言,既讲合作社的优越性,又讲社员们的劳动热情。一个个社主任都非常带劲地谈叙各自社里最突出的事例,真好比八仙过海,各显身手。这种热烈的气象反过来又给杨国华很大的鼓舞。

可是直至第三天上午,梁生宝还没发言。杨国华开始不断地注视这个包着头巾的年轻庄稼人,总见他坐在那边用心听着其他社主任们讲话,有时候显出他在费力思考某些话的神情。他一直没有在别人讲话的时候,表现出一点准备下一个发言的样子。坐在他对面北墙根儿椅子上的韩培生,似乎也开始为这一点不安了;而梁生宝自己却一点也不着忙,好像他根本不想介绍什么经验。怪人!难道他没有足够的勇气讲话吗?难道他在这些长辈面前有那种和革命者不相容的自卑心理吗?去年互助合作代表会上登台向王宗济应战的那股闯劲儿哪里去了呢?梁生宝不会给一个农业社的沉重担子压住吧?……

在面前的会议桌上摆着摊开的笔记本,手里拿着钢笔,杨国华在不记的时候,望望梁生宝如痴似呆的神情,不由得这样思量。终于,他点了梁生宝的名,叫他谈谈灯塔社怎样把蛤蟆滩的二亩旱地平为稻地,用掘起的土又填平三亩烂浆稻地,这样增加了五亩双季种植的水地这件事情。梁生宝正在想什么心思,骤然听见点他的名,无意识地连忙站了起来。因为这会上所有发言的人都是坐着说话，这个青年人仓促地站起来，引起了四边靠墙坐的几个县干部嗤笑；他们在灯塔社是不是具备了办社条件这个问题上，站在陶宽同志一边。

杨国华对他们这种没修养的表现，心里很不高兴。因为关于灯塔社和梁生宝的分歧首先是在县委的书记和副书记之间，杨国华不和他们计较。他知道梁生宝这是第一次参加县上的领导同志主持的会，难免拘束和紧张，所以他很亲切、很随便地说：

"生宝同志，你坐下来谈，不要紧张。"

梁生宝腼腆地笑了笑，坐了下来。显然他这才发觉自己不该站起，但他也并不脸红。杨国华看见他甚至于没注意到几个县干部嗤笑他，仍然是憨厚地、虚心地对所有在座的社主任们说：

"我们灯塔社是在小互助组的底子上办起来的。我这主任又年轻。我这回到县上来开会，一进城就打了个主意，要虚心学习老大哥们的好办法。这几天，我听了这么多好经验，比吃啥好东西都有滋味。怪！开了几天会，我觉得我好像比开会以前，人也精明了一些似的。……"

他说着，在前辈面前充分流露出一个年轻庄稼人的天真、纯洁和直率，丝毫也不装腔作势。杨国华看看社主任们的反映，从王宗济、叶正兴、何守业……直看到和梁生宝挨肩坐的三官庙区红旗社主任杨天福，他们都表现出很喜欢这个小兄弟的样子微笑着。只有刚才嗤笑梁生宝的那几个县干部，依然还是瞧不起的态度。韩培生在那里斜眼瞟着他们。

为了表明灯塔社并不比其他社差多少，杨国华决意要梁生宝讲一讲话。他笑着激励他说：

"生宝同志，你们办起了社，是不是一点办法也没有啊？"

生宝咧开略微厚点的下嘴唇笑了。杨国华从生宝眼睛的神情上看出：小伙子明白了这是非叫他发言不可的意思了。

735

"好吧!"梁生宝精神振作起来准备发言了,说,"杨书记,我不想说平整稻地的事情了。为啥呢?因为去年冬季,差不多各社都平整了土地,或者修了水利。五一社和光明社最多,比起来,我们做得太少了。我想说一说我们怎样修建饲养室……"

"主要是艰苦创业的精神和以社为家的精神。"韩培生在北墙窗下的椅子上坐着,插言向副书记解释。这表明:这个题目是他和生宝商量过的。

"好嘛!"杨国华同意,大声说,"讲什么随你们便!"

于是,梁生宝借喝两口水的工夫,稍稍考虑了一下,然后从容地和社主任们当面谈心似的说:

"杨书记前日说咱们这回办起的农业社都穷。我思量来:我们灯塔社比你们大伙还穷。蛤蟆滩根本没个村庄,没个街巷嘛。这里三家,那里两户,下河沿足有二三里长,全是草棚屋。光景好些的,也不过一座草棚院,有三个、两个草棚屋。俺社倒有两户富裕中农,也没一个大一点的房子。我们要办社,可找不到合适的房子做饲养室。大伙都知道:农业社的牲口要是不合槽喂养,经营管理该多别扭呀?……"

"是呀!"杨国华很注意地听了生宝这几句开场白,满意地说。为了鼓起梁生宝讲话的勇气和信心,表现自己对他的支持,他又对大伙说:"他谈得这倒是个有意义的问题。就是说,我们在物质条件困难面前怎么办?是给困难吓退呢?还是克服困难前进呢?我去过他们那里,的确,蛤蟆滩的面貌,要是靠小家小户办互助组的话,十年也不一定能盖得像你们一样,有村庄、街巷。你们那里要是没有做饲养室的大房子,贫农社员还有人自动让出土改时分的地主的房子。他们蛤蟆滩连一户地主也没有,过去受周围几个村的地主剥削。好!你继续讲!"杨国华坚决支持地对梁生宝说,丝毫也不在乎那几个认为灯塔社不够办社条件的县干部不是味儿的笑容。

梁生宝好像从这几句插话得到启发了。杨国华看见他脸上的表情立刻兴奋起来，活跃起来。他接着说：

"对！杨书记说得对！我们灯塔社穷，可并不是蛤蟆滩净住些好吃懒做的家伙，也不是净住些傻瓜笨蛋。我们硬是叫地主们剥削得太可怜了。我们一时三刻缓不过气来嘛！所以喊一声办社，大伙都争着抢着入。社里有啥困难，大伙都齐心克服！……"

接着，梁生宝就从他们社副主任高增福怎样拆掉自己的草棚屋来添补修建饲养室不足的物料，饲养室怎样在男女社员热情劳动下三五天就完工了，一直讲到高增福和冯有万入党的那天晚上通夜在工地劳动的情景。生宝谈到他最亲近的两个伙伴的时候，语调和神态上似乎禁不住动了感情，显着他自己首先心里很激动。杨国华注意盯着，见他甚至于一点也不拘束了。简直不像在县委会议室全县的社主任们中间，倒像在蛤蟆滩铁锁王三院里的草棚屋办公室里。

杨国华很满意。梁生宝的发言表明他完全理解了杨国华报告的思想和观点。生宝说得更具体、更生动、更有说服力。他看见所有的社主任们都很感动。他转眼又看看刚才嗤笑梁生宝的那几个县干部，他们也在严肃地思索着什么了。杨国华想：你们也许从这段话里懂了一点群众的力量有时候会是物质力量的道理吧？可惜陶宽同志宁愿埋头在隔壁办公室里看文件，不愿过来在这个会上听听这些人的声音。

"现时灯塔社比我们穷，过几年，怕灯塔社比我们哪个社都要富哩。"王宗济深有感触地对大家说。

叶正兴说："一定！"

何守业说："就是这话！"

杨天福说："用不了五年！"

杨国华自己当然也是这种看法。他笑着看了看梁生宝，他正在紧着他头上的包头巾。大约是被大家称赞得脸不知怎样表情，手也

没处放吧,他拿这个不必要的动作掩饰自己的局促。杨国华亲切地看看生宝对大家说:

"那就要灯塔社干部们兢兢业业。可不敢犯大错误。常常因为自己某一方面好,就忽视别的方面差,以为自己什么都能行,什么都没问题,犯个大错误撂倒,就得些时间往起来爬哩。这可不是吓唬你呀!"杨国华最后一句话转向梁生宝说。

"明白,"梁生宝很理解地说,"杨书记!哪里还敢粗心大意呀!"

这样,他在发言结束以后却又接着谈起他社的草棚屋饲养室小、牲口多了气味不好,有些太老太弱的牲口已经比合槽时瘦了的问题。他谈到下堡五村的社外群众怎样议论这件事情,社员们对这件事情怎样感到不安。他又谈到他们怎样准备一方面勤起圈粪,使饲养室气味小些;另一方面打算在二月初八黄堡镇骡马大会上卖掉一些老弱牲口,买几头强壮牲口,既减少了头数,又好使用。……

"现时贫雇农入社时带进来的这些老牛瘦驴,喂草时净是嘴,垫圈时净是腿,使用时没一点劲儿。"梁生宝最后形象地说。

杨国华听得津津有味,沉入了思索,甚至忘记了主持会议。

人同此心。所有其他的社主任们乱嘴纷纷地说:他们也有这个问题,也要这样办理。虽然他们的饲养室大些,情况比灯塔社好些,牲口还没明显地瘦哩;但贫雇农社员入社的牲口,却和灯塔社一样,都是些老牛瘦驴。

王宗济说:"我们大王村四个社,这回全村的贫雇农都入社了。有些贫雇农入社时连牲口也没,又交不起耕畜投资……"

杨国华连连地点着头,把这个实际问题记在他的笔记本本上。

何守业说:"大王村互助组办得最好,还是这样的话,我们就甭说了。没牲口、又没钱交耕畜投资的人家,比一般农户入社更心急。咱们怎么能把人家挡住呢?全是基本群众……"

杨国华继续埋头往本本上记着，觉得这是个很重要的问题。

叶正兴看看对面坐的农村工作部长和农业局长，试探地说：

"能不能给刚办的农业社分一点牲畜贷款，扶持一下？要不，刚办起的农业社猛乍拿不出那么多钱，替最困难的社员抵垫。"

杨天福说："这比一家一户好扶持。不要多，帮助一把就行了。我们也不能全靠贷款……"

农村工作部长和农业局长朝县委副书记笑着。杨国华往本本上记毕以后，独自轻轻地点着头，考虑着这个问题。他笑问梁生宝：

"你们那里贫雇农社员最多，你怎么反而不说话呀！"

梁生宝朝韩培生笑笑，然后坦白地说："我从蛤蟆滩起身的时候，就有了这意思；可是进城以后，又打消了这念头。"

"为什么呢？"杨国华笑问，"是不是耍滑头，要钱的事让别人出头呢？"

"不是的，"生宝老老实实说，"是我们社的互助组底子差，刚办社头一回进城就要钱，更不合乎……"

"不合乎什么呀？"杨国华爱追根究底地问。

梁生宝看了看韩培生，鼓足了勇气说："不合乎办社条件喀……"

杨国华仰头哈哈笑了：这个年轻人心眼蛮多哩。看来，他已经从韩培生嘴里知道县上对试办灯塔社有怀疑吧？杨国华对社主任们提出的要求，不能当下作出答复。他只说大家把实际问题谈出来，很好；至于到底怎么办，要等县上研究以后再决定。他这样说的时候，脑子里就有个很大的问号：陶宽同志对这个问题会持什么态度呢？

这一天休会以后，杨国华叫农村工作部长和农业局长留下来，简单地征求了一下他们对农业社要求耕畜贷款的意见。他到家匆匆忙忙吃过晚饭，急速返回办公室，带上他的笔记本，就去找陶书记

739

汇报。他不能在晚上的汇报会上谈这个问题，因为要是陶宽同志对这个问题持着和他相反的态度（他估量很有可能是这样的），那么，在那个场合，当着各区和县级部门领导同志的面，县委的两个书记争论起来，多不好呢？不争论吧，这是对革命不忠诚、对人民不负责任。不管对不对，只看领导的意图办事，而实际违反党性——这和杨国华的精神根本不相容。因此他决定单独汇报这个问题。

"老陶！"杨国华胳膊挟着笔记本，在会议室隔壁陶书记办公室窗外喊叫，精神上准备着一场看来不可避免的辩论。

咦！屋里答应的不是熟悉的陶宽同志文静缓慢的声调，而是他的爱人王亚梅活泼爽朗的女声。

"老杨吗？请进来吧！"

杨国华揭起棉布门帘，王亚梅已经从屋里开了门，满面令人愉快的笑容。"老陶吃过晚饭，出去散步，一会儿就回来。"

"嘿！我赶了个紧，还是没赶上这老兄。"杨国华笑着说，看见办公桌上左右两边照例厚厚地堆着两摞文件；按习惯，左边是待阅的，那右边的上面一定批了"陶阅"。杨国华登时感到他的这个上级坐办公室，也不简单；要是换了自己在这个座位上，光批阅文件就拿不下来。

王亚梅问："有急事和老陶商量吗？我叫公务员叫他去。"

"不，"杨国华忙阻止说，"老陶有胃病哩，整坐一天，饭后遛个弯儿，让他去吧。我知道他走不远。"

既然已经进屋来了，即使不必要从礼貌上考虑，仅仅表示两个领导人之间同志关系是很正常的，杨国华也只好坐下等陶书记回来。他走到北墙窗下，在一个沙发里坐下来。他把笔记本放在沙发中间的矮茶几上，然后转身从他坐的沙发右边的报纸架上，取下一份用中间锯开的细木棍夹着的外地报纸。随意地翻一翻，浏览着大标题。

王亚梅给他取来了烟,又泡了茶。都放在他跟前的矮茶几上以后,这位热情的女同志蹀到通卧室的侧门旁边,在靠墙摆得高茶几跟前的木椅上坐下来陪副书记。

　　"老杨,梁生宝有了对象,你知道吗?"王亚梅欣喜地问。

　　"听说有了,"杨国华高兴的目光离开了报纸,望着笑眯眯的王亚梅,"听说也是个互助合作积极分子,这次代表会来了。你见过这个姑娘吗?"

　　"不是姑娘。老杨!"王亚梅忍不住笑副书记不知底细。

　　"怎么?"杨国华迷惑地问,"那天汇报会上碰见王佐民,他告诉我这个事儿。我问他对象是哪里的,他说是峪口区竹园村的姑娘……"

　　"嘿嘿,他没给你说全面,是峪口区竹园村的姑娘,可曾经是窦堡区范村的媳妇来,离婚以后回了娘家的。"王亚梅说,把她所知道的女方同什么人,为什么和怎样离婚的情形,当做等人的时候的闲话,简短地说了一下。

　　杨国华听得蛮有兴趣,笑说:"女同志对这号事注意得细心……"

　　"才不是呢!老杨!"王亚梅非常直爽地反驳,"要是我一点也不知道梁生宝,人家说他的对象,我连一句也没兴趣听哩。你笑什么?实在是关心。我头一回到蛤蟆滩,生宝的童养媳妇还活着。我这回到蛤蟆滩,可怜的病包媳妇已经不在世了,听说生宝和官渠岸的徐改霞两个有过意思,后来没成功,姑娘进工厂去了。建社工作组的同志对生宝的婚姻问题都很担心:快三十岁的人了,很难找到个合适的对象。现在他母亲在着还好,将来难免影响他在社里工作。所以听说他有对象了,我就打听了个仔细。今天下午,我还故意去参加峪口区竹园乡的小组讨论,看了看她本人呢……"王亚梅说着,高兴得笑眯了眼睛。

"怎么样呢?"杨国华问,心里很赞赏王亚梅的热情;她关心生宝完全是从革命工作出发,并非对这号事特别有兴趣。

"挺好!"王亚梅谈起生宝的对象给她的印象,"身体特别棒,一看就是好劳动妇女的样子。人又开通又大方,一点也没婆婆妈妈气。老杨,我还听了她发言哩,挺会用脑子。讲话很清楚、很流利,简直不像是南山根儿农村来的……"

"啊啊!这么说,真是难得。"杨国华更加高兴,吸着一支烟说,"那么就叫梁生宝抓紧嘛!"

"已经面谈过两回了,还保密哩,后来公开了。"王亚梅正说着,陶书记在门外咳嗽了一声。她从高茶几旁的木椅上站起来,对进了门的丈夫说:"老杨等你商量事情哩……"

"噢,什么事情?"陶书记刚从外面进了晚上生着炉火的房子,一只手摘下黑呢制帽,笑问从沙发里站起来的副书记。

杨国华手里拿着报纸说:"给你汇报个情况……"

"不能在汇报会上讲吗?"陶书记问,把呢制帽挂在衣架上。

"需要研究一下,作个决定。"

"那好嘛。我们抓紧谈。"陶书记穿一身蓝咔叽布棉衣的高大身子,在矮茶几另一边的沙发里坐下来了。

王亚梅进侧门到卧室里取了点什么东西,出来打了个招呼,就回她自己工作的青年团县委去了。杨国华把报纸放回报架上以后,就坐下来开始翻他的笔记本子。

因为时间的关系,农业社主任会议的一般情况,杨国华就不在这里谈了。他只把社主任们谈到耕畜问题的内容归纳起来,比较系统地说明:由于初次办社,社员们绝大多数是贫雇农,而一般贫雇农,就是土改后养得起牲口的,多半也是老、弱、残、次。这种情况使这回试办的农业社都喊叫畜力很弱、很不足。他又引用了社主任们所谈的具体事例说明:有些老弱牲口在小农户手里倒也罢了,牵到农业社的大槽上以后,经营管理既棘手,使役又不顶用……

"所以社主任们都想把最弱的一部分牲口卖掉,另买一些强壮的牲口。这样做对农业社是有利的。"杨国华十分自信地汇报着,闪闪的目光不时地看着陶书记戴着近视眼镜的脸。

"很好嘛!这有什么问题呢?"陶书记很赞成地笑着,划根火柴点着了纸烟,然后又笑着,显得很容易谈拢。

杨国华高兴地说:"有问题,老陶。要卖的这部分牲口价值很低。还有些贫雇农入社时既没牲口带,又交不起耕畜投资……"

"噢,矛盾在这里!"陶书记仰了仰头,"资金不够?……"

"就是的!"杨国华赶紧说,立刻提出他要和老陶商量的事情,"社主任们要求给他们也放一点耕畜贷款,帮助新建立的农业社克服这方面的困难。我征求了农村工作部和农业局的意见,他们都同意。要是你也同意,明天开会的时候,我就答应他们。"他说着,注意观察着老陶面部表情的变化。笑容果然不见了。

陶书记原来还很用心听着,现在那因胃病而显得不大健康的面容,出现了怀疑的神情。杨国华说完以后,看着老陶吸了两口纸烟,又用左手扶着他有胡楂的下巴颏了。

一看见他熟悉的这个考虑问题的姿态,杨国华就知道不出他预料——这里是不容易通过的。

等待了一阵以后,陶书记似乎考虑好了,转过脸说:

"老杨,这个问题是怎么谈起来的呢?你说的这些,主要是灯塔社的情况吧?"他不等回答,接着又很认真地说,"灯塔社的情况可是很特殊的。全县没有几个村子像蛤蟆滩那样贫雇农集中……"

杨国华失望地看着陶书记令人沮丧的态度。他奇怪:老陶认为蛤蟆滩没有办社条件,怎么这样敏感?刚一提到要求贷款,他立刻就想到灯塔社了。杨国华暗自在心里头惋惜:一个县的总领导人，这样严重的革命斗争，既不亲自下去走走，甚至于自己院子里开会，也不来听听，只靠坐在办公室里看文件、听汇报"掌握全面"。他脑子里有个什么成见，别人说什么，也听不进去啊！

"这个要求不是灯塔社提出来的！"杨国华相信自己正确，丝毫也不急不躁地说，"恰恰相反，是五一社先提出的。当然，其他各社都有这个要求。"他翻着笔记本子，把王宗济、何守业、叶正兴和杨天福等人说了些什么话，原原本本都念给陶书记听，只不提最后他和梁生宝的那几句对话。

陶书记不自然地笑笑，然后很严肃地，但是很诚恳地说：

"老杨，不能给农业社放耕畜贷款呀！这种贷款放给什么人呢？文件里说得清清楚楚：首先是土改以后需要牲口而买不起的翻身户；其次是死了牲口当下买不起的一般农户。文件里根本没有提到农业社嘛。这是第一……"

"可是现在的问题是：有一些贫苦农户，单干的时候养不起牲口；入了互助组，不需要户户都养牲口；现在到了农业社里，养不起牲口和牲口太弱的农户集中到一块了。政府不帮助他们，谁帮助他们呢？这是个新情况，老陶。发出耕畜贷款指示的那阵儿，全国还没试办农业社哩。"

陶书记忍住笑听着，充分表现出领导者的风度，很有涵养地说：

"你不要急嘛。听我说完，你再想想看。第二，有关互助合作的文件不是明明白白说吗？农业社要不依靠国家贷款，要依靠它自己的力量。老杨，这就是组织起来的优越性嘛。要是我们把扶助个别困难户的耕畜贷款拿来给了农业社，这就违反了上级指示的精神。所以我说：办社一定要有很好的互助组基础，就是说，互助组增产了，自然就有可能给农业社投资了……"

杨国华不服气，他争辩说："可是我们也要看到：互助组增产是很有限度的。互助组解决不了所有贫雇农入社的投资问题。大王村是我们全县的互助组重点吧?为什么还有许多贫雇农给社里交不起投资呢?这难道不值得我们考虑吗?"他雄辩地说着,看见老陶近视眼镜后面似乎微微地皱了皱眉头。他不在乎。

"值得考虑。"陶书记很委婉地说,"不过,是不是也从我们的工作上考虑考虑……"

"工作上怎样呢?"杨国华是负责这方面工作的,敏感地问。

"说起来是老生常谈……"

"什么?你敞开说吧!我不红脸。"

杨国华直率地笑着。老陶转眼看了看他的面容,又犹豫了一下,终于还是坦白地说:

"你在实际工作里很注意依靠贫农,这是对的。可是你注意团结中农,是不是够呢?譬如说,有些贫农,我看可以说服他们暂时留在互助组里,等到他们给农业社交得起投资的时候再入社,不行吗?有些中农暂时还观望、等待,我看做些工作是能够争取他们入社的。他们的牲口和农具可以加强农业社的物质力量嘛!你说,这样贫农和中农团结起来发展农业社,不是更符合天下农民一家人的精神吗?"

杨国华听了这些话,没奈何地苦笑了一下。这明明不是要中农帮助贫农吗?他想起去年春天在黄堡区委王佐民的房子里他和梁生宝的谈话。这个县的领导人住在城里苦心钻研党的方针和政策,钻来钻去,竟完全失掉了对现实的敏感性,变得这么迟钝、生硬,还不如一个在实际斗争中的农村党员主动、灵活哩!

"只因为没牲口农具,迫切要求入社的贫农,要他们甭入社;不愿入社的中农,反而拉他们入社。工作不能照这样做吧?天下农民一家人是民主革命时期的口号,现在我们闹的是社会主义革命啊。"杨国华很为难地说,语气坚决,但态度很和气。

正说着，县委秘书在门外请两个书记去听汇报。原来在他们争论的时候，参加汇报会的同志们陆续到了隔壁的会议室。现在，两人不约而同地看手表：开会的时间已经过五分钟。

陶书记从沙发里站起来，说："这个，咱两个辩论不清楚。让事实做结论好不好？贷款，一定要按党的政策办事。实际问题，你们再研究一下，看怎么解决。"

"好吧……"杨国华也站起来，不好再说什么了。

陶书记从他堆满文件的办公桌上取了笔记本。两个书记一起到隔壁的会议室去听汇报的时候，杨国华发愁地看看走在前头的老陶的背影，想起了刚才王亚梅那么热情，而老陶却被文件摞起的一堵墙把他和群众隔开了。

……

次日上午的农业社主任会议上，杨国华按照陶书记的意思，向大家说明了为什么不能给农业社放耕畜贷款。社主任们和驻社干部们听了，七嘴八舌地议论起来了。大家又研究了一阵，想出一个变通的办法：这笔贷款虽然用在农业社买牲口上，但可以算在那些交不起投资的贫雇农社员私人名下，将来从贷款户的收入分配中逐年扣下来，按条例分期归还国家。这办法好！杨国华听了非常欣赏。这样的贷款方式既扶植了贫困户，又支持了农业社，和国家的贷款政策也不矛盾嘛！谁还有啥话说哩！杨国华受到集体智慧的启发，重新快活起来；不过他还不贸然答应这样做，还是说等县上研究以后再定。

就在这天晌午休会以后，杨国华回到他的办公室里，想着：他是不是利用中午休息的时间，抓紧去同陶书记商量呢？快把这件事定下来，好研究农业社经营管理的其他问题。他正想着，突然陶书记急匆匆地来到他的办公室里，惊慌不安地告诉他：

"糟了！糟了！黄堡区上来电话说灯塔社出了乱子！"

第二十八章

每天中午一个钟头的休息时间，所有参加各区小组讨论的区乡干部和互助合作代表，几乎全到室外暖烫烫的阳光下来了。县中校舍的门台阶上，校院里砖铺的走道上，食堂院烧开水的锅炉房附近，操场上，甚至于校门外那条街道上，乱杂杂地到处都是穿棉制服的农村干部和穿庄稼人衣裳的互助组长们。人们有端着从家里带来的搪瓷缸子喝水的，有噙着烟锅吸旱烟的，有晒着太阳考虑在小组会上发言的。还有的三三两两聚集在一块，站着或溜达着，私下继续争论着小组会上还没有争论清楚的什么问题。

这一天中午小组讨论休息以后，郭振山从黄堡小组开会的教室出来，心情有点不安。他到操场东南角的男厕所去小便，沿路听见人们到处谈论着互助组怎样正确实行自愿、互利和民主管理，他感到心烦。有两个特别爱辩论的人，甚至并排站在水泥小便池旁边还在争论，倒惹得郭振山笑了笑。但他从厕所出来，笑容立刻消失了，赶紧往西三斋号舍下堡村来的人住的房子走。今天上午，正在开会中间，有人来叫区委书记王佐民去接电话。王书记接毕电话回来，神色好紧张，叫张区长替他主持讨论，把区干部牛刚和下堡乡党支书卢明昌从会场叫出去，甚至休息，谁也没回来。这是为什么呢？郭振山心里好嘀咕。他想回到号舍看看到底是什么事情。

是不是接到通知，梁生宝要到省城去参加劳动模范代表会哩？郭振山脑子里一直盘算着这样一个念头，很不放心。他知道，去年梁生宝互助组密植的水稻，每亩平均产量六百二十五斤，比单干户产量多了近一倍；梁生宝自己有一亩九分九厘试验田，亩产九百九十七斤半，差二斤半，就是整整一千斤了。加上小伙子又改换了新稻种，雄心勃勃准备实行稻麦两熟；特别是宣传总路线以后，小伙子提前试办了农业社……所有这些，郭振山不得不承认自

747

己落在后边是事实，使他忧虑梁生宝这回有可能当省劳动模范，要是真有这样的事，郭振山怕他这好高的身架和好大的脸盘，无论在这里参加互助合作代表会也罢，还是回到蛤蟆滩的庄稼人中间也罢，都够难看！

郭振山在人来人往的操场上一边走，一边这样烦恼。记得他一九五一年到县上参加抗美援朝代表会的时候，就是临时接到通知，区干部和乡干部急急忙忙帮助他整理蛤蟆滩抗美援朝运动的材料。现在，王书记把牛刚和卢明昌叫了去，不是帮助梁生宝整理灯塔社的材料吗？

不过，郭振山走到操场中间以后，又改变了想法：也许不至于是这事吧？他王书记接毕电话叫牛刚和卢明昌出去的时候，紧张是紧张，可并不是怎么高兴呀！郭振山这样细琢磨，又觉得自己多疑。梁生宝大约还没有先进到参加省劳动模范代表会的地步吧？在全县来说，窦堡区大王村的王宗济，名声比他梁生宝大得多，眼下还轮不到他梁生宝吧？郭振山很庆幸他这回到县上来开会，可看清了互助合作必定发展的前途了，不像去年这个时候，他还糊里糊涂以为办社需要二三十年，还在心里头暗自攒股劲儿，刚买了地，又准备盖瓦房。他想："嘿！只要给我郭振山今年这一年的时光，凭官渠岸这么多中农的牲口和农具，超过它灯塔社，不生问题儿！"

当郭振山走到操场尽头的时候，在通校院的砖圆门旁边，他碰见不知是哪个区的一帮干部，还有几个互助组长，聚集在一块议论什么事情。郭振山听见他们好像说灯塔社怎么样，就凑近点去听。

他不去听也就进了校院，一去听，他离不开了。原来这里说的正是他捉摸不定的事情。灯塔社出乱子了！他侧着耳朵仔细听，人们说：就在今天早饭后，蛤蟆滩的一个富裕中农社员到饲养室牵走原来属于他的牲口，到黄堡镇去卖，被追到镇上的生产队长打倒，把牲口夺回来了。郭振山伸长脖子继续听，看是为了什么？起因来

748

由怎么样?但是谁也不知道,只听说被打倒的是个军属老汉,已经快七十了,忍受不下,爬起来到区上告状;在这里开会的区委书记接到区上打来的电话,当下一边派了两个人回去了解情况,掌握事态的发展,一边亲自到县委报告去了,直到现在还没回来呢。……

嘿!原来是这么回事!好能行的王书记,叫牛刚和卢明昌出去的时候,拿得好稳呀,连一点口风都没漏。郭振山听着听着,情不自禁地咧开他那满是胡楂的嘴巴,仰面朝天失声笑了。梁生宝在他的头脑里,一下子变成最幼稚、最可笑、最愚蠢的庄稼汉了。

"叫小伙子往前头扑!没那个条件嘛,你就抢的当英雄哩!我看你这回怎样收场!"郭振山想:不光是梁生宝,就是连支持梁生宝的他王书记和卢支书,这回也够他们难看!郭振山浑身上下轻松了。

他一转身走进了通向校院的砖圆门,神气十足地向黄堡区的人住的西三斋号舍走去。大约王书记该从县委回来了吧?还有在县委参加农业社主任会议的梁生宝哩,准定也跟着一块回来。郭振山要去看看他们灰溜溜的样子。他在校院里青砖平房中间东拐西弯的走道上,挺胸阔步走着,沿路又碰见有三个人在低声说这事,他也不再停下来听了。他知道是冯有万把梁大老汉打倒了。

他到西三斋的院子里,那里早已聚集了一大群人。他一看:嗬,是黄堡区来开会的人,几乎全到了这里!王书记和他的红人梁生宝呢?郭振山扫视全院,还没回来哩。他走近人群跟前,看见这里也有西二斋住的窦堡区的人,还有西四斋住的峪口区的人哪。他们都是邻近下堡村的范村乡和竹园乡的互助合作代表。外乡的人们正在打听下堡村的人们:卖马的富裕中农是什么人?打人的生产队长是什么人?怎么会闹出这样糟糕的事情呢?全拿脑袋往人缝里头钻着听。

原来是乡长樊富泰、大十字村的高增旺、王家桥的王来荣和郭家河的郭振华，被一大群人团团围在中间，回答着问题。郭振山跷起脚尖朝人群里看：樊简单气得脸煞煞白，增旺、来荣和振华几个互助组长，都因为本乡试办的农业社出了乱子很难为情。这个说梁大老汉入社前如何金贵他的马，那个惋惜冯有万办事如何粗鲁憨直，强调梁生宝要是在家，绝不会出这号事。

郭振山愤愤地退到一边，不以为然地扁嘴笑着。想不到下堡乡来的这些互助合作代表，还替梁生宝吹呢。郭振山不做声，心里头想："哼！灯塔社已经办烂瘫了，你们还替梁生宝吹啥哩？"

郭振山认为下堡乡党支部的这几个委员，全看支部书记和区委书记的脸色行事。在一九五二年整党以前，当乡上和区上都看重他郭振山的时候，正是现在在这里的增旺、来荣和振华，曾经开口闭口要"向郭振山同志学习"；但当他因为买了二亩地和对互助组不热心被批判以后，组织上看上梁生宝了，他们竟然在最近一次改选支部委员的时候不顾资历，拿梁生宝代替了他。郭振山甚至怀疑：他们是替梁生宝吹呢？还是掩盖他们自己在改选支部委员所犯的错误呢？他实在瞧不起这几个人了，他们并不敢把灯塔社出乱子的根本原因说出来。

既然谁也还没发现郭振山在场，他就躲到冯店乡来的一个身架比他还要高大的互助合作代表身后站着。听听一般人对这事件说些什么……

一个上堡乡来的互助合作代表叹口气："唉，看起来，富裕中农走社会主义这条路，可真是不乐意啊……"

"不管怎样，社干部打人就不对！"汤河下游章村乡的一个互助组长说，"上级再三叫咱们说服教育，他们怎么能动武呢？简直不像话！"。

"真个蛮！按政策连地主和富农都不许打，试办农业社打起富裕中农来了。"说这话的是哪个乡的人呢？因为这人至今还没在讨论会上发过言,郭振山不认得,但他很喜欢听这人一针见血的话。

这时候挤在院里的人群,纷纷议论着散开了。但当人们发现郭振山站在这里的时候,包头巾的和戴制服帽的人头又以他为中心围拢起来。

"老郭和灯塔社一个行政村,问问他。"

"振山老大还参加过建社工作呢。"

"依你看,怎么会闹得这样糟糕呢?老郭!"

肩宽胳膊长的郭振山,被一大堆庄稼人棉袄围在中间。他听见乱嘴纷纷这样说,却顾不得注意说话的是哪个村的人。

"我还想问到底是怎么回事哪!"郭振山挺神气地站在那里,骄傲地笑着。他虽然想着不让自己流露出幸灾乐祸的样子;但终于还是敌不过他内心冲动的那股情绪,半阴半阳地说:"等王书记和梁生宝从县委回来,咱们就知道了……"

围拢他的人群里,有些人表现出对他这态度惊奇。另一些人因为从他嘴里没听到更多的情况,显得失望。人们议论着散开了。黄堡区来的人陆续进了自己所住的房门。范村乡和竹园乡的人,则绕过墙角回西二斋和西四斋校舍去了。

郭振山现在不进下堡乡的人住的房里去了。增旺、来荣和振华他们刚才那样说,他很反感。他才不喜愿同他们几个人蹲在一块呢!他的傲然的目光转来转去,最后落到几个区干部住的房门上。

"嗯,我去和他们坐一坐。"他这样想。自从进城以来,每天和区干部们一块开会,已经混熟了。他有一种隐约的感觉:似乎把领导全区第一个农业社的光荣给了比他年轻、由他介绍入党的梁生宝,只是在整党学习会上激烈批判他的区委书记不信任他了,其他的区干部们对他的态度并不冷淡。看来他们并不把他土改后买过二亩地和去年对互助组没认真,看得那么严重。相反的,他看他们对他从前的威望和现在的劲头不轻视,还是希望他在今后的运动中起作用的样子。今天灯塔社出了这么大的乱子，他为什么不到区干部们中间去，听听他们说些什么呢？

于是带着比一般互助组长们高人一等的情绪，他走到区干部们住的房外了。他毫不犹豫，推门就进去。好！区委组织委员冯树信、宣传委员杨振麟，区公所行政助理员吴益民、财粮助理员刘兴业，妇联主任李桂芳和青年团区委书记陈海涛，全在这房子里哪。他们没有一个人躺在床上休息。有的坐在床边，有的站在砖脚地，果然正在谈着灯塔社的事件。门一开，他们都转过脸来看是什么人。

郭振山包头巾、勒腰带的高大庄稼人身架，突然出现在这些穿制服的区干部面前，打断了他们的谈话，但是并没有引起他们特别注意。

区委宣传委员杨振麟对区公所财粮助理员刘兴业不安地说：

"老刘！不知道张区长找到王书记了没，咱俩也到县委去，看看情况到底怎样……"

"走！"刘兴业从床边站起来就走。

"我也去！"学生出身的团区委书记陈海涛说着跟上去。

三个区干部一阵风走了。妇联主任李桂芳是小学教员出身，白净的脸盘显得很难受，说她到外面听听各区的人们的反映，也出了房门。霎时间，房子里只留下区委组织委员冯树信和区公所行政助理员吴益民两个人了。

区干部们的不安、难受和紧急感，大大地出了郭振山的想象，以至于他不由得愣住了。他原来以为他一进门，就会被围住问长问短，想不到区干部们竟是这样震动。大约他们和刚才聚集在院里的各乡干部和互助组长们处境不同吧？他们要不是怕黄堡区的互助合作运动受影响，就是怕这事件败坏了黄堡区在全县的名声。

郭振山木愣愣地站在砖脚地这样想着，后悔自己不该撞进这房来。他还不如在校院里、操场上和校门外溜达，听听人们说些什么呢。现在既然进来了，他总不能一句话也不说就走。可是他说什么呢？肚里又没现成的词儿。他只好从棉袄口袋里掏出烟锅，在砖脚地蹲下来装烟，满腮胡楂的大脸盘做作出难受的样子，吧咂着嘴，表示他也是听到这事件很关心而来的。

留在这房里的两个区干部很苦恼。他们开始吸纸烟，给蹲在旁边的郭振山一支。他站起从烟袋里拿出装好的烟锅。

"我吸这个才过瘾。"他说，划根火柴，吸着了旱烟。

组织委员冯树信吸着纸烟问："老郭！你知道闹事的富裕中农当初入社的时候，到底是自愿嘛，还是强迫来？"

"不知情。"郭振山把烟锅从嘴里拿出来，很干脆地回答，"我只帮助他们评了一下土地等级和劳力等级，还折了一下牲口和农具价。你这阵问谁入社怎样入的，这事咱的生宝同志和工作组知道。我是社外公道人咯！"说着，注意看着他们脸上的反映。

行政助理员吴益民问："打人的生产队长是啥样的人呢？"

"这个我知道，"郭振山很熟悉地回答，"从小没娘没老子，是下堡村讨饭的个野孩子，没一点家教。这人刚能劳动就熬长工，解放以后，我按单身汉分给他双份地，不够他做，满年四季跑南山哩。我这阵得给你二位实说，这家伙生性可野蛮！"

"这号人怎能当了农业社的生产队长嘛！"吴益民发愁地对冯树信说；冯树信听了，满脸堆起苦笑来。

郭振山一边吸旱烟，一边转眼看看两个区干部，果真是不满意的样子。摸着他们的这个底，他就敢吐露他的不满了。

"哼！"他鼻孔里轻轻地冷笑了一声，"生宝同志和他相好嘛！不光当了农业社的生产队长，还入了党哪！"

"对！"区委组织委员想起来了，对助理员说，"去年冬天，下堡乡党支部吸收了两个新党员。老郭，这人是不是叫高增福？"

"不是的，"郭振山纠正，"这人本姓高，和高增福是一家子。给蛤蟆滩的一个寡妇老婆婆招了女婿以后，改姓了冯，叫冯有万。"

两个区干部听了这番介绍，互相看看，显得更不高兴了。郭振山看出他们的心思，只是当着他的面不便说什么罢了。他就更加大胆地加添说：

"你二位思量嘛！冯有万和高增福是一家子，梁生宝和冯有万相好，高增福和梁生宝怎样呢？就是这么拉拉扯扯，他们几个人到一块办互助组嘛。碰巧去年冬天宣传总路线，他们一哄起来就办社，这阵打下这锅糨子，臭了农业社的名声，俺官渠岸再办社多难呀！"

郭振山说到这里，很激动地摊开两只粗壮的手哆嗦着，显示他为了互助合作运动的损失多么难受。

两个完全不了解实际情况的区干部，果然同情了郭振山。冯树信连忙走过来，拍拍郭振山的肩膀：

"同志！事情已经闹成这样了，千万不敢泄气！．也甭说抱怨的话，要紧的是接受这次的教训……"

"对！"吴益民也鼓励，"只有接受这个教训，把条件准备得充充分分办好社，恢复农业社的名誉，才是共产党员的态度。"

郭振山得到这样明确的支持，他听着听着，满是胡楂的嘴巴使上劲儿了。他正想对两个区干部说说官渠岸的两个积极分子杨加喜和孙志明怎样能干，他们怎样不服气灯塔社，他背后的房门忽然开了。

进来的是刚才走了的几个区干部里头的团区委书记陈海涛。

"怎么样呢？"冯树信和吴益民同声问。

"我们到了县委，正碰上王书记和张区长在当院说话。"陈海涛一手摘下蓝布棉制帽，另一手拿手帕揩着头上的汗水，说，"下午的讨论会，还是张区长主持。县委的两个书记要同王书记和梁生宝谈灯塔社的问题。"

"张区长呢？"

"同振麟和兴业到咱们开会的教室去了，"陈海涛说，"事情的起因是这样：有一个二流子出身的社员，昨天拿先前是这户富裕中农的马套车，不爱护牲口，引起原来的马主不满意……"

"看看看！"郭振山两只粗大的手一拍，对支持他的两个区干部说，"叫他再不听我的话！这个社员叫白占魁，是旧社会的兵痞嘛。这人去年入互助组的时光，咱的生宝同志问我来。我不让他收。他不听我的，硬收下了。看这阵他后悔不？"

原来是这样！三个区干部都愣住了。郭振山心里更加得意，把烟锅插进烟袋里使劲拧着。在他的想象中，梁生宝现在不知在哪个角落里哭鼻子哩。

当当当——开会的钟声响了。他们一齐出了房子，向黄堡区的人开会的教室走去。这时候，在校院里纷纷走向各个会场的人们，已经是到处都在说灯塔社的事件了。

郭振山在人群中走着，看见增旺、来荣和振华他们一个个难受的样子，更感到唯有自己是下堡乡的一个强有力的人物。

在下午的讨论会上，他第一个站起来发言。他向教室里全区的农村干部和互助组长们大声地宣布：官渠岸互助联组怎样积极准备条件，争取尽快地办社。他向大家保证：这回开毕会回去，就是磨破脚、熬烂眼，他也要把农业社这面红旗在汤河南岸的稻地里竖起来。他努力给人们表现出：他是在试办农业社出了问题的时候给大伙鼓劲的样子；虽然他连一句也不提灯塔社或梁生宝长短。……